D0988477

btb

Buch

Billy Bathgate, ein vaterloser Straßenjunge mit einer verrückten Mutter, wächst im Schatten der schäbigen Mietskasernen der Bronx auf. Hier keimt in ihm der Traum von
einem besseren Leben auf, und hier begegnet er eines Tages
im Jahre 1935 seinem großen Idol, dem legendären Gang-
sterboß Dutch Schultz.
Die großen schwarzen Limousinen, die bulligen Leibwächter, die bestechende Macht des Geldes und der Glamour
der Unterwelt – alles zieht Billy magisch an. Mit bübischer
List und kindlichem Charme gelingt es ihm, die Herzen
von Dutch Schultz und seiner rechten Hand Abbadaba
Berman, dem Rechengenie der Gang, zu gewinnen. Sein
Traum scheint in Erfüllung zu gehen, bis Billy erkennen
muß, daß Dutch Schultz' Stern längst im Sinken begriffen ist. Von New Yorks Staatsanwalt wegen Steuerhinterziehung gejagt und von der konkurrierenden italienischen
Mafiabande bedrängt, wird Schultz vom Gentlemangangster
immer mehr zur mörderischen Bestie. Wer ihn verrät, wird
hingerichtet. Am Ende ist Billy Dutchs letzter Getreuer –
und sein Erbe. Sein Traum vom Aufstieg hat sich letztlich
doch erfüllt.
Billy Bathgate, der neue, mitreißende Roman des großen
amerikanischen Erzählers E. L. Doctorow, hat Kritik,
Publikum und Schriftstellerkollegen gleichermaßen begeistert. Das Buch, weltweit ein sensationeller Erfolg, wurde
von Robert Benton mit Loren Dean, Nicole Kidman, Bruce
Willis und Dustin Hoffman in den Hauptrollen verfilmt.

Autor

E. L. Doctorow, geboren 1931 in New York City, arbeitete als Lektor in verschiedenen amerikanischen Verlagen.
Für sein literarisches Werk erhielt er zahlreiche Auszeich-
nungen, u. a. den *National Book Award* für *Das Buch Da-
niel* und den *National Book Critics Award* für *Ragtime* und
Billy Bathgate. Doctorow lebt und arbeitet in New York.

Bei btb von diesem Autor außerdem lieferbar:
Das Wasserwerk (72108)

E. L. Doctorow

Billy Bathgate
Roman

Deutsch von Angela Praesent

btb

Titel der Originalausgabe: »Billy Bathgate«

Umwelthinweis:
Alle bedruckten Materialien dieses Taschenbuches
sind chlorfrei und umweltschonend.

btb Taschenbücher erscheinen im Goldmann Verlag,
einem Unternehmen der Verlagsgruppe Bertelsmann.

1. Auflage
Genehmigte Taschenbuchausgabe Juli 1997
Copyright © 1989 by E. L. Doctorow
Copyright © der deutschsprachigen Ausgabe 1990
by Verlag Kiepenheuer & Witsch, Köln
Alle Rechte vorbehalten
Umschlaggestaltung: Design Team München
Umschlagmotiv: Foto TIB / Petrified Collection
Satz: IBV Satz- und Datentechnik GmbH, Berlin
CV · Herstellung: Augustin Wiesbeck
Made in Germany
ISBN 3-442-72176-8

FÜR JASON EPSTEIN

Teil 1

1

Er mußte es geplant haben, denn als wir aufs Dock fuhren, lag da das Boot, und der Motor lief, und man sah phosphoreszierende Wirbel im Wasser des Flusses, die einzige Lichtquelle, die es gab, denn es schien kein Mond und in dem Schuppen, in dem der Dockmeister hätte sitzen sollen, keine Lampe, auch nicht auf dem Boot und erst recht nicht an dem Wagen, und doch wußten alle, wo sich alles befand, und als der schwere Packard die Rampe hinunterfuhr, bremste ihn Mickey, der Fahrer, so ab, daß die Räder kaum die Planken zum Klappern brachten, und als er längs der Gangway hielt, waren die Türen schon offen, und sie hatten Bo und das Mädchen bereits hinaufgeschoben, bevor sie in all der Dunkelheit auch nur einen Schatten werfen konnten. Und es gab keinen Widerstand, ich sah nur die Bewegung einer schwarzen Masse, sonst nichts, und was ich hörte, waren allenfalls die Laute, die jemand von sich gibt, der Angst hat und eine Hand vor dem Mund, die nicht seine eigene ist; die Türen schlugen zu, und der Wagen surrte auf und davon, und Wasser trennte bereits das Schiff vom Landeplatz, bevor eine knappe Minute vergangen war. Niemand verbot es mir, also sprang ich an Bord und stellte mich an die Reling, ängstlich, wie man sich denken kann, aber ein fähiger Junge, das hatte er selber gesagt, ein fähiger, lernfähiger Junge, fähig, wie ich jetzt begreife, jene rohe Macht zu verehren, ja anzubeten, die er genauer studiert

9

hatte als irgend jemand sonst, und die Bedrohung, die von ihm ausging, wo von einem Augenblick zum nächsten alles vorbei sein konnte für jeden in seiner Sichtweite, darum drehte sich alles, darum war ich dort, war hingerissen, von ihm als fähiger Junge eingeschätzt zu werden, von der Gefahr, daß er wirklich wahnsinnig war.

Im übrigen hatte ich das Selbstvertrauen der ganz Jungen, das in diesem Fall in der schlichten Annahme bestand, ich könnte fort, wenn ich wollte, wann immer mir danach wäre, ich könnte ihm entkommen, könnte seiner Wut oder dem Radius seiner Einsicht und seiner Herrschaft entkommen, weil ich über Zäune steigen und durch Hintergassen rennen und von Feuerleitern springen und über die Dachränder sämtlicher Mietskasernen der Welt tänzeln konnte, wenn es darauf ankam. Ich war fähig, das wußte ich schon vor ihm, obwohl er es mir mehr als bestätigte, indem er es sagte – er machte mich zu seinem Geschöpf. Doch damals dachte ich nichts dergleichen, ich hatte einfach etwas in mir, was ich einsetzen konnte, wenn ich mußte, nicht einmal eine Vorstellung, sondern einen Instinkt, der in mir schlummerte für den Fall, daß ich ihn je brauchen würde, oder warum sonst wäre ich leichthin, während der Streifen phosphoreszierenden Wassers unter mir sich verbreitete, über die Reling gesprungen, um dann vom Deck aus zuzusehen, wie das Land zurückwich und mir aus der Schwärze des Wassers ein Wind über die Augen fuhr und die Lichterinsel sich vor mir erhob wie ein riesiger Ozeandampfer, der vorbeizog und mich bei den großen mörderischen Gangstern meines Lebens und meiner Zeit gestrandet zurückließ?

Ich hatte einfache Anweisungen; wenn ich nicht etwas tat, was mir ausdrücklich aufgetragen war, hatte ich achtzugeben, mir nichts entgehen zu lassen und, obwohl er es nie so ausgesprochen hätte, zu der Person zu werden, die immer Augen und Ohren aufsperrte, gleichgültig, in welchem Zustand ich war, verliebt oder in Gefahr oder gedemütigt oder sterbenselend – nicht für den Bruchteil eines Augenblicks irgend etwas zu verpassen, selbst dann nicht, wenn es mein letzter wäre.

Daher wußte ich, dies mußte geplant gewesen sein, wenngleich maskiert durch die für ihn typische Wut, die vermuten ließ, es wäre ihm erst einen Moment, bevor er es tat, in den Sinn gekommen; wie zum Beispiel damals, als er den Inspektor, der die Feuersicherheit prüfen kam, erst erwürgte und ihm obendrein dann noch den Schädel einschlug – einen Augenblick, nachdem er den Mann angelächelt hatte, voll Anerkennung für dessen Unternehmergeist. Ich hatte so etwas noch nie gesehen, und es mag dafür geschicktere Verfahren geben, aber es bleibt eine schwierige Sache, wie immer man es auch macht: Seine Technik war, keine zu haben, er hechtete irgendwie mit erhobenen Armen brüllend vorwärts, setzte im Angriff sein ganzes Gewicht gegen den armen Scheißer ein, warf ihn mit einer Art Würgegriff um, landete mit einer Wucht auf ihm, daß es krachte und ihm wahrscheinlich, wer weiß, das Rückgrat brach, nagelte dem Burschen dann die ausgestreckten Arme mit den Knien an den Boden, drückte mit den Daumenkuppen auf die Luftröhre und schmetterte, als die Zunge herauskam und sich die Augen verdrehten, den Kopf zwei-, dreimal auf den Boden, als wäre es eine Kokosnuß, die er aufbrechen wollte.

Und sie waren auch alle in Abendkleidung, das mußte ich mir merken, im Smoking und darüber den schwarzen Mantel mit dem Persianerkragen, im weißen Seidenschal und den perlgrauen Homburg oben eingedellt, wie der Präsident seinen trug. Jedenfalls, was Mr. Schultz betraf. Was Bo betraf, so hingen dessen Hut und Mantel noch in der Garderobe. Es hatte ein Jubiläumsessen im Embassy Club stattgefunden, zur Feier ihrer fünfjährigen Partnerschaft im Biergeschäft, daher war alles geplant, sogar die Speisefolge, nur hatte Bo die Bedeutung des Anlasses mißverstanden und seine neueste hübsche Errungenschaft mitgebracht, und obwohl ich nicht einmal wußte, was vorging, als die beiden in den schweren Packard geschoben wurden, hatte ich doch das Gefühl, die Dame sei nicht eingeplant gewesen. Nun befand sie sich hier auf dem Schlepper, und von außen war alles völlig dunkel, sie hatten die Gardinen vor die Bullaugen gezogen, und ich konnte nicht sehen, was vorging, aber ich hörte Mr. Schultz' Stimme, und wenn ich auch nicht verstand, was er sagte, hörte ich doch heraus, daß er nicht glücklich war, und ich nahm an, sie wollten sie lieber nicht mit ansehen lassen, was einem Mann geschah, dem sie womöglich zugetan war, und dann hörte oder spürte ich Schritte auf einer Stahlleiter und drehte der Kajüte den Rücken zu und beugte mich gerade rechtzeitig über die Reling, um ein erleuchtetes Gekräusel grünen, wütenden Wassers zu sehen, und dann muß wieder ein Vorhang über ein Bullauge gezogen worden sein, denn das Wasser verschwand. Ein paar Augenblicke später hörte ich ein Paar Füße zurückkehren.

Unter diesen Umständen konnte ich nicht länger der Überzeugung bleiben, daß ich schlau gehandelt hatte, indem ich ohne seine Anweisung an Bord gekommen war. Ich lebte, wie wir alle, gemäß seinen Launen, ich versuchte ständig, mir Wege auszudenken, ihm gute Laune zu entlocken; der Impuls zu besänftigen gehörte zu den Dingen, die er bei Leuten zum Vorschein brachte, und wenn ich damit beschäftigt war, eine Anweisung von ihm auszuführen, bemühte ich mich eifrig, mein Bestes zu geben, während ich innerlich zugleich die Sätze vorbereitete, die ich in dem unvorhergesehenen Fall seines Mißvergnügens zu meiner Verteidigung sagen würde. Nicht, daß ich glaubte, man könnte Berufung einlegen. So glitt ich dort an der kalten Reling als blinder Passagier durch mehrere Minuten der Unentschlossenheit dahin, und die Lichterketten auf den Brücken hinter mir ließen mich gerührt an meine Vergangenheit zurückdenken. Doch dann gelangten wir zur Flußmündung und in die schwere Dünung der offenen See, und ich merkte, daß ich mich breitbeiniger hinstellen mußte, um das Gleichgewicht zu wahren. Auch der Wind wurde stärker, und Gischt flog vom Bug auf und spritzte mir ins Gesicht, ich hielt mich an der Reling fest, stemmte den Rücken gegen die Kajütenwand und begann die Leichtigkeit im Kopf zu verspüren, die mit der Erkenntnis einhergeht, daß Wasser eine Bestie von einem anderen Planeten ist, und mit jedem verstreichenden Augenblick entstand in meiner Phantasie eine deutlichere Zeichnung von dem geheimnisvollen, mächtigen und unermeßlichen Lebewesen unter dem Schiff, mit dem ich gerade fuhr, sowie unter sämtlichen anderen Schiffen der Welt, die, wenn sie sich allesamt aneinanderketten würden, keinen Quadratzoll seiner wogenden und sich wellenden Haut bedecken würden.

So ging ich hinein, öffnete die Tür einen Spalt breit und schlüpfte, eine Schulter voran, hindurch; mit der Überlegung, daß ich, wenn ich schon sterben sollte, dies lieber drinnen täte.

Und dies sah ich, als ich das erste Mal in das grelle Licht einer an die Kajütendecke gehängten Arbeitslampe blinzelte: den eleganten Bo Weinberg, der neben seinen spitzen Lackschuhen stand, neben denen die schwarzen Seidensocken an Sockenhaltern sich kringelten wie tote Aale, und seine weißen Füße wirkten sehr viel länger und sehr viel breiter als die Schuhe, aus denen er soeben getreten war. Er starrte auf seine Füße, vielleicht weil Füße intime Körperteile sind, die man selten mit einem Abendanzug zusammen sieht, und als ich seinem Blick folgte, hatte ich das Gefühl, sein Bedauern über das teilen zu müssen, was er gewiß dachte – daß wir, zivilisiert wie wir sind, auf diesen Dingern herumlaufen, die vorne in fünf, partiell mit Perlmutt bedeckte Teile unterschiedlicher Länge geschlitzt sind.

Vor ihm kniete der energische, unempfindliche Irving und rollte methodisch Bos Hosenbeine mit den schwarzen Satinstreifen an der Seite bis zu den Knien hoch. Irving hatte mich gesehen, zog es jedoch vor, mich nicht zur Kenntnis zu nehmen, was typisch war. Er war Mr. Schultz' Faktotum, tat, was ihm aufgetragen wurde, und erweckte nicht den Anschein, als dächte er an irgend etwas anderes. Er rollte Hosenbeine auf. Hohlbrüstig, mit schütter werdendem Haar, hatte er die Blässe eines Alkoholikers, jene welke Papierhaut, die sie haben, und ich wußte, welchen Preis trockene Trinker für ihre Nüchternheit zahlen, welche Konzentration sie erfordert, welchen anhaltenden Zustand der Trauer sie hervorbringt. Ich sah Irving bei allem, was er tat, gern zu, auch wenn es nicht wie jetzt etwas Außergewöhnliches war. Jeder Umschlag blieb beim Aufkrempeln des Hosenbeins so breit wie der vorherige. Irving tat alles peinlich genau und ohne eine überflüssige Bewegung. Er war ein Berufener, doch da er keinen anderen Beruf hatte, als sich mit den Zufälligkeiten seines gewählten Lebens zu befassen, verhielt er sich so, als wäre das Leben ein Beruf, wie es auch, wenngleich auf konventionellere Weise angestellt, ein Butler tun würde.

Und teilweise durch Bo Weinberg verdeckt und so weit von ihm entfernt wie ich, jedoch auf der entgegengesetzten Seite der Kajüte, im offenen Mantel und weißen Schal, den nach hinten geschobenen weichen grauen Homburg auf dem Kopf, eine Hand in der Jackettasche und in der andern, locker herabhängenden Hand einen ohne besonderen Nachdruck auf den Boden gerichteten Revolver, stand Mr. Schultz.

Diese Szene war so erstaunlich für mich, daß ich ihr die Hochachtung erwies, die man dem als historisch erkannten Ereignis zugesteht. Alles bewegte sich übereinstimmend auf und ab, aber die drei Männer schienen es nicht zu bemerken, und selbst der Wind war hier drin ein fernes und gedämpftes Geräusch, und die Luft war stickig von Teer- und

14

Dieselölgeruch, und Ringe von dicken Tauen waren gestapelt wie Autoreifen, und es gab Flaschenzüge und Ketten und Regale, gefüllt mit Werkzeug und Kerosinlampen und Keilen und ungezählten Gegenständen, von denen ich weder Namen noch Zweck kannte, denen ich ihre Wichtigkeit für das Leben auf See jedoch bereitwillig zugestand. Und die Vibrationen des Schleppermotors waren hier drin beruhigend stark, ich spürte, wie sie sich auf meine Hand übertrugen, die ich auf die Tür gelegt hatte, um sie zu schließen.

Mr. Schultz' Blick fiel auf mich, und plötzlich entblößte er einen Mund voll großer, ebenmäßig angeordneter weißer Zähne, und sein grob geschnittenes Gesicht knitterte sich zu einem großzügigen Lächeln der Anerkennung. »Da haben wir den Unsichtbaren Mann«, sagte er. Seine Bemerkung ließ mich so zusammenfahren, wie wenn jemand auf einem Kirchengemälde zu sprechen begonnen hätte. Dann merkte ich, daß ich zurücklächelte. Freude durchflutete meine Knabenbrust, oder vielleicht Dankbarkeit Gott gegenüber, weil er mir wenigstens diesen Augenblick noch gewährt hatte, in dem mein Geschick nicht in der Schwebe war. »Schau dir das an, Irving, der Kleine ist auf den Ausflug mitgekommen. Magst du Schiffe, Kleiner?« sagte er.

»Das weiß ich noch nicht«, sagte ich wahrheitsgemäß und ohne zu begreifen, warum diese ehrliche Antwort so komisch war. Denn nun lachte er laut mit seiner Trompetenstimme, was, wie ich fand, dem Ernst der Lage grauenhaft unangemessen war; das Benehmen der beiden anderen Männer kam mir da passender vor. Und ich möchte noch etwas über die Stimme von Mr. Schultz sagen, weil sie so sehr Teil seiner Fähigkeit zu herrschen war. Nicht daß die Stimme immer laut gewesen wäre, aber sie besaß Volumen, sie drang harmonisch summend aus seiner Kehle und hatte in der Tat viel von einem Instrument, so daß man seine Kehle als Resonanzkörper begriff und annahm, auch sein Brustkorb, vielleicht sogar die Nasenknorpel müßten daran beteiligt sein, diese Stimme hervorzubringen – eine Baritonstimme, die einen automatisch aufhorchen ließ, mit dem Wunsch, selbst eine solche Trompetenstimme zu besitzen, außer wenn er sie zornig erhob oder lachte, wie er es jetzt tat, denn dann tat sie in den Ohren weh, und man fand sie auf einmal unsympathisch, wie es mir jetzt ging – oder vielleicht fand ich das, was ich gesagt hatte, unsympathisch, weil ich mich an einem geistreichen Geplänkel auf Kosten eines Sterbenden beteiligte.

Von der Kajütenwand hing eine schmale grüne Lattenbank oder ein Regalbrett, und darauf setzte ich mich. Was konnte Bo Weinberg bloß getan haben? Ich kannte ihn kaum, er war so etwas wie ein fahrender Ritter, tauchte selten im Büro an der 149th Street auf, nie in den Limousinen, schon gar nicht in den Lastwagen, galt aber stets als Figur im Zentrum des Unternehmens, so wie Mr. Dixie Davis, der Anwalt, oder Abbadabba Berman, das Buchhaltungsgenie – als Führungskraft dieses Rangs. Angeblich erledigte er für Mr. Schultz die diplomatischen Aufgaben, verhandelte mit anderen Banden und führte die geschäftlich notwendigen Morde aus. Er war einer der Riesen und fast ebenso gefürchtet wie Mr. Schultz selbst. Nun sah man nicht nur seine unbekleideten Füße, sondern auch seine Beine bis zu den Knien. Irving erhob sich aus seiner kauernden Stellung und bot ihm den Arm; und Bo Weinberg ergriff ihn wie eine Prinzessin auf einem Ball und setzte zierlich, behutsam, erst einen Fuß, dann den andern in den Waschzuber vor ihm, der mit nassem Zement gefüllt war. Natürlich hatte ich, sobald ich zur Tür hereinkam, gesehen, wie schwerfällig der Zement im Zuber die See draußen wiedergab, wie die kompakte Masse träge hin- und herschwappte, während das Schiff sich auf den Wellen hob und senkte.

Mit den plötzlichen Ereignissen konnte ich umgehen, sie hinnehmen, als würde ich vom Gewitter getauft, aber um die

Wahrheit zu sagen, ging dies doch weit über das hinaus, worauf ich gefaßt war, und ich fand, daß ich kein selbstbewußter Zeuge und gelassener Betrachter der Reise war, zu welcher der vor mir sitzende Mann soeben aufbrach, dessen Füße in Stein gegossen wurden. Ich mühte mich, diesen geheimnisvollen Abend und das unglückliche Ausklingen eines in seiner Blüte stehenden Lebens zu begreifen, das den einsam warnenden Tönen der Bojen glich, die ich bei unserer Fahrt aufs Meer hinaus hörte. Ich hatte das Gefühl, zu meiner eigenen, persönlichen Pein Zeuge zu sein, als Bo Weinberg nun aufgefordert wurde, auf einem hölzernen Küchenstuhl Platz zu nehmen, den man hinter ihn geschoben hatte, und dann die Hände zum Fesseln vorzustrecken. Sie wurden in Höhe der Handgelenke über Kreuz mit neuer, ein wenig steifer Wäscheleine zusammengebunden, die sich noch so ringelte, wie sie aufgewickelt im Haushaltswarengeschäft verkauft worden war, und mit Irvings perfekten Knoten zwischen den Handgelenken sahen sie aus wie ein Stück Wirbelsäule. Die so zusammengeknüpften Hände wurden Bo zwischen die Schenkel gelegt und mit diesen verschnürt, wie Finger beim Fadenspiel, drunter durch und drüber weg, drunter durch und drüber weg, und dann wurde alles zusammen mit drei oder vier Riesenschlaufen am Stuhl festgezurrt, so daß Bo die Knie nicht heben konnte, und dann wurde der Stuhl mit beiden Griffen des Waschzubers verbunden, und der abschließende Knoten wurde fest an einem Stuhlbein angebracht, kurz bevor die Wäscheleine zu Ende war. Gut möglich, daß Bo irgendwann in der Vergangenheit gesehen hatte, wie diese Pfadfinderkünste auf jemand anderen angewendet wurden, denn er blickte mit einer Art zerstreuter Bewunderung darauf, als säße da auch jetzt jemand anders als er vornübergebeugt, mit in erstarrendem Zement steckenden Füßen, auf einem Stuhl in der Kajüte eines unbeleuchteten Schiffs, das an Coenties Slip vorbei quer durch den Hafen von New York in den Atlantik hinausfuhr.

Die Kajüte hatte einen ovalen Grundriß. Hinten befand sich in der Mitte des Decks eine mit einem Geländer versehene Luke, durch die das Mädchen hinunterbefördert worden war. Zum Bug hin führte eine mit Bolzen befestigte Leiter steil durch eine Luke in das Ruderhaus hinauf, wo der Kapitän, oder wie immer man ihn nannte, wohl ordnungsgemäß seine Pflicht tat. Ich war noch nie auf etwas Größerem als einem Ruderboot gewesen, und so wirkte all das wenigstens wie eine gute Nachricht – daß ein Ding wie ein Schiff derart einem Bauwerk gleichen konnte, ganz nach den Gesetzen der See konstruiert, und daß es ein Mittel gab, sich einen schmalen Weg durch diese Welt zu bahnen, das deutlich von einer langen Geschichte des Nachdenkens kündete. Denn die Wogen wurden höher und länger, und jeder mußte sich irgendwie verankern; Mr. Schultz wählte die Bank mir direkt gegenüber, und Irving hielt sich an der Leiter fest, die zum Ruderhaus hinaufführte, als wäre sie eine Stange in einem Subway-Zug. Und für eine Weile herrschte im Innern der Muschel aus Motor- und Wellengeräuschen Stille, feierlich wie das Schweigen von Menschen, die den Klängen einer Orgel lauschen. Und nun kam Leben in Bo Weinberg, er begann, sich umzublicken, zu sehen, was er sehen konnte, wer da war und was sich machen ließ; ich kriegte einen äußerst flüchtigen Blick ab, einen kurzen Bogenabschnitt vom Schweifen seiner dunklen Augen, was mich unglaublich erleichterte, da ich weder Verantwortung trug noch tragen wollte für dieses keuchende Meereswogen, für das atemraubende Wesen Wasser, für seine Kälte, für seinen dunklen, bodenlosen Schlund.

Nun herrschte zwischen uns allen in dieser schwarzen, im nahezu grünen Lichtsplittern einer einzigen Arbeitslampe schimmernden Kajüte eine solche Intimität, daß jeder es wahrnahm, wenn einer sich bewegte, und in diesem Moment fesselte meinen Blick eine kleine Gestenfolge von Mr. Schultz, der seinen Revolver in seine geräumige Manteltasche fallen ließ, dann aus der Brusttasche seines Jacketts das Silberetui mit seinen Zigarren hervorzog, ihm eine Zigarre entnahm, das Etui zurücksteckte, die Spitze der Zigarre abbiß und ausspuckte. Irving kam mit einem Feuerzeug zu ihm, das er mit einem einzigen Daumendruck entzündete, genau in dem Augenblick, bevor er es an die Zigarrenspitze hielt. Und sich leicht vorbeugend drehte Mr. Schultz die Zigarre, damit sie gleichmäßig brannte, und über den Geräuschen der See und des mahlenden Motors hörte ich die Schlürflaute, die er bei jedem Zug an der Zigarre machte, und sah die Flamme seine Stirn und Wangen erleuchten, so daß die Zumutung, die er war, im besonderen Licht eines seiner Gelüste noch mächtig vergrößert erschien. Dann verlosch das Licht und Irving zog sich zurück und Mr. Schultz lehnte sich auf der Bank nach hinten; die Zigarre in seinem Mundwinkel glühte und erfüllte die Kajüte mit Rauch, was nicht gerade ein großartiger Geruch in einer Schiffskajüte auf hoher See war.

»Du kannst ein Fenster einen Spalt aufmachen, Kleiner«, sagte er. Ich tat dies voll Eifer; ich wandte mich um, kniete mich auf die Bank, schob die Hand durch die Vorhänge, entriegelte das Bullauge und drückte es auf. Ich spürte die Nacht auf meiner Hand und zog sie feucht wieder herein.

»Ist das vielleicht keine schwarze Nacht?« sagte Mr. Schultz. Er stand auf und ging zu Bo hinüber, der mit dem Gesicht nach achtern dasaß, und kauerte sich vor ihm hin wie ein Arzt vor einem Patienten. »Schau dir das an, der Mann zittert. He, Irving«, sagte er. »Wie lang dauert das noch, bis das Zeug fest wird? Bo friert.«

»Nicht mehr lange«, sagte Irving. »Nur noch ein Weilchen.«

»Nur noch ein kleines Weilchen«, sagte Mr. Schultz, als brauche Bo eine Übersetzung. Er lächelte entschuldigend und stand auf und legte Bo umgänglich die Hand auf die Schulter. Daraufhin sprach nun Bo Weinberg, und was er sagte, erstaunte mich aufrichtig. Kein Anfänger und kein gewöhnlicher Mensch in seiner Lage hätte so etwas gesagt, und mehr als jede Bemerkung, die Mr. Schultz bis zu diesem Augenblick hatte fallenlassen, gewährte es mir Einblick in die hehren Gefilde von Kühnheit, in denen diese Männer sich wie in einer anderen Dimension bewegten. Vielleicht gestand er lediglich seine Verzweiflung ein, oder vielleicht war dies seine gefährliche Art und Weise, wahre Beachtung von Mr. Schultz zu ergattern; ich wäre nie darauf gekommen, daß ein Mann in seinen Umständen das Gefühl haben könnte, er besitze ein gewisses Maß an Kontrolle darüber, wie und wann sein Tod eintreten würde. »Du bist ein Schwanzlutscher, Dutch«, sagte er wörtlich.

Ich hielt die Luft an, aber Mr. Schultz schüttelte nur den Kopf und seufzte. »Erst bittest und bettelst du, und jetzt kommst du mir mit Schimpfwörtern.«

»Ich habe dich nicht gebeten, ich habe dir gesagt, du sollst das Mädchen gehen lassen. Ich habe mit dir geredet, als wärst du noch ein menschliches Wesen. Aber du bist eben bloß ein Schwanzlutscher. Und wenn du keinen Schwanz zum Lutschen auftreiben kannst, hebst du volle Gummis vom Boden auf und lutscht die. Das ist meine Meinung von dir, Dutch.«

Solange er mich nicht ansah, konnte ich Bo Weinberg ansehen. Format hatte er gewiß. Er war ein gutaussehender Mann mit glattem, glänzendem, schwarzem Haar, das er ungescheitelt von einem spitzen Haaransatz zurückgekämmt trug, einem bräunlichen, indianisch wirkenden Gesicht mit hohen Backenknochen, einem vollen, wohlgeformten Mund und einem kräftigen Kinn, all dies über jener Art von langem Hals, dem Krawatte und Kragen ausgezeichnet stehen. Selbst jetzt, da er in beschämender Hilflosigkeit vornübergebeugt saß, da seine Fliege schief auf seinem Eckenkragen hing und sein schimmerndes schwarzes Smoking-Jackett ihm über die Schultern hochgerutscht war, so daß seine Haltung unterwürfig und sein Blick notgedrungen verstohlen wirkte, verkörperte er für mich noch den Glanz und großen Stil eines Edelgangsters.

Ich wünschte nun – weil ich vorübergehend in einen Loyalitätskonflikt geriet oder vielleicht nur, weil ich mich als heimlicher Richter fühlte und meinte, der Fall sei noch nicht zu meiner Befriedigung abgeschlossen – Mr. Schultz besäße etwas von der Eleganz des Mannes im Zuber. In Wahrheit wirkte Mr. Schultz auch in den besten Kleidern schlecht angezogen, er litt an Couture-Unverträglichkeit wie andere Leute an Sehschwäche oder Rachitis leiden, und er muß dies gewußt haben, weil er, was immer er auch gerade tat, stets mit den Unterarmen seine Hose hochhievte oder das Kinn hob, um an seinem Kragen zu zerren, oder sich Zigarrenasche von der Weste bürstete oder den Hut abnahm und ihn mit der Handkante in Form brachte. Ohne auch nur zu überlegen, versuchte er ständig, sein Verhältnis zu seiner Kleidung zu korrigieren, als wäre er von einer gewissen Unzufriedenheitskrätze befallen, so schlimm, daß man dachte, es würde schon alles an ihm einigermaßen von selbst in Ordnung kommen, wenn er nur aufhörte, daran herumzuzupfen.

Teilweise mag es an seiner Statur gelegen haben, denn er war kurzhalsig und gedrungen. Ich meine heute, daß der Schlüssel zu Anmut und Eleganz eines jeden Körpers, eines männlichen oder weiblichen, die Länge des Halses ist, daß ein langer Hals eine ganze Reihe von Folgeerscheinungen nach sich zieht, ein gutes Verhältnis von Größe und Gewicht zum Beispiel, eine natürliche stolze Haltung, eine Begabung für den Blickkontakt, eine gewisse Geschmeidigkeit des Rückgrats und Länge des Schritts, kurz eine Freude an körperlicher Bewegung, die zu sportlichen Fähigkeiten und der Liebe zum Tanz führt. Wohingegen der kurze Hals auf eine Menge metaphysischer Beschwerden hindeutet, von denen eine jede die Lebensuntüchtigkeit erzeugt, welche Kunst, Erfindungen, große Vermögen und die mörderische Wut geistiger Zerrüttung hervorbringt. Ich stelle dies nicht als absolutes Gesetz hin oder auch nur als eine Hypothese, die sich beweisen oder widerlegen ließe; es handelt sich nicht um eine Idee aus dem Reich der Wissenschaft, eher um eine unscharfe Volksweisheit der Art, wie sie vor der Ära des Radios durchaus plausibel erschien. Vielleicht besaß Mr. Schultz sogar selbst ein Gespür für die unbewußten Quellen seiner Urteile, denn bis dahin wußte ich von zwei Morden, die er persönlich begangen hatte und die beide in der Halsregion angesiedelt waren – die Erwürgung jenes Brandschutzinspektors und die auf verwerflichere Weise zweckdienliche Beseitigung eines Wettbosses von der West Side, der das Unglück hatte, im Maxwell Hotel an der 47th Street zurückgekippt in einem Barbiersessel zu liegen und sich rasieren zu lassen, als Mr. Schultz ihn fand.

So machte er seinen bedauerlichen Mangel an Eleganz dadurch wett, daß er über andere Mittel verfügte, einen zu beeindrucken. Und schließlich bestand durchaus eine gewisse fließende Verbindung zwischen Geist und Körper bei ihm, beide waren grob und kraftvoll und neigten dazu, keine Hindernisse anzuerkennen, die man umgehen mußte, statt sie zu durchbrechen oder zu überspringen. In der Tat zielte Bo Weinbergs nächste Bemerkung just auf diese Qualität von Mr. Schultz ab. »Das ist doch nicht zu glauben«, sagte er zu der Kajüte, »da kommt er Bo Weinberg mit diesem schäbigen Straßenköter-Trick! Ist ja bloß der Kerl, der Vince Goll für ihn hat hochgehen lassen und Jack Diamond so bei den Ohren gepackt hat, daß er ihm die Knarre in den Mund schieben konnte. Bloß der Kerl, der Maranzano erledigt und ihm für ihn eine gute Million Dollar Respekt von der Unione abgekauft hat. Der die großen Dinger für ihn gedreht und ihm Arschdeckung geliefert hat, der die Taktik für Harlem entwickelt hat, auf die zu kommen er selber zu blöd war, der ihm sein Vermögen auf dem Tablett serviert, ihn zum Millionär gemacht hat, verflucht noch mal, ihn hat anders aussehen lassen als der bekleckerte miese Gauner, der er ist – dieser Gossenprotzer. Dieser Klotzkopf. Na, was konnte ich auch schon erwarten, als daß er mich vor meiner Verlobten aus einem Restaurant zerrt? Frauen, Kinder, egal wer, es kommt ihm nicht darauf an, er weiß es eben nicht besser, hast du gesehen, wie die Kellner dort sich gewunden haben, Irving, du warst ja nicht da, aber du hättest mal sehen sollen, was für eine Mühe die Kellner sich gegeben haben, ihm nicht dabei zuzusehen, wie er sich vollgestopft hat in seinem Anzug von der Stange aus der Delancey Street.«

Was immer nun passiert, will ich nicht miterleben, dachte ich; ich hatte die Augen zugekniffen und mich instinktiv an die kalte Kajütenwand gepreßt. Aber Mr. Schultz schien kaum zu reagieren, sein Gesicht war ungerührt. »Sprich nicht zu Irving«, sagte er statt einer Antwort. »Sprich zu mir.«

»Männer reden miteinander. Wenn es Differenzen gibt, reden Männer miteinander. Wenn es ein Mißverständnis gibt, hören sie den andern bis zum Ende an. Das machen Männer! Ich weiß nicht, wie du gemacht worden bist. Ich weiß nicht, aus welchem stinkenden, eitrigen, verschissenen, von Affen vollgespritzten Bauch du rausgekommen bist. Du bist nämlich ein Affe, Dutch. Hock dich hin und kratz dich am Arsch, Dutch. Häng dich zum Schaukeln an einen Baum. Huhu, Dutch. Huhu.«

Mr. Schultz sagte sehr ruhig: »Bo, du solltest wissen, daß ich die Raserei hinter mir habe. Ich bin über die Wut hinaus. Verschwende nicht deine Puste.« Und wie ein Mann, der das Interesse verloren hat, kehrte er auf seinen Platz am Schott mir gegenüber zurück.

Und die Art, wie Bo Weinberg die Schultern fallen und den Kopf hängen ließ, brachte mich auf den Gedanken, es könne stimmen, daß ein Mann von Format ganz selbstverständlich herausfordernd ist, und mehr noch, daß er die unverschämte Courage eines Killerfürsten an den Tag legt, für den der Tod so zu den normalen Alltagsgeschäften gehört – wie das Begleichen von Rechnungen oder Einzahlungen auf der Bank –, daß der eigene Tod sich nicht mehr sehr von dem aller anderen unterscheidet; als ob sie so etwas wie eine höherentwickelte Rasse darstellten, all diese Gangster, die durch ihr erwähltes Leben zu einer übernatürlichen Kriegermentalität erzogen waren. Doch was ich gehört hatte, war ein Lied der Verzweiflung gewesen; Bo mußte besser als jeder andere wissen, daß es keine Berufungsinstanz gab; er konnte sich nichts erhoffen als einen so schnell und schmerzlos wie möglich eintretenden Tod; und die Kehle wurde mir trocken, als mich die Gewißheit überkam, daß er genau dies zu bewirken, herbeizuführen versucht hatte, Mr. Schultz' cholerisches Temperament zu reizen und so die Form und den Zeitpunkt des eigenen Todes zu diktieren.

So entnahm ich der untypisch beherrschten Reaktion darauf, daß diese bis zur Gnadenlosigkeit stark war; Mr. Schultz hatte sogar sein ureigenstes Wesen verschwinden lassen, wurde zum stummen Urheber des Schleppers, zu einem gesichtslosen Profi, weil er sich von Bos Worten hatte auslöschen lassen und still und umsichtig und sachlich geworden war, im anerkannt klassischen Stil seines Henkers Bo Weinberg, während Bo sich, fluchend und wetternd und tobend, in ihn zu verwandeln schien.

Für mich bedeutete dies die erste Ahnung davon, daß ein ritueller Tod sich in die Gesetze des Universums einmischt, daß er mit Umkehrungen einhergeht, daß man blitzartig alles rückwärts oder das Innerste nach außen gestülpt erblickt, daß man dabei so etwas wie einen implosiven Einblick in das Gegenteilige gewinnt und daß man es sogar riechen kann wie sich berührende Drähte.

»Männer reden miteinander, wenn sie welche sind«, sagte

Bo Weinberg nun in einem völlig anderen Ton. Ich konnte ihn kaum verstehen. »Sie halten die Vergangenheit in Ehren, wenn sie Männer sind. Sie begleichen ihre Schulden. Du hast deine Schulden nie beglichen, deine größten Schulden, deine größten Ehrenschulden. Je mehr ich für dich getan habe, je mehr ich dir wie ein Bruder gewesen bin, desto weniger habe ich für dich gezählt. Ich hätte es wissen sollen, daß du dies tun würdest, einfach aus dem Grund, weil du ein Behumpser bist, der mir nie gezahlt hat, was ich wert war, der nie irgendeinem gezahlt hat, was er wert war. Ich habe dich beschützt, ich habe dir ein dutzendmal das Leben gerettet, ich habe deine Arbeit erledigt, und zwar professionell. Ich hätte es wissen müssen, daß du deine Schulden auf diese Weise begleichen würdest, so führt Dutch Schultz eben Buch, zieht die schrägste, kaputteste Lüge auf, bloß um einen zu begaunern. Ein mieser Gauner, der begaunert, wo er nur kann.«

»Du hattest immer schon die Wörter, Bo«, sagte Mr. Schultz. Er paffte seine Zigarre und nahm den Hut ab und brachte ihn mit der Handkante wieder in Form. »Wörter hast du mehr als ich, wo du ja auch zur höheren Schule gewesen bist. Auf der andern Seite hab ich einen guten Kopf für Zahlen, also gleicht sich wohl alles wieder aus.«

Und dann befahl er Irving, das Mädchen heraufzubringen.

Und sie kam herauf, erst ihr schicker blonder Pagenkopf und dann ihr weißer Hals und ihre Schultern, als stiege sie aus dem Ozean auf. Ich hatte sie zuvor in der Dunkelheit des Wagens noch nicht richtig gut sehen können, sie war sehr schlank in ihrem cremeweißen, an zwei dünnen Trägern hängenden Abendkleid und wirkte in diesem düsteren, öligen Schiff absolut beängstigend, weiß vor Gefangenschaft, und starrte so verwirrt und schreckerfüllt um sich, daß Vorahnungen einer furchtbar niederträchtigen Beraubung meine Brust erfüllten, nicht nur einer sexuellen, sondern auch einer gesellschaftlichen Beraubung, und wie zur Bestätigung meines Gefühls blieb ein Stöhnen in der Kehle Bo Weinbergs stecken, der einen Strom übler Flüche über Mr. Schultz ergossen hatte und nun an seinen Seilen zerrte und seinen Stuhl zum Wackeln brachte, bis Mr. Schultz in die Manteltasche griff und den Griff seiner Pistole derb auf Bos Schulter sausen ließ, und die grünen Augen des Mädchens weiteten sich, als Bo vor Schmerz aufheulte und den Kopf hob und dann aus seinem vor Schmerz verzerrten Gesicht heraus sagte, sie solle nicht hinsehen, sie solle sich umdrehen und ihn nicht ansehen.

Irving, der hinter ihr die Stufen heraufkam, fing sie auf, als sie zusammenbrach und setzte sie in der Ecke auf ein Kissen aus gestapelten Planen und lehnte sie mit dem Rücken an ein paar zylindrische Taurollen, und da saß sie nun mit seitlich angezogenen Knien und abgewandtem Kopf, ein schönes Mädchen, wie ich jetzt sehen konnte, mit einem edlen Profil, wie es die Aristokraten meiner Phantasie hatten, mit einer schmalen Nase und einem entzückend gekerbten Halbmond darunter, der sich zu einem Mund hinabschwang, welcher, von der Seite betrachtet, in der Mitte voll war und sich zum Mundwinkel hin zu einer bloßen feinen Linie verjüngte, und mit einer klaren Kinnlinie und einem Hals, der gebogen war wie der eines Wasservogels, und mit – ich wagte, meinen Blick hinabschweifen zu lassen – einem schmalen, zierlichen Brustkorb, an dem die Brüste, so weit ich es ausmachen konnte, von keinerlei Unterwäsche beengt waren, zarte, jedoch zugleich wohl sichtbare Brüste unter dem schimmernden weißen Satin ihres Decolletés. Irving hatte ihr Pelzcape mitgebracht und legte es ihr nun über die Schultern. Und plötzlich waren wir beengend viele im Raum, und mir fiel ein Fleck am unteren Teil ihres Kleides auf, wo irgend etwas klebte.

»Hat überall hingekotzt«, sagte Irving.

»Oh, Miss Lola, das tut mir aber leid«, sagte Mr. Schultz.

»Es gibt nie genug Luft auf einem Schiff. Irving, vielleicht etwas zu trinken.« Aus seiner Manteltasche zog er ein Flacon im Lederfutteral. »Gieß Miss Lola hiervon ein wenig ein.«

Irving stand mit gegen das Schaukeln des Boots gestemmten Beinen da, schraubte eine Metallkappe von der Flasche, goß zielsicher einen Schuß pur hinein und reichte sie der Frau.

»Nur runter damit, Mädchen«, sagte Mr. Schultz. »Das ist guter Malzwhiskey. Der wird den Magen beruhigen.«

Ich verstand nicht, warum sie nicht sahen, daß sie ohnmächtig geworden war, aber sie wußten mehr als ich, der Kopf bewegte sich, sie schlug die Augen auf, und indem sie sich bemühte, wieder Blickschärfe zu gewinnen, übte sie ganz plötzlich Verrat an meiner Knabenromanze: Sie griff nach dem Drink, hielt ihn in der Hand, besah ihn sich genau, hob ihn an den Mund und kippte ihn hinunter.

»Bravo, Süße«, sagte Mr. Schultz. »Du weißt, was du tust, stimmt's? Ich wette, du weißt in so gut wie jeder Lage, was du zu tun hast, stimmt's? Was? Hast du was gesagt, Bo?«

»Um Himmels willen, Dutch«, flüsterte Bo. »Es ist vorbei, es ist erledigt.«

»Nein, nein, keine Sorge, Bo. Der Dame wird kein Haar gekrümmt werden. Ich gebe dir mein Wort. Also, Miss Lola«, sagte er, »Sie sehen ja, in welchen Schwierigkeiten Bo steckt. Wie lange waren Sie noch mal zusammen?«

Sie war nicht bereit, ihn anzusehen oder ein Wort zu sagen. Die Hand in ihrem Schoß wurde schlaff. Die Metallkappe rollte ihr vom Knie und blieb in einem Spalt der Bodendielen liegen. Sogleich hob Irving sie auf.

»Ich hatte nicht das Vergnügen, Sie vor heute abend kennenzulernen, er hat Sie nie mitgebracht, obwohl klar war, daß Bo sich verliebt hatte, mein Junggeselle Bo, mein Lady-Killer. Daß ihm jemand den Kopf verdreht hatte, war klar. Und das verstehe ich jetzt auch, und ob ich es verstehe. Aber er nennt Sie Lola, und ich bin sicher, Sie heißen nicht so. Ich kenne sämtliche Mädchen, die Lola heißen.«

Irving tat einen Schritt, gab Mr. Schultz den Flakon, ging weiter, bergan in diesem Moment, denn das Schiff glitt mit steilem Bug einen Wellenrücken hinauf; er erreichte die vordere Leiter, wandte sich um und beobachtete, abwartend wie wir alle, das Mädchen, das, während das Schiff unter uns herabstürzte, nicht antworten wollte, sondern nun mit zwei Tränenbächen dasaß, zwei lautlosen Tränenbächen auf den Wangen, und die ganze Welt bestand aus Wasser, innen und außen, solange sie nicht sprach.

»Aber sei dem, wie dem sei«, fuhr Mr. Schultz fort, »wer Sie auch sind, Sie sehen, in welchen Schwierigkeiten Bo steckt. Stimmt's, Bo? Zeig ihr, daß du bestimmte Dinge in deinem Leben nicht mehr tun kannst, Bo. Zeig ihr, daß die einfachsten Dinge, wie die Beine übereinanderschlagen, dich an der Nase kratzen, für dich nicht mehr machbar sind. Na klar, er kann schreien, er kann brüllen. Aber er kann den Fuß nicht heben, kann den Hosenschlitz nicht öffnen oder den Gürtel aufschnallen, er kann überhaupt nicht mehr viel machen, Miss Lola. Schritt für Schritt nimmt er Abschied von seinem Leben. Also, antworte mir jetzt, Süße. Ich bin einfach neugierig. Wo habt ihr zwei euch kennengelernt? Wie lange wart ihr schon Turteltäubchen?«

»Nicht antworten!« brüllte Bo. »Das hat mit ihr nichts zu tun! He, Dutch, suchst du nach Gründen? Ich kann dir sämtliche Gründe der Welt nennen, und sie laufen alle darauf hinaus, daß du ein Arschloch bist.«

»Aah, so schmutzige Wörter«, sagte Mr. Schultz. »Und das vor dieser Frau. Und vor dem Jungen. Hier sind Frauen und Kinder, Bo.«

»Weißt du, wie sie ihn nennen? Knappsack. Knappsack Schultz.« Bo lachte gackernd. »Jeder hat einen Namen, und das ist seiner, Knappsack. Handelt mit dieser gebrauten Katzenpisse, die er Bier nennt, und zahlt nicht mal dafür. Knickert mit Lohnzahlungen, hat so viel Geld, daß er nicht weiß, wohin damit, und feilscht mit seinen Partnern immer noch um jeden Cent. Hat ein Unternehmen von dieser Größe, Bier, Gewerkschaften, Wettgeschäfte, und führt es wie eine poplige Trinkhalle. Hab ich recht, Knappsack?«

Mr. Schultz nickte bedächtig. »Aber schau mal, Bo«, sagte er, »ich steh hier, und du sitzt da und bist völlig am Ende und wer möchtest du in diesem Moment wohl lieber sein, Mr. Stilvoll Bo Weinberg? Machenschaften gegen den Mann, für den man arbeitet? Ist das vielleicht Stil?«

»Deine Mutter sollst du ficken, während sie durch die Luft segelt«, sagte Bo. »Dein Vater soll Pferdescheiße vom Pflaster lecken, dein Kind soll dir gekocht mit einem Apfel im Mund auf einer Platte serviert werden.«

»Ach, Bo.« Mr. Schultz verdrehte die Augen. Stumm streckte er die Arme vor und hob die Handflächen flehentlich zum Himmel. Dann richtete er den Blick wieder auf Bo, ließ die Arme fallen und schlug sich gegen die Schenkel. »Ich geb's auf«, murmelte er. »Alle Wetten sind ungültig. Irving, gibt es da unten noch eine Kabine, die nicht belegt gewesen ist?«

»Die Backbordkabine«, sagte Irving. »Die nach hinten geht,« fügte er erläuternd hinzu.

»Danke. Nun, Miss Lola, hätten Sie die Güte?« Mr. Schultz reichte der sitzenden Frau die Hand, als wären sie auf einem Ball. Sie hielt die Luft an und krümmte sich von seiner Hand weg, sie zog die Knie in ihr Abendkleid und drückte sich nach hinten, was Mr. Schultz dazu brachte, einen Moment lang seine Hand anzusehen, als versuche er zu entdecken, was sie daran so abstoßend fand. Alle sahen wir auf seine Hand, Bo unter seinen drohenden Brauen hervor, während er zugleich merkwürdige Würgegeräusche von sich gab und seine Ohren und sein Nacken von der Anstrengung, Irvings Seile zu sprengen, rot anliefen. Mr. Schultz hatte kurze, dicke Finger und da, wo Daumen und Zeigefinger zusammentrafen, einen fleischigen Wulst. Seine Nägel brauchten eine Maniküre. Spärliche Kolonien von schwarzen Haaren wuchsen hinter jedem Gelenk. Er riß die Frau mit einem Ruck auf die Füße, so daß sie aufschrie, und hielt sie am Handgelenk fest, während er sich zu Bo umwandte.

»Sehen Sie, Mädchen«, sagte er, obwohl er sie nicht ansah, »er denkt nicht dran, die Sache zu erleichtern, da müssen wir es eben für ihn tun. Damit es ihm schnurzegal ist, wenn der Moment kommt. Damit er sich dann nur freut.«

Das Mädchen vor sich herschiebend, stieg Mr. Schultz ein Deck tiefer. Ich hörte, daß sie auf den Stufen ausglitt und aufschrie, und dann Mr. Schultz, der ihr befahl, den Mund zu halten, und dann ein dünnes, langgezogenes Wimmern, und dann das Zuschlagen einer Tür, und dann nur noch den Wind und das Klatschen von Wasser.

Ich wußte nicht, was ich tun sollte. Ich saß noch immer auf der Wandbank, klammerte mich vornübergebeugt mit den Händen an das Brett und spürte den Widerhall des Motors in den Knochen. Irving räusperte sich und stieg über die Leiter ins Ruderhaus. Ich war jetzt mit Bo Weinberg allein, dem in der Einsamkeit seiner Qual der Kopf nach vorne gesunken war, und ich wollte nicht mit ihm allein sein, deshalb nahm ich Irvings Platz am Fuß der Leiter ein und fing an, sie zu erklimmen, Sprosse um Sprosse, aber mit dem Rücken zur Leiter; und so stieg ich rückwärts, die Fersen voran, hinauf, bis ich auf halber Höhe zwischen Boden und Luke haltmachte und mich dort festhakte, weil Irving begonnen hatte, mit dem Kapitän des Schiffs zu sprechen. Es war düster dort oben, als ich hinaufspähte, oder vielleicht so düster wie das Licht von einem Kompaß oder einem andern Instrument auf dem Armaturenbrett, und ich konnte sie mir vorstellen, wie sie von jener Höhe über den Bug hinausstarrten, während sie sich unterhielten, wie sie hinausblickten aufs Meer, während das Schiff seiner unerforschlichen Bestimmung entgegenfuhr.

»Weißt du«, sagte Irving mit seiner trockenen, rauhen Stimme, »ich hab mal auf dem Wasser angefangen. Ich hab für Big Bill Schnellboote gefahren.«

»Ach was?«

»Na klar. Wie lang ist das jetzt her, zehn Jahre? Der hatte gute Schiffe. Mit Liberty-Motoren, fuhren mit Ladung fünfunddreißig Knoten.«

»Klar«, sagte der Kapitän. »Hab die Schiffe gekannt. Ich erinnere mich noch an die *Mary B.* Und an die *Bettina.*«

»Stimmt«, sagte Irving. »Und die *King Fisher.* Die *Galway.*«

»Irving«, sagte Bo Weinberg von seinem Zuber aus.

»Sind hier zum Row rausgefahren«, sagte Irving, »haben die Kisten geladen und waren wie nichts wieder drüben in Brooklyn oder in Höhe der Canal Street.«

»Klar«, sagte der Kapitän. »Wir kannten die Namen und die Nummern. Wir wußten, welche Schiffe Bill gehörten und mit welchen wir uns anlegen konnten.«

»Was?« fragte Irving, und das Wort schien von einem matten Lächeln getönt, das ich mir dort oben im Dunkeln vorstellte.

»Klar«, sagte der Kapitän. »Ich habe damals ein Küstenwachboot gesteuert, die C.G. zwo-acht-zwo.«

»Ich krieg die Motten«, sagte Irving.

»Hab euch vorbeifahren sehen. Na, was sollte man denn zum Teufel auch machen, ein Leutnant mit einer Stange von Dienstjahren auf dem Buckel bekam damals nur einen Hunderter und ein bißchen Kleingeld im Monat.«

»Irving!« brüllte Bo. »Um Himmels willen!«

»Er sorgte für alles«, sagte Irving. »Das habe ich an Bill so geschätzt. Nichts blieb dem Zufall überlassen. Nach dem ersten Jahr brauchten wir nicht mal Bares bei uns zu haben. Bekamen alles auf Kredit, wie die feinen Leute. Ja, Bo?« hörte ich Irving am oberen Ende der Leiter sagen.

»Mach Schluß mit mir, Irving. Ich bitte dich, setz mir einen Revolver an den Kopf.«

»Bo, du weißt, das kann ich nicht machen.«

»Er ist ein Verrückter, ein Wahnsinniger. Er foltert mich.«

»Es tut mir leid«, sagte Irving mit seiner weichen Stimme.

»Der Ire hat ihm übler mitgespielt. Ich habe den Iren für ihn beseitigt. Was glaubst du wohl, wie ich das gemacht habe – ihn an den Daumen aufgehängt, wie es hier mit mir passiert? Glaubst du, ich habe ihm Zeit gelassen, in sich zu gehen? Ich hab's erledigt, wumm, war's vorbei. Ich habe es barmherzig gemacht«, sagte Bo. »Barm-her-zig«, sagte er, und das Wort brach mit einem Schluchzen aus ihm hervor.

»Einen Drink könnte ich dir geben, Bo«, rief Irving hinunter. »Willst du einen Drink?«

Aber Bo schluchzte und schien nicht zu hören, und im nächsten Moment war Irving von der Luke verschwunden.

Der Kapitän hatte das Funkgerät eingeschaltet und drehte den Knopf durch die Störgeräusche hindurch, bis Stimmen zu hören waren. Er hielt die Lautstärke niedrig, als käme Musik. Irgendwelche Leute sagten etwas. Andere Leute antworteten. Sie bestätigten ihre Positionen. Sie befanden sich nicht auf diesem Schiff.

»Das war saubere Arbeit«, sagte Irving zum Kapitän. »Es war gute Arbeit. Das Wetter hat mir nie was ausgemacht. Hat mir immer gefallen. Es hat mir gefallen, genau da zu landen, wo ich es geplant hatte, und genau im vorgesehenen Moment.«

»Klar«, sagte der Kapitän.

»Ich bin auf City Island groß geworden«, sagte Irving. »Ich bin neben einer Werft geboren. Wenn mit mir alles nicht so geklappt hätte, wie es dann geklappt hat, wäre ich zur Marine gegangen.«

Bo Weinberg stöhnte das Wort *Mama*. Immer wieder, *Mama, Mama.*

»Ich fand es immer gut, wenn man die Arbeit für die Nacht hinter sich hatte«, sagte Irving. »Wir hatten die Schiffe in der Wassergarage oben an der 132nd Street stehen.«

»Klar«, sagte der Kapitän.

»Du kamst den East River rauf, gerade bevor es dämmerte. Die Stadt lag im Tiefschlaf da. Erst sahst du die Sonne auf den Möwen, sie wurden weiß. Dann wurde die Spitze des Hell Gate zu Gold.«

2

Das Jonglieren hatte mich dort hingebracht, wo ich war. Immer wenn wir beim Lagerhaus an der Park Avenue herumhingen, und ich meine nicht die legendäre reiche Park Avenue, sondern die Park Avenue der Bronx, eine merkwürdig charakterlose Straße mit Garagen und eingeschossigen Werkstätten und Höfen von Steinmetzen und ab und zu einem mit Teerpappe, die wie Klinker aussehen sollte, verkleideten Holzhaus, ein mit unebenen quadratischen Steinen gepflasterter Boulevard, dessen nördliche und südliche Straßenseite ein breiter Graben trennte, auf dessen Grund zehn Meter unter dem Fahrbahnniveau die Züge der New-York-Central-Linie unter kreischendem Getöse durchsausten und manchmal mit Windstößen, die den schiefen, verbogenen Zaun aus Eisenspeeren am Rand des Grabens schwanken ließen, woran wir so gewöhnt waren, daß wir unser Gespräch unterbrachen und es mitten im Satz fortführten, wenn der Krach nachließ – und immer, wenn wir dort herumhingen, um einen Blick auf die Bierlaster zu erhaschen, warfen die andern Typen mit Pennies auf die Mauer oder spielten auf dem Trottoir mit Kronkorken Schnippschnapp oder vergeudeten einfach ihre Zeit mit Spekulationen darüber, was sie tun würden, wenn sie Mr. Schultz je auffielen, wie sie sich als Bandenmitglieder bewähren würden, wie sie aufsteigen und die frischen Hundertdollarnoten auf die Küchenti sche ihrer Mütter werfen würden, die sie angeschrien, und ihrer Väter, die ihnen den Arsch versohlt hatten, immer dann übte ich Jonglieren. Ich jonglierte mit allem, mit rosa Gummibällen, Steinen, Orangen, leeren grünen Coca-Cola-Flaschen, ich jonglierte mit Brötchen, die wir warm aus den Kästen in den Lieferwagen der Bäckerei Pechter stahlen, und da ich so beharrlich jonglierte, belästigte mich keiner deswegen, höchstens versuchte ab und zu jemand, weil es eben etwas war, was niemand sonst konnte, mich aus dem Rhythmus zu bringen, indem er mir einen Schubs gab, oder versuchte, eine der Orangen in der Luft zu fangen und damit wegzurennen, denn ich war nun mal dafür bekannt, es war einem nervösen Tick vergleichbar, etwas mich Kennzeichnendes, wofür ich aber schließlich nichts konnte. Und wenn ich nicht jonglierte, zauberte ich, versuchte Münzen verschwinden und in den schmutzigen Ohren der andern wieder auftauchen zu lassen, oder ich gab Kartentricks mit speziell gemischten Päckchen und geknickten Assen zum Besten, so daß sie mich Mandrake nannten, nach dem Comic-Zauberer aus Hearsts *New York American,* einem schnurrbärtigen Burschen mit Smoking und Zylinder, der mich so wenig interessierte wie Zaubern, denn es kam mir nicht auf das Zaubern an, darauf kam es mir nie an, sondern auf Gewandtheit, die ich genauso übte, wenn ich wie ein Seiltänzer über die Speerspitzen des Zauns balancierte, während unter mir die Züge stürmisch vorbeisausten, oder wenn ich Saltos rückwärts sprang oder Handstand machte oder Rad schlug oder was meinem von Beweglichkeit besessenen Hirn sonst noch einfiel. Ich hatte Gummigelenke, ich konnte rennen wie der Wind, ich besaß scharfe Augen und konnte die Stille hören und den Beamten, der uns zur Schule schicken sollte, schon riechen, noch bevor er um die Ecke gebogen war, und eigentlich hätten sie mich Phantom nennen sollen, nach jenem andern Comic-Helden in Hearsts *New York American,* der eine Helmmaske aus einem Stich und ein hautenges, gummiertes lila Trikot trug und nur einen Wolf zum Gefährten hatte, aber die meisten waren blöde Jungen, und sie kamen nicht einmal auf die Idee, mich Phantom zu nennen, nicht einmal, nachdem ich in das *Reich* verschwunden war, als einziger von ihnen, die alle davon geträumt hatten.

Das Lagerhaus an der Park Avenue war eines von mehreren, die von der Schultz-Gang zur Lagerung des illegalen Biers unterhalten wurden. Es wurde aus Union City, New Jersey, und Orten weiter westlich herangeschafft, und wenn ein Lastwagen ankam, brauchte er nicht mal zu hupen, die Tore des Lagerhauses öffneten sich und ließen ihn ein, als wären sie mit Intelligenz ausgestattet. Die Lastwagen stammten aus dem Weltkrieg und hatten noch die ursprüngliche Khaki- Militärfarbe, kantig abgeschnittene Kühler, doppelte Hinterräder und Kettenradantriebe, die klangen, als würden Knochen gemahlen; die Ladeflächen waren von Pflöcken umgeben, an denen selbstgemachte Leisten befestigt waren, und mit seltsamer, sogar auffälliger Geheimnistuerei waren Planen über die Ladung gezurrt, als wüßte keiner, woraus sie bestand. Doch wenn ein Lastwagen um die Ecke bog, roch die ganze Straße nach Bier, die Wagen schleppten ihren Wildgeruch mit sich herum wie die Elefanten im Zoo der Bronx. Und die Männer, die aus der Kabine stiegen, waren keine gewöhnlichen Lastwagenfahrer mit flachen Schirmmützen und Plaidjacken, sondern Männer in Mänteln und weichen Filzhüten, die, während die Fahrer vom Innendienst die Laster rückwärts in die schwarzen Höhlen fuhren, in die wir so furchtbar gern hineingesehen hätten, sich auf eine Weise in der hohlen Hand ihre Zigaretten anzündeten, die mich an Offiziere bei der Rückkehr von einer Patrouille durchs Niemandsland denken ließ. Gerade diese Atmosphäre offenkundiger, gesetzloser

Macht und militärischer Unabhängigkeit war so erregend für Jungen; wie ein Schwarm verdreckter Brieftauben hingen wir dort herum, gurrten und glucksten und flogen vom Boden auf, sobald wir die mahlenden Kettengeräusche hörten und den grinsenden Armeelaster seinen Kühler um die Ecke schieben sahen. Natürlich war dies nur eines der Bierlager von Mr. Schultz, und wir wußten nicht, wie viele er besaß, wußten jedoch, daß es eine ganze Reihe waren, und keiner von uns hatte ihn tatsächlich jemals gesehen, obwohl wir die Hoffnung nie aufgaben, und in der Zwischenzeit fanden wir es ehrenvoll, daß unsere Wohngegend gut genug war, eine seiner Niederlassungen zu beherbergen, wir waren stolz darauf, sein Vertrauen zu verdienen, und in unseren seltenen sentimentalen Augenblicken, wenn wir uns einmal nicht gegenseitig wegen unserer Hochnäsigkeit aufzogen, glaubten wir, daß wir einem noblen Ganzen angehörten und gewiß Kindern aus gewöhnlichen Gegenden an Rang überlegen waren, die sich nicht eines Bierlagers rühmen konnten und auch nicht der damit einhergehenden reichen Kultur bedrohlich dreinschauender, rasurbedürftiger Männer und einer Polizeiwache, deren Besatzung es als Ehrensache betrachtete, nie frische Luft schnappen zu gehen, wenn es sich irgend vermeiden ließ.

Von besonderem Interesse für mich war, daß Mr. Schultz dieses Unternehmen mit allem Prunk des Verbotenen aufrechterhielt, obwohl doch die Prohibition aufgehoben war. Ich glaubte, dies bedeute, daß der Handel mit Bier – wie mit Gold – seinem Wesen nach gefahrvoll sei, wie legal er auch geworden sein mochte, oder daß die Leute besseres Bier als das von Mr. Schultz kaufen würden, wenn er sie nicht weiterhin einschüchterte, und das hieß atemberaubenderweise, daß er sein Unternehmen als unabhängiges Königreich ansah, in dem seine Gesetze galten, nicht die der Gesellschaft, und daß er sich keinen Deut darum scherte, was gerade legal oder illegal war, daß er die Geschäfte so führte, wie er es für richtig hielt, und wehe dem Wichser, der ihm in die Quere kam.

So also sah es in unserem Herz und unserer Seele aus in jenem Moment in der Geschichte der Bronx, und man wäre bei diesen dünnen, dreckigen Jungen mit verkrusteten Nasen und grünen Zähnen nie darauf gekommen, daß es solche Dinge wie Schule und Bücher gab und eine komplette Zivilisation dazugehöriger Erwachsener, die im grellen Licht der Depression bis zur Unwirklichkeit verblaßten. Am allerwenigsten bei meiner Person. Und dann saßen eines Tages – ich weiß noch, es war besonders schwül, ein so heißer Julitag, daß das Unkraut entlang des Eisenzaunes auf die Erde hing und sichtbare Hitzewellen vom Pflaster aufstiegen – alle Jungen in einer trägen Reihe an der Lagerhausmauer, und ich stand auf der andern Seite der schmalen Straße inmitten des Unkrauts und der Steine oberhalb der Geleise und führte meine neueste Nummer vor, das Jonglieren mit einem Sortiment von Gegenständen unterschiedlichen Gewichts, ein galileisches Manöver, zu welchem zwei Gummibälle, eine Navelorange, ein Ei und ein schwarzer Stein gehören und bei dem die Kunst darin besteht, dennoch eine fließende Bewegung zustande zu bringen, den höchsten Punkt der Flugbahn jedes Objekts durch eine kompensierende Wurfrhythmik gleichzuhalten, ein Trick, der eine so vollendete Disziplin verlangt, daß er für den nicht Eingeweihten desto leichter und weniger erstaunlich aussieht, je besser er ausgeführt wird. Daher wußte ich, daß ich nicht nur der Jongleur war, sondern auch der einzige, der zu würdigen wußte, was der Jongleur da leistete, und nach einer Weile vergaß ich die Jungen drüben und blickte in den heißen grauen Himmel, während verschiedenartige Gegenstände durch mein Gesichtsfeld stiegen und fielen wie ein System kreisender Planeten. In einem parallel ablaufenden Bravourstück jonglierte ich auch mit mir selbst, als Artist und zugleich Zuschauer des Artisten, und war so in

Trance, daß ich keinen Sinn für die übrige Welt hatte, für das LaSalle-Coupe zum Beispiel, das aus der 177th Street in die Park Avenue einbog, sofort an den Bordstein fuhr und dort mit laufendem Motor vor einem Feuerhydranten stehenblieb, oder für den mit drei Männern besetzten Buick Roadmaster, der als nächstes um die Ecke kam und direkt vor dem Lagerhaus hielt, wodurch er mir, hätte ich hingeschaut, die Sicht auf all die Jungen raubte, die nun langsam aufstanden und sich die Hosenböden abklopften, während aus der rechten Vordertür ein Mann stieg und dann von außen die rechte Hintertür öffnete, aus der in einem angewelkten weißen, zweireihigen Leinenanzug, mit falsch geknöpftem Jackett und einem locker unter dem Hemdkragen hängenden Krawattenknoten und einem großen Taschentuch in der Hand, mit dem er sich das Gesicht wischte, jener Mann stieg, der als Junge in der Gegend einst als Arthur Flegenheimer bekannt gewesen und nun der Welt als Dutch Schultz bekannt war.

Natürlich lüge ich, wenn ich behaupte, ich hätte das alles nicht gesehen, was da ablief, denn es ist mir gegeben, außergewöhnlich gut peripher zu sehen, und ich sah es sehr wohl, aber ich tat so, als merkte ich nicht, daß er mit den Ellenbogen auf dem Wagendach dastand und mit einem Lächeln auf dem Gesicht einem jonglierenden Jungen zusah, dessen Mund leicht offenstand und der wie ein in beseligender Anbetung des Herrn versunkener kleiner Engel himmelwärts schielte. Und dann tat ich etwas sehr Kluges, ich schaute aus meinem System von Umlaufbahnen hinaus über die heiße Straße und ließ auf meinem Gesicht ganz gewöhnliches menschliches Staunen erscheinen, das bedeuten sollte: O mein Gott, da steht er wahrhaftig in Fleisch und Blut und sieht *mir* zu, während ich gleichzeitig die Arme weiter kolbenartig bewegte und nacheinander meine Miniaturplaneten, die beiden Bälle, die Navelorange, das Ei und der Stein, nach einer Abschiedsumlaufbahn in den Raum hinausschweiften und in gleichen

Intervallen über den Zaun schossen, um in der Schlucht der Geleise von New York Central hinter mir zu verschwinden. Und da stand ich nun mit nach oben gekehrten, leeren Handflächen und theatralisch erstarrtem, ehrfürchtigem Blick, der, um die Wahrheit zu sagen, zum guten Teil auch dem entsprach, was ich empfand, und der große Mann lachte und applaudierte und blickte zu dem Adjutanten an seiner Seite hinüber, um diesen zu Beifall zu ermuntern, der auch pflichtschuldig folgte, und dann winkte Mr. Schultz mich mit dem Finger herbei, und ich rannte eilfertig über die Straße und um den Wagen herum, und dort, in einem höfischen Privatgemach, dessen eine Wand die zuschauenden Jungen meiner Bande bildeten, das die offene Packard-Tür an der zweiten und die unergründliche Dunkelheit des Lagerhauses an der dritten Seite begrenzte, dort begegnete ich meinem König von Angesicht zu Angesicht und sah, wie seine Hand ein Bündel neuer Scheine aus der Tasche zog, das so dick war wie ein halber Laib Roggenbrot. Er schälte eine Zehndollarnote ab und klatschte sie mir in die Hand. Und während ich auf den gelassenen Alexander Hamilton in seinem ovalen, stahlgestochenen Schrein aus dem achtzehnten Jahrhundert starrte, hörte ich zum ersten Mal die rauhe, nachhallende Stimme von Mr. Schultz, meinte aber einen überwältigten Moment lang, Mr. Hamilton spreche wie eine zum Leben erwachte Comicfigur, bis ich mich wieder fing und begriff, daß ich den großen Gangster meiner Träume sprechen hörte. »Ein fähiger Junge«, sagte er abschließend, sei es nun zu seinem Partner, zu mir, oder zu sich selbst, und dann senkte sich die fleischige Killerhand wie ein Szepter herab und hielt für einen Augenblick meine Backe, mein Kinn und meinen Hals in ihren heißen Polstern und entfernte sich wieder, und dann verschwand der Rücken von Dutch Schultz in den dunklen Tiefen des Bierlagers, und die großen Tore schwangen kreischend zu und schlossen sich mit lautem Donner hinter ihm.

Was nun geschah, zeigte mir augenblicklich die Folgen eines revolutionären Geschicks: Ich war sofort von den andern Jungen umringt, die wie ich allesamt auf die nagelneue Zehndollarnote glotzten, die flach auf meiner Hand lag. Mir dämmerte, daß mir höchstens eine halbe Minute blieb, bevor der Stamm mich opfern würde. Einer würde eine Bemerkung machen, ein anderer würde mir die Handkante gegen die Schulter hauen, Wut und Ressentiment würden auflodern, und schon wäre der kollektive Beschluß gefaßt, den Schatz zu teilen und mir eine Lektion zu verpassen – die wahrscheinlich darauf hinauslaufen würde, daß ich ein hochnäsiger Arschkriecher sei, dem man den Kopf einschlagen werde, weil er sich für was Besseres halte als alle anderen. »Schaut mal her«, sagte ich und zeigte den Geldschein vor, aber in Wirklichkeit streckte ich die Arme aus, um den Kreis weit zu halten, denn bevor der Angriff kommt, wird man irgendwie eingepfercht, werden die natürlichen Territorialrechte des Körpers geschmälert; und darum nahm ich den neuen Geldschein zwischen die Finger, faltete ihn einmal der Länge nach und dann noch einmal, und dann noch zweimal, bis er die Größe einer Briefmarke hatte, und dann ließ ich, Hokuspokus, meine Hände übereinander schwirren, schnippte mit den Fingern, und die Zehndollarnote war weg. O ihr elenden, blöden Tölpel, daß ich meine verwaiste Seele je an eure jämmerliche Gesellschaft binden mußte, ihr Ramschladendiebe, ihr Schnüffler, die ihr eure eigenen kleinen Geschwister beklaut, ihr Nullen, die ihr es gewagt habt, nach einem genialen, verbrecherischen Leben zu trachten, mit euren toten, einfältigen Augen, eurem schlaffen Kinn und eurem krummen Affenrücken – ich scheiße für immer auf euch, ich verurteile euch zu Mietskasernen und brüllenden Bälgern und trägen Frauen und einem langsamen Tod an unsäglicher Unterjochung, ich verdamme euch zu Kleinkriminalität und mieser Entlohnung und zu einem vergitterten

Ausblick bis zum Ende eurer Tage. »Da!« rief ich und deutete in die Höhe, und sie folgten meiner Hand in der Erwartung, ich würde den Geldschein aus der Luft fischen, wie ich es so oft mit ihren Münzen, Murmeln und Kaninchenpfoten gemacht hatte, und in diesem Augenblick, als sie gläubig hinaufglotzten ins Nichts, duckte ich mich unter ihren Armen hindurch und rannte davon wie der Teufel.

Wenn ich einmal rannte, kriegte mich keiner mehr, obwohl sie es versuchten. Ich rannte die 177th Street hinunter zur Washington Avenue, bog nach rechts ab und rannte südwärts, wobei mir einige auf den Fersen waren und mir andere auf der gegenüberliegenden Straßenseite nachsetzten und manche hinter mir in Seitenstraßen ausschwärmten, in der Erwartung, ich würde einen Haken schlagen und ihnen in die Arme laufen, aber ich rannte zielstrebig geradeaus, ich wollte wirklich fort, und einer nach dem andern blieben sie japsend zurück, und zur Sicherheit wechselte ich noch einmal die Richtung, und endlich war ich wirklich allein. Ich befand mich in der Schlucht unter der Third-Avenue-Hochbahn. An der Tür eines Pfandhauses hielt ich an, lockerte die Schnürsenkel eines meiner Turnschuhe, strich den Geldschein glatt und schob ihn so weit nach unten, wie es nur ging. Dann zog ich den Schnürsenkel wieder fest und rannte weiter. Ich rannte nun aus reiner Lust, wie ein Film flimmernd zwischen Sonnenlicht und Schatten unter den Schienen der Hochbahn, und ich empfand jeden wärmenden Streifen Sonne, das rasche Blenden in meinen Augen wie die Berührung durch die Hand von Mr. Schultz.

Tagelang war ich wie verwandelt; ich war still und fügte mich den Obrigkeiten, ging sogar zur Schule. Eines Abends versuchte ich, meine Hausaufgaben zu machen, und Mama schaute von ihrem Tisch voller gläserner Kelche auf, die nicht Wasser, sondern Feuer enthielten – denn es gehört zum Zustand der Trauer, daß ein Element des Lebens sich in ein anderes verwandelt; man füllt ein Glas mit Wasser, und Hokuspokus ist es eine brennende Kerze –, und sie sagte, Billy (so heiße ich), Billy, irgendwas stimmt nicht, was hast du getan? Das war ein interessanter Augenblick, und ich fragte mich, ob er andauern würde, aber es war nicht mehr als ein Augenblick, und dann richtete ihre Aufmerksamkeit sich wieder auf die Kerzen, und sie wandte sich erneut ihrem Küchentisch voller Lichter zu. Sie starrte in die Lichter, als läse sie in ihnen, als bilde jede tanzende Flamme einen flüchtigen Buchstaben ihrer Religion. Tag und Nacht, winters und sommers, las sie in den Lichtern, von denen sie einen ganzen Tisch voll besaß; man brauchte nur einmal im Jahr ein einziges anzuzünden, aber Anlässe zum Gedenken hatte sie mehr als genug, sie sehnte sich nach Erleuchtung.

Ich hockte mich auf die Feuertreppe hinaus, um die kühle Nachtbrise abzuwarten, und setzte die für mich untypischen Überlegungen fort. Ich hatte nichts im Sinn gehabt, als ich vor dem Bierlager jonglierte. Meine Sehnsucht war ebenso wenig auf etwas Bestimmtes gerichtet wie die aller andern, sie hing eben mit der Gegend zusammen, in der ich wohnte; hätte ich unten in der Nähe des Yankee-Stadions gewohnt, hätte ich gewußt, welchen Nebeneingang die Spieler benutzten, oder wenn ich in Riverdale gewohnt hätte, wäre vielleicht der Bürgermeister auf der Heimfahrt von der Arbeit in seinem Polizeiwagen vorbeigekommen und hätte gewinkt; derlei gehörte zur Kultur der Gegend, in der man wohnte, und für jeden von uns war es nie mehr als das, und sehr oft sogar weniger als zum Beispiel die Frage, ob Jahre, bevor wir geboren waren, Gene Autry eines Samstag abends ins Fox Theatre an der Tremont Avenue gekommen war, um zwischen den Vorführungen seines Films mit seiner Western Band zu singen – das war unsere Kultur, und wir besaßen sie, und es war gleichgültig, worin sie bestand, solange sie uns gehörte, sie bestätigte einem die eigene Vorstellung von Ruhm, die einfach darin bestand, daß man in der Welt aktenkundig war, daß man bekannt war, oder die gleiche Aussicht hatte wie einst die Großen und Beinahegroßen. Daß sie etwas über die Straße wußten, in der man lebte. Um mehr ging es nicht, hatte ich zumindest geglaubt, und ich konnte wirklich nicht vorgehabt haben, an jedem Tag meines untätigen Lebens unaufhörlich so lange zu jonglieren, bis Mr. Schultz kam – es war einfach passiert. Aber nun, da es passiert war, empfand ich es als Schicksal. Zufälle hielten die Welt in Gang, aber jeder Zufall hatte auch prophetische Bedeutung. Da saß ich mit dem Hintern auf dem Fensterbrett und mit den Füßen auf den rostigen Eisenstäben, und entfaltete für die verdorrten Stengel in den Blumentöpfen meinen Zehndollarschein, faltete ihn klein und ließ ihn ein über das andere Mal verschwinden, aber er tauchte immer von neuem wieder auf, um sich von mir entfalten zu lassen.

Genau gegenüber auf der anderen Straßenseite lag das Max-und-Dora-Diamond-Heim für Kinder, das jedermann das Waisenhaus nannte. Es war ein rotes Sandsteingebäude mit Granitdekor um die Fenster und unter dem Dach; zum Eingang führte eine großartig geschwungene Doppeltreppe hinauf, deren Stufen unten breiter waren als oben und deren beide Hälften einen Stock über dem Souterrain an der Eingangstür zusammentrafen. Auf beiden Treppen hockten und rekelten sich Scharen von Kindern, ihr Geplapper klang wie Vogelgezwitscher, und ständig liefen welche die Stufen hinauf und hinunter, so daß immer neue Gruppierungen entstanden, und manche saßen auch auf den Geländern, genau wie Vögel, wie Stadtvögel, Spatzen oder Stärlinge. Sie scharten sich auf den steinernen Stufen und hingen an den Geländern, als wäre das Gebäude Max und Dora selber, die mit ihren Kindern die Abendluft genossen. Ich wußte nicht, wo man sie alle unterbrachte. Das Gebäude war für eine Schule zu klein und für ein Apartmenthaus nicht hoch genug und so entworfen, daß es frei auf einem großen Grundstück hätte stehen müssen, wie es in der Bronx einfach nicht zu haben war, nicht einmal für die Wohltäterfamilie Diamond; aber es besaß so etwas wie versteckte Geräumigkeit und eine ganz eigene heruntergekommene Würde, und es hatte mir die meisten Freunde meiner Kindheit verschafft sowie etliche prägende sexuelle Erfahrungen. Und nun sah ich einen der Unverbesserlichen unter den Waisen die Straße herunterkommen, meinen alten Kumpel Arnold Garbage. Er schob seinen Kinderwagen vor sich her, hoch beladen mit den geheimnisvollen Schätzen des Tages. Er hatte einen langen Arbeitstag, dieser Garbage. Ich sah zu, wie er die Karre hart die Kellerstufen unter der großen geschwungenen Eingangstreppe hinunterrumsen ließ. Die kleineren Kinder nahm er nicht zur Kenntnis. Seine Tür öffnete sich ins Dunkle, und dann verschwand er.

Als ich noch jünger gewesen war, hatte ich viel Zeit im Waisenhaus verbracht, so viel Zeit, daß ich es lernte, mich durch ihre Säle zu bewegen wie einer von ihnen, wie sie mit dem Waisenerbteil empfindlicher blauer Flecken zu leben. Und nie blickte ich durch die Fenster zu meinem Haus hinüber. Es war sehr seltsam, daß ich mich allmählich als einer von ihnen fühlte, denn zu jener Zeit hatte ich noch eine Mutter, die aus dem Haus ging und heimkam wie andere Mütter auch, und in der Tat genoß ich etwas, was einem Familienleben täuschend glich, einschließlich eines laut an die Tür schlagenden Hauswirts und Schluchzen bis zum Morgengrauen.

Als ich nun in die Küche hinter mir blickte, war dies der einzige Raum, der inmitten des sich in der Wohnung ausbreitenden Dunkels glitzerte wie ein Opernhaus, von den Gedenkkerzen meiner Mutter erleuchtet, und ich fragte mich, ob mein großes Glück nicht eine längere Geschichte hatte, als ich angesichts der Nachbarschaft jenes Waisenhauses mit seinem unheimlichen Einfluß dachte, als ob eine Art zähfließender Unglückslava sich über die Straße ergossen hätte und von Jahr zu Jahr höher stieg, um aus meinem Haus ein weiteres Max-und-Dora-Diamond-Stift zu machen.

Natürlich hatte ich schon lange aufgehört, dort zu spielen und mir angewöhnt, zur andern Seite der Webster Avenue hinunterzuschlendern, wo es Banden von Jungen gab, die mehr in meinem Alter waren, denn ich betrachtete das Waisenhaus mit der Zeit immer mehr als einen Ort für Kinder, was es ja auch tatsächlich war. Aber ich hatte noch immer Kontakt zu einigen der unverbesserlichen Mädchen, und Arnold Garbage besuchte ich immer noch gern. Ich weiß nicht, wie er wirklich hieß, aber kam es darauf vielleicht an? An jedem Tag seines Lebens zog er durch die Bronx und lüpfte die Mülltonnendeckel und fand Sachen. Er stöberte in den Straßen und Hintergassen umher, in den Hausfluren unter den Treppen, auf leeren Grundstücken, in Hinterhöfen, hinter den Läden, in den Kellern. Es war keine leichte Arbeit, denn in jener Zeit unseres Lebens war Müll ein Handelsgut, und es gab Konkurrenz. Altwarenhändler machten mit ihren zweirädrigen Karren die Runde, und die Trödler mit ihren Bündeln auf dem Rücken und Drehorgelspieler und Landstreicher und Säufer, aber auch Leute, die nicht gerade Ausschau hielten nach verwertbarem Abfall, aber ihn auflasen, wenn ihr Blick darauf fiel. Doch Garbage war ein Genie, er fand Dinge, die andere Müllstöberer aussortierten, sah einen Wert in Kram, den der zerlumpteste, verzweifeltste Vagabund nicht anrührte. Er besaß von Natur einen kartographischen Sinn, an verschiedenen Tagen des Monats zog es ihn in unterschiedliche Wohngegenden, und ich glaube, seine bloße Gegenwart in einer Straße genügte, die Leute dazu zu bringen, Sachen die Treppen hinunter und aus dem Fenster zu schmeißen. Und durch sein jahrelanges Sammeln hatte er jeden daran gewöhnt, es zu respektieren, er ging nie zur Schule, er kam nie seinen häuslichen Pflichten nach, er lebte, als wäre er allein, und es klappte alles vorzüglich für diesen dicken, intelligenten, fast sprachlosen Jungen, der diese Lebensweise mit so geheimnisvoller, besessener Zielstrebigkeit gefunden hatte, daß sie natürlich – und logisch – wirkte und man sich fragte, warum man nicht selbst so lebte. Mit dieser Liebe für alles Kaputte, Zerrissene, Abblätternde. Mit dieser Liebe für das, was nicht funktionierte. Für Verbogenes und Gesprungenes und nicht mehr Vollständiges. Für das, was stank, und für das, wovon niemand sonst den Dreck abkratzen mochte, um zu sehen, was es war. Mit dieser Liebe für das der Form nach schwer Bestimmbare, unergründlichen Zwecken Dienende, mit keiner Funktion Verbindbare. Warum man all das nicht selbst liebte und behielt. Diese für mich untypischen Gedanken führten zu einem Entschluß. Ich ließ meine Mutter bei ihren Lichtern sitzen, schwang mich über das Geländer der Feuerleiter und kletterte hinunter, vorbei an den offenen Fenstern von Leuten in sommerlicher Unterwäsche, um einen Moment lang an der letzten Sprosse zu baumeln, bevor ich mich aufs Trottoir fallen ließ, wo ich bereits rennend landete. Jede Deckung nützend flitzte ich über die Straße, duckte mich unter die Stufen des Max-und-Dora-Diamond-Heims für Kinder und sauste ins Souterrain, wo Arnold Garbage sein Büro hatte. Hier roch es nach Asche, und zu allen Jahreszeiten gab es hier Aschenwärme und eine bittere, trockene Luft, durchsetzt mit Kohleteilchen sowie den Ausdünstungen faulender Kartoffeln oder Zwiebeln, was ich ohne Frage dem feuchten, in den Fluren und Sälen oben vorherrschenden Geruch nach Generationen pinkelnder Kinder vorzog. Und hier war Garbage damit beschäftigt, seine Neuerwerbungen dem großen Vermögensbestand seines Lebens einzuverleiben. Und ich sagte ihm, ich wolle eine Pistole haben. Es gab für mich keinen Zweifel, daß er sie beschaffen konnte.

Wie mir Mr. Schultz später in einem Moment der Erinnerung sagte: Beim ersten Mal ist es atemberaubend, du spürst dieses Gewicht in der Hand, und berechnend denkst du, wenn sie mir bloß glauben, daß ich imstande bin, dieses Ding abzudrücken, du bist nämlich noch der Alte, verstehst du, der kleine Scheißer mit seinem schissigen Denken, du bist darauf angewiesen, daß sie dir helfen, daß sie dir beibringen, wie's gemacht wird, und so fängt es an, so mies, und vielleicht liegt es an deinem Blick oder am Zittern deiner Hand, jedenfalls bietet sich der Moment unübersehbar an, wie ein Preis, den jeder erringen kann, hängt da in der Luft wie der Strauß der Braut. Denn die Pistole bedeutet noch gar nichts, bevor sie nicht wirklich dir gehört. Und dann passiert etwas, du begreifst, daß du tot bist, wenn du sie dir nicht wirklich aneignest, du hast die Situation geschaffen, aber sie hat ihre eigene, ungebundene Wut, für jeden verfügbar, und die nimmst du in dich auf, wie Zorn darauf, daß sie dir das angetan haben, diese Leute, die auf deine Pistole starren, daß es deren unerträgliches Verbrechen ist, die Leute zu sein, auf die du deine Pistole richtest. Und in diesem Augenblick bist du kein kleiner Scheißer mehr, du hast die Wut entdeckt, die in Wirklichkeit die ganze Zeit in dir gesteckt hat, und du bist verwandelt, du spielst nicht mehr Theater, du bist wütender, als du in deinem ganzen Leben je gewesen bist, und dieses großartige Zorngeheul steigt in deiner Brust auf, und in diesem Moment bist du kein Scheißer mehr, die Waffe gehört dir, und die Wut in dir ist da, wo sie hingehört, und die verdammten Kerle wissen, daß sie Tote sind, wenn sie dir nicht geben, was du haben willst, ich meine, an diesem Punkt bist du so tollwütig abdrückbereit in Rage, daß nicht einmal du selbst dich mehr kennst, und warum solltest du auch, denn du bist ja ein neuer Mann, ein Dutch Schultz, wie es noch nie einen gegeben hat. Und danach funktioniert alles so, wie es sollte, es ist alles verblüffend einfach, und das ist das Atemberaubende daran, wie wenn so ein kleiner Schreihals geboren wird, herauskommt an die Luft und sich einen Moment Zeit nimmt, bevor er seinen Namen herausbrüllen und die gute, süße, frische Luft des Lebens auf Erden atmen kann.

Natürlich verstand ich dies damals nicht gleich in allen Einzelheiten, aber das Gewicht in meiner Hand ließ mich ahnen, was für ein Kerl ich vielleicht werden konnte; das Ding nur in der Hand zu halten erhob mich in den Rang eines Erwachsenen. Ich hatte nicht unmittelbar etwas mit der Pistole im Sinn, ich dachte, Mr. Schultz könne mich vielleicht brauchen, und ich wollte so bereit sein, wie ich mir die Leute vorstellte, nach denen er suchte, aber es war gleichwohl eine Art von Investitur, in der Pistole waren keine Kugeln, und sie mußte dringend gereinigt und geölt werden, aber ich konnte sie mit ausgestrecktem Arm halten und das Magazin herausnehmen und es mit einem befriedigenden Klicken in den Griff zurückschieben, und ich konnte mich vergewissern, daß die Seriennummer abgefeilt war, was hieß, daß es sich um eine Waffe der Bruderschaft handelte, und Garbage bestätigte das, als er mir erzählte, wo er sie gefunden hatte, in einem Sumpfgebiet bei der Pelham Bay, am äußersten nördlichen Rand der Bronx, bei Ebbe, mit der Stupsnase im Schlamm steckend wie ein Wurfmesser.

Und das Aufregendste von allem war ihr Name, es war eine Automatic, ein höchst moderner Ausrüstungsgegenstand, schwer und doch kompakt, und Garbage sagte, er glaube, sie würde funktionieren, wenn ich eine Kugel dafür finden könne, er selber habe keine, und ohne zu feilschen akzeptierte er schweigend den von mir vorgeschlagenen Preis von drei Dollar, und er versenkte meinen Zehner tief in einem seiner aufgestapelten Kästen, in dem er die El-Corona-Zigarrenkiste mit seinem ganzen Geld aufbewahrte, und gab mir sieben sehr verknitterte Dollarscheine zurück, wie sie in unserer Gegend üblich waren, und der Handel war besiegelt.

Ich war in einer wunderbar großzügigen, überschwenglichen Stimmung an jenem Abend, an dem ich das Gewicht meines geheimen Ehrgeizes in der rechten Tasche meiner Knickerbocker spürte, bei der ich, wie um die Richtigkeit meiner Intuition zu bestätigen, entdeckt hatte, daß das Loch darin es erlaubte, die Pistole unauffällig nach unten baumeln zu lassen, so daß der kurze Lauf sich außen an meinen Schenkel schmiegte, der Griff diagonal in der Tasche lag und alles hübsch passend untergebracht war, als wäre es so vorgesehen. Ich kehrte in meine Wohnung zurück und gab meiner Mutter fünf von den Dollarscheinen, was etwa der Hälfte ihres Wochenlohns in der Industrie-Dampfwäscherei an der Webster Avenue entsprach. »Wo hast du das her?« sagte sie, knüllte die Scheine in der Faust zusammen und schenkte mir ihr vages Lächeln, bevor sie sich wieder ihrem neusten Abschnitt auf dem Lichtertisch zuwandte. Und nachdem ich die Pistole verstaut hatte, ging ich wieder auf die Straße, wo die Erwachsenen von den Trottoirs Besitz ergriffen, die Plätze mit den Kindern getauscht hatten, die nun in den Häusern waren, denn es herrschte eine gewisse Ordnung in diesem wimmelnden Mietskasernenleben, eine gewisse grundsätzliche Verantwortung von Müttern und Vätern, und nun fanden auf den Treppen vor den Häusern Kartenspiele statt, und Zigarrenrauch schwebte durch die Sommernacht, und die Frauen saßen in ihren Hauskleidern mit spitz aufragenden Knien wie kleine Mädchen auf den Steinstufen, und Paare schlenderten durch die erleuchteten Kreise um die Straßenlaternen, und ich war sehr gerührt von dieser schwermütigen Idylle der Verarmung. Wie nicht anders zu erwarten, war der Himmel klar, als ich hinaufschaute, und ein Stück unerklärlichen Firmaments funkelte zwischen den Linien der Dächer. Bei all dieser Romantik kam mir meine Freundin Rebecca in den Sinn.

Sie war ein flinkes kleines Mädchen mit schwarzem Haar

und dunklen Augen und einem schmalen Streifen zarten schwarzen Flaums über der vorstehenden Oberlippe. Die Waisenkinder waren nun im Haus, die Lichter strahlten durch Scheiben, die aufleuchteten wie Diamantengespinst. Und ich stand draußen und hörte das Lärmen, lauter auf der Seite der Jungen, und dann eine der Signalglocken, und ich ging durch das Seitengäßchen in den kleinen Hinterhof und wartete dort in den Ecken des halbverfallenen Ballspielfelds mit dem Rücken zum Maschendrahtzaun, und nach ungefähr einer Stunde waren die meisten Lichter in den oberen Stockwerken erloschen, und ich stand auf, stellte mich unter die Feuerleiter und sprang hoch, bekam die unterste Sprosse zu fassen, zog mich hinauf und stieg, eine Hand über die andere und einen Fuß über den anderen setzend, auf der schwarzen Leiter meiner Liebe in die Höhe, und ganz oben schwang ich mich, ohne Netz unter mir, auf einen Fenstersims hinüber und stieg durch das offene Flurfenster des obersten Stocks, wo die ältesten Mädchen schliefen, die Elf- bis Vierzehnjährigen, und fand dort in ihrem Bett meine behexende kleine Freundin, deren schwarze Augen geöffnet waren, als ich hineinblickte, und nicht im mindesten erstaunt, mich zu sehen. Auch ihre Saalgefährtinnen fanden daran nichts so außerordentlich, daß sie es erwähnenswert gefunden hätten. Durch ein Spalier von Blicken führte ich Rebecca zu der Tür, hinter der eine kurze Treppe aufs Dach führte, zu einer Art Spielplatz, auf dem die Linien von Schnippschnapp- und Beilkespielfeldern matt in der Sommernacht leuchteten, und in der Nische, die durch das Drahtgitter am Dachrand und den Kasten des Treppenhauses gebildet wurde, blieb ich stehen und küßte Rebecca innig und steckte die Hand in den Ausschnitt ihres Nachthemds, um mit der Rückseite der Finger über ihre Brustknospen zu streichen, und dann hielt ich ihren harten kleinen Arsch, dessen Konturen unter ihrem rauhen weißen Baumwollhemd zu fühlen waren, und dann, bevor ich allzusehr außer mir geriet, was, wie ich wußte, ihre Verhandlungsposition überstark machen würde, vereinbarte ich einen fairen Preis und schälte eine Eindollarnote von meinem geschrumpften Päckchen, die sie nahm und in der Faust zusammenknüllte, um sich dann ganz unzeremoniell erst hinzukauern, danach auf den Boden zu setzen und abzuwarten, während ich erst auf einem Bein, dann auf dem andern stand, um meine Basketball-Schuhe und alles vom Gürtel abwärts loszuwerden, etwas zu zittrig und linkisch für einen Zauberkünstler, und darüber nachsann, wie merkwürdig es doch sei, daß Männer wie Mr. Schultz und ich unsere Geldscheine ordentlich falteten, gleichgültig, wie dick oder dünn unser Päckchen war, wohingegen Frauen wie meine Mutter und die kleine Rebecca ihre Scheine zur Kugel zusammendrückten, die sie festhielten und loszulassen vergaßen, ob sie nun mit einem Schal über dem Kopf geistesabwesend im trauererfüllten Kerzenschein saßen oder auf dem Boden lagen und für einen Dollar zweimal gefickt wurden.

3

Als das Schiff am Landeplatz anlegte, warteten da im Regen zwei Wagen mit laufenden Motoren. Ich hätte gern eine Anweisung bekommen, aber Mr. Schultz packte das Mädchen, dessen Namen nicht Lola war, auf den Rücksitz des ersten Wagens, setzte sich neben sie und schlug die Tür zu, und da ich nicht wußte, was ich tun sollte, folgte ich Irving zu dem zweiten Wagen und stieg hinter ihm ein. Ich hatte Glück, daß es einen Klappsitz gab. Andrerseits mußte ich nun rückwärts fahren und in die Gesichter von drei Leuten aus der Gang sehen, die Schulter an Schulter, in ihrer gesamten Massigkeit nebeneinander saßen, darunter Irving, der nun Mantel und Hut trug wie die andern, und alle starrten sie über die Schultern des Fahrers und des Manns neben ihm durch die Windschutzscheibe nach vorn auf den vorausfahrenden Wagen. Es war kein gutes Gefühl, inmitten all dieser ernsten, bewaffneten Absichten eingeklemmt zu fahren. Eigentlich wollte ich entweder dort sein, wo Mr. Schultz mich sehen konnte, oder auf eigene Faust unterwegs, vielleicht in der Third-Avenue-Hochbahn allein in einem Wagen sitzen und im flackernden Licht der Glühbirnen die Reklame lesen, während die Bahn hoch über den Straßen auf die Randbezirke der Bronx zuschaukelte. Mr. Schultz neigte zu impulsiven und unklugen Handlungen, und ich befürchtete, eine davon zu sein. Ich war von den Führungskräften der Organisation bereitwilliger akzeptiert worden als vom Fußvolk. Ich sah mich gern als eine Art außerordentliches Bandenmitglied, und wenn das zutraf, war ich auch das einzige, möglicherweise, weil die Position eigens für mich geschaffen worden war, und das hätte diesen Hohlköpfen zu denken geben müssen, tat es aber nicht. Ich fragte mich, ob das alles etwas mit dem Alter zu tun hatte. Mr. Schultz war Mitte Dreißig und Mr. Berman sogar noch älter, aber mit Ausnahme von Irving waren die meisten Männer sonst Anfang, Mitte Zwanzig, und für jemanden mit einem guten Job und Beförderungschancen, der sagen wir mal, erst einundzwanzig war, nahm sich ein Fünfzehnjähriger wie ein Grünschnabel aus, dessen Anwesenheit in geschäftlichen Situationen zumindest unangemessen war, wenn nicht sogar unklug, zweifellos aber ein Affront gegen jedermanns Würde. Einer der Rausschmeißer des Embassy Club war Jimmy Jojo, der aus der Weeks Avenue stammte, gleich bei mir um die Ecke, und dessen kleiner Bruder mit mir in die fünfte Klasse ging, obwohl er allerdings schon im dritten Jahr dort saß, als ich dazukam; aber bei den paar Malen, die ich Jimmy gesehen hatte, schaute er glatt durch mich hindurch, obwohl er doch wissen mußte, wer ich war. All diese Revolverkerle konnten mir von einem Moment auf den nächsten das Gefühl geben, ich sei ein dreistes Monster, nicht einmal ein Junge, sondern ein Zwerg oder ein mißgebildeter kleiner Hofnarr, gerade wendig genug, um den großen Hunden des Königs aus dem Weg zu gehen. Wen oder was Mr. Schultz gern hatte, genoß seinen Schutz, aber ich wußte genau, daß ich bei ihnen allen etwas für mein Ansehen tun mußte, wenn ich auch keine Ahnung hatte, wann und wie das möglich sein würde. Auf einem Klappsitz zu sitzen und achtzugeben, daß ich mit den Knien nicht gegen ihre stieß, war nicht die Situation, auf die ich aus war. Niemand sagte irgendwas, aber mit meinem praktischen Verstand für derlei Dinge wußte ich genau, daß ich Zeuge eines weiteren Mordes von Mr. Schultz war, auch noch des intimsten, sicher des am sorgfältigsten geplanten, und ob dies nun meinem Ruf als vertrauenswürdigem außerordentlichen Mitglied nutzen oder ihn in ernste Gefahr bringen mochte, dachte ich jetzt, während ich morgens um zwei rückwärts die First Avenue hinauffuhr, daß es mir nicht gefiel und daß ich darauf gut hätte verzichten können und daß ich ein verdammter Blödmann gewesen war, mich dem auszusetzen. Ich war nur wegen einer Laune von Mr. Schultz dabei. Mein Gott, ich hatte weiche Knie, und mir war so mulmig, als befände ich mich noch auf dem Boot. Ich dachte an Bo, der vielleicht noch in diesem Moment mit offenen Augen und den Armen über dem Kopf seinen Untergang fortsetzte. Soweit ich noch rational denken konnte, wollte ich wissen, was dieser Miss Lola zustoßen würde, denn auch sie war Zeugin gewesen, und bei Killern ging man davon aus, daß sie nicht gern außenstehende Zeugen hatten, und ich hatte ein eigenartiges Gefühl, was ihre Rolle in dieser Sache anging, und ich mußte etwas über sie in Erfahrung bringen. Andererseits durfte ich nicht in Panik geraten. Sie war schließlich noch am Leben, oder?

Meine innere Verfassung gefiel mir nicht, und ich schaute stur zum Fenster hinaus, um mir die Struktur der Stadt anzueignen, die Festigkeit der dunklen Gebäude und die sich in der schwarzen, glänzenden Straße widerspiegelnden Farben der Verkehrsampeln. Die Stadt hat mir immer Sicherheit gegeben, wenn ich sie brauchte. Ich erinnerte mich an meine eigenen hehren Ziele. Wenn ich nicht darauf vertrauen konnte, daß mich die eigenen Impulse steuerten, war ich Mr. Schultz nicht ebenbürtig. Er ging ohne genügendes Nachdenken vor, und das mußte ich auch. Wir waren gesteuerte Wesen, und soweit ich mir selbst vertraute, durfte ich auch ihm vertrauen. Denn ich befand mich in einem aufregenden Zustand dreidimensionaler Gefahr, ich wurde durch mich gefährdet, durch meinen Mentor sowie durch das, was ihn gefährdete, nämlich ein mörderisch gefährliches Berufsleben; darüber hinaus gab es noch die Polypen. Vier Dimensionen. Ich machte ein Fenster einen Spalt auf, bekam die frische Nachtluft in die Nase und entspannte mich.

Die Wagen waren nach Uptown unterwegs. Wir fuhren die Fourth Avenue hinauf, dann durch den Tunnel, der uns auf die Rampe brachte, die um den Grand Central Terminal herumführt; dann rollten wir in die Park Avenue, die richtige Park Avenue, vorbei an den neuen Waldorf Astoria Towers mit ihrer berühmten Peacock Alley und deren gleichermaßen berühmten Show-Star, dem unbezähmbaren Oscar, wie ich aus meiner Lektüre des *Mirror* wußte, einem unschätzbaren Quell der Information; dann bogen wir an der 59th Street links ab und holperten hinter einer Straßenbahn her, deren Klingel mir in den Ohren hallte wie der Gong bei einem Boxkampf, und dann scherten wir aus und fuhren an der Ecke des Central Park an den Bordstein, im Schatten von General Tecumseh Sherman, der dort oben auf seinem Pferd mühselig durch den Regen stapfte, der auch auf der gegenüberliegenden Seite der Plaza von dem Brunnen aus übereinandergeschichteten Schalen in das flache Becken fiel, durch das der General würde hindurchreiten müssen, wenn er an die Frau

54

mit dem Obstkorb ranwollte, die dort hoch über allem stand, einmal angenommen, daß es Obst war, worauf er es abgesehen hatte. Ich habe öffentliche Denkmäler noch nie gemocht, sie sind gespenstische Fremdkörper in New York, vollkommen abwegig, wenn nicht gar alberne Lügen; und was man der Bronx auch nachsagen mag, man findet dort wenigstens keine Generäle auf sich bäumenden Pferden oder Frauenzimmer mit Obstkörben oder Soldaten, die auf ästhetischen Hügeln von sterbenden Kameraden stehen, die Arme heben und ihre Gewehre gen Himmel strecken. Zu meinem Erstaunen ging die Tür auf, und Mr. Schultz stand da. »Okay, Kleiner«, sagte er, und er packte zu und zog mich am Arm, und auf einmal stand ich auf der Grand Army Plaza im Regen und dachte inmitten dieser Welt von Wasser, das sei nun das Ende des Phantoms, Zauberkünstlers und Jongleurs der Branche, ich würde mit dem Gesicht nach unten in einer Schlammpfütze unter einem Busch im Central Park gefunden werden, und wenn Tiefe beim Sterben ein Maßstab für Erfolg war, dann hatte ich höchstens jenen Wert, der eine Hundeschnauze dazu bewegen konnte, mich aus zolltiefem Wasser herauszustupsen und mir den Schlamm von den toten Augen zu lecken. Doch Mr. Schultz führte mich rasch zu dem ersten Wagen und sagte: »Bring die Dame zu ihrem Apartment. Sie darf unter keinen Umständen telefonieren, aber ich glaube nicht, daß sie es versuchen wird. Sie wird ein paar Sachen zusammenpacken. Du hast bei ihr zu warten, bis ich zurückkomme. Es dauert nicht lange. Bleib einfach bei ihr, und übers Haustelefon wird dir jemand Bescheid sagen, daß du sie runterbringen sollst. Kapiert?«

Ich nickte. Wir kamen zu seinem Wagen, und obwohl ihm Wasser von der Hutkrempe troff, griff er erst jetzt auf den Rücksitz und zog einen schwarzen Regenschirm heraus, und nachdem er ihn geöffnet hatte, beugte er sich in den Wagen und half ihr heraus und übergab mir das Mädchen und den

Schirm; das war ein reizender Moment, als wir alle drei unter diesem einen Regenschirm standen, und sie sah Mr. Schultz mit einem leisen, rätselhaften Lächeln an, und er strich ihr sanft über die Wange und lächelte ihr zu; dann tauchte er in das Auto und zog noch die Tür zu, als die Limousine schon mit quietschenden Reifen vom Bordstein losschoß, die zweite gleich hinterher.

Wir standen in einem gewaltigen Wolkenbruch. Mir kam in den Sinn, daß ich keine Ahnung hatte, wo Miss Lola ihre Wohnung hatte. Aus irgendeinem Grund nahm ich an, daß alles von mir abhinge, daß sie sich völlig willenlos meiner Führung überlassen würde. Aber sie griff mit beiden Händen nach meinem Arm, schmiegte sich unter dem großen schwarzen Schirm, der knatterte wie eine Wirbeltrommel, eng an mich und zog mich halb im Laufschritt über die Fifth Avenue, die vor Regen so glänzte, daß die eben gefallenen Tropfen wieder zu uns heraufspritzten. Miss Lola schien auf das Savoy-Plaza Hotel zuzusteuern. Und wahrhaftig, ein Portier kam mit seinem eigenen Schirm aus der Drehtür auf uns zugerannt, was allerdings nutzlos war, außer daß er damit Fürsorge bewies, denn im nächsten Moment huschten wir schon über den Teppich der hell erleuchteten und doch intim wirkenden Hotelhalle, wo uns ein Bursche in Schwalbenschwanz und gestreifter Hose von unserem Schirm befreite. Und die Röte der Erregung lag auf Miss Lolas schönem Gesicht, und sie lachte, als sie an ihrem feuchten verhunzten Kleid hinuntersah, und fuhr sich auf reizende Weise durchs nasse Haar und schüttelte dann die Handgelenke über dem Teppich und nahm die Begrüßung des Empfangschefs als den ihr zustehenden Tribut entgegen – Guten Abend, Miss Drew, Guten Abend, Charles –, wie auch das höfliche Salutieren des Polizisten, der mit seinen Freunden vom Hotelpersonal in der Wärme der freundlichen Halle zusammenstand, wie er es in rauhen Dienstnächten gerne tat, während ich ihn nicht anzusehen wagte und mit trockener Kehle auf die Erklärung wartete, die Miss Lola für mich, eindeutig ein kleiner Spitzbube in den Augen eines jeden Polizisten, finden würde; gleichzeitig versuchte ich, nicht zur Drehtür zurückzublicken, die sowieso nichts taugte, und entschied mich für die geschwungene Treppe hinter den Aufzügen, die zwar hinaufführte, mir aber vielleicht auch einen Weg abwärts zeigen konnte. Ich betete darum, daß Mr. Schultz wußte, was er tat, ich betete darum, daß sie Verständnis, wenn schon nicht Findigkeit aufbringen würde, diese Miss Lola oder Miss Drew, wer immer sie sein und was immer sie durchgemacht haben mochte in dieser Todesnacht eines Mannes, den sie vermutlich so gemocht hatte, daß sie mit ihm zum Essen und ins Bett gegangen war. Aber sie gab keine Erklärungen, während sie ihren Schlüssel entgegennahm, als käme sie das ganze Jahr hindurch nachts mit merkwürdigen Jungen in billigen, abgenutzten Jacken aus falschem Wildleder und Armee-Arbeitshosen und im Bronxstil geschnittener Haartolle herein, und sie nahm meinen Arm und ging mit mir zum Aufzug, als wäre ich der übliche Gefährte ihrer Nächte, und die Tür schloß sich hinter uns, und der Mann fuhr uns hinauf, ohne erst nach dem Stockwerk fragen zu müssen, und gleichzeitig schwang ich mich zu der Erkenntnis auf, daß von jedem Erklärungen verlangt werden außer von den Leuten, die ganz an der Spitze sind, und zu der furchtbare Schatten werfenden Entdeckung, daß es für diese Miss Drew, die mich nun mit ihren grausamen grünen Augen kurz ansah, eine höllisch spannende Fahrt auf einem Schlepper gewesen war.

Es war so ein Hotel, daß wir schon in dem Apartment waren, als die Lifttür aufging. Nichts lag auf dem hochglänzend lackierten Boden, an der gegenüberliegenden Wand hing ein Teppich oder eine Tapisserie, irgende twas mit Reihen von Rittern in Rüstungen und mit Lanzen auf sich bäumenden Pferden, und alle Pferde standen im gleichen Winkel auf den Hinterbeinen, als wären sie Revue-Girls, und daß es in diesem Raum keine Möbel gab, lag daran, daß er die Eingangshalle war, es sei denn, man hatte Lust, sich in eine der beiden hüfthohen Urnen fallen zu lassen, die in den Ecken standen, und sich in der Mitte eines Kreises spazierengehender griechischer Philosophen niederzulassen, die sich Bettücher umgewickelt hatten, oder, was meiner Stimmung mehr entsprach, Leichentücher. Aber ich zog es vor, der frischgebackenen Miss Drew zu folgen, die mit großer Geste die bis zur Decke reichende Flügeltür zu unserer Linken öffnete und einen kurzen Gang hinunterschritt, in dem bräunliche Ölgemälde mit feinen Sprüngen hingen. Und an der linken Seite stand eine Tür offen, aus der, als sie vorbeiging, eine Männerstimme rief: »Drew?«

»Ich muß pinkeln, Harvey«, sagte sie in ganz sachlichem Ton, ging weiter und bog um eine Ecke; ich hörte, wie eine weitere Tür geöffnet und geschlossen wurde. Mir blieb nichts anderes übrig, als an der offenen Tür stehenzubleiben und in einen Raum zu blicken, der eine Privatbibliothek war, mit verglasten Bücherregalen und einer hohen Wandleiter, die sich auf Schienen rollen ließ, und einem riesigen Globus in einem eigenen Gestell aus poliertem Holz, und das Licht kam von zwei Messingtischlampen mit grünen Schirmen zu beiden Seiten eines Polstersofas, auf dem nebeneinander zwei Männer saßen, der eine etwas älter als der andere. Bemerkenswert fand ich, daß der ältere den erigierten Schwanz des jüngeren in der Hand hielt.

Ich fürchte, ich habe sie angestarrt. »Ich dachte, du wärst heute abend ausgegangen!« rief der ältere, wobei er mich ansah, aber in eine andere Richtung lauschte. Er ließ los, erhob sich vom Sofa und rückte seine Frackschleife zurecht. Er war ein großer, gutaussehender Mann, dieser Harvey, sehr gepflegt, in einem Tweedanzug mit Weste, in deren Tasche er die Hand schob, als habe er unter dem Stoff irgendwelche Schmerzen, nur daß er, als er auf mich zukam, überhaupt nicht leidend, sondern recht gesund und wie ein Mann wirkte, der auf sich aufpaßt. Aber nicht nur das, er flößte auch Respekt ein, denn ohne zu überlegen, trat ich vor ihm zur Seite. Als er an mir vorbeiging, sagte er laut in mein Ohr: »Ist alles in Ordnung?«, und mir fielen die Kammspuren in seinem Haar auf, das er an den Schläfen nach hinten trug, dieser Harvey.

Es machte die Dinge so viel einfacher, auf einem erklärungsfreien Planeten zu leben. Die Luft war etwas weniger komprimiert, ein bißchen dünner, als ich es gewöhnt war, andrerseits schien auch keinerlei Notwendigkeit zu bestehen, sich anzustrengen. Mit Daumen und Zeigefinger nahm der Typ auf dem Sofa ein Schutzdeckchen von den Polstern und legte es über sich. Er blickte auf und lachte auf eine Weise, die mir zu verstehen gab, daß wir Komplizen waren, und ich begriff, er gehörte zur Arbeiterklasse, wie ich. Auf den ersten Blick war mir das nicht klar gewesen. Er hatte anscheinend Tusche um die Augen, es waren eindeutig unerschrockene, schwarze Augen, und sein schwarzes Haar klebte ohne Scheitel flach an seinem Kopf, und um die breiten, knochigen Schultern trug er die geknoteten Ärmel eines College-Sweaters mit einem hellbraun-grauen Zopfmuster.

Mr. Schultz war für diese ganze überwältigende Erfahrung verantwortlich, deshalb dachte ich, am besten sollte ich seine Interessen wahren. Ich spazierte den Flur entlang, um ein paar Ecken herum und fand Harvey in einem großen, üppigen, grau-weißen Schlafzimmer, das größer war als drei Schlafzimmer in der Bronx zusammen, und eine verspiegelte Badezimmertür gab den Blick auf eine weißgekachelte Fläche frei, und drinnen, bei einlaufendem Badewasser, war Drew, und deshalb mußte Harvey, der mit übergeschlagenem Bein und einer Zigarette in der Hand auf einer Ecke des riesigen Doppelbetts saß, laut sprechen, um das Geräusch mit seiner Stimme zu übertönen.

»Liebling?« brüllte er. »Erzähl mir, was du erlebt hast. Du hast ihm doch nicht den Laufpaß gegeben.«

»Hab ich nicht, Liebster. Aber er spielt keine Rolle mehr in meinem Leben.«

»Und was hat er getan? Ich meine, du warst doch so verrückt nach ihm«, sagte Harvey und lächelte wehmütig und schief vor sich hin.

»Also, wenn du es wissen mußt, er ist gestorben.«

Harvey richtete sich auf und hob den Kopf, als frage er sich, ob er richtig gehört habe. Aber er sagte nichts. Und dann wandte er sich um und sah mich in der entgegengesetzten Ecke in einem grau genoppten Polstersessel sitzen, einen Jungen, der hier so fehl am Platze war wie in der Bibliothek, doch jetzt, im Licht dieser Erkenntnis, sichtbar, und gleichsam ihm zu Ehren richtete ich mich ebenfalls auf und starrte ihn genauso unhöflich an.

Sogleich erhob er sich, ging ins Badezimmer und schloß die Tür. Ich nahm den Hörer des Telefons auf dem Nachttisch ab und horchte einen Moment, bis die Hoteltelefonistin in der Leitung war und Ja, bitte? sagte, und dann hängte ich ein. Es war ein weißes Telefon. Ich hatte noch nie ein weißes Telefon gesehen. Sogar die Schnur war mit weißem Gewebe umhüllt. Das große Bett hatte ein weißes gepolstertes Kopfteil, und große, flauschige Kissen mit Spitzenrüschen lagen darauf, ungefähr ein halbes Dutzend, und alle Möbel waren grau, und der dicke Teppich war grau, und die Lichter waren verdeckt und schienen aus einer Kehlung auf Wände und Decke. Zwei Personen benutzten diesen Raum, denn auf beiden Nachttischen lagen Bücher und Zeitschriften, und zwei gewaltige Schränke mit weißen Türen und geschwungenen weißen Füßen dienten als Kleiderschränke, seiner und ihrer, und in zwei gleichen Kommoden waren seine Hemden und ihre Unterwäsche, und was ich bisher über Reichtum gewußt hatte, stammte aus den Bildzeitungen, und ich hatte immer gedacht, ich könnte ihn mir vorstellen, aber der bis in Einzelheiten gehende Reichtum dieses Raums war erstaunlich – kaum zu glauben, was Leute in Wirklichkeit alles brauchten, wenn sie reich waren, lange Stöcke zum Beispiel mit Schuhlöffeln an den Enden und Pullover in allen Regenbogenfarben und einige Dutzend Paar Schuhe in jedem Stil und für jeden möglichen Anlaß und Garnituren von Kämmen und Bürsten und geschnitzte Kästen mit ein paar Handvoll Ringen und Armbändern und goldene Tischuhren mit Kugelpendeln, die sich im Kreis in einer Richtung bewegten, stockten und dann andersherum zurückkreisten.

Die Badezimmertür ging auf, und Harvey kam heraus, mit beiden Händen ein Bündel aus dem Kleid und der Unterwäsche und den Strümpfen und Schuhen von Miss Drew vor sich hertragend, und er ließ den ganzen Plunder in einen Papierkorb fallen und wischte sich dann die Hände ab; daß er nicht glücklich war, konnte man sehen. Er ging in eine Ecke des Zimmers und öffnete eine weitere Tür und verschwand dahinter, und ein Licht ging an, es war eine Kammer, und er kam mit einem Koffer heraus, den er aufs Bett warf. Und dann setzte er sich daneben und schlug wieder die Beine übereinander, und dann legte er die Arme auf dem Knie übereinander und wartete. Und ich wartete hinten in meinem Sessel. Und dann kam die Dame aus dem Bad, in ein großes Frottiertuch gewickelt, dessen einen Zipfel sie am Schlüsselbein nach innen geschlagen hatte, und ein anderes Handtuch trug sie um den Kopf geschlungen wie einen Turban.

Die Auseinandersetzung ging um ihr Verhalten. Er sagte, es werde allmählich unberechenbar und exzentrisch. Sie selbst habe darauf bestanden, daß sie die Einladung zum Abendessen morgen annahmen. Ganz zu schweigen von dem Regattawochenende. Ob sie jeden Freund verlieren wolle, den sie hätten? Er sprach völlig vernünftig, aber ich konnte ihm nicht mehr folgen, weil Miss Lola/Miss Drew ihren Standpunkt vertrat, während sie sich ankleidete. Sie stellte sich vor den Kleiderschrank und ließ das große Tuch fallen, und sie war insgesamt viel größer und ihr Oberkörper war viel länger und ihr Arsch vielleicht ein bißchen weicher und flacher, aber sie hatte die vorstehende Wirbelsäule aus zarten Mädchenknochen meiner dreckigen kleinen Rebecca, und sämtliche Körperteile waren wie bei Rebecca, und alles zusammen war der vertraute Körper einer Frau, ich weiß nicht, was ich erwartet hatte, aber sie war ein sterbliches Wesen mit vom heißen Badewasser rosigem Fleisch, sie hakte ihren Strumpfbandgürtel ein und stand erst auf dem einen, dann auf dem andern dünnen weißen Bein, während sie vorsichtig, aber flink das jeweils andere hob, um den durchsichtigen Strumpf darüberzustreifen, den sie glättend hochschob, wobei sie darauf achtete, daß die Naht gerade blieb, bis sie den Fuß mit den spielenden Zehen aufsetzen und die Hüfte schwenken und den Strumpf an den vom Gürtel hängenden Metallclips befestigen konnte, und dann hob sie erst einen, dann den andern Fuß und stieg in ihren weißen Satinschlüpfer und zog ihn hoch und hakte den Bundverschluß ein, alles mit der geübten Effizienz der Gattung Frau beim Anziehen, und ausgehend von der Voraussetzung, von der sie immer schon ausgegangen sind, daß ein G-String in dieser Welt ihre Rüstung ist und daß er als Schutz gegen Kriege, Krawalle, Hungersnöte, Überschwemmungen, Dürrezeiten und das Leuchten der Polarnacht genügt. Während ich zusah, bedeckte sich immer mehr von ihr, ein Rock fiel über die Hüften und wurde an der Seite durch einen Reißverschluß geschlossen, die Füße schlüpften in zwei Schuhe mit hohen Absätzen, und dann, nur von der Taille abwärts bekleidet und noch mit dem Handtuch um den Kopf, begann sie zu packen, ging zwischen Schubladen, Schrank und Koffer hin und her, fällte rasche Entscheidungen, setzte sie energisch in die Tat um und erklärte dabei die ganze Zeit, daß sie sich einen Höllendreck drum schere, was ihre Freunde dächten, was das denn mit irgendwas zu tun habe, daß sie, verflucht noch mal, treffen werde, wen sie wolle, das wisse er doch sicher, und was dann der ganze Aufstand solle, dieses ganze Gequengel von ihm fange an, sie anzuöden. Und dann klappte sie den Deckel ihres Lederkoffers zu und ließ die beiden Messingschlösser einschnappen. Ich hatte, dachte ich, doch so gut wie alles gehört, was zwischen Miss Lola und Mr. Schultz auf dem Schlepper vorgegangen war, aber offensichtlich doch nicht, es gab da irgendeinen Pakt zwischen ihnen, den zu erfüllen sie entschlossen war.

»Ich spreche von Ordnung, von der Notwendigkeit einer gewissen Ordnung«, sagte dieser Harvey, wenn auch sichtlich ohne Hoffnung, sich durchzusetzen. »Du richtest uns noch alle zugrunde«, brummte er. »Ich meine, auf ein bißchen Skandal kommt es dir wohl nicht an? Du bist eine sehr gewitzte, sehr ungezogene kleine Range, aber es gibt Grenzen, mein Liebling, es gibt wirklich Grenzen. Du läßt dich da sehr weit ein, und wenn es dir über den Kopf wächst, was willst du dann machen? Darauf warten, daß ich dich retten komme?«

»Das ist ein fader Witz.«

Und dann setzte sie sich nackt bis zur Taille vor ihren Toilettentisch-Spiegel und wickelte das Tuch vom Kopf und fuhr ein paar Mal mit einem Kamm durch ihren kurzen Haarhelm und malte sich die Lippen, dann fand sie eine Untertaille, in die sie sich hineinwand, und zog eine Bluse darüber und schob sie in den Rock, und dann eine Kostümjacke über die Bluse, und ein paar Armbänder, eine Halskette, und sie stand auf und blickte zum ersten Mal zu mir hin, eine neue Frau, Miss Lola/Miss Drew, mit einer ungeheueren Willensstärke im Blick, und wann hatte ich eine Frau sich so anziehen sehen, ganz in Creme und Himmelblau, um mit dem Killer ihrer Träume durchzubrennen?

Da sind wir nun, fetzen um drei Uhr morgens über die Straße 22 aus der Stadt hinaus, meilenweit in die Berge hinein, wo ich noch nie gewesen bin, ich vorne neben Mickey, dem Fahrer, und Mr. Schultz und die Dame hinten, Champagnergläser in den Händen. Er erzählt ihr die Geschichte seines Lebens. Immer hundert Meter hinter uns fährt ein Wagen mit Irving und Lulu Rosenkrantz und mit Mr. Abbadabba Berman. Es war bereits eine lange Nacht in meiner Ausbildung, aber es sollte noch mehr kommen, ich fahre in die Berge, Mr. Schultz zeigt mir die Welt, er ist wie ein Abonnement auf die Zeitschrift *National Geographic,* nur, daß die einzigen Titten, die ich zu sehen bekommen habe, weiß sind, ich habe die Umrisse des Meerbusens und die Umrisse der weißen Miss Drew gesehen, und nun sehe ich die Umrisse der schwarzen Berge. Ich verstehe zum ersten Mal das Verhältnis der Stadt zur Welt, es hätte offensichtlich sein müssen, aber es war mir nie klar gewesen, ich war noch nie draußen gewesen, hatte nie den Abstand gehabt, die Stadt ist eine Station auf der amphibischen Reise, der Ort, wo wir schleimbedeckt herauskommen, wo wir uns wärmen und nähren und unsere Spuren ziehen und unsere Tänze tanzen und unsere koprolithischen Türme hinterlassen, bevor wir in die von hohen Winden umwehten und regenlosen schwarzen Berge weiterziehen. Und als mir die Lider herabzusinken beginnen, höre ich das leise Pfeifen des Windes an dem kleinen Seitenfenster, das ich mit einer Drehung des Knopfes einen Spalt geöffnet habe, kein richtiges Pfeifen, sondern das Fast-Pfeifen von jemandem, der allein vor sich hin pfeift, und den tiefen Baßton des dahinpflügenden Achtzylinders und das tönende Schnarren von Mr. Schultz, der erzählt, wie er als Junge Würfelspieler ausgeraubt hat, und das brausende Surren der Reifen auf der feuchten

Landstraße, alles zusammen in Wirklichkeit das aufbegehrende Kreiseln in meinem Hirn, und als ich die Arme um mich schlinge und das Kinn auf die Brust sinken lasse, höre ich ein letztes Lachen, aber ich kann nicht anders, es ist drei Uhr morgens an dem ehrfurchtgebietenden Morgen meines Lebens, und ich bin noch nicht einmal zum Schlafen gekommen.

4

Ich wußte aus Walter Winchells Kolumne, daß Mr. Schultz untergetaucht war: Die Bundesbehörden suchten ihn, weil er nicht auf alles von ihm verdiente Geld Steuern gezahlt hatte. Die Polizei hatte eines Tages in seinem Hauptquartier an der East 149th Street rücksichtslos Razzia gemacht und dort belastende Unterlagen über seine Biergeschäfte gefunden. Und doch hatte ich ihn mit eigenen Augen gesehen und seine Hand auf meinem Gesicht gespürt. Es ist schon sensationell genug, jemanden in Fleisch und Blut zu sehen, den man bislang nur aus den Zeitungen kennt, sieht man aber jemanden, von dem die Zeitungen geschrieben haben, er sei untergetaucht, hat das entschieden etwas von Zauberei. Wenn es in den Zeitungen hieß, Mr. Schultz sei untergetaucht, so stimmte das; aber einen »Untergetauchten« stellten die meisten Leute sich als jemanden vor, der bei Nacht auf der Flucht ist und sich bei Tag verbirgt, während er sich in Wirklichkeit jedoch im Zustand der Unsichtbarkeit befindet; wenn man nicht flieht und sich nicht verbirgt und untergetaucht ist, dann ist man die ganze Zeit über da, man kontrolliert nur die Fähigkeit der Leute, ob sie einen sehen können, und das ist ein sehr mächtiger Zauber. Natürlich tut man das, indem man Dollars durch die Luft schwenkt, man schwenkt einen Dollar und ist unsichtbar. Aber es bleibt dennoch ein schwieriger und gefährlicher Trick, der nicht immer, wenn es nötig wäre, funktioniert. Er würde nicht in Manhattan funktionieren, zu diesem Schluß kam ich, weil dort die Bundesstaatsanwälte waren, die vorhatten, Mr. Schultz wegen Steuerhinterziehung vor Gericht zu bringen. Besser würde der Trick in der Bronx funktionieren, zum Beispiel in der Umgebung eines Bierlagers. Am wirkungsvollsten, beschloß ich, wäre er wohl genau im Hauptquartier der Gang, das von der Polizei durchsucht und ausgeräumt worden war, weil die Bundesstaatsanwälte darauf bestanden hatten.

Und so kam es, daß der Junge namens Billy eines Sommertags hinten an einer Straßenbahn hing, die südwärts die Webster Avenue entlang in Richtung der 149th Street surrte. Es war nicht leicht, sich auf diese Weise fortzubewegen, man konnte sich nur mit den Fingern am ganz schmalen Außenrand des Rückfensters festhalten, das natürlich das Vorderfenster war, wenn die Straßenbahn in die andere Richtung fuhr und folglich ein großes Fenster war, so daß man sich, während man daran hing, ducken mußte, damit der Kopf nicht darin zu sehen war: wenn der Fahrer einen im Rückspiegel entdeckte, konnte er die Bahn zum Bocken bringen, eine Art elektrischer Stotterbremse einsetzen, so daß man abspringen mußte, ob nun Verkehr hinter einem war oder nicht, und das war dann wirklich Scheiße. Nicht nur das, es gab auch nur einen ganz schmalen Stoßfänger, auf dem man mit den Zehenspitzen stand, so daß man die Fahrt nur schaffte, indem man die gesamte Haftfähigkeit des Körpers nutzte. Und wenn die Bahn anhielt, war es das korrekte Verfahren, abzuspringen, bis sie erneut anfuhr, nicht nur, weil man in einer wirklich sehr verwundbaren Position war, wenn man an einer stehenden Straßenbahn hing und einem jeder zufällig vorbeischlendernde Bulle den Knüppel über den Arsch ziehen konnte, sondern auch, damit man die Kraft hatte, bis zur nächsten Haltestelle weiter hintendran zu kleben. Man wollte nicht runterfallen, solange der verdammte Karren Tempo drauf hatte, besonders nicht auf der Webster Avenue, die eine Industriestraße mit Lagerhäusern und Garagen und Maschinenwerkstätten und Baumaterialhöfen ist, was alles lange Blocks und eine schnelle Straßenbahn bedeutet, die zwischen ihren weit voneinander entfernten Haltestellen munter dahinrollt, schnell genug, um auf dem Fahrgestell hin und her zu schaukeln, mit den Rädern einen Höllenlärm zu veranstalten und Funken dazu zu versprühen, wo das Gestänge oben den Strom aus der Leitung schürft. Tatsache ist, daß schon so manche Jungen, die hinten auf einer Straßenbahn mitfuhren, gestorben sind. Nichtsdestoweniger war dies die von mir bevorzugte Art zu reisen, selbst wenn ich, wie jetzt, zwei Dollar in der Tasche hatte und mir den Fahrpreis von fünf Cent mühelos hätte leisten können.

Ich schmiegte mich an die großartige Maschine und kam an und sprang knapp vor meiner Haltestelle ab, um sofort weiterzulaufen. Aber ich hatte nicht die Adresse des Hauptquartiers an der East 149th Street, also trottete ich ein paar ermüdende Stunden lang durch die Gegend, bergauf und bergab, nach Westen bis zum Concourse und dann auf der andern Straßenseite wieder ostwärts, ohne eigentlich zu wissen, wonach ich in dieser siedenden Hitze suchte, hatte aber dann doch Glück, weil ich zwei Wagen, ein LaSalle-Coupé und eine Buick-Limousine, nebeneinander auf dem Parkplatz einer geschlossenen Hamburger-Bude der White-Castle-Kette stehen sah, nicht weit von der Kreuzung der 149th Street mit dem Southern Boulevard entfernt. Einzeln wäre mir keiner der Wagen sonderlich aufgefallen, aber zusammen kamen sie mir bekannt vor. Neben dem White Castle stand ein schmales, vier Stockwerke hohes Bürogebäude von unbestimmter Farbe mit großen schmutzverkrusteten Fenstern. Als ich hineinging, roch es dort nach Pisse und Holzfäule. Hätte eine Liste der hier ansässigen Firmen an der Wand gehangen, es wäre nicht zu sehen gewesen. Meine Stimmung stieg. Ich ging wieder hinaus, überquerte die Straße, setzte mich zwischen zwei geparkten Lastwagen auf den Bordstein und wartete auf das, was ich zu sehen bekommen würde.

Und das war sehr interessant. Es wird Mittag gewesen sein, würde ich sagen, das Sonnenlicht ließ die Starkstromleitungen aufblitzen, aus den Auspuffrohren der Lastwagen stieg der Rauch in blütenweißen Wölkchen auf, die Hitze flirrte über dem Asphalt, und der Straßenbelag gab unter dem Absatz meines Basketballschuhs nach, so daß ein Abdruck von der Form einer Mondsichel zurückblieb, auf den ein guter Detektiv hätte zeigen können – Hier hat er gesessen, genau hier, wo er seinen Absatz eingedrückt hat, und nach der Tiefe des Abdrucks würde ich sagen, war es wahrscheinlich gegen Mittag. Und von Zeit zu Zeit kam jemand vorbei, meistens ein Typ in Hemdsärmeln, und huschte in das Bürogebäude. Und einer stieg aus dem Bus an der Ecke und einer aus einem Wagen, der mit laufendem Motor am Bordstein wartete, und einer fuhr in einem gelben Taxi vor, aber alle waren sie in Eile, und ihre Gesichter, weiß oder schwarz, wirkten besorgt, und einige gingen mit großen, stolzen Schritten, und andere trippelten, und einer hinkte, aber das Entscheidende war, daß sie alle braune Papiertüten trugen, wenn sie hineingingen, und wenn sie herauskamen, hatten sie nichts in der Hand.

Nun könnte man annehmen, es wäre leicht, eine herumliegende Papiertüte auf dem Trottoir oder in einer Seitenstraße oder in einer Mülltonne zu finden, aber aus irgendeinem Grund war das an der 149th Street nicht so, um mir eine Tüte zu beschaffen, mußte ich tatsächlich erst einen Lebensmittelladen ausfindig machen und hineingehen und für Geld etwas kaufen. Und dann knautschte ich die Öffnung der Tüte so zusammen, wie die andern es machten, faltete sie ein paarmal um, so daß sie zerknittert aussah, und dann holte ich tief Luft, und nur um in die richtige Stimmung zu kommen, lief ich so schnell wie all diese Typen, obwohl ich noch einen ganzen Block entfernt war, und kam ordentlich ins Schwitzen und schob mich durch die Tür des Gebäudes in dieses dunkle Pissoir von Hausflur und stapfte eine Holztreppe hinauf, auf der man auch eine Kakerlake hätte gehen hören, und ich wußte, daß sie ganz oben sein würden, das war einleuchtend, und je höher ich kam, desto heller wurde es, und auf der obersten Etage befand sich ein Oberlicht mit einem verrosteten Gitter darüber und am Ende des Treppenabsatzes eine schlichte Stahltür mit einer Reihe von merkwürdigen Schrammen und Dellen, und der Türknopf war abgeschlagen, also schob ich einfach den Finger in den Spalt, und die Tür schwang auf, und ich spazierte hinein.

Ich weiß nicht, was ich erwartete, aber ich kam in einen kurzen, leeren Gang mit rissigem Boden und zu einer weiteren Tür, diesmal einer funkelnagelneuen, ungestrichenen Stahltür mit einem kleinen Guckloch darin, die nicht nachgab, als ich sie anfaßte, und so klopfte ich und trat einen Schritt zurück, damit der Typ meine Tüte sehen konnte, und wartete ab. Ob sie das Schlagen meines Einlaß begehrenden Herzens hören konnten, lauter als ein Vorschlaghammer, lauter als eine Axt auf Stahl, lauter als ein Dutzend Bullen, die eine Holztreppe vier Stockwerke hinaufstürmen?

Und dann klickte es an der Tür, und sie ging ein paar Fingerbreit auf, also fackelte ich nicht lange, und schon stand ich in einem angenehmen, großen Raum mit mehreren mitgenommen aussehenden alten Schreibtischen, und an jedem zählte ein Mann Zettel oder Dollarnoten, und immer lecken die Leute den Daumen an, wenn sie das tun, und ein Telefon klingelte, und ich stand an einer Theke, die mir bis zur Brust ging, und während ich meine Tüte hinhielt, sah ich mir das Ganze an und versuchte, mich nicht um den Kerl zu kümmern, der mir die Tür aufgemacht hatte und, eins achtzig groß, schnaufend hinter mir stand, einer von diesen Leuten, die mehr schnarchen als atmen, und ich roch den Knoblauch, und ich kannte zwar noch nicht seinen Namen, aber es war Lulu Rosenkrantz, und er hatte diesen übergroßen Kopf mit ungekämmtem schwarzem Haar, das dringend hätte geschnitten werden müssen, und kleine Augen, die unter seinen buschigen Augenbrauen praktisch verschwanden, und eine blühende Nase und blaue Wangen, die unter Pockennarben völlig eingesunken waren, und jeder Schwall Knoblauch, den er ausatmete, wurde in meiner Phantasie zu Feuer, das aus seinem Schlund kam. Mr. Schultz sah ich nirgends, der Typ, der zur Theke herüberkam, war ein Kahlkopf mit Gummibändern, die seine Hemdsärmel über den Ellbogen bauschten, und eine Sekunde lang sah er mich komisch an und nahm die Tüte und drehte sie um und leerte sie aus. Ich weiß noch, was für ein Gesicht er machte, als rund ein Dutzend in Cellophan eingewickelte Dugan-Biskuits auf den Tisch purzelten, je zwei pro Packung: Plötzlich ganz bleich, guckte er erschrocken und dumm vor Anstrengung, die Sache zu begreifen, all das in der Sekunde, bevor er die Tüte auf den Kopf stellte und schüttelte, um zu sehen, ob nicht etwas herausflattern würde, und dann schaute er zu allem Überfluß noch hinein, um den darin verborgenen Trick herauszufinden. »Was zum Teufel ist denn das?« brüllte er. »Was bringst du mir denn da, zum Teufel?«

Die Leute hörten auf zu arbeiten und verstummten, und ein paar standen auf und kamen herüber, um es sich anzusehen. Lulu Rosenkrantz hinter mir trat näher heran. Schweigend standen wir alle da und blickten auf diese Biskuits. Und es war gar keine Absicht von mir gewesen, ich hätte sie nicht gekauft, wenn ich auf der Straße eine Tüte gefunden hätte. Ich hätte die Tüte aufgeblasen, so daß es so ausgesehen hätte, als wäre was drin, und wenn man das mit einer Tüte macht, dann weiß man auch, daß man sie platzen lassen kann, man haut drauf wie jemand, der Becken gegeneinander schlägt, hält die Öffnung in der einen Hand und haut den Tütenboden durch, und einmal angenommen, ich hätte das getan, die

Tüte vor diesem Typ da zum Knallen gebracht, ich meine, bei einem wilden Jungen weiß man ja nie, was er als nächstes tut, dann wäre das mein Ende gewesen, ein Dutzend Kerle wären in den Ring gestiegen, und Lulu Rosenkrantz hätte mir einen Fausthieb auf den Kopf versetzt, und wenn ich dann zu Boden gegangen wäre, hätte er mir den Fuß auf den Rücken gesetzt, um mich still zu halten, und mich mit einem Schuß in den Nacken liquidiert, das weiß ich heute, man sollte niemals plötzliche laute Geräusche machen, wenn man mit diesen Leuten zusammen ist. Aber weil ich etwas kaufen mußte, um an die Tüte zu kommen, hatte ich mir Biskuits ausgesucht, Schokoladenbiskuits mit Vanilleglasur, die ich zufällig mag, vielleicht dachte ich, sie wären etwa so schwer wie Päckchen von Wettscheinen und mit Gummibändern gebündelte Dollars, aber ich hatte die Biskuits einfach mit beiden Händen von dem Gebäckregal gefegt und dem Lebensmittelhändler auf die Theke geworfen, ohne zu überlegen, ich hatte bezahlt und war die Straße hinunter und die Treppe hinaufgegangen und hatte Biskuits durch eine Stahltür und unter den Augen eines der mörderischsten Killer von New York mitten ins Herz von Mr. Schultz' Lotterie-Unternehmen geschmuggelt. Und das war sicher, wie zuvor mein Jongleurauftritt, als ich mit Aplomb die Navelorange, den Stein, die beiden Gummibälle und das Ei als eine Art pulsierende Fontäne über den Zaun hinter mir auf die Gleise der New-York-Central-Linie geschleudert hatte, denn in dieser Phase klappte alles, was ich tat, ich konnte nichts falsch machen, es war mir wirklich ein Rätsel, ohne es zu wissen, hatte ich gewußt, daß mein Leben in dieser Welt, wie immer es sich entwickeln mochte, etwas mit Mr. Schultz zu tun haben würde, doch nun begann es mir zu dämmern, und zugleich stieg ganz schwach die Ahnung in mir auf, daß ich gewisse Kräfte besaß. Dann hat man dieses Gefühl, daß das eigene Leben verzaubert ist, was unter anderm heißt, es ist einem aus den Händen genommen.

Genau in diesem Moment, als die Schwergewichtshirne dastanden und über das Wesen des Schokoladenbiskuits nachsannen, kam Mr. Schultz aus einem hinteren Büro, von seiner Stimme angekündigt und dann von einem Mann im grauen Nadelstreifenanzug, der rückwärts ging und dabei versuchte, Papiere in seine Aktentasche zu stopfen. »Verdammt noch mal, wofür bezahle ich denn einen Anwalt?« brüllte Mr. Schultz. »Sie haben nichts anderes zu tun, als das Abkommen zu schließen, das ist doch ganz einfach, oder, ein einfaches Abkommen, und Sie kommen mir mit dieser ganzen juristischen Affenscheiße, warum können Sie nicht einfach tun, was man von Ihnen erwartet, statt mich ständig zu piesacken, ich gehe hier ein, ich könnte ja selber Jura studieren und in jedem einzelnen Bundesstaat als Anwalt zugelassen werden, während ich drauf warte, daß Sie Ihren Arsch in Bewegung setzen!«

Mr. Schultz war in Hemdsärmeln, er trug Hosenträger und keine Krawatte, und er hatte ein zusammengeknülltes Taschentuch in der Hand und wischte sich Hals und Ohren ab, während er immer dichter an den Anwalt herankam. Dies war das erste Mal, daß ich Mr. Schultz deutlich zu sehen bekam, ohne daß die Sonne mich blendete: schütter werdendes, schwarzes, glatt zurückgestrichenes Haar, viel Stirn, schwere, rosa geränderte Lider, eine gerötete Nase, als sei er erkältet oder leide an einer Allergie, eine Schüssel von einem Kinn und ein breiter, beunruhigend wabernder Mund für eine solche Trompetenstimme: »Lassen Sie mal einen Moment die Papiere in Ruhe und hören Sie mir zu«, sagte er und sprang vor und traf die Aktentasche mit einem eleganten Rückhandschlag, so daß sie durch die Luft flog. »Sehen Sie, was ich hier habe? Ich habe zwanzig Tische. Sie sehen die Leute da an den Tischen – ich habe zehn Leute. Sagen Ihnen leere Tische denn gar nichts? Ich werde in die Ecke gedrängt, Sie blöder arschfickender Advokat, jede Woche, die ich untergetauch bin, gehen mir Wetten verloren, gehen mir Reserven verloren, gehen mir meine Leute an diese verfluchte Spaghettibande verloren. Scheiße, ich bin seit achtzehn Monaten aus dem Geschäft, Sie Harvard-Holzkopf, und während Sie beim Bezirksstaatsanwalt Ihren Nachmittagstee einnehmen, knöpfen die mir alles ab, was ich habe!«

Der Anwalt war erregt, aber die Zornesröte war ihm auch wegen der Aktentasche ins Gesicht gestiegen, die er nun samt den Papieren aufhob. Er hockte sich hin und schob alles wieder hinein. Er gehörte zu den hellhäutigen Typen, die rot werden, wenn es um ihre Würde geht. Mir fielen seine Schuhe auf, blanke, schwarze Schnürschuhe mit abgerundeten Spitzen und Reihen von winzigen Zierlöchern. »Dutch«, sagte er, »Sie scheinen nicht zu erkennen, daß Sie in dieser Situation keine guten Karten haben. Ich bin bei unserem Freund im Senat vom Staat New York gewesen, und Sie sehen ja, was er erreicht hat. Ich hatte drei der besten Anwälte von Washington eingesetzt, jetzt lasse ich einen Spitzenmann die Sache bearbeiten, einen sehr bedeutenden und angesehenen Strafrechtler, der jeden kennt, und sogar der drückt sich. Dies ist eine vertrackte Sache, wir haben es mit Bundesstaatsanwälten zu tun, und die sind nun mal nicht zugänglich, und es ist bedauerlich, aber es dauert seine Zeit, und Sie werden einfach damit leben müssen.«

»Damit leben!« brüllte Mr. Schultz. »Damit leben?« Ich dachte, wenn er ihn umbringen will, dann tut er es jetzt. Mr. Schultz stieß eine Salve von Flüchen aus, die bei seiner Stimme fast wie eine Litanei klangen, schreiend und tobend ging er auf und ab, und dies war das erste Mal, daß ich sein Wüten miterlebte, und gelähmt blickte ich auf die hervorstehenden Adern an seinem Hals und fragte mich, warum der Anwalt sich nicht vor ihm verkroch, ich kannte nichts, womit sich dies vergleichen ließ, diese Heftigkeit schien nicht mehr zu steigern zu sein, im Unterschied zu den andern konnte ich aber nicht wissen, daß diese Wut nicht neu war, sondern schon etwas abgenützt, wie bei einem Familienstreit, womit ich sagen will, daß es immer um dasselbe ging und daher unweigerlich ein gewisser ritueller Aspekt mit ins Spiel kam. Also war ich sehr erstaunt, Mr. Schultz zu der Theke direkt vor mir herüberschlendern zu sehen, wo er all die Biskuits bemerkte und sich mitten in seiner Tirade eine Packung nahm, sie aufbrach, das bräunliche, gefältelte Papier, in dem die kleinen Kuchen einzeln gebacken wurden, abpellte, um dann wieder zum Streit zurückzukehren, während er ein Schokoladenbiskuit mit Vanilleglasur verspeiste, ohne sich dessen jedoch ganz bewußt zu sein, als wäre Essen eine zerstreute Form von Raserei, und beides wären Erscheinungsweisen einer namenlosen Urbegierde. Und dies genügte dem Typ, der die leere Papiertüte in der Hand hielt, vollauf, er ging wieder an seine Arbeit, und die andern machten kehrt und gingen an ihre Schreibtische zurück, und Lulu Rosenkrantz nahm seinen Platz an der Tür wieder ein und setzte sich und kippte seinen Bugholzstuhl gegen die Wand und schüttelte eine Old Gold aus seinem Päckchen und zündete sie an.

Und ich war immer noch da und immer noch am Leben, und soviel man wußte, gehörte ich hierher, wenigstens noch für ein paar Augenblicke. Mr. Schultz hatte mich nicht einmal gesehen, aber ein Paar schlaue, belustigte Augen hatten alles gesehen und verstanden, offensichtlich auch meine genial freche Zielstrebigkeit, und der direkte, unerschrockene Blick dieser Augen machte mich nun auf einen Mann aufmerksam, der an einem Schreibtisch in Fensternähe an der gegenüberliegenden Wand saß, und er telefonierte, während er mich ansah, führte ein anscheinend vertrauliches, ruhiges Gespräch, das offenbar in keiner Weise durch das Brüllen und Schreien von Mr. Schultz gestört wurde. Im Nu wußte ich mit Sicherheit, daß dies der große Abbadabba Berman war, Mr. Schultz' Finanzkoryphäe, vielleicht weil die Gelassenheit, mit

der er mich über all den Krach und die Köpfe von allen andern hinweg anlächelte, während er auch noch telefonierte,
die vielseitige Konzentration eines seiner Umgebung überle-
genen Intellekts verriet. Er wandte sich leicht um und hob den
Arm und zeichnete eine Zahl in die Luft, und sofort stand
ein Mann auf der rechten Seite des Raums auf und schrieb
die Zahl 6 an eine Tafel. Und im selben Moment fingen die
Männer an den Tischen alle auf einmal an, Zettel von ihren
Wettscheinstapeln zu ziehen und sie auf den Fußboden reg-
nen zu lassen, als zöge eine Art abstrakter Lindbergh-Parade
vorbei. Wie er mir später erklären sollte, war die Sechs die
letzte Ziffer vor dem Komma in den Gesamtchancen der ersten drei Rennen des Tages laut den Totalisatoren im Tro-
pical Park in Miami, Florida. Und sie war der erste Teil der
künftigen Gewinnzahl des Tages. Die zweite Stelle der Zahl
würde auf dieselbe Weise aus den beiden nächsten Rennen
ermittelt werden. Und die letzte Stelle würde meistens aus
den letzten beiden Rennen des Tages stammen. Ich sage meistens, denn wenn einmal zufällig sehr oft auf die Gewinnzahl
gesetzt worden war, wenn sie zum Beispiel von den astrolo-
gischen Traumbüchern angepriesen worden war, welche die
Spieler gern zu Rate zogen, dann rief Mr. Berman in letzter
Minute einen Mitarbeiter an, der auf der Rennbahn eine offi-
zielle Funktion innehatte, und placierte eine Wette, um so eine
winzige Änderung der Chancen auf den Totalisatoren zu bewirken und die letzte Ziffer der Gewinnzahl in eine Ziffer zu
verwandeln, auf die weniger oft gesetzt worden war. Das hielt
den Tagesprofit für Mr. Schultz hoch und trug dem Unternehmen Ehre ein. Diesen Taschenspielertrick hatte sich Mr. Berman ausgedacht, und er gehörte zu den Dingen, wegen derer
er als Abbadabba bekannt war. Aufgrund seines Verfahrens,
eine Zahl in die Luft zu schreiben, die über all den Krach und
das Gebrüll hinweg auf einer Tafel sichtbar wurde, gestand
ich ihm sogleich sämtliche Fähigkeiten zu, die seinen Ruf aus-

machten. Als er sein Telefongespräch beendet hatte und sich von seinem Tisch erhob, war er nur wenig größer; er trug einen gelben zweireihigen Sommeranzug und einen Panamahut, den er in den Nacken zurückgeschoben hatte, und das Jackett stand offen und hing in einem Winkel herunter, der mich vermuten ließ, daß er so etwas wie einen Buckel hatte. Beim Gehen schlingerte er ruckartig von einer Seite zur andern. Sein seidenes Hemd war von dunklerem Gelb, und eine silberne Krawattennadel hielt eine blaßblaue Seidenkrawatte darauf fest. Ich war überrascht, daß jemand von so unglücklichem Körperbau das Bedürfnis haben konnte, sich raffiniert zu kleiden. Seine Hose war durch die Hosenträger so hochgezogen, daß er keinen Brustkorb zu haben schien. Als er hinter die Theke trat, war von ihm auf seiner Seite nicht mehr viel zu sehen als von mir auf meiner. Seine braunen Augen waren von den stählernen Ringen einer Brille eingekreist. Ich fühlte mich nicht bedroht von ihrem Blick, der aus einem Reich der reinen Abstraktion zu kommen schien. Jede braune Iris war von einem milchig blauen Rand umgeben. Seine Nase war scharf geschnitten, wobei sich aus jedem Nasenloch ein kleines Haarbüschel kringelte, und sein Kinn war spitz, und er hatte einen V-förmigen Mund, in dessen einem Winkel sich ein Zigarettenstummel auf und ab bewegte, wenn er sprach. Er legte eine klauenartige Hand über eine Biskuitpackung. »Und wo ist der Kaffee, Junge?« sagte er und zwinkerte mir durch Rauch zu.

5

Eine Minute später sauste ich die Treppe runter und sagte mir dabei ständig vor, wie viele schwarz, wie viele schwarz mit Zucker, wie viele mit Sahne, wie viele mit Sahne und Zucker ich brauchte, ich rannte die 149th Street zum Boulevard- Imbiß hinunter, ich rannte schneller, als die Autos fuhren, und die Hupen der Busse und Lastwagen, das Knirschen von Gangschaltungen, das Geklapper und Gerassel von Pferdefuhrwerken, all die Geräusche des in die Spitzenstunden des Geschäftstages hineinpreschenden Verkehrs klang in meiner Brust wie Chormusik. Ich schlug ein Rad, ich machte zwei Saltos, ich wußte in diesem Moment nicht, wie ich Gott anders dafür preisen sollte, daß er mir meinen ersten Auftrag für die Dutch-Schultz-Gang gegeben hatte.

Natürlich war ich wie üblich den Tatsachen voraus. Mehrere Tage lang strapazierte ich jedermanns Geduld, und überwiegend blieb mir der Beobachtungsposten am Bordstein gegenüber anvertraut, wo ich begonnen hatte. Mr. Schultz hatte mich noch nicht einmal bemerkt, und als er es endlich tat, weil ich gerade Wettscheine aufkehrte, erinnerte er sich nicht mehr an den Jongleur, sondern fragte Abbadabba Berman, wer zum Teufel ich sei und was ich da zu suchen hätte. »Einfach ein Junge«, sagte Mr. Berman. »Er ist unser Glücksjunge.« Aus irgendeinem Grund befriedigte diese Antwort Mr. Schultz. »Das können wir gut gebrauchen«, murmelte er und verschwand in seinem Büro. Und so fuhr ich jeden Morgen mit der Webster-Avenue-Straßenbahn, wie jemand, der zur Arbeit fährt, und wenn man mir etwas auftrug, wenn ich Kaffee holte oder den Boden kehrte, dann betrachtete ich den Tag als Erfolg. Die meiste Zeit über war Mr. Schultz nicht da, und die Leitung schien bei Mr. Berman zu liegen. Ich hatte mehr als genug Zeit, allmählich zu erkennen, daß er es gewesen war, der eine Entscheidung getroffen hatte. Mr. Schultz hatte ein Urteil gefällt, aber Abbadabba Berman hatte mich engagiert. Und an dem Tag, als er sich entschloß, mir die Einzelheiten der Zahlenlotterie zu beschreiben, erwachte in mir die Vorstellung, ich hätte eine Lehre begonnen, und die Idee, daß ich als Lehrjunge auf diesem Bordstein saß, verlieh mir eine Würde, die mich beruhigte und geduldig machte.

Wenn Mr. Schultz nicht anwesend war, war das Leben langweilig, die Boten kamen vormittags mit ihren Tüten vorbei, bis Mittag hatten sie alle geliefert, und das erste Rennen auf der Tagesordnung ging um eins los, und ungefähr alle anderthalb Stunden erschien eine Ziffer auf der Tafel, und bis fünf Uhr war die magische numerische Konstruktion vollendet, und um sechs war das Büro geschlossen, und alle waren nach Hause gegangen. Wenn das Verbrechen funktionierte, wie es sollte, war es eine sehr öde Angelegenheit. Sehr lukrativ und sehr öde. Mr. Berman ging gewöhnlich als letzter, und er trug eine Lederaktentasche, die, so nahm ich an, die Tageseinnahmen enthielt, und genau in dem Augenblick, in dem er aus dem Bürogebäude hastete, fuhr eine Limousine vor, und er stieg ein und fuhr davon, wobei er gewöhnlich zu mir herüberschaute, wie ich da auf der gegenüberliegenden Straßenseite saß, und mir durchs Fenster wissend zunickte, und bevor er das nicht getan hatte, mochte ich meinen Tag nicht als beendet betrachten, ich versuchte aus dem kleinsten Zeichen und dem geringfügigsten Hinweis etwas zu lernen, und in jenem Gesicht in dem kleinen Dreieck des hinteren Fensters, manchmal noch zusätzlich getrübt durch eine Wolke Zigarettenrauch, lag meine geheime Anweisung für die Nacht. Mr. Berman war wie die Kehrseite von Mr. Schultz, sie waren die beiden Pole meiner Welt, und die wildwütige Macht des einen war des anderen gelassene Verwaltung der Zahlen, sie hätten sich als Männer nicht weniger ähneln können, zum Beispiel hob Mr. Berman nie die Stimme, sondern sprach aus jenem Mundwinkel, der nicht mit der ewigen Zigarette beschäftigt war, und der Rauch räucherte seine Stimme und machte sie rauh, so daß sie zerhackt herauskam, wie eine in Pünktchen zerlegte Zeile, und ich merkte, daß ich ihm genau zuhören mußte, denn nicht nur brüllte er niemals, er wiederholte sich auch nie. Und er besaß die Aura des leicht Verkrüppelten, mit seinem Buckel, seinem durch steife Knie behinderten

Gang, eine Aura, die Zerbrechlichkeit suggerierte, eine physische Farblosigkeit, die er mit seinem Stil adretter, farblich abgestimmter Kleidung übertünchte, während Mr. Schultz die pure animalische Gesundheit verkörperte und sich in einem Wirrwarr von Launen und übertriebenen Gefühlen bewegte, denen sich so etwas wie Kleidung niemals richtig anpassen und sie schon gar nicht verstärken konnte.

Eines Tages fand ich auf dem Boden in der Nähe von Mr. Bermans Schreibtisch ein paar Zettel, die anders aussahen, und als ich sicher war, daß keiner hinschaute, las ich sie auf und schob sie in die Tasche. Nachdem ich am Abend wieder in mein Viertel zurückgekehrt war, sah ich sie mir an, es waren drei Zettel, und auf jeden war ein in sechzehn Kästchen unterteiltes Quadrat gezeichnet, und in allen sechzehn Kästchen jedes Quadrats standen unterschiedliche Zahlen, und ich betrachtete sie eine Weile und fing dann an, etwas zu sehen, die Zahlen ergaben dieselbe Summe, gleichgültig in welcher Richtung man sie zusammenzählte, horizontal oder vertikal oder diagonal. Und jedes Quadrat war völlig verschieden, er hatte jedesmal Zahlenreihen ausgetüftelt, die sich so zueinander verhielten, und hatte sich nie wiederholt. Als ich am nächsten Tag Gelegenheit dazu hatte, beobachtete ich ihn und entdeckte, daß, was ich für seine Arbeit gehalten hatte, eine Art müßiger Kritzelei war, daß er den ganzen Tag über da an seinem Schreibtisch saß und Berechnungen anstellte, und ich hatte angenommen, sie hätten mit dem Geschäft zu tun, aber in Wirklichkeit verlangte ihm das Geschäft gar nicht viel ab, es war nicht spannend, die Zahlen, die ihn interessierten, waren die in den Zahlenrätseln. Mr. Schultz war nie untätig, soviel sah ich, es war nicht seine Art, über etwas anderes als das Geschäft nachzudenken, wohingegen Abbadabba Berman mit Zahlen lebte und von Zahlen träumte, und ich erkannte, daß er nichts dagegen tun konnte, daß er seinen Zahlen so hilflos ausgeliefert war wie Mr. Schultz den Klauen seines Ehrgeizes.

In der ersten Woche, die ich dort herumhing, fragte mich Mr. Berman nicht ein einziges Mal, wie ich hieße oder so. Ich hatte mir sowieso vorgenommen zu lügen, aber es kam nie dazu. Wenn er mit mir sprach, nannte er mich Junge. Eines Nachmittags fragte er: »He, Junge, wie viele Monate hat das Jahr?« Ich antwortete, zwölf. »Okay, jetzt mal angenommen, du gibst jedem Monat seine Zahl, Januar ist also der erste Monat und so weiter, kapiert?« Ich sagte, ich hätte es kapiert. »Okay, jetzt sagst du mir nicht deinen Geburtstag, sondern du nimmst die Zahl des Monats, und dann zählst du die des folgenden Monats dazu, hast du's?« Ich hatte es, ich war entzückt, daß er mit mir sprach. »Okay, jetzt multiplizierst du die Zahl mit fünf, hast du's?« Ich überlegte einen Moment und sagte, ich hätte es. »Okay, jetzt multiplizierst du mit zehn und zählst die Zahl deines Geburtstags dazu, hast du's?« Ja, klar, hatte ich. »Jetzt sag mir die Zahl, auf die du gekommen bist.« Ich sagte sie ihm – neunhundertneunundfünfzig. »Okay«, sagte er, »danke für die Mitteilung, du hast am neunten September Geburtstag.« Das stimmte natürlich, und ich grinste anerkennend. Aber es ging noch weiter. »Ich werd dir sagen, wieviel Kleingeld du in der Tasche hast. Wenn ich damit recht habe, dann gewinne ich es, okay? Wenn ich falschliege, leg ich das gleiche noch mal dazu, und du hast doppelt so viel wie vorher, okay? Jetzt dreh dich um und zähl, aber laß es mich nicht sehen.« Ich sagte ihm, ich bräuchte es nicht zu zählen, ich wüßte, wieviel ich hätte. »Okay, dann verdopple die Summe im Kopf, hast du's?« Ich hatte es; der Betrag war siebenundzwanzig Cent und verdoppelt vierundfünfzig. »Okay, jetzt zähl drei dazu, hast du's?« Siebenundfünfzig. »Okay, jetzt multipliziere das mit fünf, hast du's?« Zweihundertfünfundachtzig. »Okay, jetzt ziehst du sechs davon ab, hast du's? Jetzt sag mir das Ergebnis.« Ich nannte es ihm, zweihundertneunundsiebzig. »Okay, du hast soeben siebenundzwanzig Cent verloren, hab ich recht?« Er hatte recht.

Ich schüttelte bewundernd den Kopf und lächelte, obwohl es mir weh tat und sich das Lächeln unecht anfühlte. Ich händigte ihm meine siebenundzwanzig Cent aus. Vielleicht hoffte ich insgeheim, er würde sie mir wiedergeben, aber er steckte sie ein und wandte sich wieder seinem Schreibtisch zu und überließ mich meinem Besen. Dann ging mir auf, daß er bei einem Verstand wie dem seinen so vorgehen würde, wenn er meinen Geburtstag oder die Geldsumme, die ich besaß, wissen mußte. Und wenn er meine Hausnummer erfahren wollte oder die Nummer meiner Schule, was dann? Alles ließ sich in Zahlen übersetzen, sogar Namen, wenn man für jeden Buchstaben wie in einem Code eine Ziffer einsetzte. Was ich für ein müßiges Spiel hielt, war ein Erkenntnissystem, und das beunruhigte mich. Sie wußten beide, wie sie bekamen, was sie wollten. Selbst ein Fremder, der nichts über Mr. Schultz wußte, hätte im Nu seine Bereitschaft gespürt, jeden zu verstümmeln oder umzubringen, der ihm im Wege stand. Abbadabba Berman jedoch kalkulierte alles, er berechnete die Chancen, er konnte nicht allzu gut gehen, aber er dachte blitzschnell, so daß sich in seinem Kopf alle Ereignisse und Ergebnisse, alle Wünsche und Mittel, sie zu befriedigen, in Zahlenwerte umsetzten, was bedeutete, daß er nie etwas tat, ehe er wußte, wie es ausgehen würde. Ich fragte mich, wer von ihnen ein gefährlicheres Studienobjekt für einen einfachen Jungen war, der nur versuchte, voranzukommen und etwas aus sich zu machen. In beiden war ein unerbittlicher erwachsener Wille. »Und schau mal, ob du nicht selber so ein Zahlenquadrat austüfteln kannst, ist gar nicht so schwer, sobald du die Grundidee begriffen hast«, sagte Mr. Berman durch Zigarettenrauch hindurch, und dann hustete er kurz und trocken.

Ein oder zwei Wochen darauf gab es eine Art Notfall, Mr. Berman setzte im Büro und über das Telefon Leute in Marsch, und dann muß ihm noch jemand gefehlt haben, denn er winkte mich zu sich und schrieb etwas auf einen Zettel, eine Adresse an der 125th Street und einen Namen, George. Ich verstand sofort, daß dies einen Durchbruch für mich bedeutete. Ich stellte keine Fragen, nicht einmal, wie ich dort hinkommen sollte, obwohl ich noch nie in Harlem gewesen war. Ich beschloß, ein gelbes Taxi zu nehmen und den Fahrer den Weg finden zu lassen. Aus meinen Trinkgeldern für Fegen und Botengänge hatte ich ein Vermögen von vier Dollar angehäuft, und eine Taxifahrt erschien mir als gute Investition, auch weil ich so zeigen konnte, wie schnell und verläßlich ich war. Aber ich hatte noch nie ein Taxi angehalten und war beinahe ein wenig erstaunt, als eins hielt. Ich sagte laut die Adresse her, als wäre ich mein Leben lang Taxi gefahren und sprang hinein und knallte die Tür zu, aus Filmen kannte ich das richtige Benehmen gegenüber Taxis, ich ließ mir nicht anmerken, wie aufgeregt ich war, aber ich saß kaum in der Mitte der Rückbank aus brüchigem rotem Leder mit unendlich viel Platz um mich herum und wir hatten noch keinen Straßenblock zurückgelegt, da hatte ich schon entschieden, daß dies von nun an meine bevorzugte Art zu reisen war.

Wir fuhren den Grand Concourse hinunter und über die Brücke an der 138th Street. Die Adresse war eine Trinkhalle in der Nähe der Ecke von 125th Street und Lenox Avenue. Ich ließ den Fahrer warten, wie es die Leute in den Filmen taten, aber er sagte, er warte nur, wenn ich ihm zahlte, was schon auf dem Taxameter war. Das machte ich. Als ich den Laden betrat, wußte ich, daß George der war, der mit einem dick geschwollenen Auge und einer roten Schramme auf einer Gesichtsseite hinter der Theke stand, er hielt sich ein Stück Eis unter das Auge, und das schmelzende Eis rann ihm wie Tränen zwischen den Fingern hindurch, er war ein hellhäutiger Neger mit grauem Haar und einem gepflegten grauen Schnurrbart, und er war völlig durcheinander, geradezu aschfahl, und zwei oder drei andere Männer, die weniger wie Kunden aussahen, sondern mehr wie Freunde von ihm, saßen an der Theke, und auch sie waren schwarz und hatten ihre wollenen Arbeitsmützen auf, obwohl es Hochsommer war. Mein Anblick bereitete ihnen keine Freude. Ich blieb gelassen und versuchte, mich wie ein echter Vertreter des Unternehmens zu benehmen. Ich blickte durchs Fenster auf die schwarzen Passanten, die im Vorbeigehen zu mir hereinblickten, und da sah ich, daß die Schaufensterscheibe diagonal gesprungen war, und in der Nähe der Zeitungen Glasscherben auf dem Linoleumboden lagen, und das Taxi am Bordstein sah aus, als wäre es in der Mitte nicht richtig zusammengefügt, nichts war richtig zusammengesetzt, nichts paßte zusammen, diese dunkle kleine Trinkhalle war von Mr. Schultz weggebrochen, wie ein Stück Kontinent ins Meer gestürzt, George griff in einen der Eiskrembehälter unter dem Sodazapfhahn und beförderte eine braune Papiertüte hervor, die oben fest zusammengerollt war, wie sie es alle machten, und er ließ sie auf die Theke aus falschem Marmor fallen.

»Kann da nix machen, ich arbeite jetzt für die«, sagte er und hielt sich weiter den Eisbrocken ans Gesicht. »Das kannste ihm ausrichten, hörste? Siehst ja, was passiert, wenn ich versuch, das Richtige zu machen. Kannste ihm ausrichten. Von mir aus können alle zum Teufel gehn, sag ihm das ruhig auch. Alle Weißen zusammen.«

Und schon war ich wieder auf dem Weg zurück in die Bronx, die Tüte mit beiden Händen umklammernd, und ich schaute nicht mal hinein, ich wußte, es waren Hunderte von Dollar drin, aber ich wollte sie nicht sehen, ich war schon glücklich, diesen offiziellen Status eines Boten zu haben, ich fragte mich, was Georges Mann zugestoßen sein mochte, aber eigentlich war es mir gar nicht so wichtig, so gut fühlte ich mich, weil ich die Sache glatt bewältigt hatte, ohne Angst und ohne daß dieser George meine Befugnisse in Frage gestellt oder eine persönliche Bemerkung über mich gemacht hatte, wütend wie er war, sondern mich schlicht wie einen von Mr. Schultz' Männern behandelt hatte, wie einen Profi, der angesichts von Schmerz oder Unglück keine Emotion zeigte, sondern das Geld abholen gekommen und damit gegangen war, punktum, und der gerade über die Brücke über den Harlem River rumpelte, dessen Herz glücklich und dankbar über sein schönes, erregendes Leben klopfte, während der Fluß mit dem Unrat der Industrie dahinströmte und die Schweißbrenner der Maschinenfabriken am Ufer an diesem Julimorgen sprühten wie Wunderkerzen.

6

Wie glücklich ich auch war, bei ihnen Fuß gefaßt zu haben, die Dinge liefen natürlich damals nicht so gut für die Dutch-Schultz-Gang und taten dies auch erst wieder, als es Dixie Davis, so hieß der Anwalt, den Mr. Schultz ständig anbrüllte, gelang, einen Plan auszuarbeiten, nach dem Mr. Schultz sich der Distriktstaatsanwaltschaft stellen konnte. Jemand, der mit diesen geheimnisumwitterten Fragen nicht vertraut war, hätte es nicht einleuchtend gefunden, daß Mr. Schultz darauf hoffte, sich selbst vor Gericht bringen zu können, aber der tigerte auf und ab und träumte von nichts anderem, versuchte einmal sogar, sich in einem Anfall frustrierter Wut die Haare auszureißen, denn in Wahrheit stand die Sache so, daß er erst einmal eingelocht und gegen Kaution auf freien Fuß gesetzt worden sein mußte, bevor er sich ungehindert um seine Geschäfte kümmern konnte. Aber er konnte sich nicht stellen, ehe er nicht ein paar juristische Garantien in der Hand hatte, die seine Chancen bei einem Prozeß verbessern würden, wie zum Beispiel, daß dieser außerhalb von New York City stattfinden würde, wo die Öffentlichkeit, aus der sich die

Geschworenen rekrutierten, wegen einer gewissen fragwürdigen, mit seiner Tätigkeit zusammenhängenden Popularität nicht dazu neigte, ihn in einem guten Licht zu sehen. Und darum ging es im Kern bei den endlosen Verhandlungen zwischen seinem Anwalt und der Distriktstaatsanwaltschaft, Mr. Schultz wollte Garantien haben, bevor er sich auslieferte, und bevor er die nicht hatte, konnte er nicht verhaftet und folglich nicht freigelassen werden.

Er erklärte mir, daß das Geschäft mit dem Verbrechen wie jedes andere Geschäft der beständigen Aufmerksamkeit des Unternehmers bedarf, wenn es in Gang bleiben soll, denn keinem liegt das Geschäft so am Herzen wie dem Unternehmer, und es ist seine Verpflichtung, dafür zu sorgen, daß die Erträge kontinuierlich fließen, daß alle auf Draht bleiben und daß vor allem das Geschäft weiterwächst, weil sich ein Unternehmen heute, wie er mir erklärte, nicht halten kann, indem einfach wiederholt wird, was gestern getan wurde, wenn es nicht wächst, verdorrt es, es ist wie ein Lebewesen, wenn es aufhört zu wachsen, beginnt es zu sterben, ganz abgesehen von der Eigenart von Mr. Schultz' besonderem Unternehmen, eines nicht nur in Hinblick auf Angebot und Nachfrage sehr komplizierten, sondern auch bis in Details feinfühlige Führung und diplomatisches Geschick erfordernden Unternehmens, allein für die Bestechungsgelder brauche man eine eigene Abteilung von Prüfern, die Leute, auf die man sich eigentlich verlassen müsse, seien Vampire, sie müßten ihr Geldblut haben, und wenn man nicht da sei, um es ihnen zu geben, dann ließen sie einen sitzen, wären nicht mehr ansprechbar, lösten sich in Nebel auf, an der Spitze eines kriminellen Unternehmens müsse man eine öffentliche Figur sein, sonst sei man es los, und was man auch aufbaue, könne einem fortgenommen werden, ja, je besser, je erfolgreicher man sei, desto gewisser sei es, daß die Arschlöcher versuchen würden, es einem fortzunehmen, und er spreche da nicht nur vom

Gesetz, er spreche von der Konkurrenz, es handle sich hier um eine sehr wettbewerbsintensive Branche, die nicht gerade Gentlemen anziehe, und wenn die andern eine Schwachstelle in der Panzerung fänden, dann stürzten sie sich darauf, es genüge zum Beispiel schon, wenn eine einzige schlappe Wache auf ihrem Posten schlafe oder ein bannertragender Fußsoldat sich vom Wachdienst fortlocken lasse, ganz zu schweigen davon, daß man selber vom Kommandoposten abwesend sei – davon nun wirklich ganz zu schweigen, denn dann sei man erledigt, weil sie ihre Tanks durch die Lücke rollen ließen, wo immer sie auch klaffe, sie hätten keine Furcht vor einem, und wenn sie einen nicht fürchteten, sei man ein toter Mann im Niemandsland, und es würde nicht genügend Identifizierbares von einem übrigbleiben, was man in einen Sarg legen könne.

Ich machte mir diese Sorgen zu eigen, wie hätte ich auch anders gekonnt, da ich auf der von Fliegengittern umgebenen Veranda auf der Rückseite des zweistöckigen roten Klinkerhauses auf City Island mit dem großen Mann zusammensaß, der seine Gedanken, seinen Verdruß dem Waisenkind Billy anvertraute, dem Glücksjungen, dem verwunderten Empfänger dieser plötzlichen, unvorhersehbaren Vertraulichkeiten. Hatte er mich erst nicht wiedererkannt, so war ihm jetzt jener erste Augenblick wohl gegenwärtig, als er mich auf der gegenüberliegenden Straßenseite erfolgreich jonglieren gesehen hatte, wie konnte ich mir da nicht die Betrübnis seines Herzens zu eigen machen und sie in mir als etwas spüren, was nicht vergehen würde, die nagende Furcht vor Verlust, das trockene innere Aufschluchzen angesichts ungerechter Umstände und die heroische Befriedigung des Erduldens, Durchstehens? Hier also, an diesem geheimen Ort hielt er sich auf, wenn er nicht zeitweilig in seinen abgeschirmten Bereichen anwesend war, in diesem Privathaus aus rotem Klinker, das sich in nichts von den anderen Häusern mit ihren flachen Dä-

chern unterschied, die man überall in der Bronx sah, außer
daß es hier draußen, auf dieser Insel, die noch zur Bronx gehörte, an einer kurzen Straße mit Bungalows das einzige der-
artige war, und nun gehörte ich zu den wenigen Leuten, die
davon wußten, Irving wußte es natürlich, weil es das Haus
seiner Mutter war, und seine ältliche Mutter wußte es, weil
sie – eine Frau, die stets mit nassen Händen herumlief – kochte
und alles ordentlich in Gang hielt in dieser stillen Seitenstraße
mit ein paar jener widerstandsfähigen Götterbäume, wie sie
überall in den Stadtparks gepflanzt werden, und Mr. Berman
wußte es, weil er mir eines Tages erlaubt hatte, mitzukom-
men, als er wie jeden Nachmittag hinfuhr, um Mr. Schultz
die Einnahmen zu bringen und mit ihm die Zahlen durch-
zusehen. Und während ich unterdessen in dem umzäunten
Garten hinter dem Haus saß, kam ich zu dem Schluß, daß
es auch sämtliche Nachbarn an der Straße und vielleicht alle
in den Straßen ringsum wissen mußten, denn wie kann man
nicht wissen, wenn ein berühmter Besucher sich in der Straße
aufhält, in der man wohnt, und ein dunkler Wagen mit zwei
Männern Tag und Nacht am Straßenrand steht, denn dies war
doch ein kleines Viertel, im Grunde ein Badeort, wenn auch
einer im New Yorker Stil, hatte aber in Wirklichkeit nicht sonderlich viel gemein mit den endlosen gepflasterten Hügeln
und Tälern der Mietskasernen und Läden und Hochbahnen
und Trams und Händlerkarren in der Bronx, dies war eine
Insel, die Sonne abbekam, und die Menschen darauf mußten sich als etwas Besonderes vorkommen, abseits von allem,
so wie ich mir nun vorkam, während ich meine Beziehung
zu dem guten Leben in der Weite genoß, zu diesem Blick
auf den Sund, der für mich wie ein Ozean aussah, ein tiefer
Horizont und eine graue, gemächlich hin und her schwap-
pende, verrutschende See, so wie Schiefer und Gestein ver-
rutschen würden, wenn sie nicht am Land befestigt wären,
mit der Erhabenheit eines monumentalen Körpers, der zu ge-

waltig ist, um Feinde zu haben. Gleich nebenan hinter dem Maschendrahtzaun war ein Bootsplatz, wo Segelboote und Motorboote aller Art aufgebockt standen oder zur Seite gekippt im Sand lagen, und ein paar Segelboote waren im Wasser vor den Piers festgemacht. Aber das Boot, auf das ich ein Auge geworfen hatte, war am Pier vertäut, ein Schnellboot aus lackiertem Mahagoni, gepflegt und fahrbereit, mit eingebauten wulstigen, braunen Ledersitzen und blanken Messingbeschlägen an der Windschutzscheibe und einem Steuerrad wie in einem Auto und einer kleinen amerikanischen Flagge, die am Heck flatterte. Und in dem Maschendrahtzaun zwischen dem Haus und dem Bootsplatz sah ich ganz nah am Wasser eine Öffnung und von dort einen Pfad zu dem Pier, an dem das Boot lag, und ich wußte, dies mußte das Fahrzeug sein, in dem Mr. Schultz entkommen würde, falls es je dazu käme. Wie ich doch das Leben voller Anstrengungen bewunderte, im kühnen Widerstand gegen eine Regierung, die einen nicht mochte und vernichten wollte, so daß man sich mit Geld und Leuten Schutzwälle erbauen, Kriegsstärke entfalten, Verbündete kaufen, Grenzlinien patrouillieren mußte wie in einem Staat der Sezession, ein von eigenem Willen und Gewitztheit und Kämpfergeist getragenes Leben direkt vor dem Auge des Ungeheuers führte, genau vor seinem Auge.

Doch darüber hinaus faszinierte mich noch, daß jemand sich eine auf der Gefährlichkeit des Lebens beruhende Existenz entwarf, daß er sie in fortwährender Betrachtung des Todes errichtete, und das war auch der Grund, warum die Leute auf dieser Insel ihn nie verpfeifen würden, seine Gegenwart ehrte sie und erlaubte ihnen, in diesem Wissen wie in einer Art Licht von Leben und Tod zu leben, mit jenen Momenten höherer Bewußtheit oder Erleuchtung, welche die Besten von ihnen vielleicht in der Kirche oder in den ersten Augenblicken romantischer Liebe erfuhren.

»Himmel, ich mußte mir erst alles verdienen, keiner hat

mir was geschenkt, ich bin aus dem Nichts gekommen, und was ich geschafft hab, hab ich ganz allein geschafft«, sagte Mr. Schultz. Dieser Wahrheit nachsinnend saß er da und zog an seiner Zigarre. »Klar hab ich Fehler gemacht, anders lernt man nichts, gesessen habe ich nur ein einziges Mal, mit siebzehn, da bin ich wegen Klauen nach Blackwell's Island geschickt worden, ich hatte keinen Anwalt, und sie haben mich zu unbefristet verknackt, was heißt, es hing von meiner Führung ab, wann ich rauskam, und das war ganz in Ordnung. Ich sag dir, wenn ich einen von diesen Superanwälten gehabt hätte, die ich jetzt habe, hätt ich wahrscheinlich lebenslänglich gekriegt. Was, Otto?« sagte er lachend, aber Mr. Berman war mit dem Panamahut über dem Gesicht in seinem Sessel eingeschlafen, er hatte Mr. Schultz wohl schon manches Mal darüber klagen hören, wie hart sein Leben war.

»Jedenfalls hatte ich verflucht nicht vor, jemandem in der Arsch zu kriechen, bloß um dort rausgelassen zu werden, ich haute statt dessen auf den Putz, war ein so übler Kunde, daß sie nicht mit mir klar kamen und mich in die Besserungsanstalt aufs Land schickten, auf so eine Arbeitsfarm mit Kühen und dem ganzen Mist. Warst du schon mal in der Besserungsanstalt?«

»Nein, Mr. Schultz.«

»Na? Ein Zuckerschlecken war's nicht. Ich war kein starker Bursche, ungefähr so gebaut wie du, ein dürres Kerlchen, und es gab da eine Menge Schlägertypen. Ich wußte, ich muß mir früh einen Namen machen, da wo's drauf ankommt, wo's sich rumspricht. Also war ich gefährlich wie zehn. Ich ließ mir nichts bieten, ich hatte es auf Schlägereien abgesehen. Wer mir querkam, und das taten so ein paar Scheißer, der bedauerte es nachher, bei Gott. Ich bin sogar aus dem verfluchten Kasten ausgebrochen, war nicht schwierig, ich hab mich über den Drahtzaun davongemacht und war einen Tag und eine Nacht draußen in den Büschen, bevor sie mich schnappten, und dafür haben sie mir ein paar Monate mehr aufgebrummt, und zu allem Überfluß hab ich mir noch einen Giftsumach-Ausschlag am ganzen Körper geholt, bin rumgelaufen wie der letzte Zombie, mit Zinksalbe eingeschmiert. Als ich endlich rauskam, waren sie froh, mich los zu sein, das kann ich dir sagen. Bist du in einer Gang?«

»Nein, Mr. Schultz.«

»Ja, wie willst du es denn dann zu was bringen? Wie willst du denn was lernen? Ich stelle Leute aus Gangs ein. Da kriegen sie ihre Ausbildung. Schon mal von der Frog Hollow Gang gehört?«

»Nein, Mr. Schultz.«

»Himmel – das war die berühmteste von den alten Gangs in der Bronx! Was ist bloß mit dieser Generation los? Das war die Gang vom ersten Dutch Schultz, weißt du das denn nicht? War der härteste Straßenkämpfer, der je gelebt hat. Der biß dir die Nase ab. Riß dir die Eier mit der Wurzel raus. Nach dem hat mich meine Gang genannt, als ich aus der Besserung zurückkam. Das war ein Ehrentitel, zeigte, daß ich meine Zeit abgebrummt und mich durchgeschlagen und mich zum verflucht bissigen Köter ausgebildet hatte. Darum werde ich seitdem der Holländer genannt.«

Ich räusperte mich und blickte durch das Fliegengitter über die Ligusterhecken zum Wasser, wo ein kleines Boot mit dreieckigem weißem Segel durch das schimmernde Geflecht zu segeln schien. »Es gibt jetzt ein paar Gangs«, sagte ich. »Aber die Jungs sind verdammt blöd, die meisten wenigstens. Ich möchte nicht für die Fehler von andern büßen, nur für meine eigenen. Ich finde, um heutzutage die richtige Ausbildung zu kriegen, muß man bis ganz an die Spitze gehen.«

Ich hielt den Atem an. Ihn anzusehen, wagte ich nicht, ich sah auf meine Füße. Ich spürte seinen starren Blick auf mir.

»He, Otto«, sagte er, »wach auf, zum Teufel, du verpaßt hier wirklich was.«

»Ach? Das findest du also«, sagte Mr. Berman unter seinem Hut hervor.

Es passierte nicht alles sofort, sondern bei Tag und bei Nacht, es schien keine feste Zeit zu geben, keinen Plan, nur den möglichen Augenblick und die Sache, der wir jeweils in einem Auto entgegenfuhren, und wenn man durchs Fenster das Leben betrachtet, durch das man geht, um zu diesem Augenblick zu gelangen, dann nimmt es eine seltsame Form an, so daß, wenn die Sonne scheint, sie zu grell scheint; oder wenn es Nacht ist, diese zu schwarz ist, die gesamte Organisation der Welt scheint sich dazu verschworen zu haben, Aufmerksamkeit zu erregen, und alles, was einen natürlicherweise umgibt, wird unnatürlich durch den auf merkwürdige Weise absoluten moralischen Anspruch dessen, was man soeben tut. Ich hatte es mir so gewünscht, ich wurde ganz an der Spitze geschult. Zum Beispiel erinnere ich mich noch daran, wie ich an der Ecke von Broadway und 49th Street mit dem Auftrag abgesetzt wurde, mich dort rumzutreiben und die Augen offenzuhalten. Mehr wurde nicht gesagt, aber es war von großer Tragweite. Einer der Wagen sauste davon, und ich sah ihn nicht wieder, der andere, der mit Mr. Berman, kam alle paar Minuten um den Block, eine einzelne schwarze, kastenartige Chevrolet-Limousine, kaum auffällig in dem Gewimmel von schwarzen Autos und den gelben Checker-Taxis, die auf der Suche nach Fahrgästen umherkreuzten, und den Doppeldeckerbussen und Straßenbahnen, die vergleichsweise leer waren, und weder der Fahrer Mickey noch Mr. Berman sahen mich an, wenn sie vorbeikamen, und ich schloß daraus, daß ich nicht speziell auf sie achten sollte. Ich stand im Eingang von Jack Dempseys Restaurant, das noch nicht geöffnet hatte, es muß morgens gegen neun oder halb zehn gewesen sein, und der Broadway wirkte noch ziemlich frisch, die Zeitungsstände und die

Kokosmilch- und Hot-dog-Verkäufer hatten geöffnet, auch ein paar der Läden, die kleine Freiheitsstatuen aus Blei verkauften, aber sonst nicht viel. Gegenüber an der 49th Street gab es im zweiten Stock ein Tanzstudio, und das große Kippfenster stand offen, und jemand spielte *»Bye, Bye, Blackbird«* auf dem Klavier. Es gibt einen kleinstädtischen Broadway, einen bewohnten Broadway, den man am Morgen zu sehen bekommt, bevor die Spielhallen und Bars aufmachen, wenn die Leute, die oben über den Kino-Reklamen wohnen, mit ihren Hunden an der Leine runterkommen, um sich die *Racing Form* und den *Mirror* zu holen und eine Flasche Milch zu kaufen. Und die Bäckerei-Lieferwagen fahren vor, deren Fahrer die Gestelle mit Broten und große Säcke mit Brötchen in die Lebensmittelgeschäfte tragen, oder die Fleischlaster mit den Männern, die sich große rohe Rinderstücke auf die Schulter laden und sie auf die Rollen der Rutschen werfen, die in die Souterrains unter den Restaurants führen. Ich beobachtete alles und sah den Straßenkehrer in seinem weißen Sommeroverall und den khaki- und orangefarbenen Streifen an der Mütze mit seinem großen Besen den Pferdemist und das Papier und den Abfall einer Broadwaynacht auf seine breite Schaufel laden und alles in die große Mülltonne auf seinem zweirädrigen Karren kippen, als wäre er eine Hausfrau, die ihre Küche aufräumt. Ein wenig später kam der Wassertankwagen vorbei und besprengte die Straße, so daß sie glänzte und frisch wirkte, und beinahe gleichzeitig sah ich die Lichterkette um das Loew's State Theatre ein paar Blocks weiter unten angehen, wo der Broadway auf die Seventh Avenue trifft. In der Sonne konnte man die Schlagzeilen nicht vollständig lesen, die in Leuchtbuchstaben um das Times Building am Times Square liefen. Der schwarze Chevrolet kam wieder vorbei, und diesmal sah Mr. Berman mich an, und ich wurde allmählich besorgt, ich wollte endlich sehen, was immer ich sehen sollte, aber der Verkehr war normal, nicht besonders stark, und die Leute auf dem Trottoir gingen gelassen ihren Geschäften nach, ein Mann in Anzug und Krawatte kam mit einer Kiste Äpfel auf der Schulter vorbei und stellte sie an der Ecke mit einem Schild ÄPFEL 5 ¢ auf, der Morgen wurde wärmer, und ich überlegte, ob das, was ich brauchte, sich in dem Fenster hinter mir befand, wo Jack Dempsey auf einem stark vergrößerten Foto des Boxrings in Manila mit Tausenden von Zuschauern zu sehen war, und es gab noch weitere Fotos von dem großen Mann, beim Händeschütteln mit berühmten Leuten, Show-Stars wie Jimmy Durante und Fanny Brice und Rudy Vallee, aber dann sah ich in der Glasscheibe des Restaurants das Spiegelbild von dem Bürogebäude gegenüber, und als ich mich umdrehte, um hinzuschauen, kletterte oben im fünften oder sechsten Stock ein Mann mit Eimer und Schwamm auf einen Sims, befestigte seinen Sicherheitsgürtel an den in die Backsteinmauer eingelassenen Haken, lehnte sich in seinem Gürtel nach hinten und begann mit seinem seifigen Schwamm in weiten Bögen über das Fenster zu fahren, und dann sah ich einen anderen Mann im Stockwerk darüber auf einen anderen Fenstersims herauskommen und das gleiche tun. Ich sah diesen Männern beim Fensterputzen zu, und dann wußte ich aus irgendeinem Grund, daß ich genau das sehen sollte, diese Fensterputzer bei der Morgenarbeit hoch über der Straße. Und auf dem Gehweg unter ihnen stand so ein Schild, das sich wie ein A aufstellen läßt und die Passanten darauf aufmerksam macht, daß über ihren Köpfen gearbeitet wird und sie aufpassen sollen, und es war das Schild, daß die Fensterputzer im Namen ihrer Gewerkschaft aufgestellt hatten. Ich hatte mittlerweile den Broadway überquert und stand an der südwestlichen Ecke von 49th Street und Seventh Avenue und beobachtete die Typen dort oben bei der Arbeit, zwei von ihnen standen auf einer Plattform, die vielleicht fünfzehn Stockwerke hoch über der Straße von der Dachbrüstung hing und die sie, wie ich sah, zum Putzen der besonders großen Fenster ganz oben brauchten, deren Breite es nicht erlaubte, zu beiden Seiten einen Sicherheitsgürtel einzuhaken, und eben diese Plattform mit den zwei Männern und ihren Eimern und Schwämmen und Lappen schwankte plötzlich, das Seil an der einen Seite schnellte in die Luft wie eine Peitsche, und die beiden Männer warfen die Arme nach hinten und kippten von der Plattform. Einer von ihnen fiel Räder schlagend an der Gebäudewand entlang. Ich weiß nicht, ob ich geschrien habe oder wer sonst noch sah oder hörte, wie es passierte, aber schon als er noch mehrere Stockwerke über dem Boden war, ein paar Sekunden über seinem Tod, wußte es die ganze Straße. Der Verkehr stand still, als würde jedes Fahrzeug vom selben straffen Seil ruckartig angehalten. Ein allgemeiner Schrei gellte, als hätte jeder Fußgänger im Umkreis von Blocks eine Vorahnung vom Unheil gehabt, als wäre uns allen die ganze Zeit über klar gewesen, was im Himmel über unseren Köpfen vorging, so daß in dem Augenblick, da die Komposition gestört wurde, dies jeder sofort wußte. Dann schlug der Körper in einem Moment der flachen, horizontalen Ausdehnung auf das Dach eines vor dem Gebäude geparkten Autos auf, und das klang wie eine feuernde Kanone, eine entsetzliche Explosion der Kräfte von Fleisch und Knochen, und was mich nach Luft ringen ließ, war, daß er sich bewegte, der Bursche bewegte sich in dieser Metallkuhle, die er geschlagen hatte, ein Zucken und Winden zerschmetterter Knochen, als krümmte sich da einen Augenblick lang ein Wurm auf dem heißen Metall, bevor selbst diese Stufe unglaubhaften Lebens über die Finger zitternd entwich.

Ein Polizist zu Pferd galoppierte nun auf der 49th Street an mir vorüber. Der andere Fensterputzer hing immer noch dort oben von dem abgerissenen Ende der jetzt senkrechten Plattform, schlug mit den Beinen aus, um Halt zu finden, wo es keinen gab, und schrie dort oben, während die Plattform auf eine Weise hin- und herschaukelte, daß sein Überleben keineswegs gesichert schien. Was hat ein Mann in den Armen, acht, zehn Stockwerke über der Erde, was hat er in den Fingern, in den Muskeln seiner Fingerspitzen, woran halten wir fest in dieser Welt unseliger Tiefe, die uns ihre bodenlosen Möglichkeiten in der Luft, im Wasser darbietet, auf gepflastertem Grund, der sich unter uns auftut, krachend wie ein Gewitter von großer spezifischer Dichte? Grün-weiße Polizeiwagen näherten sich aus allen Richtungen. Oben an der 57th Street bog ein Feuerwehrfahrzeug mit Leiter in den Broadway ein. Die Faszination des Unheils nahm mir den Atem.

»He, Junge!«

Hinter mir am Broadway war Mr. Bermans Chevrolet an den Bordstein gefahren. Die Tür öffnete sich. Ich rannte das kurze Stück zurück und sprang hinein und schlug die Tür hinter mir zu, und Mickey der Fahrer startete. »Glotz nicht, Junge, überlaß das den Hinterwäldlern«, sagte Mr. Berman. Er war über mich verärgert. »Du bist nicht in der Tourismusbranche. Wenn man dir sagt, du sollst wo bleiben, dann bleibst du da.«

Daraufhin unterließ ich es, durchs Fenster zurückzuschauen, was ich sonst getan hätte, obwohl ich wußte, daß mir, da der Wagen den Broadway hinabfuhr, die Sicht auf die Szenerie versperrt war. Aber ich verspürte in mir den Willen, mich nicht zu rühren, sondern mich stumm zurückzulehnen und geradeaus zu starren.

Mickey der Fahrer hatte beide Hände am Lenkrad, wenn er nicht hinuntergriff, um zu schalten. Wenn man das Lenkrad als Uhr sah, hielt er es bei zehn und zwei. Er fuhr vernünftig, aber nicht langsam, er kämpfte nicht gegen den Verkehr an, sondern nutzte ihn zu seinem Vorteil, ohne anscheinend je zu rasen oder jemanden zu schneiden. Er versuchte nicht, an einer umspringenden Ampel noch durchzukommen oder in

der Sekunde loszubrausen, wo sie auf Grün schaltete. Mickey
war der Fahrer und nur das, aber das war sehr viel; wenn man
ihm zusah und die Bewegung des Wagens unter sich spürte,
merkte man, daß ein Auto zu fahren und es mit professio-
nellem Sachverstand zu lenken verschiedene Dinge sind. Ich
selbst konnte nicht fahren, wie denn auch, aber ich wußte,
daß Mickey einen Wagen bei hundert Meilen in der Stunde
stets so ruhig und sicher fuhr wie bei dreißig, daß ein Wagen
stets alles tat, was er ihm abverlangte, und nun, da ich das Bild
des hilflos seinem Tod entgegenfallenden Fensterputzers noch
vor Augen hatte, betrachtete ich Mickeys Kompetenz insgeheim als stummen Verweis, der Mr. Bermans Bemerkung bestätigte.

Ich glaube nicht, daß ich in all der Zeit, die ich ihn kannte
und solange er am Leben war, je ein Wort mit Mickey gewech-
selt habe. Ich glaube, er schämte sich für seine Sprechweise.
Seine ganze Intelligenz steckte in seinen fleischigen Händen
und in seinen Augen, die man manchmal für eine professionelle Sekunde im Rückspiegel nach hinten spähen sah. Sie
waren hellblau. Er war völlig kahl und hatte im Nacken fette
Wülste, die ich genau kennenlernte. Von hinten betrachtet,
standen seine Ohren knollenförmig vom Kopf ab. Er war Boxer gewesen, aber nie über die Ausscheidungsrunden von
Club-Turnieren hinausgekommen. Seine größte Auszeich-
nung war, daß ihn Kid Chocolate eines Abends in der Jerome
Arena gegenüber vom Yankee Stadion durch technischen
K. O. besiegt hatte, in einem von Kids frühsten Kämpfen, als
sein Aufstieg gerade begann. Wenigstens hatte ich das gehört. Ich weiß nicht warum, aber ich hätte gern für uns alle
geweint. Mickey fuhr uns hinüber auf die West Side in eine
Lastwagengarage, und während Mr. Berman und ich zum
Kaffeetrinken über die Straße in einen Schnellimbiß gingen,
wurde der Chevrolet gegen einen anderen Wagen ausgewech-
selt, der etwa zwanzig Minuten später mit Mickey am Steuer

auftauchte. Es war ein Nash mit völlig verschiedenen orange-schwarzen Nummernschildern. »Niemand stirbt, der nicht gesündigt hat«, hatte Mr. Berman im Schnellimbiß zu mir gesagt. »Und da das für jeden gilt, können wir uns alle darauf gefaßt machen.« Dann warf er zum Zeitvertreib für mich eines jener Zahlenkästchen-Spiele auf den Tisch; das mit den sechzehn Feldern und den fünfzehn numerierten quadratischen Plättchen, die man so lange herumschieben muß, bis sie in der richtigen Reihenfolge angeordnet sind. Das Problem ist, daß man nur dieses eine freie Feld zur Verfügung hat, um alles dahin zu bugsieren, wo es hingehört; ein einziges freies Feld, das sich gewöhnlich an der falschen Stelle befindet, um alles der Reihe nach dorthin zu bekommen, wo es hingehört.

Aber wie gesagt, es war so etwas wie eine Anstellung, ich war hingegangen und hatte mich verpflichtet. Und als erstes lernt man, daß es keine festen Vorschriften für die Nacht und den Tag gibt, daß es nur verschiedene Arten von Licht gibt, winzige Abstufungen im Körnigkeitsgrad, und somit keinen Grund, in den einen Stunden mehr oder weniger zu tun zu haben als in den andern. Die schwärzeste, stillste Stunde war nichts als eine bestimmte Art Licht.

Von keiner Seite kam der Versuch, Erklärungen dafür zu geben, warum Dinge getan wurden, und niemand suchte irgend etwas zu rechtfertigen. Ich stellte wohlweislich keine Fragen. Aber soviel verstand ich – daß eine strenge Ethik herrschte, daß all die normalen Ärgernisse und Kränkungen galten, all die verletzten Gerechtigkeitsgefühle, all die Überzeugungen, was falsch und richtig sei, sobald man die erste, reine, auf den Kopf gestellte Voraussetzung akzeptiert hatte. Aber an dieser Voraussetzung hatte ich zu kauen. Ich fand es am leichtesten, wenn Mr. Schultz mit mir sprach; dann waren für ein paar Augenblicke die Dinge klar. Ich kam zu dem Schluß, daß ich bislang zwar die Idee davon hatte, aber noch nicht das Gefühl dafür, und es war das Gefühl, welches das Geniale der Idee ausmachte, wie jeder allein dadurch erkennen konnte, daß er sich in der Gegenwart von Mr. Schultz befand.

Mittlerweile konnte ich spüren, daß mit einer Intensität vorgegangen wurde, die vielleicht an den stillen Nachmittagen auf der hinteren Veranda des Hauses auf City Island vorausgeplant worden war. Hier will ich über Mr. Schultz' Embassy Club berichten. Dieser war in seinem Besitz, eins der Gebäude, die ihm gehörten, und für jedermann weithin an der East 56th Street zwischen Park Avenue und Lexington Avenue zu erkennen an dem vornehmen Baldachin mit dem Namen in goldenen Lettern. Aus den Klatschspalten wußte ich alles über Nachtclubs und die Leute, die dort ein- und ausgingen, darunter manche mit bekannten Namen aus der feinen Gesellschaft, und daß sie einander anscheinend alle kannten, Filmstars und Schauspieler und Schauspielerinnen, die nach der Arbeit dort hinkamen, und Sportler und Schriftsteller und Senatoren, ich wußte, daß manchmal Bands und Revuegirls dort auftraten oder schwarze Frauen, die Blues sangen, und ich wußte, daß jeder Club seine Rausschmeißer hatte, wenn Leute über die Stränge schlugen, und Mädchen, die in Netzstrümpfen und hübschen Pillbox-Hütchen herumgingen und von Tabletts Zigaretten verkauften. All das wußte ich, obwohl ich es nie gesehen hatte.

Also war ich sehr aufgeregt, als sie mich zum Arbeiten dort hinschickten, als Pikkolo. Man stelle sich das vor, ich, ein Junge aus der Bronx, arbeitete mitten in der Stadt in einem Nachtclub! Aber in der Woche, die ich dort arbeitete, war es überhaupt nicht so, wie ich erwartet hatte. Zunächst einmal sah ich, solange ich da war, nicht eine berühmte Person. Leute kamen zum Essen und Trinken hin und hörten der kleinen Kapelle zu und tanzten, aber sie waren unbedeutend. Das wußte ich, weil sie sich ständig nach den bedeutenden Leuten umschauten, die zu sehen sie gekommen waren. An den meisten Abenden war das Lokal halbleer, außer gegen elf, wenn die Show begann. Der ganze Saal war in blaues Licht getaucht, an den Wänden befanden sich Nischen, und Tische mit blauen Tischtüchern standen um eine kleine Tanzfläche, und auf einer kleinen Bühne ohne Vorhänge spielte die Kapelle, keine große Kapelle, zwei Saxophone und eine Trompete und ein Klavier und Gitarre und Schlagzeug, und es gab ein Garderobenmädchen, aber keine Zigarettenmädchen und keine Nachtreporter auf der Jagd nach Klatschgeschichten von den Berühmten, keinen Walter Winchell oder Damon Runyon – das Lokal war tot, und es war tot, weil Mr. Schultz sich nicht dort sehen lassen konnte. Er war die Attraktion. Die Leute waren gern dort, wo etwas geschah oder geschehen konnte. Sie liebten die Macht. Der Barkeeper stand mit verschränkten Armen hinter der Bar und gähnte. Am denkbar schlechtesten Tisch, an der Tür, wo es zog, saßen jeden Abend zwei junge Bundesstaatsanwälte vor Limonensodas, die sie nicht anrührten, und füllten die Aschenbecher, die ich gewissenhaft wechselte. Sie sahen mich nicht an. Niemand sah mich an in meinem kurzen braunen Jackett mit Fliege, mein Rang war so niedrig, daß jeder annahm, gegen mich könne nichts vorliegen. Ich hielt mich gut in der Nachtclubwelt und entwickelte einen gleichsam funkensprühenden Stolz, daß ich als Pikkolo nicht einmal von altgedienten Kellnern beachtet wurde. Das machte mich wertvoll. Denn ich war von Mr. Berman dorthin beordert worden, mit der üblichen Ermahnung, ich solle die Augen offenhalten. Und das tat ich, ich lernte, wie schwachsinnig Leute sich aufführen konnten, die Nachtclubs besuchten, und wie entzückt sie waren, wenn eine Flasche Champagner sie fünfundzwanzig Dollar kostete und der Oberkellner ihnen einen Tisch gab, nachdem sie ihm einen Zwanzigdollarschein in die Hand gedrückt hatten, obwohl es so viele leere Tische gab, daß sie jeden Tisch hätten verlangen können und er sie umsonst hingeführt hätte. Es war ein schmaler Raum, eine leere Bühne, und in den Pausen gingen die Musiker in die Hintergasse hinaus, und alle rauchten sie Marihuana, sogar die junge Sängerin, und eines Abends hielt sie mir ihre Hand verkehrt herum hin, und sie reichte mir einen Joint, und ich saugte daran, wie ich sie es hatte tun sehen, und sog es ein, dieses ätzende, bittere Gras, das mir wie glühende Asche in die Kehle fuhr, und natürlich hustete ich, und sie lachten, aber es war ein freundliches Gelächter; außer der Sängerin waren die Musiker weiß, nicht viel älter als ich, und ich weiß nicht, wofür sie mich hielten, vielleicht für jemanden, der sich das Geld fürs College-Studium verdient, und ich ließ sie weiter denken, was immer sie sich denken mochten, mir fehlte nur noch so eine Hornbrille, wie Harold Lloyd sie trug, und die Nummer wäre perfekt gewesen. In der Küche allerdings standen die Dinge anders, der Küchenchef dort war ein Neger, der alles im Griff hatte, er rauchte Zigaretten, deren Asche auf die Steaks fielen, die er briet, und er hatte ein Hackmesser, mit dem er Kellner und Untergebene bedrohte, die ihn reizten. Er war ein ewig ärgerlicher Mann, dessen Zorn auflodern konnte wie heißes Bratenfett. Der einzige, der ihn nicht fürchtete, war der Tellerwäscher, ein hinkender alter Neger mit grauen Haaren, der seine bloßen Arme offenbar in kochend heißes Seifenwasser stecken konnte, ohne etwas zu spüren. Wir standen uns nah, weil ich ihm das Geschirr brachte. Er schätzte es, wie ich die Reste davon abkratzte. Zwischen uns herrschte professionelle Achtung. Man mußte in der Küche vorsichtig sein, weil der Fußboden so ölig war wie der einer Garage. Kakerlaken saßen gemütlich an der Wand, und der Fliegenfänger, der von der Glühbirne hing, war schwarz, und manchmal trippelte sogar auf den Arbeitsflächen eine Maus von einem Essensbehälter zum andern. Dies alles hinter den gepolsterten Pendeltüren mit den ovalen Fenstern im blau erleuchteten Embassy Club.

Und ich blieb stehen, wenn ich nur konnte, und hörte der jungen Sängerin zu. Sie hatte eine liebliche, dünne Stimme und schien in weite Fernen zu schauen, wenn sie sang. Die Leute standen immer zum Tanzen auf, wenn sie sang, weil den Frauen ihre Songs von Verlust und Verlorenheit und Liebe zu Männern, die sie nicht wiederliebten, gefielen. *The one I love belongs to somebody else. He means his tender songs for somebody else.* Sie stand vor dem Mikrophon und sang mit sehr wenig Gesten, vielleicht wegen des vielen Gras, das sie rauchte, und von Zeit zu Zeit, wenn es vom Text her eigentlich nicht paßte, zog sie ihr trägerloses Satinabendkleid hoch, als fürchte sie, selbst ihre schlaffen Gesten könnten ihre Brüste entblößen.

Jeden Morgen gegen vier oder halb fünf traf dann Mr. Berman ein und wirkte so frisch wie der Morgen in irgendeiner raffinierten Kombination von Pastelltönen. Zu diesem Zeitpunkt waren gewöhnlich alle gegangen, die Leute von der Bundesstaatsanwaltschaft, die Kellner, die Band, das Lokal war nur noch dem Schein nach offen, und vielleicht trank der Revierpolizist mit der Mütze auf dem Kopf an der Bar ein Glas auf Kosten des Hauses. Und ich hatte die Aufgabe, sämtliche Tischtücher von den Tischen zu ziehen und die Stühle darauf zu stapeln, damit die beiden Putzfrauen, die am Morgen kamen, den Teppich unter den Tischen saugen und die Tanzfläche wischen und bohnern konnten. Anschließend wurde ich ins Souterrain gerufen, wo ein kleines Büro eingerichtet war, von wo aus man über einen kurzen Flur durch einen Notausgang in eine Art Schacht gelangte, aus dem Eisenstufen in einen Durchgang hinaufführten. Und in diesem Büro pflegte Mr. Berman die Einnahmen der Nacht zu überprüfen und mich zu fragen, was ich gesehen hätte. Ich hatte natürlich nichts gesehen, bis auf das, was für mich das neue Leben von Manhattan war, ein Leben der Macht, in dem im Verlauf einer einzigen kurzen Woche alles auf den Kopf gestellt wurde und ich im Morgengrauen zu arbeiten aufhörte und bei Tag schlafen ging. Was ich gesehen hatte, war das Leben der großen Welt und das Fließen von Geld, nicht während es verdient und kassiert wurde, wie an der 149th Street, sondern während es ausgegeben und in blaues Licht und vornehme Kleider und gleichgültig vorgetragene Liebeslieder umgesetzt wurde. Ich hatte gesehen, daß das Garderobenmädchen Mr. Berman für ihren Job bezahlte statt umgekehrt, daß dies sich aber für sie zu lohnen schien, da jede Nacht, wenn sie Schluß hatte, ein anderer Mann draußen unter dem Baldachin wartete. Aber das meinte Mr. Berman nicht, wenn er die Frage stellte. In der Phantasie hatte ich meine hexenhafte kleine Freundin Rebecca in hohen Schuhen und in einem schwarzen Spitzenabendkleid dort mit mir zu den Songs der Sängerin tanzen sehen. Ich glaubte, sie wäre sogar beeindruckt von mir in meiner bis zur Taille gehenden Pikkolojacke. Ich schlief auch in dem Büro, wenn Mr. Berman gegangen war, und träumte dort davon, Rebecca zu vögeln und nicht dafür zahlen zu müssen. Im Traum gehörte ich zur Branche, und dafür liebte sie mich so, daß sie genoß, was ich mit ihr machte. Aber ganz bestimmt hatte Mr. Berman dies nicht im Sinn gehabt. Oft wachte ich am Morgen völlig verklebt auf, was Wäscheprobleme schuf, und auch diese löste ich wie ein Broadwaybewohner, indem ich eine chinesische Wäscherei an der Lexington Avenue fand, aber auch, indem ich mir Socken und Unterwäsche und Hemden und Hosen drüben an der Third Avenue unter der Hochbahn kaufte. Es schien meine Third Avenue zu sein. Ich war nicht unglücklich in dieser Woche. Ich fand, daß ich mich in Manhattan richtig wohl fühlte, es war nicht anders als die Bronx, nur so, wie die Bronx sein wollte, es bestand aus Straßen, und die konnte man lernen, und ich hatte jetzt einen Job, der zwölf Dollar die Woche brachte, mir persönlich aus Mr. Bermans Tasche dafür zugeteilt, daß ich Geschirr umherschleppte und die Augen offenhielt, wenn ich auch nicht wußte, für was. Und nach dem dritten oder vierten Tag dieses Lebens sah ich nur noch selten den radschlagenden Körper des Fensterputzers vor mir, wie er in der Sonne an dem Bürogebäude auf der Seventh Avenue herunterfiel. Es war fast so, als gäbe es an der East Side selbst für die Branche ein unterschiedliches Verhalten. Ich schlief unter der Erde auf einer Faltpritsche, stieg gegen zwölf die Eisentreppe zu dem Durchgang hinauf, ging um die Ecke und ein paar Querstraßen hinunter und fand an der Lexington Avenue eine Kneipe, in der die Taxifahrer zu Mittag aßen, während ich frühstückte. Ich frühstückte reichhaltig. Ich spendierte alten Männern, die der Besitzer durch die Drehtür hinauszubefördern versuchte, Semmeln und Korinthenbrötchen. Ich dachte über meine Lebenstauglichkeit nach und fand nichts daran auszusetzen, außer vielleicht, daß ich nicht in die Bronx fuhr, um meine Mutter zu besuchen. Ich ließ sie einmal an das Telefon in der Trinkhalle an der Ecke unseres Blocks rufen und sagte ihr, ich würde eine Weile fort sein, aber ich wußte nicht, ob sie sich daran noch erinnerte. Ich hatte fünfzehn Minuten in der Leitung bleiben müssen, bis jemand sie gefunden und heruntergebracht hatte.

Ich erwähne all dies als ein Zwischenspiel des Friedens und der Betrachtungen.

Dann konnte ich Mr. Berman eines Nachts berichten, daß Bo Weinberg mit einer Gesellschaft im Club diniert und die Band dafür bezahlt hatte, daß sie ein paar Stücke seiner Wahl spielte. Nicht, daß ich ihn erkannt hätte, aber die Kellner waren alle zum Leben erwacht. Mr. Berman schien nicht erstaunt zu sein. »Bo wird wiederkommen«, sagte er. »Kümmere dich nicht um die Leute, die bei ihm sitzen. Achte darauf, wer an der Bar in der Nähe der Tür sitzt.« Und das tat ich ein paar Nächte darauf, als Bo mit einer hübschen blonden Frau und einem anderen gutaussehenden Paar wiedererschien, einem elegant gekleideten Mann mit blonder Tolle und einer brünetten Frau. Sie nahmen die beste Nische, in der Nähe der Band. Und all jene Gäste, die an diesem Abend wegen einer besonderen Attraktion gekommen waren, schienen jetzt zu glauben, sie hätten nun Glück gehabt. Es lag nicht nur daran, daß Bo gut aussah, und das tat er zweifellos – ein großer, kräftiger Mann von bräunlicher Gesichtsfarbe, makellos gepflegt und mit Zähnen, die zu leuchten schienen –, sondern daran, daß er das vorhandene Licht aufzusaugen schien, so daß aus blauem rotes Licht wurde und alle andern im Raum im Vergleich zu ihm undeutlich und klein wirkten. Er und seine Begleiter trugen Abendkleidung, als seien sie von einem bedeutenden Ort gekommen, wie der Oper oder einem Broadwaytheater. Die Musiker traten früher auf, als sie es vielleicht sonst getan hätten, und man fing an zu tanzen. Und bald war der Embassy Club das, was ich mir unter einem Nachtclub vorgestellt hatte. Von einer Minute zur nächsten war es brechend voll, als wäre ganz New York schleunigst herbeigeeilt. Immer wieder traten Leute an Bos Tisch und stellten sich vor. Der Mann, mit dem Bo zusammensaß, war ein berühmter Golfspieler, aber ich kannte seinen Namen nicht. Golf war nicht mein Sport. Die Frauen lachten und zogen ein-, zweimal an einer Zigarette, und sobald sie ausgedrückt war, wechselte ich den Aschenbecher. Es war seltsam, je mehr Leute da waren und je mehr der Raum vor Musik und Gelächter dröhnte, desto größer wirkte der Embassy Club, bis er der einzige Ort zu sein schien, den es gab, ich meine, draußen gab es nichts mehr, keine Straße, keine Stadt, kein Land. Mir klingelten die Ohren. Ich war ein Pikkolo, aber ich empfand es als persönlichen Triumph, als Walter Winchell leibhaftig erschien und sich für eine Minute an Bos Tisch setzte, obwohl ich ihn kaum zu sehen bekam, weil ich schuftete wie ein Irrer. Später sprach mich Bo Weinberg doch tatsächlich an und gab mir den Auftrag,

dem Kellner zu sagen, er solle den stellvertretenden Bundesstaatsanwälten nachschenken, die an dem zugigen Tisch an
der Tür saßen. Dies erregte große Heiterkeit. Weit nach Mitternacht, als Bo Weinberg und seine Begleiter etwas zu essen
beschlossen und ich an den Tisch trat, um ihnen mit meiner
Silberzange die harten kleinen Brötchen auf ihre Tellerchen
zu legen, was ich inzwischen mit Eleganz zu tun verstand,
mußte ich mich zurückhalten, um nicht drei oder vier von
den Brötchen zu nehmen und im Takt der Musik damit zu
jonglieren, in diesem Moment zufällig gerade der »Limehouse
Blues«, ein Stück, das die Band in einem sehr würdevollen,
bedächtigen Rhythmus spielte. *Oh Limehouse kid, Oh Oh
Limehouse kid, going the way that the rest of them did.*

Doch über alldem vergaß ich nie Mr. Bermans Anweisung.
Der Mann, der kurz vor Bo Weinberg hereingekommen war
und sich ans Ende der Bar gesetzt hatte, war nicht Lulu Rosenkrantz mit der wulstigen Stirn und nicht Mickey mit den
Blumenkohlohren und niemand, den ich je auf einem der
Lastwagen oder im Büro an der 149th Street gesehen hatte,
und überhaupt keiner, den ich aus der Organisation kannte.
Es war ein kleiner, untersetzter Mann in einem perlgrauen
Zweireiher mit breitem Revers und einer grünen Satinkra-
watte und einem weiß in Weiß gemusterten Hemd, und er
blieb nicht lange, rauchte nur gerade ein, zwei Zigaretten
und trank ein Glas Mineralwasser. Er schien die Musik auf
eine stille, persönliche Weise zu genießen. Er unterhielt sich
mit niemandem und kümmerte sich um seine eigenen Angelegenheiten und behielt seinen weichen Filzhut neben sich
auf der Bar.

Als später der Morgen in dem Büro am Schacht zu dem
Durchgang anbrach, hob Mr. Berman den Blick von dem Stapel Kassenbons, sah mich durch die Brille mit seinen braunen, von blaßblauen Ringen umgebenen Augen an und sagte:
»Also?« Mir war aufgefallen, daß der Mann seine eigenen

Streichhölzer benutzt und das Heftchen im Aschenbecher zurückgelassen hatte, und nachdem er gegangen war, hatte ich es hinter der Bar aus dem Abfall gefischt. Aber dies war nicht der Augenblick, meinen Beweis vorzulegen. Es war lediglich notwendig, die entscheidende Zuordnung vorzunehmen. »Einer von außerhalb«, sagte ich. »Ein Spaghetti aus Cleveland.«

An jenem Morgen kam ich nicht zum Schlafen. Mr. Berman schickte mich hinaus zu einer Telefonzelle, und ich wählte die Nummer, die er mir gegeben hatte, ließ es dreimal läuten und hängte auf. Auf dem Rückweg holte ich Kaffee und Brötchen. Die Putzfrauen kamen und brachten den Club in Ordnung. Es war dort nett und friedlich jetzt, denn alle Lichter waren aus, bis auf das eine über der Bar und die paar Strahlen der Morgensonne, die es schafften, durch die Vorhänge an der Eingangstür zu sickern. Zu den Dingen, die ich gerade lernte, gehörte das Gefühl dafür, wann man zur Hand und sichtbar zu sein hatte, wovon das Gegenteil war, zur Hand und unsichtbar zu sein. Nun beschritt ich den zweiten Weg, ohne vielleicht einen andern Anhaltspunkt als Mr. Bermans zu dieser Zeit mangelnde Neigung, mit mir zu sprechen. Ganz allein saß ich in der Morgendämmerung oben an der Bar, todmüde und nicht ohne Stolz auf mich, weil ich wußte, daß ich eine nützliche Identifizierung geleistet hatte. Denn dann war plötzlich Irving da, und das bedeutete, daß Mr. Schultz sich irgendwo in der Nähe befand. Irving stand hinter der Bar, tat ein paar Eiswürfel in ein Glas, schnitt dann eine Limone in vier Teile, preßte mit den Fingern Limonensaft in das Glas und füllte es dann mit zischendem Sprudel aus der Flasche auf. Als all dies penibel abgewickelt war, ohne daß auch nur ein Ring auf der Barfläche zurückblieb, trank Irving sein Limonensoda in einem Zug aus. Dann spülte er das Glas und trocknete es mit einem Barhandtuch ab und stellte es zurück unter den Tresen. In diesem Augenblick durchfuhr mich der

Gedanke, daß meine Selbstzufriedenheit albern war. Sie resultierte aus dem Glauben, ich sei das Subjekt meiner Erfahrungen. Und als Irving dann zur Eingangstür ging, wo jemand seit ein paar Minuten gegen die Scheibe klopfte, und den unbedachten städtischen Inspektor für Brandschutz einließ, der sich gerade diese Zeit ausgesucht hatte, aber warum nur, bloß weil die leisen Flüsterworte in der Luft der großen steinernen Stadt am strahlenden Morgen besagen, daß dieser Trottel tot ist und daß man stirbt, als waren wir eine Wüste voll winziger Blumen, in denen die Prophezeiungen uralter Stämme aufblühen, da erkannte ich, noch bevor es passierte, wozu ein Denkfehler führen kann, daß Vermutungen gefährlich sind, daß das Vertrauen bei einem Mangel an Wahrnehmung tödlich ist, daß dieser Mann vergessen hatte, was ein Sicherheitsinspektor ist, seinen Platz in der Theorie der Untersuchungen, seinen noch unbedeutenderen Platz im Feuersystem vergessen hatte. Irving hielt schon Geld aus der eigenen Tasche bereit und hätte den Mann in einer Minute wieder draußen gehabt, wenn nicht Mr. Schultz zufällig gerade mit den Nachrichten des Morgens aus dem Büro heraufgekommen wäre. Ein andermal hätte Mr. Schultz ehrlich die Frechheit des Manns bewundert und ein paar Dollars von seinem Bündel abgeschält. Oder er hätte gesagt, du blöder Scheißer, was hast du mit diesem Quatsch hier reinzuspazieren. Er hätte vielleicht gesagt, wenn du dich beklagen willst, wende dich an deine Vorgesetzten. Er hätte vielleicht gesagt, nur ein Anruf von mir, und du dummes Arschloch bist erledigt. Aber wie es der Zufall wollte, stieß er dieses Wutgebrüll aus, warf den Mann zu Boden, zerquetschte ihm die Luftröhre und benutzte die Tanzfläche, um eine Eierschale aus seinem Schädel zu machen. Ein junger Mann mit Lockenkopf, soviel sah ich von ihm in dieser Beleuchtung, solange er noch lebte, vielleicht ein paar Jahre älter als ich, Frau und Kind in Queens, wer weiß, der wie ich noch Pläne hatte für sein Leben. Ich hatte noch nie aus solcher Nähe gesehen, wie jemand umgebracht wurde. Nicht einmal heute kann ich sagen, wie lange es gedauert hat. Es kam mir sehr lange vor. Und das Unnatürlichste dabei sind die Geräusche. Geräusche äußerster Erregung, so wie sexuelle Geräusche einem manchmal vorkommen, außer daß sie schändlich sind und eine Entwürdigung der Idee des Lebens, daß es überhaupt so erniedrigt, so auf immer erniedrigt werden kann. Mr. Schultz erhob sich vom Boden und bürstete sich die Knie seiner Hosenbeine ab. Kein Blutfleck war an ihm, obwohl sich ein blutiges Netz in Fäden und Klumpen rings um den Kopf auf dem Boden ausbreitete. Mr. Schultz zog sich die Hose hoch und strich sich mit den Händen das Haar glatt und rückte seine Krawatte gerade. Er zog die Luft in langen, keuchenden Zügen ein. Er sah aus, als werde er gleich anfangen zu weinen. »Schafft die Ladung Scheiße hier raus«, sagte er, und seine Anweisung schloß mich mit ein. Dann ging er wieder nach unten.

Es kam mir vor, als könnte ich mich nicht rühren. Irving trug mir auf, eine leere Mülltonne aus der Küche zu holen. Als ich zurückkam, hatte er die Leiche zusammengeklappt und mit dem Jackett des Mannes den Kopf an die Fußgelenke gebunden. Ich denke heute, er muß ihm das Rückgrat gebrochen haben, um ihn so flach auf halbe Länge zu bekommen. Das Jackett bedeckte den Kopf. Für mich war das eine große Erleichterung. Der Torso war noch warm. Wir schoben die zusammengefaltete Leiche mit dem Hintern voran in die Mülltonne aus verzinktem Eisenblech, stopften den leeren Raum ringsum mit diesem Holzstroh aus, mit dem die Flaschen in den französischen Weinkisten geschützt werden, schlugen mit den Fäusten den Deckel fest drauf und stellten die Tonne genau in dem Moment zum übrigen Abfall der Nacht hinaus, als der Müllwagen über die 56th Street fuhr. Irving sprach kurz mit dem Fahrer. Es sind Privatfirmen, die den gewerblichen Müll abtransportieren, die Stadt kümmert sich nur um den Abfall der Bürger. Zwei Männer stehen auf dem Trottoir und hieven die Tonne auf den Lastwagen zu einem dritten hinauf, der oben auf dem ganzen Müll steht. Dieser Bursche kippt den Inhalt der Tonne aus und wirft sie leer den Männern zu, die auf der Straße arbeiten. Alle Tonnen kamen zurück außer einer, und auch wenn viele Leute herumgestanden hätten –, was nicht der Fall war, denn wer in der frischen Morgenwelt will schon zuschauen, wenn die Nacht davor weggeräumt wird, die Lastwagenmotoren knirschen, die Mülltonnen mit der diesem Beruf eigenen, das Trommelfell peinigenden Achtlosigkeit auf den Gehweg gedonnert werden –, dann wäre es keinem aufgefallen, daß der Laster mit einer bis oben vollen Mülltonne davonfuhr, die in all dem riechenden Mist der bezaubernden Nacht steckte, und niemand hätte sich gar träumen lassen, daß Baggerschaufeln die Tonne in ein, zwei Stunden tief unter den gequälten Sehnsuchtsschreien der Möwenscharen vergraben würden, die über dem aufgeschütteten Land von Flushing Meadow kreisen.

Irving bedrückte, Abbadabba Berman bedrückte, daß dies keineswegs zum Plan gehört hatte. Ich sah es an ihren Gesichtern. Es war nicht so sehr Furcht, daß es unvorhergesehene Komplikationen geben könnte – Profis hatten diese Sorge nicht. Eher die Überzeugung, daß es unnötig ist, so armselige Wichte umzubringen, die von sich aus auf anmaßende Ideen kommen, welche in Wirklichkeit nur bescheidene Vorstellungen von dem sind, was Anmaßung bedeutet. Vor allem gehörte der Mann nicht zur Branche. Nach einer Weile sah sogar Mr. Schultz bedrückt aus. Es war noch immer Vormittag, und er trank ein paar Cherry Heerings, die ihm Irving an der Bar servierte. Er sah verdrossen aus, als ob es ihm dämmerte, daß er allmählich zu einem Kreuz wurde, daß sie alle, ihn selber eingeschlossen, tragen mußten. Es gab da bei ihm diese interessante Abspaltung von seinem eigenen Naturell, und die machte er nun.«»Ich kann nicht damit umgehen, wenn es überall auf der Straße ist«, sagte er.»Irving, erinnerst du dich noch an diese Norma Floy, diese Fotze, die mich für fünfunddreißigtausend Dollar rangelassen hat? Und mir mit diesem verfluchten Reitlehrer durchgebrannt ist? Und was hab ich gemacht? Was hab ich gemacht? Ich habe gelacht. Ihr viel Glück gewünscht. Sollte ich ihr kleines blondes Köpfchen je finden, würde ich ihr natürlich jeden Zahn, den sie drin hat, ausschlagen. Aber vielleicht auch nicht. Und das ist der Punkt. Diese Typen zerren es auf die Straße hinaus. Ich meine, was haben denn die verfluchten Brandschutzinspektoren damit zu schaffen? Ich meine, wer denn als nächstes, die Briefträger etwa?«

»Wir haben immer noch Zeit«, sagte Mr. Berman.

»Klar, klar. Aber alles ist besser als das hier. Ich halt das nicht mehr aus. Es steht mir bis oben. Ich hab auf zu viele Anwälte gehört. Otto, du weißt, die Bundesbehörden lassen mich die Steuern nicht zahlen, die ich ihnen schulde.«

»Das ist richtig.«

»Ich will noch eine Besprechung mit Dixie. Und ich will Hines die Sache wirklich klarmachen. Und danach gehen wir an, was wir angehen müssen.«

»Wir sind nicht ohne Ressourcen«, sagte Mr. Berman.

»Richtig. Wir werden die paar wesentlichen Dinge erledigen, die wir jetzt offenbar erledigen müssen. Und dann auf ins Paradies. Ich werde es diesen gottverdammten Scheißkerlen schon zeigen. Jedem einzelnen. Ich bin immer noch der Holländer.«

Mr. Berman sagte, ich solle nach draußen mitkommen, und wir blieben neben den leeren Mülltonnen am Bordstein stehen. Er sagte folgendes: »Nimm mal an, du hast Zahlen bis zur Zahl einhundert, wieviel ist jede Zahl wert? Es stimmt, daß eine Zahl vielleicht den Wert eins hat, und eine andere den Wert neunundneunzig, das heißt neunundneunzigmal eins, aber jede Zahl in der Reihe von einhundert ist nur ein Hundertstel von den hundert wert, hast du's?« Ich sagte, ich hätte es. »Schön«, sagte er, »jetzt schmeiß neunzig von den Zahlen raus und nimm an, du hast nur noch zehn davon übrig, egal, welche zehn, nimm an, die ersten fünf und die letzten fünf, wieviel ist jede Zahl wert? Es kommt nicht drauf an, was die Bezeichnung der Zahl ist, worauf es ankommt, ist ihr Anteil am Ganzen, hast du's?« Ich sagte, ich hätte es. »Je weniger Zahlen da sind, desto mehr ist eine wert, stimmt's? Und es kommt nicht darauf an, was sie von sich sagt, welche Zahl sie ist, sie ist ihr Gewicht in Gold wert, verglichen mit dem, was sie umgeben von all den andern Zahlen wert war. Kapierst du, worauf es ankommt?« Ich sagte, das täte ich. »Gut, gut, dann denk mal über diese Dinge nach. Daß eine Zahl wie die eine Sache aussehen, aber eine andere bedeuten kann. Schließlich möchte man meinen, eine Zahl wär eine Zahl und sonst nichts. Aber hier ist ein simples Beispiel dafür, daß das nicht so ist. Komm, mach einen Spaziergang mit mir. Du siehst fürchterlich aus. Grün siehst du aus. Du brauchst ein bißchen frische Luft.«

Wir gingen ostwärts, kamen zur Lexington Avenue, überquerten sie und liefen in Richtung Third Avenue. Wir gingen langsam, wie man mit Mr. Berman immer gehen mußte. Er bewegte sich leicht seitlich verdreht voran. Er sagte: »Ich verrate dir meine Lieblingszahl, aber ich möchte, daß du sie rätst.« Ich sagte: »Ich weiß nicht, Mr. Berman, die kann ich nicht raten. Vielleicht die Zahl, aus der man alle anderen Zahlen bilden kann.« »Nicht schlecht«, sagte er, »nur daß du das mit jeder Zahl machen kannst. Nein, meine Lieblingszahl ist die Zehn, weißt du warum? Sie enthält die gleiche Anzahl von ungeraden und geraden Zahlen. Die Zahl für die Einheit steckt darin, und das Fehlen der Zahl für die Einheit, was fälschlich Null genannt wird. Die erste ungerade und die erste gerade Zahl steckt darin und die erste Quadratzahl. Und sie enthält die ersten vier Zahlen, die, wenn man sie addiert, die Zahl selbst ergeben. Die Zehn ist meine Glückszahl. Hast du eine Glückszahl?«

Ich schüttelte den Kopf. »Du könntest die Zehn in Erwägung ziehen«, sagte er. »Ich möchte, daß du nach Hause gehst.« Er zog einen Packen Scheine aus der Tasche. »Hier ist dein Lohn für den Job als Pikkolo, zwölf Dollar, plus acht Dollar Erschwerniszulage, du bist hiermit gefeuert.«

Bevor ich reagieren konnte, sagte er: »Und hier sind zwanzig Dollar, einfach nur so, weil du die Namen von italienischen Restaurants auf Streichholzheftchen lesen kannst. Und das ist dein Geld.«

Ich nahm das Geld und faltete es zusammen und steckte es in die Tasche. »Danke sehr.«

»Und jetzt«, sagte er, »sind hier noch fünfzig Dollar, fünf Zehner, die ich dir schenke, aber das ist mein Geld. Kapierst du, wieso ich dir das schenken kann, und es trotzdem meins bleibt?«

»Sie wollen, daß ich etwas für Sie kaufe?«

»Richtig. Meine Anweisung dazu lautet, daß du mir für dich ein oder zwei Paar neue Hosen und ein gutes Jackett kaufst, und ein Hemd und eine Krawatte und ein Paar Schuhe mit Schnürsenkeln. Siehst du die Latschen, die du da anhast? Es hat mich persönlich in Verlegenheit gebracht, morgens hereinzukommen und zu sehen, daß ein Pikkolo des eleganten Embassy Club die ganze Nacht in seinen Nat-Holman-Basketball-Schuhen herumgelaufen ist, deren Schnürsenkel so durchgescheuert waren, daß die Lasche heraushing und, um es noch schlimmer zu machen, ein großer Zeh herausguckte. Du hast Glück, daß nur wenige Leute auf Füße achten. Mir fallen solche Dinge nun einmal auf. Ich möchte, daß du die Latschen da verbrennst. Ich möchte, daß du dir die Haare schneiden läßt, damit du nicht aussiehst wie Ish Kabibble in einer Regennacht. Ich möchte, daß du dir einen Koffer kaufst und gute neue Unterwäsche und Socken und ein Buch zum Lesen in den Koffer packst. Ich möchte, daß du ein richtiges Buch in einer Buchhandlung kaufst, keine Zeitschrift, kein Comicheft, ein richtiges Buch, und daß du das ebenfalls in den Koffer tust. Ich möchte, daß du dir eine Brille kaufst, um das Buch zu lesen, wenn es dazu kommt. Siehst du? Eine Brille, so wie ich eine trage.«

»Ich brauche keine Brille«, sagte ich. »Ich habe ausgezeichnete Augen.«

»Du gehst ins Pfandhaus und wirst sehen, sie haben dort Brillen mit Fensterglas. Tu einfach, was ich sage, okay? Und noch etwas. Nimm dir ein paar Tage Zeit dafür. Spann aus, versuch, dich zu amüsieren. Wir haben Zeit. Wenn wir dich brauchen, schicken wir nach dir.«

Wir standen mittlerweile am Fuß der Treppe zur Third-Avenue-Hochbahn. Es würde wieder ein heißer Sommertag werden. Ich hatte im Kopf das Geld in meiner Tasche gezählt, neunzig Dollar. In diesem Moment pellte Mr. Berman einen weiteren Zehner ab. »Und kauf deiner Mutter etwas Nettes«, sagte er, die einzige Bemerkung, die auf der ganzen Bahnfahrt nach Hause in meinem Kopf widerhallte.

7

Der Zug in die Bronx war zu dieser Morgenstunde leer. Ich war allein im Wagen und starrte im Vorbeifahren den Leuten in die Fenster. Ich fing von den Zimmern der Leute Bilder ein, als würde ich Schnappschüsse machen, ein weiß emailliertes Bett an einer Wand, ein runder Eichentisch mit einer geöffneten Milchflasche und einem Teller darauf, über einem grünen Polstersessel eine noch am Morgen brennende Stehlampe mit einem plissierten Schirm unter Cellophan. Manche Leute hatten die Arme aufs Fensterbrett gelegt und starrten den vorüberfahrenden Zug an, als sähen sie nicht alle fünf oder zehn Minuten einen. Wie war das, wenn der Krach die Zimmer dort erfüllte und den Gips abbröckeln ließ? Diese verrückten Frauen hängten die Wäsche ihrer Familien an Wäscheleinen zwischen den Fenstern auf, und die Unterhosen flatterten, als der Zug vorbeifuhr. Es war mir noch nie aufgefallen, wie alles in New York gestapelt war, ein Ding über dem andern, sogar die Bahngeleise mußten hoch über der Straße verlegt werden, so wie Wohnungen über anderen Wohnungen lagen, und unter den Straßen gab es auch noch Bahngeleise. Alles in New York war geschichtet, die ganze Stadt bestand aus Felsen, und mit Felsen konnte man alles machen, Wolkenkratzer hineinbauen, Subway-Tunnel hineinbohren, Stahlträger hineinrammen und Bahngeleise in der Luft mitten durch die Wohnungen der Leute führen.

Ich saß mit den Händen in den Hosentaschen da. Ich hatte mein Geld in zwei Teile geteilt und hielt es mit beiden Händen fest. Aus irgendeinem Grund war es eine lange Reise in die Bronx zurück. Wie lange war ich fortgewesen? Ich hatte keine Ahnung. Ich hatte das Gefühl, ich käme auf Urlaub nach Hause, wie ein GI, der ein Jahr lang in Frankreich gewesen war. Alles kam mir fremd vor. Ich stieg eine Haltestelle zu früh aus und ging einen Block nach Westen zur Bathgate Avenue. Dies war die Einkaufsstraße, alle machten dort ihre Besorgungen. Ich ging über die überfüllten Trottoirs mit den Schubkarren am Bordstein und den offenen Ständen in den Eingängen der Mietskasernen, wo jeder einzelne Händler mit allen andern konkurrierte, mit den gleichen Orangen und Äpfeln und Tangerinen und Pfirsichen und Pflaumen zu den gleichen Preisen, acht Cent das Pfund, fünf Cent das Stück, drei Stück für zehn. Sie schrieben die Preise auf Papiertüten, die sie an Holzstäben wie Flaggen hinter jeder Obst- und Gemüsekiste aufhängten. Aber das genügte noch nicht. Sie schrien ihre Preise laut aus. Sie riefen, hier, Gnädigste, ich hab das Beste, fühlen Sie mal diese Grapefruit hier, frische Pfirsiche, gerade aus Georgia angekommen. Sie redeten, sie schmeichelten, und die einkaufenden Frauen redeten zurück. Ich fühlte mich jetzt etwas besser inmitten dieses unschuldigen, eiligen, nur geringfügig diebischen Lebens. Da wurde geschwatzt, und auf den Straßen hupten Lastwagen, und Kinder flitzten hin und her, und über den Köpfen saßen auf den Feuerleitern arbeitslose Männer in Hosen und gerippten Unterhemden und lasen Zeitung. Die Aristokraten des Handels besaßen richtige Geschäfte, in die man hineinging und seine Hühner noch mit den Federn kaufte oder den frischen Fisch oder das Lendensteak oder Milch und Butter und Käse oder Lachs und geräucherten Weißfisch und saure Gurken. Vor den Läden, die Armee- und Marinebestände verkauften, hingen auf Bügeln Anzüge von den Markisenstangen, oder Kleider hingen an Ständern, die vor die Tür gerollt worden waren; auch Kleidung war günstig an der Bathgate Avenue zu bekommen, wo man für fünf Dollar oder sieben Dollar oder zwölf Dollar zwei Hosen zum Jackett dazubekam. Ich war fünfzehn Jahre alt und hatte hundert Dollar in den Taschen. Ich wußte, in diesem Augenblick des alltäglichen Lebenskampfes war ich ohne Frage der reichste Mensch auf der Bathgate Avenue.

An der Ecke war ein Blumengeschäft, und ich ging hinein und kaufte meiner Mutter eine Topfgeranie, weil das die einzige Blume war, deren Namen ich kannte. Sie duftete nicht gerade, sie roch mehr nach Erde oder Gemüse als nach einer Blume, aber es war so eine Pflanze, wie meine Mutter sie selbst kaufte und dann zu gießen vergaß, bis sie auf der Feuertreppe vor dem Küchenfenster verwelkte. Die Blätter waren üppig und grün, und kleine rote Blüten waren daran, die sich noch nicht geöffnet hatten. Ich wußte, daß eine Geranie kein angemessenes Geschenk war, aber sie kam ehrlich von mir und nicht von Abbadabba Berman im Namen der Schultz-Gang. Mir war ein bißchen mulmig, als ich nun in meine Straße nach Hause ging. Aber als ich an der Trinkhalle um die Ecke bog, hatte ich gleich die Max-und-Dora-Diamond-Kinder vor Augen, die in ihrer Unterwäsche unter dem Strahl des Feuerhydranten umhersprangen. Die Straße war abgesperrt, es war vielleicht zehn Uhr morgens, und alle rannten sie in nasser Unterwäsche herum, die Kleinen, kreischend, glänzende kleine Körper, alle so wunderschön schnell und quicklebendig. Natürlich trugen die wenigen älteren Kinder richtige wollene Badeanzüge, dunkelblaue Hosen mit Bein mit angeschnittenen Oberteilen für Jungen wie für Mädchen, in der ewigen waisenblauen Wolle, und in nicht wenigen Badeanzügen waren Löcher, durch die das Fleisch lugte. Und dazwischen sprangen die anderen Kinder aus den Wohnblocks in ihren individuellen Farben herum, und ihre Mütter sahen zu und wünschten sich, sie könnten auch unter das Wasser rennen, aber das ging wegen ihrer Würde nicht. Das Wasser bildete einen Regenbogenschirm über der schwarzglänzenden Straße. Ich hielt nach meiner hexenhaften Freundin Becky Ausschau, aber ich wußte, sie würde nicht dabei sein, um keinen Preis würde sie sich unter dem Strahl eines Feuerhydranten sehen lassen, ebensowenig wie eine der anderen Unverbesserlichen, das konnten sie sich nicht erlauben, es mochte so heiß sein, wie es wollte, ihre Würde, nicht weniger als die der Mütter, bestand darin, daß sie Unterschiede machten, im Grunde ging es uns allen so, ich bildete da keine Ausnahme, ich war sogar der Starrste von allen, und ich betrat nun den dunklen Hof meines Hauses, verließ die Helligkeit und stieg durch das dunkle Treppenhaus mit den angeschlagenen achteckigen Kacheln hinauf zu den Wohnungen, in denen ich in mein Leben hineingewachsen war.

Meine Mutter war bei der Arbeit, wie ich es mir gedacht hatte. Ich konnte in sämtliche Zimmer der Welt hineinschauen, ein Haus wie meines gab es nicht noch einmal. In der Küche hatte es gebrannt, eine große, eiförmige Fläche im

Emaille des Tisches war verkohlt, und an den Rändern schlug die Farbe Blasen. Gleichwohl standen die Kerzen angezündet in Reih und Glied in den Gläsern. Bei kaltem Wetter, wenn der Wind durch die Ritzen um die Fenster und unter der Tür hindurch und aus dem Schacht des Lastaufzugs wehte, neigten sie sich manchmal erst zur einen, dann zur anderen Seite und schwankten und flackerten unterschiedlich, wie in einer Art Tanz. Nun brannten sie gleichmäßig, obwohl es mehr zu sein schienen, als ich in Erinnerung hatte, und ich hatte den Eindruck, daß ich in einen Kronleuchter blickte, denn obwohl ich aufrecht stand, hätte ich ebensogut auf dem Boden liegen und in ein großartiges, alles beherrschendes Firmament hinaufschauen können. Meine Mutter hatte etwas Majestätisches an sich. Sie war eine große Frau, größer als ich. Sie war größer gewesen als mein Vater, erinnerte ich mich nun, als ich das Hochzeitsfoto auf der Kommode im Wohnzimmer betrachtete, das ihr auch als Schlafzimmer diente, wenn sie die Couch in ein Bett verwandelt hatte. Sie war vor Jahren mit einem Buntstift über die Glasscheibe gefahren und hatte ein großes X über seine Gestalt gemalt. Das war, nachdem sie das Gesicht weggekratzt hatte. Solche Sachen machte sie. Als ich klein war, dachte ich, alle Teppiche hätten die Form von Männeranzügen und Hosen. Sie hatte seinen Anzug auf den Fußboden genagelt, als wäre er das Fell eines erlegten Tiers, eines Bären, eines Tigers. Im Haus hatte es immer nach brennendem Wachs gerochen, nach ausgegangenen Kerzen, nach rauchenden Dochten.

Von der Küche aus kam man in die Toilette, eine dunkle Kammer, in der es nur ein Klosett gab, während die Badewanne mit einem schweren aufklappbaren Holzdeckel in der Küche stand. Dort stellte ich die Geranie hin, damit sie ihr auffiel.

In dem kleinen Schlafzimmer, in dem ich schlief, entdeckte ich etwas Neues, einen ramponierten, aber einst eleganten

braunen Korbkinderwagen. Er schien den gesamten Raum
einzunehmen. Die Felgen war verbeult, so daß er eierte, als
ich ihn hin- und herschob. Aber die Reifen waren so lange ab-
gewaschen worden, bis sie weiß waren. Und das Verdeck war
hochgeklappt, dieses bewegliche Teil, das sich zum Schutz gegen das Wetter hochziehen und mit dekorativen Stützen an
den Seiten festhaken läßt. Und eine Reihe von fasrigen Löchern verlief schräg über das Verdeck, so daß das Licht des
Schlafzimmerfensters hindurchschien. Eine alte Stoffpuppe
lag schief im Wagen, vielleicht hatte sie beide zusammen auf
der Straße gefunden oder sie einzeln von Arnold Garbage gekauft und selbst kombiniert, den Wagen und die Puppe, und
sie die Treppe heraufgezogen und in die Wohnung und in mein
Zimmer gebracht, damit ich sie dort fände, wenn ich nach
Hause käme.

Sie stellte nicht allzu viele Fragen und schien durchaus
glücklich zu sein, mich zu sehen. Mein Kommen spaltete ihre
Aufmerksamkeit, wenn die Lichter ein Telefon gewesen wären, hätte sie zwei Gespräche gleichzeitig geführt, halb hörte
sie mir zu, halb war sie den Lichtern zugewandt. Wir aßen
wie immer neben dem Badewannendeckel zu Abend, und
mein Blumentopf bildete eine Art Tafelschmuck und gab
ihr anscheinend mehr als alles übrige zu verstehen, daß ich
einen Job gefunden hatte. Ich erzählte ihr, ich würde als Pikkolo arbeiten, würde aber auch als Nachtwächter eingesetzt.
Ich erzählte ihr, es wäre eine gute Arbeit, weil es viel Trinkgeld gäbe. Das erzählte ich ihr, und das schien sie auch zu
glauben. »Aber natürlich nur den Sommer über, denn im September mußt du wieder in die Schule«, sagte sie dann und
stand auf, um den Standort von einem der Lichter zu korrigieren. Ich stimmte ihr zu. Aber ich erklärte ihr, ich müsse
für die Arbeit ordentlich angezogen sein, sonst könne ich sie
nicht behalten, und also fuhren wir am Samstag nachmittag,
als sie von der Arbeit nach Hause kam, mit der Straßenbahn

die Webster Avenue hinauf zur Fordham Road und gingen mir einen Anzug bei I. Cohen kaufen, einem Geschäft, das sie aussuchte, weil mein Vater dort in früheren Zeiten sehr günstig gekauft hatte, wie sie sagte, und sie hatte einen guten Geschmack, sie war in der Welt draußen plötzlich eine tüchtige, fähige Mutter, und aus verschiedenen Gründen war ich sehr erleichtert, unter anderem, weil ich allein keine Kleider für mich kaufen konnte. Aber sie sah auch einigermaßen normal aus, sie hatte ihr bestes Kleid mit großen violetten Blumen auf weißem Grund angezogen und ihr Haar unter den Hut hochgesteckt, so daß man nicht sah, daß es lang war. Zu den Dingen, die mich an meiner Mutter störten, gehörte, daß sie sich nie die Haare schneiden ließ. Die Mode verlangte kurzes Haar, aber ihres war lang, und wenn sie sich morgens zurechtmachte, um zur Arbeit in dem Wäschereibetrieb zu gehen, flocht sie es zu einem langen Zopf, den sie oben auf dem Kopf aufrollte und dann mit vielen langen Nadeln feststeckte. Sie hatte ein Saure-Sahne-Glas mit diesen langen Ziernadeln auf ihrer Kommode stehen. Aber wenn sie abends in der Küche ihr Bad genommen hatte und sich zum Schlafengehen fertig machte, ließ sich manchmal nicht vermeiden, daß ich dieses viele glatte, lange, grauschwarze Haar ausgekämmt auf dem Couchkissen sah, und einige Strähnen fielen sogar an der Seite herunter und berührten den Boden, und manche verfingen sich in den Seiten ihrer Bibel. Auch ihre Schuhe störten mich, sie hatte schlechte Füße, weil sie bei der Arbeit den ganzen Tag lang stand, und löste das Problem dadurch, daß sie Männerschuhe trug, weiße, die sie jeden Abend mit weißer Schuhcreme putzte, im Sommer wie im Winter, und von denen sie behauptete, es seien Krankenschwesternschuhe, wenn ich einmal schlecht genug gelaunt war, sie zu erwähnen. Wenn wir uns stritten, brachten meine kritischen Bemerkungen sie zum Lächeln. Sie wurde davon nur noch stiller. Mich kritisierte sie jedoch nie, dafür war sie

119

zu zerstreut, stellte höchstens gelegentlich eine Frage, und die darin liegende Besorgnis hatten ihre eigenen schweifenden Gedanken schon fast zerstreut, bevor sie am Ende des Satzes angelangt war. Aber an diesem Samstag nachmittag, an dem wir in die Fordham Road gingen, sah sie ausgesprochen gut aus und verhielt sich fast die ganze Zeit über so, als lebe sie am selben Tag wie ich. Sie suchte mir einen hellgrauen, einreihigen Sommeranzug mit zwei Paar Hosen aus und ein Arrow-Hemd mit eingenähten Stäbchen in den Kragenspitzen, damit sie sich nicht hochbogen, und eine rote, unten gerade Strickkrawatte. Wir hielten uns lange bei I. Cohen auf, und der alte Herr, der uns bediente, gab vor, nicht zu sehen, wie arm wir waren, nicht den Zustand meiner Basketballschuhe, nicht die weißen Männerschuhe meiner Mutter zu sehen, er schenkte uns Vertrauen, dieser kleine, rundliche Mann mit dem Maßband, das ihm um den Hals hing wie ein Gebetsschal, vielleicht hatte er Anlaß, den Stolz armer Leute zu kennen. Doch als meine Mutter ihr Portemonnaie öffnete und das Geld sehen ließ, das ich ihr gegeben hatte, meinte ich, Erleichterung in seinem Gesicht lesen zu können, wenn nicht gar Neugier auf diese große, gutaussehende Frau, die da mit einem Jungen in Lumpen hereinkam und ihm einen Achtzehndollaranzug und alles, was dazu gehörte, kaufte, als wäre es ein Pappenstiel. Vielleicht dachte er, sie sei eine exzentrische reiche Dame, die mich aus Wohltätigkeit auf der Straße aufgelesen hatte. Ich wußte, an diesem Abend würde er zu seiner Frau sagen, sein Beruf mache ihn zum Philosophen, weil er jeden Tag sehe, daß die menschliche Natur voller Überraschungen steckt, und über das Leben könne man wirklich nur eins sagen, daß es sich jedem Verständnis entziehe.

Bei I. Cohen wurden die Änderungen vorgenommen und die Hosenaufschläge angepaßt, während man darauf wartete, aber wir sagten, wir kämen zurück, und ich ging mit meiner Mutter die gewundene Straße in Richtung Grand Concourse hinauf. Ich fand ein Adler-Schuhgeschäft und kaufte ein neues Paar schwarzer Basketballschuhe mit schönen dicken Sohlen, und dann suchte ich mir Schuhe aus, schwarze Budapester mit diskret erhöhten Lederabsätzen, in dem Stil, wie ich sie an den Füßen von Dixie Davis gesehen hatte, Mr. Schultz' Anwalt. Dies warf uns insgesamt weitere neun Dollar zurück. Ich nahm die Schuhe in der Schachtel mit und behielt die neuen Basketballschuhe an, und wir spazierten die Fordham Road weiter hinauf, bis wir auf eine Schrafft's-Filiale stießen. Und dort trafen wir all die besseren Leute der Bronx beim Nachmittagstee. Wir bestellten Hühnersalat-Sandwiches, bei denen die Brotkrusten abgeschnitten waren, und tatsächlich Tee für meine Mutter und ein Schokoladen-Eiscreme-Soda für mich, und alles wurde uns auf Platzdeckchen mit Lochstickereimuster serviert, von Kellnerinnen in schwarzen Uniformen mit weißen Spitzenschürzen, die zu den Platzdeckchen paßten. Ich war sehr glücklich, so etwas zusammen mit meiner Mutter unternehmen zu können. Ich wollte, daß es ihr einmal gutging. Ich genoß das Geschirrgeklapper im Restaurant, die konfus wichtigtuerischen Kellnerinnen, die ihre Tabletts balancierten, die Nachmittagssonne, die durch die Scheiben auf den roten Teppich fiel. Ich mochte die breitblättrigen, geräuschlosen Ventilatoren an der Decke, die sich langsam drehten, wie es der Würde der Speisenden entsprach. Ich hatte meiner Mutter gesagt, daß ich genügend Geld in der Tasche hatte, um auch ihr ein paar neue Kleider zu kaufen, sogar eine ganze Menge, und neue Schuhe, die besser für ihre Füße waren, und daß wir gleich jetzt in zwei Minuten beim Kaufhaus Alexander's wären, an der Ecke von Fordham Road und Grand Concourse, der wichtigsten Kreuzung der Bronx. Aber sie hatte sich in das Spitzenmuster des Papier-Platzdeckchens vertieft und fuhr mit den Fingern über die Löcher, befühlte mit den Fingerspitzen die Prägeränder und schloß dann die Augen, als wäre sie blind und läse Braille-Schrift. Und dann sagte sie etwas, und ich war nicht sicher, ob ich es richtig gehört hatte, aber ich scheute mich, sie zu bitten, es zu wiederholen. »Ich hoffe, er weiß, was er tut«, so lauteten die Wörter, die sie sagte. Es war, als säße noch jemand am Tisch, ihre Stimme klang fremd. Ich wußte nicht, ob sie selbst gesprochen hatte oder es in den Erhebungen des geprägten Platzdeckchens gelesen hatte.

Aber jedenfalls steckte ich ihr an jenem Abend vierzig Dollar in die Handtasche, so daß mir noch etwas über fünfundzwanzig blieben. Ich stellte fest, daß ich mich an diese großen Summen gewöhnte, daß ich mit diesen Scheinen umging, als wären sie mir von Kind an vertraut. In der Tat gewöhnt man sich sehr rasch an Geld, das Wunderbare daran nutzt sich ab, und es verliert seine Erstaunlichkeit. Doch der Wochenlohn meiner Mutter in der Wäscherei betrug zwölf Dollar, und dieses Geld blieb für mich wunderbar, daß heißt, auf die alte Weise wertvoll, während es meine Einkünfte ihrer Üppigkeit wegen nicht waren. Das war ein Gedanke im Stil von Abbadabba Berman. Ich hoffte, die Dollars, die ich in ihr Portemonnaie steckte, würden die Eigenschaften der Dollars in ihrer Lohntüte annehmen. In unserer Gegend wurde allmählich klar, daß ich Geld hatte. Ich kaufte ganze Päckchen Wings-Zigaretten und rauchte sie nicht nur unaufhörlich, sondern bot sie auch großzügig an. Im Pfandhaus an der Third Avenue, wo ich wegen der Brille hinging, fand ich eine Wendejacke aus Satin, wie sie Sportmannschaften tragen, auf einer Seite schwarz, und dann konnte man alles umkrempeln, und hokuspokus war es eine weiße Jacke, und die kaufte ich und stolzierte abends darin herum. Der Name der Mannschaft lautete *The Shadows*, kein mir aus der Umgebung bekannter Name, und er war in weißen Phantasielettern auf die schwarze Seite und in schwarzen auf die weiße Seite gestickt. Diese Jacke trug ich also, und mit meinen Zigaretten und neuen Basketballschuhen und wohl auch meinem Auftreten, das ich vielleicht nicht selbst erkennen konnte, das aber für andere ganz eindeutig gewesen sein muß, repräsentierte ich für jeden auf meiner Straße eine ganz besondere Rechenkunst, nicht nur für die Kinder, sondern für die Erwachsenen ebenso, und das war komisch, weil ich alle wissen lassen wollte, was sie sich leicht genug zusammenreimten, daß es einem Straßenjungen einfach nicht gegeben ist, mühelos an Geld zu kommen, es sei denn auf eine bestimmte Weise, gleichzeitig jedoch wollte ich nicht, daß sie es wußten, wollte mich nicht fortentwickeln von dem, was ich war, nämlich ein Junge, der noch im urteilsfreien Reich der Kindheit lebte, ein Wildfang, Sohn einer wohlbekannten Verrückten, aber in mir gab es etwas, das sich womöglich als lohnend herausstellen, sich zu ehrenhaften Zügen entwickeln konnte, so daß ein scharfsichtiger Lehrer oder sonst eine höhere Gewalt die Voltspannung in diesem besonderen Hirn eines zur Stärke künftigen Lebens aufdrehen würde, auf das jeder in der Bronx stolz sein konnte. Womit ich meine, daß ich für einen eher scharfsichtigen Erwachsenen, einen Mann, den ich nicht kannte und von dem ich nicht wußte, daß er mich bemerkte, der aber vielleicht in meinem Haus wohnte oder mich in der Trinkhalle oder auf dem Schulhof sah, wie einer der Kandidaten für Erlösung erscheinen würde, daß in meiner Art mich zu bewegen eine geistige Wendigkeit, in einer unbewußten Geste beim Spiel eine schöne Intelligenz zum Ausdruck kam, die ihm für einen Augenblick jenes objektive Gefühl von Hoffnung vermitteln würde, das ganz unabhängig war von irgendeiner persönlichen Loyalität, daß es nämlich immer eine Chance gab, daß Amerika, wie schlecht die Dinge auch stehen mochten, ein gewaltiger Jonglierakt war und wir am Ende doch alle in Gottes Universum irgendwie in der Luft gehalten wurden, nicht im

Bogen von einer Hand zur andern wanderten; sondern vom Licht in die Dunkelheit, aus der Nacht in den Tag.

Aber was ich mir auch wünschte, der Wandel war augenfällig, man fühlt sich als etwas Besonderes, und auf vielerlei Weise wird einem auf der Straße diskret Anerkennung zuteil, als wäre man in ein Priesterseminar oder so was eingetreten, winzige Reaktionen in den Blicken der Leute, die zeigen, jetzt sehen sie dich und sind sicher, daß sie nichts mit dir zu tun haben wollen, oder sie sehen dich und schenken dir ernsthaft einen Moment lang Aufmerksamkeit, je nach dem, welche Vorstellungen vom religiösen Leben oder vielleicht vom politischen Leben sie haben, aber in jedem Fall sehen sie dich und fragen sich, wie du ihnen schaden oder nutzen könntest, und von nun an wirst du für immer ein Name sein, der zum System gehört.

Gleichzeitig wußte niemand irgend etwas, muß man verstehen, weder mit wem ich zusammen war, noch wo ich arbeitete, all dies war für den mythenhaften Wandel meiner Stellung nebensächlich, außer natürlich für die Geschäftsleute, die ihrerseits prinzipiell nie das geringste Interesse zeigten, weil diese Dinge erstens zu gegebener Zeit sowieso herauskommen und weil ich, zweitens, für den professionellen Blick noch immer eindeutig ein Straßenjunge war. Also waren die Vorgänge auf meiner Straße, von denen ich spreche, sehr subtile und spirituelle und hätten außer im sommerlichen Leben draußen wohl kaum die Verbreitung gefunden, die sie erlangten; ich will sagen, auch wenn ich meine Rückkehr selbstbewußt erlebte, hatte ich doch nie die Illusion, jemand wüßte, was mir Ungeheuerliches geschehen war, daß ich direkt am Puls der Revolverblätter gelebt hatte, in Druckerschwärze verbreitet und versteckt wurde wie der Fuchs im Laub auf der Rätselseite, nur daß ich mich im innersten Zentrum der bedeutendsten Nachrichten unserer Zeit befand.

Doch eines Abends saß ich in meiner Shadows-Jacke mit der weißen Seite nach außen zwischen meiner Freundin Rebecca der Hexe und meinem Freund Arnold Garbage auf der Waisenhaustreppe, und wir hatten sie ziemlich für uns, da die kleineren Kinder bereits hineingescheucht worden waren, weil sie um diese Zeit im Haus zu sein hatten, und es war jener Augenblick an einem Sommerabend, wo es auf der Straße schon laternendüster, aber der Himmel noch hellblau ist, und es war ganz schön laut bei all den offenstehenden Fenstern und spielenden Radios und den Streitereien, die gerade ausgetragen wurden, und da kam der grün weiße Streifenwagen von der nächsten Revierwache um die Ecke, und er hielt bei uns am Bordstein, und der Motor lief leise vor sich hin, und ich starrte auf den Bullen im Wagen, und er schaute die Treppe hinauf zu mir, und er taxierte mich scharf und wohlüberlegt, und es schien mir, als würde sofort alles still, obwohl das natürlich nicht so war, und ich hatte das Gefühl, meine weiße Jacke leuchtete im letzten Licht, das vom Himmel kam, auf. Und ich fühlte mich in diesem Licht ganz schwerelos, und auch der Streifenwagen schien abzuheben, mit seiner dunkelgrünen unteren Hälfte weiß über den Reifen zu schweben, und dann wandte der Kopf im Fenster sich ab und sagte etwas zu dem Bullen, den ich nicht sehen konnte, zu dem Fahrer, und sie lachten, und die Scheinwerfer strahlten auf, knallten wie Revolverschüsse über die Straße, und sie fuhren davon.

Dies war der Moment, wo mir in diesem besonderen Licht, jene Urwut bewußt wurde, von der Mr. Schultz mir erzählt hatte, daß sie einem als Privileg, als Gabe zuteil wird. Ich spürte die Wut, die den Verbrecher ausmacht, ich erkannte sie, nur daß sie mich überkommen hatte, als ich ganz zufrieden mit anderen sonderbaren Halbkindern auf den Stufen des Max-und-Dora-Diamond-Heims saß. Eindeutig war das, was ich gesucht und zugleich nicht gewollt hatte, diese eigenartige Berühmtheit, die ein Kind sich erträumt, nun offiziell, ich war ein Bürger anderer Sorte, keine Frage mehr. Ich war wütend, weil ich noch immer dachte, ich könnte darüber entscheiden, wer ich war, nicht irgendein Bulle. Ich war wütend, weil nichts in dieser Welt vorläufig ist. Ich war wütend, weil Mr. Berman mich aus keinem andern Grund mit Geld in der Tasche nach Hause geschickt hatte, als mir beizubringen, was Geld einen kostet, und mir das nicht klar gewesen war.

Nun fiel mir wieder ein, was er gesagt hatte, daß ich einfach ausspannen solle und sie mich finden würden, wenn sie mich brauchten. Ich hatte da am Fuß der Treppe zur Hochbahn gestanden, ich hatte nicht wirklich hingehört, warum hören wir nicht auf das, was uns gesagt wird? Eine Minute später war ich die Stufen hinaufgesprungen und hatte meine Fünfcentmünze in den Schlitz am Drehkreuz gesteckt, an dem man durch ein dickes, von innen beleuchtetes Vergrößerungsglas sehen kann, wie groß ein amerikanischer Büffel ist.

An diesem Abend tat ich also etwas, was ich noch nie getan hatte, ich gab eine Party. Das kam mir wie eine gute Trotzhandlung vor. Ich fand eine Bar an der Third Avenue, die zu angemessenem Preis Bier an Minderjährige verkaufte, und ich erstand ein Fäßchen und mietete die dazugehörende Zapfausrüstung, und Garbage transportierte alles zugedeckt in einem seiner Karren, und wir schafften das Fäßchen mit Gepolter die Treppe in seinen Keller hinunter, denn das war der Ort, wo ich die Party gab. Die Hauptarbeit war, so viel von seinem Gerümpellager beiseite zu räumen, daß wir ein paar alte Couchs zum Sitzen hatten und ein bißchen Platz zum Tanzen. Andererseits stellte Garbage aber die hohen staubigen Gläser, aus denen wir Bier tranken, und das alte Victor-Grammophon mit dem seemuschelartig gewundenen Schalltrichter und das Päckchen Stahlnadeln und die Kiste schmissiger Platten, von denen die Tanzmusik kam.

Ich erklärte ihm, ich würde für alles, was er zur Verfügung stellte, Miete zahlen, ich war an diesem Abend fest entschlossen, jeden für alles zu bezahlen, sogar Gott für die Luft, die ich atmete. Und ich gab die Party für die Unverbesserlichen des Max-und-Dora-Diamond-Heims, nachdem alle anderen einschließlich der Saalaufseherinnen und der leitenden Erzieherin schlafen gegangen waren. Schließlich waren vielleicht zehn oder zwölf Kinder versammelt, darunter meine Freundin Rebecca, die wie einige andere Mädchen im Nachthemd erschien, aber sie trug auch Ohrringe und ein wenig Lippenstift. Alle Mädchen trugen Lippenstift, alle in derselben Farbe und offensichtlich vom selben Stift. Und da saßen wir nun und machten ein großes Getue um dieses Bier, das aus dem Lager von Mr. Schultz gestammt haben muß, weil es wie Pisse schmeckte, uns aber, weil es Bier war, das gewünschte Gefühl erwachsener Verruchtheit vermittelte. Jemand hatte die Waisenhausküche geplündert und drei Salamis und mehrere in Wachspapier verpackte Weißbrote erbeutet, und Garbage stöberte so lange in einer seiner Kisten herum, bis er ein Küchenmesser und einen kaputten Couchtisch fand, und es wurden belegte Brote gemacht, und Bier wurde ausgeschenkt, und ich hatte Zigaretten für alle, die welche wollten, und in der trockenen Aschenluft des Kellers, inmitten schwebender Kohlepartikel, die im gelben Licht einer alten Stehlampe aufschienen, rauchten wir Wings und tranken unser schaumloses Bier und aßen und tanzten zu den alten schwarzen Stimmen der Zwanziger Jahre, die ihre langsamen Songs von doppelzüngiger Liebe und bitteren, einseitigen Entschlüssen sangen, von Schweinehaxen und Marmeladebrot und Buggy-Fahrten und Papas, die unrecht taten, und Mamas, die unrecht taten, und von Leuten, die auf Züge warteten, die bereits abgefahren waren, und obwohl keiner von uns etwas anderes tanzen konnte als die Volkstänze, die oben im Haus gelehrt wurden, brachte die

Musik es uns bei. Garbage saß beim Victrola, zog es auf, nahm eine Platte aus der unbedruckten weißen Hülle und legte sie auf, während er im Schneidersitz, ein Kissen unter sich, auf einem Tisch saß, übrigens ohne mit jemandem zu sprechen, doch weil er mit allem, was in seinem Keller vor sich ging, einverstanden war, gewährte er das Höchste an leidenschaftsloser Geselligkeit, wozu er fähig war, denn er trank weder Bier noch rauchte er, sondern aß nur und beschäftigte sich mit dem endlosen Vorrat verkratzter Musik, mit den Kornetts und Klarinetten und Tubas und Pianos und Trommeln trauriger Leidenschaft, und die Mädchen tanzten miteinander und zogen dann die Jungen in ihren Tanz hinein, und es war eine sehr würdevolle Party, die wir dort im Waisenhaus feierten, weiße Kinder der Bronx, die sich zu der bewegenden schwarzen Musik aneinander festhielten, die von dem Bestreben erfüllt waren, das Leben so zu leben, wie man es leben sollte. Doch nach und nach veränderte sich das Bild, weil ein paar von den Mädchen in den Winkeln von Arnold Garbages Verschlägen große Kartons mit allen möglichen Kleidungsstücken fanden, und er hatte anscheinend nichts dagegen, also zogen sie das eine oder andere Teil über ihre Nachthemden, wählten verschiedene Hüte und Kleider und hochhackige Schuhe aus vergangenen Zeiten und probierten sie an, bis alle zufrieden waren, und meine kleine Rebecca trug etwas aus schwarzer spanischer Spitze, das ihr bis zu den Knöcheln ging, und einen hauchdünnen rosa Schal mit großen Rissen, tanzte aber weiter barfuß mit mir, und ein paar der Jungen hatten Anzugjacketts gefunden, deren Schultern bei ihnen wie Football-Polster aussahen, und spitze Lackschuhe und große breite Krawatten, die sie sich um den bloßen Hals hängten, und so wurden wir allmählich inmitten von Rauch und Jazz alle genau so, wie wir sein wollten, Tänzer im Staub des Embassy Clubs unserer Zukunft, in den Kostümen scheuer Kinderliebe, und lernten, was nur den Glücklichen gegönnt ist – daß Gott nicht nur den Geist belehrt, sondern auch die Hüften, die ihren rollenden Rhythmus finden.

Viel später saßen Rebecca und ich auf einer der Couchs, und sie hatte die Beine in Kniehöhe übereinandergeschlagen und wippte mit einem schmutzigen Fuß, und unter dem Saum ihres schwarzen Spitzenkleids lugte ihr Nachthemd hervor. Sie war die letzte, die noch da war. Sie hob die Arme und zog ihr schwarzes Haar hinten am Kopf zusammen und wandte dort geschickt einen der Tricks an, mit denen es Mädchen fertigbringen, daß ihr Haar ohne ersichtlichen Grund und wider das Gesetz der Schwerkraft so hält, wie sie es hindrehen. Vielleicht war ich inzwischen ein bißchen betrunken, vielleicht waren wir es beide. Außerdem war wild und eng getanzt worden. Ich rauchte eine Zigarette, und Rebecca nahm sie mir aus den Fingern und zog daran, nur einmal, und blies, ohne zu inhalieren, den Rauch heraus und schob mir die Zigarette wieder zwischen die Finger. Ich sah nun, daß sie auf Wimpern und Lidern Mascara hatte und auf dem Mund jenen roten Gemeinschaftslippenstift, wenn auch um einiges blasser, als er aufgetragen worden war; und daß sie mich, während sie mit dem Fuß wippte, von der Seite anblickte mit diesen Augen, die dunkel waren wie schwarze Beeren, und um den weißen Hals trug sie noch immer den zerrissenen Schal in staubigem Rosa – ganz ohne Warnung oder Vorbereitung, von einem Moment auf den nächsten, schwamm ich plötzlich in einer Welt der Intimität, als wäre ich ihr soeben begegnet oder als hätte ich sie soeben verloren, aber ganz sicher so, als hätte ich sie nie auf einem Dach gefickt. Mein Mund wurde trocken, so unglaublich kindisch schön war sie. Bis zu diesem Moment war ich der Gastgeber der Party und der große Boß des Abends gewesen, der großmütig seine Gaben verteilt und seine Gunst gewährt. All die Tänze – oh, ich wußte wohl, daß alle wußten, wem ich bei meinen geilen Raubzügen die Feuerleiter hinauf nachstieg, aber das war nur Sport, ich bezahlte sie schließlich, verdammt noch mal, ich mußte sie angestarrt haben, denn sie wandte sich ab und senkte den Blick und wippte wie wild mit dem Fuß – all die Tänze, die ich mit ihr getanzt hatte und nur mit ihr, waren die anspruchsvollen Zeremonien der Besitzergreifung gewesen. Und dieses uralte Hexenkind verstand noch vor mir, daß sich alles nun im Herzen abspielte, als hätte mein Aufstieg in der Welt uns zu einer unermeßlichen Konsequenz hinaufgetragen, die wir nun erblicken durften, wie etwas in der Ferne vor uns Liegendes, wie einen Horizont. Sie alle mußten es verstanden haben, jedes einzelne dieser Schmuddelkinder auf der Party, während ich nichts anderes zu empfinden gemeint hatte als die milde Süße vergnügter Stunden.

Nachdem also alle andern gegangen waren, legten wir uns zum ersten Mal ganz ohne Kleider zusammen auf dieselbe Couch, während alle anderen schliefen, sogar Garbage irgendwo in einem inneren, geheimen Verschlag. Wir lagen in dem dunklen Keller voll Staub und Asche, ich passiv und auf dem Rücken, Rebecca auf mir; und sie öffnete sich über mir und ließ sich herab mit einem langen Atemzug, den ich wie einen kühlen, auf- und abschwellenden Hauch am Hals spürte, und langsam und linkisch erlernte sie auf mir ihren Rhythmus, und geduldig erlaubte ich es ihr. Meine Hände lagen eine Weile auf ihrem Rücken, dann auf ihrem Hintern, ich spürte mit den Fingern dem weichen Flaum nach, ich wußte, er war so schwarz wie ihr Haar, er verlief vom Ende ihrer Wirbelsäule bis in den Spalt zwischen ihren Arschbakken, und dann legte ich den Finger auf den kleinen Ring ihres Lochs, wenn sie die Hüften hob, berührte ich es, und wenn sie die Hüften senkte, verschwand es zwischen ihren sich hart zusammenziehenden Backen. Ihr Haar fiel nach vorn und strich mir übers Gesicht, wenn sie sich hob, und wenn

130

sie sich senkte, fiel es mir auf die Ohren, und ich küßte ihre Wangen, wenn sie ruhte, und spürte ihre Lippen am Hals und ihre harten Brustspitzchen auf meinem Brustkorb und ihre feuchten Schenkel auf meinen Schenkeln, und dann, ich wußte nicht mehr, wann es begonnen hatte, gab sie sich kleinen Erkundungen hin, die sie mit einem intimen, fast tonlosen Wimmern in mein Ohr begleitete, und dann geriet sie in eine arhythmische Panik und erstarrte, und ich spürte, wie ihre innere Muskulatur meinen Schwanz umschloß, und als ich mit dem Finger hinunterfuhr und ihr Arschloch berührte, umklammerte es meine Fingerspitze und dehnte sich, zog sich zusammen und dehnte sich im selben Rhythmus, in dem ihre innere Muskulatur meinen Schwanz zusammenpreßte und losließ, und ich hielt es nicht mehr aus, ich wölbte mich in sie hinein und zog mich zurück, hob mich und senkte mich unter ihrem bleiernen Körpergewicht so heftig, als läge ich oben, und bald so rasch, daß sie unter kleinen Ächzlauten auf meiner Brust auf und ab federte, bis sie meinen Rhythmus fand und stotternd und unvollkommen und schließlich in bemühtem, dann mühelosem Einklang dagegen anhielt, mir entgegenkam, wenn sie mir entgegenzukommen hatte, mich allein ließ, wenn ich mich zurückzog, um allein zu sein, und dies war auf so unerträgliche Weise köstlich, daß ich in sie hineinschoß und sie mit den Händen auf mich herunterpreßte, während ich pulsierend so hoch in sie hinaufspritzte, wie ich nur konnte, mich verzückt von diesem kleinen Wesen melken ließ. Und sie hielt mich mit den Armen umfangen, um mir zu helfen, dies durchzustehen, und dann war Frieden zwischen uns, und wir blieben so liegen, wie wir gerade lagen, in so großer Vertrautheit, die weder Worte noch Küsse verlangte, sondern nur das ganz sanfte, leise und gleichzeitige Hinübergleiten in den Schlaf.

8

Mich weckte ein kalter Zug leerer Luft auf der Haut und jenes aschgraue Licht, das im Souterrain des Max-und-Dora-Diamond-Heims für Kinder den Morgen ankündigte. Ein Haufen schwarzer und rosafarbener Spitze lag neben der Couch auf dem Boden, als hätte eine Hexe ihre körperliche Hülle abgestreift: Meine Geliebte war wieder in die Etagen ihrer Kindheit hinaufgestiegen. Waisenheimkinder besitzen die intuitive Alltagsschläue, sich nicht erwischen zu lassen, und dies, ging mir durch den Kopf, war keine schlechte Vorbildung für eine Gangsterbraut. Ich fragte mich, wie alt man eigentlich sein müsse, bevor man heiraten konnte. Ich lag da und dachte darüber nach, wie sich mein Leben so rasch und in so vielerlei Weise änderte, daß ich es kaum nachvollziehen konnte. Oder war all dies ein und dasselbe – als sei alles von derselben Energie beflügelt, so daß Becky durch meine Berührung so neu erschaffen wurde wie ich durch Mr. Schultz' Berührung, und als sei all dies nur ein ins Unendliche zuckender, bestätigender Blitz. Sie war noch nie vorher zum Höhepunkt gekommen, jedenfalls nicht mit mir, und ich hatte das ziemlich sichere Gefühl, auch sonst mit keinem. Sie hatte noch kaum Haare am Schlitz. Sie beeilte sich im Erwachsenwerden, um zu mir zu passen.

Oh, mein Gott, was habe ich da nicht empfunden für dieses geheimnisvolle, elternlose kleine Mädchen, diese mediterrane Olive, dieses behende Hexlein mit den reizenden Nippeln, dem geschwungenen Rückgrat, dem Flaumhintern – auf so tollkühne Weise blöd, wie es ein weibliches Wesen nur sein kann. Sie hatte mich gern! Ich wollte mit ihr um die Wette rennen, ich wußte, daß sie laufen konnte; ich würde ihr einen Vorsprung lassen, weil ich älter war, und dann würde sie sich prächtig behaupten, ganz bestimmt. Ich hatte gesehen, wie sie Seilchen gesprungen war, unermüdlich, mit allen möglichen Tricks, auf einem Bein oder im flinken Wechselschritt oder durch die peitschenden Bögen hüpfend, hipphopp über zwei Seile, die rechts und links von ihr in entgegengesetzten Richtungen geschwungen wurden, und immer schneller und länger als jede andere. Sie konnte auch auf den Händen laufen, ohne sich im geringsten um ihren verkehrtherum fallenden Rock und ihr weißes Höschen zu kümmern, das alle Jungen sehen konnten, wenn sie mit dem Kopf nach unten und bräunlichen, in der Luft wackelnden Beinen über die Straße spazierte. Sie war eine Sportlerin, eine Turnerin: Ich würde ihr das Jonglieren beibringen, ich würde ihr und mir gleichzeitig das Doppeljonglieren beibringen, bis wir gemeinsam sechs Kegel in der Luft halten konnten.

Doch zunächst wollte ich ihr etwas kaufen. Ich versuchte mir auszudenken, was. Ich horchte. Ich kannte das Waisenhaus so gut wie mein eigenes Haus, ich konnte dort liegen – sogar mit einem Kater und einem in der von schalem Bier erfüllten Luft schwirrenden Kopf und am Ausmaß der Vibrationen im Haus erkennen, welche Tageszeit es war: Sie begannen gerade erst, in der Küche zu hantieren. Es dämmerte noch kaum. Ich raffte mich auf, griff nach meinen Kleidern, schlich mich über eine Hintertreppe zum Duschraum der Jungen hinauf, und zehn Minuten später stand ich draußen im neugeborenen Morgen, mein geschnittenes Haar feucht und glänzend, in meiner Shadows-Jacke mit der weißen Satinseite nach außen und fand das Frühstück zum Greifen nah – ein frisches Bagel, das ich aus dem großen Papiersack voll Brot auf dem Sims klaute, den der Wagen der Bäckerei Pechter vor dem Morgengrauen gebracht hatte.

Es war so früh, daß noch niemand auf war, nicht einmal meine Mutter. Die Straßen waren leer, die Lampen unter dem weißen Himmel noch an. Auf dem Weg zur Third Avenue kam mir die Idee, daß ich in den Fenstern der Pfandhäuser nach etwas gucken und dann einfach warten konnte, bis es Tag wurde, um es zu kaufen. Ich wollte Becky ein Schmuckstück kaufen, vielleicht sogar einen Ring.

Um diese Zeit hatte nicht einmal der Zeitungsstand unten an der Hochbahnstation geöffnet. Die verschnürten Packen der Morgenzeitungen lagen noch da, wo sie von den Lastwagen heruntergeworfen worden waren. Ich wußte schon, bevor ich die Schlagzeile des *Mirror* gesehen hatte, daß sie für mich bestimmt war, ich spürte die Anziehungskraft der Wörter, bevor ich sie las: GRAUSIGER BANDENMORD. Darunter war das trübe Foto eines Barbiersessels mit einem Toten, den ich für kopflos hielt, bis ich in der Bildunterschrift las, daß sein Kopf in blutbefleckte heiße Barbiertücher gehüllt war. Irgendein Lotterieboß von der West Side. Ich war so zerstreut, daß ich doch tatsächlich meine drei Cent neben den Zeitungsstapel auf den Boden legte, bevor ich eine herauszog, um die Geschichte zu erfahren.

Ich las sie mit persönlichem Interesse, erst im Schatten der Hochbahn und dann, nicht sicher, daß ich alles mitbekommen hatte, trat ich in einen Streifen Licht, das durch die Geleise über mir fiel, streckte die Arme vor und las in der Stille des blendenden Morgens den Mirror-Bandenmord des Tages, während sich auf keiner Ebene etwas bewegte, weder Zug noch Straßenbahn, außer dem Muster der von Lichtstreifen durchbrochenen Dunkelheit auf dem Kopfsteinpflaster der Straße, als führe ein Gefängniswärter mit seinem Stock über die Gitterstäbe der Zellen, außer meinem Kopf, der hinter den Augen zu schmerzen begann, und mir dämmerte die Erkenntnis, daß in dem Wechsel von Dunkel und Hell der schwarzen Schrift auf dem weißen Papier für mich die persönliche Botschaft dieser Nachricht lag.

Denn natürlich wußte ich, wessen Werk dies war, es stand nicht viel mehr in dem Bericht, als das, was aus Schlagzeile und Foto schon hervorging, aber ich las ihn mit größter Konzentration, nicht nur als jemand, der in derselben Branche war, sondern auch als Angehöriger derselben Firma, ich las etwas über meinen Mentor, und der Beweis dafür war, daß ich in dem Bericht sogar nach Mr. Schultz' Namen suchte und mich fragte, warum er nicht vorkam, benommen und nicht ganz klar im Kopf, wie ich nach meiner ersten Liebesnacht auf Erden war, als wüßte alle Welt etwas, weil ich es doch wußte, als wüßte ich nichts, was sonst niemand wußte, besonders nicht die Zeitungen. Ich ging zurück und zog mir eine *News* heraus, die fast das gleiche Foto und nicht mehr Informationen brachte, und dann nahm ich mir eine *Herald Tribune,* einen dieser hochgestochenen Lappen, und da wußten sie keinen Deut mehr als die andern, wenn sie auch mehr Wörter benutzten. Alle hatten sie keine Ahnung. Gangster wurden täglich gekillt, und warum und von wem, waren Fragen, über die in der Öffentlichkeit Verwirrung herrschte. Machtgrenzen überschnitten sich insgeheim, aus Verbündeten wurden Feinde, Partnerschaften gingen entzwei, jeder konnte von so gut wie jedem andern an jedem beliebigen Tag im Geschäft umgebracht werden, und die Presse, die Bullen, die benötigten Augenzeugen, Aussagen, Belege, um Nachforschungen anzustellen und alles zu ermitteln. Sie mochten ihre Theorien haben, aber sie brauchten eine Weile, um zu einer hieb- und stichfesten Version zu gelangen, wie ja alle Historiker die Trümmer erst sichten, wenn Stille eingetreten ist. Ich dagegen wußte sofort, was sich ereignet hatte, als wäre ich dabeigewesen. Er hatte einfach genommen, was gerade zur Hand war. Er hatte aus der Wut heraus improvisiert, ich meine, man setzt schließlich jemanden nicht in einen Barbiersessel, um ihn zu ermorden, man findet ihn da und greift sich ein Rasiermesser. Er hatte komplett den Verstand verloren, wie schon im Fall des Brandschutzinspektors, ich war zu dem großen Dutch Schultz gestoßen, als sein Reich schon unterging, er verlor die Kontrolle, auf der Titelseite war das Porträt eines hirnverbrannten Irren, und was zum Teufel sollte ich nun tun? Ich hatte das Gefühl, auf unfaire Weise da hineingezogen worden zu sein, als habe er sich als nicht vertrauenswürdig erwiesen und als könne man letzten Endes doch nichts von ihm lernen außer Selbstzerstörung.

Klebriger Schweiß trat mir aus den Poren, und das meistgefürchtete und unerträglichste aller Gefühle stieg in mir hoch, Übelkeit. In solchen Momenten möchte man sich einfach auf die Erde werfen und darin festkrallen, nichts anderes ist möglich. Ich sah mich um und ließ die Zeitungen in eine Mülltonne fallen, als könnte ich dafür verhaftet werden, daß ich sie in der Hand hielt, als wären sie Beweise für meine Komplizenschaft.

Ich setzte mich auf eine Türschwelle und steckte den Kopf zwischen die Knie und wartete darauf, daß die entsetzliche Übelkeit verging. Nach ein paar Minuten fühlte ich mich besser, sobald man vom Schweiß fröstelt, hat man es hinter sich, kriegt man wieder Luft. Vielleicht war dies der Augenblick, in dem meine heimliche Überzeugung keimte, daß ich immer aussteigen konnte, daß sie mich suchen kommen konnten, aber nie finden würden, daß ich mehr Fluchtwege im Kopf hatte, als sie es im Traum für möglich hielten. Aber bewußt hatte ich nur den Gedanken, daß Mr. Schultz eine größere Gefahr für mich bedeutete, wenn ich nicht bei ihm war. Er brauchte nur noch einmal so eine Sache anzustellen, ohne daß ich davon wußte, und ich würde festgenommen werden. Sie alle, auch Mr. Berman, je weniger ich sie zu sehen bekam, desto verwundbarer wurde ich. Dies war ein allen Lehrmeinungen zuwiderlaufender Satz, doch als Gefühl war er unanfechtbar. Wenn ich ihn nicht selber im Auge behielt, wie konnte ich dann verschwinden, wenn ich nicht einmal wußte, wann es Zeit war, sich abzusetzen? Auf der Stelle war mir klar, daß ich zur Gang zurückmußte, daß sie meine Daseinsberechtigung, mein Schutz war. Während ich dort unter der Hochbahn hockte, empfand ich ganz deutlich, daß nicht mit ihnen zusammen zu sein für mich ein Luxus war, den ich mir nicht leisten konnte. Nicht in ihrer Nähe zu sein war zu unsicher.

Ich denke nicht klar genug, sagte ich mir. Um mich zu beruhigen, begann ich zu laufen. Ich ging und ging, und als sollte mir versichert werden, daß die Welt aushalten könne, was immer ihr geschah, donnerte die Hochbahn über meinem Kopf dahin, tauchten in den Straßen Autos und Lastwagen auf, zu denen die Leute, die Arbeit hatten, gingen, bimmelten die Straßenbahnen, schlossen die Ladenbesitzer ihre Türen auf, und ich fand einen Schnellimbiß und trat ein und saß an der Theke Schulter an Schulter mit meinen Mitbürgern von dieser Welt und trank Tomatensaft und Kaffee, und als ich mich einigermaßen besser fühlte, bestellte ich zwei Spiegeleier mit Speck und Toast und einen Doughnut und frischen Kaffee und rauchte zur Krönung all dessen beschaulich eine Zigarette, und danach sah es gar nicht mehr so übel aus. Er hatte in meiner Gegenwart zu Mr. Berman gesagt: Offenbar gibt es für uns ein paar wesentliche Dinge zu erledigen. Die Fensterputzer, die zwölf Stockwerke von einem Gebäude herunterfielen, waren eines dieser Dinge, und die Barbiersesselsache ebenfalls. Dies war ein geplanter Mord aus geschäftlichen Gründen, so knapp und sachlich wie ein Western-Union-Telegramm. Schließlich hatte das Opfer zur Branche gehört, die Konkurrenz vertreten. Daher hatte dieser Mord für die wenigen Leute, denen Mr. Schultz etwas mitteilen wollte, symbolische Bedeutung. Da der Mord aber mit einem Rasiermesser ausgeführt worden war, deutete für den Distriktstaatsanwalt, auf jeden Fall für jeden Kriminalreporter und für die Bullen, die sich auskannten, und für die Spitzenleute von Tammany Hall, im Grunde für jeden im Gewerbe mit Ausnahme der Konkurrenz, wahrscheinlich alles eher darauf hin, daß es das Werk von jemand anderem war, weil die Handschrift des Holländers fehlte – einen Mord dieses Typs beging ein Neger oder ein rachsüchtiger Sizilianer, aber in jedem Fall steckte genug darin, daß es jeder und keiner gewesen sein konnte. So war dies alles sehr tröstlich, außer daß ich mich nun gekränkt zu fühlen begann, weil man mich gerade dann fortgeschickt hatte, als in all diesen wichtigen Fragen Entscheidungen fielen. Ich sorgte mich, daß meine Stellung sich womöglich ohne mein Wissen geändert haben könnte, oder, noch schlimmer, daß ich sie von Anfang an überschätzt hatte. So ging ich die Third Avenue hinauf zurück und fühlte mich allmählich genau so unwohl wie ursprünglich und hatte das gleiche Bedürfnis, wieder bei Mr. Schultz zu sein. Ich befand mich in einem äußerst seltsamen Zustand. Ich hatte nach dem Morgenmord im Embassy Club grün ausgesehen. Vielleicht hätte ich nicht so grün aussehen sollen. Vielleicht dachten sie, ich hätte nicht das Zeug zu dem Beruf. Schon bald rannte ich. Ich rannte in Schatten und Licht heimwärts. Ich rannte die Treppe hinauf, nahm je zwei Stufen auf einmal, für den Fall, daß während meiner Abwesenheit eine Nachricht für mich gekommen war.

Doch es war keine Nachricht gekommen. Meine Mutter stand da und zwirbelte ihr Haar hoch. Die Hände am Hinterkopf und zwei dieser langen Schmucknadeln überkreuz zwischen den Zähnen, warf sie mir einen neugierigen Blick zu. Ich konnte es kaum erwarten, daß sie zur Arbeit ging. Sie war von einer Langsamkeit, die einen rasend machte, als wäre jede ihrer Minuten länger als die aller andern, es war eine würdevolle, wie von ihr selbst erfundene Zeit, in der sie sich unheimlicherweise bewegte. Ich zerrte meinen neuen, gebraucht gekauften Koffer hinten aus der Schrankkammer, ein Ding aus Leder, das sich oben zusammenfalten ließ wie die Instrumententasche eines Arztes, nur sehr viel größer, und ich packte meinen I.-Cohen-Anzug und meine Budapester Schuhe und Hemd und Krawatte hinein und meine Fensterglasbrille mit der Stahlfassung, die aussah wie die von Mr. Berman, und Unterwäsche und Socken. Ich packte meine Zahnbürste und meine Haarbürste ein. Ich hatte bislang noch kein Buch in einer Buchhandlung gekauft, aber das konnte ich in Manhattan tun. Ich mußte den entsetzlichen Kinderwagen, Sinnbild der Liebe meiner Mutter, aus dem Weg rollen, um unter das Bett zu kommen, wo ich meine automatische Pistole versteckt hatte. Die legte ich ganz unten in den Koffer, unter alles andere, ließ die Verschlüsse zuschnappen, zurrte die Riemen fest, stellte den Koffer neben die Wohnungstür und bezog Posten am Fenster zur Feuertreppe. Ich war überzeugt, daß sie mich noch an diesem Morgen holen würden. Es war nun von größter Dringlichkeit für mich, daß sie dies taten. Es war nicht möglich, daß sie es nicht taten. Warum hätte Mr. Berman darauf bestehen sollen, daß ich mir neue Kleidung besorgte, wenn sie mich einfach fallenlassen wollten? Außerdem wußte ich zuviel. Und ich war gewitzt, ich wußte, was vorging. Ich wußte mehr als das, was vorging, ich wußte, was als nächstes passieren würde.

Das einzige, was ich nicht wußte und nicht voraussehen konnte, war, wie sie mich holen kommen würden, wie sie erfahren würden, wo ich war. Dann sah ich den Streifenwagen der Polizeiwache langsam die Straße herauffahren und vor dem Haus halten. Ich dachte: Das war's, zu spät, alles ist vorbei, sie kreisen alle ein, er hat es geschafft, er hat uns alle erledigt. Und als derselbe Klugscheißer von Bulle, der mich ein paar Abende zuvor so eingehend beäugt hatte, ausstieg, da erlebte ich die Bedeutung des Gesetzes, die Macht der Uniform und die Verzweiflung, von jeglicher Zukunft ausgeschlossen zu sein. Man kann so geschickt, gerissen und flink sein, wie man will, vom Schrecken des Augenblicks gelähmt, ist man hilflos, sieht wie erstarrt der Katastrophe entgegen, wie ein Tier, das ins Scheinwerferlicht gerät. Ich wußte nicht, was tun. Er verschwand unter mir im Gebäude und kam im dunklen Treppenhaus herauf, ich hörte seine Schritte, doch auf der Straße war, als ich hinuntersah, nun der andere Bulle ausgestiegen und stand direkt unter meiner Feuertreppe, mit verschränkten Armen an die Wagentür auf der Fahrerseite gelehnt. Sie hatten mich. Ich stellte mich hinter die Wohnungstür und horchte auf die Schritte. Dann hörte ich ihn atmen. O Gott! Dann pochte er mit der Faust an meine Tür, der Scheißer. Als ich öffnete, stand er im Dunkeln da und füllte den ganzen Türrahmen aus, ein großer fetter Bulle, der sich mit einem Taschentuch über die grauen Haare fuhr und dann den Innenrand seiner Mütze trockenwischte. »Also, gut, Bürschchen«, sagte er, blau und prall, wie Bullen eben aussehen, weil sie sich so viel Kram unter die Uniform stopfen, Knarren und Schlagstöcke und Strafzettelblöcke und Munition, »frag mich nicht, warum, aber du wirst gewünscht. Setz dich in Trab.«

Und hier fasse ich nun zusammen, was Mr. Schultz mir über diesen Mord erzählt hat, denn es ist überhaupt nicht daran zu denken, daß ich es Wort für Wort wiedergeben könnte, man muß bitte verstehen, wie das war, mit ihm zusammenzusein und von ihm ins Vertrauen gezogen zu werden, wenn er von diesen allerintimsten Dingen sprach-fassungsloser Stolz erfüllt dich, du hörst manchmal die Einzelheiten nicht mehr, sondern schaust bloß auf das Gesicht, das spricht, staunst über die eigene Tollkühnheit, sich in sein Blickfeld begeben zu haben, du hoffst, er sieht nicht, daß es dein größter Wunsch ist, dein Denken dem seinen anzugleichen, deine Meinung mit seiner Stimme zu sagen, und das heißt, daß du es nicht kannst. Doch als ich diesen vertraulichen Mitteilungen lauschte, stumm vor Stolz, sie zu erhalten, und an meine Panik in jenen frühen Morgenstunden zurückdachte, fand ich es töricht und ein wenig illoyal von mir, je an ihm oder seinem Verhältnis zu mir gezweifelt zu haben, denn bei dem

Barbierladen-Zwischenfall hatte man trotz seines eingestandenermaßen improvisierten Charakters ein gutes Gefühl, wie er sagte, so gut, als wäre er geplant gewesen, nur daß geplante Dinge so häufig schiefgehen, daß das besser war als geplant, und Mr. Schultz wußte sofort, daß er einen genialen Coup gelandet hatte, weil dadurch gleichzeitig so viele unterschiedliche Dinge geschahen, die alle miteinander verzahnt waren, und wie jedes gute Geschäft beruhte dieser Coup zum Teil auf Glück, zum Teil auf Inspiration, war jedoch in jedem Fall eine meisterhafte Tat, die sowohl geschäftlich korrekt als auch dichterisch wirkungsvoll und zudem natürlich noch solide in dem einzigen vernünftigen Motiv verwurzelt war, das in schlichter, gerechter Vergeltung besteht. Mr. Schultz war sehr stolz auf dieses Stück Arbeit. Ich glaube, es linderte seine Verlegenheit darüber, daß er bei dem Brandschutzinspektor die Beherrschung verloren hatte. Und dieser Fall hinterließ keine Traurigkeit, sagte er, keinen schmerzlichen Nachklang, keine düstere Stimmung wie die Sache mit Bo, dies war bei weitem nicht so persönlich gewesen, es hatte sich einfach so ergeben, daß Irving den Burschen sichtete, als sich Mr. Schultz keine zwei Minuten vom Maxwell Hotel entfernt den Freuden eines Puffs hingegeben hatte. Er feierte seine Rückkehr aus Syracuse, wo er sich dem Gericht gestellt, Kaution gezahlt und als ein Mann, der nicht mehr untergetaucht leben mußte, den Gerichtssaal verlassen hatte, er feierte den ersten Teil des neuen Plans und trank gerade zur Einstimmung ein Glas Wein mit den phantastischen Mädchen und, das sollte ich ihm sagen, als ob ich darüber Bescheid wüßte, konnte es im Leben denn etwas Großartigeres geben, als wieder aufzutauchen und das alte Leben wieder aufzunehmen, wieder der Holländer von einst zu sein, von den ungeputzten Schuhen bis zum leicht angeschmutzten perlgrauen Fedorahut, und so war dies ein wahrer Glücksfall, ein gutes Zeichen, daß er hinübergehen und die Sache organisieren konnte, während der echte Friseur dem Scheißer noch die Haare schnitt. Und als der Sessel für die Rasur nach hinten gekippt wurde, war alles vorbereitet. Der Lotterieboß hatte seine Knarre unter dem gestreiften Friseurumhang auf dem Schoß liegen, wie das viele Kerle gern tun, und zwei seiner Gorillas saßen neben den Topfpalmen in der Hotelhalle gleich vor der Glastür zum Barbierladen und lasen die Abendzeitungen. Das war der Stand der Dinge. Ein Gorilla blickte zufällig über den Rand seiner Zeitung, und als er da Lulu Rosenkrantz stehen sah, der ihn mit seinem Stummelzahnlächeln unter den buschig vorstehenden Brauen anlächelte, und daneben Irving mit dem Zeigefinger auf den Lippen, da räusperte er sich leise, um seinen Kollegen darauf aufmerksam zu machen, und nach einem denkbar flüchtigen Blickkontakt falteten sie ihre Zeitungen zusammen und standen gemeinsam auf, in der Hoffnung, daß ihre unverzügliche und einhellige Entscheidung, auf die Loyalität zu scheißen, ihnen die Gunst dieser beiden wohlbekannten, übermächtigen Persönlichkeiten eintragen würde. Und so war es auch; ohne Feindseligkeit wurde ihnen gestattet, durch die Drehtür des Hotels zu verschwinden, doch erst, nachdem sie ihre Zeitungen ausgehändigt hatten, die nun Irving und Lulu in den freigewordenen Sesseln neben den Topfpalmen zu lesen begannen, auch wenn wahrheitshalber festzuhalten sei, sagte Mr. Schultz, daß Lulu nicht lesen könne. Gleichzeitig habe der echte Friseur, der nur besondere Persönlichkeiten nach Ladenschluß bediene, die Zeremonie vor seinem Geschäft gesehen und ihre Bedeutung verstanden, während er seinem Kunden das heiße Frotteetuch nach dem Brauch seiner Zunft wie Puddingmasse so um das Gesicht legte, daß nur noch die Nasenspitze herausguckte, und sich dann stillschweigend für immer von seinem Beruf verabschiedete, und zwar durch eine verspiegelte Nebentür, die in einen Lagerraum und über eine schmale Gasse auf die Straße führte, wobei er unter gemurmelten Entschuldigungen an einem andern Friseur in kurzärmeligem weißen Kittel vorbeischlüpfte, der soeben hereinkam, Mr. Schultz persönlich mit seinen dicken, jedoch nicht muskulösen, schwarz behaarten Armen, seinem dicken, kurzen Hals und einem blauschwarzen Schatten auf seinen durch zweimal tägliches Rasieren gefolterten Wangen. Der Holländer trat zu dem weit zurückgelehnten Kunden und legte, die beflissenen Aufmerksamkeiten eines Friseurs nachäffend, weitere heiße Tücher auf, die er besonders im Bereich der Nasenlöcher mit einer Tinktur aus einem Fläschchen ohne Etikett beträufelte, das er in weiser Voraussicht von der Puffmutter geborgt hatte, ohne genau zu wissen warum. Und so umflatterte er den Sessel und gab leise diensteifrige Laute von sich, bis er sich vergewissert hatte, daß alles bestens stand, dann faßte er unter den Umhang, zog die Knarre aus den schlaffen Fingern, legte sie zartfühlend beiseite, hob die Tücher, so weit sie um das Kinn drapiert waren, an, legte sorgsam die Kehle darunter frei, wählte ein bereits offenes, gerades Rasiermesser von dem Bord unter dem Spiegel, überzeugte sich, daß es einwandfrei geschliffen war und zog es ohne Zögern knapp unter der Kinnlinie quer über den entblößten Hals. Und als die fadendünne Lippe sich langsam zu einem breiten Lächeln auftat, und das Opfer auf seinem Sessel eine halb fragende Bewegung machte, die Schultern leicht anhob und mit den Knien zuckte, eher wißbegierig als anklagend, drückte er es mit dem Ellbogen auf dem mumienartig umwickelten Mund nieder und schichtete Lage um Lage heiße, nasse Tücher, die in dem verchromten Dampftopf hinter dem Sessel bereitlagen, auf die Brust und die Kehle und den Kopf des Mannes, bis nur noch ein sickerndes Rosa, im Ton eines langsamen, zaghaften Sonnenuntergangs, die Verbände durchdrang, so daß er mit gelassener Unverschämtheit das dreißig Zentimeter lange Rasiermesser sauberwischen, zusammenklappen und es neben den Kamm in seine Brusttasche schieben konnte, und nachdem er einen Blick der Rechtfertigung in die Hotelhalle geworfen hatte, als schaute dort ein Publikum von Bankern, Buchhaltern, Kassierern und Boten aus dem Wettgeschäft zu, rieb er den Griff der Smith & Wesson mit dem gestreiften Umhang ab, schob sie dem Opfer wieder in die Hand, legte die Hand in den Schoß zurück, zog den gestreiften Umhang über der Leiche glatt und zog sich durch die verspiegelte Tür zurück, die sich mit einem Klicken vor der Szene schloß, so daß er zwei Barbiersessel, zwei Leichen und zwei den Kachelboden besudelnde Rinnsale von Blut zurückließ.

»Es hatte überhaupt nichts Grausiges«, erklärte mir Mr. Schultz, und spielte damit auf ebenjene Schlagzeile an, die meine Aufmerksamkeit erregt hatte. »Das war Zeitungsquatsch. Diese Typen lassen einen nicht einen Moment in Ruhe. Es war so schön und fachmännisch, wie es nur geht. Jedenfalls waren es wahrscheinlich die K. O.-Tropfen, die den Hund gekillt haben. Ich meine, er hat sich bewegt, aber das tut ein Huhn auch, wenn du ihm die Gurgel durchgeschnitten hast. Hühner laufen noch rum, wenn sie schon tot sind, hast du das gewußt, Kleiner? Hab ich auf dem Land selber gesehen.«

Teil 2

9

Wir standen am ersten Morgen auf den Stufen des Gerichtsgebäudes und blickten über die Stadt und einen Gebirgsbach
mit einer Brücke hinweg auf die Felder und Wiesen und Hügel rings um uns her; die Hänge waren grün und fliederfarben,
die Äcker von einem dunkleren Grün, die Sonne schien an
einem tiefblauen Himmel, und in einiger Entfernung muhte
eine Kuh, was für mich wie ein Lied der großartigen, unbewußten Freude an der Natur klang, und Lulu Rosenkrantz
brummte: »Ich kenn mich ja nich so aus, aber was machst du
hier, wenn du mal spazierengehen willst?«

Ich war noch nie auf dem Land gewesen, es sei denn, man
zählte den Van Cortlandt Park dazu, aber mir gefielen der Geruch und das Licht, mir gefiel der Frieden von so viel Himmel.
Außerdem lernte ich etwas über die Zweckmäßigkeit menschlichen Siedelns. Dort draußen in der Ferne bauten sie an, was
gebraucht wurde, bestellten Felder und hielten Milchkühe,
und diese Stadt, Onondaga, von der aus das County verwal-
tet wurde, war ihr Marktflecken. Sie war an den Hängen der
Hügel mit Blick auf das Farmland erbaut, und der Bach, der
aus den Bergen kam, floß mitten durch. Niemand hatte gesagt, ich solle es nicht tun, also machte ich einen Ausflug zu
der alten, klapprigen Holzbrücke und sah zu, wie das Wasser
rasch und flach über die Felsbrocken floß. Wenn man genau
darüber stand, wirkte es breiter, mehr wie ein Fluß als wie

ein Bach. Ein paar Querstraßen flußaufwärts fand ich dann eine verlassene Sägemühle, deren Schuppen so schief waren, daß ein ordentlicher Wind sie plattdrücken würde; die Mühle hatte schon seit langem dichtgemacht, kündete aber deutlich von vergangenem Ehrgeiz und unternehmerisch findiger Nutzung natürlicher Ressourcen, von Dingen, über die ich in Erdkundebüchern gelesen, die ich jedoch nie voll begriffen hatte. Ich meine, man kann einen Ausdruck wie *natürliche Ressourcen* nicht richtig begreifen, man muß erst die Bäume auf den Bergen und den Bach und das Holzlager neben dem Bach vor Augen haben, um sich einen Begriff davon zu machen, um zu verstehen, wie sinnvoll alles ist. Nicht daß ich mir ein solches Leben wünschen würde.

Viele Leute hatten in Onondaga gelebt und waren dort gestorben, und hinterlassen hatten sie ihre Häuser, ich sah sofort, daß die Häuser schon seit langer Zeit dastanden, sie waren aus Holz, auf dem Land wohnen die Leute in Holzhäusern, eins neben dem andern, große kastenartige Dinger, dunkelbraun gebeizt oder mit grauer Farbe gestrichen, die abblätterte, mit Spitzdächern und Giebeln und Veranden, auf denen Feuerholz gestapelt war, und gelegentlich befand sich ein merkwürdiges Haus darunter, mit einem Eckturm, der so was wie eine Narrenkappe als Dach hatte und mit Bogenfenstern und in verschiedenen Mustern aufgenagelten Schindeln und schmiedeeisernen Gitterchen an den Dachrändern, als hätten sie Ärger mit Tauben. Jedenfalls sei auch das Amerika, sagte ich zu Lulu Rosenkrantz, der allerdings seine Zweifel hatte. Wenigstens die öffentlichen Gebäude waren aus Stein, das Gerichtsgebäude bestand aus roten Sandsteinquadern, mit Granit abgesetzt, was mich an das Max-und-Dora-Diamond-Heim erinnerte, nur war dieses Haus hier größer und hatte Bogenfenster und Bogentüren und war an den Ecken gebogen, wie es das Recht manchmal ist, und die vier Stockwerke hohe Onondaga Distrikt-School war aus dem gleichen häßlichen roten Stein wie das Gerichtsgebäude gebaut, und auch die öffentliche Bibliothek von Onondaga, ein winziges Ding aus nur einem Raum, war mit Steinquadern verkleidet, damit es so aussah, als nähmen die Leute ihre Leserei ernster, als sie es wirklich taten. Dann war da noch die gotische Kirche aus grauem Stein, die bescheiden Kirche zum Heiligen Geist hieß und bislang das einzige war, was ich in der Stadt gefunden hatte, das nicht nach diesem Onandaga genannt war, diesem Indianer, der offenbar ziemlichen Eindruck gemacht hatte. Seine Statue stand vor dem Gerichtsgebäude auf dem Rasen, er schirmte mit der Hand die Augen ab und blickte nach Westen. Als Miss Lola/Miss Drew zum ersten Mal nach draußen kam und die Statue sah, schien sie ziemlich beeindruckt davon zu sein, sie starrte sie an, bis Mr. Schultz gereizt wurde und sie wegzog.

Das prächtigste Gebäude der Stadt war das Hotel, natürlich Onondaga Hotel genannt, ein sechs Stockwerke hoher roter Klinkerbau im Herzen des Geschäftsviertels, falls man es so nennen konnte, denn viele Geschäfte waren geschlossen und hatten ZU-VERMIETEN-Schilder in den Fenstern, und die wenigen, mit den Vorderrädern zum Bordstein geparkten Autos waren alte schwarze Blechbüchsen, Ford Modelle A oder T, oder Laster von Farmern mit Kettenantrieb und ohne Türen, es war nicht viel los in Onondaga, genau gesagt, seit unserer Ankunft waren wir das einzige, was los war, und das ging mir auf, als der alte Farbige, der hier den Hotelboy spielte, mit aufrichtigem Entzücken meinen Koffer in mein Zimmer, nur für mich allein, im obersten Stock trug und nicht einmal auf das Trinkgeld wartete, das ich vorhatte, ihm zu geben. Hier sollten wir alle wohnen, im sechsten Stock, den Mr. Schultz komplett gemietet hatte. Jeder hatte zumindest ein Zimmer für sich, anders sähe es nicht gut aus, sagte Mr. Schultz mit einem Blick auf Miss Lola/Miss Drew, daher wohnte sie in einer Suite und er in einer anderen, und wir übrigen hatten Einzelzimmer, mit Ausnahme von Mr. Berman, der ein zweites Zimmer bekam, für das er eine spezielle, direkte Telefonleitung bestellte, die nicht über die Telefonzentrale des Hotels lief

Am Morgen unserer Ankunft hüpfte ich auf meinem Bett herum. Ich machte eine Tür auf, und – unglaublich! – dahinter befand sich ein Badezimmer mit einer riesigen Wanne und mehreren dünnen weißen Handtüchern über einer Stange und einem mannshohen Spiegel auf der Innenseite der Tür. Das Badezimmer war so groß wie unsere Küche zu Hause. Der Boden bestand aus kleinen, weißen, achteckigen Kacheln, genau wie in unseren Fluren in der Bronx, nur viel sauberer. Mein Bett war weich und breit, und das Kopfende glich einem großen halben Speichenrad aus Ahorn. Es gab einen Lesesessel mit einer Lampe, die aus einem Tisch gleich daneben ragte, und eine Spiegelkommode, und in der obersten Schublade waren schalenförmige Fächer für Münzen und andere kleine Gegenstände, die sonst leicht verlorengingen. Das Zimmer hatte duftige weiße Gardinen, die man mit einer Schnur aufziehen konnte, und dahinter schwarze Rollos, genau wie in meiner Schule, wo man sie mit einer kleinen, am Fensterbrett angebrachten Rolle herunterließ, um Diaserien oder Filme anzusehen. Neben dem Bett stand ein Tischradioapparat, der ein bißchen knisterte, aber mit dem man anscheinend keine Stationen hereinkriegte.

Ich liebte diesen Luxus. Ich streckte mich auf meinem Bett aus, auf dem zwei Kopfkissen und eine weiße Überdecke mit einem Quastenmuster lagen – Reihen von kleinen Baumwollnippeln, und unter meinen Fingerspitzen ließ mich jeder an Becky denken. Ich lag mit den Händen unter dem Kopf da und stieß ein paarmal das Becken in die Höhe, während ich mir vorstellte, sie wäre da und auf mir. Hotelzimmer waren sexy. In der Halle unten war mir ein Schreibtisch mit Hotelbriefpapier aufgefallen, vom dem man sich bedienen konnte, und ich dachte, in ein, zwei Tagen würde ich ihr einen Brief schreiben. Ich begann zu überlegen, was ich schreiben würde, ob ich mich dafür entschuldigen sollte oder nicht, daß ich fortgegangen war, ohne ihr auf wiedersehen zu sagen, und so weiter, aber ich wurde von der Stille gestört. Ich setzte mich auf. Es war mucksmäuschenstill, unnatürlich ruhig, zunächst empfand ich das wie einen Teil vom Luxus, dann kam es mir aber wie ein anderes Wesen vor, das sich bemerkbar machte. Ich meine damit nicht, daß ich mich beobachtet fühlte, nichts dergleichen, eher daß es gewisse Erwartungen der Gesellschaft gab, die sich mir zu erklären versuchten, durch das Muster der Tapete zum Beispiel, endlose Reihen kleiner Butterblumensträußchen, oder durch die Möbel aus Ahorn, die so schweigend dastanden wie Elemente eines geheimnisvollen Ritus, der darauf wartete, daß ich ihn korrekt ausübte. Ich fand eine Bibel in der Nachttischschublade und dachte, jemand habe sie versehentlich da liegengelassen. Dann schloß ich aus der entschiedenen Adrettheit und Ordentlichkeit des Zimmers, daß sie Teil der Ausstattung sein mußte. Ich sah aus dem Fenster, mein Zimmer ging nach hinten hinaus, ich hatte einen guten Blick auf die Flachdächer von Läden und Lagerhäusern. Nichts rührte sich in Onondaga. Gleich hinter dem Hotel lag ein mit Kiefern bewachsener Hang, der tatsächlich den ganzen Himmel verdeckte.

Ich begriff, was Lulu Rosenkrantz empfinden mußte, das Fehlen von Leben, wie wir es kannten, rauh und laut und mechanisch angetrieben, mit Hupen und Klingeln und kreischenden Spurkränzen und quietschenden Bremsen, die ganze rüde Vielfalt zu vieler Menschen auf zu engem Raum, wo man wirklich egoistisch und frei sein kann. Aber er hatte zu seinem Trost wenigstens Irving oder Mickey und Jahre der Loyalität zur Gang, während mir keiner von ihnen sonderlich wohlgesonnen war. Bis zu diesem Moment hatte mir noch keiner gesagt, was ich in Onondaga sollte. Ich fand, ich war über die Stufe des Kaffeeholens hinaus, aber sicher war ich mir nicht. Ich wußte Dinge, die zu wissen tödlich war, wenn man mir nicht traute. Nicht zum ersten Mal ertappte ich mich dabei, wie ich die Gründe für Zuversicht mit der großen Gefahr verglich, in der ich steckte. So würde es immer sein, jedesmal wenn ich das Gefühl hatte, daß alles gut lief und ich unfehlbar mein verzaubertes Leben lebte, mußte ich mich bloß daran erinnern, ein wie kleiner Fehler genügte, mein Schicksal zu verändern, womöglich gar ohne daß ich es wußte. Ich war ein ständiger Mordkomplize. Ich konnte festgenommen, vor Gericht gebracht und zum Tode verurteilt werden. Doch das reichte nicht aus, um mir meine Stellung zu sichern. Ich dachte an Bo Weinberg und öffnete die Tür zu dem trüb erleuchteten, breiten, mit Teppich ausgelegten Gang und hielt in beiden Richtungen nach einem Lebenszeichen Ausschau. Alle Türen waren geschlossen. Ich ging wieder in mein Zimmer und schloß meine Tür ebenfalls, um die Stille nicht zu stören, und das bedrückte mich so, daß ich beschloß, etwas zu tun, und zwar packte ich meinen neuen I.-Cohen-Anzug mit den zwei Hosen aus und hängte ihn in den großen, staubigen Wandschrank und verstaute meine Hemden und meine Wäsche und die Waffe in der Kommodenschublade, und dann stellte ich den leeren Koffer in den Wandschrank, und dann setzte ich mich auf den Bettrand und fühlte mich schlechter denn je. Zum Teil mag es daran gelegen haben, daß es immer, wenn man irgendwo hinfährt, etwas Geheimnisvolles ist, wenn man ankommt. Oder vielleicht war ich, wie ich mir sagte, nicht daran gewöhnt, allein zu leben. Ich lebte erst seit fünf oder zehn Minuten allein, und ich hatte mich noch nicht daran gewöhnt. Auf jeden Fall war mir der Optimismus der frühen Stunden des Tages nun völlig vergangen. Einzig der Anblick einer Kakerlake, die zwischen den Butterblumengebinden die Wand hinaufspazierte, munterte mich auf, denn da wußte ich, daß das Onondaga Hotel so toll nun auch wieder nicht war.

Die ersten paar Tage war ich meistens allein; Mr. Berman gab mir fünfzig Dollar in kleinen Scheinen und sagte mir, ich solle das Geld an so vielen Stellen wie möglich ausgeben. Dies war nicht so einfach, wie es sich anhörte, Onondaga war nicht so üppig mit den Früchten der Erde gesegnet wie die Bathgate Avenue. Die Läden waren unnatürlich still, dunkle Geschäfte mit leeren Regalen, und dazwischen lagen aufgegebene und versperrte Läden. Ich ging in das Kaufhaus Ben Franklin, und dort sah es jammervoll aus, ich hatte in einigen der besten Einheitspreis-Kaufhäusern von New York geklaut und wußte, wie es dort auszusehen hatte, und dieser kleine Laden war so trostlos und arm, daß der Besitzer nur ganz hinten eine Glühbirne brennen ließ und die Kinder vom Land, die barfuß hereinkamen, sich auf dem verrotteten Fußboden Splitter holten. Es gab kaum Ware. Ich kaufte eine Handvoll Blechspielzeug, Autos und Motorräder, auf denen Polizisten saßen, und verschenkte sie. Ich fand ein Damenbekleidungsgeschäft und kaufte einen Strohhut mit breiter Krempe für meine Mutter, und dann brachte ich die Hutschachtel zur Post und verschickte sie auf die teuerste Weise, die es gab. Ich fand ein Juweliergeschäft und kaufte eine Taschenuhr für einen Dollar.

Durch das Fenster des Drugstore sah ich Lulu und Mickey den Fahrer an der Theke sitzen und durch Strohhalme Malzmilch trinken. Sie sogen immer wieder an dem Halm und betrachteten dann das Glas, um zu sehen, wieviel sie noch zu schlucken hatten, bevor die Qual überstanden war. Mich freute sehr, daß sie von Mr. Berman den gleichen Auftrag erhalten hatten wie ich. Als sie den Drugstore verließen, beschattete ich sie zur Übung. Sie blieben unentschlossen vor einem Schaufenster stehen, in dem ein Traktor ausgestellt war.

Sie entdeckten einen Zeitungsladen und gingen hinein, aber ich hätte ihnen gleich sagen können, daß es dort keine Zeitungen aus New York gab. Sie kamen heraus und zündeten sich Zigarren an, die so ausgetrocknet waren, daß sie wie Fackeln brannten. Lulu war angewidert, Mickey mußte ihn beruhigen. Sie kauften einen Fünfzigpfundsack Zwiebeln und warfen ihn in eine Mülltonne. Sie gingen in den Army- Navy-Laden, und durch das Schaufenster sah ich, wie sie Hemden und Hüte aussuchten und dann Arbeitsstiefel, von denen ich wußte, daß ich sie nie an ihren Füßen sehen würde.

Am zweiten Tag dieses Einkaufsbummels versiegte meine Phantasie. Dann kam mir die Idee, daß in gewisser Weise derselbe Zweck erfüllt würde, wenn ich Freunde gewann, und so kaufte ich ein paar Kindern, die hinter mir herliefen, Eistüten, und dann jonglierte ich in einem kleinen Park dem Gericht gegenüber mit drei rosa Gummibällen. Kinder gab es überall in Onondaga, sie waren die einzigen menschlichen Wesen, die ich nachmittags sah, die einzigen, die draußen in der Sonne waren und nichts zu tun hatten, in Overalls ohne Hemden darunter und barfuß, mit argwöhnischen, sommersprossigen Gesichtern; sie erinnerten mich an meine Straße und das Heim mit den Waisenkindern dort, aber sie hatten weniger Humor, waren nicht zum Lächeln oder Herumspringen aufgelegt, taten sich schwer mit dem Vergnügen, verfolgten tiefernst meine Jonglierkünste, zögerten aber, wenn ich vorschlug, ihnen das Jonglieren beizubringen.

Von allen Leuten, die man in der Zwischenzeit nicht sah, waren Mr. Schultz und Miss Lola/Miss Drew die wichtigsten, Tag und Nacht eilten die Zimmerkellner im Gänsemarsch zu seiner Suite. Ich fragte mich, wie sie es anstellte, ihre eigene Suite bewohnt aussehen zu lassen. Dann fragte ich mich, ob es ihr nicht egal war. Ich versuchte, nicht über sie nachzudenken, aber das war schwierig, besonders nachts, wenn ich in meinem Zimmer auf dem Bett lag und meine Wings rauchte und der ganz leisen Tanzmusik im knisternden Radio lauschte. Ich bedauerte es, daß ich sie nackt gesehen hatte, ich wußte zuviel, um sie mir gerade in dieser Zeit bildlich vorzustellen, vielmehr wurde mir geradezu übel, wenn ich an sie dachte. Dann wurde ich wütend. Sie hatte mir zweifellos gezeigt, wie wenig ich über Frauen wußte, erst hatte ich gedacht, sie sei das edle, unschuldige, blaublütige Opfer eines furchtbaren Kreuzfeuers des Bandenlebens, dann war mir in ihrem Apartment oben im Savoy-Plaza klargeworden, daß sie sich den Besten aus der Branche an den Hals geworfen hatte, ich hatte gedacht, nur Frauen von der anderen Seite der Bahngeleise seien Flittchen, aber es gab auch reiche Flittchen, und sie war eines, sie führte eine Art Freistilehe unter so extravaganten Bedingungen, daß es schon dekadent war, sie war völlig zügellos, urtümliche Handlungen gefielen ihr, ich meine, in den frühen Morgenstunden in einem Packard zu sitzen, sich weiß der Teufel wohin kutschieren zu lassen und mit dem Mann, der soeben den Geliebten ermordet hat, Champagner zu trinken, würden manche doch als unerquickliche, nicht ganz risikofreie Situation betrachten, doch solche Überlegungen hatte ich in der Intimität ihres Schlafzimmers eben nicht in ihren Augen gelesen, obwohl doch jeder weiß, daß eine Frau, die sich zum Ausgehen fertig macht, also raffiniert ihre Handelsware aufbereitet, ihren wahren Charakter zeigt, weil sie noch nicht mit zusammengepreßten Knien dazusitzen oder den einen Fuß leicht vor den andern gesetzt und mit der Spitze nach außen dazustehen braucht.

Sie blieben zwei ganze, volle Tage zusammen dort drin, ohne auch nur zum Luftschnappen rauszukommen. Spät am dritten Vormittag sah ich sie zufällig aus der Hotelhalle kommen. Sie hielten Händchen. Ich befürchtete, Mr. Schultz könnte bemerken, daß ich auf dem Trottoir herumhing und für eine Horde kleiner Hinterwäldler jonglierte. Aber er sah

155

nur sie, er schob sie an Mickey vorbei, der die Tür des Packard aufhielt, und schlüpfte selbst hinein. Seiner Miene nach zu schließen, war Miss Drew in den zwei Tagen und Nächten, die Mr. Schultz mit ihr im Bett verbracht hatte, um einiges in seiner Achtung gestiegen. Als sie abgefahren waren, dachte ich, na ja, wenn sie ihr tödliches Wissen von jener Bootsfahrt überleben wollte, dann war dies allerdings die richtige Methode, aber auch ein Witz, weil sie offensichtlich so unbesonnen war, daß das pure Überleben sicherlich das letzte war, woran sie dachte.

Doch am Ende des zweiten Tages stimmte mich eine Einladung zum Abendessen an einem großen runden Tisch im Speisesaal des Hotels heiterer, und alle waren da, Mr. Schultz mit Miss Lola/Miss Drew rechts von ihm und Abbadabba Berman links von ihm und wir übrigen, Lulu, Mickey der Fahrer, Irving und ich in Fächerformation ihm gegenüber. Mr. Schultz war glänzender Laune, und ich hatte den Eindruck, jeder in der Gang war über dieses Zusammensein froh und ich vielleicht nicht der einzige, der ein bißchen Heimweh hatte.

An zwei oder drei Tischen saßen ältere Paare, die immer wieder zu uns rüberblickten, sich dann vorbeugten und miteinander sprachen, und die Gesichter von Passanten tauchten im Rahmen der Speisesaalfenster auf und wurden wieder durch andere Gesichter ersetzt, und alle zwei Minuten erschienen der Mann von der Rezeption und der ältliche farbige Hotelboy in der Tür, um uns zuzulächeln und zuzuschauen und vielleicht auch, um sicherzugehen, daß wir noch da waren. Mr. Schultz gefiel das alles sehr. »Süße«, rief er der Kellnerin zu, »wie steht's mit deinem Keller«, eine bizarre Frage, fand ich, bis sie sagte, sie würden nur Taylor New York State in Schraubverschlußflaschen führen, und das brachte ihn zum Lachen, als hätte er es schon vorher gewußt; sie war ein molliges junges Mädchen mit fleckiger Haut und trug, wie ich es bei den Kellnerinnen im Schrafft's an der Fordham Road gesehen hatte, eine schwarze, weiß abgesetzte Uniform und ein gestärktes Häubchen auf dem Kopf, aber sie war trotzdem so nervös, daß sie ständig was fallen ließ, uns die Wassergläser bis zum Rand vollgoß und dergleichen mehr, und jeden Augenblick dachte ich, sie wird heulend aus dem Saal stürzen. Mr. Schultz störte es nicht, er bestellte zwei Flaschen Taylor New York State rot. Ich merkte, daß Lulu und Mickey Bier lieber gewesen wäre, wenn sie schon nichts Hartes bekommen konnten, aber sie sagten nichts. Sie fühlten sich in Krawatten auch nicht wohl. »Auf die Gerechtigkeit«, sagte Mr. Schultz, hob sein Glas und berührte damit das Glas von Miss Lola/Miss Drew, die ihn ansah und entzückend kehlig lachte, als ob er einen Scherz gemacht hätte, und dann stießen wir alle an, sogar ich mit meiner Milch.

Unser Tisch stand in der Mitte des Saals, direkt unter einem Kronleuchter mit klaren Glühbirnen, die alles verschwommen und zugleich überscharf erscheinen ließen, so daß man schwer sagen konnte, wie einer aussah, ich wollte feststellen, wie Leute aussahen, die achtundvierzig Stunden damit verbracht hatten, einander rammdösig zu vögeln, ich wollte Beweise haben, irgend etwas Greifbares, was ich für mein mit abstrakter Eifersucht erfülltes Phantasieleben gebrauchen konnte, aber das war nicht zu haben, zumindest nicht in diesem Licht, und Miss Lola/Miss Drews Gesicht zu sehen war besonders schwer, sie war so blendend schön unter diesem kurzgeschnittenen goldenen Haar, ihre Augen waren so grün, und ihre Haut war so weiß, es war, als versuchte man, in die Sonne zu gucken, man konnte sie hinter dem Glanz nicht sehen, und es tat weh, es länger als einen Augenblick zu versuchen. Sie war vollkommen auf Mr. Schultz konzentriert und staunte ihn jedesmal an, wenn er den Mund aufmachte, als wäre sie taub und müsse die Wörter von den Lippen ablesen.

Es gab Hackbraten mit grünen Bohnen und Kartoffelbrei, und ein Korb mit Weißbrot aus der Packung und ein Stück

Butter und eine Ketchup-Flasche standen in der Mitte des Tischs. Es war ein gutes, warmes Essen, und ich hatte Hunger. Ich aß schnell, das taten wir alle, wir hauten gewaltig rein, Mr. Schultz bat das Mädchen, eine weitere Platte Hackbraten zu bringen, und erst, als ich meinen größten Hunger gestillt hatte, fiel mir auf, daß Miss Lola/Miss Drew ihren Teller nicht angerührt, sondern die Ellbogen auf den Tisch gestützt hatte und gespannt uns wölfische Geschöpfe betrachtete, wie wir unsere Gabeln in den Fäusten hielten, mit offenem Mund kauten und weit ausholten, um Brotscheiben aufzuspießen. Sie schien davon ganz fasziniert zu sein. Als ich wieder hinschaute, hatte sie ihre eigene Gabel genommen, und sie umschloß sie mit der Hand, bis sie eine Faust um den Stiel gemacht hatte. Sie drehte sie hin und her, um zu sehen, wie es sich anfühlte, und dann fuhr sie mit der Gabel in die Scheibe Hackbraten auf ihrem Teller und zog sie langsam bis in Augenhöhe. An diesem Punkt wurden alle ganz still, sie hatte die Aufmerksamkeit des ganzen Tischs, obwohl sie uns nicht wahrzunehmen schien. Sie senkte die Gabel und ließ sie senkrecht in der Fleischportion stehen und nahm, als wäre sie ganz allein und dächte über etwas weit Entferntes nach, ihre Serviette vom Tisch, faltete sie auseinander und legte sie sich auf den Schoß. Mit einem reizend zerstreuten Lächeln schaute sie dann zu Mr. Schultz hin und danach auf ihr Glas, das er ihr schleunigst nachfüllte. Dann begann sie zu speisen, griff die Gabel mit der linken und das Messer mit der rechten Hand, schnitt und pflückte, nachdem sie das Messer weggelegt und die Gabel in die rechte Hand genommen hatte, mit dem Mund kleine Bissen Hackbraten und winzige Tupfer Kartoffelbrei von den Gabelzinken. Es war ein ausgesprochen vornehmer, in ritueller Langsamkeit ausgeführter Vorgang, so wie Lehrer in der Schule Wörter an die Tafel schreiben und sie dabei Silbe für Silbe aussprechen. Während wir alle zusahen, nahm sie ihr Weinglas und führte es an die Lippen und trank, obwohl ich genau hinhörte, ohne das mindeste Geräusch, ohne das geringste Schlürfen oder Schmatzen oder Schlucken oder Glucksen, so daß ich mich fragte, ob sie überhaupt an dem Wein genippt hatte, als sie ihr Glas wieder auf den Tisch stellte. Ich kam nicht an der Feststellung vorbei, daß dies eine der deprimierendsten Vorführungen von Eleganz war, die ich je gesehen hatte, und bei all ihrer Schönheit hatte Miss Lola/Miss Drew vorübergehend in meinen Augen ihre Anziehungskraft verwirkt. Lulu Rosenkrantz runzelte so die Stirn, daß ein Killer es mit der Angst zu tun gekriegt hätte, und wechselte dann Blicke mit Mickey dem Fahrer, und Abbadabba stierte mit traurigem Gesicht aufs Tischtuch, und sogar der unerschütterliche Irving schlug die Augen nieder, doch Mr. Schultz nickte mit gespitzten Lippen, als sei ein notwendiges Argument beigesteuert worden. Er beugte sich vor, blickte über den Tisch und sagte in einem für seine Begriffe gedämpften Ton: »Haben Sie Dank, Miss Drew, für Ihren umsichtigen Kommentar, den Sie, wie ich überzeugt bin, in der besten Absicht anbieten, zu unserem eigenen Wohl ein Auge auf uns Ärsche zu haben.«

Ich wußte sofort, daß etwas Folgenschweres vorgefallen war, doch darüber nachzudenken, was es war, traute ich mich erst später, als ich wieder bei gelöschtem Licht in meinem Zimmer im Bett lag und die Grillen in den Feldern von Onondaga sich aufspielten wie der laute Puls der Nacht, als wäre die Nacht ein gewaltiger Leib, wie das Meer, in dem alles mögliche lebte, sich liebte und abstarb. Miss Lola/Miss Drew fand Erinnerungen unter ihrer Würde. Praktisch war sie eine Gefangene, ihr Leben war in Gefahr. Doch sie hatte nicht vor, eine Gefangene zu sein. Sie hatte etwas beizutragen. Natürlich war das, was Mr. Schultz gesagt hatte, insofern richtig, als wir hier draußen auf uns Ärsche aufpassen mußten wie Reisende im fremden Land irgendeines Diktators. Jeden am Tisch verblüffte jedoch, daß er sich auf ihre Seite geschlagen hatte; da hatte sie diese schräge Pantomime aufgeführt, sich das Privileg angemaßt, jene zu belehren, die weniger glücklich dran waren als sie, und statt ihr in die Visage zu hauen, was wahrscheinlich jeder andere Anwesende getan hätte, hatte er es akzeptiert und wertvoll gefunden. Es war, als spürten sie die Ankündigung, daß nun Miss Lola/ Miss Drew irgendwie einstieg und daß es von nun an so bliebe.

Natürlich wußte ich nicht, ob ich recht hatte, ob alle so dachten, aber von meinem eigenen Aufstieg bei ihm wußte ich, daß Mr. Schultz gern umworben wurde, daß er empfänglich war für Leute, die sich von ihm angezogen fühlten, für Anhänger, Bewunderer, Jünger und andere Abhängige, mochten es nun jugendliche Angeber sein oder Frauen, deren Männer er umbrachte. Sie war schließlich eine Kriegsbeute. Bo Weinbergs Liebe zu ihr machte ihren köstlichen Wert aus. Ich mußte mich fragen, ob Mr. Schultz, wenn er mit ihr ins Bett ging, nicht die Latte des Triumphs genoß; seine Liebe zwar an der Dame ausließ, dabei aber an den toten Bo dachte.

Früh am nächsten Morgen klopfte Mr. Berman schon an meine Tür und befahl mir, meinen neuen Anzug anzuziehen und in fünfzehn Minuten zu Mr. Schultz in die Halle hinunterzukommen. Ich schaffte es in zehn, so daß ich noch Zeit hatte, um die Ecke zu rennen und mir einen Doughnut und einen Becher Kaffee zu kaufen. Ich war wieder zurück, als alle herauskamen. Mickey stand mit dem Packard da, Lulu Rosenkrantz stieg neben ihm ein, und Mr. Schultz nahm mit Miss Drew hinten Platz. Ich sprang hinein.

Es war eine kurze Fahrt, nur um die Ecke zur Onondaga National Bank, einem schmalen Kalksteingebäude mit zwei langen, mageren, vergitterten Fenstern und Säulen, die den dreieckigen Steingiebel über der Eingangstür stützten. Mickey hielt gegenüber an, und bei laufendem Motor saßen wir alle da und betrachteten die Bank.

»Hab mal zufällig diesen Alvin Pincus getroffen, der mit Pretty Boy Floyd gearbeitet hat«, sagte Lulu. »Toller Safeknacker.«

»Richtig, nur wo ist er jetzt«, sagte Mr. Schultz.

»Na ja, sie haben ne Weile gesessen.«

»Überleg mal, Lulu«, sagte Mr. Schultz. »Sich den Kies ausgerechnet da zu holen, wo er hinter Schloß und Riegel ist! Da muß einer doch blöd sein. Dieser Verbrecherscheiß paßt nicht in die wirtschaftliche Gesamtentwicklung«, sagte er und streichelte die Aktenmappe auf seinem Schoß. »Also los, meine Damen und Herren«, sagte er und stieg aus dem Wagen und hielt Miss Drew und mir die Tür auf.

Ich wußte nicht, was von mir erwartet wurde. Als ich aus dem Wagen stieg, sagte Miss Drew: »Warte mal«, und rückte meinen Fertigbinder gerade. Instinktiv wich ich zurück.

»Sei einfach ein netter Junge«, sagte Mr. Schultz. »Ich weiß, das ist schwer.«

Ich spürte, daß meine schwarzen Budapester mir an der Ferse bereits eine Blase bescherten, und die Drahtbügel meiner stahlgefaßten Fensterglasbrille kniffen hinter den Ohren. Ich hatte natürlich vergessen, ein Buch zu kaufen, wie Mr. Berman mir aufgetragen hatte, und hielt deswegen als letzte Rettung die Bibel aus meinem Zimmer in der linken Hand. Meine rechte Hand hielt Miss Drew und drückte sie, als wir hinter Mr. Schultz die Straße überquerten. »Du siehst hübsch aus«, sagte sie. Mich störte es, daß sie, selbst wenn ich meine Lift-Schuhe trug, noch größer war als ich. »Das ist ein Kompliment«, sagte sie, »kein Grund, ein böses Gesicht zu machen.« Sie war sehr vergnügt.

Wir wurden sogleich an den vergitterten Käfigen der Kassierer vorbei nach hinten in das Büro geführt, wo der Direktor hinter seinem Schreibtisch hervorkam und Mr. Schultz herzlich die Hand schüttelte, wenn er uns auch alle mit einem kühl abschätzenden Blick streifte. Er war ein stattlicher Mann mit einem fleischigen Wulst unter dem Kinn, der aussah wie eine hydraulische Pumpe, wenn er den Mund bewegte. Hinter ihm befanden sich eine Tür und ein Stahlgitter, beide offen, und ein fensterloser Raum, der in Wirklichkeit ein großer Safe war, mit dicker, offenstehender Tür und vielen Schubladen an den Innenwänden, wie die Schließfächer auf dem Postamt. »Gut, gut«, sagte er, nachdem Mr. Schultz uns vorgestellt hatte, mich als seinen Protagonisten und Miss Drew als meine Gouvernante, »bitte nehmen Sie doch alle Platz, wir haben nicht oft berühmte Menschen in unserer kleinen Stadt. Ich hoffe, es gefällt Ihnen hier.«

»O ja«, sagte Mr. Schultz und öffnete die Schnallen seiner Aktentasche. »Für uns ist es ein Sommer auf dem Land.«

»Nun, Land haben wir ja wahrhaftig zu bieten. Teiche zum Schwimmen, Forellenbäche, unberührte Wälder«, während sein Blick einen Moment zu Miss Drews gekreuzten Beinen schoß. »Ein paar recht schöne Aussichten von den Gipfeln, wenn Sie gern wandern. Gute, frische Luft, so viel Sie nur atmen können«, sagte er lachend, als hätte er etwas Komisches gesagt, und fuhr mit seinem Reklamegeplapper fort, während sein Blick immer wieder von der Aktentasche angezogen wurde, die Mr. Schultz nun nach vorn kippte, um sie mit zurückgebogener Klappe auf dem Schreibtisch zu legen und, als er ihr dann einen kleinen Schubs versetzte und sie zurückzog, glitten Packen grüner Dollarnoten auf das große grüne Löschblatt. Und damit endete abrupt der Wortschwall aus dem Mund des Bankiers, wenn die hydraulische Pumpe auch noch einen Moment brauchte, um ihm den Mund zu schließen.

Es war viel Geld, mehr als ich je gesehen hatte, aber ich zeigte mehr Beherrschung als der Bankier und ließ mir nicht anmerken, daß ich etwas Außergewöhnliches sah. Mr. Schultz sagte, er wolle mit fünftausend Dollar ein Scheckkonto eröffnen und den Rest in einem Safe deponieren. Einen

Augenblick später war schon die alte Sekretärin des Bankiers herbeigerufen, und mit einem Wust von Höflichkeiten zogen sie sich zurück, um den Fang zu zählen, während sich Mr. Schultz zurücklehnte und sich eine Zigarre anzündete, frisch aus dem Kasten auf dem Schreibtisch des Bankiers.

»Kleiner«, sagte er, »hast du gesehen, wie viele Kassen auf sind?«

»Eine?«

»Genau. Da hockt ein grauhaariger Kassierer und liest die Zeitung. Laß Lulus Freunde hier reinspazieren, die begegnen an der Tür nicht mal einem Bankdetektiv. Weißt du, was für Rücklagen dieser Bursche hier haben muß? Bei den Haufen von Hypotheken auf Kleinfarmen? Der vertreibt sich die Zeit damit, Hypotheken verfallen zu lassen und Onondaga County zu einem Zehntel vom Wert zu verhökern. Das kannst du mir glauben. Nachts liegt er wach und denkt an all das Bargeld in meinem Safe. An das, wofür es steht. Gib ihm ne Woche, zehn Tage. Dann ruft er an.«

»Und du gehst auf alles ein, was er dir vorschlägt«, sagte Miss Drew.

»Stimmt genau. Du hast den geliebten Schirmherrn der Hinterwäldler vor dir.« Er schloß den Knopf seines dunklen Anzugjacketts und bürstete sich unsichtbaren Staub von den Ärmeln. Er steckte die Zigarre in den Mund und beugte sich vor, um die Socken hochzuziehen. »Wenn ich's hier erstmal geschafft habe, könnte ich für den Kongreß kandidieren.«

»Ich würde gern zu einem andern Thema etwas bemerken, aber nicht, wenn du dann eine Schnute ziehst und eingeschnappt bist«, sagte Miss Drew.

»Was? Nein, wieder meine Wörter?«

»Protégé, wie Pro-tee-schee.«

»Und was hab ich gesagt?«

»Du hast Protagonist gesagt. Das ist was anderes, so was wie ein Held.«

In diesem Augenblick kam der Bankier völlig glücklich und händereibend zurück und legte ein paar Formulare vor, die Mr. Schultz unterschreiben sollte, und zog die Kappe von seinem Füllfederhalter und drückte sie auf das andere Ende und reichte, unentwegt plappernd, den Füller über den Tisch. Doch bei dem kratzenden Geräusch der Unterschrift verstummte er, und die Dokumente wurden in gebührendem Schweigen unterzeichnet, als träte ein Staatsvertrag in Kraft. Dann kam die alte Sekretärin mit ihren Empfangsbestätigungen und einem Heft Blankoschecks herein, und erneut brachen alle in Höflichkeiten und Liebenswürdigkeiten aus, und kurz darauf erhoben wir uns für die Abschiedsworte und Dankesfloskeln und Lassen-Sie-es-mich-wissen-wenn-ich-etwas-tun-kann-Bekundungen, es ist einfach eine Tatsache, daß Geld die Menschen aufheitert, es macht sie hysterisch vor guter Laune, sie interessieren sich plötzlich für dich und wollen dein Bestes. Der Bankier hatte kaum von jemandem außer Mr. Schultz Notiz genommen, aber nun sagte er: »Na, junger Mann, was liest denn die junge Generation heutzutage?«, als wäre es ihm wirklich wichtig. Er drehte das Buch in meiner Hand so nach oben, daß er den Titel lesen konnte, ich weiß nicht, was er erwartet hatte, einen französischen Roman vielleicht, aber er war ehrlich überrascht. »Na, das ist aber gut für dich, mein Sohn«, sagte er. Er nahm mich bei der Schulter und sagte zu meiner Gouvernante: »Meine Hochachtung, Miss Drew, ich bin selbst Pfadfinderführer, wir brauchen uns um die Zukunft des Landes wirklich keine Sorgen zu machen bei so einem Nachwuchs, was?«

Als er uns zum Eingang geleitete, hallten all unsere Absätze auf dem Marmorboden, es war wie eine Prozession, und der einsame Kassierer stand in seinem Käfig auf, als wir vorbeikamen. »Auf Wiedersehen, Gott segne Sie«, sagte der Bankier und winkte uns von der obersten Treppenstufe aus nach.

Lulu hielt die Wagentür auf, und wir stiegen hinten ein, und nachdem er wieder vorne Platz genommen hatte, ließ Mickey den Motor an, und wir fuhren davon. Erst dann sagte Mr. Schultz: »Was zum Teufel sollte das eigentlich heißen?« und griff über Miss Drew hinweg, um mir die Heilige Schrift aus dem Onondaga Hotel aus der Hand zu reißen.

Im Wagen herrschte absolute Stille, nur die Seiten raschelten beim Umblättern. Ich starrte aus dem Fenster. Wir fuhren langsam die fast verlassene Hauptstraße hinunter. Hier auf dem Land gab es so was wie Futterhandlungen. Da saß ich nun in meinem neuen Anzug mit langer Hose und in meinen Lift-Schuhen Schenkel an Schenkel mit der schönen Miss Drew, hinten im luxuriösen Privatwagen des Mannes, der noch vor ein paar Wochen nur als ehrfurchtgebietender Traum für mich existiert hatte, und ich hätte nicht unglücklicher sein können. Ich kurbelte das Fenster ganz herunter, um den Zigarrenrauch rauszulassen. Es war keine Frage für mich, daß gleich etwas unvorstellbar Entsetzliches passieren würde.

»He, Mickey«, sagte Mr. Schultz.

Die blaßblauen Augen von Mickey dem Fahrer erschienen im Rückspiegel.

»Halt an der Kirche da oben auf der Anhöhe, wo du den Glockenturm siehst«, sagte Mr. Schultz. Er begann zu prusten. »Das einzige, woran wir nicht gedacht haben«, sagte er.

Er legte Miss Drew die Hand aufs Knie. »Darf auch ich Ihnen meine Hochachtung aussprechen, so wie der Kerl eben?«

»Schau nicht mich an, Boß«, sagte sie, »ich hatte nichts damit zu tun.«

Mr. Schultz beugte sich vor, damit er mich, auf der anderen Seite von Miss Drew sehen konnte. Er lächelte breit, mit vielen riesigen Zähnen in einem sehr großen Mund. »So, stimmt das? Das war ein Geistesblitz von dir?«

Ich kam nicht dazu, etwas zu erklären. »Siehst du«, sagte er zu Miss Drew, »ich weiß doch, wovon ich rede, wenn ich meine Wörter auswähle. Der Kleine ist wirklich mein Held, verdammt noch mal.«

Und so kam es, daß ich in dem endlosen Sommer des Jahres 1935 in Onondaga, New York, zur sonntäglichen Bibelstunde der Kirche zum Heiligen Geist angemeldet wurde. Feierliche Reden mußte ich über mich ergehen lassen, deren Thema die Wüstenbanden waren, ihre Schwierigkeiten mit dem Gesetz, ihre Tricks und Schiebereien, wie sie sich gegenseitig zusammenschlugen und die grandiosen Ansprüche, die sie stellten – das war das Schicksal, zu dem ich im Souterrain der Kirche verdammt war, wo das Schwitzwasser von den Steinwänden und der Rotz der Sommererkältungen aus den Nasen meiner Mitschüler tropfte, die in ihren immer eine Nummer zu großen Overalls oder verblichenen, geblümten Kleidern auf den Bänken saßen und die Füße baumeln ließen, mit oder ohne Schuhe. Jeden gottverdammten Sonntag. Und das nach allem, was ich geleistet und erreicht hatte, ich hätte genausogut im Waisenhaus sein können.

Doch der Sonntag war nur der schlimmste Tag, die ganze Woche über waren wir damit zugange, es gab nichts zu tun als Gutes. Wir machten Besuche im Krankenhaus und brachten Zeitschriften und Süßigkeiten auf die Stationen. Wo immer ein Laden geöffnet war und etwas zu verkaufen hatte, gingen wir hinein und kauften, solange es keine Traktorteile waren. Eine Meile außerhalb der Stadt lag ein heruntergekommener Minigolfplatz, zu dem ich mehrmals mit Mickey und Lulu fuhr, und wir drei putteten den Ball durch kleine hölzerne Rinnen und Trommeln und Röhren, und ich wurde ziemlich gut darin und nahm ihnen ein paar Dollar ab, beschloß aber, nicht mehr hinzufahren, als Lulu eines Tages in einem Anfall von mangelndem Sportsgeist seinen Schläger über dem Knie zerbrach. Sobald ich einen Fuß ins Freie setzte, strömte eine kleine Gruppe von diesen Provinzgören zusammen, sie liefen mir auf der Straße nach, und ich kaufte ihnen Bonbons und Kreisel und Eis, während Mr. Schultz für ihre Väter und Mütter unter der Schirmherrschaft der American Legion Empfänge gab oder die kirchlichen Wohltätigkeitsveranstaltungen eroberte, indem er sämtliche selbstgebackenen Kuchen aufkaufte und dann alle zu einem Fest mit Kaffee und Kuchen einlud. Er war der einzige von uns allen, der diese langen, öden Tage tatsächlich zu genießen schien. Miss Drew fand einen Stall mit Reitpferden und nahm Mr. Schultz jeden Morgen zum Reiten mit, und vom Korridorfenster im sechsten Stock aus sah ich sie über die Landstraßen zu den Brachfeldern hinaustraben, wo sie ihm Unterricht gab. Die Post stellte Sachen zu, die sie telephonisch in einem vornehmen Geschäft in Boston bestellt hatte, Reitkleidung für sie beide, Tweedjacketts mit Lederflicken an den Ellbogen und seidene Halstücher und dunkelgrüne Filzhüte, an deren Krempen kleine Federn steckten, und glatte weiche Lederstiefel und Jodhpurs, diese komischen lavendelfarbenen Hosen, die an den Hüften weit werden, was in ihrem Fall in Ordnung war, da sie durch ihre lange Taille ein wenig zu einer flachen Hinterpartie neigte, aber dem untersetzten Mr. Schultz keineswegs stand, so daß er darin, vorsichtig ausgedrückt, unsportlich wirkte, aber keiner von uns, nicht einmal Mr. Berman, wollte ihn darauf aufmerksam machen.

Die einzige Zeit, die ich genoß, waren die frühen Morgenstunden. Ich war immer als erster auf und kaufte mir gewöhnlich im Zeitungsladen das *Onondaga Signal,* um es beim Frühstück in dem kleinen, an einen Teesalon erinnernden Lokal zu lesen, das ich in einer Seitenstraße entdeckt hatte. Die Frau dort backte selbst und servierte ein sehr gutes Frühstück, aber dieses Wissen behielt ich für mich. Ich glaube, ich war der einzige von uns, der das *Signal* las, es war unbestreitbar langweilig mit den Nachrichten von den Farmen und seiner Almanach-Weisheit und den Einmachratschlägen und so fort, aber sie druckten den *Phantom-Comicstrip* und *Abbie und Slats* darin ab, und das war für mich so etwas wie eine Verbindung zum wirklichen Leben. Eines Morgens stand auf der Titelseite ein Bericht darüber, daß Mr. Schultz der Bank eine Farm in der Umgebung abgekauft und sie der Familie, die sie verloren hatte, zurückgegeben hatte. Als ich zum Hotel zurückkam, parkten dort mehr alte Autos mit den Vorderrädern zum Bordstein als sonst, und überall in der kleinen Halle saßen und kauerten Männer in Overalls und Frauen in Hauskitteln. Und von da an wurde beim Hotel, drinnen oder draußen, ständig Wache gehalten, von ein, zwei Farmern und Farmersfrauen oder gar einem Dutzend, je nach Tageszeit. Mir fiel an diesen Leuten auf, daß sie, wenn sie dünn waren, sehr dünn waren, und wenn sie fett waren, sehr fett. Mr. Schultz war immer zuvorkommend, wenn er durch die Halle ging, und führte einige von ihnen an einen Ecktisch im Speisesaal des Hotels, als wäre es sein Büro, und hörte ihnen ein paar Minuten zu und stellte ein paar Fragen. Ich weiß nicht, wie viele verfallene Hypotheken er wieder einlöste, wahrscheinlich keine, eher wird er ihnen das Geld für die Monatsrate gegeben haben oder ein paar Dollar, um den Wolf von der Tür fernzuhalten, wie er sich ausdrückte. Die Sache lief so, daß er, um sie nicht zu verletzen, sich stets ganz geschäftsmäßig gab, ihre Namen notierte und ihnen sagte, sie sollten am Tag darauf wiederkommen, und dann händigte immer Abbadabba Berman in seinem Büroraum im sechsten Stock die Summe im kleinen braunen Umschlag aus. Mr. Schultz wollte sich nicht gönnerhaft aufspielen, er war in dieser Hinsicht sehr taktvoll.

Es war mir völlig rätselhaft, wie eine Landschaft so schön sein und doch, ohne daß man es sah, so in Schwierigkeiten stecken konnte. Hin und wieder lief ich zum Fluß hinunter und über die Brücke und auf den Landstraßen hinaus, jedesmal ein bißchen weiter, denn ich gewöhnte mich daran und merkte, daß mir von einem leeren Himmel kein Schaden zugefügt wurde, auch nicht von Hügeln mit wilden Blumen, von einem Haus und einer Scheune, die gelegentlich abseits der Straße auftauchten, und von ein paar Tieren, die rumstanden. Es war klar, daß hier im Hinterland jede Stadt irgendwo aufhörte und eine leere Straße anfing, der zu folgen Vertrauen erforderte. Ermutigend waren die in gleichen Abständen aufgestellten Telegraphenmasten mit den sich von Mast zu Mast schwingenden Stromleitungen, ich freute mich auch über den gemalten weißen Strich, der beharrlich in der Mitte der Straße jede kleine Erhebung und Senkung des Geländes mitmachte. Ich gewöhnte mich an den strohigen Geruch der Felder und an die ab und zu aus einem Hitzetümpel neben der Straße aufsteigende, unerklärliche Dungwolke, und was ich zunächst als Stille wahrgenommen hatte, erwies sich als eine Symphonie natürlicher Geräusche, Winde und Brisen, aufgescheuchtes Geschwirr, Rascheln im Gebüsch, Gepiepse, Gejaule, Hummelgebrumme, Geklopfe, Gepolter und Gekrächze, und bei all dem war nicht zu sehen, wo es herkam. So daß mir, als ich mehr solcher Ausflüge machte, irgendwann deutlich wurde, daß man das Leben hört und riecht, bevor man es zu sehen lernt, als sei der Gesichtssinn besonders unbeholfen, in der Natur etwas wahrzunehmen. In der sich geheimnisvoll entfaltenden Landschaft gab es eine Menge zu lernen, sie gewährte keine tröstliche Vermittlung zwischen der kahlen Erde und einem weiten, mächtigen Himmel, so daß ich als letztes von ihr erwartet hätte, sie könne unter ebenso gewöhnlichen, widerwärtigen Erniedrigungen leiden wie Wohnblocks und Slums. Aber ich hatte inzwischen begonnen, mich von den gepflasterten Straßen auf diesen oder jenen Seitenweg zu wagen, und eines Tages stapfte ich einen breiten, steinigen Pfad entlang, als ich ein wenig ländliches Geräusch von beunruhigendem Volumen hörte, und als ich weiterging, ließ es sich als anhaltendes Gerumpel ausmachen, wie von einer motorisierten Armee, und ich kam über eine Anhöhe und sah von den Feldern in der Ferne eine Wolke erdigen Staub aufsteigen, und dann sah ich vor mir, an der Straße geparkt, die schwarzen Autos und Kleinlaster der ländlichen Armen stehen, und sicherlich ein Großteil der Bevölkerung von Onondaga ging querfeldein in den Staubfahnen einer Batterie von Traktoren und Erntemaschinen und Lastern, die Kartoffelfeld auf Kartoffelfeld abernteten, die Maschinen schafften die Kartoffeln über Förderbänder auf die Ladeflächen, und die Leute folgten, bückten sich nach den von den Maschinen verfehlten Kartoffeln und sammelten sie in Rupfensäcke, die sie hinter sich herzogen, und von der Not getrieben, krochen manche sogar auf allen vieren eilig durch die Furchen, Männer, Frauen und Kinder, von denen ich ein oder zwei aus der Sonntagsschule in der Kirche zum Heiligen Geist kannte.

Und nun wurde mir die Weitsicht von Mr. Schultz' Strategie klar. Ich hatte mich gefragt, wie sich irgend jemand täuschen lassen konnte, wo doch so durchschaubar war, was er hier tat, aber er versuchte gar nicht, jemanden zu täuschen, daß brauchte er gar nicht, es machte nichts aus, daß diese Leute wußten, was für ein mächtiger New Yorker Gangster er war, für New York hatte hier sowieso keiner etwas übrig, und was er dort unten trieb, war seine Sache, wenn er hier nur sein Wort hielt, es machte nicht mal was aus, daß sie wußten, warum er tat, was er tat, solange es in einer Größenordnung war, die seinem Ruf entsprach. Natürlich war er durchschaubar, aber genau das mußte man sein, wenn man viele Leute schmierte, alles mußte in großem Maßstab durchgeführt werden, wie Schriftzüge am Himmel, damit es meilenweit zu sehen war.

Er sagte eines Abends beim Essen im Hotel: »Weißt du, Otto, dem Aufsichtsratsvorsitzenden habe ich pro Woche so viel gezahlt, wie das Ganze hier kostet. Hier oben gibt's keinen Mittelsmann, der einem den Preis hochtreibt«, sagte er, und der Gedanke gefiel ihm. »Hab ich recht, Otto? Wir machen unsere Geschäfte direkt – Eier frisch von der Farm.« Er lachte, alles schien in Onondaga genau so zu klappen, wie er es gehofft hatte.

Doch ich merkte, daß Abbadabba Berman nicht so zuversichtlich war. »Aufsichtsratsvorsitzender« war der Deckname für Mr. Hines, den Chef von Tammany Hall. Ehe die Bundesbehörden alles durcheinanderbrachten, hatte Mr. Hines Polizisten, die findiger waren, als ihnen zuträglich war, nach Staten Island versetzen und Friedensrichter pensionieren lassen, die von ihrem Beruf nichts verstanden, und als Krönung des Ganzen kaufte er den Wahlsieg des sanftesten und friedlichsten Distriktstaatsanwalts in der Geschichte der Stadt New York. So hatte sich geschäftlich wunderbar arbeiten lassen. Die Wirklichkeit hier aber war, daß sie sich aus einer kritischen Situation zu befreien versuchten. Außerdem war die Gang nicht in ihrem Element, sie hatten keine Erfahrung mit der Legalität, und man konnte sich nicht darauf verlassen, daß sie immer das Richtige taten. Und die andere Sache war Miss Drew. Mr. Berman war nie wegen Miss Drew konsultiert worden. Es ließ sich nicht leugnen, daß sie der Nummer Stil verlieh und daß sie an Dinge dachte, die ihre Herkunft sie gelehrt hatte, wie man Wohltätigkeit übt, in welcher Weise und was dabei zu beachten und zu vermeiden ist. Und sie schien gut darin zu sein, dem Holländer eine Spur Eleganz beizubringen, so daß es für die Leute hier nicht so leicht war, ohne einen Anflug von Zweifel einen Mann der Branche in ihm zu sehen. Aber sie war ein x. Wenn man in der Mathematik, hatte Mr. Berman mir erklärt, nicht weiß, wie viel etwas wert ist, nicht einmal, ob es plus oder minus ist, nennt man das x. Anstelle einer Zahl setzt man einen Buchstaben ein. Mr. Berman hielt nicht viel von Buchstaben. Er blickte nun zu Miss Drew hin, die unbeweglichen Gesichts mit der rechten Hand im Salat stocherte und mit der unsichtbaren linken Hand unter dem Tisch Mr. Schultz' Geschlechtsteil berührte, und das war höchst offensichtlich, denn Mr. Schultz schoß vom Sitz hoch und warf sein Weinglas um, und er hustete in seine Serviette und lief rot an, während er zu lachen begann und ihr dann erklärte, sie sei ein verdammt verrücktes Weibsbild.

Ganz hinten im Speisesaal saßen Irving, Lulu und Mickey der Fahrer in einer Ecke für sich. Sie waren alles andere als glücklich. Als Mr. Schultz aufschrie, hatte Lulu gerade nicht in seine Richtung gesehen und war so überrascht, daß er aufstand und wild um sich blickend in sein Jackett griff, bevor Irving ihm die Hand auf den Arm legte. Miss Drew hatte die Gang gespalten, es gab nun eine Hierarchie, wir vier saßen jeden Abend an einem Tisch und Lulu, Irving und Mickey an einem andern. Wie es das Leben in Onondaga erforderte, verbrachte Mr. Schultz viel Zeit mit Miss Drew und mir, aber vor allem mit Miss Drew, und ich weiß, daß ich mir schlecht behandelt und zurückgesetzt vorkam, und konnte mir deshalb vorstellen, wie sich die Männer fühlten. Mr. Berman mußte das alles verstanden haben.

Sobald die New Yorker Presse erst einmal Wind davon bekommen hatte, was Dutch Schultz hier trieb, sollte sich unsere Situation natürlich rasch ändern, so als bräche Fieber aus, aber das konnte ich nicht wissen, alles erschien mir so sonderbar und schwindelerregend, wie zum Beispiel, daß Miss Drew meine Mutter sein könnte und Mr. Schultz mein Vater, ein Gedanke, der mir kam – nein, nicht einmal ein Gedanke, schlimmer als ein Gedanke, ein Gefühl –, als wir eines Sonntags in der katholischen St.-Barnabas-Kirche die Messe besuchten, hübsch früh, damit ich nicht die protestantische Sonntagsschule in der Kirche zum Heiligen Geist versäumte. Und er nahm den Hut ab, und sie legte sich einen weißen Spitzenschal über den Kopf, und ganz feierlich und strahlend saßen wir hinten auf unserer Bank und hörten der Orgel zu, einem Instrument, das ich hasse und verabscheue, weil es

dir mit einschüchternden Donnerakkorden der Selbstgerechtigkeit oder mit kleinen pfeifenden Listen der Frömmigkeit
in den Gehörgang kriecht, und dann dieser Priester in seidenen Gewändern, der da oben unter einem armen, blutig
bemalten Gips-Christus an einem goldenen Kreuz einen qual-
menden Topf schwenkte, oh, ich kann nur sagen, so hatte
ich mir das Verbrecherleben nicht vorgestellt, aber dann kamen immer noch schlimmere Dinge als das, was ich schon
kannte, denn hinterher zündete Mr. Schultz auf einem Tisch
in der Nähe des Ausgangs dieser Kirche in einem Glastie-
gel eine Kerze für Bo Weinberg an und sagte, ›was zum Teufel
soll's‹, und dann kam uns auf dem Trottoir der Priester nach,
ich hätte nicht gedacht, daß Priester auf der Kanzel in ihrem bunten Seidenzeug sehen, wer im Publikum sitzt, aber
sie tun's, sie sehen alles, und er hieß Hochwürden Montaine, er sprach mit einem Akzent, er sagte, er sei glüglisch,
üns su seen, und schüttelte mir energisch die Hand, und
dann sprachen er und Miss Lola/Miss Drew französisch, er
war ein Franko-Kanadier mit einer begrenzten Anzahl drah-
tiger schwarzer Haare, die er seitlich über den Kopf kämmte,
um nicht kahl auszusehen, was natürlich der Fall war. Ich
kam mir beschränkt vor, zungenlahm, ich wurde allmählich fett von den Pancakes zum Frühstück auf Spesen und
den Abendessen mit Schinken, Steak und Apfelbrei, ich trug
meine falsche Brille und besuchte Kirchen und kämmte mir
die Haare und hielt mich sauber und adrett in Sachen, die
Miss Lola/Miss Drew für mich aufgetrieben hatte, und das
war noch so ein Ding, sie hatte angefangen, Kleidung in meiner Größe aus Boston kommen zu lassen, ich wurde zu einem
Projekt von ihr, als wäre sie wirklich für mich verantwortlich, merkwürdig war das, wenn sie ihren intensiven Blick auf
mich richtete, konnte ich darin keine Charaktertiefe ausmachen, sie schien unfähig zu sein, zwischen Vorgetäuschtem
und Wirklichem zu unterscheiden, oder vielleicht war sie so

reich, daß sie annahm, alles, was sie vortäuschte, sei wahr, aber ich, ich wußte nicht mehr, was es hieß, blitzschnell loszurennen, ich hatte das Gefühl, nicht verläßlich ich selber zu sein, ich lächelte zuviel und redete gestelzt und war zu krummen Schlichen gezwungen, machte Sachen, die ich in meiner Shadows-Jacke nie von mir erwartet hätte, daß ich zum Beispiel Gespräche abhörte, wie ein Bulle an einer angezapften Leitung, nur um vielleicht ein paar Informationen zu bekommen über das, was vorging.

Eines Abends roch ich in meinem Zimmer zum Beispiel Zigarrenrauch und hörte Stimmen, also ging ich auf den Korridor und stellte mich an die einen Spalt offenstehende Tür des Zimmers, das Mr. Berman in ein Büro umgemodelt hatte, und linste hinein. Mr. Schultz stand drinnen in Bademantel und Hausschuhen, es war sehr spät, und sie sprachen leise, wenn er mich dort erwischte, konnte er alles mögliche mit mir machen, aber es war mir egal, ich gehörte jetzt zur Gang, ich saß mit ihnen im selben Boot, und was hatte es für einen Sinn, sagte ich mir, mit Dutch Schultz auf derselben Hoteletage zu wohnen, wenn ich keinen Vorteil daraus schlug. Wenigstens waren meine Sinne noch scharf, damit ließ sich schon was machen, ich stellte mich so, daß man mich nicht sehen konnte, und horchte.

»Arthur«, sagte Mr. Berman, »du weißt, diese Jungs würden ihr Letztes für dich geben.«

»Sie brauchen nicht ihr Letztes zu geben. Sie brauchen überhaupt nichts tun, nur die Augen offenhalten, vor Damen die Mütze ziehen und das Zimmermädchen nicht in den Hintern kneifen. Ist das zuviel verlangt? Ich bezahle sie doch, oder? Sie haben bezahlten Urlaub, verflucht noch mal, worüber beklagen sie sich also?«

»Niemand hat was gesagt. Aber ich sage dir, was ich weiß. Es ist schwer zu erklären. So was wie mit den Tischmanieren kratzt an ihrer Selbstachtung. Etwa zwanzig Meilen nördlich von hier gibt's eine Kneipe. Vielleicht solltest du ihnen ab und zu mal erlauben, Dampf abzulassen.«

»Bist du verrückt? Erst all diese Arbeit, und dann geraten sie wegen irgendeiner Hure in eine blödsinnige Kneipenschlägerei? Was glaubst du wohl, was dann passiert? Das letzte, was wir gebrauchen können, ist ein Zusammenstoß mit der Bereitschaftspolizei.«

»Irving würde das nicht zulassen.«

»Nein, tut mir leid, hier geht's um meine Zukunft, Otto.«

»So ist es.«

Für einige Momente herrschte Schweigen. Mr. Schultz sagte: »Du meinst Drew Preston.«

»Bisher ist mir die Dame noch nicht unter ihrem vollständigen Namen vorgestellt worden.«

»Weißt du was, ruf Cooney an, sag ihm, er soll ein paar Wichsfilme und einen Projektor beschaffen, und er kann sie dann herfahren.«

»Arthur, wie soll ich mich ausdrücken? Es sind ernstzunehmende, erwachsene Männer, keine tiefen Denker, aber denken können sie, und sie machen sich um ihre Zukunft genauso Sorgen wie du dir um deine.«

Ich hörte Mr. Schultz auf und ab gehen. Dann blieb er stehen. »Himmel noch mal«, sagte er.

»Trotzdem«, sagte Mr. Berman.

»Wenn ich's dir doch sage, Otto, es kostet nicht mal Geld, sie hat mehr Geld, als ich je haben werde, die hier ist anders, ich gebe ja zu, sie ist ein bißchen verwöhnt, das ist diese Sorte immer, aber wenn es soweit ist, gebe ich ihr ein paar Kläpse, und mehr wird nicht nötig sein, das versprech ich dir.«

»Sie haben Bo nicht vergessen.«

»Was soll das heißen? Ich auch nicht, ich bin auch betroffen, ich bin mehr betroffen als jeder andere. Bloß weil ich nicht dauernd davon rede?«

»Verlieb dich nur nicht, Arthur«, sagte Mr. Berman.

Ich ging sehr leise in mein Zimmer zurück und ins Bett. Drew Preston war in der Tat sehr schön, schlank und bewegte sich sichtlich unbewußt überaus anmutig, wenn sie nicht daran dachte, wie sie wirkte, und das tat sie nie, wenn wir aufs Land hinausgingen; sie glich den jungen Frauen in den illustrierten Kinderbüchern aus der runtergekommenen Bibliothek im Diamond-Heim, wo alle Bücher aus dem letzten Jahrhundert stammten, freundlich und den kleinen Tieren des Waldes zugewandt, ich meine, das sah man auf ihrem feinen Gesicht, in versonnenen Augenblicken, wenn sie vergaß, wo sie war und mit wem sie zusammen war; und dann dieser üppige, aufgeworfene Mund, schwungvoll geschnitten wie der Bug eines Schiffs, und die großen, klaren grünen Augen, die so ungezogen neugierig sein oder schamlos verrucht unter zutiefst züchtigen Wimpern versinken konnten. Alle waren wir ihr verfallen, sogar der philosophische Mr. Berman, ein uns an Jahren überlegener und mit einem körperlichen Handicap geschlagener Mann, mit dem zu leben und das zu vergessen er wohl längst gelernt hatte, außer in der Gegenwart einer so feingliedrigen Schönheit. Doch all dies machte sie sehr gefährlich, sie war unbeständig, sie nahm die Färbung des Augenblicks an, schlüpfte in die ihr von der Umgebung nahegelegte Rolle. Und während ich darüber nachdachte, dachte ich auch, daß wir alle lässig mit unseren Namen umgingen, denn als mich der Pastor bei der Aufnahme in die Sonntagsschule nach meinem Namen gefragt hatte, hatte ich Billy Bathgate angegeben und ihn das ins Buch eintragen sehen, ohne recht zu begreifen, daß ich mich selbst als Gang-Mitglied getauft hatte, denn nun hatte ich einen Extranamen, den ich gebrauchen konnte, wenn mir danach war, so wie Arthur Flegenheimer sich in Dutch Schultz verwandeln konnte und Otto Berman in manchen Kreisen Abbadabba war, und das hieß, daß Namen wie Nummernschilder an Autos funktionieren konnten, austauschbar, nicht mit der Konstruktion verschweißt, sondern nur zum Zweck zeitweiliger Identifizierung angehängt. Und die Person, die ich auf dem Schlepper für Miss Lola und dann im Hotel für Miss Drew gehalten hatte, war nun in Onondaga Mrs. Preston, also allen einen Schritt voraus, obwohl ich zugeben mußte, daß ich wahrscheinlich einen falschen Eindruck gewonnen hatte, als ich sie zum Savoy-Plaza zurückbegleitet und der Empfangschef sie als Miss Drew begrüßt hatte, aber nicht unbedingt deshalb, weil das ihr Mädchenname war, obwohl meines Wissens verheiratete Frauen in dieser Laufbahn ihren Mädchennamen beibehalten, sondern weil er als älterer Mann im Dienstleistungsberuf sie womöglich seit ihrer Kindheit kannte, und sie nun zwar zu erwachsen war, um einfach mit ihrem Vornamen angeredet zu werden, aber doch schon zu lange zu bekannt und beliebt, um mit ihrem Familiennamen angeredet zu werden. Vielleicht war es gar nicht nötig, überall durchzublicken, nicht einmal bei Erkennungszeichen und Namen, vielleicht war das mein Problem, daß ich über jede Sache genau Bescheid wissen mußte und erwartete, daß sich nichts veränderte. Ich selber veränderte mich, ich brauchte mir nur anzuschauen, wo ich war, was ich tat, jeden Morgen setzte ich eine Brille auf, die nichts verdeutlichte, und jeden Abend nahm ich sie beim Insbettgehen ab wie jemand, der sie nur zum Schlafen nicht brauchte. Ich war bei einem Gangster in der Lehre und bekam Bibelunterricht. Ich war ein Straßenjunge aus der Bronx und lebte auf dem Land wie der kleine Lord Fauntleroy. Nichts davon ergab einen Sinn, außer, daß ich von einer Situation abhängig war. Und wenn die Situation sich änderte, würde ich mich mit ihr ändern? Ja, die Antwort lautete Ja. Und das brachte mich auf die Idee, daß vielleicht jede Identifizierung nur vorübergehend gilt, weil man es im Leben mit sich ändernden Situationen zu tun hat. Ich fand diese Idee höchst befriedigend und bedenkenswert. Dies war meine

Nummernschild-Theorie der Identifikation, beschloß ich. Theoretisch galt sie für jeden, ob verrückt oder bei Sinnen, nicht allein für mich. Und nun, da ich sie hatte, merkte ich, daß ich wegen Lola/Miss Drew/Mrs. Preston weniger besorgt war, als es Mr. Otto Abbadabba Berman zu sein schien. Ich hatte einen neuen Bademantel, vielleicht sollte ich ihn anziehen, und sobald Mr. Arthur Flegenheimer Schultz wieder ins Bett gegangen war, würde ich an Abbadabbas Tür klopfen und ihm sagen, was x bedeutet. Vor allem durfte ich nicht vergessen, was mich überhaupt an diesen Punkt gebracht hatte, der innere Beschluß, daß ich eine geheime Begabung besaß. Dies durfte sich niemals ändern.

10

Ich schlief ungewohnt lange, was ich sofort begriff, als ich aufwachte und der Raum mit Licht erfüllt war und die weißen Vorhänge vor den Fenstern aussahen wie Kinoleinwände, kurz bevor der Film beginnt. Das Zimmermädchen ließ auf dem Korridor einen Staubsauger laufen, und ich hörte Laster mit Kettenantrieb um das Hotel herum zum Lieferanteneingang auf der Rückseite fahren. Mit ganz schweren Gliedern stieg ich aus dem Bett, aber ich brachte meine Waschungen hinter mich und zog mich an, und binnen zehn Minuten war ich zum Frühstück unterwegs. Als ich zum Hotel zurückkam, stand Abbadabba Berman davor und der Buick Roadmaster am Bordstein, ich wurde erwartet. »He, Kleiner«, sagte Mr. Berman, »komm mit, wir machen eine Spazierfahrt.«

Ich stieg hinten ein und stellte fest, daß nur noch in der Mitte ein Platz zu haben war, zwischen Irving und Lulu Rosenkrantz, kein angenehmer Platz. Nachdem Mr. Berman vorn eingestiegen war und Mickey den Motor angelassen hatte, beugte Lulu sich vor, und ich spürte seine Anspannung, als er sagte: »Warum muß der kleine Scheißer hier eigentlich mitkommen?« Mr. Berman machte sich nicht die Mühe zu antworten, sondern blickte geradeaus, und Lulu schmiß sich auf dem Sitz neben mir zurück und warf mir einen mörderischen Blick zu, sprach aber eindeutig alle übrigen an, als er sagte: »Ich hab den Mist hier satt, nicht einen Schweinefurz geb ich drauf.«

Mr. Berman war das klar, er verstand es, mußte es nicht gesagt bekommen. Wir fuhren am County-Gerichtsgebäude vorbei, und da stieß ein Wagen der Polizei von Onondaga vom Bordstein zurück und schwenkte hinter uns auf die Fahrbahn ein. Ich blickte zurück, um mich zu vergewissern, und wollte gerade etwas sagen, als mein Instinkt mir riet, es lieber bleibenzulassen. Mickeys blaßblaue Augen erschienen regelmäßig im Rückspiegel. Mr. Bermans Schultern überragten kaum die Vorderlehne, wegen seines Buckels befand sich sein Panamahut in der Horizontalen ein Stück weiter vorn, als normal gewesen wäre, aber für mich drückte dies Umsicht und Weisheit aus, ich wußte irgendwie, daß er auch von dem Polizeiwagen hinter uns wußte und man ihm nichts davon sagen mußte.

Mickey fuhr über die ratternden Bohlen der Brücke von Onondaga hinaus aufs Land. Alles sah im Mittagslicht verdorrt und gebleicht aus, und es war heiß im Wagen. Nach zehn oder fünfzehn Minuten bog Mickey von der gepflasterten Straße auf den Hof einer Farm ab und schob sich durch das Geflatter protestierender, kreischender Hühner und fuhr an ein paar springenden Ziegen vorbei und um eine Scheune und ein Silo herum und rollte dann wieder schneller einen langen, holprigen Feldweg hinunter, wobei Steine gegen die Reifen schlugen und eine große Staubfahne hinter uns herwogte. Er hielt vor einer Hütte, die mit Maschendraht eingezäunt war. Einen Moment darauf hörte ich die Bremsen des Polizeiwagens und das Schlagen einer Tür, und ein Polizist ging an uns vorbei und schloß das Zauntor auf, an dem sich ein ZUTRITT-VERBOTEN-Schild befand, und schwenkte es zur Seite, und wir fuhren hinein.

Was ich für eine Hütte gehalten hatte, war in Wirklichkeit ein langes, barackenartiges Gebäude, in dem die Polizei von Onondaga ihre Schießübungen machte, der Boden war aus Lehm und die Wand am anderen Ende aus Erde, ein großer Erdhaufen war zu einer Art Hügel oder Wall aufgeschaufelt worden, und über den Köpfen verliefen Drähte, die wie Wäscheleinen an beiden Enden an Kurbeln befestigt waren. Der Bulle zog ein paar Papierzielscheiben aus einem Kasten, klemmte sie an die Drähte und kurbelte sie bis zu dem Wall, und dann setzte er sich an der Tür auf einen Stuhl, kippte ihn auf den Hinterbeinen zurück und drehte sich eine Zigarette, und Lulu Rosenkrantz trat ohne jede Zeremonie an das Geländer, packte seine 45er aus und knallte drauflos. Ich hatte das Gefühl, mein Kopf wäre geplatzt, ich blickte mich um und sah, daß alle anderen lederne Ohrenschützer trugen, und erst dann entdeckte ich einen Haufen davon auf einem Tisch und bediente mich rasch, legte aber noch die Hände obendrauf, während der wahnsinnige Lulu die Zielscheibe in Fetzen schoß und der Geruch brennenden Schießpulvers in der Luft hing und das Echo hochkalibriger Erschütterungen, welche die Seitenwände des Gebäudes nach außen zu drücken und wieder einzusaugen schienen.

Lulu kurbelte die Zielscheibe zurück und machte sich nicht die Mühe, sie zu untersuchen, sondern riß sie ab und klemmte eine neue an und leierte sie schnell ans andere Ende und machte sich hastig daran, seine Pistole zu laden, ließ vor lauter Eile sogar Patronen fallen, so erpicht war er, wieder loszuballern, und wieder gab er Schuß auf Schuß ab, als stecke er in einer Auseinandersetzung, und zur Verstärkung stieß er mit dem Zeigefinger noch nach, so daß ein fortwährendes Dröhnen den Schuppen erfüllte, es wurde mir alles zuviel, und ich ging zur Tür raus, stellte mich an den Kot-flügel gelehnt in die Sonne und lauschte auf das Brummen meines Kopfs, er brummte in mehreren Tönen gleichzeitig, wie die Hupe von Mr. Schultz' Packard.

Das Feuer setzte für ein paar Minuten aus, und als es wie-der begann, hörte ich besonnene Schüsse sorgfältigen Zielens, einen Schuß und eine Pause und wieder einen Schuß. Nach-dem das eine Weile so gegangen war, kam Mr. Berman heraus, zwei der weißen Zielscheiben in den erhobenen Händen, und er kam rüber und legte sie nebeneinander auf den Kühler des Buick.

Die Umrisse von Kopf und Torso eines Mannes waren in schwarzer Farbe auf die Zielscheiben gedruckt, und die eine davon war sowohl innerhalb wie außerhalb der Zielzone mit Löchern durchsiebt, ein gezacktes Einschußloch mitten auf der Brust war so groß, daß ich den Widerschein der Sonne auf der Kühlerhaube darunter sah. Die andere Zielscheibe hatte kleine, präzise, fast planmäßig angeordnete Löcher, eins mit-ten auf der Stirn, je eins, wo sich die Augen befinden mußten, eins in jeder Schulter, eins mitten in der Brust und zwei in der Magengegend knapp über der Gürtellinie.

»Wer ist der bessere Schütze?« fragte mich Mr. Berman.

Ohne zu zögern, zeigte ich auf die zweite Zielscheibe mit ih-ren untrüglich genau plazierten Löchern und sagte: »Irving.«

»Du weißt, daß dies die von Irving ist?«

»So macht er alles, sehr adrett und ohne jede Verschwen-dung.«

»Irving hat noch nie einen Mann getötet«, sagte Mr. Ber-man.

»Ich würde nicht gern einen Mann töten müssen«, sagte ich, »aber wenn, dann würde ich gern so viel davon verstehen«, sagte ich und deutete auf Irvings Zielscheibe.

Mr. Berman lehnte sich an den Kühler zurück und schüt-telte eine Old Gold aus seinem Päckchen und steckte sie sich in den Mund. Er schüttelte noch eine raus und bot sie mir an, und ich nahm sie, und er gab mir sein Streichholzheftchen, und ich zündete beide Zigaretten an.

»Wenn du in einer kritischen Lage wärst, dann könntest du nur wollen, daß Lulu für dich eintritt und sein Magazin auf alles in Sicht leerschießt«, sagte er. »Du wüßtest, daß sich unter solchen Umständen alles in Sekunden entscheidet.« Seine Hand schnellte mit einem ausgestreckten Finger vor, dann mit zwei ausgestreckten Fingern und so fort, bis die ganze Klaue ausgestreckt war: »*Buum buum buum buum buum,* alles aus«, sagte er. »So geht das. In der Zeit könntest du keine Telefonnummer wählen. Du könntest dein Wechselgeld nicht aus dem Automaten holen.«

Ich fühlte mich gedemütigt, blieb aber stur bei meiner Meinung. Ich sah auf den Boden vor mir. Er sagte: »Wir sprechen nicht von Lochstickerei für Damen, Kleiner. Es braucht nicht adrett zu sein.«

Da standen wir, und eine Weile sagte er gar nichts. Es war heiß. Hoch oben sah ich einen einzelnen Vogel kreisen, hoch oben in der weißen Atmosphäre dieses heißen, sonnenlosen Tags, er neigte sich und stieg an wie ein Modellsegelflugzeug, ließ sich dort oben träge hier- und dorthin treiben, rot oder rostfarben angehaucht. Ich lauschte auf das *pop pop* des Pistolenfeuers.

»Natürlich ändern sich die Zeiten«, sagte Mr. Berman, »und wenn ich dich anschaue, sehe ich, was in den Karten steht, du bist die kommende Generation, und es ist möglich, daß von dir anderes verlangt wird und du dafür andere Fähigkeiten brauchst. Es ist möglich, daß dann alles glatt und stromlinienförmig ist, daß die Leute ihre Angelegenheiten in Ruhe klären, nicht mehr soviel auf den Straßen rumballern, wir weniger Lulus brauchen. Und wenn es dazu kommt, dann mußt du vielleicht nie jemanden umbringen.«

Ich blickte ihn an, und er lächelte mir mit seinem V-förmigen Mund leicht zu. »Meinst du, das ist möglich?« sagte er.

»Ich weiß nicht. Nach allem, was ich sehe, kommt es mir nicht allzu wahrscheinlich vor.«

»An einem gewissen Punkt schaut jeder in die Kassenbücher. Die Zahlen lügen nicht. Man liest die Zahlen, dann sieht man, was allein Sinn macht. Als ob Zahlen Sprache wären, alle Buchstaben der Sprache in Zahlen verwandelt würden und damit in etwas, das alle in gleicher Weise verstehen. Du verlierst den Klang der Buchstaben, ob sie schmelzen oder knallen oder am Gaumen anstoßen oder *ooh* oder *aah* lauten und alles, was mißverstanden werden oder dich reinlegen kann durch seine Musik oder die Bilder, die es in dir weckt, all das ist fort, zusammen mit dem Akzent, und du hast ein völlig neues Verständnis, eine Sprache der Zahlen, und alles wird für jeden so klar wie die Schrift an der Wand. Es kommt also, wie gesagt, eine Zeit des Zahlenlesens. Verstehst du, worauf ich hinauswill?«

»Auf Kooperation«, sagte ich.

»Genau. Was in der Eisenbahnbranche passiert ist, ist ein ausgezeichnetes Beispiel, schau dir die Eisenbahnen an, früher gab es hundert Eisenbahngesellschaften, die sich gegenseitig an die Gurgel gingen. Und wie viele sind es jetzt? Eine in jedem Teil des Landes. Und außerdem haben sie noch einen Verband, damit in Washington die Dinge für sie glatter laufen. Alles nett und leise, alles stromlinienförmig.«

Ich inhalierte den Zigarettenrauch, und zweifellos vor Aufregung weitete sich meine Brust bis hinauf in den Hals, wie eine Vorahnung der eigenen Macht. Was ich da hörte, war eine Prophezeiung, aber ich war mir nicht sicher, ob von einem unvermeidlichen Ereignis oder einem geplanten Verrat. Und was kam es auch darauf an, so lange ich wußte, daß ich geachtet wurde?

»Aber was auch immer geschieht, du mußt auf jeden Fall

das Grundlegende lernen«, sagte Mr. Berman. »Was auch immer geschieht, du mußt selbst mit Waffen umgehen können. Ich habe Irving schon gesagt, daß er es dir zeigen soll. Sobald sie fertig sind, bist du dran.«

Ich sagte: »Was, Sie meinen, mit Schießen?«

Er hielt mir auf der flachen Hand die Automatic hin, die ich von Arnold Garbage gekauft hatte. Sie war gründlich gereinigt und geölt, ohne die kleinste Roststelle, und als ich danach griff, sah ich, daß das Magazin eingeschoben war, und spürte am Gewicht, daß jemand sie geladen hatte.

»Wenn du sie tragen willst, trag sie«, sagte Mr. Berman. »Wenn nicht, leg sie woanders hin als in die Kommodenschublade unter die Unterwäsche. Du bist ein schlauer Junge, aber wie alle Jungen machst du Dummheiten.«

Ich werde nie vergessen, wie es sich anfühlte, als ich zum ersten Mal eine geladene Waffe in der Hand hielt und hochhob und abfeuerte, den Schreck, den dir ihr heftiger Rückstoß in den Armknochen versetzt, du fühlst dich mächtiger, zweifellos, es ist eine Investitur, wie der Ritterschlag, und obwohl du die Waffe nicht erfunden oder entworfen oder gebaut hast, wird sie dir als Verdienst angerechnet, weil du sie in der Hand hältst, du brauchst nicht einmal zu wissen, wie sie funktioniert, es ist dennoch dein Verdienst, auf den leisesten Zug eines Fingers hin erscheint auf einem zwanzig Meter entfernten Bogen Papier ein Loch, und wie kannst du da nicht von dir beeindruckt sein, wie kannst du diese Kausalität von Feder und Gewinde nicht lieben, ich war von Ehrfurcht erfüllt, ich war elektrisiert, die Sache ist die, daß Waffen lebendig werden, wenn man sie abfeuert, sie bewegen sich, das war mir nicht klar gewesen. Ich versuchte, an die Anweisungen zu denken, ich versuchte, richtig zu atmen, ich versuchte, mich in Seitenwaffenstellung aufzupflanzen und an meinem Arm entlang zu zielen, aber ich brauchte den ganzen Tag und mußte auch noch während der übrigen Woche täglich üben, und ich bekam eine Menge Erdklümpchen ab, so brüchig wie Tonscherben, bevor ich es raushatte und das Ding mit der Wärme meiner Hand vertraut gemacht und es dazu gebracht hatte, daß es dort traf, wo ich hinsah, und bevor mein angeborener Koordinationssinn als Sportler, die Spannkraft des Jongleurarms und die Stärke meiner Beine und meine scharfen Augen sich auf ihrem normalen Leistungsniveau behaupteten und ich mit jedem kleinen Druck meines Zeigefingers das Ziel traf, um zu töten, wer immer es sein mochte. Nach ein paar kurzen Nachmittagen konnte ich zielen und den Schuß, ganz wie ich wollte, in die Stirn, in eines der Augen, die Schultern, das Herz oder den Bauch setzen, Irving zog dann die Zielscheibe heran und nahm sie und legte sie auf dem Tisch sorgfältig über die vorherige Zielscheibe, und die Löcher stimmten überein. Er lobte mich nie, aber es schien ihm auch nie langweilig zu werden, mich zu unterrichten. Lulu ließ sich nicht dazu herab, zuzuschauen. Er kannte nicht meinen Plan, der darin bestand, Irvings Techniken der Treffsicherheit so geschickt zu beherrschen, daß ich die Haltung verlieren, den Arm senken, so strafend direkt wie Lulu in seiner vernichtenden Wut losknallen und die gleichen Löcher an den gleichen Stellen erzielen konnte. Ich wußte auch, was er sagen würde, wenn mir das gelänge, daß auf Papierziele schießen ein Dreck bedeute, daß man mich erstmal mit einem Auftrag losschicken solle, wo einer im Restaurant vom Stuhl aufsteht und sich die Knarren der Leute in meine Richtung bewegen, auf einmal so groß wie Feld-Achtundachtziger, mit Läufen, so breit wie die der dicken Bertha auf einem offenen Eisenbahnwaggon, mal sehen, was ich dann machen könne.

Merkwürdig, die gleiche Haltung stellte ich auch bei dem Polizisten fest, der jeden Tag kam, um das Tor zu öffnen, seinen Stuhl auf den Hinterbeinen zurückzukippen und seine Zigaretten zu drehen, erst nach meinem zweiten Schießtag begriff ich, daß er der Chef war, er hatte diesen Zopf an seiner Mütze, den sonst keiner in der Stadt hatte, nicht einmal die Sergeants, und die Arme in seinem kurzärmeligen Hemd waren die einst muskulösen Arme eines älteren Mannes, und er hatte einen Hängebauch, ich hatte angenommen, ein Polizeichef hätte Besseres zu tun, als den Großstädtern, die ihn schmierten, persönlich das Tor zum Schießstand aufzuschließen und dann herumzuhängen und das Schauspiel zu genießen, doch er hatte unendlich viel Zeit in Onondaga, und es hatte nichts mit seinen Dienstpflichten zu tun, er sah einem Jungen zu, und selbst wenn ich mein Magazin leerfeuerte, dachte ich an den leicht lächelnden Polizeichef hinter mir, noch ein Mann, der draußen auf dem Land sein Amt versah, wie Hochwürden Montaine, wenig sichtbar für die Welt, aber dennoch recht behaglich lebend und zufrieden mit den Belohnungen, die sein Leben abwarf, und durch den Rauch seiner mit Shag-Tabak gedrehten Zigarette blieb mir seine Anwesenheit bewußt wie die von irgendeinem Farmer, der zum Vergnügen auf seiner Veranda sitzt, um die Parade vorbeiziehen zu sehen.

Doch zum ersten Mal, seit ich nach Onondaga County gekommen war, hatte ich in diesen paar Tagen auf dem Schießstand das Gefühl, richtig zu arbeiten, ich konnte es kaum erwarten hinzukommen, und abends kam ich hungrig zum Essen, die Ohren dröhnten mir noch, und der Kopf prickelte von der beißenden Erinnerung an verbranntes Schießpulver. Sie zogen mich eindeutig mit, und ich konnte mir darüber Gedanken machen, wie organisiert alles in dem scheinbaren Chaos von Mr. Schultz' Leben in Wirklichkeit war, wie geduldig sie alles angingen, von der gegenwärtigen juristischen Zwangslage bis zu den vorhergesehenen Bedürfnissen der Zukunft, sie führten ihre Geschäfte aus der Ferne, stellten in dieser ländlichen Kreisstadt im Norden ihre Anwesenheit unter Beweis, entschieden auf ihre Weise über die eigenen internen

Probleme, und Mr. Schultz hatte außerdem noch eine hübsche Person auf den Ausflug mitgebracht. Es war wie Jonglieren, nicht wahr, alles wurde in der Luft gehalten. Pistolenschießen gefiel mir wirklich sehr, ich nahm an, daß ich wahrscheinlich der jüngste Meisterschütze in der Geschichte der Branche war, ich bin nicht sicher, ob ich so weit ging, damit anzugeben, aber nachts im Bett dachte ich an die Mistkerle aus der Nachbarschaft, die mich die Washington Avenue runtergehetzt hatten, und daran, daß ich, wenn das jetzt passieren würde, abrupt stehenbleiben und mich mit der Pistole in der Hand und ausgestrecktem Arm umdrehen und zusehen würde, wie sie ins Schleudern gerieten, bremsten, über die eigenen Beine stolperten, gar unter Autos krochen, um aus meinem Blickfeld zu verschwinden, und dieses Bild brachte mich im Dunkeln zum Lächeln.

Was ich aber sonst in meiner Vorstellung mit dieser Pistole tun konnte, war kein Grund zum Lächeln.

Ich sollte hier sagen, daß hinter diesem Leben, das ich beschreibe, Dinge vor sich gingen, geschäftliche Dinge, mit denen ich direkt nichts zu tun hatte. Mr. Schultz hatte noch immer Wetteinnahmen, er verkaufte noch immer Bier und lenkte die Gewerkschaften der Fensterputzer und der Kellner, ein- oder zweimal verschwand er für etwa einen Tag nach New York, aber im großen und ganzen führte er die Geschäfte aus der Ferne, was keine besonders bequeme Arbeitsweise gewesen sein kann, wenn man von Natur aus zufällig so argwöhnisch war wie er und keinem traute, außer den engsten Mitarbeitern, und auch denen nicht, wenn sie irgendwo waren, wo man kein Auge auf sie haben konnte. Oft hörte ich ihn an Mr. Bermans Sondertelefon brüllen, die Wände waren zu dick, als daß ich die Wörter hätte verstehen können, aber Stimmlage und Timbre und Betonung drangen deutlich durch, und wie der Mann, der aufwachte, als der Zug nicht an seinem

Fenster vorüberfuhr, hätte es mich überrascht, wenn ein Tag vergangen wäre, ohne daß ich seine erhobene Stimme gehört hätte.

Mickey war viel unterwegs, er brauchte eine Nacht und einen Tag für die lange Strecke nach New York und zurück, und manchmal tauchten andere Männer in anderen Wagen auf, die jeder zu kennen schien außer mir und die dann mit Irving und Lulu an dem anderen Tisch zu Abend aßen; ich würde sagen, ich sah jede Woche zwei bis drei neue Gesichter. Durch all das begann ich die Größe des Unternehmens richtig einzuschätzen, allein die wöchentlich in Löhnen ausgezahlte Summe mußte beträchtlich sein, und aus meiner Perspektive schien Mr. Schultz nach den Verlusten, die er durch das Untertauchen erlitten hatte, nun seine Stellung erfolgreich zu behaupten. Es war schwierig, so etwas zu beurteilen, weil er sich ja unentwegt als jemand darstellte, dem Unrecht getan, der hintergangen oder für einen Schwachkopf gehalten wurde. Mr. Berman brütete ständig über den Büchern, und manchmal schloß Mr. Schultz sich ihm an, sie nahmen sich wirklich Zeit dafür, meist spätabends, und einmal kam ich an der offenen Tür von Mr. Bermans Büro vorbei und sah dort zum ersten Mal einen Safe und daneben auf dem Boden ein paar schlaffe Postsäcke, und mir ging auf, daß das ganze Geld genau hier landete, mir gegenüber auf demselben Flur, eine Tatsache, die ich beunruhigend fand. Abgesehen von den symbolischen Beträgen, die er an jenem Tag aus politischen Gründen deponiert hatte, unterhielt Mr. Schultz kein Bankkonto, weil Bankauszüge strafrechtlich verwendet und Guthaben konfisziert und Steuerverfahren gegen ihn angestrengt werden konnten, es war eine schlichte Vorsichtsmaßnahme, der Prozeß, den die Bundesbehörden nun führten, basierte auf Zetteln aus der Additionsmaschine und Wettlisten, die sie bei einer Razzia im Büro an der 149th Street beschlagnahmt hatten, und das war schon schlimm genug. Zu den Grundsätzen der Buchhaltung gehörte daher, alles bar abzuwickeln, die Betriebskosten, die Bestechungen, die Lohnzahlungen, alles wurde mit Bargeld geregelt, es war ein Bargeldunternehmen, und die Profite von Mr. Schultz fielen nur in Bargeld an, und eines Nachts träumte ich von einer großen Bargeldflut, die heranrollte und verebbte, und Mr. Schultz rannte am Strand entlang und raffte, was davon zurückgeblieben war, in Packen ein, die er wie Kartoffeln in einen Rupfensack stopfte, und schon während ich das träumte, wußte ich, daß es ein Traum war, weil das Land am Meer lag, begriff aber im Traum – und das heißt, daß ich den wahren Sachverhalt darin erkannte –, daß Mr. Schultz dies schon seit einiger Zeit tat und daß er viele, viele Rupfensäcke voll *Klaubgeld* angehäuft haben mußte, oder voll *Kaltgold,* und dann verwandelte es sich in einen Goldschatz, aber wo der versteckt war, wußte ich im Traum ebensowenig, wie nachdem ich erwacht war.

Um diese Zeit kam Mr. Schultz' Anwalt, Dixie Davis, den ich damals im Stadtbüro gesehen hatte, von New York herauf und traf im Hotel Onondaga in einer Nash-Limousine ein, gefahren von einem Gangmitglied, das ich nicht kannte. Dixie Davis war für mich das Beispiel eines gutgekleideten Manns, ich hatte meine Budapester gekauft, nachdem ich seine gesehen hatte, und nun stachen mir seine Schuhe für den Sommer auf dem Land ins Auge, die auf der Oberseite aus einer Art Geflecht bestanden, sie waren braun und von den Schnürlöchern bis zur Spitze cremefarben geflochten, und ich fand sie nicht besonders aufregend, obwohl sie wahrscheinlich kühl an den Füßen waren. Er trug einen zweireihigen, sehr leichten hellbraunen Anzug, der mir gefiel, und eine in blassen Blau-, Grau- und Rosatönen gestreifte Baumwollkrawatte, die ich schick fand, aber das Beste war der flache, breitrandige Strohhut, den er aufsetzte, als er gebückt aus dem Wagen stieg. Ich war zufällig gerade runtergekommen, und so sah ich, wie Mr. Berman, selbst kein Feigling im Kombinieren von Farben, ihn

vor der Drehtür begrüßte. Dixie Davis hatte seine Aktentasche bei sich, und sie schien prall mit den geheimnisvollen
Problemen des gesetzmäßigen Lebens gefüllt zu sein. Er war
irgendwie anders, als ich ihn in Erinnerung hatte, denn sobald er sich in die Hotelhalle schob, verlor er sichtlich seine
Selbstsicherheit, vielleicht im Vorgefühl der Begegnung mit
Mr. Schultz, er nahm seinen Strohhut ab und blickte ein wenig nervös um sich und hielt seine Aktentasche mit beiden Armen fest, und obwohl er lächelte und sich heiter gab, sah ich,
daß er stadtbleich war unter den zurückgestriegelten Haaren,
nicht so gut aussah, wie ich ihn in Erinnerung hatte, sondern
ein bißchen pferdezähnig mit diesem aus den Mundwinkeln
triefenden Lächeln, das wir in der Bronx das Scheißfresser-
lächeln nannten, und das war auf seinem Gesicht, als er mit
Mr. Berman in den Aufzug trat.

Mr. Schultz war den Nachmittag über nicht abkömmlich,
deshalb trug er Drew Preston auf, so lange für mich die Gouvernante zu spielen. Sie und ich hielten eine Besprechung ab,
während wir vor dem kleinen Indianermuseum standen, zu
dem auf der Rückseite des roten Gerichtsgebäudes ein paar
Souterrainstufen hinunterführten. »Schau mal«, sagte sie, »da
gibt es nur Kopfschmuck und ein paar Speere und so was, und
außerdem sieht jetzt sowieso keiner, was für eine gute Gouvernante ich bin. Laß uns statt dessen picknicken gehen, bist
du damit einverstanden?«

Ich sagte, ich sei mit allem einverstanden, solange es nicht
mit Bildung zusammenhing. Dann führte ich sie in die Seitenstraße zu meiner geheimgehaltenen Teesalondame, die so gute
Sachen zubereitete, und wir kauften Hühnersalat-Sandwiches
und Obst und Cremestückchen, und anschließend kaufte sie
im Spirituosengeschäft eine Flasche Wein, und wir wanderten durch das Ostviertel der Stadt in die Berge hinauf. Dies
wurde eine längere Wanderung, als ich erwartet hatte, meine
Erkundungen hatten mich vor allem nach Norden und We-

190

sten ins Farmland geführt, doch Berge sehen immer näher aus, als sie sind, und wir waren schon ein gutes Stück über die Stelle hinaus,wo die gepflasterten Straßen endeten, und gingen noch immer in weiten Bögen einen Feldweg hinauf, doch der große Berg hinter dem Onondaga Hotel sah genauso aus wie von meinem Fenster, zum Berühren nah, aber genauso weit entfernt, sogar noch als ich mich umdrehte und auf die Dächer der Stadt runterblickte und sah, wie wir vorangekommen waren.

Sie ging mir mit großen Schritten voran, und normalerweise hätte das meinen Konkurrenzsinn geweckt, doch nun genoß ich es, das Muskelspiel an ihren langen weißen Waden zu beobachten. Kaum lag die Stadtgrenze hinter uns, nahm sie ihren Gouvernanten-Wickelrock ab und warf ihn sich über die Schulter, so daß mir für einen Moment das Herz stockte, aber sie trug Wandershorts darunter, hüftbetonte Shorts, wie Mädchen sie tragen, und sie holte mit ihren langen Beinen sehr attraktiv aus, fiel in einen geübten Wanderschritt mit gesenktem Kopf, schwingendem freiem Arm und Hinterbacken, die sich in den Shorts in einem verläßlichen Rhythmus hoben und senkten, der mir rasch vertraut wurde, sie legte bergauf ein gutes Tempo vor, setzte langbeinig die kleinen Füße in flachen Schuhen und weißen Söckchen voreinander, und dann wurde der Weg eben, und wir kamen aus der Sonne in den Schatten von Kiefern, und hier verengte sich der Weg zu einem Pfad, und wir drangen in den Wald ein, eine vollkommen neue Welt, unter den Füßen sehr weich durch ein dickes Kissen trockener brauner Nadeln, eine bräunliche Welt, wo dürre Äste in der Stille knackten und sich die Sonne hoch über uns in den immergrünen Wipfeln brach, so daß sie nur noch als Tupfen oder kleine Flecke den Waldboden erreichte. Ich hatte mich noch nie in so ausgedehnten Wäldern befunden, ich meine, es gab zwar unbebaute Flächen in der Bronx, auf denen baumhoch Unkraut wuchs und die ganz dschungelartig zugewuchert waren, aber sie waren doch nicht so ausgedehnt, daß man sich in ihnen verirren konnte, nicht einmal in den wilderen Teilen des Bronx-Zoos hatte ich das Gefühl, daß ich jetzt hatte, mich nämlich in etwas zu befinden, in einer Grotte oder Höhle, ich hatte mir bei Wäldern nie klargemacht, daß man ganz unten auf ihrem Grund ging.

Drew Preston schien zu wissen, wo sie hinwollte, sie fand Schneisen, die sie als alte Holzwege bezeichnete, daher folgte ich ihr vertrauensvoll, und wir stießen auf kleine sonnige Bergwiesen, die mir für ein Picknick geeignet schienen, doch sie hielt noch immer nicht an, sondern ging weiter, meist bergan, und dann wußte ich, daß wir uns wirklich einige Meilen vor der Stadt in den Bergen befanden, denn ich hörte Wasser rauschen, und wir kamen zum Onondaga- Fluß, der hier seicht und nicht viel breiter als ein Bach war, so daß man ihn auf den Steinen im Bachbett überqueren konnte, und das taten wir, und ich dachte, danach würde sie anhalten wollen, aber sie ging vom Fluß weg und steil bergan in einen dunklen Wald, und ich überlegte, ob ich mich nicht allmählich beklagen sollte, denn die Socken in meinen neuen Basketballschuhen scheuerten mir Blasen, und die Kribbelmücken piekten mich in die nackten Beine, weil ich meine neuen Sommershorts aus Leinen anhatte, wie es sich für einen kleinen Lord Fauntleroy gehörte, und das blau-weiß gestreifte, kurzärmelige Polohemd, das sie für mich ausgesucht hatte, und hier wurde das Wasserrauschen lauter, und da stand sie nun ein paar Meter vor mir endlich still, eine Silhouette in einem Kranz blendenden Lichts, und als ich sie einholte, sah ich, daß wir am Rand einer gewaltigen, sonnenbeschienenen Schlucht standen, durch die Wasser herabstürzte, in solchen Massen, daß es weiß war und sich im Fallen überall donnernd an Felsbrocken brach. Sie wählte diese Stelle, wo wir die Beine über den mit Wurzelgeflecht und Moos bedeckten Steilhang in dünne Luft baumeln ließen, für das Picknick aus, als hätte sie die ganze Zeit über gewußt, daß es den Ort gab und wo genau sie ihn finden würde.

Wir wickelten unsere Sandwiches aus dem Wachspapier und legten das Picknick hinter uns auf ihren Rock, den sie auf dem Boden ausgebreitet hatte, sie schraubte den Deckel von der Flasche New York State Rotwein und war so taktvoll oder unbekümmert anzunehmen, daß ich natürlich abwechselnd mit ihr aus der Flasche trinken würde, und also machte ich das auch, aber erst, nachdem ich meine Brille abgesetzt hatte, und schweigend saßen wir da, aßen und tranken und schauten in diese so erstaunlich schöne, tosende, sonnendurchflutete Schlucht voll weißer, überspülter Felsen. Tief unten über dem Grund schwebte ständig ein schimmernder Regenbogen, als ob nicht Wasser, sondern Licht hinabstürzte und in seine einzelnen Farben zerspränge. Dies mußte der geheimste aller Orte sein. Ich hatte das Gefühl, daß wir, wenn wir einfach hierbleiben, befreit wären, daß Mr. Schultz uns nie finden würde, weil er sich nicht vorstellen konnte, daß es einen solchen Ort gab. Was maßte ich mir in dieser romantischen Umgebung nun wieder an? Was hätte ich wohl erklären wollen, als ich mich ihr zuwandte, nur um zu erkennen, daß wir dieses Schweigen nicht miteinander teilten? Sie saß mit runden Schultern in eindeutig tiefer werdender, grüblerischer Ichversunkenheit da und vergaß mich und vergaß zu essen und vergaß, mir aus der Flasche, die sie mit beiden Händen zwischen den Knien hielt, weitere Schlucke Wein zu geben. Der Vorteil für mich war dabei, daß ich sie anstarren konnte, ohne ihre Aufmerksamkeit zu erregen, und erst sah ich auf ihre Schenkel, man weiß ja, wie Schenkel sich im Sitzen verbreitern, besonders wenn sie nicht allzu muskulös sind, und in dieser schonungslosen Sonne waren es weiche, sehr milchweiße Mädchenschenkel, mit ganz dünnen, blauen Venen, die so hauchzart waren, daß mir mit einem gewissen Schock klar wurde, daß sie jünger war, als ich sie bislang geschätzt hatte, ihr Alter kannte ich nicht, wohl aber die Leute, mit denen sie Umgang hatte, und daß sie verheiratet war, machte sie für mich zu einer älteren Frau, mir war nie eingefallen, daß sie auf ihre Weise so frühreif sein könnte wie ich auf meine, sie war ein junges Mädchen, eindeutig älter als ich, aber gleichwohl ein junges Mädchen, vielleicht zwanzig, vielleicht einundzwanzig, diese Mrs. Preston mit dem Goldring am Finger. Man brauchte nur ihre Haut in der Sonne zu sehen. Und doch lebte sie ein Leben, dem meinen in praktischen Kenntnissen so überlegen, daß ich ein Kind neben ihr war. Womit ich nicht nur den freien Zugang zu den fortgeschrittensten Bereichen von Macht und Verderbtheit meine, den sie als große Schönheit besaß, sie hatte sich dieses Leben ausgesucht, wenn sie auch, vielleicht aus denselben sich in auffälligem Grübeln äußernden Gründen, ein Leben sagen wir, im Kloster oder als Schauspielerin auf der Bühne hätte wählen können. Ich meine eher, wieso sie wußte, daß es diese Stelle hier gab. Sie kannte sich mit Pferden aus. Ich erinnerte mich, daß ihr schwuler Mann Harvey etwas über eine Regatta gemurmelt hatte. Also verstand sie wahrscheinlich auch was vom Segeln und von Ozeanen und von Stränden, wo man schwimmen konnte, ohne daß da Massen von Leuten waren, und vom Skifahren in den Bergen Europas, den Alpen, und tatsächlich von all den Freuden des Planeten, von all den Freifahrten, die man auf diesem Planeten genießen konnte, wenn man wußte, wo sie stattfanden und die richtige Ausbildung hatte. Dies nämlich war Reichtum, die praktische Erfahrung mit diesen Dingen, so daß man sie sich aneignen konnte. Als ich Drew Preston nun anschaute, kam mir plötzlich die Erkenntnis, wie weit meine Ambitionen reichten. Zum ersten Mal spürte ich auch den scharfen Schmerz, der mit diesem Wissen einhergeht, ahnte ich dunkel, wieviel mir bislang entgangen war und meiner Mutter entgangen war und für immer entgehen würde und der kleinen, dunkeläugigen Becky

194

unweigerlich entgehen mußte, wenn ich sie nicht liebte und mitnahm durch sämtliche Maschendrahtzäune, durch die ich hindurchmußte.

Drew Prestons Gegenwart war mir nun schmerzhaft bewußt, es machte mich ungeduldig, wie sie sich abkapselte, es erschien mir als Mißachtung. Ich fand, daß ich ihr aufwartete, auf ihre Beachtung wartete, die ich mir so dringlich wünschte, um die zu bitten ich mich jedoch nicht erniedrigen würde. Mein Blick war nun an ihrem Profil angelangt. Durch die Hitze der Wanderung fiel ihr das Haar wirr aus der Stirn, und ich sah deren Linie nun vollständig, eine elfenbeinweiße Wölbung, glatt wie eine Skulptur. Die Sonnenstrahlen, die von den Felsen zurückgeworfen wurden, ermöglichten mir, durch ihr Auge bis zur grünen, ovalen Iris hindurchzuschauen, deren goldene Pünktchen verschwommen funkelten, und der ganze Augapfel schien sich zu vergrößern, und ich sah, daß sie weinte. Sie weinte lautlos, starrte durch die Tränen hindurch, und sie fing die Tränen an den Mundwinkeln mit der Zunge auf. Ich wandte mich ab, wie man es als direkter, ungebetener Zeuge furchtbarer Erregung tut. Und erst da hörte ich sie schluchzen und die Nase hochziehen, wie ein normaler schluchzender Mensch, und mit erstickter Stimme bat sie mich, ihr zu erzählen, wie Bo Weinberg gestorben war.

Ich wollte damals so wenig darüber sprechen wie jetzt, doch ich habe es getan und werde es tun, dies war die Gelegenheit, bei der ich es erzählte, und so muß ich es nun wieder erzählen.

»Er sang Bye Bye Blackbird.«

Sie starrte mich an, während das Wasser toste und der Regenbogen unter uns schimmerte. Sie schien es nicht zu verstehen. *»Pack up all my care and woe, here I go, singing low, bye bye blackbird«,* sagte ich. »Das ist ein berühmter Song.« Und als meinte ich, ich könne es ihr nicht noch deutlicher machen, sang ich ihr vor:

»*Make my bed and light the light,*
I'll arrive
Late tonight
Blackbird, bye bye.«

11

Er beginnt es schon früh zu summen, während Mr. Schultz mit ihr unten ist und ich auf halbem Wege zum Oberdeck mit Absätzen und Ellbogen an der Sprossenleiter eingehakt stehe, die sich senkrecht hebt und senkrecht fällt, so wie der Schlepper über Wellen gleitet oder zwischen ihnen hinabstürzt. Und es ist, als habe Bo es im Klopfen des Motors oder im Brausen des Winds gehört, so wie die mechanischen oder natürlichen Rhythmen unserer Umgebung in unserer Vorstellung zu den Klängen eines beliebten Songs werden. Er hebt den Kopf und versucht, die Schultern zu recken, die Ablenkung durchs Singen, der Eindruck, daß man dabei alles unter Kontrolle hat, so wie man vor sich hin summt, während man konzentriert mit einer stillen Arbeit beschäftigt ist, scheint ihm Kraft gegeben zu haben, und er hatte sich geistig etwas erholt, er räusperte sich und sang nun ein wenig lauter, doch immer noch wortlos, und hörte nur auf, um so weit hinter sich zu blicken, wie er konnte, und da er mich nicht sah, wohl aber, daß ich da war, rief er mir zu, he, Kleiner, komm her, red mit dem ollen Bo, und summte weiter, während er zuversichtlich darauf wartete, daß ich vor ihm auftauchte. Und ich wollte in dieser Lage kein bißchen näher an ihn rankommen, ich war ja bereits in derselben Kajüte mit diesem Sterbenden, sein Zustand kam mir ansteckend vor, ich wollte nicht im mindesten an seiner Erfahrung teilhaben, weder an seinen Gebeten noch an seinem Flehen oder seinen Klagen oder letzten Wünschen, in seiner letzten Stunde sollte er mich nicht vor Augen haben, damit nicht etwas von meinem Wesen mit ihm in der See unterging, und es ist überhaupt nicht angenehm, das zu gestehen, aber so empfand ich es, vollkommen entfremdet, ich war weder ein Heiliger noch ein Absolution erteilender Priester, noch ein trostspendender Rabbi noch ein helfender Krankenpfleger und wollte auf keine nur erdenkliche Weise an irgend etwas, das er durchmachte, teilhaben, nicht einmal als Zuschauer. Und daher blieb mir natürlich nichts anders übrig, als von der Leiter zu steigen und mich dort auf den schwankenden Kajütenboden zu stellen, wo er mich sehen konnte.

Er nickte mit dem Kopf und linste unter den Brauen hervor zu mir hin, er wirkte ungewöhnlich unordentlich, alles saß schief, sein Smoking, seine Hosenbeine, sein Hemd hing halb aus der Hose, mit dem hinten hochgerutschten Jackett sah er aus, als hätte er einen Buckel, seine dichten, glänzenden schwarzen Haare hingen an der Seite herunter, er nickte und lächelte und sagte, über dich hört man nur Gutes, Kleiner, sie setzen große Hoffnungen in dich, weißt du das, hat dir das schon mal einer gesagt? Ein kümmerlicher Furz bist du ja, wirst dein Lebtag nie fett werden, wachs noch ein Stückchen, dann kannst du in der Fliegengewichtsklasse boxen. Er lächelte mit seinen ebenmäßigen weißen Zähnen im bräunlichen Gesicht, die hohen Wangenknochen verlängerten seine sibirischen Augen. Kleine Männer sind nach meiner Erfahrung gute Killer, die arbeiten aufwärts, weißt du, der Aufwärtsstich macht's, sagte er, und hob für einen Moment jäh den Kopf, um damit das Messer anzudeuten, wenn du die Pistole nimmst, ist's auch gut für dich, weil die nämlich nach oben ausschlägt, aber wenn du so schlau bist, wie sie sagen, dann bringst du's so weit, daß du dich manikuren läßt und jeden Tag ein hübsches Mädchen neben deinem Sessel sitzt und dir die Nägel putzt. Ich, also ich bin eins zweiundachtzig, aber ich hab immer schlau gekillt, ich hab nicht gefoltert und nie danebengezielt, der Typ muß weg? *bumm,* schon ist sein Licht ausgepustet, sag mir, wer's ist, Dutch, *bumm,* erledigt, Schluß. Ich hab nie einen gemocht, dem diese Arbeit Spaß macht, abgesehen vom Stolz darauf, was ganz Schwieriges und ganz Gefährliches sehr gut zu tun. Die Abartigen hab ich nie gemocht, und ich geb dir da mal nen Rat, vom ollen Bo persönlich. Dein Boß da, der hält sich nicht mehr lang. Guck dir mal an, wie der sich verhält, er ist sehr emotional, ein unzuverlässiges, wahnsinniges Arschloch, gibt keine Bohne auf die Gefühle von andern Leuten, von Leuten, auf die's ankommt, meine ich, die so zäh sind wie er und beßre Organisationen haben und, das nur unter uns, beßre Ideen für die Zukunft als dieser Wildesel. Er ist passé, weißt du, was das heißt, Kleiner? Er ist völlig am Ende, und wenn du so schlau bist, wie sie sagen, dann hörst du auf mich und paßt auf. Hier spricht Bo Weinberg. Irving da oben weiß Bescheid, und er macht sich Sorgen, aber er sagt nichts, er ist schon zu lang dabei, ist pensionsreif und will jetzt nicht noch mal die Fahne wechseln. Aber ich respektiere ihn, und er respektiert mich. Was ich im Leben gebracht hab, was ich geleistet hab, daß auf mein Wort Verlaß ist, das respektiert Irving, und ich trag ihm nichts nach. Aber er wird's nicht vergessen, ihr werdet's alle nicht vergessen, auch du nicht, Kleiner, ich möchte, daß du um deiner selbst willen auf Bo Weinberg siehst und verstehst, wie furchtbar ein solcher Mann behandelt wurde, sieh ihm in die Augen, wenn du kannst, damit du dies nie vergißt, so lange du lebst, denn in wenigen Minuten, in ganz wenigen Minuten, wird er seinen Frieden haben, wird er's hinter sich haben, die Stricke werden nicht mehr weh tun, er wird weder Hitze noch Kälte, noch Furcht, noch Erniedrigung, noch Glück, noch Traurigkeit, noch irgendein Bedürfnis spüren, nichts mehr, auf diese Weise gleicht Gott das Entsetzliche des Todes wieder aus, denn der Tod kommt zur rechten Zeit, und die Zeit geht weiter, aber das Sterben ist vorbei, und man hat seinen Frieden. Aber du, Kleiner, bist Zeuge, und das ist beschissen hart, aber so ist's nun mal, du wirst's nicht vergessen, und der Holländer weiß, daß du's nicht vergißt, und du kannst nie wieder wegen irgendwas sicher sein, weil du dazu verurteilt bist, dich dein Leben lang dran zu erinnern, wie niederträchtig dem Menschen Bo Weinberg mitgespielt worden ist.

Er blickte weg. Und nun hörte ich zu meiner Bestürzung den Song in einer kräftigen Baritonstimme, rauh vor Trotz: *Pack up all my care and woe, here I go, singing low, bye bye, blackbird. Dum de dum de dumdedum, yah dah dee, yah dah dee, bye, bye, blackbird. No one here can love or understand me, oh what hard-luck stories they all hand me. Dum de dum, light the light, I'll arrive, late tonight, blackbird bye* – und mit zugekniffenen Augen schüttelte er den Kopf, um die hohe Note am Schluß zu schaffen – BYEEEE.

Dann sank sein Kopf vornüber, und er summte die Melodie leiser vor sich hin, als denke er wieder nach und als sei ihm kaum bewußt, daß er in Gedanken weitersummte, und als er dann aufhörte und wieder zu sprechen begann, sprach er nicht mehr zu mir, sondern zu einem weiteren Bo, der vielleicht in makelloser Eleganz neben ihm im Embassy Club saß, beide hatten Drinks vor sich, während sie in Erinnerungen schwelgten: Also, ich meine, der Bursche hockt hinter verschlossenen Türen da oben im Grand Central Building, im wievielten Stock noch? im zwölften, überall Leute, und du weißt, er muß ein Zimmer voll Waffen haben und ein Vorzimmer und ein Privatbüro in diesem durch und durch ehrbaren, gepflegten Gebäude, das auf Höhe der 46th Street über die Park Avenue gebaut ist. Das also sind die Umstände. Aber sie wissen das und wissen auch, daß es schwierig ist, sein ganzes Leben ist dieser Maranzano im Geschäft gewesen, und es ist kein schwachsinniger Antrag, über den wir da reden, und die Unione weiß, für diesen Job wird das Pik-As gebraucht. Und Dutch kommt zu mir und sagt, schau, Bo, du brauchst es nicht zu machen, es ist nun mal ihre speziell italienische Nummer, von Zeit zu Zeit räumen sie gern mit einer Generation gehörig auf, aber sie haben um den Gefallen gebeten, dich zu schicken, und es könnte uns nicht schaden, so weit zu kommen, wo sie uns schwer was schuldig sind, also sag ich, natürlich, ich meine, ich hab mich geehrt gefühlt, von all den Kanonen wollten sie grad meine, sah aus, als würd ich das machen und mich für den Rest meines Lebens mit Ruhm bekleckern, nur diese eine Sache, wie Sergeant York. Du weißt, ich bin gern zuverlässig. Ich meine, ich geh gern mit hübschen Frauen aus und ins Bett, ich mag die Pferdchen, ich mag die Würfel, ich zieh gern eine Schau ab, wenn ich wo reinkomme, aber da drunter bin ich am liebsten zuverlässig, das ist für mich das reinste Vergnügen, das Vergnügen des Reinsten in mir, wenn einer sagt, nicht dieser da, nicht der dort, sondern Bo Weinberg, wenn einer mich bittet, und ich nicke und tu es so elegant und rasch und leicht, wie ich genickt hab, und sie wissen das und betrachten es schon als erledigt, wie es auch der Fall ist, und wenn sie dann einen Tag, eine Woche später in der Zeitung davon lesen, ist es ein weiteres ungelöstes Rätsel in einer Welt, die selbst für Ordnung sorgt, eine weitere hübsche Geschichte für die Boulevardblätter. Also geh ich zu der Besprechung, und ich nenn seinen Namen nicht, aber er ist da, und mit dieser Stimme, die von einem geheilten Gurgelschnitt kommt, sagte er, was brauchen Sie, und ich sage, vier Polizeidienstmarken, sonst nichts. Und seine Augenbrauen gehen in die Höhe, aber er sagt nichts, und am nächsten Tag hab ich sie,und ich nehm mir meine Leute und geh mit ihnen zum Herrenausstatter, und wir staffieren uns alle wie Kriminalbeamte aus, mit diesen Regenmänteln und steifen Hüten, und wir marschieren stracks in das Büro rein und klappen die Brieftasche auf, Polizei, Sie sind verhaftet, und sie gehen alle an die Wand, und ich mach die Tür auf, wo der Typ hinter seinem Schreibtisch aufsteht, sehr schwer von Begriff, der

Mann ist siebzig, fünfundsiebzig, nicht grade beweglich, ich stemm mich gegen die Vorderkante des Schreibtisch und setze ihm den Schuß sauber ins Auge. Aber jetzt kommt der komische Teil, das Gebäude hat Marmorflure, und das hallt wie im Niemandsland, es hallt durch die offenen Türen, die Flure, die Treppenhäuser, die Aufzugschächte, der Schuß ist um die ganze Welt zu hören, und alle verduften, meine Leute, die Typen an der Wand, alle rennen wie die Teufel, drängeln sich in Aufzüge, rasen die Treppe drei Stufen auf einmal runter. Und als ich mit der heißen Knarre in der Tasche rauskomme, gehen schon überall die Türen auf, und von allen Seiten hör ich dieses panische Gekreische, du weißt schon, wenn Leute wissen, es ist was Schreckliches passiert, fangen sie an zu brüllen, und ich verlier den Kopf, ich rase Treppen runter, Treppen rauf und verirr mich in diesem Scheißgebäude, renn um Korridorecken, such nach Notausgängen, gerate in Putzkammern, ich weiß auch nicht, ich verirre mich jedenfalls, und irgendwie, irgendwie bin ich, als ich unten ankomme, nicht auf der Straße, ich bin im Grand Central Terminal, und es ist zwischen fünf und sechs abends, und es geht zu wie auf nem großen Bahnhof, die Leute hasten in jede Richtung zu den Zügen, warten in Schlangen, Durchsagen dröhnen und hallen durch all das dumpfe Gemurmel, und ich tauch in die Menge, die auf den Fünf-Uhr-zweiunddreißig-Zug wartet, und ich laß die Knarre irgendeinem Typ in die Tasche gleiten, ich schwöre, das hab ich gemacht, in seinen Mantel, er hält die Aktentasche in der linken Hand, in der rechten sein zum Lesen gefaltetes *World-Telegram,* und gerade, als die Sperre aufgeht und alle losdrängen, rutscht das Ding so sacht bei ihm rein, daß er's überhaupt nicht spürt, und ich schlendere davon, während er durch die Sperre geht und die Rampe runterrennt, um seinen Sitzplatz zu ergattern, und, siehst du's denn nicht vor dir, Hallo, Liebling, ich bin zu Hause, mein Gott, Alfred, was hast du denn da in der Tasche, iigitt, eine Pistole!

Und er lacht nun, hat Lachtränen in den Augen, ein kostbarer Moment im Paradies der Erinnerung, und noch während ich mit ihm lache, denke ich, wie rasch uns die Vorstellung in Bewegung setzen, wie eine Geschichte doch wie ein Lichtbogen den Raum überwinden kann. Ich weiß, daß er mich zweifellos von jenem Boot wegholte, das mich in ölgeschwängerter Luft abwechselnd einen halben Meter hob und wieder senkte, ich befand mich dort im Grand Central Terminal und schob die Waffe in Alfreds Manteltasche, zugleich aber spielten meine Hände im Embassy Club der feinen Lebensart auf dem gestärkten weißen Tischtuch mit dem Streichholzheftchen, und die magere junge Sängerin sang *Bye Bye Blackbird,* und draußen in Manhattan standen die Limousinen mit laufenden Motoren am Bordstein und sandten die dünnen Auspuffgase in die winterliche Nacht.

Sein unheilvoller Blick richtete sich auf mich. Und worüber lachst du, sagte er, findst du das komisch, du Klugscheißer? Die Geschichte war eindeutig vorbei, wie beim Jonglieren, wenn der Ball, den man hinaufwirft, den Moment der Umkehr erreicht, zögert, als könnte er es womöglich lassen, und dann mit derselben Geschwindigkeit wie das himmlische Licht fällt. Und das Leben ist nicht mehr schön, sondern bloß noch das, was man zufällig in der Hand hält.

Du findst das komisch, Klugscheißer? Er war ein Mann, der zu seiner Zeit eine große Zahl von Leuten erledigt hatte. Mögest du so lange wie er in der Blüte deiner Jahre bleiben, bis dir im siebzigsten die letzte Stunde schlägt. Dann darfst du lachen. Er war ein Schmierer von Bedeutung, dieser Maranzano, nicht so ein verrückt gewordener Rotzer wie Coll, in den man gar nicht genug Kugeln pumpen konnte. Nicht wie Coll, diese irische Sau von Kinderkiller, für den ein Tod nicht genug war! Aber ich hab Coll gekillt! brüllte er. Ich hab in dieser Telefonkabine Schleim und Scheiße und Blut aus ihm gemacht. Brrrrp! Am einen Fenster hoch. Brrrrap! Am andern runter.

Ich habe ihn gekillt! Das sind Fakten, du erbärmlicher Winzling, aber weißt du, was es heißt, das zu tun, *weißt du, was es heißt, wenn man dazu fähig ist?* Du befindest dich nun in der Ruhmeshalle! Ich habe Salvatore Maranzano gekillt! Ich habe Vincent Mad Dog Coll gekillt! Ich habe Jack Diamond gekillt! Ich habe Dopey Benny gekillt! Ich habe Maxie Stierman und Big Harry Schoenhaus gekillt, habe Johnny Cooney gekillt! Ich habe Lulu Rosenkrantz gekillt! Ich habe Mickey den Fahrer und Irving und Abbadabba Berman gekillt, und ich habe den Holländer gekillt, Arthur. Er stierte mich mit hervorquellenden Augen an, als würde er gleich die Stricke sprengen, die ihn fesselten. Dann schien er mich nicht mehr ansehen zu können. Ich habe sie alle gekillt, sagte er, beugte den Kopf und schloß die Augen.

Später flüstert er mir zu, paß auf mein Mädchen auf, daß er ihr nichts antut, schaff sie fort, bevor er sie ebenfalls erledigt, versprichst du mir das? Ich versprech es, erkläre ich ihm, es ist der erste Akt von Erbarmen in meinem Leben. Denn nun ist die Maschine im Leerlauf, der Schlepper schlingert wild im Auf und Nieder der Ozeanwellen, ich hatte überhaupt nicht gewußt, daß sie damit auch was zum Ausdruck brachten, wenn sie hier draußen in völliger Einöde noch großartiger, noch grausamer mit ihrem Leben verfuhren. Irving kommt die Leiter herunter, und Bo und ich sehen zu, wie er mit seinen sparsamen Bewegungen die Doppeltür hinten in der Kajüte aufschlägt und austritt und sie festhakt. Plötzlich hat die reine Raserei der Luft den Geruch nach Öl und Zigarren vertrieben, wir sind hier drinnen im Freien, ich nehme im trüben Schein unseres Kajütenlichts die hohen Brecher wie riesige schwarze Schlünde wahr, und Irving ist im Heck an der Reling, die er aushängt und anhebt und akkurat an der Seite verstaut. Das Boot rollt und schwankt so heftig, daß ich zu meinem Platz auf der Seitenbank zurückgekehrt bin, wo ich mich festhalte, indem ich die Absätze gegen eine stählerne Deckplatte stemme und mich rechts und links von mir an die Schotten klammere. Irving ist ein echter Seemann, den das Steigen und Fallen des Decks nicht kümmert und auch nicht die Spritzer, die seine Hosenbeine abgekriegt haben. Er ist wieder drinnen, sein dünnes, hageres Gesicht ist fleckig von Meeresschaum, sein dünnes Haar schimmert auf dem glänzenden Schädel, und methodisch, ohne mich um Hilfe zu bitten, hebelt er das eine Ende der verzinkten Blechwanne hoch und zwängt einen Hund darunter und schiebt und kickt ihn immer weiter unter die Wanne, bis er die Hebelkraft seines ganzen Gewichts einsetzen kann, um das Transportwägelchen mit einem Fuß auf den Boden zu drücken und die Wanne daraufzuzerren, und ein seltsam trockenes, scharrendes Geräusch läßt mich daran denken, daß man die Wanne, wenn sie ein Sandeimer wäre und nicht die Füße von jemandem drinsteckten, stürzen und draufklopfen könnte und die perfekte Betonskulptur eines umgedrehten Waschzubers erhielte, auf der vielleicht sogar das Prägezeichen der Herstellerfirma sichtbar wäre. Bos Knie sind nun in schmerzhaftem Winkel angehoben, und sein Kopf ist noch tiefer gesunken, fast wie in der Mitte zusammengeklappt sitzt er da, doch darum kümmert sich Irving als Nächstes, nachdem er hinter die vier Gummiräder des Hunds Holzkeile geklemmt hat, öffnet er eine Werkzeugkiste aus Stahl und nimmt ein Fischermesser heraus und schneidet Bos Stricke durch, nimmt sie schlaufenweise ab und hilft Bo von dem Küchenstuhl hoch und richtet ihn auf in der Wanne auf dem Hund auf dem Deck auf dem Schlepper hier mitten auf dem Atlantischen Ozean. Bo wankt, er stöhnt, seine Beine geben nach, die Zirkulation ist ungenügend, und Irving ruft mich, sagt mir, ich soll Bo auf der andern Seite stützen, und, oh, das ist genau das, was ich in meiner Gangsterlehre lieber nicht täte, genau dies, Bos zitternden Arm um meine Schulter spüren, seinen heißen Atem riechen, den Schweiß unter seinem Arm, der durch sein schwarzes Jackett an meinem Hals dringt, seine flatternde Hand fühlen, die wie eine Klaue nach meinem Kopf greift, sich in meine Haare krallt, seinen Ellbogen, der sich ins Fleisch meiner Schulter bohrt, diesen Mann in seiner Hitze und Lebenskraft, dessen Gewicht auf mir lastet, der über meinem Kopf stöhnt und am ganzen Körper bebt. Und ich stütze also den Mann, den ich töten helfe, wir sind seine einzigen Stützen, die er zum Verrecken nicht losläßt, und Irving sagt, schon gut, Bo, alles in Ordnung, so sanft und ermutigend wie eine Krankenschwester, und tritt den rechten hinteren Keil weg, wir stehen nämlich mit dem Gesicht zum offenen Deck hin, und befiehlt mir, mit dem Keil auf meiner Seite das gleiche zu tun, ich mache das schnell und präzise, und mit Hilfe des Seegangs rollen wir Bo auf dem Hund ganz mühelos zur offenen Luke, wo er uns losläßt und nach dem Rahmen greift und nun allein auf seinem Zementwannenwagen steht, der vor- und zurückschießt wie Rollschuhe, die er nicht ganz unter Kontrolle hat, *ohh ohhoooooo* brüllt er, und er verrenkt sich in der Taille, während er darum kämpft, in der Vertikalen zu bleiben, und Irving und ich treten zurück und beobachten das, und auf einmal hat es Bo raus, die Kontrolle zu behalten, schafft es, daß die Gummiräder kaum noch rollen, und mit den Beinen hält er seine Zementwanne in relativ beherrschbarer, geringfügiger Bewegung, und er wagt es aufzublicken und sieht vor sich ein offenes Deck und eine See, die in einer Nacht wütender schwarzer Winde erst höher ist als er und dann niedriger ist als er, und seine angespannten Arme werden ihm aus den Gelenkpfannen gezerrt, und in langen, tiefen Zügen atmet er diesen furchtbaren Wind und die Nacht ein, und ich sehe, daß sein Hinterkopf und seine Schultern sich bewegen, und er hebt den Kopf dieser Welt unerklärlichen Schreckens entgegen, und wenn ich es wegen des Winds auch nicht hören kann, weiß ich doch, daß er singt, und obwohl ich es nicht hören kann, kenn ich das Lied, es wird vom Seewind davongeweht, sein Abschiedsgesang, der Gesang in seinem Innern, das einzige, was man je besitzt, und so war Bo Weinberg in katastrophaler Einsamkeit ganz auf sich gestellt, als der Kapitän die Maschine auf Fahrt schaltete und das Boot plötzlich vorwärts schoß und Mr. Schultz in Hemdsärmeln und Hosenträgern erschien und hinter Bo trat und einen Fuß in Socken hob und ihm ins Kreuz stieß, und die Hände verloren den Halt, und der Körper warf sich sehnsüchtig einem Gleichgewicht entgegen, das es nicht gab, und schräg nach hinten gelehnt schoß er in die See, und das letzte, was ich sah, waren die emporgereckten Arme und die changierenden weißen Manschetten und die bleichen Hände, die nach dem Himmel griffen.

12

Als ich fertig war, sagte sie nichts. Sie reichte mir die Weinflasche. Ich hob den Kopf, um daraus zu trinken, und als ich wieder hinsah, saß sie nicht mehr neben mir, sondern war über den moosbewachsenen Rand geglitten und ließ sich an Spalten im Gestein und darin wachsenden kleinen Kiefernschößlingen an der Wand der Schlucht hinab. Ich legte mich auf den Bauch und sah zu. Als sie die Wand zu zwei Dritteln hinuntergeklettert war, hüllte der Dunst sie ein.

Ich fragte mich, ob sie dabei war, etwas wirklich Dummes zu tun. Ich hatte meine Geschichte zu gut erzählt. Ich hatte nicht alles berichtet, zum Beispiel nicht, daß mich Bo Weinberg, als Irving und der Kapitän sich im Ruderhaus unterhielten, gebeten hatte, runter zu gehen und nachzusehen, was mit ihr geschah. Ich hatte das getan und etwas gehört, nicht viel, weil die Schiffsmotoren dort unten so laut dröhnten. Ich lauschte ein paar Minuten an der Tür der Kabine, in die Mr. Schultz sie gebracht hatte, und dann war ich wieder ein Deck höher gestiegen und hatte Bo gesagt, es sei alles mit ihr in Ordnung, Mr. Schultz gehe vor ihr auf und ab und lege seinen Standpunkt dar. Aber ich hatte es ihm nur leichtmachen wollen.

»Das Leben wolltest du kennenlernen?« hatte ich Mr. Schultz brüllen gehört. »Hier hast du's, Miss Debütantin, das ist es, so sieht's aus!«

Und dann konnte ich eine Weile gar nichts hören. Ich kauerte auf dem Gang, und als ich gerade aufgeben wollte, legte ich noch einmal das Ohr an die Tür und hörte wieder seine Stimme: »Was tot ist, interessiert dich doch nicht mehr, oder? Ich sag dir, mal von Einzelheiten in der Durchführung abgesehen, ist er tot. Kannst du das verstehen? Du kannst die Toten vergessen, oder? Ich denke, du hast schon vergessen, was? Nun, ich warte, ja oder nein. Was? Ich kann dich nicht verstehen!«

»Ja«, sagte sie, oder muß sie gesagt haben. Denn darauf sagte Mr. Schultz: »Aaah, das ist aber traurig. Das ist ja zu traurig für Bo«, und dann lachte er. »Wenn ich nämlich geglaubt hätte, daß du ihn liebst, hätte ich mich vielleicht anders entschieden.«

Ich griff nach ihrem Rock und schüttelte ihn aus und warf ihn hinunter und sah zu, wie er in den Dunst hinabschwebte und verschwand. Was erwartete ich? Daß sie ihn finden, anziehen und wieder hinaufsteigen würde? Ich handelte nicht vernünftig. Ich ließ mich über den Rand fallen, drehte der Schlucht den Rücken zu und stieg hinter ihr her. Es war schwieriger, als es aussah, das merkte ich fast sofort, als ich mich mit dem Kopf noch kaum unter der Felskante befand und die Wurzel, auf die ich getreten war, wegbrach, so daß ich fast gefallen wäre. Es paßte mir gar nicht, eine Handbreit vor meiner Nase auf eine Steinfläche zu starren. Die

Felsen verkratzten mir teuflisch Ellenbogen und Knie. Ich kletterte in panischer Hast abwärts, ich weiß nicht, was ich fürchtete, daß sie mich für immer dort allein lassen würde, daß jemand sie finden, nehmen, ihr etwas Schlimmes antun würde. Irgendein Irrer aus den Wäldern, der bloß auf die Gelegenheit wartete. Aber es ging mir noch um mehr, daß sie ihn finden würde, und ohne zu beachten, wofür man sie benutzen könnte, sich irgendwie sehnsüchtig an ihn schmiegen würde, wo immer, in welch übler Höhe er auch lauern mochte. Auf manchen Kiefernschößlingen war Kleister, der mir die Hände verklebte, aber auch half, mich festzuhalten. Ich spürte die Hitze auf dem Rücken, je weiter ich hinabstieg, desto heißer wurde es. An einer Stelle gab es einen Felsvorsprung, und ich machte eine Pause: das Wasserrauschen war gewaltig, wie eine Schütte herunterrollende Kohle. Von dem Vorsprung wegzukommen war schwerer, als draufzukommen. Unterhalb davon wuchsen immer weniger und kleinere Schößlinge, an denen ich mich festhalten konnte. Bald gab es überhaupt keine mehr, und ich hielt mich nun fest, indem ich meine Basketballschuhe in Ritzen schob und mich mit den Fingern an Felsvorsprünge klammerte. Dann verdunkelte es sich plötzlich, es wurde kühl, und ich entdeckte, daß es Felsbrocken gab, auf denen man stehen konnte, und so kletterte ich Stück für Stück über diese aufgetürmten Felsen bis zum Grund hinab und stand in einem weißen Nebel, hoch über mir unscharf und bleich die Sonne.

Der Wasserfall lag ungefähr zwanzig, dreißig Meter rechts von mir, es war die letzte und höchste Stufe, über die das Wasser herabstürzte, und von oben nicht zu sehen gewesen. Mir ging auf, daß Schluchten durch herabfallendes Wasser entstehen, ich meine, dies hätte eigentlich für niemanden neu sein dürfen, aber es war praktisch das erste Stück Natur, das ich je in Betrieb gesehen hatte. Ich habe auch Sachen über Dinosaurier gelesen, aber wenn ich die Knochen von einem fände, wäre das nicht das gleiche. Das Wasser strömte rasch an dem steil abfallenden Ufer aus Sand und Steinen vorbei, auf dem ich stand, das Bett kann nicht breiter als zwei, drei Meter gewesen sein, aber es war die breiteste Stelle, die ich in beiden Richtungen sehen konnte. Ihr Rock lag auf dem Boden, wo ich ihn hingeschleudert hatte. Ich klemmte ihn mir zusammengerollt unter den Arm und wandte mich nach links, vom Wasserfall fort, und bald befand ich mich wieder auf Steinbrocken, sprang von einem zum andern, während unter mir und um sie herum das Wasser brodelte, dabei ging es mehr oder weniger bergab, so daß ich das Gefühl hatte, in eine Pore des Planeten hinabzusteigen, und dann kam ich um eine Kurve und blickte hinunter auf eine vorspringende Felsfläche in Form einer riesigen Pfeilspitze, und darauf lagen auf einem Haufen ihre Kleider und Schuhe und Socken. Ich sprang runter und rannte zum Rand, und unter mir sah ich einen klaren, schwarzen Teich, der völlig still dalag, bis auf ein silbriges Schwappen am andern Ende.

Ich meinte, ich hätte schon so lange auf diese Wasserfläche geblickt, daß jeder darunter hätte auftauchen oder ertrunken sein müssen. Ich hatte schreckliche Angst, ich zog Schuhe und Hemd aus und wollte schon hineinspringen, ich bin kein sehr guter Schwimmer, aber ich hatte das Gefühl, ich könnte hinuntertauchen, wenn ich mußte, und in diesem Moment erbebte das Wasser, und sie schoß mit Kopf und Schultern daraus hervor und schrie oder tat einen langen, japsenden Atemzug, der wie ein Schmerzensschrei klang, während das Wasser ihr von den Schultern rann, und dann warf sie die Arme nach hinten und legte sich auf den Rücken und schwebte mit ausgestreckten Armen im Wasser und blieb so liegen, während ihr Brustkorb sich hob und senkte und ihre Beine magerer und schlaffer zu werden schienen, je tiefer sie in das schwarze Wasser hinabsanken.

Nach einer Weile stand sie aufrecht im Wasser, schüttelte den Kopf und strich sich das Haar glatt. In Seitenlage schwamm sie aus meinem Gesichtsfeld und erschien eine Minute darauf an einer Stelle, die ich nicht im Blick hatte, und naß und am ganzen Körper bleich, stieg sie auf die Felsplatte, mit klappernden Zähnen und blauen Lippen. Ohne mich zu erkennen, sah sie zu mir hin. Ich rollte mein Hemd zum Wulst und rieb sie ab, während sie mit zusammengepreßten Knien und über den Brüsten gekreuzten Armen dastand, ich rieb ihr die Schultern und den Rücken ab, die Rückseiten der Beine und, nach kurzem Zögern, den Hintern und dann die Vorderseiten der Beine, während sie mit den Händen vor dem Mund dastand und sich warm zitterte. Dann sah ich zum zweiten Mal in meinem Leben Mrs. Preston beim Ankleiden zu.

Auf dem Rückweg sagte sie wenig. Wir folgten der Schlucht, bis sie trocken wurde und dann breiter, von kleineren Felsen gesäumt, und schließlich ins flache Land überging. Ich war überwältigt, konnte aber nicht von mir aus zu sprechen beginnen, sondern wartete auf sie, wartete ihr auf, ich hatte das Gefühl, es gebe eine Art Bündnis zwischen uns, das aber an gewisse Bedingungen geknüpft war, daß ich erst erwachsen werden müßte, ich fühlte mich unwissend, ich fühlte mich gezüchtigt und töricht und wie ein Kind. Wieder wanderten wir durch den braunen Kiefernnadelwald und fanden den Forstweg und kamen hinaus auf die Wiesen. Sie sagte: »Hat er dich wirklich gebeten, mich zu beschützen?«

»Ja.«

»Wie sonderbar«, sagte sie.

Ich erwiderte nichts.

»Ich meine, daß er gedacht hat, ich könnte nicht für mich selbst sorgen«, sagte sie der Klärung halber. Wo die Sonne durch die Bäume schien, bückte sie sich, um eine kleine blaue Blume zu pflücken, deren Blüte wie eine Glocke nach unten hing. »Und du hast es ihm versprochen?«

»Ja.«

Sie kam zu mir und hängte mir die Blume über das Ohr,
und ich merkte, daß ich den Atem anhielt, bis ich ihre Berührung nicht mehr spürte. Von dieser Mrs. Preston ging eine
höchst geheimnisvolle, eigenartig strahlende Anziehungskraft
aus, die immer wirksam zu sein schien, ob man nun da war
oder nicht.

»Oh, nicht verrücken«, sagte sie. »Du bist so ein hübscher
kleiner Teufel, weißt du das?«

»Ich hör's gelegentlich«, sagte ich, und wenige Minuten
darauf rutschten wir auf den Fersen einen bewaldeten Hang
hinab und kamen auf dem Feldweg heraus und auf diesem
schließlich zu der gepflasterten Straße, die nach Onondaga
hinunterführte. Ich ging rückwärts, um sie in der Sonne zu betrachten. Ihr Haar war nun nicht mehr wellig, sondern glatt
von der Stirn nach hinten getrocknet, so daß man noch die
Spuren der Finger sah, mit denen sie sorglos hindurch gefahren war. Sie trug kein bißchen Make-up im Gesicht, doch
die vollen Lippen hatten nun ihre natürliche Farbe wieder,
und ihre Haut hatte den rosigen Hauch zurückgewonnen, der
über ihrem Leben lag. Aber noch lächelte sie nicht, und sie
hatte gerötete Augen vom Schwimmen. Bevor wir zum Hotel zurückkamen, fragte sie mich, ob ich eine Freundin hätte,
und ich sagte ja, und sie sagte, wer das Mädchen auch sei,
es habe Glück, doch in Wahrheit hatte ich ein schlechtes Gewissen, als sie fragte, weil ich nicht mehr an die kleine Becky
dachte, die mir nunmehr nicht interessanter als ein Kind vorkam, sondern nur an sie. Ich fürchtete mich vor ihr, dieser
Waldpfadfinderin, oh, was sie mir nicht alles gezeigt hatte,
wie eine Anführerin mit einer Pfeife an der Schnur, zum ersten Mal begriff ich, welch ein Paar sie und Mr. Schultz abga-
ben, sie legte ihre Kleider vor Gangstern ab, vor Wasser, vor
der Sonne, das Leben entkleidete sie, ich begriff, warum sie
mit ihm ging, hier war es nicht wie zwischen Müttern und Vä-

tern im gewöhnlichen Leben, Liebe spielte keine Rolle, so wie sie fickten und killten, war es keine Welt der Liebe, in der sie lebten, es war eine weite, leere, hallende Erwachsenenwelt, wo der Terror blühte.

Ich dachte von dem Moment an über sie nach, da wir jeder auf unser Zimmer gingen und ich an diesem späten Nachmittag so bleiern auf meinem Bett lag wie das Wetter, das heiß und schwer auf das Onondaga Hotel mit seinen reglos vor den geöffneten Fenstern hängenden weißen Tüllvorhängen drückte. Die Vorhänge wurden grau, verdunkelten sich und wurden von einem breiten Aufblitzen erhellt, und nach einer Pause hörte man gedämpften, fernen Donner. Ich mochte sie nun weit mehr als bislang und wußte, daß ich vielleicht sogar scharf auf sie war, und wie konnte es einem armen Jungen auch anders ergehen nach all dem, was sie mir zugemutet hatte. Natürlich hatte ich nicht gänzlich den Verstand verloren und wußte, welche Gefühle ich auch hegen mochte, ich würde sie stumm erleiden müssen, wenn ich noch ein Weilchen auf Erden leben wollte. Ich schloß die Augen und sah sie wieder aus dem Teich am Fuß der Schlucht steigen, ihre Nippel schrumpelig und blau und ihr fahles Schamhaar strähnig vom abfließenden Wasser. Diesmal dachte ich, ich sähe jemanden, der versucht hatte zu sterben, obwohl ich mir natürlich nicht sicher sein konnte, weil sie ein großzügiges Dasein lebte, weil es ihrer Natur nicht entsprach, durch Urteile erfaßt zu werden. Ich fragte mich, was geschehen würde, falls ihre Intimität mit Mr. Schultz stärker war als das, was ich ihr anvertraut hatte, und sie ihm erzählte, was ich berichtet hatte. Aber ich hatte das Gefühl, daß sie es nicht tun würde, daß ihr Charakter von Unabhängigkeit bestimmt war, daß sie allein in einer Art selbst geschaffenem Geheimnis lebte und daß es ihre Integrität ausmachte, einzig aus eigener Kraft und in Zwiesprache mit sich zu leben, wie verlockend nahe sie auch jeden Moment an jeden beliebigen herantriften mochte. Ich sagte mir, daß sie endlich angemessen menschlichen Schmerz gezeigt hatte, und dachte, dies mache zum großen Teil meine neue Zuneigung zu ihr aus, oder versuchte mir das jedenfalls einzureden, selbst wenn das nicht ganz zusammenpaßte mit dem dicken Kerl, den ich nun in der Hand hielt und der genau wie sie seinen eigenen Willen hatte und die Unzulänglichkeit meines Denkens demonstrierte. Als ich in dem großen, weißen, nur mir gehörenden Badezimmer kalt geduscht und mich für den Abend mit Anzug, Krawatte und Brille ausgestattet hatte, war ich entschlossen, daß meine Gefühle, welcher Art sie auch sein mochten, mich nicht von der Gerechtigkeit abhalten würden, nach der mein Leben verlangte. Ich hatte Bo Weinberg wirklich versprochen, mich um sie zu kümmern und sie zu beschützen, und nun, nachdem ich es ihr erzählt hatte, würde ich es auch tun müssen, aber in meinem wie in ihrem Interesse hoffte ich, daß es nie dazu kommen würde.

13

Wie in jedem für längere Zeit bezogenen Quartier wurden die Truppen für unseren Aufenthalt im Onondaga Hotel inzwischen mit zusätzlicher Verpflegung versorgt, die mehr an zu Hause erinnerte. Mr. Schultz hatte eine Nachschublinie aus New York eingerichtet, und einmal pro Woche traf ein Lastwagen mit Steaks und Koteletts ein, mit Lammrücken, Fisch auf Eis, Delikatessen, gutem Whisky und Bier, und alle paar Tage fuhr jemand nach Albany hinunter, wo ein Flugzeug mit frischen Brötchen und Bagels aus New York, mit Kuchen und Pasteten und sämtlichen Zeitungen landete. Die Hotelküche wurde auf Trab gehalten, doch anders als ich erwartet hatte, schien dies dort niemanden zu stören, das Urteil, das in all dem enthalten war, schien ihnen völlig entgangen zu sein.

Niemand war ungebührlich stolz oder empfindlich oder nahm Anstoß, alle waren nur zu willig, zu kochen und zu servieren, was Mr. Schultz ihnen lieferte, ja allein die Tatsache, daß sie sich in der Nähe der obersten Unterwelt befanden, schien ihre eigenen Fertigkeiten zu verbessern.

Das Abendessen wurde zu einem Ritual, als wären wir alle eine Familie, die sich am Ende des Tages zur selben Stunde, wenn auch an verschiedenen Tischen, versammelte. Die Mahlzeiten hatten die Tendenz, sich eine Weile hinzuziehen, und waren für Mr. Schultz oft Anlaß zu ausgedehnten Erinnerungen. Er wirkte dann entspannt, außer wenn er zuviel trank, dann wurde er verdrießlich oder niedergeschlagen und stierte diesen oder jenen von uns an, ob wir es uns ihm zum Trotz nicht zu wohl ergehen ließen oder zu fröhlich aßen, was auf unsern Tellern lag, die er sich aus purer Boshaftigkeit gern reichen ließ, um sich den einen oder andern Bissen zu schnappen, bevor er den Teller zurückgab; dies machte er mehrfach mit mir, und es versetzte mich unweigerlich in Wut oder nahm mir den Appetit, einmal ging er zu dem anderen Tisch hinüber und spießte sich ein Steak von deren Platte, als könne er nicht großzügig und gastfreundlich sein, ohne zugleich das Gefühl zu haben, die Leute würden ihn übervorteilen, und an solchen Abenden war das Essen höchst unerfreulich, und Miss Drew zog sich unter einem Vorwand zurück, wenn ihr nicht gefiel, was vorging, es wurde einem wirklich schwer ums Herz, wenn man sah, daß er einem sogar noch das Essen mißgönnte, das man zum Mund führte, es war erniedrigend, die eigene Portion geschändet zu sehen, und diese Abende waren alles andere als gute Abende.

Doch wie gesagt, meist war er beim Abendessen, wenn er nüchtern blieb, ausgeglichen, als ob die Tage, die er damit verbrachte, Onondaga, New York, sein sonniges Wesen und seinen Altruismus vorzuführen, ihn tatsächlich mit der Welt in

Einklang brächten. Und an diesem bestimmten Abend wußte ich sicher, daß ich dazu kommen würde, alles zu essen, was ich mir auf den Teller lud, weil wir an unserem angestammten Tisch zwei Gäste hatten, Dixie Davis, der offenbar über die für seine Rückkehr nach New York vorgesehene Zeit hinaus dablieb, und den Priester der katholischen St.-Barnabas-Kirche, Hochwürden Montaine. Es gefällt mir noch heute, daß der Priester beim Hereinkommen zunächst bei dem Tisch an der Tür stehenblieb, um Mickey und Irving und Lulu und den Fahrer von Dixie Davis zu begrüßen, der bei ihnen saß, und ein paar Minuten jovial mit ihnen zu plaudern, wobei er jede Menge priesterlicher Witzchen machte. Er war ganz schön lebhaft für einen Gottesmann, er rieb sich beim Reden enthusiastisch die Hände, als könnten nur gute Dinge geschehen, er glühte vor Ehrgeiz für seine kleine, nicht sonderlich wohlhabende Gemeinde, denn St. Barnabas war eine bescheidene Kirche mit kleinem Einzugsgebiet unten am Fluß, wo die Straßen am schmalsten waren und die Häuschen eng beieinanderstanden, eine aus Holz und nicht wie die zum Heiligen Geist oben auf dem Hügel aus Stein erbaute Kirche, obwohl sie innen beinahe genauso groß war und sogar schmucker mit ihrem bemalten Gips-Christus und seinem an den Wänden aufgehängten Gefolge von Heiligen.

Das Menu bestand aus Roastbeef, durchgebraten serviert, wie ich es am liebsten aß, und frischem Spargel, aus dem ich mir nicht viel machte, und hausgemachten Pommes frites, in große, dicke Schnitze geschnitten, sowie grünem Salat, den ich grundsätzlich nicht anrühre, und es gab echten französischen Wein, für den ich Geschmack zu entwickeln lernte, dem ich jedoch nicht frönte, und zwar aus dem gleichen Grund, aus dem Drew Preston so weit wie möglich von Mr. Schultz entfernt auf der andern Seite des Tischs Platz genommen hatte. Ich saß links von Mr. Schultz und Hochwürden Montaine rechts von ihm, und links neben mir hatte ich Dixie Davis, und Drew Preston saß zwischen ihm und Mr. Berman. Dixie Davis plapperte zügellos, vielleicht war er während der Nachmittagssitzung ein bißchen in die Mangel genommen worden, vielleicht hatte er die falschen Nachrichten mitgebracht, oder seine juristische Meinung war nicht günstig aufgenommen worden, aber woran es auch liegen mochte, er konnte nicht aufhören zu reden, vielleicht lag es nur an dem Umstand, daß er neben der schönsten, aristokratischsten Frau saß, die er je gesehen hatte, die ein schlichtes schwarzes Kleid trug, das ihren eleganten Hals betonte, um den eine einzelne Perlenschnur geschlungen war, und in jeder Perle glühte ein winziger Widerschein des Hotellüsters, aber Dixie Davis erzählte Mrs. Preston von seinen Anfängen im Anwaltsberuf, erinnerte sich mit hysterischer Selbstzufriedenheit daran, wie tief unten er begonnen hatte, während sie mit ihrem hübschen Köpfchen nickte, damit er in Fahrt blieb, und entschlossen alles auf ihrem Teller verputzte und mehrere Gläser Wein leerte, die er ihr mit Vergnügen einschenkte, wobei er sich weiter an ihrer Gegenwart erwärmte und flehentlich bemüht war, sie mit den Fakten seines feigen Lebens zu beeindrucken. Ich weiß, daß ich mich nicht damit gebrüstet hätte, mich in den Kaschemmen in der Nähe des Gerichts herumgetrieben zu haben und den Kautionshaien in den Arsch gekrochen zu sein, damit sie mir einen Tip gaben, wenn irgendein armer Schlucker angeklagt wurde und einen Anwalt brauchte. Auf diese Weise hatte er angefangen, sich eine Kanzlei aufgebaut mit der täglichen Gerichtskundschaft aus Buchmacherboten, von den fünfundzwanzig Dollar, die er jedesmal von denen kassierte, wenn der Richter mit dem Hammer klopfte. »Der Rest ist Geschichte«, sagte er mit seinem langzähnigen, abwärtsgerichteten Lächeln. Mir fiel auch auf, daß er mit krummem Rücken dasaß und den Kopf in Richtung seiner Haartolle vorschob, so daß seine ganze Gepflegtheit und feine Garderobe in Anbetracht der kriecherischen Haltung verpuffte. Ich weiß nicht, warum ich eine solche Abneigung gegen den Mann entwickelt hatte, ich kannte ihn ja kaum, aber als ich so neben ihm saß und beobachtete, wie er versuchte, in den Ausschnitt von Drew Prestons Kleid zu gucken, hatte ich das Gefühl, ich säße besser bei Irving und Lulu und den Jungs am andern Tisch, nicht neben diesem Intellektuellen, der nicht ein einziges Mal das Wort an mich richtete oder auch nur dem Anschein nach davon Notiz nahm, daß ich da rechts neben ihm saß.

Und dann zog er einen Schnappschuß aus seiner Brieftasche, das Foto einer Frau in knappem Strandmieder und Sonnenshorts, die in die Sonne blinzelte, die Hände auf den üppigen Hüften und die Füße in hochhackigen Schuhen einen vor den andern, mit den Spitzen nach außen gestellt, und er legte es vor Drew Preston auf den Tisch, die darauf hinunterlinste, ohne es anzufassen, als handle es sich um eine Kuriosität der Natur, eine Grille oder eine Gottesanbeterin zum Beispiel.

»Das ist meine Verlobte«, sagte er, »Fawn Bliss, die Schauspielerin? Vielleicht haben Sie schon von ihr gehört.«

»Was?« sagte Drew Preston. »Sie meinen doch nicht – *die* Fawn Bliss?«, und sprach den Namen in solch ungläubigem Ton aus, daß der Anwalt annahm, sie könne nicht glauben, daß ihr das Glück beschieden war, neben ihm bei Tisch zu sitzen.

»Ebendie«, sagte Dixie Davis grinsend und glotzte voll törichter Bewunderung auf den Schnappschuß. Drew Preston fing meinen Blick ein, und ihre Augen verschleierten sich, und dann schielten sie überkreuz, und ich fing an zu lachen, ich hatte nicht gewußt, daß sie das konnte, und in genau diesem Moment merkte ich, daß mich Mr. Berman von der andern Tischseite über die Ränder seiner Brille hinweg betrachtete, und ohne daß er ein Wort zu sagen oder auch nur den Kopf zu neigen brauchte, wußte ich, daß ich dem falschen Gespräch zugehört hatte. Trotz meines Vorsatzes, wachsam zu bleiben, war ich nicht imstande gewesen, Mrs. Preston aus den Augen zu lassen, eine Tatsache, die ich in den Halswirbeln zu spüren bekam, denn die knackten wirklich vor Unwillen, als ich mich in die Richtung von Hochwürden Montaine und Mr. Schultz herumdrehte.

»Ah, aber Sie mühzen sisch auf die geistige Reise begeben«, sagte der Priester auf seine lebhafte Art und aß und trank weiter, während er sprach, so daß die Worte dem glichen, was er aß, »Sie mühzen um den Katechisme bitten, Sie mühzen das Wort Gottes ören, Sie mühzen rein werden und sisch auf die Gnadenwahl präparieren und sisch den Prüfungen unterziehen. Nur dann können Sie den Baptisme empfangen und der Konfiirmaziong teil-aftig werden, nur dann können Sie das Sakramäng empfangen.«

»Wie lange dauert all das, Hochwürden?«

»Oh, nun, das kommt drauf an. Ein Jahr. Fünf Jahre, zehn? Wie schnell Sie eben Ihr Erz den Mysterien öffnen.«

»Ich schaffe es schneller, Hochwürden«, sagte Mr. Schultz.

Ich wagte nicht, Mr. Berman anzusehen, weil er sofort gemerkt hätte, daß ich überrascht worden war. Nachdem wir den Geistlichen damals auf dem Trottoir vor seiner Kirche kennengelernt hatten, waren wir an einem Mittwoch zum Bingo-Abend von St. Barnabas gegangen, und Mr. Schultz hatte sogar ein paar Spiele geleitet, hatte die magischen Zahlen auf den Kugeln ausgerufen, die in den Trichter geplumpst waren, und viel Trara darum gemacht, wenn jemand einen Dollar oder zwei gewonnen hatte. O ja, und dann sagte er dem Priester etwas ins Ohr, und der verkündete darauf ganz aufgeregt, daß Mr. Schultz in seiner segensreichen Großzügigkeit zum Abschluß des Abends einen großen Sonderpreis in Höhe von fünfundzwanzig Dollar gestiftet habe, und es gab großen Applaus, den Mr. Schultz mit einer bescheiden erhobenen Hand und einem breiten, einfältigen Lächeln entgegennahm, während Mr. Berman und ich die ganze Zeit über im Hintergrund saßen und über Bingokarten nachdachten, und er nahm eine Karte und ordnete jedem Buchstaben einen Zahlenwert zu und zeigte mir einen möglichen Weg, wie man die Reihen benachteiligen könnte, nachdem jede Zahl ausgerufen worden war, und dann beschrieb er mir mehrere verschiedene Wege, wie sich bei einem ehrlichen Spiel tricksen ließ. Aber ich hatte nicht gedacht, daß ich je gerügt werden könnte, weil ich nicht wußte, daß das Bingo-Spiel der erste Schritt auf dem Weg zur Konversion war.

Der Geistliche legte Messer und Gabel hin und lehnte sich, noch immer kauend, auf seinem Stuhl zurück. Unter schweren, in mitfühlender priesterlicher Skepsis hochgezogenen Brauen blickte er Mr. Schultz an. »Von der jüdischen zur Eiligen Kirsche, das ist eine große Revolution.«

»Nicht so groß, Hochwürden, nicht so groß. Wir sitzen alle im selben Baseballstadion. Warum tragen denn Ihre Obermacker sonst alle Jarmulkes? Außerdem ist mir aufgefallen, daß Sie ständig über unsere Leute sprechen und unsere Bibel lesen. Nicht so groß, die Revolution.«

»Ah, aber das ist der Punkt, exactemäng, wie wir lesen, was wir akzeptieren, das ist der Punkt, nischt wahr?«

»Ich kenn Leute, katholische Jungs, mit denen ich aufgewachsen bin, Geschäftspartner, hab ich recht, Otto?« sagte Mr. Schultz und blickte zu Mr. Berman rüber, »Danny Iamascia, Joey Rao, Leute wie die. Die denken genauso wie ich, glauben genauso an Gut und Böse, haben den gleichen Respekt für ihre Mütter, ich war mein Lebtag von katholischen Geschäftsleuten abhängig, Hochwürden, und die von mir, und wie hätte das gehen sollen, wenn wir uns nicht verstanden hätten wie Blutsbrüder?«

Mit einer zu diesen erhabenen Gefühlen passenden Bedachtsamkeit füllte er das Glas des Priesters erneut. Alle waren still geworden.

Hochwürden Montaine warf Mr. Schultz einen Blick gallischen Vorwurfs zu, dann hob er das Glas und trank es aus. Dann tupfte er sich mit der Serviette die Lippen ab. »Natürlich«, sagte er sehr leise, als spreche er von etwas, das besser ungesagt bliebe, »natürlich gibt es in den spezielle Fällen von religiös Reifen einen anderen Weg.«

»Jetzt kommen Sie zur Sache. Die Abkürzung«, sagte Mr. Schultz.

»In diesen Fällen müssen wir, isch weiß nischt, die Konfidahns aben, daß wahrlisch die Submission unter den Errn Jesu Christe begonnen at.«

»Ich gebe Ihnen mein Wort, daß ich es nicht aufrichtiger meinen könnte, Hochwürden. Ich hab davon angefangen, oder? Ich führe ein schwieriges Leben. Ich fälle ständig wichtige Entscheidungen. Ich brauche Kraft. Ich seh, wie Männer, die ich kenne, ihre Kraft aus ihrem Glauben holen, und ich denke mir, daß ich diese Kraft auch brauche. Ich bin nur ein Mensch. Ich fürchte um mein Leben wie alle Menschen. Ich frag mich, wofür das alles gut ist. Ich versuche, großzügig zu sein, ich versuche, gut zu sein. Aber mir gefällt die Idee, daß ich diese Extrachance habe.«

»Isch verstäh, mein Sohn.«

»Wie wär's mit Sonntag«, sagte Mr. Schultz.

Nach dem Kaffee zog sich Drew Preston zurück, und einige Minuten später löste sich die Gesellschaft auf, und Mr. Schultz lud Hochwürden Montaine in den sechsten Stock des Hotels ein, wo sie in seiner Suite saßen und aus einer Flasche, die auf dem Tisch stand, kanadischen Whiskey tranken und Zigarren rauchten und sich amüsierten wie dicke Freunde. Ich fand, als ich zu ihnen hineinblickte, daß sie sich sogar ähnlich waren, beide schwerfällig und halslos und unachtsam mit Asche. Dixie Davis saß mit ihnen zusammen. Die übrigen aus der Gang waren in Mr. Bermans Büro, hockten mit mürrischen Gesichtern rum und sagten wenig. Endlich ging der Geistliche nach Hause, und alle marschierten in Mr. Schultz' Suite, ohne daß irgendwer zu einer Besprechung oder so was gerufen hätte, wir kamen einfach alle reingeschlendert und setzten uns hin, und alle waren ganz still, während unser Boß auf und ab tigerte und uns seine Überlegungen kundtat. »Mickey, du verstehst das, oder, Mickey wird das verstehen, schließlich muß ich vorbereitet sein, ich kann kein Risiko eingehen, ich brauch alle Hilfe, die ich kriegen kann. Wer weiß? Wer weiß? Vor ein paar Jahren, das weiß ich noch, hat mich dieser Patrick Devlin sehr beeindruckt, erinnerst du dich an die Brüder Devlin, die hatten zu der Zeit in der Bronx den größten Teil vom Biergeschäft in der Hand, wir fingen da grad erst an, und ich wollt's ihm mal zeigen, er war verflucht stur, wir haben ihn an den Daumen aufgehängt, weißt du noch, Lulu? Aber er wußte nicht, was wir vorhatten, er dachte, wir bringen ihn um, und er brüllte nach einem Priester. Also, das hat mich beeindruckt. Nicht nach seiner Mutter, nicht nach seiner Frau, nach keinem außer seinem Priester, als er dachte, er wär am Sterben. Das hat mich zum Nachdenken gebracht. Ich meine, in so einem Augenblick sieht einer doch auf seine Kraft, hab ich recht? In Wirklichkeit haben wir gar nicht viel gemacht, ihm nur'n bißchen Gedärm und Scheiße von ner toten Ratte auf die Augen geschmiert und das Zeug mit Klebeband festgeklebt, und dann haben wir ihn dort in seinem eigenen Keller aufgehängt, damit sie ihn finden würden, bloß haben sie so lange dazu gebraucht, die blöden Ärsche, daß er bis dahin das Augenlicht verloren hatte. Aber ich hab nie vergessen, daß er den Priester wollte. So was behält man. Ich mag diesen kleinen, französisch gesottenen Kanaken, ich mag seine Kirche, die kriegt ein neues Dach von mir, damit's nicht während der heiligen Momente reinregnet, gibt mir einfach ein gutes Gefühl, versteht ihr, was ich meine? Ich krieg jedesmal ein gutes Gefühl, wenn ich da reinspaziere, ich kann kein Latein, aber ich kann auch kein Hebräisch, also warum nicht beides, gibt es ein Gesetz gegen beides zusammen? Christus war beides, Himmel noch mal, was ist schon groß dabei? Sie legen Wert aufs Beichten, ich kann nicht behaupten, daß ich da wild drauf bin, nichts für ungut, aber damit werd ich schon fertig, wenn's soweit ist. Meiner Mutter darf dies nicht zu Ohren kommen – Irving, deiner Mutter auch nicht, die Mütter sollten es nicht erfahren, sie würden's nicht verstehen. Ich hab die alten Männer nie gemocht, die in der Synagoge beten, hin und her wackeln und schaukeln, mit rauf- und runtergehenden Köpfen, mit ruckenden Schultern, jeder brabbelt in seinem Tempo vor sich hin, ich mag ein bißchen Würde, ich mag's, wenn alle zusammen was singen, alle zur gleichen Zeit das gleiche machen, ich mag die Ordnung darin, es heißt was, wenn alle gleichzeitig auf die Knie gehn, das wirft ein Licht auf Gott, ist das zu hoch für dich, Lulu? Schau dir das an, er ist so unglücklich, Otto, schau dir mal sein Gesicht an, gleich weint er, sag ihm, ich bin immer noch der Holländer, sag ihm, nichts hat sich geändert, nichts hat sich geändert, du blöder Jid!« Und er umarmte seinen Killer rauh und herzlich, lachte und klopfte ihm auf den Rücken. »Du weißt doch, wie das ist bei nem Prozeß, oder, du weißt doch, wir werden vor der Verhandlung alle ein bißchen nervös. Das ist alles. Das ist alles. Ist doch nicht die letzte Ölung, Jesses noch mal.«

Niemand sagte etwas darauf außer Dixie Davis, der andauernd nickte und lächelnd seine nichtssagenden ermutigenden E-hms brummte, jeder sonst war niedergeschmettert, es war ein niederschmetternder Tag gewesen. Mr. Schultz redete immer weiter, doch als ich den Moment für passend hielt, schlüpfte ich leise hinaus und ging auf mein Zimmer. Mr. Schultz war maßlos, jeder, der für ihn arbeitete, mußte das wissen, er konnte nicht aufhören, er trieb alles bis zum Äußersten, so daß er etwas, was vielleicht als Geschäft angefangen hatte, wie alles hier draußen, bis zum Rand auskosten wollte, er mußte diese Gefühle ebenso austoben wie seine Wut. Ich nahm kaum an, daß wir irgendwie in Gefahr waren, ihn an die Geistlichkeit zu verlieren, er wollte bloß ein bißchen mehr Deckung haben, quasi eine zusätzliche Versicherungspolice, das hatte er praktisch selber gesagt, und wenn man kein religiöser Mensch war, der glaubte, daß es nur ein Bekenntnis zu Gott gibt, daß Gott nur in einem Bekenntnis zu haben ist, in einem allein, dann war sein Verhalten auf abergläubische Weise sinnvoll, er wollte immer mehr von allem, und wenn er sich noch eine Weile länger hier aufhielt, dann würde er wahrscheinlich auch noch Gemeindemitglied der protestantischen Kirche zum Heiligen Geist werden, er konnte es sich ja weiß Gott leisten, hier kam seine übliche, munter alltägliche Gier durch, der Drang zur Aneignung war bei Mr. Schultz stärker als seine Schläue, er war seine zentrale Triebkraft, er funktionierte immer und überall, wo er sich gerade befand, er hatte sich Flüsterkneipen angeeignet, Bierverlage, Gewerkschaften, Lotterie-Unternehmen, Nachtclubs, mich, Miss Drew, und jetzt eignete er sich den Katholizismus an. Das war alles.

14

Doch nun sollte nicht nur Mr. Schultz' Prozeß in der ersten Septemberwoche beginnen, seine Konversion sollte dem sogar noch vorausgehen; mit einem Schlag hatte er die entscheidenden Zeremonien in seinem Leben verdoppelt, und das gab uns allen zu denken. Die folgenden Tage waren sehr geschäftig, ein weiterer Anwalt tauchte auf, den ich noch nie gesehen hatte, ein würdevoller, behäbiger, weißhaariger Herr, der offenkundig nicht mit Gangstern und ihren Sprachrohren vertraut war, was ich an seinem vornehmen, ernsten Auftreten und an seinem altmodischen Zwicker sehen konnte, der nur auf seiner Nase ruhte und an einem schwarzen Band befestigt war, an dem er bei Nichtgebrauch baumelte, und außerdem an der Tatsache, daß er einen jungen Assistenten, ebenfalls Anwalt, mitgebracht hatte, der für sie beide die Aktentaschen trug. Ihre Ankunft hatte eine den ganzen Tag dauernde geschlossene Sitzung in der Suite von Mr. Schultz zur Folge, sowie am nächsten Morgen einen Besuch aller bei Gericht. Die Vorbereitungen für Mr. Schultz' religiöse Initiation hatten Treffen mit Hochwürden Montaine in der Kirche zur Folge. Hinzu kamen noch all die gewohnten Geschäfte, die jeden in alle Richtungen zu führen schienen, außer Drew Preston und mich.

Und so fand ich mich eines Morgens auf dem Rücken eines lebendigen Ackergauls wieder, dessen Zügel ich umklammert hielt, was mir jedoch als richtiger Halt recht ungenügend erschien, und ich versuchte mich deshalb mit diesem sehr großen und breitrückigen Vieh vernünftig zu verständigen, das so tat, als würde es mich nicht verstehen. Ich hatte schon immer gedacht, Pferde müssen dumm sein. Wenn ich etwas sagte, um es zu bremsen, kanterte es los, und wenn ich es drängte, schneller zu gehen, um mit Miss Drew auf ihrer Grauschimmelstute Schritt zu halten, blieb es stehen und senkte plötzlich den Kopf und begann, die köstlichen, üppigen Gräser des Feldes zu fressen. Sein Rücken war mein Reich, aber es war sein Rücken. Entweder stürmte ich dahin, vornüberhängend und fest an ihn gepreßt, um nicht zu fallen, während Drew Preston neben mir sagte, was ich mit meinen Knien tun sollte und wie meine Absätze in den Steigbügeln zu stecken hätten, Feinheiten, für die ich noch keinen rechten Sinn hatte, oder ich saß in der Sonne da und schaute über diesen Mampfer hinweg, dessen Hals in jähem Winkel abfiel, bis sein Kopf gänzlich verschwand, und hörte zu, wie er mit seinen großen Zähnen Grasbüschel ausriß und das Zeug zwischen den Backenzähnen zermalmte, während das freie Feld zwischen mir und dem einzigen anderen menschlichen Geschöpf in Sicht immer größer wurde. Dieses Pferd war ein recht gewöhnlich aussehender Brauner, fast schwarz zwischen den Augen und um den Rumpf, aber es war ein Meister der Perversität. Ich fand es grausam von Mrs. Preston, es so einzurichten, daß ich von einem Pferd gedemütigt wurde. Gene Autry stieg in meiner Achtung, denn er ritt nicht nur so, daß es leicht aussah, sondern schaffte es auch noch, gleichzeitig halbwegs richtig zu singen. Mein einziger Trost war, daß mich niemand aus der Gang so sah, und als wir die Pferde wieder in den Stall des Farmers brachten und in die Stadt zurückspazierten, genoß ich das Gefühl von Erde unter meinen eigenen zwei Füßen und dankte Gott und seinem sonnigen Tag dafür, daß ich am Leben war, wenn auch leicht lahm und wundärschig.

Wir nahmen ein spätes Frühstück in meinem Teesalon zu uns. Niemand sonst war da, und die Frau blieb hinten in ihrer Küche, so daß wir uns ganz ungezwungen unterhalten konnten, Mrs. Preston und ich. Es machte mich ungeheuer glücklich, wieder mit ihr allein zu sein. Sie hatte über meine Bemühungen hoch zu Roß nicht ein einziges Mal gelacht, es hatte sie anscheinend ernsthaft interessiert, mich zu unterrichten, und sie hatte gemeint, ich würde nach ein paar Lektionen mehr ein guter Reiter werden. Ich teilte ihre Meinung. Sie sah sehr nobel aus in ihrer hellen Seidenbluse mit dem weiten, offenen Kragen und in ihrer Reitjacke aus blauem Samt und mit Lederflicken an den Ellbogen; wir aßen geruhsam unsere Corn-flakes und Eier mit Toast und tranken zwei Tassen Kaffee und rauchten meine Wings, während sie mir Fragen über mich stellte und mich höchst konzentriert ansah und meinen Antworten lauschte, als ob sie im ganzen Leben noch nie jemand so interessiert hätte. Ich empfand ihre Aufmerksamkeit als großes, erregendes Privileg, wir waren Freunde, intime Freunde, und ich konnte mir nicht vorstellen, wo sonst ich in diesem Augenblick lieber gewesen wäre als bei ihr, in diesem Teesalon, ohne daß uns jemand beobachtete, während wir gemeinsam frühstückten und uns so natürlich unterhielten, wenngleich es so natürlich auch wieder nicht war, weil die Situation mich zwang, mich als so brillant darzustellen, wie ich nur irgend konnte.

Ich erzählte ihr, ich hätte einen kriminellen Hintergrund.

»Heißt das, dein Vater ist Gangster?«

»Mein Vater ist vor langer Zeit verschwunden. Ich meine damit die Gegend, aus der ich komme.

»Und wo ist die?«

»Zwischen Third Avenue und Bathgate Avenue in der Bronx. Nördlich von der Claremont Avenue.«

»Ich war noch nie in der Bronx.«

»Das hab ich auch nicht angenommen«, sagte ich. »Wir wohnen in einem Mietshaus. Die Badewanne steht in der Küche.«

»Wer ist wir?«

»Meine Mutter und ich. Meine Mutter arbeitet in einer Wäscherei. Sie hat langes graues Haar. Ich finde, sie ist eine attraktive Frau, oder könnte es sein, wenn sie sich pflegen würde. Ich meine, sie ist sehr sauber und adrett. Aber sie ist ein kleines bißchen wahnsinnig. Warum erzähle ich Ihnen eigentlich diese Dinge? Ich hab noch nie mit irgendwem über sie geredet, und jetzt komme ich mir schlecht vor, wenn ich das über meine eigene Mutter sage. Sie ist sehr nett zu mir. Sie liebt mich.«

»Das möchte ich annehmen.«

»Aber sie ist nicht ganz richtig im Kopf. Sie macht sich nichts draus, möglichst gut auszusehen oder Bekannte zu haben oder sich Sachen zu kaufen oder einen Freund zu finden oder irgend so was. Sie lebt irgendwie in ihrem Kopf. Sie hat den Ruf, verrückt zu sein.«

226

»Ich nehme an, sie hat ein schweres Leben gehabt. Wie lang ist dein Vater schon fort?«

»Da war ich noch ganz klein. Ich kann mich nicht mal an ihn erinnern. Er war Jude, das weiß ich.«

»Ist deine Mutter denn nicht Jüdin?«

»Sie ist irische Katholikin. Sie heißt Mary Behan. Aber sie geht lieber in die Synagoge als in die Kirche. Das sind so die Dinge, die ich meine. Sie geht in der Synagoge nach oben und setzt sich zu den Frauen. Das gibt ihr Trost.«

»Und wie ist der Familienname? Nicht Bathgate.«

»Ach, das haben Sie gehört.«

»Ja, als du dich zur Sonntagsschule in der Kirche zum Heiligen Geist angemeldet hast. Jetzt weiß ich, wo du das her hast.« Sie lächelte mich an. Ich dachte, sie meinte, wo ich den Namen her hätte, von der Bathgate Avenue, der Straße des Überflusses, der Straße der Früchte dieser Erde. Aber sie meinte den Hang, in der falschen Kirche zu landen. Dafür brauchte ich einen Moment. Sie versuchte, nicht über ihren eigenen Scherz zu lachen, sah mich von der Seite an, hoffte, ich würde es ihr nicht übelnehmen.

»Wissen Sie, darauf bin ich überhaupt nicht gekommen«, sagte ich. »Daß ich in die verrückten Familienfußstapfen getreten bin.« Ich lachte, und da lachte sie auch. Wir schüttelten uns aus vor Lachen, ich liebte ihr Lachen, es klang tief und melodisch, wie eine Stimme unter Wasser.

Nachher, draußen, wo die Sonne heiß auf die leere Straße niederbrannte, schlenderten wir, als sei's die natürlichste Sache der Welt, nicht zum Hotel, sondern in die entgegengesetzte Richtung. Sie zog die Jacke aus und warf sie sich über die Schulter. Ich betrachtete unsere flimmernden Spiegelbilder in den leeren Schaufenstern mit den ZU-VERMIETEN-Schildern. Unsere Spiegelbilder waren schwarz, mit sehr wenig Farbe darin. Und doch brannte die Straße vor Licht. Ich spürte, ich lernte Drew Preston an diesem Morgen so kennen, wie sie innerlich sein mußte, ohne daß sie etwas vortäuschte oder von einem ihrer großen, emotionalen, weintrunkenen Anfälle der Selbsterforschung heimgesucht wurde, ich spürte, ich kannte sie so, wie sie unter dem Glanz ihrer Schönheit war, wie sie selbst daraus hervorblicken mußte, so daß ich diese Schönheit fast vergaß, und ich glaubte, sie so zu verstehen, wie sie selbst sich verstehen mußte, als jemand, der sein Wesen auch dann noch bewahrte, wenn er sich in der Gewalt anderer befand. Den Männern der Gang mußte es vorkommen, als machte sie einen Zug durch die Slums, und deswegen waren sie so beleidigt gewesen, doch in Wirklichkeit war es gefährlicher als das, war sie geistig verletzbarer, und ich glaube, an mir interessierte sie, daß ich auf meine Weise das gleiche tat.

Wir liefen einige Blocks weit. Sie war still geworden. Hin und wieder blickte sie zu mir hin. Dann nahm sie ganz plötzlich meine Hand und hielt sie fest, während wir weiterschlenderten. Gerade hatte ich ihr zugestanden, daß sie im Grunde durchaus vernünftig war, da mußte sie bei hellichtem Tag mit mir Händchen halten, als wäre sie meine Freundin. Ich drehte mich um, ob auch niemand, den wir kannten, auf der Straße war. Ich räusperte mich. »Vielleicht behagt Ihnen Ihre Position nicht«, sagte ich.

»Was ist das denn für eine Position?«

»Na ja, Sie sind meine Gouvernante.«

»Das dachte ich, aber anscheinend hast die ganze Zeit über du auf mich aufgepaßt.«

»Hab ich. Aber um Ihnen die Wahrheit zu sagen«, erwiderte ich, »bisher haben Sie sich ganz gut allein geschlagen.« Ich hatte es kaum gesagt, als ich fand, es klinge gemein. »Aber ich schätze, ich würde mein Wort halten, wenn Sie in die Klemme kämen«, sagte ich zur Sühne.

»In was für eine Klemme?«

»Na ja, es ist zum Beispiel nicht gut, wenn man nicht diese

Laufbahn eingeschlagen hat, was gesehen zu haben, irgendwas zu wissen«, sagte ich. »Sie mögen keine Zeugen. Sie mögen es nicht, wenn Leute was gegen sie vorbringen können.«

»Ich kann was gegen sie vorbringen?« sagte sie, als wäre das schwer zu begreifen.

»Ein bißchen was«, sagte ich. »Andrerseits weiß außerhalb der Gang niemand, daß Sie das können, und damit ist Ihre Position eine Spur besser, als wenn zum Beispiel der Distriktstaatsanwalt wüßte, daß Sie damals auf dem Schiff waren, und gern erführe, was dort passiert ist. Dann wären Sie vielleicht ernstlich in Gefahr.«

Sie war nachdenklich. »Du redest nicht so, als wärst du einer von ihnen«, sagte sie.

»Na ja, das bin ich ja auch nicht. Noch nicht. Ich versuche noch reinzukommen«, sagte ich.

»Er hält viel von dir, er sagt nur Gutes über dich.«

»Was denn?«

»Oh, daß du sehr schlau bist. Und daß du kein Schlappschwanz bist, ein Ausdruck, den ich nicht sonderlich schätze. Er hätte sagen können, du seist beherzt oder kühn oder furchtlos, er hätte sagen können, du seist unerschrocken. Macht es dir was aus, wenn ich dich frage, wie alt du bist?«

»Sechzehn«, sagte ich und übertrieb nur leicht.

»O je, O je«, sagte sie, während sie zu mir hinsah und den Blick senkte. Sie blieb einen Moment still. Sie löste ihre Hand aus meiner, was mich sehr erleichterte, auch wenn ich mir die Hand sehnlichst zurückwünschte. Sie sagte: »Nun, du hast bestimmt etwas für sie getan, wenn sie von dir gehört und dich unter all den andern ausgewählt haben.«

»Unter welchen andern? Es ist nicht das gleiche, wie in die Harvard University reinzukommen, Mrs. Preston. Ich bin ihnen zufällig aufgefallen, und das war's. Ich hab den Kontakt hergestellt. In dieser Gang denken sie sich alles unterwegs aus. Sie benutzen, was gerade zur Hand ist.«

»Ich verstehe.«

»Ich bin auf die gleiche Weise hierher geraten wie Sie.«

»Das war mir bisher nicht klar. Ich dachte sogar, ihr wärt irgendwie verwandt.«

Wir gingen den Abhang hinunter zum Fluß und bis zur Mitte der Brücke und stellten uns an das hölzerne Geländer und blickten auf das Wasser hinunter, das durch das breite, seichte Bett floß und sich mit brausender Vorsätzlichkeit an sämtlichen Steinen und Felsbrocken brach.

»Wenn ich etwas gegen sie vorzubringen habe«, sagte Mrs. Preston schließlich, »dann du doch auch?«

»Wenn ich nicht reinkomme«, sagte ich, »ja, dann habe ich was gegen sie vorzubringen. Wenn sie sich aus irgendeinem Grund gegen mich entscheiden. Ja. Keiner weiß, was Mr. Schultz tun wird«, sagte ich. »Ich bin dann eine Gefahr für sie, wenn er beschließt, daß ich eine bin.«

Sie wandte sich mir zu, um mich anzusehen. Sie sah beunruhigt aus, vielleicht verspürte sie sogar einen Hauch von Angst, obwohl ich mir da nicht sicher sein konnte in diesem Licht, das wie Wellen von Sommerhitze durch ihre blaßgrünen Augen zog. Falls sie Angst um mich hatte, so mochte ich das nicht, es war schwächend, ich dachte, wenn sie die verwegene Selbstsicherheit ihres von einem Zauber getragenen Lebens besaß, sollte sie sie mir meine auch zugestehen. Dies mag der gefährliche Moment in unserem Bündnis gewesen sein, als klar war, wie weit es reichte, daß wir einander tatsächlich gern hatten, daß ich es nicht ertragen konnte, als überwältigt betrachtet zu werden, als Lamm unter Wölfen, daß ich Gleichheit neben ihr wollte. Ich tat so, als nähme ich an, sie hätte um sich selbst Angst.

»Ich glaube eigentlich nicht, daß Sie sich zu sorgen brauchen«, sagte ich mit schroffem, gebieterischem Unterton. »Soweit ich es beurteilen kann, hat Mr. Schultz allen Grund, Sie für vertrauenswürdig zu halten. Und selbst wenn er das nicht täte, können Sie sich, meine ich, wahrscheinlich auf den Umstand verlassen, daß er so wenig wie möglich unternehmen würde, um sich davon zu überzeugen.«

»So wenig wie möglich? Warum?«

»Warum, Miss Lola, ich meine, Miss Drew, ich meine, Mrs. Preston? Warum?« Ich dachte, nun hätte ich sie verletzt, und ich fühlte mich elend. Ich war dabei, ihr zu zeigen, daß ich ein Mann war, mit den groben Urteilen eines Mannes. Doch dann trat ich auf der Holzbrücke einen Schritt zurück, und sie wußte, was ich im Sinn hatte, und sie lächelte wieder, und ich fing an zu lachen, und nun machte sie einen Satz nach vorn und schnappte nach meiner Hand, und als ich mich loszureißen versuchte, sagte sie: »Warum, warum, doch, sag's mir, sag's mir«, bittend wie ein kleines Mädchen, und sie zog mich an sich.

Da standen wir. Ich spürte ihre Hitze auf meinem Gesicht, als ich sagte: »Weil Mr. Schultz, wie anscheinend jeder außer dir weiß, eine Schwäche für Blondinen hat.«

»Woher weiß man das?«

»Jeder weiß es«, sagte ich. »Es hat sogar in der Zeitung gestanden.«

»Ich lese keine Zeitung«, flüsterte sie.

Meine Kehle war trocken. »Wie willst du all das erfahren, was du wissen mußt, wenn du nicht Zeitung liest?« sagte ich. »Was muß ich denn wissen?« sagte sie und blickte mich fest an.

»Na ja, wenn man nicht arbeitet für seinen Lebensunterhalt, braucht man vielleicht gar nichts zu wissen«, sagte ich. »Aber ein paar von uns, die versuchen, einen Beruf zu erlernen, müssen über die Entwicklungen auf dem laufenden sein.«

Ich fühlte mich schwach in den Knien, überwältigt, mir war leicht übel in der Hitze, ich hatte das Gefühl, in ihren Augen unterzugehen. Ich begehrte sie so total, daß mir alles weh tat, ich es überall spürte wie die Hitze meines eigenen Bluts, ich begehrte sie in den Fingerspitzen und den Knien und im Hirn und im Gesicht und in den kleinen Knöchelchen in den Füßen. Nur der Schwanz war in diesem Augenblick nicht in Mitleidenschaft gezogen. Ich begehrte sie hinter dem Gaumen, wo Tränen entstehen, in der Kehle, wo Wörter zerbröckeln, wenn die Stimme bricht.

»Hier hast du die neuste Entwicklung«, sagte sie. Und sie küßte mich auf den Mund.

Am Sonntag morgen standen alle sauber und poliert vor der St.-Barnabas-Kirche, sogar Lulu in seinem dunkelblauen Zweireiher, der so geschnitten war, daß die Waffe im Schulterhalfter unter seinem linken Arm möglichst wenig auftrug. Es muß in der letzten Augustwoche gewesen sein, ein neues Wetter senkte sich langsam über die Tage wie ein anderes Licht, an dem Berghang hinter meinem Zimmer waren manche der Laubbäume fahl geworden und gelblich gesprenkelt, und hier vor der Kirche wehte ein Wind die Straße vom Fluß herauf, so daß sich den Frauen der Gemeinde die Säume ihrer Sonntagskleider um die Beine wickelten, als sie die Stufen hinaufstiegen. Mein eigener Sommeranzug fühlte sich luftgekühlt an, und während wir wartend umherstanden, wurde mein sorgfältig hochgekämmtes Haar zerzaust, und allmählich zerbrach die festigende Schicht aus Vitalis-Tinktur.

Drew Preston hielt einen großen Feiertagshut fest, der ihre Augen vor mir verbarg. Sie trug weiße Spitzenhandschuhe bis knapp an die Handgelenke. Sie hatte ein konservatives schwarzes Kleid an und Strümpfe mit ordentlich und gerade auf den Waden sitzenden Nähten und schwarze Pumps mit niedrigen Absätzen, wodurch sie in dieser Szenerie fast unsichtbar wurde. Mr. Schultz an ihrer Seite war nervös und fummelte ständig an der kleinen Nelke auf seinem Revers herum, er knöpfte das Jackett seines grauen Nadelstreifenanzugs auf, um die Hose hochzuziehen, und dann entdeckte er, daß die Knöpfe der Weste nicht in den richtigen Löchern waren, und er riß die Weste auf und knöpfte sie wieder zu, und dann rückte er das Jackett auf den Schultern zurecht und dann bürstete er sich eingebildete Fusseln von den Ärmeln, und dann entdeckte er, daß ein Schnürsenkel auf war, und wollte sich gerade hinunterbeugen, als Mr. Berman ihm auf die Schulter tippte und auf einen Wagen deutete, der soeben um die Ecke gebogen war und am Bordstein vorfuhr und mit laufendem Motor dort stehenblieb. »Er ist da«, sagte Mr. Schultz, und im nächsten Augenblick kam ein weiterer Wagen, ein Coupé, um die Ecke und fuhr an uns vorüber und hielt kurz vor der nächsten Querstraße, und dann tauchte ein dritter Wagen auf und rollte sehr langsam die Straße entlang und kam auf unserer Höhe zum Stehen, ein schwarzer Chrysler mit unter den Kotflügeln verborgenen Reifen, ich denke, es muß eine Sonderanfertigung gewesen sein, so einen hatte ich noch nie gesehen. Mr. Schultz trat vor, und wir standen alle in Reih und Glied hinter ihm, als zwei keineswegs lächelnde Männer ausstiegen und uns alle mit jenem Blick bedachten, mit dem nur Bullen und Gangster die Leute ansehen, mit einem zudringlichen, aber fachmännisch rasch abschätzenden Blick, und sie nickten Mr. Schultz und Lulu und Irving knapp zu, und einer von ihnen ging die Stufen hinauf und spähte in die Kirche hinein, und der andere, die Hand an der hinteren Wagentür, blickte die Straße hinauf und hinunter, und dann nickte der erste von oben auf der Treppe, und der zweite öffnete die Wagentür, und ein dünner, modisch gekleideter Mann, der ziemlich klein war, stieg aus, und Mr. Schultz, der geduldig, beinahe demütig, bereitgestanden hatte, umarmte ihn freudig, und es war jemand, dessen Namen ich nicht einmal hier und heute, so viele Jahre danach, nennen werde, ein Mann, den ich sofort von den Fotos im *Mirror* wiedererkannte, mit der Narbe unter dem Kinn, dem einen hängenden Augenlid, dem welligen Haar, und in dem Moment, als ich ihn sah, schob ich mich auch schon instinktiv hinter jemanden, gerade so weit, daß ich für ihn außer Sicht war. Er hatte eine dunkle, matte Gesichtshaut, fast schon lavendelfarben, er war kleiner und leichter, als ich ihn mir vorgestellt hatte, er trug einen gutgeschnittenen, perlgrauen Einreiher, und höflich schüttelte er Abbadabba Berman und Lulu und Mickey die Hand und umarmte Irving herzlich, und dann wurde er Drew Preston vorgestellt und sagte mit einer Nuschelstimme, er freue sich, sie kennenzulernen, und mit einem Blick zum blauen Himmel hinauf sagte er: »Was für ein schöner Tag das ist, Dutch, ich denke, du mußt bei Il Papa bereits einen Stein im Brett haben«, und alle lachten, besonders Mr. Schultz, er war so glücklich, so geehrt, daß ein Mann dieser Position sich bereit erklärt hatte, den weiten Weg von New York hierher zu machen, um als sein Pate für ihn zu sprechen und ihn dem Priester förmlich zur Aufnahme in die Kirche vorzustellen.

Denn so funktioniert das, ein Katholik von gutem Ansehen muß als eine Art Charakterzeuge auftreten, ich hatte gedacht, es würde jemand aus der Gang sein, John Cooney zum Beispiel oder sogar Mickey, wenn es sonst keinen Geeigneten gab, denn die Gang war autark und was sie auch brauchte, das verschaffte sie sich aus eigenen Quellen, und ich hatte keinen Grund anzunehmen, daß sie in diesem Fall anders verfahren würde. Doch ich sah mir Lulu Rosenkrantz an, der vor Zufriedenheit strahlend hinter Mr. Schultz stand, die gesamte Gang war im Augenblick mit sich in Frieden, alles ergab nun einen Sinn, sie hatten sich wegen dieser Konversion Sorgen gemacht, wie sie sich wegen des Mädchens Sorgen gemacht hatten, als ob der Holländer überstürzt in alle Richtungen losballern würde, aber er hatte sie wieder überrascht, natürlich paßte es, daß er von dem höchstgestellten aller Männer eingeführt werden wollte, nicht nur, damit dadurch alles reibungslos lief, sondern weil es auch eine politische Ehre war, eine gewisse Anerkennung symbolisierte. Ich verstand, daß es von seiner Seite vielleicht eine Huldigung war, aber in gewissem Maße auch Bestätigung durch einen Gleichrangigen. Ich war befriedigt, ich dachte, das muß Mr. Berman gemeint haben, als er über die kommende Zeit sprach, wenn jeder die Zahlen lesen würde, sie arbeiteten mit diesem Ritual freundschaftlichen Einvernehmens bereits darauf hin. In der Tat war, was da im erhabenen morgendlichen Schatten der Kirche stattfand, eine Art von Billigung; Treu und Glauben ordneten sich zur Prozession, dies waren die ersten Manifestationen der kommenden neuen Welt, die Jungs hatten gedacht, es ginge bei dem, was er da machte, um Religion, aber schließlich ging es doch um die Branche, und alles in allem hielt ich es für einen gerissenen Schachzug von Mr. Schultz, wenn wahrscheinlich auch nicht ohne Mr. Bermans Hilfe zustande gekommen, daß er die eigenen blinden Impulse so nützte, er, ein Mann, der genauso abergläubisch wie raffiniert war, der seinen ungewohnten Landaufenthalt mit dem gleichen Allzweckunternehmungsgeist dazu genützt hatte, von einer Blaublütigen das Reiten zu lernen.

Ich wollte an diesem Morgen unbedingt an Mr. Schultz' Kräfte glauben. Ich wollte Ordnung in seinem Machtbereich, ich wollte alles an dem Platz sehen, wo es hingehörte, es war ein funktionierender Tyrannenstaat, den er regierte, und ich wollte, daß er ihn gut regierte, ohne Zaudern. Ich wollte ebensowenig, daß er einen Fehler beging, wie ich selbst die harmonische Seite des Bandenlebens einbüßen wollte; wenn seine verzerrte Sichtweise die herrschende Ordnung gefährdete, dann tat dies auch meine freche Gedankensünde, der Wahnsinn meiner an den Wurzeln rüttelnden Anmaßung. Innerlich prüfte ich mich, während ich dort stand, auf Schwächen, unbewußte Enthüllungen, Verhaltensfehler, Lücken in meiner Umsicht, und ich fand keine. Mein patrouillierender Verstand fand nur die Ruhe, den Frieden der Arglosen.

In diesem Moment begannen die Glocken von St. Barnabas zu läuten, als wollten sie mich in meinen Hoffnungen bestärken. Mein Herz schwang sich auf, und mich überkam ein leidenschaftliches Wohlgefühl. Wenn ich auch Kirchenorgeln absolut nicht ausstehen kann, habe ich die Glocken, die über die Straßen hinwegklingen, stets gemocht, sie treffen nie genau den Ton, aber es mag sein, daß sie gerade deswegen an die Ursprünge der Musik erinnern, mit ihrem beherzten, glücklichen Ginggong lassen sie mich an die Aufforderung von Landleuten denken, sich zu irgendeinem primitiven Fest zu versammeln, wie etwa zu einer Massenvögelei in den Heuhaufen. Überhaupt lassen sich nicht viele Gefühle aufrechterhalten, aber die Selbstzufriedenheit ist eines davon, und als ich dort in der klingenden Luft stand, konnte ich meine Gesamtsituation überblicken und das sichere Gefühl haben, daß sie nun, zu diesem Zeitpunkt des Sommers, gefestigter war als zu Beginn, daß ich der Gang sicherer angehörte und offenbar in unterschiedlichem Maße die Achtung der andern erlangt hatte, und wenn nicht Achtung, so doch Duldung. Ich hatte eine Begabung dafür, mich Erwachsenen gegenüber geschickt zu verhalten, wußte, mit welchen ich sprechen, bei welchen ich schlau sein, bei welchen ich den Mund halten mußte, und fast erstaunte es mich selbst, mit welcher Leichtigkeit ich all dies tat, ohne im voraus zu wissen, was zu tun war, und doch meistens richtigzuliegen. Ich konnte ein Sonntagsschüler sein und ich konnte mit einer Pistole schießen. Was sie auch von mir verlangt hatten, ich hatte es getan. Aber mehr noch, ich wußte nun, daß ich Mr. Schultz' unartikuliertes Genie erkennen und es in Worte fassen konnte, was soviel hieß, wie seinen Zorn zu meiden. Abbadabba Berman war ungeheuer scharfsichtig, er hatte mich mit meiner Automatic überrascht und dabei das gleiche hochentwickelte Denken bewiesen, das ihm erlaubt hatte, genau zu wissen, wo ich wohnte, als er den Revierbullen von der Bronx benutzt hatte, um mich herbeizuzitieren. Doch ich war nicht mehr vor Ehrfurcht erstarrt. Wie hätte ich es außerdem, da er so eindeutig auf meine Ausbildung versessen war, so weit bringen können, wenn er alles über mich wußte und meine Gedanken, ob ich nun wach war oder träumte, lesen konnte und wissen, welche ererbte Befähigung da drinnen aufgerollt bereitlag wie mein Schicksal? Selbst wenn er genau das über mich wußte, was ich am meisten fürchtete, und ich noch immer hier war, und nicht nur hier war, sondern vorankam und seine Hoffnungen erfüllte, dann hatte er seine eigenen Absichten für mich, und mein Geheimnis war erst recht sicher. Aber ich glaubte eigentlich nicht, daß er darum wußte, ich glaube, daß ich da, wo es am allerwichtigsten war, mehr wußte als er und daß seine Unzulänglichkeit letztlich darin bestand, daß er stets alles wußte, nur nicht das Entscheidende. So hatte ich also das Gefühl, es könnte nicht besser stehen, allein schon, in der Gesellschaft zu sein, in der ich mich befand, machte mich stolz, die Höhen, die zu erreichen ich fähig war, schienen unendlich zu sein, Drew hatte recht, ich war ein hübscher kleiner Teufel, und als der hohe Gast mit Mr. Schultz die Stufen hinaufging und in die Kirche, wünschte ich sogar, daß jemand mich vorgestellt hätte oder ich zumindest bemerkt worden wäre, obwohl ich eigens darauf geachtet hatte, daß dies nicht geschah, doch ich war nicht verstimmt, ich wußte, daß in der Aufregung historischer Momente die Feinheiten manchmal vernachlässigt werden, ich befand mich direkt hinter diesen großen Männern und sah von unten ihren Haarschnitt, ich befand mich in einer Linie des Aufstiegs mit diesen berühmten Gangstern meiner Sehnsüchte, ich fühlte mich großzügig und willens, in allen Zweifelsfällen zu Gunsten von jedermann zu entscheiden, sogar am Ende der Linie, sogar am Fuß der Außentreppe und als der letzte in der Prozession, die nun am Kircheneingang anhielt und, während der reguläre Gottesdienst noch andauerte, darauf wartete, bis es für Hochwürden Montaine an der Zeit war, vom Altar herunterzukommen und Mr. Schultz zu begrüßen und ihn als Symbol seines Eintritts in die katholische Kirche in das Gotteshaus zu geleiten.

Doch nun dauerte dies länger, als alle erwartet hatten. Abbadabba Berman kam die Treppe wieder herunter, um sich auf dem Trottoir eine Zigarette zu gönnen, ich schützte in der hohlen Hand das Streichholz für ihn vor dem Wind, und dann kam Irving zu uns heraus, und wir drei lehnten uns mit dem Rücken an den prachtvollen, stromlinienförmigen Chrysler am Bordstein und nahmen die anderen Wagen ein Stück weiter oben und weiter unten an der Straße nicht zur Kenntnis, wir standen mit dem Gesicht zu dem Bauwerk von St. Barnabas mit seiner Schindelfassade und dem hölzernen Glockenturm. Die Glocken verklangen nun mit einer kleinen Sequenz pochender nachträglicher Einfälle, leiser und leiser, und schwach hörte ich aus dem Innern der Kirche den ganz anderen Klang der Orgel. In diesem Augenblick äußerte Irving etwas, das einer Kritik an Dutch Schultz näher kam als alles, was ich je aus seinem Mund hören sollte. »Natürlich hat der Holländer in einer Sache unrecht«, sagte er, als setze er ein Gespräch fort, »er hat keine Ahnung, warum die alten Juden auf diese Art beten. Wenn er es wüßte, würde er solche Dinge vielleicht nicht sagen. Weißt du die Erklärung dafür, Kleiner?«

»Religion ist nicht meine Stärke«, sagte ich.

»Ich bin selbst kein religiöser Mensch«, sagte Irving, »aber für die Art, wie sie nicken und sich verbeugen und nicht eine Minute stillhalten, gibt es eine sehr vernünftige Erklärung. Es ist so wie bei Kerzen, die alten Männer, die in der Synagoge beten, sind Kerzenflammen, die vor- und zurückschwanken, sich mal in diese, mal in jene Richtung neigen, jeder der Männer nickt und verbeugt sich wie ein Kerzenflämmchen. Das ist das kleine Licht der Seele, das natürlich immer in Gefahr ist, zu verlöschen. Nur darum geht es also«, sagte Irving.

»Das ist sehr interessant, Irving«, sagte Mr. Berman.

»Aber Dutch weiß es eben nicht. Er weiß nur, daß es ihn stört«, sagte Irving mit seiner ruhigen Stimme.

Mr. Berman hielt den Ellbogen so, daß die Hand mit der Zigarette sich in der Höhe seines Ohrs befand, das war seine bevorzugte Denkhaltung: »Aber wenn er sagt, die Christen tun alles im Einklang, dann hat er damit recht. Sie haben eine zentrale Autorität. Sie singen zusammen, und sie antworten dem Priester, und sie setzen sich hin und stehen auf und knien nieder, und sie tun alles in geordneter Weise, alles ist bei ihnen unter Kontrolle. Damit also hat er recht«, sagte Mr. Berman.

Als die Dinge schließlich in Gang kamen, saß ich auf einmal auf einer Kirchenbank ganz vorn neben Drew Preston, da, wo ich sein wollte. Ich erinnerte mich selbst daran, daß alles in Ordnung war, daß noch nichts geschehen war, daß sie mir nur Zugang gewährt hatte zum geheimen Reich ihrer Leiden. Das war alles. Sie erkannte mich nicht öffentlich an, was ich zu schätzen wußte, zugleich aber auch peinigend fand. Blind blätterte ich die Seiten des Meßbuchs um. In der Kirche erglühte ihr Gesicht unter dem Hut in den weichen Tönen farbigen Glases und legte mir die angemessenere und adelnde Rolle des beschützenden Knappen nahe. Aber ich wollte sie so dringend vögeln, daß ich kaum stehen konnte. Ich wußte nicht, ob ich den Gottesdienst überleben würde. Mr. Schultz hatte dies die Kurzform genannt, so daß ich mich fragte, wie wohl die Langform aussehen mochte, ja ich verstand zum ersten Mal die Bedeutung des Wortes *ewig.*

Ich habe von dem quälend ewigen Gottesdienst nur wenige Dinge behalten. Das erste war, daß Mr. Schultz alles durchstand, nominiert, getauft, gefirmt wurde und die heilige Kommunion empfing, ohne daß sein Schnürsenkel geknotet war. Das zweite war, daß er, als Hochwürden Montaine den verehrten Paten, der gleich hinter dem Täufling stand, anwies, Mr. Schultz die Hand auf die Schulter zu legen, vor Schreck fast aus der Haut gefahren wäre. Vielleicht fesselten mich diese merkwürdigen Dinge, weil so gut wie alles übrige auf Latein ablief und ich eigentlich nur aufpaßte, wenn tatsächlich etwas passierte. Ich glaube, Hochwürden Montaine war der einzige Mann auf der Welt, dem es gestattet wurde, Dutch Schultz einen Krug Wasser nicht einmal, sondern dreimal über den Kopf zu schütten, ohne mit den Folgen rechnen zu müssen. Er tat dies, wie ich fand, lebhaft und voll liturgischer Begeisterung, da Mr. Schultz jedesmal blubbernd hochkam, mit stieren, roten Augen und dabei unauffällig seine Haare zu glätten versuchte.

Doch das letzte, was ich von jenem Morgen noch weiß, war das Rätsel meiner schönen, erstaunlichen Drew neben mir, die in meinen Augen um so unschuldiger wurde, je teuflischer ich an sie dachte. Sie schien die Kirchenmusik in sich aufzusaugen und unter heiligem Schmelz zu erstarren wie eine der heiligen Nonnen in einer Nische hoch an der Wand. Bei dem rasenden Wirbel, in dem meine Welt sich nun drehte wie ein teuflisch jonglierter Ball Gottes, wurde in meinem Herzen dadurch, daß sie versäumte, mich neben sich zur Kenntnis zu nehmen, unsere Verschwörung bekräftigt. Ich würde mir nicht länger weismachen können, daß ich sie nicht anbetete und nicht bereit wäre, mich aus Ergebenheit ihr gegenüber selbst zu vernichten, ich wußte dies in dem Augenblick, da die Orgel aufbrauste, der Gesang der Gemeinde sich in heiligste Höhen erhob und sie ihre weißbehandschuhten Finger an die Lippen hob und gähnte.

Teil 3

15

Der Prozeß stand uns unmittelbar bevor. Ich reduzierte meine Schießübungen und machte Botengänge für Dixie Davis, der mittlerweile im sechsten Stock Quartier bezogen hatte. Als ich eines Morgens für ihn einen Brief beim Gerichtsschreiber abzuliefern hatte, blieb ich danach an den kleinen Bullaugenfenstern in den Türen zu den Gerichtssälen stehen. Keiner war belegt. Niemand verbot es mir, also betrat ich Saal I und setzte mich. Es war ein weiter, verglichen mit einer Polizeiwache zum Beispiel ordentlich möblierter Raum: holzgetäfelte Wände und große Fenster, die hochgeschoben waren, damit die frische Brise eindringen konnte, und Kugellampen, die an Ketten von der Decke hingen. Sämtliche Möbel für Richter, Geschworene, Anklage, Verteidigung und Publikum waren vorhanden. Es war sehr still. Ich hörte das Ticken der Wanduhr hinter der Bank. Der Gerichtssaal wartete, dies war mein Eindruck. Ich hatte den Eindruck, daß hinter dem Warten eine unendliche Geduld lag. Ich verstand, daß dem Gesetz eine prophetische Nützlichkeit innewohnte.

Ich ertappte mich bei der Vorstellung eines Schuldspruchs. Ich sah vor mir, wie Mr. Schultz von den Wachen abgeführt wurde, während wir von der Gang dabeistanden und nichts unternahmen. Ich sah ihn vor mir, wie er, vor Wut einem Schlag nahe, abgeführt wurde, und der letzte Blick auf seine mörderische Gestalt, den ich erhaschte, war durch das über die Rückfenster der grünen Minna geschweißte Maschengitter in Rhomben zerteilt. Ich kam mir sehr schlecht vor.

An dieser Stelle möchte ich über Dutch Schultz sagen, daß er, wohin er auch ging, Verrat an seiner Person weckte, in allen Phasen seines Lebens ließ er fortwährend Verrat entstehen, durch sein Wesen brachte er Verräter hervor, nach Stil, Format und Erscheinung zwar verschieden, trug doch jeder von uns das Gesicht des Verrats, und dann verfolgte er uns mit Mord und Totschlag. Nicht, daß ich es nicht gewußt hätte, nicht, daß ich es nicht gewußt hätte. Jeden Abend fuhr ich mit dem Aufzug zum Tisch der Schultz-Familie hinunter und saß dort, krank vor Liebe oder Entsetzen, schwer zu sagen, vor was.

Ein paar Abende vor dem Prozeß tauchte ein Mann namens Julie Martin auf, den jeder in der Gang kannte außer mir. Er war ein korpulenter Mann mit Kinnwammen, die bebten, wenn er sprach, viel größer als Mr. Schultz oder Dixie Davis, aber er ging am Stock und trug an einem Fuß einen Pantoffel. Seine Augen waren winzig klein und von unbestimmbarer Farbe, und er hatte eine Rasur nötig, er sprach barsch, mit noch tieferer Stimme als der Holländer, und war überhaupt nicht gepflegt, seine Haare kringelten sich im Nacken, und die Nägel an seinen riesigen Händen waren schwarz, als verbrächte er seine Zeit damit, Autos zu reparieren.

Drew Preston zog sich fast sofort vom Tisch zurück, und ich war darüber erleichtert. Der Bursche roch nach Ärger. Mr. Schultz behandelte ihn mit zynischem Respekt und sprach ihn mit Mr. President an. Ich wußte nicht warum, bis mir Mr. Schultz' Unternehmen zur Auspressung von Restaurants in Manhattan einfiel, Metropolitan, der Verband der Restaurant- und Café-Besitzer. Julie Martin mußte der Mann sein, der ihn führte, davon war er Präsident, und da sich die meisten eleganten Restaurants von Midtown dem Verband angeschlossen hatten, einschließlich Lindy's und Brass Rail,

Steuben's Tavern und sogar Jack Dempsey's, war er ein ganz schön wichtiger Mann in der Stadt. Sicher schmiß er nicht eigenhändig die Stinkbombe durchs Fenster, wenn der Besitzer zögerte, dem Verband beizutreten, darum verstand ich nicht, warum seine Fingernägel schmutzig und seine Haare nicht geschnitten waren und warum er insgesamt nicht das Vertrauen eines erfolgreichen Mannes der Branche ausstrahlte.

Von der gelegentlichen Stinkbombe abgesehen, war die Auspressung von Restaurants ein unsichtbares Gewerbe, noch unsichtbarer als das Wettgeschäft und fast ebenso einträglich. Während die Gäste in den guten Steakhäusern am Broadway speisten und die alten Männer in den einfachen Lokalen über ihrer Tasse Kaffee saßen oder ihre Tabletts am warmen Büfett mit dem unentwegt aus gekochten Karotten und Blumenkohl aufsteigenden Dampf vorbeischoben, lief das Geschäft unsichtbar und glänzend auf der Basis diskreter Gespräche von Männern, die, zum Zeitpunkt ihres Besuchs in einem Lokal, niemals hungrig waren.

Mr. Schultz erzählte Julie Martin von dem Tag seines Eintritts in die katholische Kirche und prahlte damit, wer sein Pate gewesen war. Julie Martin war nicht sonderlich beeindruckt. Er war ein ungehobelter Mann und benahm sich, als habe er sich anderswo um wichtigere Angelegenheiten zu kümmern. Wie jeden Abend jetzt stand eine Flasche Whiskey auf dem Tisch, und immer wieder goß er sich große Gläser zur Hälfte voll und kippte sie hinunter wie Tafelwasser. Einmal ließ er seine Gabel zu Boden fallen und rief mit einem »He, du!« nach der Kellnerin, als sie mit einem Tablett voll schmutzigen Geschirrs vorüberkam. Fast hätte sie es fallen gelassen. Mr. Schultz mochte dieses Mädchen inzwischen, sie war die einzige, die sich weder durch großzügige Trinkgelder noch scherzhafte Floskeln davon überzeugen ließ, daß sie nicht jeden Abend während des Essens in Lebensgefahr schwebte. Mr. Schultz hatte mir erzählt, er habe den Ehrgeiz, sie nach New York zu locken und im Embassy Club arbeiten zu lassen, wirklich ein Witz in Anbetracht ihrer alles bestimmenden Furcht vor ihm. »Schäm dich, Mr. President«, sagte er nun. »Das ist nicht jemand von deinen Gewerkschaftsleuten. Du bist jetzt auf dem Land, benimm dich.«

»Klar bin ich auf dem Land, und wie«, sagte der dicke Mann mit seiner Baßstimme. Dann gab er einen gewaltigen Rülpser von sich. Ich kannte Jungen, die diese Fähigkeit besaßen, ich selbst hatte mich nie darin geübt, es war eine Waffe der Flegel und ließ auf ähnliches Geschick am entgegengesetzten Ende des Verdauungstrakts schließen. »Und wenn ich dieses lausige Essen hinter mir hab und du endlich zu Potte kommst und mir sagst, was du so wichtig findest, daß ich deshalb hier raufkommen mußte, dann kann ich endlich von deinem gottverdammten Land abhauen, und zwar lieber jetzt als gleich.«

Dixie Davis warf einen ängstlichen Blick in Mr. Schultz' Richtung. »Julie ist ein echter New Yorker«, sagte er mit seinem Lächeln aus herabgezogenen Mundwinkeln. »Hol sie aus Manhattan raus, und sie drehen durch.«

»Du hast ein großes Mundwerk, weißt du das, Mr. President?« sagte Dutch Schultz und sah den Mann dabei über sein Weinglas hinweg an.

Ich wartete nicht bis zum Nachtisch, obwohl es Apfelpudding gab, sondern ging hinauf in mein Zimmer und schloß die Tür ab und drehte das Radio an. Nach einer Weile hörte ich sie alle aus dem Aufzug kommen und in Mr. Schultz' Suite gehen. Einen Moment lang redeten sie alle gleichzeitig, als sängen sie mehrstimmig ein Lied mit verschiedenen Texten. Dann wurde die Tür zugeknallt. In meinem absonderlichen Geisteszustand hatte ich die mir ganz vernünftig erscheinende Vorstellung, daß irgendwie ich den Streit heraufbeschworen, daß mein heimliches Vergehen die metaphysische Dutchmanische

Wut entfesselt hätte und daß sie sich nur zufällig irrtümlicher-
weise im Augenblick gegen einen andern seiner Männer richtete, gegen einen nützlichen obendrein, so wie Bo nützlich
gewesen war. Nicht daß ich irgendwelche Sympathie für den
riesigen Flegel mit dem kranken Fuß hegte. Ich wußte nicht
genau, worum es bei dem Streit ging, nur daß er so ernst und
so laut war, daß ich ihn hören konnte, wenn auch nicht verstehen, was sie sagten, als ich den Korridor entlangschlich und
mich vor die Tür stellte. Der zornige Schlagabtausch ängstigte
mich, weil er so nah war wie der laute, nahe Donner bei einem
Gewitter, das noch ein Stück entfernt ist, und ich lief immer
wieder von meinem Zimmer in den Korridor, um nachzusehen, ob Drews Tür auch geschlossen war, um sicher zu sein,
daß sie nicht hineingezogen wurde, und jedesmal, wenn sich
das Knistern im Radio zum Knattern steigerte, bildete ich mir
ein, ich hätte einen Schuß gehört, und lief wieder hinaus.

Dies alles dauerte gut eine Stunde, wenn nicht noch länger,
und dann, es muß gegen elf gewesen sein, hörte ich tatsächlich den Schuß, man fragt sich nicht mehr, was das ist, wenn
man es hört, die Kunde ist eindeutig, sie bohrt sich durch
die Kammern des Ohrs, und als das Echo verhallt war, ver-
nahm ich die Stille der plötzlichen Subtraktion eines Lebens
von der Welt, und in der bebenden Wirklichkeit dessen, was
ich wußte, saß ich auf dem Rand meines Betts, diesmal zu gelähmt, um auch nur aufzustehen und meine Zimmertür abzu-
schließen. Ich saß da mit meiner durchgeladenen Automatic
und hielt sie unter einem Kissen auf dem Schoß.

Was hatte ich im Sinn gehabt, als ich diese Männer zu ihren
grimmigen Geschäften in Kleinstadthotels begleitete, wollte
ich verstehen, nichts als verstehen? Erst vor wenigen, kurzen Monaten hatte ich noch nichts von ihrem Leben gewußt.
Ich versuchte zu glauben, sie hätten all dies auch ohne mich
tun können. Aber es war zu spät, und sie waren so fremd,
sie waren alle so fremd. Sie wurden alle von derselben Idee

umgetrieben, denn sie verstanden sich anscheinend und ihre Reaktionen waren aufeinander abgestimmt, doch ich verlor die Idee immer wieder aus dem Visier, ich wußte noch immer nicht, worin sie bestand, diese Idee.

Ich kann nicht sagen, wie viele Minuten vergingen. Die Tür flog auf, und da stand Lulu und winkte mir mit dem Finger. Ich ließ meine Waffe liegen und lief ihm über den Korridor nach, zur Suite von Mr. Schultz. Die Möbel standen quer, die Sessel waren zurückgeschoben, und dieser Julie Martin lag in seiner ganzen Massigkeit quer über dem Couchtisch im Salon, er war noch nicht tot, sondern lag nach Luft schnappend auf dem Bauch, mit zur Seite gedrehtem Kopf und einem zusammengerollten Hotelhandtuch zum Aufsaugen des Bluts unter der Backe und einem weiteren, ordentlich gerollten am Hinterkopf, und beide Handtücher färbten sich rasch rot, und er schnappte nach Luft, und Blut rieselte ihm aus Mund und Nase, und seine vom Tisch hängenden Arme versuchten etwas zum Festhalten zu finden, und seine Knie waren auf dem Boden, und er schob sich nach hinten, drückte die Spitzen seiner Füße, der eine Fuß mit, der andere ohne Schuh, gegen den Boden, als versuche er aufzustehen, als glaube er, noch davonkommen oder davonschwimmen zu können, was er da machte, war eine Art Brustschwimmen in Zeitlupe, obwohl er nur seinen breiten Rücken in die Luft hob und unter dessen Gewicht dann wieder zusammensackte, und Irving brachte weitere Handtücher aus dem Badezimmer herbei, um sie neben den Couchtisch zu legen, wo Blut auf den Boden tropfte, und Mr. Schultz stand da und blickte hinunter auf diesen riesigen schildkrötenartigen Körper mit den blind-glasigen Augen, Augen wie aus dem Meer, und er sagte zu mir, sehr gelassen und leise: »Kleiner, du siehst gut, keiner von uns kann die Patrone orten, wärst du so gut, sie für mich zu suchen?«

Ich krabbelte auf dem Boden umher und fand unter der Couch die Messinghülse, noch warm von dem Schuß aus seiner Achtunddreißiger, die jetzt unter seinem Gürtel zu sehen war, denn sein Jackett stand offen, seine Krawatte hing gelockert unter dem Hemdkragen, doch irgendwie strahlte er in diesem Moment, mitten in diesem Gemansch aus Blut und unvollendetem Tod, eine gelassene Ordentlichkeit aus, er war ruhig und nachdenklich, und er dankte mir höflich für die Patronenhülse, die er in seine Hosentasche fallen ließ.

Dixie saß in einer Ecke und hatte die Arme um sich geschlungen, er stöhnte, als hätte der Schuß ihn getroffen. Es klopfte leise an die Tür, und Lulu öffnete sie, um Mr. Berman hereinzulassen. Dixie Davis sprang auf und sagte: »Otto! Schau, was er getan hat, schau, was er mir angetan hat!«

Mr. Schultz und Mr. Berman warfen sich Blicke zu. »Dick«, sagte Mr. Schultz zu dem Anwalt, »es tut mir sehr, sehr leid.«

»Mich dem auszusetzen!« Dixie Davis rang die Hände. Er war bleich und zitterte.

»Es tut mir wirklich leid«, sagte Mr. Schultz, »der Saukerl hat fünfzigtausend von meinen Dollars gestohlen.«

»Das einem bei Gericht zugelassenen Anwalt!« sagte Dixie Davis zu Mr. Berman, der nun auf die gequälten, sich ziellos wiederholenden Bewegungen des verrenkt daliegenden Körpers sah. »Und das tut er, während ich hier stehe? Zieht mitten im Satz seine Knarre und schießt dem Mann in den Mund?«

»Beruhige dich«, sagte Mr. Berman. »Du kannst völlig beruhigt sein. Niemand hat irgendwas gehört. Alle schlafen. In Onondaga geht man früh zu Bett. Wir kümmern uns um diese Sache hier. Du brauchst nichts zu tun, nur in dein Zimmer gehen und die Tür zumachen und es vergessen.«

»Ich bin mit ihm beim Abendessen gesehen worden!«

»Er ist sofort nach dem Essen abgereist«, sagte Mr. Berman und sah den sterbenden Mann an. »Er ist gegangen. Mickey hat ihn gefahren. Mickey kommt nicht vor morgen zurück. Wir haben Zeugen.«

Mr. Berman ging zum Fenster, blickte hinter dem Vorhang nach draußen und zog die Jalousie herunter. Er ging zum andern Fenster und tat das gleiche.

»Arthur«, sagte Dixie Davis, »bist du dir darüber im klaren, daß in wenigen Stunden staatliche Juristen aus New York in diesem Hotel einziehen werden? Bist du dir darüber im klaren, daß in zwei Tagen dein Prozeß beginnt? In zwei Tagen?«

Mr. Schultz schenkte sich aus einer auf dem Büfett stehenden Karaffe einen Drink ein. »Kleiner, bring Mr. Davis auf sein Zimmer. Bring ihn ins Bett. Besorg ihm ein Glas warme Milch oder so.«

Dixie Davis' Zimmer lag ganz hinten am Gang, in der Nähe des Fensters. Ich mußte ihm physisch beistehen, so schlimm zitterte er, ich mußte ihn beim Arm nehmen, als wäre er ein alter Mann und könne nicht allein gehen. Er war grau vor Angst. »Mein Gott, mein Gott«, murmelte er ständig. Seine Tolle war ihm auf die Stirn gerutscht. Er war naß vor Schweiß, er verströmte einen unangenehmen Geruch nach Zwiebeln. Ich setzte ihn in den Lehnsessel neben seinem Bett. Packen von juristischen Papieren in Aktendeckeln lagen gestapelt auf dem Schreibtisch. Er sah darauf und begann, an den Fingernägeln zu kauen. »Das mir, einem beim Gerichtshof des Staates New York zugelassenen Anwalt«, murmelte er. »Einem Angehörigen des Gerichts. Vor meinen Augen. Direkt vor meinen Augen.«

Ich dachte, Mr. Berman hat vielleicht recht, von nirgendwo im Hotel kam auch nur ein Laut, wie es sonst inzwischen wohl der Fall gewesen wäre, wenn man den Schuß außerhalb unseres Stockwerks gehört hätte. Ich blickte aus dem Korridorfenster, und die Straße war leer, die Straßenlampen beleuchteten die Stille. Ich hörte eine Tür aufgehen, und als ich mich umdrehte, stand weiter unten auf dem Gang, das Licht im Rücken, barfuß Drew Preston in ihrem Nachthemd aus weißer Seide, sie kratzte sich am Kopf und lächelte halb benommen, von der Verwirrung meiner Sinne will ich hier schweigen, ich schob sie zurück in ihr Zimmer und schloß die Tür hinter uns und befahl ihr in dringlichem Flüsterton, still zu sein und wieder schlafen zu gehen, und ich führte sie in ihr Schlafzimmer. Barfuß war sie ungefähr so groß wie ich. »Was ist passiert, ist etwas passiert?« fragte sie mit ihrer rauchigen, schläfrigen Stimme. Nichts, sagte ich, und daß sie weder Mr. Schultz noch sonst wen am Morgen danach fragen, es bloß vergessen, einfach vergessen solle, und ich besiegelte meine Anweisung mit einem Kuß auf ihren vom Schlaf geschwollenen Mund und legte sie ins Bett, nahm ihren wunderbaren Duft wahr, den ihre Laken und Kissen verströmten wie die Wiesen, über die wir gewandert waren, und legte die Hand auf ihre kleinen, hohen Brüste, während sie sich rekelte und bedeutsam lächelte, bedeutsam wie immer, und dann war ich schon zur Tür hinaus, die ich grade leise schloß, als die Aufzugtür am andern Ende des Korridors aufging.

Mickey trat rückwärts aus dem Aufzug, einen schweren Hund aus Holz und Metallrohren herausziehend, er machte dies so leise wie nur möglich, ich dachte an den Liftboy und verbarg mich hinter den Vorhängen, aber Mickey hatte den Aufzug selbst heraufgefahren, und als er den Hund in den Gang laviert hatte, schaltete er das Licht im Aufzug aus und schloß das Messinggitter, aber nicht ganz.

Die Gang war in ihrem Element, denn die Sache ist die, daß sich ein Gangster angesichts eines gewaltsamen Todes so schnell und effizient bewegt, wie es ein normaler, gewöhnlicher Mensch nicht könnte, sogar ich, ein Lehrling, halb krank vor Furcht und Erregung, war imstande, Befehle auszuführen und konstruktiv denkend und handelnd auf den Ernstfall zu reagieren. Ich weiß nicht, was sie getan hatten, um den Körper still zu bekommen, aber er lag jetzt ganz tot über dem Couchtisch, und Irving breitete Ausgaben der New Yorker Tageszeitungen und des *Onondaga Signal* auf dem Hund aus, jemand sagte eins-zwei-drei, und die Männer rollten den gewaltigen Leichnam von Julie Martin vom Couchtisch auf die Zeitungen, der Tod ist Dreck, der Tod ist Müll, und das ist die Einstellung, die sie dazu hatten, Lulu, der die Nase rümpfte, und Mickey, der sogar den Kopf abwandte, während sie mit diesem Sack menschlichen Abfalls hantierten. Mr. Schultz saß in einem Sessel, die Arme auf den Lehnen wie Napoleon, und würdigte die Sache nicht mal eines Blicks, er dachte voraus, plante – was? –, in seiner instinktiven Genialität davon überzeugt, daß er, wie abrupt und plötzlich seine mörderische Tat auch gewesen sein mochte, den Moment gut gewählt hatte, und das ist der Grund dafür, warum die großen Gangster nicht gefaßt werden, es sei denn anhand von Wettscheinen und Warenlisten und Steuergesetzen und Kontobüchern und ähnlichen amoralischen Abstraktionen, während ein Mord selten an ihnen kleben bleibt. Und das Aufräumen überwachte Abbadabba Berman, ging mit seinem seitenlastigen Trippeln auf und ab, den Hut in den Nacken zurückgeschoben, die Zigarette im Mund, und Abbadabba Berman dachte auch daran, den Stock aufzuheben, und legte ihn neben die Leiche. Er sagte zu mir: »Kleiner, geh in die Halle und sorg dafür, daß keiner den Pfeil sieht.«

Ich rannte die Feuertreppe drei Stufen auf einmal hinunter, Kehre um Kehre, schwang mich um die Pfosten an den Treppenabsätzen und erreichte die Halle, wo der Liftboy auf dem Sessel neben der großen Schlingpflanze döste, die Arme über seiner Uniform verschränkt und den Kopf auf der Brust. Der Portier hinter seinem Tresen und unter den Postfächern war auf ähnliche Weise beschäftigt. Die Halle war leer und die Straße auch. Ich hielt die Fahrstuhlanzeigeuhr im Auge, und kurz darauf begann der Pfeil sich im Kreis herum zu bewegen, erreichte die Eins und schwenkte weiter, um beim Souterrain stehenzubleiben.

Draußen hinter dem Hotel hatten sie den Wagen stehen,

das wußte ich, und daß Details, die ich nicht einmal vorausbedenken konnte, bereits durchdacht sein würden, hatte etwas Tröstliches, ich leistete, zu all meinen andern Problemen, Beihilfe zur Verschleierung eines Verbrechens, und als der Aufzug wieder in die Halle hinauf kam und die Tür aufging, legte Mickey einen Finger auf die Lippen und hinterließ den Aufzug so, wie er ihn vorgefunden hatte, erleuchtet, aber mit zugezogenem Messingscherengitter, und er schlich sich sofort zur Feuertreppe hinaus, und eine Minute später hustete ich laut und weckte den Liftboy, einen Neger mit grauem Haar, und er fuhr mich in den sechsten Stock hinauf und wünschte mir gute Nacht. Vielleicht hätte ich mich zu meiner Darbietung kaltblütiger List beglückwünscht, wäre nicht gleich darauf das Folgende geschehen. Lulu war in Mr. Schultz' Suite geblieben, um die Möbel wieder zurechtzurücken, und Mr. Berman kam mit einem Schlüsselbund und einem Stapel frischer weißer Handtücher aus der Vorratskammer der Zimmermädchen herein, ich bewunderte all die Einzelheiten ihrer Professionalität, ich betrachtete das Verbrechen, als wäre es auf einer dieser Schreibtafeln für Kinder begangen worden, wo die Zeichnung verschwindet, wenn man an dem Schieber zieht. Endlich raffte Mr. Schultz sich wie nach einem Nickerchen auf, erhob sich und ging im Zimmer umher, um zu überprüfen, ob alles so aussah, wie es sich gehörte, und dann starrte er auf den Teppich neben dem Couchtisch, wo in einem dunklen, schwarzen Fleck mit mehreren Tropfen daneben, wie Monde um einen Planeten, das Blut des ehemaligen Präsidenten des Restaurant- und -Café-Besitzer-Verbands Metropolitan versickerte, und dann ging Mr. Schultz zum Telefon und weckte den Portier und sagte: »Hier Mr. Schultz. Wir haben einen Unfall, und ich brauche einen Arzt. Ja«, sagte er, »sobald Sie können. Danke.«

Ich war verdutzt und ein wenig bestürzt, zermarterte mein Hirn, um etwas zu verstehen, was mir lediglich so rätselhaft vorkam, daß es nicht gut für mich sein konnte. Alle andern im Raum gaben sich jetzt furchtbar locker. Mr. Schultz stand ein paar Minuten lang am Fenster und sah hinaus, und wandte sich, als ich gerade das Tuckern eines die Straße entlangkommenden Autos hörte, wieder ins Zimmer und sagte, ich solle mich neben den Couchtisch stellen. Mr. Berman setzte sich und zündete sich eine neue Zigarette an der alten an, und dann kam Lulu zu mir herüber, wie um meine Position zu korrigieren, denn anscheinend war die nicht ganz richtig, er schob mich in die richtige Stellung und ließ weiter die Hände auf meinen Schultern, und genau im Moment meiner Erleuchtung, doch einen Moment zu spät, meinte ich ihn so grinsen zu sehen, daß ein Goldzahn aufblitzte, obwohl die Langsamkeit meines Denkens in diesem Fall womöglich ein Segen war, weil ich, als er ausholte, tatsächlich nicht die Gelegenheit hatte, irgend etwas Geringeres als völlige, aufopfernde Loyalität zu bekunden, in dieser Männerhierarchie wäre es nicht gegangen, warum ich, warum ich zu sagen, ein greller Schmerz machte mich taub, meine Knie gaben nach, und ein sternförmiger Blitz explodierte in meinen Augen, genau so, wie Berufsboxer es beschreiben, und eine Sekunde später krümmte ich mich vornüber, stöhnend und sabbernd in meinem Schock, hielt beide Hände über meine arme Nase, meinen besten Gesichtszug, und blutete nun ausgiebig durch die Finger auf den befleckten Teppich, und so steuerte ich das abschließende Detail zu den brillanten Leistungen der Schultz-Gang in angewandter Todeswissenschaft bei, mischte mein Blut mit dem des toten Gangsters und schluckte meine Wut über die Ungerechtigkeit hinunter, als ich an der Tür das geschäftsmäßige Klopfen unseres Landarztes hörte.

Ich erinnere mich noch, was dieser Schlag übers Gesicht mit dem Ablauf der Zeit machte, in der Sekunde, in der ich ihn verspürte, wurde der Schlag zu einer alten Verletzung, und die Wut, die er in mir erzeugte, war der uralte Beschluß, es ihnen irgendwie heimzuzahlen, mit ihnen abzurechnen – all dies in der Spanne eines alles auslöschenden Schmerzmoments. Während ich, als ich den Schuß hörte, gedacht hatte, ich könnte ihn auch verdient haben, fand ich die gebrochene Nase unberechtigt. Ich war wirklich aufgebracht und fühlte mich mißbraucht, und mit dem Groll kehrte auch mein Mut zurück, und ich fühlte mich erneut bestärkt in der unbesonnenen Selbstgerechtigkeit meiner Gelüste. Die ganze Nacht hindurch behielt ich einen Eisbeutel auf dem Gesicht, damit die Schwellung mich nicht entstellte und Drew Preston mich weiterhin hübsch fände. Am Morgen war es nicht so schlimm, wie ich erwartet hatte, eine gewisse Gedunsenheit und ein bläulicher Schimmer unter den Augen, den man genausogut auf Ausschweifungen wie auf einen ordentlichen Schlag zurückführen konnte.

Ich ging wie gewohnt zum Frühstück aus, ich stellte fest, daß Kaubewegungen schmerzhaft waren, auch meine Lippe war ein wenig wund, aber ich schwor mir, über die entsetzliche Nacht, die gerade vergangen war, ebenso abgehärtet und beiläufig hinwegzusehen wie alle andern. Ich schob das Bild jenes sich aufbäumenden und zusammensackenden Manns beiseite. Als ich zurückkam, stand auf der andern Seite des Gangs Mr. Bermans Bürotür offen, und er bemerkte mich und bedeutete mir, hereinzukommen und die Tür zu schließen. Er war am Telefon, hielt den Hörer mit hochgezogener Schulter unter dem Kinn eingeklemmt und sprach mit der Person am andern Ende ein paar Streifen aus der Addiermaschine durch. Als er eingehängt hatte, wies er auf einen Stuhl neben dem Schreibtisch, und ich nahm Platz wie ein Kunde in seinem Büro.

»Wir ziehen mit dem Betrieb um«, sagte er. »Wir ziehen heute abend aus, und nur Mr. Schultz und die Anwälte werden hier wohnen bleiben. Übermorgen beginnt die Auswahl der Geschworenen. Es sähe nicht gut aus, wenn die Jungs hier während eines Prozesses rumhingen, bei all der Presse, die dann einfällt.«

»Die Presse wird hiersein?«

»Was denkst denn du? Wie ein Schwarm Hornissen werden sie über Onondaga herfallen, überall werden sie rumwimmeln.«

»Der *Mirror* auch?«

»Was fragst du da, natürlich, alle. Zeitungsleute sind das perverseste Pack von der Welt, sie haben kein Gefühl für Ehre oder Anstand, und so was wie ethisches Verhalten kennen die überhaupt nicht. Wenn es nur um Arthur Flegenheimer ginge, glaubst du, dann würden sie ihn überhaupt beachten? Aber Dutch Schultz ist ein Name, der in die Schlagzeilen paßt.«

Mr. Berman schüttelte den Kopf und machte eine Geste, hob die Hand an und ließ sie in den Schoß fallen. Ich hatte ihn noch nie so durcheinander gesehen. Er war an diesem Morgen nicht so schick wie sonst, er war in Arbeitshose und Hemdsärmeln und Hosenträgern und Hausschuhen und hatte sich das so eigenartig spitze Kinn noch nicht rasiert. »Wo war ich?« sagte er.

»Wir ziehen aus.«

Er besah sich mein Gesicht. »Ist nicht allzu schlimm«, sagte er. »Ein Höcker verleiht Charakter. Tut es weh?«

Ich schüttelte den Kopf.

»Lulu hat sich hinreißen lassen. Er sollte dir die Nase blutig hauen, nicht brechen. Alle stehen unter Druck.«

»Ist schon okay«, sagte ich.

»Überflüssig zu sagen, daß die ganze Sache unglückselig war.« Er suchte seine Zigaretten auf dem Schreibtisch, fand eine Packung, in der noch eine steckte, zündete sie an und lehnte sich auf seinem Drehstuhl zurück, die Beine übereinandergeschlagen und die Zigarette in Ohrhöhe haltend. »Manchmal kommt es vor, daß das Leben die Buchführung sprengt, und so ist es hier draußen ganz bestimmt, diese Lebensweise ist unnatürlich, und wir müssen deshalb diesen Prozeß so rasch wie möglich durchstehen und nach Hause zurückkehren, wo wir hingehören. Und damit bin ich bei dem, was ich sagen will. Mr. Schultz wird von nun an sehr beschäftigt sein, er wird im Rampenlicht stehen, vor Gericht und außerhalb, und wir wollen nicht, daß ihn irgendwas von dem auf der Hand liegenden Problem ablenkt. Leuchtet dir das ein?«

Ich nickte.

»Gut, warum versteht sie es dann nicht? Das hier ist eine ernste Angelegenheit, wir können uns keinen Fehler mehr leisten, wir müssen unsere fünf Sinne zusammenhalten. Ich möchte nur, daß sie für ein paar Tage verduftet. Nach Saratoga fährt, sich die Rennen ansieht, ist das zuviel verlangt?«

»Sie meinen Mrs. Preston?«

»Sie möchte den Prozeß erleben. Du weißt, was passiert, wenn sie den Gerichtssaal betritt. Ich meine, stört es sie nicht, als geheimnisvolle Frau fotografiert zu werden oder was sie sich sonst an verfluchtem Stuß aus den Fingern saugen? Daß ihr Mann es erfährt? Davon, daß Mr. Schultz verheiratet ist, mal ganz zu schweigen.«

»Mr. Schultz ist verheiratet?«

»Mit einer reizenden Dame, die in New York auf ihn wartet und sich Sorgen um ihn macht. Ja. Was stellst du ständig solche Fragen? Wir sind alle verheiratet, Kleiner, wir haben Mäuler zu füttern, Familien zu ernähren. Onondaga ist für jeden von uns ein verdammt harter Brocken gewesen, und es ist alles umsonst gewesen, wenn die Liebe siegt.«

Er sah mich nun sehr eindringlich an, nicht hinterhältig nach meinen Reaktionen forschend oder nach Gedanken, die mir vielleicht vom Gesicht abzulesen wären. Er sagte: »Ich weiß, du warst mit Mrs. Preston länger zusammen als ich oder die Jungs, gleich von der ersten Nacht an, als du sie in ihr

Apartment zurückgebracht und ein Auge auf sie gehabt hast. Ist das eine richtige Feststellung?«

»Ja«, sagte ich, und meine Kehle wurde trocken. Ich konnte nicht schlucken, sonst hätte er das Hüpfen meines Adamsapfels gesehen.

»Ich möchte, daß du mit ihr sprichst, ihr erklärst, warum es im Interesse des Holländers ist, daß sie eine Weile in der Versenkung verschwindet. Wirst du das tun?«

»Möchte Mr. Schultz, daß sie geht?«

»Er möchte es und auch wieder nicht. Er überläßt es ihr. Weißt du, Frauen gibt's nun mal«, sagte er, fast, als spräche er mit sich. Er stockte. »Die hat's immer gegeben. Aber in all den Jahren zusammen hab ich ihn so nie erlebt. Was ist das, er will's sich nicht eingestehen, dabei weiß er's genau, daß sie Männer umlegt wie Kegel, was ist das bloß?«

In diesem Moment klingelte das Telefon. »Du hast mich bisher nicht enttäuscht«, sagte er, während er sich mit dem Stuhl umdrehte und sich vorbeugte, um den Hörer abzunehmen. Wie immer warf er mir einen Blick über den Brillenrand zu. »Mach jetzt keinen Mist.«

Ich ging auf mein Zimmer, um nachzudenken. Es hätte nicht besser kommen können, als würde mein Wunsch, von dem Leben und der Aufgabe, die ich mir selbst gewählt hatte, befreit zu werden, bestätigt, und von dem Augenblick an, da er mir auftrug, mit ihr zu sprechen, wußte ich genau, was ich tun würde. Nicht, daß ich die Gefahr verkannt hätte. Waren dies meine eigenen Gedanken von Freiheit, oder handelte ich unter seinem Einfluß? Dies war wirklich gefährlich, sie waren alle verheiratet, eigenwillige und unberechenbar wahnsinnige, leidenschaftliche Erwachsene mit Gott weiß welchen Abgründen von Lasterhaftigkeit, sie lebten heftig und schlugen plötzlich zu.

Und Mr. Berman hatte mir nicht alles erzählt, was immer er auch gesagt hatte, ich wußte nicht, ob er nur für sich selbst sprach oder auch für Mr. Schultz. Ich wußte nicht, ob ich in dieser Sache für Mr. Schultz arbeiten oder hinter seinem Rücken an dem mitwirken sollte, was am ehesten in Mr. Schultz' Interesse war.

Falls Mr. Berman mir nichts vormachte, konnte ich mich freuen, daß er zu schätzen wußte, wie nützlich ich als überlegener Kopf im Laden war, er gab mir einen Auftrag, den niemand sonst so gut ausführen konnte, er selbst eingeschlossen. Falls er jedoch wußte, was zwischen mir und Mrs. Preston vorging, dann hätte er mir genau die gleichen Dinge sagen können, die er mir gesagt hatte. Wenn wir ermordet werden sollten, würde das nicht woanders als in Onondaga stattfinden? Wenn Mr. Schultz sie sich nicht mehr leisten konnte? Wenn er mich entbehrlich fand? Er ermordete Leute, die in einiger Entfernung von ihm in seinem Auftrag agierten. Ich wußte, daß ich, wenn ich ging, möglicherweise fortging, um zu sterben, und zwar entweder, weil er mein Herzensgeheimnis kannte, und in dem Fall würde er mich umbringen, oder weil seine Phantasie aus dem Umstand, daß ich aus seinem Blickfeld verschwunden war, Verrat machen würde, was auf das gleiche hinauslief.

Aber war nicht jede dieser Spekulationen ein Symptom meines eigenen Geisteszustands? Ich würde an nichts dergleichen denken, wenn mein Gewissen rein und ich nur auf mein Vorwärtskommen erpicht gewesen wäre. Auf einmal merkte ich, daß ich zu packen anfing. Ich besaß nun eine Menge Kleider und einen schönen weichen Lederkoffer mit Messingverschlüssen und zwei Gurten, ich faltete meine Sachen ordentlich zusammen, eine neue Angewohnheit, und versuchte an den Moment zu denken, in dem ich zum erstenmal die Chance haben würde, mit Drew Preston zu sprechen. Ich verspürte die ersten gähnenden Anzeichen der Übelkeit, die ich als reine Furcht wiedererkannte, aber es stand außer

Frage, daß ich das Beste aus der Gelegenheit machen würde, die Mr. Berman mir geboten hatte. Ich wußte, was Drew sagen würde. Sie würde sagen, sie habe mich nicht verlassen wollen. Sie würde sagen, sie habe große Pläne für ihren süßen Teufel. Sie würde sagen, ich solle Mr. Berman berichten, sie sei bereit, nach Saratoga zu fahren, wolle aber, daß ich mitkäme.

Während Drew an diesem Abend Mr. Schultz in die Turnhalle der Distriktschule begleitete, wo er für alle in Onondaga sein großes Sommerabschiedsfest gab, zog ich mit den übrigen der Gang aus dem Hotel aus, ich wußte nicht einmal, wohin wir fahren würden, nur daß wir fuhren, mit Sack und Pack, in zwei Autos und ein offener Lastwagen dahinter, auf dem hinten Lulu Rosenkrantz mit dem Stahlsafe und einem Stapel Matratzen saß. Während der ganzen Zeit auf dem Land hatte ich mich nicht an die Nacht gewöhnen können, weil sie so schwarz war, ich sah nicht mal gern aus meinem Fenster, weil die Nacht so unerbittlich schwarz war, in Onondaga machten die Straßenlampen die Läden und Gebäude zu nächtlichen Erscheinungen, und jenseits des Stadtrandes war die endlose Nacht wie ein unermeßlicher, furchtbarer Verlust von Wissen, man konnte nicht hineinsehen, sie hatte keine Fülle und Transparenz wie die New Yorker Nächte, sie deutete nicht an, daß es Tag werden würde, wenn man geduldig wartete, und selbst der Vollmond zeigte einem nur die schwarzen Formen der Berge und das milchig schwarze Nichtvorhandensein der Felder. Am schlimmsten daran fand ich, daß die Nächte auf dem Land die echten waren, sobald man erst einmal über die Brücke von Onondaga gerollt war und die Scheinwerfer die weiße Linie der Landstraße gefunden hatten, wußte man, welch eine dünne, glimmende Spur wir in dieser kartographisch nicht zu erfassenden Schwärze bilden, daß die Wärme des eigenen Herzens und Motors in all der dimensionslosen Dunkelheit völlig unzureichend ist, so wie es für jemanden noch nicht ganz Toten in seinem Grab auch keinen Unterschied macht, ob seine Augen offen oder geschlossen sind.

Es machte mir angst, Mr. Schultz so untertänig anzugehören. Seine Herrschaft machte mich trübsinnig. Du kannst nach den Entscheidungen anderer leben und dir ein scheinbar vernünftiges Leben zurechtzimmern, bis dir das erste Licht der Rebellion den wahren Charakter all dieser anderen zeigt, nämlich ihre Tyrannei. Es gefiel mir nicht, daß Drew noch dort bei ihm war, während ich wie das Gepäck abtransportiert wurde. Die Entfernung war nicht allzu groß, nur rund zwölf Meilen, wie ich zu meinem Erstaunen mit einem Blick auf den Zähler feststellte, als wir ankamen, aber ich hatte das Gefühl, daß jede Meile meine Beziehung zu Drew Preston schwächte, ich war nicht überzeugt, daß ihre Gefühle von Dauer sein könnten.

Wir fuhren bei diesem Haus vor, wer es gefunden, gemietet oder gekauft hatte, sollte ich nie erfahren, es war ein Farmhaus, aber es gab keine Farm, nur dieses heruntergekommene, mit Latten verkleidete Haus mit der schiefen Veranda, das oben auf einem plötzlich neben der Straße aufragenden Erdwall stand, so daß man von der Veranda aus die Straße östlich und westlich von diesem Hang überblickte, der eigentlich nicht von der Straße weg lag, sondern praktisch auf ihr drauf. Hinter dem Haus erhob sich ein ziemlich steiler, bewaldeter Hügel, schwärzer als die Nacht, wenn das möglich war.

Dies war das neue Hauptquartier, das wir zuerst im Licht von Taschenlampen besichtigten. Drinnen roch es sehr schlecht, das höfliche Wort dafür ist ›streng‹, und genau so riecht ein altes, unbewohntes Holzhaus, und die Fenster waren so verrottet, daß sie sich nicht öffnen ließen, und Tiere hatten hier gelebt und ihren Kot hinterlassen, der nun zu Staub getrocknet war, und es gab eine schmale Treppe, die vom Vorraum nach oben führte, und hinter einer Tür an einer Seite des Vorraums, wie ich annahm, ein Wohnzimmer, und ein kurzer, gerader Gang führte unter der Treppe hindurch nach hinten in die Küche mit einem erstaunlichen Ding im Spülbecken, einer Handpumpe für Wasser, das erst nur tröpfelte und dann rostig und schlammig mit einem Krach herausschoß, der Lulu in die Flucht schlug. »Hör auf herumzufummeln und leg dich ins Zeug«, sagte er zu mir. Ich ging zum Lastwagen hinaus und half Matratzen und Pappkartons mit Lebensmitteln und Utensilien hineintragen. Wir machten alles im Licht von Taschenlampen, bis Irving im Wohnzimmerkamin ein Feuer entfachte, was die Lage aber nicht sonderlich verbesserte, ein steifer toter Vogel lag auf dem Boden, der durch den Kamin hereingekommen sein mußte, oh, es war toll hier, gar keine Frage, ich fragte mich, wer sich für das Plüschleben in Hotels entscheiden würde, wenn er dieses historische Herrenhaus der amerikanischen Gründerväter haben konnte.

Spät in dieser Nacht tauchte Mr. Schultz auf, in den Armen zwei große braune Tüten voller Behälter mit Chow Mein und Chop Suey, die jemand in Albany geholt hatte, und wenn es auch nicht das gleiche war wie gutes chinesisches Essen aus der Bronx, wußten wir es doch alle sehr zu würdigen. Irving fand ein paar Töpfe, um das Zeug darin aufzuwärmen, und ich bekam von allem eine ordentliche Portion ab, von dem Chow Mein mit Huhn auf einem Berg dampfendem Reis und rösch gebratenen Nudeln, von dem Chop Suey als zweitem Gang und von dem Litchie-Kompott zum Nachtisch, die Pappteller weichten ein bißchen durch, aber das machte nichts, es war ein gutes, befriedigendes Essen, außer daß der Tee fehlte, ich hatte nur Quellwasser zu trinken, während Mr. Schultz und die andern das Essen mit Whiskey herunterspülten, wogegen sie überhaupt nichts zu haben schienen. Im Wohnraum brannte ein Feuer, und Mr. Schultz zündete sich eine Zigarre an und lockerte seine Krawatte, ich merkte, daß er sich besser fühlte und sich in diesem Versteck hier vielleicht sogar wohl fühlte, wo er nicht auf dem Präsentierteller saß, wie seit vielen Wochen in Onondaga und wie es schon am Morgen wieder der Fall sein würde, ich glaube, daß es auf bittere Weise etwas Tröstliches für ihn hatte, sich wieder in einem Loch zu verkriechen, denn es entsprach seiner Situation und dem Gefühl, von allen Seiten umzingelt zu sein.

»Ihr Jungs braucht euch um den Holländer keine Sorgen zu machen«, sagte er, als wir alle an die Wände gelehnt dasaßen, »der Holländer paßt schon selber auf. Verschwendet keinen Gedanken mehr auf den dicken Julie, wegen so einem müßt ihr euch nicht aufregen. Oder wegen Bo. Die waren nicht besser als Vincent Goll. Faule Äpfel waren das. Euch Burschen liebe ich. Für euch Burschen würde ich alles tun. Was ich vor langer Zeit gesagt habe – meine Politik gilt noch. Wenn ihr verletzt werdet, wenn ihr eingebuchtet werdet oder, was Gott verhüten möge, umkommt, wird für eure Familien so gesorgt, als ob ihr noch auf der Gehaltsliste wärt. Das wißt ihr. Bis runter zu dem Kleinen hier. Mein Wort gilt. Beim Holländer ist es besser als bei der Prudential-Lebensversicherung. Jetzt noch dieser Prozeß, und in ein paar Tagen sind wir den Schlamassel los. Während die Bundesbeamten sich den Sommer über am Strand verlustiert haben, haben wir hier oben unsern Hafer gesät. Die öffentliche Meinung ist auf unserer Seite, ihr hättet mal diese Party heut abend sehen sollen. Ich meine, es war nicht das, was wir uns so, ihr und ich, unter einer Party vorstellen, wenn wir zurück in die Stadt kommen, dann gibt es eine Party, aber ich sag euch, die Dörfler waren ganz weg. In der Turnhalle der High-School, alles voll Krepp-Papier und Ballons. Ich hab eine von diesen hinterwäldlerischen Fiedel-und-Banjo-Bands ihr Gedudel dudeln lassen, und da war vielleicht was los. Zum Teufel, ich hab selber getanzt. Hab mit meiner Süßen mitten in diesem Haufen von gewaschener und gebügelter Not getanzt. Ich hänge inzwischen richtig an ihnen. Nicht einen Klugscheißer findet man auf dem Land, nur schuftende arme Schlucker, die arbeiten, bis sie umkippen. Aber sie haben noch den einen oder anderen Trumpf in der Hand. Das Gesetz ist nicht erhaben. Das Gesetz ist so, wie es die öffentliche Meinung haben will. Über das Gesetz könnte ich euch eine Menge erzählen. Mr. Hines könnte euch noch mehr erzählen. Als wir die wichtigen Polizeireviere im Griff hatten, als wir die Friedensgerichte hatten, als wir den Bezirksstaatsanwalt von Manhattan hatten, wißt ihr noch? War das denn nicht das Gesetz? Wir haben einen Mann, der morgen für mich sprechen wird, auch wenn er mich nie zum Abendessen in sein Haus einladen würde. Er unterhält sich am Telefon mit dem Präsidenten. Aber ich habe ihm seinen Preis gezahlt, und er wird an meiner Seite sein, so lange es notwendig ist. Das genau meine ich. Die Schmiere, die ich hinblättere, ist das Gesetz, meine Unkosten sind das Gesetz. Die Schacherer, die machen dies legal, machen jenes illegal, Richter, Anwälte, Politiker, was sind die schon anderes als Burschen, die selber in unserer Branche die Angel hängen haben, nur, daß sie sich lieber nicht die Hände dabei schmutzig machen? Das soll einer respektieren? Respekt killt einen. Spart euch den Respekt für euch selber auf.«

Er sprach leise, dämpfte sein dröhnendes Schnarren sogar hier, zwölf Meilen außerhalb von Onondaga, in diesem Haus, das bei Tag von der Straße aus kaum zu sehen war. Vielleicht kam es durch den schwachen Schein des Feuers, daß er so persönliche Gedanken äußerte, in der Intimität eines Feuers, in der man nur die eigenen Gedanken in der Nacht hört und nur Schatten sieht.

»Aber wißt ihr, es ist doch irgendwie eine Ehre, oder?« sagte er. ›Schließlich sind Leute jetzt schon eine ganze Weile dabei, den Holländer auszuzählen. Und doch ist mir die ganze Welt hierher gefolgt, fast, als wäre Onondaga ein weiterer Bezirk von New York. Mit meinem neuen besten Freund von den Downtown-Gangs ging's vor kurzem los. Also kann mir ja wohl nichts passieren. Seht ihr? Ich hab meinen Rosenkranz dabei, den hab ich ständig bei mir. Ich nehme ihn mit in den Gerichtssaal. Ein schöner Abend ist das, der Stoff da in der Flasche ist gut. Ich fühle mich gut jetzt. Friedlich.«

Oben gab es zwei kleine Schlafzimmer, und nachdem Mr. Schultz in die Stadt zurückgefahren war, legte ich mich in einem davon angezogen auf eine Matratze auf dem Boden schlafen, den Kopf unter dem Giebel, und bildete mir ein, ich könne durch die undurchsichtige Fensterscheibe zu den Sternen am Nachthimmel hinaufsehen. Die Frage, warum bei nur zwei kleinen Schlafzimmern eins für mich sein sollte, stellte ich mir nicht, vielleicht nahm ich an, als einem Jungen mit Gouvernante stünde es mir zu. Als ich am Morgen aufwachte, schliefen zwei weitere Gäste, die ich nicht erkannte, angezogen auf Matratzen, nur daß sie ihre Knarren in den Halftern an Haken an der Holztür gehängt hatten. Ich stand auf, steif und frierend, und ging hinunter und nach draußen, es dämmerte kaum, und es war in diesem Augenblick noch recht fraglich, ob die Welt tatsächlich wiederkommen würde, sie schien irgendwie feucht und wabernd dahinzutreiben, als wäre sie der Aufgabe nicht gewachsen, doch aus dieser weißlichen Dunkelheit löste sich etwas, zwanzig Meter die Straße hinunter und in meiner Augenhöhe saß ein Mann, den ich als Irving erkannte, oben auf einem Telefonmast und spleißte einen Draht, und zwar denselben Draht, der den Erdwall hinauflief und an meinen Füßen vorbei in die Haustür führte. Und dann blickte ich über die Straße und sah dort unten ein weißes Haus mit grünen Fensterrahmen und eine amerikanische Flagge, die an einer dicken Stange im Vorgarten hing, und in einem Kiefernwäldchen hinter dem Haus lagen verstreut zwischen den Bäumen mehrere kleine

Hütten, ebenfalls weiß mit grünen Rahmen, und neben einer davon stand mit dem Kühler zur Straße geparkt und mit zugefrorener Windschutzscheibe der schwarze Packard.

Ich ging um unser Hügelpalais herum und fand dahinter die ideale Stelle für ausgiebiges, meditatives Wasserlassen. Ich stellte mir vor, daß ich, wenn ich hier leben müßte, eine Schlucht von ebensolch geographischer Monumentalität schaffen könnte wie jene, die Drew Preston auf unserem Spaziergang gefunden hatte. Mr. Schultz hatte anscheinend die Feuerkraft verstärkt, wenn ich die beiden schnarchenden Fremden oben richtig verstand. Außerdem fiel mir an diesem wackligen Haus auf der Anhöhe auf, daß man in beiden Richtungen eine gute Aussicht auf die Straße hatte. Und jemand, der eine Maschinenpistole aus seinem Autofenster lugen ließ, konnte nicht einfach vorbeirauschen und es zusammenballern. All dies war von technischem Interesse für mich.

Aber in einigen Stunden würde ich abfahren, wenn ich auch nicht wußte, für wie lange und zu welchem Ende. Mein Leben war mir entfremdet, und welche Vorsätze ich auch haben mochte, so war ich doch nicht mehr so kindlich, sie für entscheidend zu halten. Als wir in der Nacht zuvor im Schein des Feuers gesessen hatten, hatte ich mich in einer Weise als einer von ihnen gefühlt, die nicht nur von mir abhing, von meiner Einbildung, sondern war unter dem einenden Eindruck unseres gemeinsamen Mahls in dem leeren Haus, das als Unterschlupf diente, vom schlechten Licht als Erwachsener verkleidet, ein Mann der Branche gewesen, mitgefangen-mitgehangen, und vielleicht war dies eher als die läutenden Kirchenglocken das wahre, lautlose Zeichen für das Ende meiner zeitweiligen Entschlossenheit, für das Verlöschen meiner unbewußten Überzeugung, daß ich, wann immer ich wollte, Mr. Schultz entkommen konnte. Ich fand nun, daß dieses Lager ihnen gemäßer war, ihrem tat-

266

sächlichen Lebensraum mehr entsprach als jeder andere Ort, den ich gesehen hatte. Ich wartete ungeduldig darauf, daß die Leute aufstanden. Ich streifte umher, ich war hungrig. Mir fehlte mein Frühstück im Teesalon, und mir fehlte mein *Onondaga Signal,* das ich beim Frühstück gern las, und mir fehlte mein großes weißes Badezimmer mit der heißen Dusche. Man hätte meinen können, ich hätte mein ganzes Leben in feinen Hotels gewohnt. Von der Veranda aus schaute ich durchs Wohnzimmerfenster hinein. Auf einem Holztisch befanden sich Mr. Bermans Addiermaschine und das illegale Telefon, das Irving gerade anschloß, ein alter Küchenstuhl mit hoher Lehne stand da und, gut sichtbar mitten im Raum, der Safe der Firma Schultz. Der Safe schien mir zu strahlen wie der unbestreitbare Mittelpunkt des Aufruhrs der letzten vierundzwanzig Stunden. Ich betrachtete ihn nicht nur als das Gefäß für Mr. Schultz' Bareinlagen, sondern auch als den Tresor für Abbadabbas Welt der Zahlen.

Irving sah mich und teilte mir Arbeit zu, ich mußte die Fußböden fegen und ringsum alle Fenster abwischen, damit man hinausgucken konnte, ich hackte mit der Hand Holz für den Küchenherd, was meine empfindliche Nase schmerzhaft zum Pochen brachte, ich marschierte etwa eine Meile zu einem Gemischtwarenladen und kaufte Pappteller und Nehi-Limonade für das gemeinsame Frühstück, ich war so tief in der Natur drin, wie man nur reingeraten kann, wie so ein blöder Pfadfinder beim Sommertreffen. Irving fuhr mit Mickey im Packard fort, und damit hatte Lulu die Leitung, der mich dazu anstellte, hinter dem Haus eine Latrine zu graben, es gab dort ein Scheißhäuschen, das mir völlig brauchbar vorkam, auch wenn es ein bißchen windschief war, doch Lulu fand, es verletze sein Feingefühl, ein fremdes Scheißhäuschen zu benutzen, und darum mußte ich eine Schaufel nehmen und dieses Loch an einer unbewachsenen, ebenen Stelle im Wald oberhalb des Hauses graben, und ich stach die weiche Erde im Kreis aus, tiefer und tiefer, mit Händen, die Blasen bekamen und wund wurden, bevor einer der Männer mich ablöste, ich hatte gemeint, ich hätte mir schon sämtliche mit einem kriminellen Leben verknüpften Gefahren ausgemalt, den Tod durch Exkremente jedoch hatte ich übersehen. Erst als Irving wiederkam und entschlossen aus Kieferbrettern einen kleinen Thron für das Loch baute, kam mir wieder zu Bewußtsein, welche Würde in der Hände Arbeit liegt, wenn sie, zu welchem Zweck auch immer, mit Stil getan wird; er war uns allen ein Vorbild, dieser Irving.

Ich brachte mich in einen so sauberen und vorzeigbaren Zustand, wie es unter primitiven Bedingungen zu schaffen war, und gegen neun an jenem Morgen fuhr ich mit Mr. Berman und Mickey nach Onondaga hinein und blieb auf der anderen Seite des Platzes vor dem Gerichtsgebäude im geparkten Wagen sitzen. Fast jede Parklücke wurde von den Fords Model T oder A und den Kleinlastern mit Kettenantrieb belegt, die vom Land hereinkamen, und die Farmer in ihren sauberen, gebügelten Overalls und die Farmersfrauen in ihren altmodischen geblümten Kleidern und Sonnenhäubchen stiegen die Stufen hinauf und gingen hinein, um sich in die Geschworenenliste einzutragen. Ich sah die Regierungsjuristen mit ihren Aktentaschen vom Hotel her den Hügel hinaufkommen, ich sah Dixie Davis, der sehr formell wirkte neben dem älteren, stattlichen Anwalt mit seinem randlosen, an schwarzem Band baumelnden Kneifer, und dann kamen sie zu zweit und zu dritt mit krummen Rücken angeschlurft, die Typen mit ihren aus den Jackett-Taschen ragenden Notizblöcken und den unter den Arm geklemmten Morgenzeitungen und den Presseausweisen, die wie Zierfedern hinter den Hutbändern ihrer Fedoras steckten. Ich musterte die Reporter sehr sorgfältig, ich hätte gern gewußt, welcher vom *Mirror* war, ob der mit der Hornbrille, der die Treppe immer zwei Stufen auf einmal hinaufwippte, oder der mit dem gelockerten Krawattenknoten und dem offenen Hemdkragen, man konnte nur raten bei Reportern, sie schrieben nie über sich, sie waren nur diese körperlosen Zeugen, die für einen mit ihren Wörtern die Anblicke schufen, die man sehen, und die Meinungen, die man haben würde, ohne daß sie sich verrieten, wie Zauberer, deren Tricks aus Wörtern bestanden.

Oben auf der Treppe standen Pressefotografen mit großen Speed-Graphics umher, ohne Aufnahmen von den Leuten zu machen, die an ihnen vorbei in das Gebäude gingen.

»Wo ist Mr. Schultz?« fragte ich.

»Er hat sich vor einer halben Stunde hineingeschlichen, als die Witzbolde da noch beim Frühstück saßen.«

»Er ist berühmt«, sagte ich.

»Da hast du die ganze Tragödie in einer Nußschale«, sagte Mr. Berman. Er zog einen Packen Hundertdollarscheine hervor und blätterte zehn davon ab. »Wenn du in Saratoga bist, läßt du sie nicht aus den Augen. Was sie auch haben möchte, du bezahlst dafür. Die hat nämlich ihren eigenen Kopf, und das könnte ungünstig werden. Es gibt dort ein Lokal, das Brook Club heißt. Der gehört uns. Wenn du irgendwelche Probleme hast, sprichst du mit dem Mann dort. Kapiert?«

»Ja«, sagte ich.

Er händigte mir die Scheine aus. »Nicht für deine Privatwetten«, sagte er. »Wenn du dir selbst ein paar Grüne verdienen willst – du rufst mich ja sowieso jeden Morgen an. Ich weiß da was. Das sag ich dir dann. Kapiert?«

»Ja.«

Er gab mir einen zerfledderten Zettel mit seiner geheimen Telefonnummer. »Pferde oder Frauen allein sind schon übel genug. Wenn du mit Saratoga klarkommst, Kleiner, dann glaube ich dir, daß du mit allem klarkommen kannst.« Er lehnte sich auf dem Sitz zurück und zündete sich eine Zigarette an. Ich stieg aus dem Wagen und nahm meinen Koffer aus dem Kofferraum und winkte zum Abschied. Ich glaubte in diesem Moment, die Grenzen von Mr. Berman zu verstehen, er saß in diesem Wagen, weil er nicht näher an den Gerichtssaal herankonnte, er konnte nicht überall hin, wo er hin wollte, und das machte ihn wehmütig, ein kleiner, buckliger Mann, für den allzu farbenfrohe Kleider und Old-Gold-Zigaretten die einzigen Dinge waren, die er sich in seinem Zahlenleben leistete, ich hatte, als ich zu ihm zurückblickte und sah, daß er mich durch das Wagenfenster beobachtete, das Gefühl, er sei jemand, der ohne Dutch Schultz nicht funktionieren könne, sei nur ein Aspekt von diesem, der ihm indirekt Glanz verlieh, und selbst so abhängig, wie er gebraucht wurde. Ich dachte, daß Mr. Berman der merkwürdige Erzieher dieses erstaunlichen Genies der Gewalt war, das, wenn es für einen einzigen Augenblick den Schwung verlöre, ihn für immer verloren hätte.

16

Kurz darauf rollte ein wunderschönes dunkelgrünes, viertüriges Kabriolett auf den Platz, und ich brauchte eine Sekunde, um zu begreifen, daß Drew es fuhr, sie hielt nicht an, sondern triftete im ersten Gang an mir vorüber, ich hievte meinen Koffer hinten hinein, sprang auf das Trittbrett und hechtete, als sie in den zweiten Gang schaltete und beschleunigte, über die Tür auf den Sitz neben ihr, und fort waren wir.

Ich blickte nicht zurück. Wir fuhren die Hauptstraße entlang, am Hotel vorbei, von dem ich mich insgeheim verabschiedete, und in Richtung Fluß. Ich hatte keine Ahnung, wo sie diese Prachtkutsche her hatte. Sie konnte tun, was sie nur wollte. Die Sitze waren aus hellbraunem Leder. Das bräunliche Segeltuchverdeck war an Chromstangen so zurückgeklappt, daß es zum größten Teil in einer Art Hohlraum verschwand. Das Armaturenbrett war aus Wurzelholz. Ich hatte die Arme auf Tür und Sitzlehne gelegt und genoß den Luxus der scheinenden Sonne, als Drew sich mir zuwandte und lächelte.

Ich möchte hier erwähnen, wie Drew Preston fuhr, es war so mädchenhaft, wenn sie schaltete, beugte sie sich irgendwie vor, die weiße Hand auf dem Schaltknüppel, ihr schlankes, vom Kleid umspieltes Bein preßte die Kupplung hinunter, und sie senkte die Schultern und biß sich vor konzentrierter Anstrengung auf die Lippe und drückte den Ellbogen durch. Sie trug ein unter dem Kinn geknotetes Seidentuch, es machte sie glücklich, mich in ihrem neuen Wagen dabeizuhaben, wir ratterten über die Holzbrücke und kamen zu der Kreuzung, wo die Straße nach Osten und Westen führte, und sie bog nach Osten ab, und Onondaga bestand aus einem Kirchturm und ein paar Dachgiebeln in einem Nest von Bäumen, und dann fuhren wir um einen Hügel, und der Ort war verschwunden.

Wir fuhren an jenem Morgen in die Berge hinein und zwischen Seen dahin, die auf beiden Seiten der Straße plätscherten, wir kamen durch Kieferndome und in kleine, weiße Dörfer, wo der Gemischtwarenladen zugleich das Postamt war, sie fuhr energisch, mit beiden Händen am Lenkrad, und es sah nach einem solchen Vergnügen aus, daß ich mir sehnlichst wünschte, auch einmal zu fahren, diese großartige Achtzylindermaschine unter meinen Händen in Bewegung zu spüren. Doch etwas, das ich in meiner Ausbildung bei der Gang noch nicht gehabt hatte, war Fahrunterricht, und ich tat vor mir selbst lieber so, als ob ich fahren könnte und mir nichts daran läge, als ihr gegenüber tatsächlich das Thema anzuschneiden, ich wollte Gleichheit, der letzte und absurdeste Wunsch in dieser Liebe; heute denke ich, was für ein unverschämter Junge ich doch war, von welch unersättlichem Ehrgeiz getrieben, aber ich muß es gewußt haben an diesem Morgen unserer Fahrt durch unser schönes, wildes Land, es muß mir klar gewesen sein, wie weit ich mich von den Straßen der östlichen Bronx entfernt hatte, wo die natürliche Welt nur in Form von Pferdeäpfeln sichtbar wurde, von Reifen plattgedrückt, mit trockenen Körnern darin, an denen die flirrenden Schwärme der Straßenspatzen pickten, ich muß gewußt haben, was es hieß, die Luft dieser sonnenwarmen Berge zu atmen, lebendig und gesund und wohlgenährt, tausend Dollar in der Tasche und die abscheulichen Morde der modernen Welt als abhärtende Vorfälle im Kopf. Ich war jetzt ein zäherer Junge, ich hatte eine echte Pistole im Gürtel stecken, und ich wußte stillschweigend, daß ich nicht dankbar sein durfte, sondern nehmen mußte, was mir gegeben wurde, als stünde es mir zu, ich hatte das Gefühl, all dies werde seinen Preis kosten, und da der Preis in einer für mein Leben zu teuren Währung zu begleichen sein würde, sollte es sich für mich lohnen, ich merkte, daß ich wütend auf sie war, ich sah immer wieder zu ihr hin und malte mir aus, was ich ihr antun würde, ich gebe zu, daß ich eine Reihe gemeiner, sadistischer Vorstellungen hegte, die meiner bitteren jungenhaften Resignation entsprangen.

Doch als wir anhielten, natürlich, weil sie anhielt, sie sah mich an und stieß einen Belcanto-Seufzer der Kapitulation aus und fuhr plötzlich von der Straße ab, holperte zwischen Bäumen hindurch und über Wurzeln und brachte, kaum außer Sicht möglicherweise vorbeikommender Wagen, das Kabriolett ruckartig in einem Hain hoher Bäume zum Stehen, durch welche die Sonne blitzte und uns sprenkelte mit Tupfen der Hitze, Tupfen des Schattens, Tupfen strahlenden Lichts, Tupfen dunkelgrüner Düsternis, und da saßen wir und sahen einander in dieser Abgeschiedenheit an.

Die Sache mit Drew war die, daß sie sich nicht unmittelbar genital verhielt, sie wollte meine Rippen küssen und meine weiße, jungenhafte Brust, sie umspannte meine Beine und fuhr mit den Händen hinten an meinen Schenkeln auf und nieder, sie streichelte meinen Hintern und saugte an meinen Ohrläppchen und an meinem Mund, und sie tat all dies, als wolle sie nur das, sie gab, als kommentiere sie das Geschehen, kleine einleitende Laute der Billigung oder des Entzückens von sich, kleine, vereinzelte, hohe Töne, geflüsterte Klänge ohne Text, wie Bemerkungen zu sich selbst, es war, als verzehre sie mich, es war wie ein Akt des Essens und Trinkens und nicht dazu gedacht, mich aufzureizen, welcher Junge in dieser Situation hätte schon aufgereizt werden müssen, sobald sie den Wagen zum Stehen brachte, schwoll ich an, und ich wartete auf ein Zeichen der Anerkennung von ihr, daß auch dies in der Tat ein Teil von mir war, aber es kam nicht und kam nicht, und ich loderte durch meine Not in eine köstliche Qual hinein, ich glaubte, ich würde wahnsinnig, ich fing an zu beben, und da erst entdeckte ich ihre Verfügbarkeit, daß sie während all dessen nur darauf wartete, daß ich ihre absolute Bereitschaft entdeckte, still zu sein und zur Abwechslung einmal auf mich zu hören. Dies war so mädchenhaft von ihr, so überraschend zurückhaltend und unterwürfig, daß ich nicht gewandt, sondern einfach ich selbst war, und dies löste bei ihr ein verschwörerisches Lachen aus, es schenkte ihr das Vergnügen der Großzügigkeit, mich in sich zu haben, es war nicht aufregend, sondern eher ein Glück, diesen Jungen in sich zu haben, sie schlang ihre Beine um meinen Rücken, und ich schaukelte uns auf der Rückbank des Wagens auf und ab, mit aus der offenen Tür ragenden Füßen, und als ich kam, schloß sie mich so fest in die Arme, daß mir der Atem stockte, und sie schluchzte und küßte mein Gesicht, als wäre mir etwas Entsetzliches geschehen, als wäre ich verwundet und sie versuchte in einem verzweifelten Akt des Mitleids, es ungeschehen zu machen. Dann folgte ich ihr splitternackt durchs Gebüsch zu diesem Nichtort von so herrlich grüner Wucht, den sie aus einer Laune oder zufällig gewählt hatte, mit ihrer Gabe, die Welt sich um sie drehen zu lassen, so daß sich für mein Gefühl alles wunderschön auf einen Punkt konzentrierte, auf genau den Ort, wo man sein wollte; ich folgte ihrer leuchtenden weißen Gestalt um Bäume herum, kroch durch Gestrüpp, wich peitschenden Ästen aus, während ganze unsichtbare Vogelvölker mir in geistreichem Gezwitscher kundtaten, mit welcher Verspätung ich diesen Ort gefunden hatte. Und dann gingen wir überwiegend bergab, und die Erde wurde sumpfig und die Luft stickig, und auf einmal war ich damit beschäftigt, auf Hautstellen zu schlagen, wo mich etwas gestochen hatte, ich hatte sie fangen wollen, über sie herfallen und sie erneut vögeln wollen, und nun tat sie mir das hier an, setzte mich diesen Furien von Moskitos aus. Aber als ich sie einholte, hockte sie da und schaufelte mit den Händen Schlamm auf sich, und gegenseitig bestrichen wir uns mit diesem kühlen Schlamm, und dann wanderten wir wie Kinder in wachsende Walddunkelheit hinein, Hand in Hand wie Märchenkinder in tiefer, furchtbarer Not, was wir ja auch tatsächlich waren, und dann befanden wir uns plötzlich an diesem stillen Teich, schwärzer, als ich Wasser je gesehen hatte, und natürlich watete sie hinein und hieß mich ihr folgen, und mein Gott, roch das widerlich, es war warm und schleimig, meine Füße steckten in nassen Matten von Teichpflanzen, ich trat Wasser, um mit den Füßen nicht einzusinken, und konnte nicht schnell genug wieder zurückkriechen, aber sie schwamm ein paar Meter weit auf dem Rücken und kam dann auf allen vieren herausgekrochen, und sie war mit diesem durchsichtigen Schleim bedeckt, ihr Körper war schleimig wie meiner, und wir legten uns in diesen Schlamm, und ich bohrte mich in sie und drückte ihren blonden Kopf in den Schlamm und pumpte Schleim in sie hinein, und da lagen wir bumsend in diesem ekligen Sumpf, und ich kam und hielt sie am Boden und wollte sie sich nicht bewegen lassen, sondern blieb so in ihr liegen, ihr Atem laut in meinem Ohr, und als ich den Kopf hob und in ihre grünen Augen blickte, die verstört waren von panischer Angst vor Verlust, wurde ich noch in ihr wieder steif, und sie begann sich zu bewegen, und dieses Mal hatten wir Zeit, beim dritten Mal dauert es seine Zeit, und ich entdeckte die Urstimme in ihr, wie ein Todesröcheln, ein gellendes, geschlechtsloses Bellen, immer und immer wieder, wenn ich in sie hineinrammte, und die Stimme brach zitternd, wurde zu furchtbarer, schreiender Verzweiflung, und dann schrie sie so schrill, daß ich dachte, etwas sei nicht in Ordnung, und mich aufrichtete, um sie anzusehen, sie fletschte die Zähne, und ihre grünen Augen trübten sich, als ich hineinsah, sie hatten die Sehkraft verloren, waren flach geworden, als wäre ihr der Verstand geraubt worden, als hätte der Ablauf der Zeit sich in ihr umgedreht und sie wäre in die Kindheit zurückgekehrt und durch die Geburt hindurch ins Nichts gefallen, und für einen Moment waren es keine Augen mehr, für einen Moment waren sie erst im Begriff, Augen zu werden, die Augen der Seelenlosigkeit.

Doch kurz darauf lächelte sie und küßte mich und drückte mich an sich, als hätte ich etwas Liebes getan, ihr eine Blume gebracht oder so.

Als wir uns wankend aufrichteten, fielen Schlammklumpen von uns ab, sie lachte und drehte sich um und zeigte mir ihren in der dunklen Schicht verschwundenen Rücken, als wäre sie halbiert, denn ihre Vorderseite leuchtete und wölbte sich zur Skulptur. Sogar ihr goldener Kopf schien halbiert zu sein. Es blieb nichts anderes übrig, als wieder in den Teich zu gehen, und dann schwamm sie weiter hinaus und bestand darauf, daß ich ihr folgte, und das Wasser wurde kälter, es war tiefer und setzte sich hinter einer Biegung fort, Zug auf Zug schwamm ich mit ihr, ich bot ihr meinen besten YMCA-Kraulstil, und wir kamen am anderen Ufer heraus, vom Schlamm befreit und etwas weniger glitschig.

Als wir zum Wagen zurückkehrten, waren wir trocken, aber Kleider anzuziehen war unangenehm, als würden wir einen starken Sonnenbrand bedecken, wir stanken nach Teichschleim, wir stanken wie Frösche, wir versuchten, uns nicht in den Sitzen zurückzulehnen, als wir losfuhren, und nach ein paar Meilen kamen wir zu so einem Rasthof und mieteten eine Hütte, und zusammen stellten wir uns unter die Dusche und wuschen einander mit einem großen Stück weißer Seife und standen umarmt unter dem Wasser, und dann legten wir uns auf das Bett, und sie kuschelte sich in meinem Arm an mich, und mit dieser schmiegsamen Geste schuf sie vielleicht den Moment unserer wahrsten Intimität, nahm sich selbst schaudernd zurück und wurde mir in Alter und Sehnsucht nach Welterfahrenheit gleich, zur Freundin eines Jungen, und nur zwei Leichen lagen zwischen uns und vor uns ein langes Leben furchtbarer Überraschungen. Und so empfand ich eine Art furchtsamen Stolzes. Ich wußte, ich konnte niemals die Frau besitzen, die Mr. Schultz besessen hatte, ebensowenig wie er die Frau gekannt hatte, die Bo Weinberg gekannt hatte, weil sie ihre Spuren verwischte, sie schleppte keine Geschichte mit sich, sondern paßte sich dem Augenblick an, nahm sich in Bravourstücken innerer Verwandlung ihre Gangster oder ihre Jungen, sie würde nie ihre Memoiren schreiben, diese Frau, nicht einmal, wenn sie je ein hohes Alter erreichen sollte, sie würde nie ihr Leben erzählen, weil sie von niemandem Bewunderung oder Mitleid oder Erstaunen brauchte und weil alle Urteile, die Liebe eingeschlossen, einer Sprache der Selbstzufriedenheit entsprangen, auf deren Erlernung sie nie ihre Zeit verschwendet hatte. So fügte sich also alles vorzüglich; ich fühlte mich in jener Hütte als Beschützer, ich ließ sie auf meinem Arm schlummern und beobachtete eine Fliege, die unter dem Dach im Zickzackflug hin und her taumelte, und begriff, daß Drew Preston einem die Absolution erteilte, dies bekam man anstelle einer Zukunft mit ihr. Eindeutig würde sie sich für das Wagestück, uns am Leben zu halten, nicht interessieren, so daß ich dies für uns beide würde vollbringen müssen.

Für den Rest des Tages fuhren wir durch die Adirondacks hinunter, bis die Berglinien sanfter wurden, das Land nach Hege und Pflege auszusehen begann, und am frühen Abend rollten wir in Saratoga Springs ein und fuhren eine Straße entlang, welche die Frechheit besaß, sich Broadway zu nennen. Doch als ich hinsah, war auch etwas Passendes daran, der Ort sah aus wie das alte New York oder wie ich mir vorstellte, daß es einst ausgesehen haben mußte, es gab sehr gepflegte Geschäfte mit New Yorker Namen und gestreiften, wegen der Abendsonne heruntergekurbelten Markisen, die Leute, die auf der Straße flanierten, sahen überhaupt nicht so aus wie die in Onondaga, nicht ein Farmer war darunter, jede Menge eleganter Wagen waren unterwegs, manche davon mit Chauffeuren in Uniform, und Leute, die sichtlich der besitzenden Klasse angehörten, saßen auf den langen Veranden der Hotels und lasen Zeitung. Ich fand es seltsam, daß auf dem Höhepunkt des Abends niemand etwas Besseres zu tun hatte, als Zeitung zu lesen, doch als wir in unserem eigenen Hotel abstiegen, dem Grand Union, dem vornehmsten von allen, mit der längsten, breitesten Veranda, und ein Boy sich unseres Gepäcks annahm und ein anderer den Wagen fortfuhr, sah ich, daß die bevorzugte Zeitung der Wahl *Racing Form* war, an der Rezeption lag ein Stapel davon mit dem Datum des folgenden Tages darauf und mit dem Programm des nächsten Tages, damit die Wetter sich schon damit beschäftigen konnten. Und es standen keine Nachrichten darin außer Pferdenachrichten, im Monat August interessierte sich in Saratoga niemand für irgend etwas anderes als für Pferde, und dem paßten sich sogar die Zeitungen an, brachten nur Pferde-Schlagzeilen und Pferde-Wetterberichte und Pferde-

Horoskope, als wäre die Welt nur mit Pferden bevölkert, bis auf die geringfügige Zahl versprengter menschlicher Exzentriker, die zusammenkamen, um über die bedeutenden Taten der Pferde zu lesen.

Als ich mich in der Halle umsah, entdeckte ich eine oder zwei Personen, deren Interesse an Pferden vielleicht nicht aufrichtig war, zwei schlechtgekleidete, in benachbarten Sesseln sitzende Männer, die erst, als ich sie bemerkte, in ihre Zeitung guckten. Der Empfangschef erkannte Miss Drew wieder und war erfreut, daß sie endlich eingetroffen war, sie hätten sich allmählich schon Sorgen um sie gemacht, sagte er lächelnd, und mir wurde klar, daß für den ganzen Rennmonat Zimmer für sie reserviert waren, ob sie nun davon Gebrauch machte oder nicht, um diese Jahreszeit kam sie hierher, ob Mr. Schultz es ihr nun nahelegte oder nicht. Wir gingen hinauf in diese großartige Suite von Räumen, bei deren Anblick mir sofort klar wurde, welch kleine, bescheidene Annehmlichkeiten das Onondaga Hotel geboten hatte, ein großer Früchtekorb stand auf dem Couchtisch mit einer Karte von der Hoteldirektion, und es gab eine Schrankbar mit einem Tablett voll dünnstieliger Gläser und Karaffen mit weißem und rotem Wein und einem Eimer voll Eis und einer vierkantigen Kristallflasche, die ein Kettchen mit einem Namensschild umhängen hatte, auf dem BOURBON stand, und einer anderen Flasche, auf deren Schild SCOTCH stand, und einem großen Siphon aus blauem Glas, und durch die langen, vielfach unterteilten Fenster, die praktisch bis zum Boden gingen, strömte Licht herein, und große, sich langsam drehende Ventilatoren hingen von der Decke und hielten die Luft kühl, und die Betten waren riesig und die Teppiche dick und weich. Seltsamerweise trug dies alles nicht zu meiner Hochachtung für Mr. Schultz bei, denn nichts davon hing von ihm ab.

Drew fand Vergnügen an meinen Reaktionen auf diesen Luxus, besonders, als ich mit einem Purzelbaum rückwärts die

Bettfederung testete, und sie fiel auf mich, und wir wälzten uns hin und her, ein spielerischer Ringkampf, bei dem jeder in Wirklichkeit insgeheim die Kraft des andern testete. Sie war kein Schwächling, obwohl ich sie bald so an den Armen festhielt, daß sie sagen mußte: »Oh, nein, bitte nicht jetzt. Ich habe Pläne für heute abend, ich möchte dir etwas Wunderbares zeigen.«

So kleideten wir uns für den Abend in sommerliches Weiß, ich zog meinen leicht verknitterten, zweireihigen Leinenanzug an, den sie für mich bei ihrem Geschäft in Boston bestellt hatte, und sie einen aparten blauen Leinenblazer und einen weißen Faltenrock. Ich fand es herrlich, daß wir uns bei offenen Türen in unseren nebeneinanderliegenden Zimmern umzogen, ich fand es herrlich, so zu tun, als wäre unsere Beziehung schon weit gediehen, während wir uns dafür zurechtmachten, miteinander gesehen zu werden. Wir gingen hinunter und durch die Hotelhalle voll abendlicher Müßiggänger, darunter auch meine beiden schäbigen Freunde, und da der Abend, als wir ins Freie kamen, warm war und die Hitze noch vom Pflaster zum kühlen Himmel stieg, schlug sie vor, zu Fuß zu gehen.

Wir überquerten die Allee, und mir fiel auf, daß der den Verkehr regelnde Polizist ein kurzärmeliges weißes Hemd trug. Ich konnte eine Polizei nicht ernst nehmen, bei der man sich so anzog. Ich wußte nicht, was für ein wunderbarer Ort das war, den sie mir zeigen wollte, aber ich dachte, ich sollte wohl besser aufhören, verschlafen durch Traumland zu wandern. Es wäre zu schön gewesen, mit ihr noch im tiefen Wald zu sein, aber wir gingen an stattlichen Rasenflächen vorbei und im Schatten hoher, schwarzer Bäume, hinter denen riesige Villen lagen, dies war ein richtiger, blühender Kurort, es war verlockend für mich, nichts zu sehen außer ihr, mich von ihrem glanzvollen Angebot so blenden zu lassen, daß ich sogar die Umstände vergaß, und kein Mensch, dem wir auf der Straße begegneten, kam umhin, sie zu bemerken und auf sie zu reagieren, was mich töricht stolz machte, aber wir gingen Hand in Hand, und die Wärme ihrer Hand beunruhigte mich, sie ließ mich an ihr pulsierendes Blut denken, weckte in mir Visionen furchtbarer Vergeltung.

»Ich möchte nicht grob sein«, sagte ich, »aber wir sollten besser unsere Situation nicht vergessen. Ich lasse jetzt deine Hand los.«

»Aber ich mag es so.«

»Wir tun es ja wieder. Bitte laß los. Ich versuche, dir etwas klarzumachen. Meine fachmännische Meinung ist, daß wir beschattet werden.«

»Weshalb denn bloß? Bist du sicher? Das ist so dramatisch«, sagte sie und blickte hinter uns. »Wo denn? Ich sehe niemanden.«

»Würdest du dich bitte nicht umdrehen? Du siehst sowieso nichts, glaub es mir einfach. Wo gehen wir hin? Auf die Bullen hier in der Stadt ist kein Verlaß, wenn das Geld aus New York kommt.«

»Bei was kein Verlaß?«

»Beim Beschützen gesetzesfürchtiger Bürger, für die ich und du uns ausgeben.«

»Vor was müssen wir beschützt werden?«

»Vor unseresgleichen. Vor Verbrechern.«

»Bin ich eine Verbrecherin?«

»Nur im übertragenen Sinn. Bestenfalls bist du eine Gangsterbraut.«

»Ich bin deine Braut«, sagte sie nachdenklich.

Wir spazierten durch den stillen Abend. »Mr. Schultz ist ein sehr ordinärer Mann«, sagte sie.

»Wußtest du, daß ihm der Brook Club gehört? Er hat gute Verbindungen hier in der Stadt. Hast du manchmal nicht das Gefühl, daß er dir nicht traut, wenn er dich nicht im Auge hat?«

»Aber darum bist doch du hier. Du bist mein Schatten.«

»Du hast mich angefordert«, sagte ich. »Das bedeutet, daß sie uns vorsichtshalber beide beobachten. Er ist verheiratet. Wußtest du das?«

Ein Moment verstrich, dann sagte sie: »Ja, ich glaube, das wußte ich.«

»Na, und was bedeutet das für deine Lage? Hast du da eine Idee? Ich möchte dich daran erinnern, daß er einen tödlichen Fehler gemacht hat, als er Bo aus dem Restaurant holte, und du warst dabei.«

»Wart mal«, sagte sie. Sie berührte mich am Arm, und wir standen einander im Dunkeln neben einer hohen Hecke gegenüber.

»Du findest ihn ordinär? Jeder, der jetzt tot ist, fand ihn ordinär. In der Nacht, als du aus deinem Zimmer kamst – erinnerst du dich, daß ich dich wieder ins Bett gebracht habe?«

»Ja?«

»Sie waren dabei, eine Leiche verschwinden zu lassen. Den fetten Kerl mit dem Stock. Er hatte Geld gestohlen. Das Salz der Erde war er nicht gerade. Ich meine, ich behaupte nicht, daß es ein Verlust für die Welt ist. Aber es ist geschehen.«

»Du armer Junge. Das also steckte dahinter.«

»Meine Nase: Mr. Schultz hat sie mir von Lulu einschlagen lassen, um eine Erklärung für die Flecken auf dem Teppich zu haben.«

»Du hast mich beschützt.« Ich spürte ihre kühlen, weichen Lippen auf meiner Wange. »Billy Bathgate. Ich liebe diesen Namen, den du dir ausgesucht hast. Weißt du, wie sehr ich Billy Bathgate liebe?«

»Mrs. Preston, ich bin so verrückt nach Ihnen, daß ich nicht gerade gucken kann. Aber davon spreche ich nicht mal, daran wage ich nicht mal zu denken. Es war keine gute Idee, hierher zu kommen. Ich meine, wir sollten besser aus dieser Stadt verschwinden. Der Mann killt regelmäßig.«

»Wir sollten darüber sprechen«, sagte sie und nahm mich

bei der Hand, und an hohem Buschwerk vorbei gingen wir um eine Ecke und kamen zu einem hell erleuchteten Pavillon, in den Leute hineinströmten und wo Wagen vorfuhren wie zu einem Konzert.

Wir standen in einem von nackten Glühbirnen erleuchteten Zelt und sahen zu, wie all diese Pferde in einem Kreis aus gestampfter Erde herumgeführt wurden, jedes Pferd hatte auf dem Rücken eine Samtdecke mit einer Nummer darauf, und die Leute, die dastanden und gedruckte Programme in den Händen hielten, konnten alles über seine Abstammung und seine Merkmale nachlesen. Es waren junge Pferde, sie waren noch nie Rennen gelaufen, und sie standen zum Verkauf. Drew erklärte leise, als wären wir in der Kirche. Ich war äußerst erregt und haßte sie beinahe dafür, daß sie uns hierher gebracht hatte. Sie konnte sich nicht auf das einstellen, was wichtig war. Ihr Verstand funktionierte nicht richtig. An den Pferden fiel mir auf, daß ihr Fell glänzte, ihre Schweife gekämmt waren, und manche von ihnen drückten mit erhobenem Kopf gegen die Koppelleine oder das Halfter oder was immer es war, woran ihre Trainer sie führten, und andere gingen mit gesenktem Kopf und blickten zu Boden, aber sie waren alle unglaublich dünnbeinig und auf rhythmische Weise schön. Sie wurden an der Nase herumgeführt und wurden des Geschäfts wegen gezüchtet und trainiert und in Rennen geschickt, ihr Leben gehörte nicht ihnen, aber sie besaßen eine natürliche Anmut, die wie Weisheit war, und ich stellte fest, daß ich sie achtete. Sie gaben der Luft einen angenehm strohigen Stich, und ihr Geruch betonte noch die Wirkung dieser noblen Kreaturen. Drew starrte sie hingerissen aufmerksam an, sie sagte nichts, sondern deutete nur hin, wenn ein bestimmtes Pferd ihr noch nachdrücklicher den Atem verschlug als die andern. Aus irgendeinem unheimlichen Grund machte mich dies eifersüchtig.

An den Leuten, welche die Pferde begutachteten, fiel mir auf, daß sie sehr fein in sportlicher Kleidung mit Pferdemotiven herausgeputzt waren, die Männer mit seidenen Halstüchern, manch einer mit einer langen Zigarettenspitze à la Präsident Roosevelt, und alle hatten sie eine gewisse hochnäsige Haltung, die mich die Schultern straffen ließ. Niemand war so schön wie Drew, aber es waren langhalsige Menschen ihres Schlags, alle sehr gerade und dünn, mit einer ihnen angezüchteten Selbstsicherheit, und mir ging durch den Kopf, daß es schön wäre, ein Programm zu haben, das ihre Abstammung und ihre Merkmale angab. Jedenfalls entspannte ich mich allmählich ein wenig. Ich wurde gelassener. Dies war ein uneinnehmbares Königreich der Privilegierten. Wenn einer aus der Branche hier war, dann würde er sehr auffallen. Der eine oder andere diskrete Blick, der mir galt, gab mir das Gefühl, daß ich sie, obwohl ich Kleidung nach Drews reichem, gutem Geschmack trug und mir die Mühe gemacht hatte, meine falsche Gelehrtenbrille aufzusetzen, bis an die Grenzen ihrer naserümpfenden Toleranz herausforderte. Mir ging durch den Kopf, daß Drew auf ihre eigene, die Welt gestaltende Weise wußte, was sie tat, und zwar genau wie Mr. Schultz, ohne genügend nachzudenken. Nach ein oder zwei Runden im Ring wurden die Pferde durch eine Passage in so etwas wie ein Amphitheater hinausgeführt, zumindest sah das aus meinem Blickwinkel so aus, mit Publikum in aufsteigenden Sitzreihen und einem Ansager. Drew gab mir ein Zeichen, und wir gingen hinaus und außen herum zu dem erleuchteten Haupteingang, wo die Chauffeure neben ihren Wagen standen, und wir kamen in das Amphitheater und sahen aus einer gewissen Höhe dieselben Pferde im bühnenartigen Licht des Auktionsrings, während der Ansager oder Auktionator ihre Tugenden verkündete. Und dann wurden sie vor seinem Podium am Zügel festgehalten, während er die Gebote entgegennahm, die, soweit ich sehen konnte, nicht von den Leuten in den ansteigenden Sitzreihen kamen, sondern von Angestellten wie ihm selbst, die hier und da in der Menge postiert waren und die Gebote weitergaben, die ihnen von unsichtbaren Kunden, in deren Auftrag sie tätig waren, stumm zugespielt wurden. Es war alles sehr geheimnisvoll, und die Summen waren erstaunlich, sie bewegten sich in schnellen Sprüngen bis zu dreißig-, vierzig-, fünfzigtausend Dollar hinauf. Diese Zahlen erschreckten sogar die Pferde, von denen es viele passend fanden, Dung hinter sich fallen zu lassen, als sie in den Ring geführt wurden. Wenn dies passierte, erschien ein Neger im Smoking mit Schaufel und Rechen und entfernte das Ärgernis rasch aus dem Blickfeld.

Das war die ganze Vorstellung. Ich sah in ungefähr drei Minuten so viel, wie ich sehen wollte, aber Drew konnte nicht genug davon bekommen. Oben hinter den Tribünenreihen, wo wir standen, herrschte ein ständiges Kommen und Gehen von Leuten, die einander von Kopf bis Fuß musterten, eine Art unbewußter Nachahmung der unten im Ring kreisenden Pferde. Drew traf ein Paar, das sie kannte. Dann kam ein Mann herüber, und bald befand sie sich in einer kleinen Gruppe plaudernder Freunde und erwähnte mich überhaupt nicht. Dies machte mich innerlich zu dem Schatten, der ich angeblich war. Ich war voller Hohn, die Frauen schienen einander bei der Begrüßung auf die Wangen zu küssen, legten sie aber in Wirklichkeit nur einen Moment lang nah aneinander und küßten die Luft jeweils hinter dem Ohr der andern. Die Leute freuten sich, Drew zu sehen. Ich hatte den Eindruck, die Reaktionen innerhalb der Gruppe seien rein hormonell gesteuert. Es gab ein bißchen Gekicher, von dem ich mir einbildete, es gelte mir, eine völlig unvernünftige Annahme, wie ich mir ebenfalls klarmachte, die mich aber dazu brachte, mich abzuwenden und, auf ein Geländer gestützt, zu den Pferden hinunterzuschauen. Ich wußte nicht, was ich hier sollte. Ich fühlte mich allein. Mr. Schultz hatte Drew ein paar Wochen lang in Bann gehalten, mein Reiz als Neuheit offensichtlich nur für ein paar Tage. Ich hatte einen Fehler gemacht, als ich ihr meine Befürchtungen offenbarte. Befürchtungen fesselten sie nicht. Ich hatte ihr von Julie Martins Tod erzählt, und es war, als hätte ich gesagt, ich hätte mich am Zeh gestoßen.

Dann tauchte sie neben mir auf und umarmte mich von der Seite, und zusammen sahen wir auf ein neues Pferd hinunter, das in den Ring geführt wurde, und innerhalb von dreißig Sekunden war ich wieder sinnlos verliebt. Meine Verstimmung schwand dahin, und ich warf mir vor, ihre Beständigkeit in Frage gestellt zu haben. Sie sagte, wir sollten irgendwo zu Abend essen, und schlug vor, in den Brook Club zu gehen.

»Hältst du das für klug?« sagte ich.

»Wir benehmen uns so, wie es von uns erwartet wird«, sagte sie, »wie die Gangsterbraut und ihr Schatten. Ich sterbe vor Hunger, du nicht?«

Also nahmen wir ein Taxi zum Brook Club, und es war wirklich ein elegantes Lokal, mit einer Markise, die bis zum Bordstein hinüberreichte und Facettenglas-Türen und ledergepolsterten Wänden, ein Pferdeliebhaberlokal in Dunkelgrün, mit Schirmlämpchen auf den Tischen und Drucken von berühmten Rennpferden an den Wänden. Das Lokal war um einiges größer als der Embassy Club. Der Oberkellner warf einen Blick auf Drew und zögerte keinen Moment, uns zu einem Tisch ganz vorn an der kleinen Tanzfläche zu führen. Das war der Mann, den ich bei Bedarf kontaktieren sollte, aber er sah glatt durch mich hindurch, und Drew gab die Bestellung auf. Wir aßen Shrimps-Cocktails und gut abgehangene Lendensteaks und goldbraune Strohkartoffeln und klein geschnittenen Salat mit Sardellen, ich hatte gar nicht gemerkt, wie hungrig ich war. Sie bestellte eine Flasche französischen Rotwein, die ich mit ihr teilte, auch wenn sie das meiste davon trank. Es war so dunkel in diesem Club, daß, selbst wenn Freunde von ihr aus der Pferdeliebhaberclique da waren, sie in diesem äußerst gedämpften, abgeschirmten Licht nicht weit genug sehen konnten, um sie zu erkennen. Allmählich fühlte ich mich wieder gut. Da saß sie mir am Tisch gegenüber, wir waren in unserem eigenen Lichtkokon geborgen, und ich mußte mich erst daran erinnern, daß ich Geschlechtsverkehr mit ihr gehabt hatte, daß ich sie fleischlich erkannt hatte, daß ich sie zum Kommen gebracht hatte, weil ich all dies wieder tun wollte, doch mit der gleichen Sehnsucht, als wäre es noch nie geschehen, mit der gleichen Neugier auf sie, den gleichen Fragen und den gleichen Phantasien über ihre körperlichen Eigenschaften, als sähe ich eine Schauspielerin in einem Film vor mir. Dies war der Augenblick, in dem ich zu verstehen begann, daß man sich an Sex nicht zu erinnern vermag. Man kann sich an die Tatsache als solche erinnern und sich die Szene ins Gedächtnis zurückrufen, sogar die Details, aber der Sex am Sex, das, was ihn in Wahrheit ausmacht, entzieht sich der Erinnerung, er ist von Natur aus selbsttilgend, man kann sich an das Anatomische dabei erinnern und auch noch beurteilen, in welchem Maße es einem zum Beispiel gefallen hat, aber daran, was Sex auch sein kann – Extravaganz des Seins, Verlust, ein Ansturm von Liebesgewißheit, so daß einem das Herz stillsteht wie im Moment der Hinrichtung – daran gibt es im Hirn keine Erinnerung, nur den Schluß, daß es geschehen und daß Zeit vergangen ist und nichts einem geblieben ist als eine Silhouette, die man neu ausfüllen möchte.

Und dann kamen die Musiker aufs Podium, und es waren meine Freunde aus dem Embassy Club, dieselbe Gruppe mit derselben mageren, gleichgültigen jungen Sängerin, die am Oberteil ihres trägerlosen Abendkleids zerrte. Sie saß auf einem Stuhl am Rand und nickte im Rhythmus der ersten Nummer, eines Instrumentalstücks, und ich fing ihren Blick auf, und sie lächelte und winkte mir kurz zu, immer weiter im Rhythmus der Musik mit dem Kopf wippend, und es machte mich sehr stolz, von ihr wiedererkannt zu werden. Irgendwie teilte sie den andern Mitgliedern der Band mit, daß ich da war, der Saxophonist wandte sich mir zu und verbeugte sich mit seinem Horn, und der Schlagzeuger lachte, als er sah, in welcher Gesellschaft ich mich befand, und wirbelte mit seinen Stöcken in meine Richtung, und ich fühlte mich richtig zu Hause. »Es sind alte Freunde«, sagte ich über die Musik hinweg zu Drew. Ich war glücklich, meine Begabung zum Weltmann zeigen zu können, ich fühlte in meiner Tasche, ob ich nicht etwa Mr. Bermans tausend Dollar verloren hatte, ich hielt es für angemessen, der Band Drinks zu spendieren, wenn sie mit dem Set fertig waren.

Gegen Ende des Essens war Drew ein bißchen beschwipst, sie saß, den Ellbogen auf den Tisch und das Kinn in die Hand gestützt, da und sah mich mit zielloser, lächelnder Zuneigung an. Ich fühlte mich nun sehr wohl, die Dunkelheit eines Nachtclubs wirkt bestärkend, diese kontrollierte Dunkelheit bietet so etwas wie Schutz, im Gegensatz zu der offenen Dunkelheit der wirklichen Nacht mit dem Gewicht des ganzen Himmels und seinen unermeßlichen Möglichkeiten, die Musik erschien mir so klar und bildhaft, sie spielten Standards, einen nach dem andern, und jeder Text erschien bedeutungsvoll und passend, und jede melodische Linie in den Solos war so klar wie eine süße Wahrheit. Und wie es sich so ergab, war einer der Songs *Me and My Shadow,* was uns zum Lachen brachte – *Me and my shad-ow, strolling down the avenue* lautete listig der Text, und mir kam zu Bewußtsein, daß eine Art Botschaft im Zusammenhang mit der Verschwörung umlief, die wir alle bildeten, ich erwartete halb, Abbadabba Berman in den Raum steppen zu sehen, es war die alte Sache, wie üblich fühlte ich mich nicht sicher vor Mr. Schultz, wenn ich von ihm getrennt war, Drews Idee, hierherzukommen, war gut gewesen, wenn wir beobachtet wurden, taten wir genau das Richtige, indem wir in diesem Club speisten, ihm wie Treugesinnte das Geld wieder zufließen ließen, dies war sein Reich, und weil ich mich ihm da näher fühlte, fürchtete ich mich nicht mehr.

Ich beschloß, mir keine Sorgen mehr zu machen und keine Entscheidungen zu fällen, sondern unser Schicksal Drews Eingebungen anzuvertrauen, mich zu ihrer Verfügung zu halten wie ein wahrer, Mr. Schultz' Interessen vertretender Begleiter, sie wußte mehr als ich, sie mußte mehr wissen, und was ich als unpraktisch an ihr wahrnahm, war so stark wie ihr Wesen. Sie kannte sich wirklich überall aus, und bei all ihrem Leichtsinn war sie noch immer am Leben. Sie war in Saratoga tatsächlich ziemlich sicher. Ich paßte tatsächlich für Mr. Schultz auf sie auf. Ich wußte nicht, wessen Idee es gewesen war, daß sie hierherkam, aber ich hatte nun das Gefühl, daß sie diese Reise ebensogut eingefädelt haben konnte, indem sie behauptete, nicht aus Onondaga fortzuwollen, wie es Mr. Berman gewesen sein konnte, indem er darauf bestand, daß sie ging.

Doch dann begannen Leute auf der kleinen Tanzfläche vor unserm Tisch zu tanzen, und als sie mit mir tanzen wollte, gab ich entschieden zu verstehen, daß es an der Zeit sei, heimzugehen. Ich bezahlte die Rechnung, fragte sie jedoch wegen des Trinkgelds um Rat, und auf dem Weg hinaus ließ ich beim Barkeeper Geld für die Drinks der Band zurück. Wir nahmen ein Taxi zurück zum Grand Union Hotel und gingen augenfällig jeder durch seine Tür in die nebeneinanderliegenden Zimmer, und erst mal drinnen, begegneten wir uns kichernd an der offenen Tür dazwischen.

Aber wir schliefen jeder in seinem Bett, und als ich am Morgen aufwachte, fand ich einen Zettel auf meinem Kopfkissen: Sie sei mit ein paar Freunden zum Frühstück ausgegangen. Ich solle mir eine Clubhauskarte kaufen und sie zum Lunch an der Rennbahn treffen. Sie nannte mir die Nummer ihrer Loge. Mir gefiel ihre Handschrift sehr, sie schrieb sehr regelmäßig mit runden, fast wie Drucklettern aussehenden Buchstaben, und ihre i-Punkte waren kleine Kreise.

Ich duschte und zog mich an und rannte hinunter. Die beiden Männer waren nicht da. Ich fand am Zeitungsstand in der Halle richtige Morgenzeitungen und nahm sie mit auf die vordere Veranda und las sie alle in einem großen Korbsessel. Die Geschworenen waren ausgewählt worden. Die Verteidigung hatte keinen Einwand erhoben. Der eigentliche Prozeß würde heute beginnen, und der Staatsanwalt wurde zitiert, der gesagt hatte, er glaube, man werde höchstens eine Woche brauchen. Die *Daily News* brachten ein Bild von Mr. Schultz und Dixie Davis, wie sie auf einem Korridor vor dem Gerichtssaal die Köpfe zusammensteckten und sich berieten. Der *Mirror* zeigte Mr. Schultz, wie er mit einem breiten, falschen Lächeln auf dem Gesicht die Treppe vor dem Gerichtsgebäude herunterkam.

Ich verließ das Hotel und ging den Broadway entlang, bis ich einen Drugstore mit einer Telefonzelle fand. Ich besorgte mir eine Handvoll Münzen und nannte der Vermittlung die Nummer, die Mr. Berman mir gegeben hatte. Bis zum heutigen Tag weiß ich nicht, wie er an eine Nummer für ein Telefon kommen konnte, von dem die Telefongesellschaft nichts wußte, aber er meldete sich beim ersten Klingeln. Ich berichtete ihm, daß wir planmäßig in der Stadt eingetroffen wären, die Jährlingsauktion besucht hätten und den Tag bei den Rennen verbringen würden. Ich berichtete ihm, daß Mrs. Preston ein paar ihrer Freunde hier getroffen habe, blöde Leute, mit denen sie nur blöde Gespräche führe. Ich berichtete ihm, daß wir im Brook Club gegessen hätten, ich es aber nicht für nötig gefunden hätte, mich dem Mann dort zu erkennen zu geben, weil alles glatt laufe. Ich sagte ihm in diesen Dingen die Wahrheit, wohlwissend, daß er sie bereits wußte.

»Gut für dich, Kleiner«, sagte er. »Willst du deine Spesen ein bißchen aufbessern?«

»Klar«, sagte ich.

»Es gibt da ein Pferd, daß beim siebten Rennen als Nummer drei startet. Das ist ein guter Tip mit hübschen Gewinnchancen.«

»Wie heißt es?«

»Was weiß ich, schau in dein Programm, merk dir einfach die Nummer drei, du kannst dir doch eine Drei merken, oder?« Er klang gereizt. »Was du verdienst, kannst du behalten. Nimm's mit nach New York.«

»New York?«

»Ja, setz dich in den Zug. Wir brauchen dich für ein paar Dinge. Geh nach Hause und warte dort.«

»Was ist mit Mrs. Preston?« sagte ich.

In diesem Moment schaltete sich die Telefonistin ein und verlangte weitere fünfzehn Cent. Mr. Berman ließ sich die Telefonnummer geben, von der aus ich anrief, und befahl mir, einzuhängen. Ich tat es, und fast im gleichen Moment klingelte es.

Ich hörte, wie ein Streichholz angerissen wurde, dann das Ausatmen einer mit Rauch gefüllten Lunge. »Du hast jetzt schon zum zweiten Mal Leute mit Namen genannt.«

»Tut mir leid«, sagte ich. »Aber was mach ich mit ihr?«

»Wo ist die Tomate in diesem Moment?« sagte er.

»Sie ist beim Frühstück.«

»Ein paar von deinen Freunden sind unterwegs. Wahrscheinlich siehst du sie an der Rennbahn. Vielleicht nimmt dich einer von ihnen sogar zum Bahnhof mit, wenn du ihn nett bittest.«

Das Folgende dachte ich, während ich durch die Straßen von Saratoga lief, einmal um den Block und dann noch einmal, als wollte ich irgendwohin, als hätte ich ein Ziel und eine Bestimmung: Sie hatten mir dies ganze Geld gegeben, eindeutig mehr, als ich an einem Tag oder selbst an zwei verbrauchen konnte, es waren die Kosten für eine Luxuswoche,

Hotelrechnungen, Restaurants und Geld für die Wetten, die Drew Preston vielleicht würde placieren wollen. Irgend etwas hatte sich geändert. Entweder sie brauchten mich wirklich in New York, als Vorhut für die Rückkehr in die Stadt, oder sie wollten mich irgendwo haben, wo ich nicht im Weg war. Vielleicht hatte sich Mr. Schultz, als Drew außer Sicht war, davon überzeugen lassen, welche Gefahr sie darstellte, vielleicht spiegelte seine Entfremdung lediglich die ihre wider, Mr. Berman schien Mr. Schultz für lebensgefährlich verliebt zu halten, aber wenn ich es mir recht überlegte, hatte Mr. Schultz, solange ich mit ihnen zusammen war, Drew nach der ersten Woche öfter ignoriert als beachtet, sie wurde eher zu seinem Aushängeschild, zu einer Verzierung, die seinem Auftreten mehr Glanz verlieh, und erschien weniger als eine Frau, in die er vernarrt war, deren Hand er drückte oder der er so albern und liebevoll, wie sich verliebte Leute aufführen, seine tiefe Zuneigung bewies. Welche Entscheidung auch immer getroffen worden war, es schien mir nur ratsam, anzunehmen, daß sie die Merkmale eines Alptraums hatte. Ich bin stolz auf diesen Jungen, der ich einmal war, der seine kalte Angst denkend bewältigte, und am schnellsten denkt, wie man weiß, der Körper, der Körper denkt sicher, fehlerlos, weil er nicht wie das Hirn vollgesogen ist mit Charakter, und meine beste Ahnung legte mir nahe, daß das Schlimmste möglich war, denn ich wußte nicht mehr, daß ich von der Straße reingekommen und durch die Halle gegangen war, aber dann wurde mir bewußt, daß ich in meinem Zimmer stand und meine geladene Automatic in der Hand hielt, ich hatte meine Pistole in der Hand. Das also dachte ich. Das Schlimmste war, daß er sich gegen sie gewendet hatte, daß er mehr Tod brauchte, er brauchte seine Tode jetzt so rasch auf, daß er immer schneller neue brauchte. Was würde sie sagen, was würde sie ihm antun, wenn er nicht einmal sich selbst schützen konnte, festgenagelt durchs Gesetz, während die Gang auseinanderflog, als hätte eine Bombe eingeschlagen, und er allein war und verlassen wie eines dieser schreienden bombardierten Kinder in China, während rings um ihn die Trümmer niederstürzten?

Es war seltsam, daß Mr. Schultz über Verrat alles wußte, nur nicht, wie er in der Freiheit der freudig unersättlichen Gesinnung von uns allen funktionierte, oder warum sonst machte sein Abbadabba sich die Mühe, mir ein Pferd zu nennen? Es mangelte Mr. Schultz an Phantasie, er hatte einen konventionellen Verstand, Drew hatte recht, er war ordinär. Gleichwohl sah ich mich nun einer gewaltigen Management-Verantwortung gegenüber, ich mußte Dinge in Gang setzen, ich mußte Leute dafür engagieren, daß sie Dinge taten, von denen ich meinte, sie sollten sie tun, und all dies bei einer Position ohne jegliche Autorität. Wenn ich es mir recht überlegte, hatten in Filmen Männer, die Dinge in die Tat umsetzten, Assistenten und Sekretärinnen. Auf einer Karte direkt vor mir stand die Service-Liste des Grand Union Hotel, und darauf waren unter anderm ein Masseur, ein Barbier, ein Blumengeschäft und ein Western-Union-Telegrammbüro aufgeführt. Mir stand ein komplettes Hotel zur Verfügung. Ich raffte all meinen Mut zusammen und nahm den Telefonhörer ab und ließ, die nasale Sprechweise von Drew Prestons Freunden nachahmend, die Hoteltelefonistin in meiner leisesten, sanftesten Stimme wissen, daß ich Mr. Harvey Preston im Savoy-Plaza in New York zu erreichen wünschte, und falls er sich dort zur Zeit nicht aufhalte, möge sie von der Telefonistin dort die Nummer erfragen, unter der er zu erreichen sei, möglicherweise eine Nummer in Newport. Als ich einhängte, zitterte meine Hand, die Hand des *jongleur extraordinaire.* Ich nahm an, es würde eine Weile dauern, Harvey aufzuspüren, zweifellos irgendwo im Bett, in Gesellschaft nach seinem Geschmack, daher wählte ich die Nummer des Zimmerservice, und sehr respektvoll nahmen sie meine Bestellung entgegen, die aus Honigmelone und Corn-flakes und

Sahne, Rührei mit Schinken und Würstchen und Toast und Gelee und Kopenhagenern und Milch und Kaffee bestand, ich las einfach die ganze Speisekarte ab. Ich setzte mich in einen Ohrensessel am offenen Fenster und steckte meine Automatic hinter das Polster und wartete auf mein Frühstück. Es kam mir sehr wichtig vor, mich ganz still zu verhalten, wie man es in einem sehr heißen Bad tut, um es ertragen zu können. Mickey würde am Steuer sitzen, und wahrscheinlich war Irving mit von der Partie, denn was sie auch vorhaben mochten, es würde in Saratoga Präzision erfordern und vielleicht Geduld und eher etwas in seiner Wirkung Raffiniertes und Trauriges als etwas Gräßliches sein. Ich mochte sie beide. Sie waren ruhige Männer und wollten niemandem übel. Sie beklagten sich nur ungern. Sie mochten innerlich Einwände erheben, aber sie würden stets ihre Arbeit machen.

Ich überlegte, was ich dem eleganten Harvey sagen würde. Ich hoffte, er wäre in der Nähe eines Telefons. Es konnte sogar ein weißes sein. Er würde mich ausreden lassen, nachdem er sich den Sommer über nur sehr oberflächlich um Drews Sicherheit gekümmert hatte, wegen des ständigen Stroms von Kontobelastungsbelegen und abgerechneten Schecks, die er zweifellos mit der Post bekommen hatte. Ich würde mich als Übermittler der Wünsche seiner Frau ausgeben. Ich würde sehr geschäftsmäßig sein. Soweit ich sah, hatte ich im Augenblick keinerlei persönliches Interesse an Mrs. Preston, gewiß keines, das in meiner Stimme Liebe oder Schuldgefühle mitklingen ließ. Nicht daß ich Harvey gegenüber je Schuldgefühle haben könnte. Doch davon abgesehen hatte ich in dieser Situation überhaupt jede Bereitschaft zu erotisierter Zuneigung verloren, sie schwindet bei starker Angst kläglich dahin, nicht nur konnte ich mich nicht mehr erinnern, mit Drew geschlafen zu haben, ich konnte es mir nicht einmal mehr vorstellen. Sie interessierte mich nicht. Es klopfte an der Tür, und mein Frühstück wurde hereingerollt, und derselbe Wagen, auf dem es kam, wurde unter dem weißen Leinentischtuch zu einem Eßtisch ausgeklappt. Alle Speisen wurden in oder unter schwerem Silber serviert. Die Melone war in einer Silberschale voll Eis angerichtet. Ich hatte am Abend zuvor von Drew gelernt, nicht zu reichlich Trinkgeld zu geben, und bekam den Pagen mit Aplomb aus dem Zimmer. Da saß ich, spürte meine Waffe im Kreuz und starrte dieses gewaltige Frühstück an, als nähme ich, wohin ich auch ging, die Bathgate Avenue mit, als purzelten all die süßen Früchte der Erde auf meinen Teller. Ich vermißte meine Mutter. Ich wollte meine schwarz-weiße Shadows-Jacke tragen. Ich wollte von den Schubkarren stehlen und an den Bierlagern herumhängen und einen Blick auf den großen Dutch Schultz erhaschen.

Gegen Mittag, nachdem ich gepackt und meine Tasche unten beim Portier gelassen hatte, ließ ich mir den Weg zur Rennbahn erklären und machte mich zu Fuß dorthin auf. Ich ging vom Hotel aus etwa eine Meile weit einen breiten Boulevard entlang, an dem ein dunkles dreistöckiges Haus mit tiefer Veranda neben dem andern stand. In den Vorgärten sah ich Schilder mit der Aufschrift PARKEN SIE HIER, und die Bewohner standen auf der Straße und versuchten, die vorbeifahrenden Wagen in ihre Einfahrten zu winken. Jeder in Saratoga versuchte ein bißchen Geld zu machen, sogar die Besitzer dieser prachtvollen Giebelhäuser. Der Verkehr strömte vor allem zum Parkplatz der Rennbahn, an jeder Kreuzung winkten ihn Polizisten in kurzärmeligen Hemden weiter. Niemand schien sehr in Eile zu sein, die schwarzen Wagen fuhren in würdevollem Tempo, und niemand drückte auf die Hupe oder versuchte sich vorzudrängen, so einen manierlichen Verkehr hatte ich noch nie gesehen. Ich hielt nach dem Packard Ausschau, obwohl ich wußte, daß ich ihn nicht finden würde. Wenn sie am frühen Morgen losgefahren waren, würden sie selbst mit Mickey am Steuer frühestens im Laufe des Nachmittags hier ankommen. Ganz plötzlich sah ich das grüne Dach der Haupttribüne wie ein wimpelgeschmücktes Schloß zwischen den Bäumen, und dann befand ich mich auf dem Gelände, und es war ein festlicher Tag mit den Leuten, die unter ihren Panamahüten und Sonnenschirmen zu den Eingängen strömten, sie hatten Feldstecher bei sich, Männer verkauften Programme, das Ganze war nicht so groß wie das Yankee-Stadion, aber doch imposant in den Ausmaßen, es war ein grün und weiß gestrichenes, hölzernes Bauwerk, an einen vornehmen alten Vergnügungspark erinnernd, mit Blumenrabatten entlang der Wege. Ich stellte mich nach einer Clubhauskarte an und bekam zu hören, sie würden mich als Minderjährigen ohne Begleitung nicht einlassen, ich hätte gern meine Automatic gezogen und sie dem Kerl in die Nase gedrückt, bat jedoch statt dessen ein älteres Paar, die Eintrittskarte für mich zu kaufen und mit mir durch das Drehkreuz zu gehen, was sie gnädigerweise taten, aber es war eine erniedrigende Notlösung für den Getreuen eines der tödlichsten Gangster im Land.

Als ich dann die Treppe zu den Tribünen hinaufstieg und hinaustrat, um einen ersten Blick auf die großartige ovale Rennbahn zu werfen, fühlte ich mich sofort zu Hause, da war wieder dieser köstliche Schrecken, aus tiefem Schatten auf ein grünes, in der Sonne liegendes Feld hinunterzublicken, den einem ein Baseballfeld oder ein Footballplatz versetzen konnte, und nun merkte ich, daß auch die Rennbahn es einem einflößte, jenes Gefühl, so herrlich wie der bevorstehende Tag, bevor das Sportsgeschehen noch begonnen hat, die fühlbare Vorwegnahme eines formalisierten Kampfs auf noch ungezeichneter Bahn, mit Geisterpferden, die im ursprünglichen Glanz von Luft und Licht dem Finish entgegenrennen. Ich fühlte, hier würde ich mit mir klarkommen, ich genoß das unerwartete Selbstvertrauen, das aus Wiedererkennen erwächst.

Hier war ich also, mit der Bürde meiner todernsten Verantwortung an diesem schönen Tag, an dem es so aussah, als käme die gesamte Gesellschaft zum Wetten, und die gewöhnlichen Leute würden ihre Wetten zu ebener Erde abschließen, würden in der Sonne am Geländer stehen, um vom eigentlichen Rennen das zu sehen, was sie überblicken konnten, nämlich die Zielgerade, während die wohlhabenden Wetter im Schatten der ansteigenden Holztribüne saßen, so daß sie etwas mehr von der Bahn sehen konnten; es gab ganz vorne am Rand der Tribüne die Logen, die Politiker sowie reiche und berühmte Männer für die Saison gekauft hatten, die man jedoch, wenn sie an einem bestimmten Tag nicht benutzt wurden, durch Schmieren des Platzanweisers manchmal auf eigenes Risiko mieten konnte; und schließlich gab es, über der Haupttribüne nach hinten versetzt, auf einer eigenen Terrasse das teure Clubhaus, wohin die wahren Freunde des Sports kamen und sich vor Beginn der Rennen des Tages an Tischen niederließen, um ihren Lunch einzunehmen. Dort oben fand ich Drew allein an einem Tisch für zwei, ein Glas Weißwein vor sich.

Ich wußte natürlich, daß sie, gleichgültig, was ich ihr erzählte, nicht im Traum daran denken würde zu gehen, ehe sie sich nicht an den Pferden sattgesehen hatte. Ich wußte auch, daß ihr Blick, wenn ich von der Gefahr sprach, in der sie sich befand, oder meine Furcht zugab, herumschweifen würde, ihre Gedanken würden abschweifen, sie würde mit Herz und Sinn davontreiben, und das Licht, das ich ihr vor Augen hielt, würde sich trüben. Sie mochte das Frühreife an mir. Sie mochte meine Straßenkämpferseite, sie mochte es, wenn ihre Jungen mutig und ritterlich waren. Also erzählte ich ihr, ich hätte einen sicheren Tip für das siebte Rennen und würde alles darauf setzen, was ich hätte, und genug Kies machen, um sie bis an ihr Lebensende in Pralinen und seidener Unterwäsche schwimmen zu lassen. Das sollte ein Scherz sein, aber irgendwie kam es gepreßt heraus, inbrünstiger, als ich beabsichtigt hatte, wie eine Erklärung meiner kindlichen Liebe, und die Wirkung auf ihre tiefenlosen grünen Augen war, daß sie überliefen. Und nun saßen wir beide schweigend da und sehr traurig, es war, als sei ihr aus ihrem eigenen Berechnungssystem all das bekannt, was ich ihr nicht zu sagen wagte. Ich konnte sie nicht ansehen, sondern wandte den Blick der Rennbahn dort draußen in der Sonne zu, einer langen, breiten, wunderbar gepflegten ovalen Bahn aus geharkter Erde und mit einem weißen Zaun, hinter dem sich eine ovale Innenbahn auf Rasen mit Hindernissen für Hindernisrennen befand, und in der Mitte davon waren Rabatten mit roten und weißen Blumen und ein Teich, auf dem echte Schwäne herumpaddelten, und all dies war in eine weite, grünende Landschaft eingebettet, aus der weit im Osten die Berkshire-Berge aufstiegen, aber ich sah nur Ovales, und mein Blick wanderte um die geschlossene Rennbahn herum, als ob sie eine endlose Schiffswand wäre, als ob ich nicht alle Luft der Welt zum Atmen hätte, sondern nur die erstickenden Dieseldünste in einer Schlepperkajüte, als ob jeder Augenblick, den wir seit jener Nacht durchlebt hatten, meiner Halluzination entsprungen wäre, eine Gnadenfrist im gewaltigen Wogen der See, die sich aus sich selbst heraus aufbäumte, um die Beute der Nacht zu verschlingen, und als wären mir kaum bekannte Leute, die tot waren, noch nicht gestorben.

Nach und nach füllten sich die Tische, wir aßen, obwohl keiner von uns hungrig war, kalten Lachs und Kartoffelsalat zum Lunch, und schließlich ritten die Männer in roten Jagdröcken auf die Bahn, und die Trompete erscholl, und die Pferde mit ihren Jockeys paradierten in gemächlichem Schritt an uns vorbei zur Kurve am andern Ende, wo die Startmaschine aufgebaut war, und das erste Rennen des Tages begann, wie von da an jede halbe Stunde, rund alle dreißig Minuten begann ein Rennen, eine Meile oder mehr oder manchmal weniger um die geharkte Erdbahn herum, man sah sie vielleicht für ein paar Momente gleich nach dem Start, und wenn man kein Fernglas hatte, wurden sie dann zu einem sich dahinwälzenden Nebelschwaden, als würde ein einziges wallendes Tier in der Ferne um die Bahn wogen, und es bewegte sich nicht gar so schnell, und erst, als es sich im Näherkommen für den Blick wieder in einzelne Pferde auflöste, in brodelnder aufgepeitschter Anstrengung vorwärts drängend, verstand man, welch große Strecke sie in wie wenig Zeit gelaufen waren, und sie waren schnell wie die Teufel, wenn sie an einem vorbeigaloppierten und mit den dann in den Steigbügeln stehenden Jockeys die Ziellinie vor der Tribüne überquerten. Und während des Rennens wurde aufgeregt angefeuert und gebrüllt und geschrien, aber es war nicht die Art von Lärm und Begeisterung, die man bei einem Baseballspiel erlebte, wenn Lou Gehrig ein Home Run gelang, es war nicht das Geräusch fröhlichen Lebens und dauerte nicht über den Moment hinaus an, in dem das erste Pferd das Finish erreichte, sondern erstarb plötzlich, als hätte jemand einen Schalter ausgeknipst, und alle wandten sich wieder ihren Tabellen zu, um die nächste halbe Stunde für die neuen Wetten zu nutzen, und nur die Gewinner tönten noch vor Glück oder weideten sich an ihren Gewinnen, wobei die Leiber der Pferde die geringste Sorge aller waren, bis auf den Besitzer vielleicht, der in den Siegerkreis vor der Tribüne hinaustrat, um neben dem Jockey und dem Pferd, das eine Nelkengirlande um den Hals trug, für Photos zu posieren.

Und ich wußte, was Mr. Berman meinte, es kam auf die Zahlen an, die jedes Tier um die Bahn herumtrug, die Zahlen auf den großen Tafeln der Tribüne gegenüber, die im Nu die Quoten anzeigten. Die Pferde waren laufende Zahlen, lebende Einsätze, sogar für die sehr wohlhabenden Großgrundbesitzer, die sie züchteten und bei Jährlingsauktionen kauften und besaßen und in Rennen schickten und Preisgelder mit ihnen gewannen.

Doch all diese Eindrücke nahm ich gewissermaßen mit den Augenwinkeln wahr, nur peripher, während ich wegging und wieder zu Drew zurückkam und sie dann in ihre Loge hinunterbegleitete und dort allein ließ und auf sämtlichen Rängen nach den Strolchen suchte, die ich kannte, und nach denen, die ich nicht kannte, denn dies war nicht so ein exklusives Pferdeereignis wie das am Abend zuvor, dies war das große Treffen aller Müßiggänger der Welt, ich sah Leute ihre zwei Dollar unter dem Gitter hindurchschieben, die sichtlich pleite waren, Leute im Unterhemd in der Sonne am Geländer, die krampfhaft ihre Wettscheine festhielten, für sie die einzige Aussicht rauszukommen, aus was auch immer, jedenfalls rauszukommen, ich hatte noch nie so bleiche Gesichter auftauchen sehen, um einen Tag zu genießen, und überall, in jeder Tribünenreihe, auf jedem Gang waren die Männer, die wußten, was andere nicht wußten, und aus den Mundwinkeln heraus redeten und das wissende Händlernicken nickten, dies war eine so schäbige Tribüne des Lebens, eine so schmierige, berufsmäßige Eleganz, dazu die Trinker hoher, eisgekühlter Drinks oder harter Sachen, alle wollten zuviel vom Leben und verloren zuviel ans Leben und standen dabei vor den Wettschaltern Schlange, um es in ihren demokratischen Zeremonien von Gewinn und Verlust auf den ächzenden Stufen dieser alten Holztribüne erneut zu versuchen.

Von Drew verlangte ich nur, daß sie nicht zum Sattelplatz hinunterging, um sich die Pferde anzuschauen, bevor sie auf die Bahn kamen, daß sie in ihrer Loge blieb, die numeriert und bekannt war, gleich neben der Loge des Gouverneurs an der Ziellinie, und sich damit begnügte, die Pferde durch ihr Fernglas zu betrachten.

»Du möchtest nicht, daß ich wette?«

»Wette, soviel du willst. Ich gehe für dich zum Schalter.«

»Es ist nicht so wichtig.«

Sie war sehr nachdenklich und ruhig und verbreitete

eine Stille um sich, die ich wie eine Art von Trauer empfand.

Dann sagte sie: »Erinnerst du dich noch an den Mann dort?«

»An welchen?«

»An den mit der schlechten Haut. Vor dem er so viel Respekt hat.«

»Mit schlechter Haut?«

»Ja, der in dem Wagen, mit den Leibwächtern. Der zur Kirche kam.«

»Ach der. Natürlich. Wie könnte man so eine Haut vergessen.«

»Er hat mich angesehen. Ich meine nicht, daß er aufdringlich gewesen ist oder so etwas. Aber er sah mich an, und er wußte, wer ich war. Also muß ich ihm schon früher begegnet sein.« Sie kräuselte die Lippen und schüttelte mit gesenktem Blick den Kopf.

»Und du weißt nicht mehr, wo?«

»Nein. Es muß nachts gewesen sein.«

»Warum?«

»Weil ich jede Nacht meines Lebens sturzbetrunken bin.«

Ich dachte darüber nach: »Warst du mit Bo zusammen?«

»Ich denke schon.«

»Hast du es Mr. Schultz jemals gesagt?«

»Nein. Meinst du, ich hätte es tun sollen?«

»Ich meine, es ist wichtig.«

»Ja? Ist es wichtig?«

»Ja, ich meine, es könnte wichtig sein.«

»Sag du's ihm. Würdest du das tun?« sagte sie und hob ihr Fernglas, da die Pferde des nächsten Rennens im Schritt auf die Bahn kamen.

Einige Minuten später kam ein Bote in Livree mit einem riesigen Blumenbukett in die Loge, und es war für Drew, ein ganzer Arm voll langstieliger Blumen, und sie nahm sie ent gegen und errötete, sie las die Karte, und es stand *Von einem Bewunderer* darauf, genau wie ich es angegeben hatte, und sie lachte und blickte sich um, hinauf in die Reihen über ihr, wie um den zu finden, der die Blumen geschickt hatte. Ich rief einen Platzanweiser herbei und drückte ihm eine gefaltete Fünfdollarnote in die Hand und trug ihm auf, einen Krug mit Wasser zu bringen, und Drew stellte die Blumen in den Krug und den Strauß auf den leeren Stuhl neben sich. Sie war nun heiterer, ein paar Leute in der nächsten Loge lächelten und machten entsprechende Bemerkungen, und dann traf ein weiterer Bote in Livree ein, diesmal mit einem Blumenarrangement, das so riesig war, daß es gleich mit Korbständer geliefert wurde, und wie ein kleiner Baum aussah mit Blüten wie Popcorn-Ähren und großen grünen fächerförmigen Blättern dazwischen und blauen und gelben glöckchenförmigen Blumen mit kleinen Schwänzchen, und auf der Karte stand *Ewig dein,* und nun lachte Drew, entgeistert glücklich wie jemand, der einen Valentinsgruß bekommt oder mit einer Geburtstagsparty überrascht wird. Ich kann mir nicht vorstellen, was sie geantwortet hat, als ein Herr sich herüberbeugte und sie fragte, was denn der Anlaß sei. Und als der dritte und vierte immer größere Blumenstrauß eintraf, der letzte ein prachtvolles Gebinde mit Dutzenden langstieliger Rosen, war die Loge völlig verwandelt vor Blumen, Drew war davon umgeben, und in den umliegenden Logen herrschte beträchtliches Amüsement und Interesse, und Leute standen auf, um zu sehen, was vorging, und ein flirrendes Interesse breitete sich auf der Tribüne aus, und Leute kamen aus allen Richtungen herbei, um Fragen zu stellen, Bemerkungen zu machen, manche Leute dachten, sie sei ein Filmstar, ein junger Mann fragte sie, ob er sie um ihr Autogramm bitten müsse, sie hatte nun mehr Blumen um sich als der Sieger eines Cup-Rennens, sie hielt sie in den Armen und war von ihnen umgeben, und was noch wichtiger war, sie war von den Leuten umringt, die herbeikamen, um zu sehen, was es denn so Aufregendes gab. Einige davon waren ihre Freunde aus der Clique der Pferdenarren, und sie setzten sich zu ihr und scherzten, und eine Frau hatte ihre beiden Kinder dabei, zwei kleine blonde Mädchen mit Topfschnitten, die weiße Kleidchen und Schleifen und weiße Söckchen und blanke weiße Schuhe trugen, nette, scheue kleine Mädchen, und Drew stellte rasch kleine Sträußchen zusammen, die sie in die Hand nehmen konnten, und ein Fotograf von der Lokalzeitung tauchte auf und machte Blitzlichtbilder, alles lief so gut, ich wollte, daß die Kinder dablieben, ich fragte ihre Mutter, ob sie ein Eis wollten, und rannte davon, um es zu besorgen, und dabei bestellte ich in der Clubhaus-Bar auch gleich ein paar Flaschen Champagner und eine Reihe von Gläsern, wobei ich mit meinem Bündel von Scheinen winkte und Drews Namen fallenließ, damit der Barkeeper mir keine Scherereien machte, und bald gab sie da inmitten ihrer Blumen in ihrer Loge einen Empfang, und ich trat einen Schritt zurück und sah, daß sogar von der Bahn einige der berittenen Organisatoren des Rennens zu ihr hinaufblickten, es war so, als hielte die Königin in ihrer blumengeschmückten Loge mit kleinen Ehrenjungfern hof, und als erhöben die Leute ihr zu Ehren das Glas. Alles lief also so gut wie nur möglich, es standen noch Lieferungen von Bonbonnieren durch den Hotel-Chocolatier aus, ich wollte einfach nicht, daß sie allein war, ich konnte noch anderes aus dem Ärmel schütteln, wenn ich es nötig hatte, ich trat zurück und betrachtete mein Werk, und es war gut, ich mußte es jetzt nur noch andauern lassen, wie lange, wußte ich nicht, für ein Rennen, für zwei, ich hielt es für unwahrscheinlich, daß Angehörige der Branche sich auf einer gut besuchten Rennbahn produzieren wollten, daß sie die Geschichte eines berühmten Rennens um den Bericht von einem unerklärlichen Attentat bereichern wollten, und es würde ihnen, wenn sie zuerst im Hotel nachgesehen hatten, klar sein, daß Drews Sachen nicht gepackt waren, daß sie nicht weglaufen würde, aber wie konnte ich über irgend etwas sicher sein, wenn ich nicht alles wußte, ich wollte einen beweglichen Schild um sie herum haben, wie eine Fontäne jonglierter Bälle, wie tausend schwirrende Springseile, wie ein Feuerwerk aus Blumen und wie die Leben unschuldiger reicher Kinder.

So also sah die Situation aus, und ich nehme an, es war während des fünften Rennens, die Pferde befanden sich am andern Ende der Geraden, und alle Ferngläser waren erhoben, und wie konnte ich nicht wissen, daß unter Tausenden von Leuten ein Feldstecher unten am Geländer in der Sonne in die falsche Richtung gekehrt war, wie kannst du in der Sekunde, da der Strahl zurückgeworfen wird, nicht wissen, daß du durch einen Tunnel in Augen blickst, die dich verfolgen, daß du durch die großartige Trennung von Sonne und Schatten und über das begehrliche Geheul der Massen hinweg heimlich aufs genauste beobachtet wirst? Ich machte kehrt und sauste die hölzerne Treppe ganz hinunter und bahnte mir einen Weg an den Wettschaltern vorbei, vor denen eine erstaunliche Anzahl von Wettern wartete und dem aus Lautsprechern ertönenden Rennbericht lauschte, obwohl sie nur ein paar Schritte nach draußen zu tun brauchten, um selbst alles zu sehen. Der Boden war übersät mit weggeworfenen Totalisatorscheinen, und wäre ich ein paar Jahre jünger gewesen, wäre ich wahrscheinlich herumgelaufen und hätte sie aufgelesen, einfach weil es da auf dem Boden so viele gleiche Dinge gab, die man sammeln konnte, doch die Leute, die hier und dort kauerten, die Zettel umdrehten und aufhoben und wieder hinwarfen, waren Erwachsene, armselige, erbärmliche Verlierer, die herumstöberten nach jenem mystischen Fall, dem versehentlich weggeworfenen Gewinnschein.

Draußen vor der Tribüne spürte ich sofort die Hitze des Nachmittags, das Licht blendete, und über die Schultern brüllender Leute hinweg sah ich verschwommen Pferde vorüberdonnern. Man hörte sie wirklich, hörte die Schritte, hörte das Zischen der Peitschen. Rannten die Pferde, um zu gewinnen oder um wegzukommen? Ich traf Irving und Mickey am Geländer, in jeder Hinsicht wie Bürger der Sportwelt aussehend, die karierte Jacketts trugen und Feldstecherfutterale an Riemen über der Schulter und, in Mickeys Fall, einen Panamahut, der seinen kahlen Schädel bedeckte, und eine Sonnenbrille, die seine Augen verbarg.

»Hat auf der Geraden schwer nachgelassen«, sagte Irving.

»Nur Beine, kein Herz. Ein Sprintpferd wie das läßt man nicht länger als tausend Yards rennen, wenn man es gut mit ihm meint«, sagte er und riß mehrere Tickets entzwei und warf sie in den nächsten Abfallbehälter.

Mickey richtete sein Fernglas auf die Tribüne.

»Ihre Loge liegt gleich neben der Ziellinie«, sagte ich.

»Das sehen wir. Fehlt nur noch das Sternenbanner«, sagte Irving mit seiner Flüsterstimme. »Was ist da drüben los?«

»Er ist überglücklich, sie zu sehen.«

»Wer?«

»Mr. Preston, Mr. Harvey Preston, ihr Mann.«

Irving sah durch sein Fernglas. »Wie sieht er aus?«

»Groß. Älter.«

»Ich find ihn nicht. Was hat er an?«

»Laß mich mal kurz gucken«, sagte ich und tippte Mickey auf die Schulter. Er gab mir sein Fernglas, und als ich es scharf stellte, war sie ganz nah zu sehen, sie blickte sich gerade so ängstlich um, daß ich rufen wollte, ich sei da, ich sei hier unten, aber der mein Leben bestimmende Zauber hielt an, denn als sie noch nach hinten starrte, kam doch tatsächlich Harvey die Stufen herunter und winkte ihr zu, und im nächsten Moment war er in ihrer Loge und schlang die Arme um sie, und sie drückte ihn an sich, und dann standen sie einander gegenüber und lächelten, jeder die Hände auf den Schultern des andern, er sagte etwas, sie war wirklich glücklich, ihn zu sehen, sie sagte etwas, und dann betrachteten sie beide die ganzen Blumen ringsum, und er schüttelte den Kopf und zeigte seine Handflächen, und sie lachte, und eine Unzahl von Leuten umringten sie, und ein Mann applaudierte, wie in Anerkennung der großzügigen Geste.

»Ist Liebe nicht was Schönes«, sagte ich. »Im Madras-Jackett mit dem kastanienbraunen Seidenfoulard.«

»Dem was?«

»So nennen sie diese Taschentücher an der Stelle, wo eigentlich die Krawatte hingehört.«

»Ich sehe ihn«, sagte Irving. »Das hättest du uns sagen sollen.«

»Wie sollte ich das denn ahnen?« sagte ich. »Er ist beim Lunch aufgetaucht. Sie kommen immer zur Saison hierher. Wie sollte ich denn wissen, daß ihnen die verdammte Stadt praktisch gehört.«

Einige Minuten später schien sich die ganze Loge zu erheben, eine Levitation von Menschen und Blumen, und Drew und Harvey strebten dem Ausgang zu. Er winkte Leuten zu wie ein Politiker, und Platzanweiser eilten zu ihm, um sich nützlich zu machen. Ich behielt Drew mit ihren Blumen in den Armen im Auge, ich weiß nicht warum, aber sie schien sich so vorsichtig durch die Menge zu bewegen, daß ich an eine Schwangere denken mußte, das war aus dieser Entfernung und ohne Hilfe eines Fernglases mein Eindruck, das war der verschwimmende Eindruck, den ich hatte. Als sie im Durchgang verschwunden waren, schob ich mich mit Irving und Mickey durch die Menge am Rand von Rennbahn und Tribüne hindurch, an den Wettschaltern vorbei, und hinter einem Würstchenstand blieben wir stehen und sahen die Gruppe die Treppe runterkommen, und Harvey hatte gleich dort einen Wagen warten, man hatte ihn durch das Tor eingelassen, durch das eigentlich keine Autos durften, Drew drehte sich um und stellte sich auf die Zehenspitzen, um sich umzuschauen, sie versuchte mich zu finden, was das letzte war, was ich wollte, aber Harvey schob sie rasch in den Wagen und sprang hinter ihr hinein, keine Bullen, hatte ich ihm gesagt, aber es standen ein paar Bereitschaftspolizisten in Reithosen da und mit über der Brust gekreuzten Halftergurten und diesen flotten olivgrauen Pfadfinderhüten aus Filz, die mit Lederriemen unter dem Kinn gebunden waren, diese Burschen taten hier hauptsächlich zur Dekoration Dienst, für den Fall, daß der Gouverneur oder so jemand auftauchte, aber sie waren unübersehbar und unbestechlich, ich meine, was hatten sie einem schon zum Tausch zu bieten, eine Schnellstraße etwa? Und die Situation war zweideutig, Irvings Stirnrunzeln gefiel mir gar nicht, wenn sie auf die Idee kamen, daß sie Angst hatte und weglief, dann waren wir beide in einer furchtbaren Situation.

»Was soll das alles?« fragte Irving.

»Schickeria-Kram«, sagte ich. »Diese Typen haben nichts Besseres zu tun, das ist alles.«

Ohne zu rennen, verließen Irving und Mickey rasch durch einen Seitenausgang das Gelände und gingen zu ihrem Wagen. Sie bestanden darauf, daß ich mitkam, und ich hatte nicht das Gefühl, in einer Verhandlungsposition zu sein. Als wir zum Packard kamen, öffnete ich die Tür, um hinten einzusteigen, und sah zu meinem Schreck Mr. Berman dort sitzen. Seine Tricks hatte er immer noch drauf. Ich sagte nichts und er auch nicht, aber nun wußte ich, daß ich es mit seiner Leidenschaft zu tun hatte. Irving sagte: »Der Ehemann ist aufgetaucht.« Mickey ordnete sich in den fließenden Verkehr ein, und nach einer Kreuzung hatte er das Auto entdeckt, und wir folgten ihm in diskretem Abstand. Ich war so verblüfft wie alle, als der Wagen beschleunigte und in südlicher Richtung aus der Stadt hinausfuhr. Sie hielten nicht einmal, um ihre Sachen im Hotel zu holen.

Ganz plötzlich hörte Saratoga auf, und wir waren auf dem

Land. Zehn, fünfzehn Minuten fuhren wir hinter ihnen her. Dann schaute ich durch das Seitenfenster und begriff, daß wir uns direkt neben einem Flugplatz befanden, Flugzeuge, Ein- und Doppeldecker, standen wie Autos in einer Reihe geparkt da. Harveys Fahrer bog in den Flugplatz ein, und wir fuhren am Eingang vorbei und von der Straße ab unter ein paar Bäume, von wo aus wir den Hangar und dahinter die Rollbahn sehen konnten. Ein Windsack am Ende der Rollbahn hing schlaff herab, genau so, wie ich mich fühlte.

Im Wagen herrschte furchtbares Schweigen, der Motor lief weiter, ich spürte, wie Mr. Berman die Gewinnchancen kalkulierte. Sie waren zu einem einmotorigen Flugzeug gefahren, dessen Tür direkt unter dem Flügel offenstand. Jemand, der bereits an Bord war, streckte die Arme aus, um ihnen beim Hineinklettern zu helfen. Wieder wandte Drew sich um und wollte zurückschauen, und wieder trat Harvey in ihr Blickfeld. Sie hatte immer noch Blumen in den Armen.

»Sieht so aus, als hätte die kleine Dame einen schnellen Abgang gemacht«, sagte Mr. Berman. »Das hast du nicht kommen sehen?«

»Klar doch«, sagte ich. »So wie ich wußte, daß Lulu mir eins auf die Nase geben würde.«

»Was sie wohl denkt?«

»Angst hat sie nicht, falls Sie das meinen«, sagte ich. »So reisen die in dieser Liga. Tatsache ist, daß sie schon eine ganze Weile am Abspringen war.«

»Woher weißt du das? Hat sie dir das erzählt?«

»Nicht direkt. Aber ich hab es gespürt.«

»Ach, das ist interessant.« Er dachte einen Moment nach. »Wenn du recht hättest, würde das allerdings das Bild ändern. Hat sie irgendwas über Dutch gesagt, war sie wütend auf ihn oder so?«

»Nein.«

»Woher weißt du das?«

»Ich weiß es einfach. Es ist ihr egal, es bedeutet ihr nichts.«

»Was bedeutet ihr nichts?«

»Alles. Zum Beispiel hat sie einen nagelneuen Wagen am Hotel stehenlassen. Wir können ihn nehmen, er bedeutet ihr nichts. Sie ist auf nichts aus, sie ist nicht von Natur aus ängstlich wie die meisten Mädchen, die man trifft, oder eifersüchtig oder irgend so was. Sie macht, was sie will, und dann wird es ihr langweilig, und dann macht sie was anderes. Und das ist alles.«

»Sie langweilt sich?«

Ich nickte.

Er räusperte sich. »Dies ist eindeutig ein Gespräch«, sagte er, »über das nie wieder gesprochen werden darf.« Die Kabinentür wurde geschlossen. »Was ist mit dem Ehemann? Ist das jemand, bei dem wir damit rechnen sollten, daß er uns Ärger macht?«

»Der ist ein Sahnetörtchen«, sagte ich. »Und in der Zwischenzeit hab ich das siebte Rennen verpaßt und bin nicht dazu gekommen, auf diese Nummer Sicher zu setzen, die Sie mir genannt haben. Das war mein Gehaltsscheck, das war für mich die fette Chance, mal mordsmäßig zuzulangen.«

Ein Mann kam aus dem Hangar und packte mit beiden Händen ein Propellerblatt und schwang es herum und machte einen Satz nach hinten, als der Motor ansprang. Dann duckte er sich unter die Flügel und zog die Bremskeile unter den Rädern weg, und das Flugzeug rollte zur Startbahn. Es war ein hübsches silbernes Flugzeug. Es hielt einen Moment mit flappenden Rudern inne, und das Seitensteuer wackelte hin und her, und dann startete es. Einen Moment darauf hob es ab. Man konnte sehen, wie leicht und zerbrechlich das Flugzeug war, als es aufstieg und dahinglitt und in der Weite des Himmels bebte. Es legte sich in die Kurve und blitzte in der Sonne auf und stieg dann seinem neuen Kurs entgegen und war nur noch schwer zu erkennen. Während ich ihm nachsah, flimmerten seine Umrisse wie die von etwas Schwimmendem. Dann hatte ich das Gefühl, es wäre eine Fluse, die über meinen Augapfel glitt. Dann verschwand es in einer Wolke, aber ich blieb mit dem Gefühl zurück, noch immer etwas im Auge zu haben.

»Es wird noch mehr Rennen geben«, sagte Mr. Berman.

Teil 4

17

Kaum war ich zurückgekehrt, wurde mir klar, daß meine Sinne auf dem Land Schaden genommen hatten, ich konnte nichts riechen außer glühender Asche, meine Augen schmerzten, und der Lärm war ohrenbetäubend. Alles war heruntergekommen und zerfiel, die Mietskasernen sahen aus, als wären sie von Geschichte verbraucht, die leeren Grundstücke waren Schuttplätze, aber das Schlimmste von allem und für mich ein deutliches Zeichen meines Gehirnschadens war, wie klein meine Straße aussah, wie jammervoll dürftig und wie erbärmlich zwischen den andern Straßen eingequetscht. Und ich kam in meinem zerknitterten weißen Leinenanzug daher, mit Kragenspitzen, die sich in der Hitze weilten, und mit gelockertem Krawattenknoten, und ich hatte doch vorgehabt, für meine Mutter gut auszusehen, damit ihr klar würde, wie tüchtig ich den Sommer hindurch gewesen war, doch statt dessen war ich welk von der langen Fahrt, es war ein heißer Samstag in New York, und ich fühlte mich schwach und ausgelaugt, und der schwere Lederkoffer zog an meinem Schultergelenk, aber daran, wie die Leute mich ansahen, merkte ich, daß auch in dieser Hinsicht etwas nicht mit mir stimmte, ich sah zu gut aus, ich war nicht jemand, der nach Hause zurückkehrt, sondern ein absoluter Fremder, keiner in der East Bronx besaß solche Kleider, keiner besaß einen Lederkoffer mit zwei Schnallengurten, alle sa-

hen sie mich an, die Kinder, die von ihren Schnipp-schnapp-
und Faustball-Spielen abgelenkt wurden, die Erwachsenen,
die auf den Vortreppen ihre Gespräche vergaßen, und ich
ging an ihnen vorbei, schlich vorbei mit meinem beschädig-
ten Gehör, und alles war nun stumm, als habe die bittere,
herbe, erstickende Luft mich mit Schweigen getränkt.

Doch all dies kam mir wie nichts vor, als ich die dunkle
Treppe hinaufstieg. Die Tür zu unserer Wohnung war nicht
ganz zu, weil das Schloß aufgebrochen war, die erste in einer Serie winzigster, abwärtsführender Veränderungen, welche die Welt durchgemacht hatte, während ich fortgewesen
war, und als ich die Tür aufdrückte, öffnete sie sich auf eine
trostlose, niedrige Mietwohnung, die zugleich vertraut und
auf willkürliche Weise verrückt war, mit schiefen Linoleum-
böden und Möbeln, aus denen die Polsterfüllung heraushing,
und einer toten Pflanze auf der Feuertreppe und mit einer völlig schwarzen Wand und Decke in der Küche, wo die Lichter
meiner Mutter zu heiß gelodert haben mußten. Der Küchentisch mit den brennenden Glastiegeln war gegenwärtig nicht
in Betrieb, die Tischplatte bedeckten erstarrte Türmchen und
Klumpen und Lachen aus weißem Wachs mit kleinen schwarzen Kratern und Löchern, die mich an ein Modell des Mon-
des im Planetarium erinnerten. Und nichts deutete auf meine
Mutter hin, obwohl sie hier noch wohnte, das konnte ich feststellen, ihr Glas mit den langen, verzierten Haarnadeln stand
noch an seinem Platz, die Photographie von ihr, auf der sie
als junge Frau neben meinem Vater stand, dessen Gestalt mit
einem Buntstift ausgeixt und dessen Gesicht sorgfältig her-
ausgeschnitten war, auch die war noch da, ihre wenigen Kleider hingen an der Innenseite der Kammertür im Schlafzimmer, und auf dem Ablagebrett stand die Hutschachtel, die
ich aus Onondaga geschickt hatte, der Hut lag noch darin,
in Seidenpapier gehüllt, wie er aus dem Geschäft gekommen
war.

Im Eisschrank gab es ein paar Eier und ein altes halbes Roggenbrot und eine Flasche Milch.

Ich schaltete ein Licht an und setzte mich mitten in diesem Reich einer verlorenen Frau und ihres verlorenen Sohns auf den Boden und zog aus jeder meiner Taschen die gefalteten Scheine unseres Reichtums und glättete sie und ordnete sie nach dem Wert und stapelte sie ordentlich, indem ich von allen vier Seiten mit starren Handflächen auf den Packen klopfte: Ich war mit etwas über sechshundertundfünfzig Dollar vom Land zurückgekommen, dem Rest meines Spesenbudgets für Saratoga, von dem Mr. Berman mir gesagt hatte, ich könne ihn behalten. Es war eine gewaltige Geldsumme, aber sie reichte nicht, nichts reichte, um die Rechnung für dieses hochheilige Leben der Redlichkeit, des Glaubens und Badens im Küchenspülbecken zu bezahlen. Ich steckte das Geld in meinen Koffer und den Koffer in die Kammer und fand ein altes Paar Knickerbocker mit Rissen an den Knien und ein geripptes Unterhemd und meine alten Nat-Holman-Basketballstiefel mit den abgetretenen Sohlen, und diese Sachen zog ich an und fühlte mich ein bißchen besser, und ich setzte mich auf die Feuertreppe und rauchte eine Zigarette und begann mich zu erinnern, wer ich war, wessen Sohn ich war, nur daß sich erst meinen Augen und dann meinem Verstand der Anblick der Klinker- und Sandsteinfassade des Max-und-Dora-Diamond-Heims für Kinder auf der anderen Straßenseite aufdrängte, worauf ich die Zigarette in den Mundwinkel klemmte, mich über das Geländer der Feuertreppe schwang, an der Leiter hinabhangelte und mich, an den Händen hängend, die letzten drei Meter aufs Trottoir fallen ließ, um erst bei der Landung zu merken, daß ich nicht mehr ganz das Phantom fließender Anmut von einst war, dieser Fall aus der Hängelage hatte mir einen stärkeren Stoß in die Knie und die kleinen Fußknochen versetzt, ich hatte auf dem Land gut gegessen und war vielleicht etwas fülliger geworden, ich blickte die Straße hinauf und hinunter, um zu sehen, wer mich beobachtete, und überquerte sie dann so langsam, wie es nötig war, um meine Neigung zum Hinken zu überspielen, und ging die Stufen zum Souterrain des Diamond-Heims für Kinder hinab, wo mein Freund Arnold Garbage, der mir meine Automatic verkauft hatte, in seinem Aschereich saß und alles sammelte, wie es aus den höheren Sphären der Zweckmäßigkeit seinen Weg zu uns hinunter nahm.

Oh, mein gleichmütiger Freund. »Wo warst du«, sagte er, als wäre ich all die Jahre dem Mißverständnis erlegen, er sei stumm, über welche Wortfülle er doch verfügte, und gewachsen war er auch, er würde ein fetter Riese werden, wie Julie Martin, er stand auf, um mich zu begrüßen, und Blechtöpfe fielen klappernd von ihm ab und auf den Betonboden, und da stand er in voller Größe, dieses Drüsengenie, und er lächelte.

Das also war gut, wieder in das Souterrain zu kommen und rauchend herumzusitzen und Arnold Garbage Lügen zu erzählen, während er ein geheimnisvolles, unidentifizierbares, anorganisches Objekt nach dem andern prüfte, um eine Entscheidung zu fällen, in welche Kiste er es werfen sollte, und über unseren Köpfen war das Trappsen der Diamond-Waisen beim Spielen, das die Fundamente erschütterte und mich an den lieblichen glucksenden Eifer von Kindern erinnerte, wie Wasser, das der Erde entspringt. Ich fragte mich tatsächlich, ob ich nicht vielleicht wieder zur Schule gehen sollte, ich wäre dann in der zehnten Klasse, Mr. Bermans Lieblingszahl, welche die Eins und die Null enthielt und sämtliche Zahlen umfaßte, die man benötigte, um jede beliebige Zahl zu bilden, es war nur ein flüchtiger Gedanke, ein Einfall, wie man ihn hat, wenn man verletzt und geschwächt ist. Doch als ich hinaufging, um einen Blick in die alte Turnhalle zu werfen und zu schauen, ob ich dort sonst noch jemanden sähe, den ich kannte, eine kleine schwarzhaarige Akrobatin zum Beispiel, da löste ich Verwirrung aus, der Rhythmus ihrer Spiele geriet durcheinander, und das gleiche Schweigen wie in dem Augenblick, als ich mit meinem Koffer in die Straße gekommen war, befiel sie, diese Kinder, die nun entsetzlich jung aussahen, sie starrten mich an, auf einmal gymnastisch erstarrt, ein Volleyball rollte über den glänzenden Holzboden, und eine Erzieherin, die ich nicht wiedererkannte und die ihre Pfeife an einer geflochtenen Schnur um den Hals trug, kam auf mich zu und sagte, dies sei kein öffentlicher Ort und Besucher hätten keinen Zutritt.

Dies war das erste Bulletin mit der Nachricht, daß meine Anrechte verfallen waren, daß ich meinen Platz nicht wieder einnehmen konnte, als gebe es zwei Arten, vorwärtszukommen, und während ich oben im Staat New York auf Landstraßen über Berge gezogen war, hatten sich die Leute aus meiner Straße in ihrer wesenseigenen, zellenhaften Zeit voranbewegt. Ich fand heraus, daß Becky fort war, eine Pflegefamilie in New Jersey hatte sie aufgenommen, eines der Mädchen von ihrem Stockwerk erzählte es mir, welch ein Glück für Becky, weil sie jetzt ihr eigenes Zimmer habe, und dann sagte Beckys Freundin, ich solle gehen, ich solle nicht mehr in das Mädchenstockwerk kommen, es gehöre sich nicht, und ich ging aufs Dach hinauf, wo ich dieses liebe kleine Mädchen, bevor ich wußte, daß ich sie liebte, fürs Ficken bezahlt hatte, und der Hausmeister war dort oben und malte grüne Linien für ein Beilkespielfeld, und er stand auf und rieb sich mit dem Rücken der Hand, die den Pinsel hielt, über das Gesicht, wo ihn der Schweiß juckte, und er erklärte mir, ich sei Straßendreck, und er gebe mir bis *drei* Zeit, vom Gelände zu verschwinden, und wenn er mich je wieder hier sähe, würde er die Scheiße aus mir rausprügeln und dann die Bullen rufen, damit sie es noch mal tun könnten.

Na, wie man sich vorstellen kann, ergab das alles zusammen wahrhaftig eine interessante Heimkehr, aber im Grunde ärgerte mich vor allem, wie verletzlich ich war und wie dumm, daß ich etwas, ich wußte nicht was, von dieser Gegend erwartete, die ich gar nicht schnell genug hatte verlassen können. In den folgenden Tagen begriff ich, daß, wo ich auch gewesen sein, was ich auch getan haben mochte, die Leute Bescheid wußten, nicht in Einzelheiten, sondern weil es ihr mythisches Wissen von der Branche bestätigte. Mein Ruf hatte sich herumgesprochen. Im Kiosk an der Ecke, wo ich jeden Morgen und Abend die Zeitungen kaufte, auf den im heißen Zwielicht liegenden Treppen und sogar bis hin zur Bathgate Avenue war ich vom Sehen bekannt, und wer ich war und was ich machte, schuf, wenn ich ging, diese Aura um mich herum, ich verstand, daß mich der Ruf, einer *aus ihrer Mitte* zu sein, leuchtend heraushob, es kam einem Bann gleich. Ich hatte diese nachbarschaftlichen Gefühle selbst gekannt, es hatte immer einen wie mich gegeben, über den die andern Jungen Bescheid wußten, der erst erwähnt wurde, nachdem er um die Ecke gebogen war, der gefürchtet wurde, von dem man sich fernhalten sollte. Unter diesen Umständen war es anmaßend von mir, in meinen alten Fetzen den kleinen Jongleur zu spielen, ich würde wieder die Garderobe meines Erfolgs tragen. Außerdem wollte ich niemanden enttäuschen. Wenn du einmal in der Branche bist, kommst du nie mehr raus, hatte Mr. Schultz mir erklärt, und er hatte es keineswegs drohend gesagt, sondern mit Selbstmitleid in der Stimme, so daß ich annahm, es sei als Behauptung fragwürdig. Aber nicht jetzt, nicht jetzt.

Natürlich fasse ich die wehmütigen Schlußfolgerungen einiger Tage zusammen, zunächst war da nur Verwirrung; der größte Schock war meine Mutter, die ich nur ein paar Stunden nach meiner Ankunft sah, sie schob ihren braunen Korbkinderwagen die Straße entlang, und schon aus der Entfernung wußte ich sofort, daß ihre liebenswerte Zerstreutheit außer Kontrolle geraten war. Ihr graues Haar hing ungekämmt herunter, und je näher sie kam, desto mehr verstärkte sich meine furchtbare Gewißheit, daß sie, wenn ich nicht vor sie hintrat und sie ansprach, ohne einen Funken von Erkennen an mir vorbeigehen würde. Aber selbst, als ich es tat, war alles noch ungewiß, die erste Empfindung, die sich auf ihrem Gesicht abzeichnete, war Ärger, weil der Wagen einem Hindernis begegnet war, dann hob sie den Blick, und für einen Moment dachte ich, sie nehme mich undeutlich wahr, dann sah sie mich und wußte wenigstens soviel, daß es wichtig war, mich irgendwie einzuordnen, und erst dann, nachdem mein Herzschlag unerträglich lange stockte, lebte ich wieder wahrnehmbar für die würdevolle, wahnsinnige Mary Behan.

»Billy, bist du's?«

»Ja, Ma.«

»Du bist ausgewachsen.«

»Ja, Ma.«

»Er ist ein großer Bursche«, sagte sie zu wem auch immer. Sie starrte mich nun so heftig an, daß ich mich ihr nähern mußte, um dem funkelnden Blick zu entgehen, ich umarmte sie und küßte sie auf die Wange, sie war nicht frisch und sauber, wie ich sie immer gekannt hatte, sondern hatte den scharfen, schlackigen Geruch der Straße an sich. Ich blickte in den Kinderwagen und sah dort braun werdende Salatblätter, die ordentlich flachgestrichen und wie Seerosen ausgebreitet waren, und Maiskolben und das klebrige Innere von Netzmelonen, die Samen hingen noch in dem schleimigen Gewebe. Ich wollte nicht wissen, was sie sich einbildete, da zu haben. Sie lächelte nicht und war nicht empfänglich für Trost.

Oh, Mama, Mama, doch als der Wagen erst einmal im Haus war, kippte sie ihn um und ließ den Abfall auf Zeitungspapier fallen und rollte es zu einer Tüte zusammen und steckte es in den Mülleimer in der Küche, der wie immer darauf wartete, daß der Hausmeister auf den Summer drückte, um mitzuteilen, daß alles in den Müllaufzug geladen werden könne. Das also war beruhigend. Ich sollte lernen, daß ihre Zustände kamen und gingen, als unterliege sie eigenen, vorübergehenden Wetterbedingungen, und jedesmal, wenn es sich in ihr aufklärte, beschloß ich, jetzt sei für immer alles in Ordnung mit ihr, das Problem ausgestanden. Dann deutete wieder alles bei ihr auf Sturm. Am Sonntag zeigte ich ihr das ganze Geld, das ich hatte, was ihr zu gefallen schien, und dann ging ich los und kaufte die Zutaten für ein ordentliches Frühstück, und sie bereitete alles wie früher zu, sie wußte noch, wie durchgebraten jeder seine Spiegeleier gern aß, und sie hatte gebadet und sich hübsch angezogen und gekämmt und ihr Haar hochgesteckt, so daß wir einen Morgenspaziergang zu Claremont Avenue machen und die steile Treppe zum Claremont Park hinaufsteigen und im Park unter einem großen Baum auf der Bank sitzen und die Sonntagszeitungen lesen konnten. Aber sie fragte mich nicht nach dem Sommer, wo ich gewesen sei oder was ich gemacht hätte, nicht aus mangelnder Neugier, sondern aus stillschweigendem Wissen, als hätte sie es alles gehört, als könnte ich ihr nichts erzählen, was sie nicht bereits wußte.

Ich hatte mittlerweile ein furchtbar schlechtes Gewissen, weil ich sie vernachlässigt hatte, sie schien es so zu genießen, aus der unmittelbaren Umgebung der Wohnung heraus zu sein, im Frieden des grünen Parks zu sitzen, und allein schon die Möglichkeit, daß mein Verhalten sie beeinträchtigt hatte, daß sie wie ich in die Entfremdung gedrängt worden war, wie es den gemeinhin gehegten Befürchtungen über eine schlechte Familie, eine verrückte Frau entsprach, die natürlich einen verdorbenen Jungen großgezogen hatte, schon allein deshalb hätte ich weinen mögen.

»Ma«, sagte ich. »Wir haben genug Geld, um umzuziehen. Wie würde dir eine neue Wohnung irgendwo hier gefallen, gleich am Park, vielleicht können wir ein Haus mit Aufzug finden und von jedem Fenster auf den Park hinunterblicken. Schau mal, so wie die Häuser da drüben.«

Sie schaute in die Richtung, in die ich deutete, und schüttelte dann verneinend den Kopf, immer wieder, und dann starrte sie auf ihre Hände, die sie über der Handtasche auf dem Schoß gefaltet hatte, und schüttelte erneut den Kopf, als müsse sie die Frage neu bedenken und wiederum beantworten, als stelle sie sich immer wieder und wolle ständig neu beantwortet werden.

Ich war so niedergeschlagen, daß ich darauf bestand, draußen zu Mittag zu essen, ich war zu allem bereit, mit ihr ins Kino zu gehen, der Gedanke, in unsere Straße zurückzukehren, war unerträglich, ich war so verloren, daß ich nur an ein Leben an öffentlichen Orten denken konnte, wo etwas geschah, wo ich meine Mutter vielleicht wiederbeleben, sie zum Lächeln, zum Sprechen bringen konnte, sie dazu bringen konnte, wieder meine Mutter zu sein. Am Rand des Parks winkte ich ein Taxi herbei und ließ uns bis hinauf zur Fordham Road bringen, zu derselben Schrafft-Filiale, in der wir an dem Tag, als sie mit mir Kleider kaufen gegangen war, Tee getrunken hatten. Wir mußten auf einen Tisch warten, aber als wir uns setzten, sah ich, daß es ihr gefiel, wieder da zu sein, daß sie sich an das Lokal erinnerte und das vornehme Getue dort genoß, die stillschweigende Behauptung, daß die Würde eines Lokals auf die Leute übergeht, die dort verkehren, obwohl ich jetzt natürlich fand, daß es ein ödes Lokal war mit äußerst reizlosem Essen in geziert winzigen Portionen, und innerlich lachend an jene deftigen Mahlzeiten mit der Gang im Onondaga Hotel dachte und mir ausmalte, wie sie genau jetzt alle aussehen würden, wenn sie hier inmitten der Kirchgänger von der East Fordham Road bei Schrafft's äßen, und was für ein Gesicht Lulu Rosenkrantz machen würde, wenn die Kellnerin ihm sein kleines Gurken-Butter-Sandwich mit abgeschnittener Kruste und das hohe Eisbecher-Glas mit Eistee mit zu wenig Eis servieren würde. Und dann beging ich den Fehler, an mein Steak-Abendessen mit Drew Preston im

Brook Club zu denken und daran, wie sie auf den Ellbogen gestützt über den Tisch hinweggeschaut und mich in lächelnd beschwipster Verträumtheit mit dem Blick in sich aufgesogen hatte, und ich spürte, wie meine Ohren heiß wurden, und sah auf, und da war meine Mutter und lächelte mich auf genau die gleiche Weise an, furchterregend ähnlich, so daß ich für einen Moment nicht wußte, wo ich war und mit wem ich zusammen war, und es kam mir so vor, als würden sie einander kennen, Drew und meine Mutter, weil eine der andern etwas aufgebürdet hatte, das sie zu alten Freundinnen machte, und daß ihre vollen Münder aufeinanderpaßten und die Augen der einen sich mit denen der anderen wie Ringe überschnitten und daß ich zu einer undifferenzierten Liebe verflucht war, die sie untrennbar machte. Dies lief alles innerhalb eines Moments ab, aber ich kann mich jetzt nicht erinnern, wann sonst ich mich je selbst so katastrophal durchschaut habe, ich hatte mich gemausert und durchgeboxt mit Haut und Haaren, Kopf und Sinnen, hatte mich gemausert und durchgeboxt, wieder und wieder, nur nicht im Herzen, nur nicht im Herzen. Ganz plötzlich war ich wütend, ohne zu wissen, auf was, auf wen, auf Gott, weil er sich nicht so flink und geschickt in Bewegung setzte, wie ich es konnte, auf das Essen auf meinem Teller, ich war angeödet von meiner Mutter, ich haßte das armselige Dasein, das sie sich selbst auferlegt hatte, es war nicht fair, in die hoffnungslose Öde des Familienlebens zurückgezerrt zu werden, nach all der harten Arbeit für meine kriminellen Ziele auf diese Weise hinuntergezogen zu werden, ich war dabei, es zu schaffen, begriff sie das denn nicht? Sie sollte lieber nicht versuchen, mich aufzuhalten. Es sollte bloß mal einer versuchen, mich aufzuhalten.

Doch man weiß ja, die Kellnerin kommt und fragt, haben Sie noch Wünsche, und dann verlangt man die Rechnung und zahlt.

An jenem ersten Montag nach meiner Rückkehr ging meine

Mutter wie immer morgens zu ihrer Arbeit in der Wäscherei, und deshalb vermutete ich, sie könne ihre Verrücktheit beherrschen, was bedeutete, daß es überhaupt keine Verrücktheit war, sondern nur eine vorübergehende Form der Zerstreutheit, die ich schon immer an ihr gekannt hatte. Dann blickte ich zufällig in den Korbwagen und sah darin, wie in einem Nest angeordnet, die Eierschalen von unserem Sonntagsfrühstück. So schlug zum ersten, jedoch nicht zum letzten Mal im Verlauf einer Sekunde meine Zuversicht in Verzweiflung um. Ich fragte mich, wie ich es mich immer wieder fragen sollte, denn es gehörte zu dem ganzen unauflösbaren Kreislauf, ob ich nicht vielleicht aufhören sollte, mich zu betrügen, und mich der Wahrheit stellen, daß etwas unternommen werden mußte, daß ich mit ihr zum Arzt gehen, sie untersuchen und behandeln lassen mußte, bevor es so schlimm mit ihr wurde, daß man sie in eine Anstalt würde stecken müssen. Ich wußte nicht genau, wie ich vorgehen oder wen ich zu Rat ziehen sollte, aber anscheinend hatte Mr. Schultz eine alte verwitwete Mutter, für die er sorgte, vielleicht konnte er helfen, vielleicht hatte die Gang sogar eigene Ärzte, so, wie sie Anwälte hatte. An wen sonst konnte ich mich wenden? Ich gehörte nicht mehr hierher, ich gehörte nicht zu den Waisen und nicht zu den Leuten in der Nachbarschaft, ich hatte nichts außer der Gang, wie meine Ziele und vorübergehenden Illoyalitäten letztlich auch aussehen mochten, ich gehörte zur Gang und sie zu mir: Was für Wünsche ich auch hatte – meine Mutter im Stich zu lassen, meine Mutter zu retten –, sie liefen alle bei Mr. Schultz zusammen.

Doch ich hörte nicht von ihm, und ich hörte nicht von ihnen, und alles, was ich wußte, hatte ich aus den Zeitungen, ich ging jetzt nur noch aus, um die Zeitungen oder mein Päckchen Wings zu holen, ich las jede Zeitung, die ich auftreiben konnte. Ich kaufte sie alle, tagsüber und nachts, spät abends fing es an, wenn ich zu dem Kiosk unter der

Third-Avenue-Hochbahn ging und die ersten Ausgaben der Morgenzeitungen kaufte, und dann holte ich am Morgen im Süßigkeitsladen an der Ecke die Spätausgaben der Morgenzeitungen, und am Mittag ging ich zum Kiosk wegen der Frühausgaben der Abendzeitungen, und am Abend ging ich zur Ecke und kaufte die Nachtausgaben. Die Anklage der Regierung erschien mir unangreifbar. Sie hatten schriftliche Beweise, sie ließen Beamte der Steuerbehörde das Einkommenssteuergesetz darlegen, sie boten wirklich alles auf. Ich war sehr nervös. Als Mr. Schultz aussagte, kam er mir nicht sehr überzeugend vor. Er erklärte, er sei von seinem Anwalt falsch beraten worden, daß sein Anwalt schlicht einen Fehler gemacht habe, und sobald ein anderer Anwalt den Fehler erklärt habe, sei er, Mr. Schultz, bestrebt gewesen, jeden Penny, den er als patriotischer Bürger schuldete, zu bezahlen, aber das reiche der Regierung nicht, die beschlossen habe, ihn lieber strafrechtlich zu verfolgen. Ich wußte nicht, ob selbst ein Farmer diese lahme Geschichte glauben würde. Während ich auf Neuigkeiten wartete, versuchte ich, das Gute an jedem der beiden Urteile zu sehen, die verkündet werden konnten, um so zu versuchen, auf alles vorbereitet zu sein, was auch geschehen mochte. Falls Mr. Schultz ins Gefängnis mußte, würden wir alle vor ihm sicher sein, solange er einsaß. Das hatte unbestreitbar etwas Gutes. Oh, sich vorzustellen, man wäre von ihm befreit! Doch gleichzeitig würde mein Glauben an das leise funktionierende Uhrwerk meiner vorgegebenen Bestimmung erschüttert werden. Wenn etwas so Gewöhnliches und Biederes wie die Rechtsprechung der Regierung mein Leben aus dem Gleichgewicht werfen konnte, dann existierten meine geheimen, gesalbten Verbindungen zur wahren Gerechtigkeit eines geheiligten Universums nicht. Wenn Mr. Schultz' Verbrechen nur irdische Verbrechen waren, auf die irdische Strafen folgten, dann gab es in der Welt nichts als das, was ich sehen konnte, und wenn ich in der Überzeugung, von unsichtbaren Kraftströmen geleitet zu werden, gesummt hatte, dann hatte ich sie selbst erfunden. Das war unerträglich. Doch wenn er davonkam, wenn er davonkam, dann befand ich mich wieder an meinem gefährlichen Ausgangspunkt, und voll Vertrauen, voll reinem, bebendem Vertrauen eines Jungen, würde ich die von mir gewählten Risiken bis zum gerechten Schluß durchstehen. Was also wollte ich? Welches Urteil, welche Zukunft?

Aus der Art, wie ich wartete, las ich meine Antwort, ich schaute jeden Morgen hinten in der *Times* auf die Liste der auslaufenden Passagierschiffe, ich wollte einfach wissen, welche Schiffe das waren und wohin sie fuhren und daß es eine Menge gab, unter denen man wählen konnte. Ich vertraute darauf, daß Harvey Preston alles richtig berechnet hatte, ich fing an, ihn zu mögen, er hatte zweifellos seine Probe in Saratoga bestanden, und ich sah keinen Grund, warum er jetzt versagen sollte. Im Geiste sah ich, wie sie sich bei Mondschein auf die Reling lehnte und auf den silbrigen Ozean starrte und an mich dachte. Ich stellte sie mir vor, wie sie in Shorts und Strandoberteil auf dem Achterdeck in der Sonne Beilke spielte, genau so, wie es die Kinder auf dem Dach des Waisenhauses spielten. Wenn ich mich geirrt hatte, wenn Mr. Berman und Irving und Mickey nur nach Saratoga gekommen waren, um sie zurückzuholen oder um im Interesse von Mr. Schultz mit ihr zu sprechen, nun, was war dann, letzten Endes, schon verloren außer Drew für mich, außer meine Drew für mich?

In den Abendzeitungen vom Mittwoch erschien das Resümee der Anwälte, und am Donnerstag belehrte der Richter die Geschworenen, am Donnerstag abend waren die Geschworenen noch in Klausur, und spät in der Nacht zum Freitag ging ich zur Third Avenue, und Mr. Schultz war die Schlagzeile von Extrablättern, die sowohl die Abend- wie auch die Morgenzeitungen herausgebracht hatten: Er war in allen Punkten der Anklage freigesprochen.

Ich juchzte und grölte und sprang auf und ab und tanzte um den Kiosk herum, während über mir ein Zug vorbeiratterte. Wenn man mich so gesehen hätte, dann hätte man wohl nicht geahnt, daß ich glaubte, genau dieser Mann habe kaum eine Woche zuvor die Absicht gehabt, mich umzubringen. Er war in Nahaufnahme abgebildet, grinste breit in die Kamera im *Mirror;* küßte seinen Rosenkranz im *American,* in der *Evening Post* hielt er Dixie Davis' Kopf in der Armbeuge und drückte ihm einen dicken Kuß darauf. *News* und *Telegram* zeigten ihn mit dem Arm um den Sprecher der Geschworenen, einen Mann im Overall. Und sämtliche Zeitungen brachten den Kommentar des Richters, als er den Spruch der Geschworenen gehört hatte: »Meine Damen und Herren, ich habe in all den Jahren, die ich auf der Richterbank verbracht habe, niemals eine solche Mißachtung von Wahrheit und Beweisen erlebt, wie Sie sie am heutigen Tage bekundet haben. Daß Sie die aufs sorgfältigste begründete Anklage der Regierung der Vereinigten Staaten anhören und den Angeklagten in allen Punkten für nicht schuldig befinden konnten, erschüttert meinen Glauben an das gerichtliche Verfahren so sehr, daß ich mich nur fragen kann, wie die Zukunft dieser Republik aussehen wird. Das Gericht entläßt Sie ohne Dank für Ihre Dienste. Sie stellen eine Schande dar.«

Meine Mutter hob die Titelseite des *Mirror* mit dem lächelnden Gesicht von Mr. Schultz auf und faltete sie so, daß nur das Foto zu sehen war, legte es in den Kinderwagen und zog ihm eine fadenscheinige Decke bis zum Kinn.

Und nun will ich von den Lustbarkeiten erzählen, die drei Nächte und zwei Tage hindurch in dem Bordell an der West 76th Street zwischen Columbus Avenue und Amsterdam Avenue stattfanden. Nicht daß ich zu irgendeinem Zeitpunkt ge-

wußt hätte, ob es Nacht oder Tag war, denn die roten Samt-
vorhänge waren vor allen Fenstern zugezogen, und die Lichter blieben ständig an, die Lampen mit den Fransenschirmen,
die Kristall-Lüster, und nach einer Weile war die genaue Uhr-
zeit nicht mehr sonderlich wichtig. Man befand sich in einem
Stadthaus aus Sandstein, und eine der Denkwürdigkeiten, an
die ich mich erinnere, ist das dellenreiche Hinterteil einer
schwabeligen, ältlichen Hure, die kreischend vor gespielter
Angst die Treppe hinaufrannte, während so ein Gangster sie
zu haschen versuchte, statt dessen jedoch auf die Schnauze
fiel und mit den Füßen voran und dem Gesicht nach unten
mit erhobenen Armen die Treppe runterrutschte. Die meisten
Frauen waren jung und hübsch und schlank, und manche davon wurden müde und gingen und wurden durch andere abge-
löst. Es waren auch viele Männer da, die ich nicht kannte, dies
war zwar für die ranghöchsten Gang-Mitglieder gedacht, aber
es hatte sich herumgesprochen, und die unrasierten Gesichter
wechselten ständig, und in der zweiten Nacht oder am zweiten Tag sah ich sogar einen Bullen in Unterhemd und blauer,
an Hosenträgern befestigter Hose mit einer Hure, die seine
tressenverzierte Mütze schief auf dem Hinterkopf sitzen hatte
und ihm die nackten Füße küßte, Zehe für Zehe.

Frauen lachten und wurden munter gezwickt und gekitzelt
von furchterregenden Männern, zeigten jedoch keine Furcht,
verschwanden sogar mit ihnen die Treppe hinauf, alle wie
Doppelgängerinnen von Drew in ihrer Furchtlosigkeit, Killer
in sich aufzunehmen. Ich war verblüfft über diese Verwandlung eines Gefühlswerts in Zahlen, in einer Ecke sah ich Mr.
Bermans schlaues, lachendes Gesicht durch seinen Zigarettenrauch auftauchen, und im großen Salon im Parterre dra-
pierten sich drei oder vier Frauen von allen Seiten um und
über Mr. Schultz, auf den Lehnen seines Sessels, auf seinem
Schoß, an seinen Ohren knabbernd, ihn zum Tanz bittend, er
lachte und streichelte sie und zwickte sie und betatschte sie, es

war eine Überfülle an Fleisch, und als ich hinschaute, schien es nicht nach einzelnen Personen sortiert zu sein, sondern völlig durcheinandergeschüttelt, Brüste in Hülle und Fülle, Sternbilder aus Brustwarzen, Füllhörner voll Bäuchen und Ärschen und ein Gewirr langer Beine. Mr. Schultz sah, wie ich guckte, und suchte eine Frau aus, die mit mir ins Bett gehen sollte, sie löste sich zögernd aus dem Gewirr und führte mich unter großer Heiterkeit meiner Kollegen nach oben, wodurch sich die Angelegenheit in etwas Unangenehmes verwandelte, für mich und auch für die Frau, die vor Zorn kochte, weil sie sich durch mein Alter und meine Bedeutungslosigkeit erniedrigt fühlte. Beide konnten wir es kaum erwarten, zum Schluß zu kommen, dies war nicht die Party, die Party fand anderswo statt, es war erschreckend für mich, wie unsexy Sex sein konnte, mit solcher Verachtung runtergerissen und so ungeduldig vollzogen, ich mußte danach einen echten Manhattan trinken, der wenigstens war süß, mit einer knackigen Kirsche untendrin.

Die Puffmutter, die alles leitete, blieb im Parterre hinten in der Küche, eine sehr nervöse Frau, zu der ich mich eine Weile setzte, um mich mit ihr zu unterhalten, sie tat mir leid, weil Mr. Schultz ihr in betrunkenem Zustand wegen eines angeblichen Vergehens ein blaues Auge geschlagen hatte. Dann hatte er sich entschuldigt und ihr einen neuen Hundertdollarschein geschenkt. Sie war eine winzige Frau, die er Mugsy nannte, vielleicht weil sie dem kleinen Pekinesen so ähnlich sah, den sie auf dem Schoß hielt, sie hatte ein stupsnasiges, knopfäugiges Gesichtchen mit stark gekraustem, aber sehr dünnem roten Haar und einen kleinen, mageren Körper, der in einem schwarzen Kleid steckte und in Strümpfen, die am Knie leicht Falten schlugen. Ihre Stimme war tief, wie die eines Mannes. Während ich mit ihr sprach, hielt sie sich eine rohe Steakscheibe ans Auge. Im Backofen des Herds lagen sämtliche Pistolen, die ihr die Leute aushändigen mußten, wenn sie hereinkamen. Ich glaube, sie verließ die Küche nicht, weil sie nicht wollte, daß jemand reinkam und sich eine Knarre holte und anfing, ihr Haus zusammenzuballern, wenn ich auch nicht sagen kann, wie sie das hätte verhindern können, dieses winzige Dämchen. Sie beschäftigte eine Reihe von Negerinnen als Hausmädchen, die alles in Gang hielten, Bettwäsche wechselten, Aschenbecher leerten, leere Flaschen einsammelten, und sie hatte Botenjungen, ebenfalls Farbige, die durch die Hintertür hereinkamen mit Kästen voll Zutaten für Cocktails und Bier und Whiskey und Stangen von Zigaretten und Metallbehältern mit warmen Mahlzeiten aus Steakhäusern und Pappschachteln mit warmem Frühstück aus Imbißkneipen in der Nähe, sie war angespannt, hatte aber alles sehr gut organisiert, wie ein General, der gut geplant und seine gesamten Truppen ins Gefecht geschickt hat und nur noch von Zeit zu Zeit ihre Berichte entgegennehmen muß, wie die Schlacht steht. Ich jonglierte mit ein paar ungeschälten hartgekochten Eiern, und sie war so sicher, ich würde sie fallen lassen, daß sie anerkennend lachte, als es nicht passierte, sie gewann mich lieb, sie wollte alles über mich wissen, wie ich hieß, wo ich wohnte, und ich sagte, ja, und wie ist so ein netter Junge wie ich in einen so schmutzigen Beruf geraten? Was sie wieder zum Lachen brachte. Sie kniff mich in die Wange und bot mir Pralinen aus einer bunt bemalten Metalldose an, die sie neben sich stehen hatte und auf der Szenen von Männern in Kniehosen und weißen Perücken abgebildet waren, die sich vor Damen in ausladenden Reifröcken verneigten.

Doch diese Madame Mugsy verstand den eigentlichen Grund für meine Neigung, mich in der Küche aufzuhalten, und mit sehr viel Zartgefühl und Takt deutete sie an, daß sie etwas Besonderes für mich habe, den begehrenswertesten aller Artikel, ein frisches Mädchen, womit sie ein junges, im Gewerbe noch recht unerfahrenes meinte, und sie telefonierte, und binnen einer Stunde war ich oben im letzten

Stock in einem kleinen, stillen Schlafzimmer mit einem in der Tat jungen Mädchen zusammen, einem blondhaarigen, rundgesichtigen mit hoher Taille, das ein bißchen schüchtern war und gummiartig beim Anfassen und die Nacht bei mir verbrachte, oder die stillen Stunden, die als Nacht gelten konnten, und das glücklicherweise wegen seiner Jugend ebensoviel Schlaf brauchte wie ich wegen meiner.

Ich war zu befangen und unsicher und traurig, um diese Lustbarkeiten wirklich zu genießen. Als ich noch oben in der Bronx auf den Ausgang des Prozesses gewartet hatte, war ich so begierig darauf gewesen, mich der Gang wieder anzuschließen, ich mochte jeden einzelnen von ihnen, ihr Verhalten hatte etwas Konsequentes, das mich dankbar machte, daß es sie gab, doch nun, da ich wieder mit ihnen vereint war, erwies sich die Kehrseite jener Dankbarkeit als schlechtes Gewissen, ich sah in die Gesichter von Mr. Schultz und den andern, um herauszufinden, wie es um mich stand, aus einem Goldzahn-Lächeln las ich im einen Augenblick Entlastung, Vergeltung im nächsten.

Doch dann, es muß in der zweiten Nacht gewesen sein, begriff ich, daß ich nicht der einzige war, der sich in einem alles andere als ekstatischen Zustand befand, Mr. Berman hatte sich im vorderen Salon verschanzt und las da die Zeitungen und rauchte und nippte an einem Brandy, er ging viel aus, um Münztelefone zu benutzen, und während Lulu sein ungehobeltes Wesen an einer Auswahl von Damen ausließ, von denen nicht eine versäumte, sich bei der Direktion zu beschweren, entfernte Irving sich selten und gab sich dem freudigen Anlaß nur soweit hin, daß er das Jackett ablegte, die Krawatte lockerte, die Ärmel hochrollte und als Barkeeper all die vertrauten und unerwarteten Schnorrer aus der kriminellen Zunft bediente. Schließlich wurde mir klar, daß Mr. Schultz' höchste Offiziere warteten, denn nichts anderes taten sie, und daß die Feier am zweiten Tag nicht mehr das

Freudenfest von Männern war, die gemeinsam etwas durchgestanden hatten, sondern eine Art von Mitteilung an die Branche, die geschäftliche Bekanntmachung, daß der Holländer zurückgekehrt war, und die echte Heiterkeit und Freude und Erleichterung über den Sieg war dem hohlen Frohsinn einer Werbeveranstaltung gewichen.

Selbst Mr. Schultz suchte nun im Haus die Orte für die stilleren Freuden der Reflexion, und zufällig kam ich an einem der Badezimmer vorbei, wo er, Zigarrenrauch in die Dampfschwaden paffend, in einer heißen, schaumigen Wanne saß und sich genießerisch den Rücken von Madame Mugsy waschen ließ, die auf einem hölzernen Hocker neben der Wanne saß und sich mit ihm unterhielt und scherzte, als hätte er sie nicht am Tag zuvor geschlagen.

Er blickte auf und sah mich. »Komm rein, Kleiner, nur nicht zu schüchtern«, sagte er. Ich setzte mich auf den Deckel der Klosettschüssel. »Mugsy, das hier ist mein Pro-te-schä, Billy, habt ihr zwei euch schon kennengelernt?« Wir sagten, ja, das hätten wir. »Weißt du, wer Mugsy ist, Kleiner? Weißt du, wie lange wir schon was miteinander haben? Ich erzähl's dir«, sagte er. »Als Vince Coll tobte, wegen mir in der ganzen Bronx rumknallte und wie ein Wahnsinniger nach mir suchte, was meinst du, wo ich da die ganze Zeit war?«

»Hier?«

»Nur daß ich damals mein Haus noch am Riverside Drive hatte«, sagte Madame.

»Coll war so blöd«, sagte Mr. Schultz, »daß er einfach nichts von den feineren Dingen des Lebens wußte, er wußte nicht, wie ein stilvolles Freudenhaus aussieht, und während er rumrast und auf alles schießt, was sich bewegt, in Bars und Flüsterkneipen und Clubhäuser einfällt, sitze ich wie die Made im Speck bei meiner Mugsy, vergnüg mich und warte den richtigen Augenblick ab. Sitz in der Wanne und krieg den Rücken gewaschen.«

»Stimmt genau«, sagte Mugsy.

»Mugsy ist so abgebrüht wie nur was.«

»Das möcht ich mir auch geraten haben«, sagte sie.

»Hol mir ein Bier, wenn's dir nichts ausmacht, Puppe«, sagte Mr. Schultz und legte sich in der Wanne zurück.

»Bin gleich wieder da«, sagte sie und trocknete sich an einem Handtuch die Hände ab und verließ den Raum, die Tür hinter sich schließend.

»Amüsierst du dich, Kleiner?«

»Ja, Sir.«

»Erstmal ist wichtig, daß du die saubere Landluft aus den Lungen kriegst«, sagte er grinsend. Er schloß die Augen. »Und daß du dein Herz wieder in die Eier kriegst, wo es hingehört. Wo es sicher ist. Hat sie was gesagt?«

»Wer?«

»Wer, wer«, sagte er.

»Mrs. Preston?«

»Ich meine, so hieß die Dame.«

»Na ja, sie hat mir erzählt, daß sie Sie sehr gern hatte.«

»Das hat sie gesagt?«

»Daß Sie Stil haben.«

»Ach was? Und das von ihr«, sagte er, und ein wohlgefälliges Lächeln glitt über sein Gesicht. Er hielt die Augen geschlossen. »In einer besseren Welt«, sagte er. »Wenn dies eine bessere Welt wäre.« Er hielt inne. »Ich mag die Idee, daß da Frauen sind, ich mag es, daß du sie auflesen kannst wie Muscheln am Strand, überall sind welche, kleine rosafarbene oder gewundene, in denen du das Meer hörst. Das Problem ist, das Problem ist ... « Er schüttelte den Kopf.

Das dampfende Wasser und die Kacheln machten etwas mit seiner Stimme, so daß sie, obwohl er leise sprach, hohl klang, als waren wir in einer Grotte. Er starrte jetzt zur Decke. »Ich glaube, du verfällst einer nur, ich meine, die einzige Zeit, wo das geht, ist, wenn man jung ist wie du, wenn man noch nicht weiß, daß die Welt ein Hurenhaus ist. Wenn du das kapiert hast, ist alles gelaufen. Und für den Rest deines Lebens hängst du an ihr, und jedesmal, wenn du dich umdrehst, denkst du, die da ist es oder die andere dort, die vorbeikommt und lächelt wie sie und die gleiche Figur hat. Die erste haben wir, wenn wir dumm sind und es noch nicht besser wissen. Und wir gehen weg, und sie wird die eine, nach der wir für den Rest unseres Lebens suchen, verstehst du?«

»Ja«, sagte ich.

»Teufel, das war ein Mädchen mit Würde, diese Drew. Überhaupt keine gewöhnliche Schnalle, nichts war billig an ihr. Sie hatte so einen reizenden Mund«, sagte er und zog an seiner Zigarre. »Aber du kennst doch den Ausdruck ›Sommerromanze‹? Traurig zu sagen, daß es nicht mehr war als das. Wir haben beide unser Leben, zu dem wir wieder zurück mußten.« Er warf einen Blick auf mich, um zu sehen, wie ich reagierte. »Ich habe ein Geschäft zu leiten«, sagte er. »Und ich habe in diesem Geschäft überlebt, weil ich mich ganz dem Geschäft widme.«

Er setzte sich in der Wanne auf, und Blasen von Seifenwasser blieben in den schwarzen Haaren auf seinen Schultern und seiner Brust hängen. »Wenn du bloß daran denkst, wen ich überdauert habe, mit was ich zu kämpfen hatte. An jedem Tag der Woche. Mit Dieben, mit Ratten. Alles, was du aufbaust, alles, wofür du arbeitest, versuchen sie dir zu stehlen. Der fette Julie. Mein lieber Bo, mein lieber, lieber Bo. Und jemand wie Coll, den ich erwähnt habe. Weißt du, was Loyalität wert ist? Weißt du, was heutzutage ein loyaler Mann wert ist? Sein Gewicht in Gold. Ich war gut zu Vincent Coll. Und er geht hin und schafft es, daß die Kaution verfällt, die ich für ihn gestellt habe. Hast du das gewußt? Ich fange solche Sachen nie an. Ich bin bloß dieser gutmütige Kerl, von dem die Leute meinen, sie können auf ihm rumtrampeln. Und ehe ich mich versah, steck ich in einem Scheißkrieg mit diesem Irren und muß mich in einem Puff verstecken. Um dir die Wahrheit zu sagen, das ging mir sehr gegen den Strich, es war nicht grade das, was sich für einen Mann gehört. Aber ich mußte den richtigen Augenblick abwarten. Mittendrin lassen sie Vincent eines Tages hochgehen, er wandert wegen irgendwelchem Kleinkram in Untersuchungshaft, und ich denk mir, das ist meine Chance, also liegen wir auf der Lauer, bis er rauskommt, bloß weiß er, daß wir da sind, und läßt seine Schwester kommen, um ihn abzuholen, und spaziert mit dem Kind seiner Schwester auf dem Arm raus. Kriegst du mit, was ich sage? Wir machen einen Rückzieher, wir sind keine Barbaren, er hat uns reingelegt, und wir gehen weg, um's an einem andern Tag auszufechten. Bloß, damit du's mal weißt. Aber dieser Ire, der hält sich an keine Regeln der Zivilisation, kaum eine Woche später kommt er mit runtergekurbelten Fenstern an der Bathgate Avenue um die Ecke gerollt und sucht mich, als ich zufällig in der Gegend bin, um meine alte Mutter zu besuchen und ihr ein paar hübsche Blumen zu bringen. Wenn ich Mama besuch, geh ich allein, mag ja dumm sein, ich meine, ich weiß, daß es dumm ist, aber sie führt nun mal ein anderes Leben, und das will ich nicht verletzen, also bin ich allein mit einem hübschen Blumenstrauß, den ich gerade gekauft hab, und ich bin auf dieser belebten Straße und nicke diesem und jenem zu, der mich zufällig kennt, und ich hab diesen sechsten Sinn, weißt du? Oder vielleicht seh ich was im Blick von einem, der mir entgegenkommt, vielleicht hat er an mir vorbeigeschaut? Ich ducke mich hinter einen Obststand, die Kugeln pfeifen, und die Orangen fliegen in die Luft, und die Pfirsiche und Wassermelonen platzen spritzend wie Schädel auf, und da liege ich unter runterfallenden Kisten voll Pampelmusen und Pflaumen und Birnen in dem ganzen Saft, also denk ich, ich bin getroffen, es fühlt sich naß an, wär das komisch, ich lieg hier am Boden, über und über mit Fruchtsaft bekleckert, aber da sind die schreienden Frauen und Kinder, das ist eine Straße für Familien, Himmel noch mal, du weißt schon, mit all den Schubkarren und fliegenden Händlern, die da ihre Geschäfte machen, und dann ist der Wagen weg, und ich steh auf, und ich seh über den Rand des Stands weg Leute rennen, die Mutter kreischt auf italienisch, und da liegt ein umgekippter Kinderwagen, und ein Baby ist rausgefallen, das Hemdchen durchweicht von Blut, Blut überall auf dem Häubchen, die Ärsche haben das Kind in seinem Wagen getötet, Gott sei uns allen gnädig. Und dann fängt einer an, auf mich zu zeigen, mich zu verfluchen, weißt du, als ob ich das Kind erschossen hätte! Und ich muß wegrennen, und Leute brüllen hinter mir her! Also, als das passierte, wußte ich, Vincent Coll würde ich killen, und wenn's meine letzte Tat wäre, das war ich meiner Ehre schuldig, ich hab ein heiliges Gelübde abgelegt. Aber die Presse fällt über mich her, über mich, den Holländer, weil ich mit diesem tobenden Wahnsinnigen im Krieg liege, das ist der Witz dabei, ich krieg die Schuld von Vincent Coll in die Schuhe geschoben, als ob ich nicht jeden gewarnt hätte, als ob ich nicht versucht hätte, jedem zu sagen, er soll sich vor ihm in acht nehmen, ich krieg die Schuld dafür, daß ich nicht als Zielscheibe da war, daß nicht ich anstelle von dem ermordeten Kind erschossen dalag, wo es doch, Tatsache, von Anfang an der Ire war, der unrecht getan hatte, die Kaution von zehn Riesen platzen ließ, die ich für ihn gestellt hatte, zehntausend Dollar! Und der es dann auf meine Lastwagen und Lager abgesehen hatte, ein schwerer Irrtum, daß ich ihn überhaupt je angeheuert hatte, was hat mich mein falsches Urteil gereut, ich mußte ihn kriegen, ich hab mir geschworen, ich würd ihn umlegen, es ging darum, der Moral in der Welt wieder zu ihrem angestammten Recht zu verhelfen. Weißt du, wie ich's gemacht hab?«

Es klopfte an der Tür, und die kleine Madame kam mit einem Tablett herein, auf dem zwei Flaschen Bier und ein paar hohe Gläser standen, und setzte es auf dem Hocker ab. »Ich erzähl grade von Vincent«, sagte er zu ihr. »Es war ganz einfach, eine einfache Idee, die einfachen Sachen sind ja immer die besten. Mir fiel wieder ein, daß er und Owney Madden viel miteinander redeten, das war's schon.«

»Ein Gentleman, Owney«, sagte die Madame und zündete sich eine Zigarette an.

»Genau«, sagte Mr. Schultz. »Genau der Punkt, obwohl, ich weiß nicht, er muß was gegen Owney in der Hand gehabt haben, warum hätte sonst ein Klassemann wie Owney was mit ihm zu tun haben wollen? Also war es gar nicht so schwierig. Ich schicke Abe Landau in Owneys Büro, und er sitzt da den ganzen Abend mit ihm zusammen im Büro, bis das Telefon klingelt, und Abe bohrt ihm die Waffe in die Seite, und er sagt, reden Sie einfach weiter, Mr. Madden, halten Sie ihn an der Strippe, und wir haben einen Bullen draußen, der feststellen läßt, wo der Anruf herkommt, und der Ire ist in einer Telefonzelle im Excelsior-Drugstore an der Ecke von 23rd Street und Eight Avenue. Innerhalb von fünf Minuten hab ich einen Wagen da, und er hat an der Theke zwei Typen sitzen, die für ihn aufpassen, aber die sehen die Thompson, und schon sind sie weg, rennen die Straße hoch, die Beine unter den Arm, keiner hat sie seitdem mehr gesehen, und mein Mann, der perforiert die Telefonzelle auf der einen Seite von unten nach oben und auf der andern von oben nach unten, und Vincent kriegt nicht mal mehr die Tür auf, er fällt erst raus, als sie aus den Angeln kippt, und drüben in Owneys Büro horcht Abe am Telefon und hört alles, und dann ist es still in der Leitung, und er hängt auf und sagt, Danke schön, Mr. Madden, entschuldigen Sie die Unannehmlichkeit, und so haben wir den Iren erledigt, mögen seine Eingeweide in der Hölle braten bis zum Ende aller Zeiten.«

Mr. Schultz verstummte, und ich hörte, wie er von der Anstrengung der Erinnerung schwer atmete. Er nahm sich ein Bier vom Tablett und schüttete es in sich hinein. Es war mir ein gewisser Trost, an seinem Beispiel zu sehen, daß Leute jeden Verlust ertragen können, solange sie weiter sie selbst sein können.

Am nächsten Morgen kam ich die Treppe hinunter, und sofort war mir klar, daß sich etwas ereignet hatte. Es waren keine Frauen zu sehen, die Türen zu den Zimmern standen offen. Ich hörte einen Staubsauger, fand Irving in der Küche, wo er Kaffee in Becher goß, und ich folgte ihm zu dem vorderen Salon und sah, bevor er mir die Tür vor der Nase zumachte, daß dort eine Konferenz stattfand, vielleicht ein Dutzend oder mehr Männer saßen umher, alle angezogen und jeder einzelne von ihnen nüchtern.

Ich hatte gesagt bekommen, ich solle einen Spaziergang machen, und das tat ich auch, ich ging durch all die Siebziger-Nebenstraßen zwischen Columbus Avenue und Broadway, vorbei an den Stadthäusern aus braunem Sandstein und Kalkstein mit den hohen Eingangstreppen und den darunterliegenden Souterraineingängen, alle von einer Avenue-Ecke bis zur andern aneinandergeklebt, kein Durchgang in Sicht, keine freien Flächen oder Ausblicke oder Überblicke, keine unbebauten Grundstücke, nur dieser durchgehende Wall wohlhabender Seßhaftigkeit. Ich fühlte mich von diesen steinernen Fassaden und den abgedunkelten Fenstern ausgeschlossen, und kühl war es auch, ich war seit zwei Tagen und drei Nächten nicht im Freien gewesen, und nun schien mir richtig der Herbst gekommen zu sein, eine lebhafte Brise wirbelte den Abfall auf der Straße auf, und die Platanen auf den kleinen, eingezäunten Fleckchen Erde auf dem Trottoir wurden gelb, als wäre mir aus dem Land im Norden eine Baumpest hierher gefolgt, als käme die Kälte mir überallhin nach, wohin ich auch ging. Ich hatte in diesem Moment das Gefühl, daß ich die Stadt nie hätte verlassen sollen, ich fühlte mich nicht mehr heimisch in ihr, aus jedem Spalt im

Trottoir wuchs Unkraut, an jeder Ecke lungerte ein Schwarm Tauben herum, Eichhörnchen rannten über die Drähte zwischen den Telefonpfosten wie Vorboten der auf der Lauer liegenden Natur, kleine Spione des Übergriffs.

Natürlich war ich gekränkt, von etwas ausgeschlossen zu sein, das eindeutig eine geschäftliche Beratung war, ich wollte wissen, was ich tun mußte, um in meinem Wert anerkannt zu werden, egal, was ich tat und wie gut ich es machte, immer gab es diese Rückschläge, ich sagte mir, scheiß drauf, und ging zurück und stellte fest, daß die Konferenz vorüber war, die Besucher waren fort, und nur Mr. Schultz und Mr. Berman hielten sich im vorderen Raum auf, sie trugen für den geschäftlichen Anlaß Hemd und Krawatte. Mr. Schultz wirbelte seinen Rosenkranz um die Hand, während er auf und ab ging, kein gutes Zeichen. Als das Telefon in der Eingangshalle klingelte, rannte er selber hinaus und nahm den Anruf entgegen, und einen Augenblick später zog er die Anzugjacke an und setzte seinen Fedorahut auf und blieb vor der Eingangstür in der Halle stehen, ganz fahl vor Wut. Ich stand in der Tür zum Salon. »Was soll ein Mann denn noch machen?« sagte er zu mir. »Sag mir das mal. Wann hat er mal eine Pause verdient, wann kann er mal anfangen, die Früchte seiner Mühen zu ernten? Wann endlich?« Vom Fenster des Salons aus rief Mr. Berman »Okay«, und Mr. Schultz öffnete die Eingangstür und schloß sie hinter sich. Ich lief zum Fenster und schob die Vorhänge auseinander und sah, wie er sich in einen Wagen duckte, Lulu Rosenkrantz stand zur Straßenseite hin auf dem Trittbrett und blickte die Straße hinauf und hinunter, bevor er sich neben den Fahrer schwang, und der Wagen fuhr forsch davon und verschwand, nur die in der Luft aufsteigenden Auspuffgase waren noch zu sehen.

Die kleine Madame Mugsy kam mit einer Schuhschachtel unter dem Arm herein, die sie auf den Couchtisch stellte. Sie enthielt alle ihre Quittungen und Rechnungen, und Madame

Mugsy und Mr. Berman sahen sie miteinander durch wie ein kleines, gebücktes Paar im Märchen, ein alter Holzfäller und sein Weiblein, die ihr weißes Zauberkraut paffen, Rauch und Kinderverwirrung ausstoßen und sich in ihrer Zahlensprache miteinander unterhalten. Ich hob ein paar Zeitungen vom Boden auf: Bürgermeister La Guardia hatte Dutch Schultz angedroht, wenn er sich irgendwo in einem der fünf Bezirke von New York blicken ließe, werde er verhaftet, und der Sonderstaatsanwalt Thomas Dewey hatte angekündigt, er bereite eine Anklage gegen Dutch Schultz wegen Hinterziehung von bundesstaatlicher Einkommenssteuer vor. Darum also ging es. Es hatte alles mit dem Urteil von Onondaga zu tun, die Leitartikelschreiber waren empört, ich las die Leitartikel nie, aber der Name von Mr. Schultz kam überall darin vor, jeder schrie nach seinem Skalp, und jeder Politiker, der sich finden und zitieren ließ, war ebenso empört, Bezirksvorsteher waren empört, Revisoren, Mitglieder des Haushaltsausschusses, Generalstaatsanwälte, Polizeidirektoren, stellvertretende Polizeidirektoren, sogar ein Beamter der städtischen Reinigungsbehörde war empört, sogar der Mann auf der Straße in der Spalte von *News* »Wie es der Mann auf der Straße sieht«. Es war interessant, wie unverschämt und höhnisch und drohend Mr. Schultz' glückliches, lächelndes Freispruchsgesicht im Zusammenhang mit all dieser Empörung aussah.

»Das ist für Schäden«, sagte die Madame, als Mr. Berman fragend einen Zettel hochhielt. »Eure Jungs haben ein Dutzend guter Eßteller zerschlagen, als sie sich mit meinem Wedgewood-Service beworfen haben. Du hast das wahrscheinlich nicht gehört.«

»Und das hier?« fragte Mr. Berman.

»Allgemeine Unkosten.«

»Ich mag Schätzungen nicht. Ich mag genaue Zahlen.«

»Die Unkosten da sind hieb- und stichfest. Guck mal, da auf der Couch, wo du gerade sitzt, siehst du die Flecken?

Das geht nicht raus, Wein geht nicht raus, ich brauche neue Überzüge, und das ist nur ein Beispiel. Wie soll ich mich ausdrücken, Otto, das waren nicht gerade Leute vom Verein christlicher junger Männer, die ihr hier durchgejagt habt.«

»Du nimmst doch nicht etwa eine günstige Gelegenheit wahr, Mugsy?«

»Diese Bemerkung nehme ich übel. Weißt du, warum Dutch zu mir kommt? Weil ich am besten bin. Dies ist ein erstklassiges Etablissement, und das ist nicht billig zu haben. Gefallen dir die Mädchen? Sollten sie aber, es sind Revuegirls, keine Huren von der Straße. Gefällt dir der Service und die Einrichtung? Wie glaubst du denn, kann ich das bieten, wenn ich an allem knappse? Ich bekomme, wofür ich bezahle, genau wie du. Ich brauche eine Woche, bis ich das Haus hier wieder in einem Zustand habe, daß ich öffnen kann. Das ist verlorene Zeit, aber ich muß trotzdem weiter Miete zahlen und die Schutzgelder und die Arzthonorare und die Stromrechnung. Weißt du was, das blaue Auge erlasse ich dir. Geschenk des Hauses.«

Mr. Berman holte ein dickes Bündel Geldscheine heraus und zog das Gummiband ab. Er zählte Hundertdollarnoten auf den Tisch. »Das und keinen Cent mehr«, sagte er und schob ihr das Geld rüber.

Als wir gingen, saß die Frau, die Hand über den Augen, auf der Couch und weinte. Ein Wagen stand am Bordstein. Mr. Berman sagte, ich solle einsteigen, und stieg nach mir ein. Ich kannte den Fahrer nicht. »Immer hübsch lässig«, sagte Mr. Berman zu ihm. Wir fuhren den Broadway hinunter und dann zur Eight Avenue hinüber und dort weiter, am Madison Garden vorbei und dann nach Westen zum Fluß und dann nach Süden an den Docks vorbei, was mich einen Moment lang erschreckte, bis ich begriff, was wir machten, wir passierten die Anlegestelle der Hudson River Day Line, wo ein Raddampfer Passagiere für eine Ausflugfahrt an Bord nahm, und dann bogen wir in die 42nd Street nach Osten ab und fuhren auf der Eight Avenue wieder nach Norden und immer so weiter in einem großen Rechteck um das Gebiet herum, das Höllenküche genannt wird, rauf und runter, nach Osten und wieder nach Westen, drei- oder viermal, bis wir schließlich in einer der westlichen Vierziger-Straßen nicht weit von den Schlachthöfen anhielten. Ich sah den Wagen von Mr. Schultz einen halben Block vor uns am südlichen Straßenrand stehen, genau vor einer großen, braunen Sandsteinkirche, an die sich ein Pfarrhaus und ein Schulhof anschlossen.

Der Fahrer schaltete den Motor nicht ab. Mr. Berman zündete sich eine Zigarette an und sagte das Folgende zu mir: »Wir können den Aufsichtsratsvorsitzenden nicht anrufen. Er wird auch mit keinem von uns von Angesicht zu Angesicht sprechen, nicht einmal mit Dixie Davis, der sowieso in Utica ist, um bei einer Untersuchung auszusagen, die mit dem bedauerlichen Tod eines lieben Kollegen von uns zu tun hat. Meiner Ansicht nach bist du der einzige, der durch die Tür kommen kann. Aber du mußt dich gut anziehen. Wasch dir das Gesicht, und zieh ein frisches Hemd an. Du mußt für uns zu ihm.«

Sofort war ich getröstet. Ich gehörte zum Krisenstab. »Geht es um Mr. Hines?«

Er zog einen Notizblock hervor und schrieb eine Adresse auf und riß das Blatt ab und gab es mir. »Du wartest bis Sonntag. Sonntags empfängt er Besucher bei sich zu Hause. Du darfst ihm sagen, wo wir sind, für den Fall, daß er Nachrichten für uns hat.«

»Wo?«

»Wenn ich mich nicht täusche, werden wir im Soundview Hotel in Bridgeport, Connecticut, abgestiegen sein.«

»Was sag ich zu ihm?«

»Du wirst ihn als charmanten, leichten Gesprächspartner kennenlernen. Aber du brauchst überhaupt nichts zu sagen.«

Mr. Berman hatte wieder sein Geldbündel hervorgeholt. Als er das Gummiband abgezogen hatte, entfaltete er die Scheine diesmal andersherum, so daß die Seite mit den Tausendern oben lag, und er zählte zehn davon ab und gab sie mir. »Steck sie in einen weißen Umschlag, bevor du hingehst. Er liebt saubere weiße Umschläge.«

Ich faltete die zehntausend Dollar flach zusammen und schob sie tief in meine Brusttasche. Aber sie fühlten sich sehr sperrig an, ich drückte immer wieder auf meine Rippen, um sicher zu sein, daß sie flach anlagen. Wir saßen weiter im Wagen und sahen die Straße hinunter auf den schwarzen Packard.

Ich sagte: »Ich nehme an, es ist kein guter Zeitpunkt, um ein persönliches Problem zur Sprache zu bringen.«

»Nein, kein sonderlich guter«, stimmte Mr. Berman mir zu. »Vielleicht ist es was, das du mit dem Pater besprechen kannst, wenn er mit Mr. Schultz fertig ist. Vielleicht hast du da mehr Glück.«

»Was macht Mr. Schultz da drin?«

»Er bittet um Zuflucht. Er möchte in Frieden gelassen werden. Aber wenn ich mich nicht täusche, obwohl ich selbst kein religiöser Mensch bin, dann nehmen sie ihm die Beichte ab und erteilen ihm die Kommunion und alles, was sie sonst noch erteilen, aber ein Versteck zur Verfügung zu stellen gehört nicht zu ihren Sakramenten.«

Wir starrten durch die Windschutzscheibe auf die leere Straße. »Was ist dein Problem?« sagte er.

»Meine Mutter ist krank, und ich weiß nicht, was ich tun soll«, sagte ich.

»Was ist mit ihr nicht in Ordnung?«

»Ihr Kopf ist nicht in Ordnung, sie spielt verrückt.«

»Was macht sie denn?«

»Verrückte Sachen.«

»Kämmt sie sich?«

»Was?«

»Ich habe gesagt, kämmt sie sich? So lange eine Frau sich die Haare kämmt, brauchst du dir keine Sorgen zu machen.«

»Seit ich nach Hause gekommen bin, kämmt sie sich«, sagte ich.

»Nun, dann ist es vielleicht nicht so schlimm«, sagte er.

18

Natürlich würde ich lügen, wenn ich behauptete, ich hätte nicht über diese zehntausend Dollar in meiner Tasche nachgedacht und mir überlegt, was ich tun könnte, wenn ich damit einfach auf und davon ginge, wenn ich unsere Koffer packte und meine Mutter zum Bahnhof schaffte und uns in einen Zug setzte, der irgendwohin weit weg fuhr, mein Gott, zehntausend Dollar! Ich erinnerte mich an die Anzeigen der Spalte »Existenzen« im *Onondaga Signal,* daß man für ein Drittel dieser Summe Farmen von Hunderten von Morgen kaufen konnte, was für einen Teil des Landes galt, würde doch sicher überall gelten. Oder wir könnten einen Laden kaufen, einen kleinen Teesalon, etwas Reelles, wo wir arbeiten und uns anständig durchbringen konnten und ich in meinen freien Stunden Zukunftspläne schmieden würde. Zehntausend Dollar waren ein Vermögen. Selbst wenn man es auf der Sparkasse liegen ließ, verdiente man noch damit.

Zugleich wußte ich, daß ich nichts dergleichen tun würde, ich wußte nicht, was ich tun würde, aber ich spürte, daß sich erst noch herausstellen mußte, wie die für mich günstigen Angebote aussahen, einem schlichten Dieb versprach das Leben keine Größe, ich hatte es nicht so weit gebracht, und wer immer mein Leben mit diesem Zauber versehen hatte, der hatte mich nicht deshalb ausgewählt, weil ich ein feiger Betrüger war. Ich versuchte mir vorzustellen, was Drew Preston denken würde. Sie würde eine solche Kleinkariertheit nicht einmal verstehen, und das hätte nichts mit Moralvorstellungen zu tun, sie würde einfach nicht verstehen, daß jemand sich derart in die toten Winkel des Lebens davonstahl, weil es bedeutete, sich in die falsche Richtung zu bewegen. Was aber war die richtige Richtung? Auf Schwierigkeiten zu. Auf den Kampf mit den Umständen zu. Eben die Richtung, in die ich seit jener ersten Fahrt hinten auf der Straßenbahn gereist war, zur Zentrale von Mr. Schultz' Wettunternehmen an der 149th Street.

Während ich also mit meinen diebischen Gedanken spielte, zog ich sie jedoch nicht ernstlich in Erwägung, mein Hauptproblem war, diese unglaubliche Menge Geld sicher aufzubewahren, ich hatte meine ehrlich verdienten sechshundert Dollar in meinem Koffer auf dem obersten Regalbrett in der Schrankkammer meines Zimmers verstaut, aber das genügte eindeutig nicht, also legte ich mich auf den Boden und fuhr mit der Hand in das Loch auf der Unterseite der Couch, aus dem die Polsterfüllung herausfiel, und formte dort eine wattige kleine Höhle und rollte die Scheine zur Röhre und wickelte ein Gummiband darum und schob sie hinein. Dann verließ ich drei Tage lang kaum die Wohnung, ich dachte, ich könnte mein Geheimnis unwissentlich durch mein Mienenspiel verraten, die Leute könnten mir das Geld an den Augen ablesen, doch vor allem wollte ich das Haus nicht unbeaufsichtigt lassen, ich kaufte die Lebensmittel für uns ein und rannte wieder nach Hause, wenn ich an die Luft wollte, setzte ich mich auf die Feuertreppe, und abends, wenn meine Mutter gekocht hatte, beobachtete ich sie ganz genau, wenn sie einen ihrer Gedenktiegel anzündete, denn seit meiner Rückkehr hatte sie damit wieder begonnen, einen pro Abend, sie ließ ihre Lichter angehen, damit sie verstehen konnte, was es da zu verstehen gab.

Am zweiten Tag ging ich zum Kiosk und kaufte für einen

Cent einen weißen Geschäftsumschlag, und früh am nächsten Morgen zog ich, zwar gebadet und gekämmt und in einem sauberen Hemd, doch nicht geneigt, bei einer Fahrt nach Manhattan wie ein feiner Pinkel mit Geld in der Tasche auszusehen, nur die Hose meines Leinenanzugs an und krönte alles mit der schwarzen Seite meiner Shadows-Jacke, und ich fuhr mit der Third-Avenue-Hochbahn in die Stadt. Ich wäre jede Wette eingegangen, daß niemand sonst im Zug zehntausend Dollar in der Hosentasche hatte, nicht die gleichgültigen Arbeiter, die auf den Peddigrohrsitzen im gleichen Rhythmus schaukelten, nicht der Schaffner, der die Türen öffnete, nicht der Fahrer im vordersten Wagen oder etwa die Leute in den Fenstern der Mietskasernen, an denen wir vorbeifuhren. Ich hätte wetten mögen, daß niemand im Zug auch nur wußte, wessen Gesicht auf einer Tausenddollarnote abgebildet war, falls nicht irgendein neunmalkluges Schulkind in einem der Wagen saß. Wenn ich aufstehen und verkünden würde, daß ich eine solche Summe bei mir hatte, die Leute würden von mir abrücken wie von einem Verrückten. Doch diese leichtsinnigen Überlegungen hatten schließlich die Wirkung, mich nervös zu machen, und statt weiter den Zug zu benutzen, stieg ich an der 116th Street aus und investierte mein eigenes Geld in eine Taxifahrt quer durch die Stadt bis zur Kreuzung von Eighth Avenue und 116th Street, wo der Aufsichtsratsvorsitzende, James J. Hines, eine Wohnung unterhielt.

Es war interessant, wie verslumt, heruntergekommen und dreckig diese Wohngegend am Fuß der Morningside Heights war, mit überfließenden Mülltonnen und Negern, die an den Ecken herumstanden und mit Centmünzen Schnippschnapp spielten, wie vornehm und gepflegt dagegen sein Apartmenthaus war, als ob es an der Park Avenue stünde. Ein livrierter Portier antwortete höflich auf meine Fragen, und ein moderner, messingblanker Selbstbedienungsaufzug brachte mich in den dritten Stock hinauf. Doch das Elend war mir zuvorgekommen: Ich befand mich auf einmal am Ende eines Gangs voll wartender Männer, die im trüben Licht dort anstanden wie zur Armenspeisung. Zur Armenspeisung stehen Männer dicht aneinander gedrängt an, etwas breitbeinig und auf den Kopf der Schlange konzentriert, als könne nur totale Aufmerksamkeit die Schlange vorwärtsbewegen. Doch sie bewegte sich sehr langsam voran, und wenn einer mit seiner Angelegenheit fertig war und rauskam, starrten alle ihn an, wie um von seinem Gesicht abzulesen, welchen Erfolg oder Mißerfolg er gehabt hatte. Ich brauchte dreißig bis vierzig Minuten, um die offene Tür zur Wohnung des großen Mannes zu erreichen. In dieser Zeit stellte ich mir vor, wie es wäre, wenn ich mein ganzes Leben in Not verbrächte. Jahr für Jahr Schlange stehen und auf ein Almosen hoffen, in meinen Kleidern schrumpfen, während mein Verstand durch allmählichen Abrieb zum Bettlerverstand würde. Ich hatte Geld für den Mann bei mir, ich war hier, um ihm etwas zu geben, und doch mußte ich in diesem Gang schmachten und wie ein Bettler warten, bis ich an der Reihe war.

Dann stand ich in einer Halle oder einem Vorraum, wo ein paar tieftraurige Männer mit ihren Hüten in den Händen wie Patienten im Wartezimmer eines Arztes saßen, und ich schloß mich ihnen an, rückte Stuhl um Stuhl näher an das Allerheiligste heran, bis ich endlich durch eine Doppeltür in einen Flur eingelassen wurde, wo ein Mann an einem Schreibtisch und ein weiterer, hinter ihm stehender mich von Kopf bis Fuß musterten; ich erkannte, daß sie zum gleichen Schlag gehörten wie die Männer, unter denen ich seit einigen Monaten gelebt hatte, Typen, die man denken hören kann. Mr. Berman hatte es nicht nötig gefunden, mir Anweisungen zu geben. Für einen Wähler, der einen Job suchte, war ich nicht alt genug, ich war in dieser Gegend nicht bekannt, ich war ein sauber geschrubbter Junge, der bei aller Schäbigkeit so gut wie möglich auszusehen versuchte. »Ich bin der Sohn von Mary Kathryn Behan«, sagte ich wahrheitsgemäß. »Seit uns mein Vater verlassen hat, machen wir harte Zeiten durch. Meine Mutter arbeitet in der Wäscherei, aber sie ist zu krank, um ihre Stelle noch länger behalten zu können. Sie sagt, ich muß Mr. Hines erklären, daß sie immer die Demokraten gewählt hat.« Die Zerberusse tauschten einen Blick, und der Stehende verschwand in einem Flur. Vielleicht eine Minute verging, und er kam zurück und begleitete mich nun durch den Flur, vorbei an einem Speisezimmer mit porzellangefüllten Vitrinen und einem Wohnzimmer voller massiver Möbel und einer Art Spielraum mit gerahmten Urkunden und einem Billardtisch, und dann wurde ich in ein mit Teppichen ausgelegtes Schlafzimmer mit schweren Vorhängen geführt, in dem es nach Äpfeln und Wein und Rasierwasser roch, ein sehr duftgetränktes Ambiente, in dem offene Fenster nicht vorgesehen zu sein schienen. Und dort, auf der Bettdecke liegend und von einem prachtvollen Berg Kissen gestützt, ruhte in einem dunkelroten Seidenmantel, aus dem die haarlosen Beine eines alten Mannes herausragten, James J. Hines persönlich, die führende Persönlichkeit des Tammany-Bezirks.

»Guten Morgen, Junge«, sagte er und blickte von seiner Morgenzeitung auf. Er nahm die ganze Länge des Betts ein. Seine Füße waren groß und knorrig und hatten dicke Hornhaut an den Sohlen, aber ansonsten war er ein gutaussehender Mann mit glatt heruntergekämmtem, silberweißem Haar, einem rötlichen, kantigen Gesicht mit feinen Zügen und sehr klaren, hellblauen Augen, die mich durchaus liebenswürdig ansahen, als sei er hinlänglich dazu aufgelegt, sich jede Geschichte anzuhören, die ich ihm gleich erzählen würde, trotz der Geschichten, die er an diesem Morgen bereits gehört hatte, und der Geschichten, die noch den ganzen Flur entlang bis zum Aufzug warteten. Ich sagte nichts. Er wartete, dann begann er sich zu wundern. »Willst du deinen Spruch loswerden?« sagte er.

»Ja, Sir«, sagte ich, »aber ich kann nicht, solange ich den Atem von dem Herrn da im Nacken spüre. Er erinnert mich an den Beamten, der kontrolliert, ob ich der Schulpflicht nachkomme.«

Das entlockte ihm ein Lächeln, bis er meine todernste Miene sah. Er war kein dummer Mann. Mit einem Wink entließ er seinen Gefolgsmann, und ich hörte, wie hinter mir die Tür geschlossen wurde. Ich trat kühn neben sein Bett und zog den Umschlag aus der Tasche und legte ihn neben seine große, fleischige Hand auf die Bettdecke. Seine blauen Augen fixierten mich beunruhigt. Ich trat zurück und beobachtete die Hand. Zuerst tastete sich der Zeigefinger nachdenklich vor. Dann glitt die ganze Hand in den Umschlag, der nicht zugeklebt war, und obwohl seine Finger spatenförmig waren, zogen sie die neuen Scheine flink hervor und fächerten sie mit einer bei einem alten Mann insgesamt doch beeindruckenden Geschicklichkeit wie Spielkarten auf.

Als ich hochblickte, lehnte Mr. Hines sich auf sein Kissen zurück und seufzte, als sei die Bürde seines Lebens plötzlich untragbar schwer geworden. »Also ist er immer noch so gerissen, daß er einen Jungen einsetzt, um zu mir vorzudringen, der schmutzige Hund?«

»Ja, Sir.«

»Wo mag er ein so vertrauenswürdiges Kind bloß gefunden haben?«

Ich zuckte mit den Schultern.

»Dann gibt es überhaupt keine Mary Behan?«

»O doch, das ist meine Mutter.«

»Das erleichtert mich zu hören. Vor vielen, vielen Jahren habe ich einer tüchtigen jungen Irin, die unter diesem Namen nach Amerika gekommen war, eine Dienststelle besorgt. Sie war so alt wie meine jüngste Tochter. Wo wohnst du?«

»In der Gegend um die Claremont Avenue in der Bronx.«

»Das paßt. Ich frage mich, ob es sich nicht um dieselbe

Person handelt. Sie war ein großgewachsenes Mädchen, mit einer vorzüglichen Haltung und einem stillen, bescheidenen Wesen, genau die Art von Mädchen, wie die Nonnen sie lieben, ich wußte, sie würde im Handumdrehen einen Mann finden, diese Mary Behan. Und wer ist der Schurke, der solch eine Frau im Stich gelassen hat?«

Ich antwortete nicht.

»Wie heißt dein Vater, Junge?«

»Das weiß ich nicht, Sir.«

»Oh, ich verstehe. Ich verstehe. Das tut mir leid.« Er nickte mehrere Male und preßte die Lippen zusammen. Dann hellte sich seine Miene auf. »Aber sie hat dich, nicht wahr. Sie hat einen tüchtigen Sohn großgezogen, der von kühner Gesinnung ist und eindeutig dazu neigt, gefährlich zu leben.«

»Das hat sie in der Tat«, sagte ich und ahmte, eh ich mich versah, seine federnden Rhythmen nach, ich konnte kaum anders, seine Sprechweise war ein überzeugender Teil von ihm, er war Politiker, der erste, dem ich begegnete, und daran, wie er einen dazu brachte, sich selbst in seine Sprache zu übersetzen, erkannte ich, daß er ein guter Politiker war.

»Ich war auch ein tüchtiger Bursche in deinem Alter. Vielleicht etwas kräftiger in den Knochen, weil ich viele Schmiede unter meinen Vorfahren habe. Aber mit der gleichen Gabe des kleinen Manns, mit Schwierigkeiten fertig zu werden.« Er hielt inne. »Du hast also meinen Beistand nicht nötig, um deine Mutter aus dieser Wäscherei herauszuholen und ihr in ihrem traurigen Leben Ruhe und Bequemlichkeit zu bieten?«

»Nein, Sir.«

»Das dachte ich mir, aber ich wollte sicher sein. Du bist ein schlauer Junge. Du könntest irisches Zigeunerblut in dir haben. Oder jüdisches. Das wäre eine Erklärung für den Umgang, den du hast.« Er verstummte und sah mich starr an.

»Also, falls das alles war, Sir«, sagte ich, »ich weiß, daß Leute auf Sie warten.«

Als hätte er nichts gehört, wies er auf einen Stuhl neben dem Bett. Ich sollte mich setzen. Ich beobachtete, wie die große Hand den Fächer aus Banknoten mit einem Ruck schloß und das Geld in den Umschlag schob. »Glaube mir, nichts macht mich trauriger, als ein so großzügiges Zeichen von Herzen kommender Gefühle zurückzuweisen«, sagte er. Er schob den Umschlag in meine Richtung. »Dies sind schöne, neue Scheine von nobelstem Nennwert. Du verstehst, ich könnte sie annehmen, und er wäre dennoch nicht klüger. Verstehst du? Doch ich werde es nicht tun. Wirst du ihm das erklären? Wirst du ihm erklären, daß James J. Hines keine Wunder vollbringt? Es ist alles bereits viel zu weit gediehen, junger Herr Behan. Da gibt es diesen kleinen Republikaner mit dem Schnurrbart. Und er hat nicht einen Anflug von einem Dichter an sich.«

Die blauen Augen betrachteten mich, bis ich begriff, daß ich den Umschlag an mich nehmen sollte. Ich tat es und ließ ihn in meine Tasche gleiten. »Wo hat er den Sohn von Mary Behan entdeckt, auf der Straße?«

»Ja.«

»Nun, richte ihm von mir aus, ich bin beeindruckt, zumindest davon. Und was dich persönlich angeht, so weißt du, daß ich dir nichts als ein langes, erfolgreiches Leben wünsche. Aber mit ihm bin ich am Ende. Zur Hölle mit ihm. Ich dachte, das hätte er nach diesen unerfreulichen Vorgängen in der Provinz verstanden. Ich dachte, ich wäre deutlich genug geworden. Du weißt nicht, worauf ich anspiele, oder?«

»Nein, Sir.«

»Das macht nichts, ich brauche ihm Kapitel und Vers nicht anzugeben. Sag ihm einfach, daß ich nichts mit ihm zu schaffen haben will. Die Geschäfte zwischen uns sind beendet. Richtest du ihm das von mir aus?«

»Ich richte es aus.«

Ich stand auf und ging zur Tür. »Es ist eine folgenschwere

Sache, wenn das Geld nicht fließen will«, sagte Mr. Hines. »Ich hatte gehofft, den Tag nie zu erleben.« Er nahm seine Zeitung auf. »Nicht daß unser Freund zu Selbstprüfung neigte, aber er hatte in Mr. Weinberg einen hochgeschätzten Kompagnon. Wer weiß, ob das der Anfang war. Wer weiß, vielleicht war der Tag, an dem er dich gefunden hat, der Anfang.«

»Der Anfang von was?«

Er hob die Hand. »Grüß deine Mutter aufs innigste von mir und erzähle ihr, daß ich mich nach ihr erkundigt habe«, sagte er und hatte sich bereits wieder in seine Lektüre vertieft, als ich die Tür schloß.

Sobald ich wieder in der Bronx angekommen war, ging ich in den Zigarrenladen an der Third Avenue unter der Hochbahn und kaufte ein Päckchen Wings und bekam eine Handvoll Fünfcentstücke für das Münztelefon und ließ mich mit dem Soundview Hotel in Bridgeport, Connecticut verbinden. Dort war kein Mr. Schultz eingetragen, kein Mr. Flegenheimer, kein Mr. Berman. Ich ging nach Hause, und als ich raufkam, stand die Tür offen, und ein Mann von der Telefongesellschaft war da, mit so einem Gürtel, wie sie ihn tragen, an dem die ganzen Werkzeuge hängen, und installierte gleich neben der Couch im Wohnzimmer behutsam ein Telefon. Ich sah zum Fenster hinaus, und wie ich es mir gedacht hatte, stand nirgendwo auf der Straße ein grüner Kleinlaster der Telefongesellschaft, ich konnte mich auch nicht erinnern, einen gesehen zu haben. Er ging so behutsam, wie er gearbeitet hatte, ohne ein Wort, und ließ die Wohnungstür nur einen Spalt offen. Die weiße Nabe der Wählscheibe, wo sonst die Nummer aufgedruckt stand, war leer.

Ich schob den Umschlag mit dem Hines-Geld wieder in die Couchpolsterung und setzte mich oben drauf und wartete. Es kam mir so vor, als sei ich, seit ich bei Mr. Schultz angefangen hatte, ständig von diesen fortschrittlichen Wesen überfallen worden, die vor mir da waren und mehr wußten als ich, sie hatten Telefone erfunden und Taxis und Hochbahnen und Nachtclubs und Kirchen und Gerichtssäle und Zeitungen und Banken, es war ziemlich verwirrend, durch Geburt in ihre Welt eingeführt zu werden, unerfahren durch den Geburtskanal hinauszugleiten, um mit großem Knall getauft zu werden, als bekäme man den Korken einer Champagnerflasche an den Kopf, so daß das Leben fortan verwirrend blieb und nichts einen rechten Sinn ergab. Was sollte ich nun tun mit ihnen allen und ihren geheimnisvollen Machenschaften, was sollte ich nur tun?

Nicht mehr als eine Viertelstunde war vergangen, da läutete das Telefon. Es war ein fremdartiges Geräusch in unserer kleinen Wohnung, es war so laut wie eine Schulglocke, ich konnte es durchs ganze Treppenhaus hallen hören. »Hast du einen Stift?« fragte Mr. Berman. »Ich gebe dir deine Nummer. Du kannst jetzt deine Mama von überall in den Vereinigten Staaten anrufen.«

»Danke schön.«

Er nannte mir die Nummer. Er klang fast jovial. »Natürlich kannst du nicht nach draußen telefonieren, aber anderseits kriegst du auch keine Rechnung. Und? Wie ist es gelaufen?«

Ich berichtete ihm das Ergebnis meines Gesprächs mit Mr. Hines. »Ich hab versucht, Sie zu erreichen«, sagte ich. »Es hieß, Sie wären nicht dort.«

»Wir sind in Union City, New Jersey, einfach auf der andern Seite vom Fluß«, sagte er. »Ich kann das Empire State Building sehen. Erzähl noch mal von vorn, diesmal mit den Einzelheiten.«

»Er sagt, es geht über seine Möglichkeiten. Er sagt, Sie können es dem Mann mit dem Schnurrbart ankreiden. Er sagt, man soll nicht mehr in Kontakt mit ihm treten.«

»Was für ein Schnurrbart?« Das war die Stimme von Mr. Schultz. Er hatte an einem Nebenapparat mitgehört.

»Ein republikanischer Schnurrbart.«

»Dewey? Der Staatsanwalt?«

»Ich denke, den meinte er.«

»Dieser Schweinehund!« sagte er. Es war erstaunlich, die Stimmen der meisten Leute werden durchs Telefon dünner, aber die von Mr. Schultz konnte ich in ihrem ganzen Klangreichtum hören. »Brauch ich ihn etwa, damit er uns erzählt, daß ich den Arsch Thomas E. Dewey im Nacken habe? Der Schweinehund. Der verfluchte scheißefressende Schweinehund. Will das Geld nicht nehmen? Plötzlich, nach all den Jahren ist mein Geld nicht mehr gut genug? Oh, diesem Schwanzlutscher werd ich's zeigen. Ich nehm das Geld und stopf's ihm ins Maul, fressen soll er's, dran ersticken soll er, ich schlitz ihn auf und tapezier ihn damit von innen, daß er Geld scheißt, wenn ich mit ihm fertig bin.«

»Bitte, Arthur. Nur einen Augenblick.«

Mr. Schultz knallte seinen Hörer auf, und mir dröhnte es über die ganze Entfernung New Jersey und zurück davon im Ohr.

»Bist du noch da, Kleiner?« fragte Mr. Berman.

»Mr. Berman, inzwischen sitz ich mit diesem Umschlag da, und der macht mich nervös.«

»Leg ihn vorläufig einfach an einen sicheren Platz«, sagte er.

Ich hörte Mr. Schultz im Hintergrund brüllen.

»In ein paar Tagen haben wir die Dinge organisiert«, sagte Mr. Berman. »Bleib, wo du bist. Wenn wir dich brauchen, will ich nicht erst nach dir suchen müssen.«

Dies also war meine Lage während jener Tage des Indianersommers in der Bronx, und der Hydrant des Diamond-Heims schlug jeden Morgen wie einen Heiligenschein einen Regenbogen über die nasse Straße, und die Kinder rannten quietschend drunter durch. Ich trauerte. Meine Mutter stand jeden Tag auf und ging recht gelassen zur Arbeit, ein wackliges Gleichgewicht bestimmte unser Leben, aber das Telefon auf dem Beistelltisch neben der Couch gefiel ihr nicht, und sie reagierte darauf, indem sie die gerahmte Photographie von ihr und meinem seines Gesichts beraubten Vater davorstellte. Ich kaufte uns einen elektrischen Ventilator, der in einem Bogen von hundertachtzig Grad hin- und herschwang, die Kerzen in den Gläsern in der Küche auflodern ließ, aber in regelmäßigen Abständen einen kühlen Luftstrom auf meinen hemdlosen Rücken lenkte, während ich im Wohnzimmer saß und die Zeitungen las. Ich hatte viel Zeit, über das nachzudenken, was Mr. Hines gesagt hatte. Er war ein sehr weiser Mann, es war wahrlich eine folgenschwere Sache, wenn das Geld nicht floß. Ich hatte meine Zeit bei Mr. Schultz an den Morden gemessen, an den Schüssen, dem Schluchzen, den platzenden Schädeln, die in meiner Erinnerung widerhallten wie Glockengeläut, doch währenddessen war auch immer noch etwas anderes vorgegangen, denn Geld hatte sich bewegt, es war die ganze Zeit über eingegangen und wieder hinausgeflossen, so ununterbrochen wie das Kommen und Gehen der Gezeiten, so beständig und unaufhörlich wie das stille Himmelssystem, in dem die Erde sich dreht. Ich war natürlich auf das hereinfließende Geld fixiert gewesen, dem hatte stets die lautstärkste Sorge gegolten, als Mr. Schultz darum kämpfte, nachdem er untergetaucht war, die Kontrolle zu behalten, trotz seiner juristischen Probleme, trotz der Schwierigkeiten, seine geschäftlichen Interessen aus der Ferne zu wahren, trotz der Dibereien von Statthaltern und des Verrats von Geschäftspartnern seines Vertrauens, doch das Geld, das hinausging, war ebenso wichtig, Waffen und Essen wurden davon gekauft, Anwälte und Polizisten und das Wohlwollen armer Leute, Immobilien wurden damit bezahlt, Gehälter und die Vergnügungen, die den Männern, von denen er abhing, bestätigten, daß er die glanzvolle Größe besaß, die sie von einem hell leuchtenden Stern erwarteten. Soweit ich wußte, machte Mr. Schultz keinen Gebrauch von dem Vermögen, das er zweifellos über die Jahre erworben hatte, er hatte es zweifellos angehäuft, aber in seinem Leben deutete nichts darauf hin, ich nahm an, er müsse irgendwo ein Haus oder ein elegantes Apartment haben, in dem seine Frau wohnte, ich wußte, sie mußten schöne Dinge besitzen, aber ihn umgab nichts davon wie jene Leute in den Logen von Saratoga der Mantel ihres Reichtums. Er lebte nicht wie ein Reicher, er sah nicht so aus und benahm sich nicht so und, so weit ich das erkennen konnte, fühlte er sich auch nicht so, auf dem Land hatte er ein Gefolge gehabt, dessen tägliche Lebenskosten er übernahm, er ging gelegentlich reiten und warf mit dem Geld um sich, wie es von ihm erwartet wurde, doch all das war fürs Überleben, es fehlte die entspannte Lässigkeit, die gezeigt hätte, daß es ihm auch zustand, seit ich ihn zum ersten Mal gesehen hatte, war er auf der Flucht, er war ein Vagabund, er lebte in Hotelzimmern und Schlupfwinkeln, er gab sein Geld aus, um es zu vermehren, er mußte Geld machen, um weiter Geld machen zu können, denn nur, wenn er weiter Geld machte, würde er am Leben bleiben, um noch mehr Geld zu machen.

Das also war der Grund, warum Mr. Hines' Weigerung, die zehntausend Dollar anzunehmen, ein so folgenschwerer Rückschlag war: Es kam nicht darauf an, in welcher Richtung das Geld aufhörte zu fließen, rein oder raus, das Ergebnis war gleichermaßen katastrophal, das ganze System war in Gefahr, genau wie die Erde, die, so hatte es uns ein Lehrer wenigstens einmal im Planetarium erklärt, bebend in Stücke gehen würde, wenn sie aufhörte, sich zu drehen.

Nun merkte ich, daß ich im Zimmer auf- und abtigerte wie er, ich war wirklich aufgeregt, ich wußte jetzt, was Hines mit dem Anfang gemeint hatte, er hatte das Ende gemeint, tatsächlich hatte ich Mr. Schultz nie auf der Höhe seiner Macht erlebt, ich hatte ihn noch nicht gekannt, als er die Dinge im

Griff hatte und alles so war, wie er es haben wollte, ich war in sein Leben getreten, als es anfing, nicht mehr in seinem Interesse zu funktionieren, ich hatte ihn immer nur sich verteidigen sehen, ich konnte mich an keine Zeit erinnern, in der er nicht unter Beschuß stand, alles, was wir taten, wir alle, entsprang seinem Überlebenskampf, alles, wozu er mich aufgefordert und was ich getan hatte, war für sein Überleben geschehen, Wettgelder zu kassieren, zur Sonntagsschule zu gehen, sogar mir die Nase einschlagen zu lassen, sogar mit Drew Preston zu schlafen und sie nach Saratoga zu bringen und sie aus seinen Klauen zu befreien, war letzten Endes für sein Überleben geschehen.

Das konnte ich noch nicht verstehen an jenem Tag auf dem Kopfsteinpflaster vor dem Bierlager, als der dritte der drei leisen Wagen am Bordstein hielt und alle Jungen voller Ehrfurcht aufstanden und ich mit zwei rosa Gummibällen, einer Orange, einem Ei und einem Stein jonglierte, zu Ehren unseres großen Gangsters aus der Bronx: Er war aufgestiegen und er war nun im Fall begriffen. Und das Leben des Holländers zusammen mit mir war die Phase seines Niedergangs.

Nachdem es ein, zwei Tage stumm geblieben war, begann das Telefon regelmäßig zu klingeln. Manchmal war Mr. Berman mein Einsatzleiter, manchmal Mr. Schultz, und ich machte mich auf den Weg, um Aufträge zu erledigen, bei denen ich gewöhnlich nicht verstand, was dahintersteckte. Die Presse verfolgte die Geschichte, und bei meinen täglichen Fahrten mit der Subway in die Stadt saß ich nun da und versuchte herauszufinden, was ich gerade tat, indem ich in den Zeitungen las, was die Staatsanwaltschaft gerade tat. Eines Morgens ging ich zum Embassy Club, der bei Tageslicht mit seiner verblichenen Markise und seinem angelaufenen Messing heruntergekommen wirkte, und ein Mann, den ich nicht kannte, öffnete die Tür und schob mir eine Dewar's-White-Label-Kiste in die Arme und sagte, ich solle verduften. In der Kiste waren Kassenbücher und lose Additionsrollen und Geschäftsbriefe und Rechnungen und dergleichen. Wie mir aufgetragen war, fuhr ich zur Pennsylvania Station und schloß die Kiste in ein Schließfach und schickte den Schlüssel mit der Post an einen Mr. Andrew Feigen in einem Hotel in Newark, New Jersey. Dann las ich im *Mirror*, daß der Sonderstaatsanwalt die Akten von Metropolitan, dem Verband der Restaurant- und Café-Besitzer, nach dem mysteriösen Tod von dessen ehemaligem Präsidenten Julius Mogolowsky alias Julie Martin beschlagnahmt hatte. An einem andern Tag rannte ich in einer Nebenstraße der Eighth Avenue eine klamme knarrende Treppe hinauf, um Stillmans Boxtalente beim Training ausfindig zu machen. Ich komme also in das berühmte Boxstudio und lege begeistert mein Eintrittsgeld hin, weiß allerdings nicht, was ich hier soll, nur daß ich einen der Tausenddollarscheine jemandem geben soll, von dem ich weder den Namen weiß, noch wie er aussieht. Im Ring fällt mir ein schweißglänzender Schwarzer auf, mit herrlichen Muskeln und einem Lederhelm auf dem Kopf, der zuschlägt, zuschlägt, während um ihn herum fünf oder sechs Männer stehen und Ratschläge brüllen, das gleiche Verhältnis wie bei den Trupps, die in den Arbeitsbeschaffungsprogrammen Straßen reparieren. Nur feste drauf, Nate, so isses recht, eins-zwei, gib's ihm satt. Dies ist die Männerrasse, der Mickey der Fahrer entstammt, die Rasse des abstehenden Ohrs, der plattgedrückten Nase, des blinden Auges, sie klotzen mächtig und springen und nicken und spucken in Eimer, und oh, wie die Sandsäcke schwingen und das Kolophonium unter den Sohlen quietscht, ich verstehe, wie süß dieses Leben ist, es spielt sich auf begrenztem Raum ab wie eine Religion, es bleibt im geballten Geruch nach Männerschweiß in der Schwebe, Schweiß ist das Medium des Daseins, wie Rechtschaffenheit, einer atmet den Glauben des andern ein, er steckt in dem alten Leder, er steckt in den Wänden, ich kann nicht widerstehen, ich greife mir ein Springseil und schicke es ein Halbhundertmal auf die Rundreise. Und wie es so geht, brauche ich den Mann gar nicht zu suchen, es ist ganz einfach, der richtige ist der, dem auffällt, daß ich hier bin, einer der Männer, die den Boxer im Ring unterweisen. Er kommt rüber in seinem Sweatshirt, das seinen behaarten weißen Bauch nicht ganz bedeckt, und begrüßt mich herzlich nach So-lange-nicht-mehr-gesehen-Manier, legt mir einen stinkenden Arm um die Schultern, was mich, während er mich zum Ausgang führt, ganz dicht an die offene Hand bringt, die er mir hinhält.

In den Zeitungen stand nichts, was mir bei dieser Geschichte geholfen hätte, nur das Gefühl, daß alles zusammengehörte, all die schweißtreibenden Anstrengungen des Killergeistes eins waren.

Ein weiterer Tausender geht an einen Kautionshai bei dem Gericht, an dem Dixie Davis seine Karriere begann, er ist ein kleiner, kahlköpfiger Bursche mit einem Zigarrenstummel, der von einem Mundwinkel in den andern wandert, während er zusieht, wie ich den Schein aus meiner Brieftasche nehme. Mir geht durch den Sinn, daß John D. Rockefeller nur Zehncentmünzen verschenkte. Im ehrwürdigen Büro des Bezirksverbands 3 der Fensterputzer- und Gebäudereiniger-Gewerkschaft an der Ecke von Broadway und 49th Street ist der Mann, der einen weiteren von den Tausenderscheinen abnehmen soll, im Augenblick zufällig nicht anwesend, und so warte ich auf einem Holzstuhl an einem Geländer, gegenüber von dem Tisch einer Frau, die ein schwarzes Muttermal über der Lippe hat, und sie runzelt wegen irgend etwas die Stirn, vielleicht weil jemand ihre Kreise stört, weil ich sehen könnte, wie wenig sie zu tun hat, das Fenster hinter ihr ist hoch und breit und äußerst ungeputzt, und durch die Schmutzschicht steigen von oben die Beine von Johnny Walker, mit Monokel und Zylinder, von der Whiskey-Reklame auf dem Dach gegenüber, diese riesigen, rauf- und runtergehenden schwarzen Stiefel, die über dem Broadway durch die Luft spazieren.

Um die Wahrheit zu sagen, ich fand diese Zeit herrlich, ich fühlte, daß meine Zeit kam, und das hing mit dem Herbst zusammen, mit der Stadt, die sich endlich ernstlich dem Winter zuwandte, das Licht war anders, gleißend, hart, es straffte die Luft, polierte das Oberdeck des Doppeldeckerbusses Nummer Sechs auf kalten Hochglanz, ich fuhr in würdevoller Vorwegnahme des Todes dahin, Massen stauten sich an den Ecken unter den Straßenlaternen aus Bronze mit den kleinen Hermesfiguren, Polizisten pfiffen, Hupen ertönten, der hohe Bus rumpelte von einem Gang in den nächsten, vor Geschäften und Hotels flatterten Fahnen, und es war alles für mich da, es war mein Triumphzug, ich schwelgte in der Stadt, die er nicht betreten konnte, für einige, wenige Minuten gehörte sie mir, und ich konnte mit ihr machen, was ich wollte.

Ich fragte mich, wie lange er widerstehen konnte, wie lange er sich beherrschen konnte, ohne ihre Entschlossenheit auf die Probe zu stellen, denn sie kannten seine Lieblingsplätze, sie kannten die Adresse seiner Frau, sie kannten seine Wagen und seine Leute, und ohne Hines gab es nun keinen Schutz mehr, nicht in den Polizeirevieren, nicht in den Gerichten, Mr. Schultz konnte die Weehawken-Fähre besteigen, er konnte durch den Holland-Tunnel kommen, er konnte die George-Washington-Brücke überqueren, viele Dinge konnte er tun, aber sie wußten mittlerweile, wo er war, und würden wissen, wann er abfuhr, und das machte New York zu einer Festung, einer von Mauern umgebenen Stadt mit verriegelten Toren.

Nach ungefähr einer Woche hatte ich die Hälfte der zehn Tausenddollarscheine verteilt. Soweit ich es verstand, zahlte ich da keine Schmiergelder aus, zum größten Teil waren es Zeichen der Kontinuität, kleine Durchhalteprämien für die Organisation, denn Thomas E. Dewey war ein Blutsauger, er hatte ein paar unter falschen Namen laufende Bankkonten von Dutch Schultz aufgespürt und sie einfrieren lassen, er hatte Akten der Brauerei, die dem Holländer gehörte, beschlagnahmen lassen, seine Mitarbeiter verhörten Polizisten und andere Personen, deren Namen sie der Presse nicht bekanntgeben wollten. Doch wenn es Geld für diese Seite der Dinge gab, dann mußte es auch Geld geben, um alles von Grund auf neu aufzubauen, Schmiergeld um Schmiergeld, jemand mußte damit beschäftigt sein, es gab da schließlich Möglichkeiten, konnte Mickey etwa keinen Verfolger abschütteln? Konnte Irving nicht unsichtbar werden? Zwanzig, fünfundzwanzig Männer waren es bei der Morgenkonferenz im Salon des Bordells gewesen, nicht alle davon waren in New Jersey, die Organisation funktionierte, fünfundzwanzig waren nicht hundert oder zweihundert, aber die Firma lief weiter, zwar unter dem Druck schwerer Zeiten geschrumpft, in ihrer Reichweite verringert, jedoch gemein und mörderisch und mit einem Haufen Geld für Rechtsanwälte.

So also stellte ich mir vor, wie es war, oder wie es wäre, wenn ich die Leitung hätte, ich würde geduldig auf meine Chance warten und kein Risiko eingehen, und ein paar Wochen lang, vielleicht sogar bis Anfang Oktober, war es genau so. Doch ich war nicht Mr. Schultz, er überraschte einen, er überraschte sich selbst, ich meine, warum lese ich da plötzlich, daß ein ganzes Stockwerk im Savoy-Plaza zertrümmert worden ist, daß ein unbekannter Dieb oder mehrere Diebe in eines der an Dauergäste vermieteten Apartments eingebrochen sind und Schäden in Höhe von Zehntausenden von Dollar angerichtet haben, Gemälde zerschnitten, Tapisserien heruntergerissen, Keramik zerschmettert, Bücher zerstört und vermutlich Gegenstände gestohlen haben, deren Wert nicht bekannt ist, da die Bewohner des Apartments, Mr. und Mrs. Harvey Preston – er der Erbe des Eisenbahnvermögens – sich im Ausland aufhalten und nicht zu erreichen sind?

Eines Abends fuhr ich dann wie befohlen mit der Third-Avenue-Hochbahn nach Manhattan und mit der Straßenbahn quer durch die Stadt zur Anlegestelle der Fähre an der West 23rd Street, und dann stand ich an Deck des breitesten, flachsten Schiffs der Welt, ein Schiff, das Tag für Tag Tausende von Menschen transportierte trotz so unnautischer Stabilität, daß es an ein schwimmendes Gebäude erinnerte, an ein Stück von der Insel New York, das zur Bequemlichkeit ihrer Bürger abgetrennt und an einer quer durch den Fluß gezogenen Leine hinausgelassen worden war, ich stand auf diesem Schiff, das roch wie ein Bus oder ein Subway-Wagen, wo Kaugummiklumpen in die Plankenböden getreten waren und Bonbonpapiere unter den Peddigrohrsitzen lagen und es Hängeschlaufen gab, an denen sich stehende Fahrgäste festhalten konnten, und die gleichen Abfallkörbe aus Draht wie an den Straßenecken, und unter meinen Füßen spürte ich das Beben des düsteren Hafens, das Lecken des lebendigen, hungrigen Ozeans, ich blickte zurück auf New York und sah es davontriften und dachte, ich ginge auf eine Totenfahrt.

Auf die Gefahr hin, Anstoß zu erregen, möchte ich hier auch sagen, daß meine Ankunft im Industriehafen an der New-Jersey-Küste, wo reihenweise Kohlenkähne vor Anker lagen und Backsteinfabriken Rauch ausspuckten und die Röhren und Tanks und Stege höllischer Raffinerien den ganzen westlichen Horizont verdeckten, mir nicht das sichere Gefühl gab, das ich mir von festem Land unter den Füßen erhofft hatte. Ein gelbes Taxi wartete vor den Landungsbrücken, und der Taxifahrer winkte, und als ich näher kam, griff er nach hinten und öffnete die Fahrgasttür, und als ich einstieg, war es Mickey, der mich mit einem untypisch überschwenglichen Nicken begrüßte sowie mit einem flotten Start, der mich gegen die Rücklehne des Sitzes warf.

Man mußte durch Jersey City, um nach Newark zu kommen, es gab offenbar irgendeine politische Trennlinie zwischen beiden zu beachten, aber ich konnte keinen Unterschied feststellen, beide Städte zusammen waren ein einziges, langgezogenes, trostloses Nachbild von New York, so etwas wie ein Schatten auf der falschen Seite des Flusses, man konnte sehen, daß sie glaubten, sie wären die Bronx oder Brooklyn, und es gab auch die Bars und die Straßenbahnen und die Werkstätten und Lagerhäuser, aber die Luft stank anders und die Läden waren altmodisch und die Breite der Straßen stimmte nicht und die Leute machten alle den Eindruck, als wären sie nirgendwo Bestimmtes, sie blickten an den Straßenecken zu den Schildern auf, um sich zu erinnern, wo sie waren, es war ein höchst deprimierendes Flachland, ein Monument der Vertreibung, und ich wußte gleich, daß Mr. Schultz hier bei seinem Versuch, sich einzugewöhnen, verrückt werden und von Union City nach Jersey City und Newark pirschen würde, um das beste Fenster zu finden, von dem aus er das Empire State Building sehen konnte. Es war ein Friedhof, gar keine Frage, es war zu häßlich, als daß man dort hätte leben können. Mickey fuhr vor der Bar an einer Straße vor, die nicht asphaltiert war, sondern eine weißliche Betondecke hatte, und wo die Telefon- und Straßenbahnleitungen wie ein loses Netz über allem hingen, und er ließ mich aussteigen und fuhr davon. Das Lokal nannte sich Palace, Restaurant und Taverne. Ich will ja zugeben, daß ich vorläufig zu einem Schluß gekommen war – wenn Mr. Schultz praktisch jede geschäftliche Betätigung in New York versperrt war und es auch keiner der vertrauenswürdigen Partner riskieren konnte, sich für längere Zeit in der Stadt aufzuhalten, dann war ich als der einzige, meine ich, der sich ungehemmt bewegen konnte, im Wert für die Gang gestiegen, und ich fand, ich sollte zum Vollmitglied ernannt werden. Ich arbeitete mehr und mit größerer Verantwortung und fragte mich, warum ich auf gelegentliche milde Gaben angewiesen sein sollte, die mir zugeworfen wurden, mochten sie auch noch so großzügig bemessen sein. Sie setzten viel bei mir voraus, rechneten im Grunde auf unverschämte Weise mit mir, wenn man bedachte, daß ich nicht einmal bezahlt wurde. Ich wollte richtigen Lohn haben und dachte, falls Mr. Schultz mich nicht zufällig ermordete, wäre ich nun vielleicht in der Position, darum zu bitten. Doch als ich durch die Bar ging, um eine Ecke bog und über einen kurzen Flur in das fensterlose Hinterzimmer kam, in dem Mr. Schultz und Mr. Berman und Irving und Lulu Rosenkrantz als einzige Gäste um einen Tisch an der Wand saßen, da wußte ich, daß ich die Angelegenheit nicht zur Sprache bringen würde, es war merkwürdig, es war nicht eine Frage der Angst, die ich verwegen zu bekämpfen entschlossen war, sondern des Glaubensverlustes, ich weiß nicht, warum, aber ich sah sie da und hatte das Gefühl, es sei zu spät, um irgend etwas zu bitten.

Der Raum, in dem sie saßen, hatte blaßgrüne Wände mit Zierspiegeln aus angelaufenem Metall, und das Oberlicht ließ sie alle bleich aussehen. Sie aßen Steaks, und auf dem Tisch standen Rotweinflaschen, die in diesem Licht schwarz aussahen. »Hol dir einen Stuhl her, Kleiner«, sagte Mr. Schultz. »Hast du Hunger oder sonst was?«

Ich sagte, ich sei nicht hungrig. Er sah dünn aus, abgemagert, sein gekräuselter Mund schmollte mehr denn je, er wirkte äußerst bedrückt, und mir fiel auf, daß sich die Ecken seines Hemdkragens wellten und er sich nicht rasiert hatte.

Er schob den Teller mit dem kaum angerührten Abendessen weg und zündete sich eine Zigarette an, was ebenfalls ein Hinweis war, denn wenn er meinte, die Dinge unter Kontrolle zu haben, rauchte er Zigarren. Die anderen aßen weiter, bis deutlich wurde, daß er nicht die Geduld hatte, darauf zu warten, daß alle fertig waren. Einer nach dem andern legte Messer und Gabel nieder. »He, Sam«, rief Mr. Schultz, und ein

Chinese kam aus der Küche und räumte die Teller ab und brachte Tassen mit Kaffee und eine Halbliterflasche Sahne. Mr. Schultz wandte sich um und sah ihm nach, bis er wieder in der Küche war. Dann sagte er: »Kleiner, da ist dieses Schwein namens Thomas Dewey, das weißt du, oder?«

»Ja, Sir.«

»Hast du das Foto von ihm gesehen?« fragte Mr. Schultz und zog aus seiner Brieftasche ein Foto, das aus einer Zeitung herausgerissen war. Er klatschte es auf den Tisch. Der Staatsanwalt für besondere Aufgaben, Dewey, hatte schönes, schwarzes Haar mit Mittelscheitel, eine Himmelfahrtsnase und den Schnurrbart, auf den Mr. Hines angespielt hatte, einen kleinen, bürstenähnlichen Schnurrbart. Mr. Deweys dunkle, intelligente Augen sahen mich mit der unbeirrbaren Überzeugung an, daß er wußte, wie die Welt gelenkt werden sollte.

»Gesehen?« fragte Mr. Schultz.

Ich nickte.

»Mr. Dewey wohnt an der Fifth Avenue, in einem dieser Gebäude gegenüber vom Park, kennst du die?«

Ich nickte.

»Ich geb dir die Hausnummer. Ich möchte, daß du da bist, wenn er morgens aus dem Haus kommt, und ich möchte, daß du beobachtest, wo er hingeht und wer bei ihm ist, und ich möchte wissen, um wieviel Uhr das ist, und ich möchte wissen, wieviel Uhr es ist und wer bei ihm ist, wenn er von der Arbeit nach Hause kommt. Er zieht seine Show vom Woolworth Building am Broadway aus ab. Darum brauchst du dich nicht zu kümmern. Nur um sein Kommen und Gehen von der Wohnung ins Büro und zurück. Nur das Kommen und Gehen interessiert mich. Meinst du, das schaffst du?«

Ich blickte um den Tisch herum. Alle, sogar Mr. Berman, sahen nach unten. Sie hielten die Hände gefaltet auf dem Tisch, alle drei sahen sie aus wie Kinder an ihren Schulpulten. Keiner von ihnen außer Mr. Schultz hatte ein Wort gesagt, seit ich hereingekommen war.

»Ich denke schon.«

»Du denkst! Ist das die Einstellung, die ich jetzt von dir erwarten kann, ich *denke?* Hast du mit diesen Typen da geredet?« fragte er und deutete mit dem Daumen auf den Tisch. »Ich? Nein.«

»Weil ich nämlich gehofft habe, einer in dieser Organisation hätte noch Mumm. Ich könnte mich noch auf einen verlassen.«

»Aah, Chef«, sagte Lulu Rosenkrantz.

»Halt dein Scheißmaul, Lulu. Du bist häßlich und du bist dumm. Das ist die Wahrheit über dich, Lulu.«

»Arthur, das ist nicht in Ordnung«, sagte Mr. Berman.

»Leck mich, Otto. Ich werd rausgedrückt, und du erklärst mir, was nicht in Ordnung ist? Ist es in Ordnung, daß ich mit der Nase in meine Scheiße gestoßen werde?«

»Das war nicht abgesprochen.«

»Woher weißt du das? Woraus schließt du das?«

»Der Beschluß war, es sich durch den Kopf gehen zu lassen, sie prüfen es.«

»Ich prüfe es. Ich prüfe es, weil ich es machen werde.«

»Wir haben eine Übereinkunft mit diesen Leuten.«

»Ich scheiß auf Übereinkünfte.«

»Weißt du nicht mehr, daß er Hunderte von Meilen gereist ist, um in der Kirche dein Zeuge zu sein?«

»Oh, ich weiß noch. Er kam da mit dieser Haltung an, daß es so aussah, als ob er mir zusammen mit dem Papst diesen verfluchten Riesengefallen täte. Dann setzt er sich hin und ißt mein Essen und trinkt meinen Wein und sagt nichts. Nichts! Und ob ich das noch weiß.«

»Vielleicht nicht nichts«, sagte Mr. Berman. »Vielleicht einfach die Tatsache, daß er da war.«

»Die halbe Zeit versteht man ihn nicht, als ob er keinen

Kehlkopf hätte. Du mußt dich rüberbeugen und dein Gesicht vor diesen Knoblauchmund halten, und das ändert auch nichts, weil du nicht weißt, was alles bedeutet, gefällt ihm was, gefällt ihm was nicht, es klingt immer gleich, du weißt nicht, was er denkt, du weißt nicht, wo du mit ihm dran bist. Was läßt er sich denn durch den Kopf gehen? Wie willst du das wissen? Kannst du mir sagen, was bei dem Hund irgendein Wort bedeutet? Ich, wenn mir was gefällt, ich sag's dir, wenn mir was nicht gefällt, sag ich's dir auch, wenn mir einer nicht gefällt, dann weiß der das verflucht gut, so bin ich und so sollte es sein, nicht ewig diese Geheimnistuerei um das, was einer fühlt, wo du ständig rumrätseln mußt, was eigentlich wahr ist.«

Mr. Berman zündete sich eine Zigarette an und hielt sie zwischen Daumen und Zeigefinger in der hohlen Hand. »Das sind Fragen des Stils, Arthur. Du mußt über diese Dinge hinwegsehen und zur Philosophie vordringen. Die Philosophie besagt, daß ihre Organisation intakt ist. Sie steht uns zur Verfügung. Wir können sie nützen, ihren Schutz genießen. Wir schließen uns zusammen, und gemeinsam bilden wir einen Vorstand, und wir haben eine Stimme im Vorstand. Das ist die Philosophie.«

»Klar ist das eine großartige Philosophie, nur ist dir schon was aufgefallen? Ich bin es, hinter dem dieser Hundeficker Dewey her ist. Was glaubst denn du, wer die Bundesbehörden auf mich gehetzt hat! Mein Bein hat er da zwischen den Zähnen.«

»Du mußt verstehen, daß sie ein Interesse an unserem Problem haben. Es ist auch ihr Problem. Sie wissen, wenn er den Holländer ausschaltet, sind sie als nächste dran. Bitte, Arthur, gib ihnen ein bißchen Kredit. Es sind Geschäftsleute. Vielleicht hast du recht, vielleicht ist es der richtige Weg. Er sagte, sie würden es untersuchen, um zu sehen, wie es sich machen ließe, aber inzwischen möchten sie ein Weilchen drü-

ber nachdenken. Denn du weißt ja so gut wie sie, schon wenn
es nur einen lausigen Bullen im Dienst trifft, spielt die Stadt
verrückt. Und dies ist ein hoher Staatsanwalt, der jeden Tag
in der Zeitung steht. Ein Held des Volkes. Du könntest die
Schlacht gewinnen und den Krieg verlieren.«

Mr. Berman sprach weiter, er wollte Mr. Schultz besänftigen. Während er seine Argumentation Punkt für Punkt fort-
führte, nickte Lulu immer wieder und furchte die Stirn, als
habe er gerade das gleiche sagen wollen. Irving saß mit verschränkten Armen und gesenktem Blick da, welche Entscheidung auch fiele, er würde sich daran halten, wie er es immer
getan hatte, wie er es bis zum Tag seines Todes tun würde.
»Der moderne Geschäftsmann strebt den Zusammenschluß
an, um stärker zu werden und zu rationalisieren«, sagte Mr.
Berman. »Er schließt sich einer Handelsorganisation an. Weil
er Teil von etwas Größerem ist, gewinnt er an Stärke. Man ei-
nigt sich über Praktiken, Preise, Gebiete, die Märkte werden
reguliert. Er rationalisiert. Und sieh da, die Zahlen steigen.
Niemand bekämpft einen andern. Und wovon er jetzt einen
Teil hat, das ist profitabler als der gesamte Kram und Plunder
von ehedem.«

Ich konnte zusehen, wie Mr. Schultz sich allmählich entspannte, er hatte vorgebeugt dagesessen und die Kante des
Tischs umklammert, als wolle er ihn gleich umkippen, doch
nach einer Weile sackte er auf seinen Stuhl zurück, und dann
legte er sich eine Hand auf dem Kopf, als täte er ihm weh, eine
merkwürdige Geste der Unentschlossenheit, die mich mehr
als alles andere drängte, den Mund aufzumachen, und das tat
ich dann auch: »Entschuldigung. Dieser Mann, den Sie erwähnt haben, also der, der zur Kirche kam. Mrs. Preston hat
mir etwas über ihn erzählt.«

Ich möchte über diesen Augenblick sprechen, über das, was
ich zu tun meinte oder was ich heute meine, daß ich zu tun
meinte, weil es der Augenblick ist, in dem der Entschluß ge-

faßt wurde. Ich denke über das Sterben von ihnen allen nach und über die Todesarten, doch mehr noch über diesen Augenblick des Entschlusses, wo er herkam, nicht aus dem Herzen oder dem Kopf, sondern aus dem Mund, dem Wortmacher, dem Linguisten des Ächzens und Stöhnens und Winselns und Kreischens.

»Daß sie ihn kannte. Na ja, nicht, daß sie ihn kannte, aber daß sie ihm schon begegnet war. Na ja, nicht, daß sie sich genau daran erinnern konnte, ihm schon begegnet zu sein«, sagte ich, »sonst hätte sie es selber erwähnt. Aber sie hat getrunken«, sagte ich und sah einen Moment zu Irving hin, »das hat sie mir selbst erzählt, und wenn man trinkt, dann erinnert man sich nicht mehr an so viel, oder? Aber auf der Straße vor St. Barnabas, da hatte sie so ein Gefühl«, sagte ich zu Mr. Schultz, »als Sie ihn ihr vorgestellt haben, fand sie nämlich, er schaue sie an, als ob er sie wiedererkennen würde. Sie dachte, sie müßte ihm vielleicht schon früher begegnet sein.«

Es war nun so still im Palace, Restaurant und Taverne, daß ich Mr. Schultz atmen hörte, die Dimensionen seines Atmens waren mir so vertraut wie seine Stimme, sein Denken, sein Charakter, er atmete langsam ein und rasch aus, in einer Art Eins-zwei-Rhythmus, der zwischen den Atemzügen eine Stille eintreten ließ, als überlege er, ob er überhaupt atmen solle.

»Wo ist sie ihm begegnet?« fragte er sehr ruhig.

»Sie meinte, es müßte zusammen mit Bo gewesen sein.«

Er drehte sich auf seinem Stuhl um und sah Mr. Berman ins Gesicht und lehnte sich zurück und steckte die Daumen in die Westentaschen, und ein mächtiges Lächeln breitete sich auf seinem Gesicht aus. »Hast du das gehört, Otto? Da tappst du rum und tappst rum, und die ganze Zeit über ist das Kind da, das dich führen kann.«

Im nächsten Moment war er vom Stuhl aufgesprungen und versetzte mir einen Schlag auf die Seite des Kopfs, ich glaube, er muß den Unterarm dafür genommen haben, ich wußte nicht, was passiert war, der Raum drehte sich, ich war plötzlich verwirrt, ich dachte, es hätte eine Explosion gegeben, der Raum würde über mir zusammenstürzen, ich sah, wie die Decke sich hob und der Boden mir entgegensprang, ich flog rückwärts über den Stuhl, ging rücklings mit dem Stuhl, auf dem ich gesessen hatte, zu Boden, und als ich aufschlug, lag ich betäubt da, ich wollte mich am Boden festklammern, weil ich glaubte, er bewege sich. Dann spürte ich schreckliche, hämmernde Schmerzen in der Seite, immer wieder, und wie sich herausstellte, trat er nach mir, ich versuchte wegzurollen, ich schrie auf, und ich hörte Stühle scharren, alle redeten auf einmal, und sie zerrten ihn von mir weg, Irving und Lulu zerrten ihn tatsächlich von mir weg, das ging mir später auf, als ich in mir zu hören begann, was sie gesagt hatten, es ist der Kleine, Himmel noch mal, verdammt, hör doch auf, Boß, hör auf, all die eindringlichen Beschwörungen, wenn der Gewalt die Flügel gestutzt werden sollen.

Dann, als ich mich auf den Rücken rollte, sah ich, wie er sie abschüttelte und die Hände in die Luft hob. »Alles in Ordnung«, sagte er. »Okay. Ich bin in Ordnung.«

Er riß an seinem Kragen und zog an seiner Weste und setzte sich wieder auf seinen Stuhl. Irving und Lulu packten mich unter den Armen und stellten mich mit einem Ruck auf die Füße. Mir war übel. Sie hoben meinen Stuhl auf und setzten mich darauf, und Mr. Berman schob ein Glas Wein in meine Richtung, und ich nahm es mit beiden Händen und schaffte es, ein paar Schlucke zu trinken. Meine Ohren dröhnten, und jedesmal, wenn ich Luft holte, spürte ich einen stechenden Schmerz in der linken Seite. Ich setzte mich aufrecht hin, denn da der Körper stets sogleich akzeptiert, was mit ihm geschehen ist, obwohl der Verstand es nicht akzeptiert, wußte ich, daß die Schmerzen, wenn ich aufrecht saß und nur ganz flach atmete, etwas gelindert würden.

Mr. Schultz sagte: »So, Kleiner, das war dafür, daß du es mir nicht früher erzählt hast. Als sie das gesagt hat, diese Fotze, da hättest du sofort zu mir kommen sollen.«

Ich fing an zu husten, in kurzen, trockenen Stößen, die unerträglich weh taten. Ich schluckte noch etwas von dem Wein. »Das war die erste Gelegenheit«, log ich. Ich mußte mich räuspern, um die Stimme wiederzufinden, ich wollte nicht weinerlich klingen, ich wollte beleidigt klingen. »Ich hatte andauernd mit den Sachen zu tun, die Sie mir aufgetragen haben. Nur daran lag's.«

»Laß mich bitte ausreden. Wieviel ist noch von den zehn Riesen übrig, die du in Verwahrung hast?«

Mit bebenden Händen nahm ich fünftausend Dollar aus meiner Brieftasche und legte sie auf das weiße Tischtuch. »In Ordnung«, sagte er. Er nahm alle Scheine an sich, außer einem. »Der ist für dich«, sagte er und schob ihn mir zu. »Ein Monatslohn Vorschuß. Du bist jetzt mit zweihundertfünfzig pro Woche auf der Lohnliste. Siehst du, das ist Gerechtigkeit. Für dieselbe Sache, für die du Prügel verdient hast, verdienst du das.« Er blickte am Tisch herum. »Ich hab sonst von keinem ein Wörtchen über unseren Kumpan in der Stadt gehört.«

Niemand sagte etwas. Mr. Schultz goß Wein in alle Gläser und trank seins mit lautem Schmatzen aus. »Jetzt fühl ich mich besser. Ich hatte kein gutes Gefühl in der Sitzung dort, ich wußte, daß was nicht stimmte. Ich versteh nichts von Zusammenschlüssen, ich hab keine Ahnung, wie ich das anpacken sollte. Ich hab noch nie Anschluß gesucht, Otto. Ich hab nie einen um was gebeten. Alles, was ich habe, das hab ich mir selber verschafft. Ich hab hart gearbeitet. Und so weit, wie ich's gebracht habe, hab ich's gebracht, weil ich mache, was ich will und nicht, was andre Leute wollen. Du bringst mich mit diesen Spaghettis zusammen, und plötzlich muß ich mir um ihre Interessen Sorgen machen? Ihre Interessen? Ihre Interessen sind mir schnurzegal. Was soll also der ganze Quatsch? Ich hab nicht vor, alles zu verschenken. Mir ist gleich, wie viele Distriktstaatsanwälte hinter mir her sind. Das hab ich versucht, dir zu sagen. Ich hatte nicht die Wörter dafür. Jetzt hab ich sie.«

»Es muß nichts bedeuten, Arthur. Bo war auf Vergnügen aus. Es kann bei den Rennen gewesen sein. Es kann in einem Club gewesen sein. Es muß überhaupt nichts bedeuten.«

Mr. Schultz schüttelte den Kopf und lächelte. »Mein guter Abbadabba. Ich wußte noch gar nicht, daß die Zahlen zum Träumen da sind. Ein Mann gibt mir sein Wort, und es ist nicht sein Wort, ein Mann arbeitet so viele Jahre für mich, und kaum kehr ich den Rücken, konspiriert er gegen mich. Ich weiß nicht, wer hat ihm da zugesetzt? Wer in Cleveland kommt auf so eine Idee?«

Mr. Berman war sehr erregt. »Arthur, er ist nicht dumm, er ist Geschäftsmann, er prüft die Möglichkeiten und nimmt den Weg des geringsten Widerstands, das ist die ganze Philosophie des Zusammenschlusses. Er brauchte das Mädchen nicht zu sehen, um zu wissen, wo Bo war. Er hat dir seine Hochachtung erwiesen.«

Mr. Schultz rückte vom Tisch weg. Er nahm seinen Rosenkranz aus der Tasche und begann ihn herumzuwirbeln, in sich verengendem Kreis sauste der Rosenkranz herum, hing einen Moment in der Schwebe und flog dann in die andere Richtung, zog eine weite Schleife, bevor er sich wieder eng um die Hand wickelte. »Wer hat dann Bo umgedreht? Ich sehe deinen vortrefflichen Zusammenschluß vor mir, Otto. Ich sehe, daß die ganze verfluchte Welt sich gegen mich zusammenrottet. Ich sehe den Mann, der mich in seine Kirche einführt, den Mann, der mich zu seinem Bruder macht und mich umarmt und mich auf die Wange küßt. Ist das Liebe? Diese Leute haben nicht mehr Liebe für mich übrig als ich für sie. Ist das der sizilianische Todeskuß? Sag's mir.«

19

Und so kam ich dazu, Thomas E. Dewey zu beschatten, den
Oberstaatsanwalt für besondere Aufgaben, mit der Säube-
rung der Unterwelt beauftragt, den künftigen Distriktstaatsanwalt, Gouverneur des Staates New York und republikani-
schen Kandidaten für das Amt des Präsidenten der Vereinigen
Staaten. Er bewohnte ein Apartment in einem dieser Fifth-
Avenue-Häuser aus unbehauenem Kalkstein, die auf den Central Park blicken, es lag nicht sehr weit nördlich vom Savoy-
Plaza, in einer Woche wurde mir die Gegend sehr vertraut,
ich hing, schlich und bummelte gewöhnlich auf der Parkseite
herum, den Häusern gegenüber, im Schatten der Platanen an
der Parkmauer und vertrieb mir manchmal die Zeit damit,
daß ich versuchte, nicht auf die Linien zwischen den sechs-
eckigen Pflastersteinen zu treten. Am frühen Morgen kam die
Sonne durch die Seitenstraßen hoch, erfüllte sie von Osten
her mit Licht und beschoß die Kreuzungen wie mit Buck-
Rogers-Strahlpistolen, ich dachte andauernd an Schüsse,
ich hörte sie in den Fehlzündungen von Lastwagen, ich sah
sie in den Sonnenstrahlen, ich las sie aus den Kreidestrichen,
die Kinder auf die Trottoirs gemalt hatten, alles wurde für
mich zu Schüssen, während ich den Oberstaatsanwalt in Hinblick auf einen für seine Ermordung geeigneten Ort beschattete. Am Abend ging die Sonne über der West Side unter, und
die Kalksteingebäude der Fifth Avenue leuchteten golden mit
ihren Fenstern und weiß mit ihren Fassaden, und auf sämtlichen Etagen zogen die Hausmädchen in Dienstkleidung die
Vorhänge zu oder ließen die Markisen herunter.

In diesen Tagen fühlte ich mich Mr. Schultz sehr nahe, ich
war der einzige, der in tiefstem Einverständnis mit ihm zu-
sammenarbeitete, sein vertrautester Ratgeber bedauerte seine
Absichten, seine beiden loyalsten persönlichen Gefolgsleute

und Leibwächter hegten ernste Befürchtungen, ich allein hielt zu dem Mann und zu dem, was in seinem Herzen vorging, so empfand ich es, und ich muß bekennen, daß ich es erregend fand, mit diesem Abgekapselten bei seiner Grenzüberschreitung allein zu sein, er hatte mich geschlagen und in die Rippen getreten, und nun empfand ich wirkliche Liebe für ihn, ich verzieh ihm, ich wollte von ihm geliebt werden, ich erkannte, daß er mit Dingen davonkam, mit denen kein anderer Mensch davonkam, zum Beispiel verzieh ich Lulu Rosenkrantz meine gebrochene Nase noch immer nicht, und in der Tat, wenn ich es mir recht überlegte, gefiel es mir gar nicht, wie Mr. Berman mir mit einem seiner billigen Mathetricks damals in der Wettzentrale an der 149th Street siebenundzwanzig Cent abgeknöpft hatte, als ich eben erst zu der Organisation gestoßen war. Mr. Berman war seither mein Mentor geblieben, hatte mich großzügig einbezogen, aufgezogen, und doch verzieh ich ihm noch immer nicht die paar Cents, die ein Junge eingebüßt hatte.

Man kann nicht von sich erwarten, daß man jemanden erfolgreich beschattet, wenn man nicht eine unauffällig in die Landschaft passende Gestalt ist. Ich kaufte mir einen Roller und zog meine gute Hose und ein Polohemd an und tat das ein, zwei Tage, dann besorgte ich mir in einer Tierhandlung einen jungen Hund und führte ihn an der Leine spazieren, nur blieben nun ständig Leute stehen, die frühmorgens ihre eigenen Hunde ausführten, um zu sagen, wie süß er sei, während ihre Hunde seinen wackelnden kleinen Hintern beschnüffelten, und das war nicht gut, also gab ich ihn zurück, und erst, als ich mir von meiner Mutter für ein paar Tage den Korbwagen lieh und ihn mit dem Taxi in die Stadt transportierte, um ihn spazierenzufahren wie ein älteres Kind, das auf das neue Baby seiner Mutter aufpaßt, erst da hatte ich das Gefühl, die richtige Tarnung gefunden zu haben. Ich kaufte von Arnold Garbage für fünfundzwanzig Cent eine Puppe mit ei-

nem Baumwollhäubchen, das ihr Gesicht im Schatten hielt,
die Leute fuhren gern ihre Babies am frühen Morgen aus,
manchmal schoben Kinderschwestern in weißen Strümpfen und blauen Capes diese edlen, stark gefederten, gelackten
Kinderwagen, die Netze hatten, damit die Fliegen nicht an
die kleinen Lieblinge konnten, also kaufte ich Netzstoff und
drapierte ihn über den Wagen, so daß nicht einmal die neu-
gierigste alte Dame hineinschauen konnte, und manchmal
ging ich ein Stück, und manchmal saß ich auf der Bank seinem Haus gegenüber auf der andern Straßenseite und schob
den Wagen vor und zog ihn zurück und schaukelte ihn sanft
auf seinen kaputten Federn und stellte auf diese Weise fest,
daß der frühe Morgen die Zeit mit den wenigsten Leuten und
den starrsten Gewohnheiten war, ohne den mindesten Zweifel war das morgendliche Erscheinen von Mr. Dewey die
empfehlenswerte Zeit, ihn zu beseitigen.

Und meiner Mutter gefiel diese Puppe, sie freute sich, daß
ich zu ihr in ihre Phantasiewelt vorstieß, sie kramte in ihrer alten Mottenkiste aus Zedernholz nach Babysachen, nach meinen Babysachen, um der Puppe die modrigen Kleidchen und
Käppchen anzuziehen, die sie fünfzehn Jahre zuvor mir angezogen hatte. Doch all dies, muß man verstehen, geschah
in der Unschuld, die von Mord nichts weiß, ich liebte meine
Mutter dafür, daß sie unschuldig war an den Morden um sie
her, wie es besorgte Propheten sind, ich liebte sie sehr für die
würdevolle Verrücktheit, die sie gewählt hatte, um die Morde
in ihrem Leben der Liebe zu ertragen, und wenn ich wegen
meiner Arbeit Bedenken hatte, so brauchte ich nur an sie zu
denken, um zu wissen, daß ich mich in Einklang mit der mir
angeborenen Entschlossenheit befand und ich also darauf vertrauen konnte, daß sich alles klären würde, daß alles so enden
würde, wie ich es mir erträumte.

In der Tat möchte ich hier unverzüglich eines erklären.
Ich wußte, während die Ereignisse zum Teil in meinen Hän-

den lagen, würde ich nicht zulassen, daß sie mit Blut befleckt würden. Mir ist klar, daß diese Versicherung nach Selbstbeweihräucherung klingt, und ich bitte hiermit alle Verwandten, Erben und Rechtsnachfolger um Entschuldigung für die Abscheu, die sie empfinden mögen, doch dies sind die Bekenntnisse einer wilden, wüsten Jugend, und ich sehe keinen Grund, über etwas zu lügen.

Seltsamerweise war es Mr. Berman, dessentwegen mir nicht wohl war, daß ich jenen Moment im Palace-Restaurant gewählt hatte, um zu enthüllen, was Drew Preston mir erzählt hatte, mußte er als Akt des Verrats empfunden haben, als den Moment seines Verderbens, es bedeutete das Ende aller seiner Pläne, wenn sein Mann sich schließlich doch nicht in das neue Reich mitziehen ließ, das er vorhersah, wo die Zahlen regierten, wo sie zur einzigen Sprache wurden und das Buch neu schrieben. An diese Idee anknüpfend, sagte er, dieser elegante, kleine, bucklige Mann mit den klauenartigen Fingern, einmal zu mir: »Was das Buch sagt, nun, laß es mich so ausdrücken, du kannst sämtliche Zahlen nehmen und sie mischen und in die Luft werfen und beliebig runterfallen lassen und sie in Buchstaben zurückverwandeln, und du hast ein völlig neues Buch, neue Wörter, neue Ideen, eine neue Sprache, die du lernen mußt, mit neuen Bedeutungen und neuen, sich daraus ergebenden Dingen, ein vollkommen neues Buch.« Nun, das war ein gefährlicher Lehrsatz, wenn man es sich recht überlegte, der Lehrsatz zu x, der Unbekannten, dem Wert, den er nicht ausstehen konnte.

Doch mit seinem letzten Blick für mich, über die Brille hinweg, die braunen Pupillen bis zu den blauen Rändern hin geweitet, sah er sogleich alles, mit so etwas wie verzweifelndem Tadel. Was für ein aufgeräumtes kleines Ding der Verstand doch ist, wie beleidigt von dem Chaos außerhalb, er war zu allem bereit, dieser kleine Mann, er hatte aus einer einzigen Fähigkeit ein glanzvolles Leben geschaffen, und er war immer freundlich zu mir gewesen, wenn auch auf absonderliche Weise belehrend. Ich frage mich nun, ob mein erhellendes Wörtchen soviel geändert hat, ob es nicht besser für Mr. Schultz war, in Kenntnis seiner Situation unterzugehen wie vor ihm Bo Weinberg, ob ihm diese Ehre nicht auch gebührte; denn sonst hätte er vielleicht nie gewußt, was ihn fällte. Und überhaupt glaube ich heute, daß er die ganze Zeit über Bescheid wußte, daß er vielleicht darum sein Verlangen, den Staatsanwalt zu ermorden, lauthals verkündete, ein selbstmörderischer Akt in jedem Fall, ob ausgeführt oder beabsichtigt, und es war so, wie er sagte, ich hatte ihm lediglich die Worte, nach denen er schon die ganze Zeit gesucht hatte, für sein Gefühl geliefert, daß für ihn im Alter von dreiunddreißig? fünfundreißig? Jahren sämtliche Gnadenfristen abgelaufen waren, daß der Augenblick, als sich alle Elemente zu seiner Vernichtung verschworen hatten, schon lange zurücklag und sein Leben langsam verbrannte wie eine Zündschnur.

Doch ich hatte geglaubt, eine Botschaft zwischen Vertrauten zu übermitteln, eine notwendige Botschaft, die nicht unübermittelt bleiben durfte, obwohl ich es zu unterlassen versucht hatte, und er hatte verstanden, daß ich es versucht hatte und mich deshalb zusammengeschlagen. Ich kannte sie beide so gut. Drew machte mich wieder zum Jungen in dem vibrierenden Raum zwischen ihnen: Sag du's ihm, würdest du das tun? hatte sie gesagt und ihr Fernglas so gehoben, daß ich winzige Pferde im Kreis um die Linse paradieren sah.

Und dann ist es Zeit zur Berichterstattung, und es ist an einem späten Abend im Palace im selben Hinterzimmer mit den blaßgrünen Wänden und den in gleichmäßigen Abständen hängenden angelaufenen Spiegeln, deren Rahmen mit ein paar Hohlblechlinien die Stromlinienmodernität des Wolkenkratzers andeuten, in der hierarchischen Staffelung von Bögen einer Truppe hübscher Revuemädchen gleichend, die auf der Bühne die Beine schwenken, und fahl sitzen wir alle ganz hinten am selben Tisch mit dem makellos reinen Tischtuch, und es ist schon so spät, als ich hinkomme, daß das Abendessen vorüber ist, sie haben jetzt nicht die dicken Teller und Tassen und Untertassen vor sich, sondern die hauchdünnen Streifen der Addiermaschinen, für sie Gegenstände ewiger Faszination, die Zeit ist Mitternacht, ich habe es beim Hineinkommen auf der neonblauen Uhr über der Bar gesehen, Mitternacht, der Augenblick der Gerechtigkeit, untrennbar verbunden mit dem Augenblick der Gnade, Mitternacht, der beste Name für Gott.

Und dies ist der Augenblick, in dem ich endlich zu ihnen gehöre, einer von ihnen bin, ihr Vertrauter, ihr Kollege. Da ist zunächst das Zunftgefühl, das mich durchströmt, das süße Gefühl, von einer Sache viel zu verstehen. Da ist zweitens die unheilvolle Lust an der Verschwörung, die Macht, die man schon verspürt, wenn man den Mord an jemandem nur plant, der in jenem Moment vielleicht seine Frau küßt oder sich die Zähne putzt oder sich in den Schlaf liest. Du bist die erhobene Faust in seinem Dunkel, du wirst ihn an seiner Unwissenheit packen und niederstrecken, es wird ihn das Leben kosten, zu erfahren, was du weißt.

Jeden Morgen kommt er um die gleiche Zeit raus.

Wann?

Um zehn vor acht. Ein Wagen steht da, aber die beiden Zivilen steigen aus, holen ihn an der Tür ab und gehen mit ihm zu Fuß, während der Wagen folgt. Bis zur 72nd Street gehen sie zusammen, da geht er in den Claridge Drugstore und ruft von der Telefonzelle aus an.

Jeden Tag?

Jeden Tag. Gleich hinter der Tür links gibt es zwei Telefonzellen. Das Auto folgt und wartet am Bordstein, und die Leibwächter stehen draußen, während er telefoniert.

Sie warten draußen? möchte Mr. Schultz wissen.

Ja.

Wie sieht's innen aus?

Wenn man reinkommt, ist rechts der Ausschank. Man kann an der Theke frühstücken. Jeden Tag empfehlen sie ein anderes Frühstück.

Ist es voll?

Um die Zeit habe ich nie mehr als ein, zwei Leute gesehen.

Und was macht er dann?

Er kommt aus der Zelle und winkt dem Mann hinter der Theke zu und geht raus.

Und wie lang ist er insgesamt drinnen?

Nie länger als drei, vier Minuten. Er ruft nur sein Büro an.

Woher weißt du, daß er sein Büro anruft?

Das hab ich gehört. Ich bin reingegangen und hab mir die Zeitschriften angesehen. Er sagt ihnen, was sie tun sollen. Sachen, die ihm nachts eingefallen sind. Er hat einen kleinen Block dabei und liest seine Notizen vor. Er stellt Fragen.

Warum geht er wohl aus dem Haus, um zu telefonieren? fragt Mr. Berman. Und auch noch auf dem Weg zur Arbeit, wo er die Leute doch in fünfzehn, zwanzig Minuten sowieso sieht?

Ich weiß nicht. Um mehr erledigt zu bekommen.

Vielleicht hat er Angst, daß er angezapft wird? sagt Lulu Rosenkrantz.

Der Oberstaatsanwalt?

Ich weiß, aber er kennt sich mit dem Anzapfen aus, vielleicht will er einfach nicht das Risiko eingehen, von zu Hause anzurufen.

Er trifft die ganze Zeit Zeugen, sagt Mr. Schultz. Er macht alles sehr geheim, läßt sie durch den Hintereingang reinholen oder so, damit keiner mitkriegt, wer singt. Soviel weiß ich von dem Hund. Lulu hat recht. Der läßt keinen Trick aus.

Wie steht's mit dem Rückweg? fragt Mr. Berman.

Er arbeitet lange. Ganz unterschiedlich, manchmal sogar bis zehn. Der Wagen fährt vor, er steigt aus und ist im Nu in der Eingangshalle.

Nein, der Kleine hat es schon geklärt, sagt Mr. Schultz, der Morgen ist die Zeit. Man setzt zwei Leute mit Schalldämpfern zum Kaffeetrinken an die Theke. Gibt es da noch einen Ausgang?

Es gibt eine Hintertür, die in die Eingangshalle des Gebäudes führt. Man kann ins Souterrain runter und kommt auf der 73rd Street raus.

Na dann, sagt er, und legt mir die Hand auf die Schulter. Na dann. Und ich spüre die Wärme der Hand und ihr Gewicht, wie eine Vaterhand, vertraut, drückend in ihrem Stolz, und er strahlt mir anerkennend ins Gesicht, ich sehe den zum Lachen geöffneten Mund, die großen Zähne. Wir werden ihnen zeigen, was nicht erlaubt ist, was, wir werden ihnen zeigen, wie weit man nicht gehen kann. Und ich werd die ganze Zeit in Jersey sein und ein langes Gesicht machen und sagen, persönlich hatte ich nichts gegen den Mann. Hab ich recht? Er drückt meine Schulter und steht auf. Sie werden es mir danken, sagt er zu Mr. Berman, sie werden dem Holländer noch danken für das Warnsignal, das ich gesetzt habe, du wirst es sehen. Das heißt rationalisieren, Otto. Das.

Er zieht an seinen Westenzipfeln und geht auf die Toilette. Unser Tisch steht in der Ecke, in einem Winkel aus blaßgrünen Wänden. Ich sitze mit dem Gesicht zu den Wänden und mit dem Rücken zum Gang, der in die Bar führt, aber ich bin im Vorteil, weil der trübe Spiegel mir erlaubt, den quer zur Bar verlaufenden Flur weiter zu überblicken als jemand, der unter dem Spiegel sitzt und direkt hinaussieht. Es ist die eigentümliche Macht von Spiegeln, daß sie dir zeigen, was sonst nicht da ist. Ich sehe den blauen Schimmer der Neonuhr über der Bar, der den Boden des Gangs zur dunklen Taverne erreicht. Mondlicht auf schwarzem Wasser. Und dann scheint das Wasser leicht Wellen zu schlagen. Gleichzeitig höre ich, wie der Lappen des Barkeepers mitten im Abwischen der verzinkten Bar unter den Bierhähnen innehält. Ich höre nun, daß ich die Tür zur Straße unnatürlich zartfühlend auf- und zugehen gehört habe.

Wieso wußte ich es? Wieso wußte ich es? Beim ersten Rauchwölkchen, das aus den gekreuzten Drähten mörderischer Absichten aufsteigt? Hatte ich geglaubt, daß wir in verschwörerischem Zusammenwirken Bilder heraufbeschworen hatten wie bei einer schwarzen Messe, die zu mächtig waren für den Augenblick, so daß sie sich verkehrt hatten und nun auf uns zurückstrahlten, um uns auffliegen zu lassen, uns an den Himmel zu projizieren? Da ist jener allererste Impuls, mich auf dem Stuhl vorzubeugen, der Körper macht sich vom Ende der Wirbelsäule aufwärts bereit.

Schalldämpfer, sagt Lulu, an sein künftiges Leben denkend. Mr. Berman dreht sich gerade zum Eingang um, und Irvings Augen verfolgen, wie ich aufstehe. Ich bemerke, wie wohlgekämmt Irvings dünne Haare sind, wie adrett sie anliegen. Dann bin ich in dem kurzen Durchgang zur Küche hinten. Ich finde die Tür der Herrentoilette. Der stechende Gestank eines öffentlichen Aborts überfällt mich. Mr. Schultz steht am Becken, breitbeinig, die Hände an den Hüften, so daß sein Jackett hinten absteht, und sein Wasser trifft im Bogen direkt in den Beckenabfluß, so daß er das volle, schäumende Geräusch eines stolzen Manns beim Urinieren erzeugt. Ich versuche ihm zu sagen, wie entsetzlich überholt dies als Handlung ist. Und als ich die Schüsse höre, denke ich, er wäre über den Penis durch elektrischen Strom getötet worden, er hätte den Fehler gemacht, von dem ich in Sensationsheften gelesen hatte, bei Gewitter zu urinieren, wenn der Blitz im Bruchteil einer Sekunde als goldener Regenbogen vom Boden aufzischen und einen auslöschen kann wie eine Bombe.

Aber er ist nicht durch Strom getötet worden, er hat sich mit mir in die kleine Kabine gezwängt, ich stehe auf dem Klosettsitz, und er stößt mit der Schulter gegen mich, als er die Pistole aus dem Gürtel fummelt, ich weiß nicht mal, ob er weiß, daß ich da bin, er hält die Waffe steil hoch, zur Decke gerichtet, und mit der andern Hand tut er etwas Erstaunliches, er versucht, seinen Hosenschlitz zuzuknöpfen, wir hören nicht auf die Explosionen, wir werden von ihnen gewiegt, sie dröhnen in den Ohren, sie werden zu einer katastrophalen Kaskade in den Ohren, und ich grabe in der Tasche meiner Shadows-Jacke nach meiner Automatic, und sie hat sich im Futterstoff verfangen, und ich muß mit ihr ringen, ich bin so anmutlos wie Mr. Schultz, und nun rieche ich das Pulver, verspätet dringt der bittere, schweflige Geruch unter der Tür durch wie Giftgas, und in diesem Moment muß es Mr. Schultz aufgehen, daß er hier drin keine richtige Deckung hat, er wird in einer Lokuskabine getötet werden, er haut mit dem Handgelenk die Tür auf, und reißt die Tür zum Gang auf, und ich begreife, daß er brüllt, ein gewaltiges, wortloses Wutgebrüll bricht aus ihm hervor, während er hinausspringt und die Arme hebt, um zu schießen, und durch die beiden vom Wind des Feuerns offengebliebenen Türen sehe ich den schwarzen, ovalen Schweißfleck unter seinem Arm, ich sehe Mr. Schultz vorwärts taumeln und verschwinden, ich sehe die blaßgrüne Korridorwand, und ich höre das tiefere Knattern des neuen Kalibers, gerade als er wieder in mein Sichtfeld gewirbelt wird und wieder hinauswankt, eindrucksvolle Skizzen von den Löchern in ihm auf der Gangwand hinterlassend, als die Türen langsam zupendeln.

Man kennt das Drängen des Lebens nicht, wenn man nie mit eigenen Ohren ein Gewehr gehört hat, es ist der Zustand, in dem man zu allem fähig ist, allen Gesetzen zu trotzen, ein Fensterchen, eine Luke, ist hinten in der Kabine, gleich unter der Decke, ich ziehe mich an der Spülungskette so weit hoch,

daß ich es erreichen kann, es läßt sich an zwei Scharnieren
nach innen klappen, das Fenster ist viel zu klein zum Durch-
klettern, also fang ich mit den Füßen an, schwinge sie hoch
und hake sie nacheinander ein, und dann drehe ich mich zur
Seite und kriege die Beine durch und dann die Hüften und
dann meine schmerzenden Rippen, und dann lasse ich, die
Arme über dem Kopf, los wie Bo, als er in den Teich ging,
ich kriege üble Schrammen ab, als ich rausrutsche und auf
den Boden falle, er besteht aus Schlackebrocken wie das Bett
von Eisenbahngeleisen, und meine Beine werden gestaucht,
ich spüre einen scharfen Schmerz, ich habe mir den Knöchel
verknackst, Schotter hat sich in meine Handflächen gebohrt.
Und mein Herz scheint verrutscht zu sein, es pocht in wilden, gebrochenen Rhythmen, als hätte es den Halt verloren,
es wandert in meiner Brust umher, steckt mir in der Kehle.
Es ist das einzige, was ich höre. Ich hinke, ich haste durch die
Hintergasse, in der Jackentasche halte ich die Pistole wie ein
echter Gangster im Einsatz, ich spähe um die Ecke des Palace,
Restaurant und Taverne, auf die Straße und sehe kurz vor der
nächsten Kreuzung einen ohne Licht davonrasenden Wagen,
der schleudert und einen Moment zögert und sich im nächsten Moment im Schatten der Straße verliert, und ich starre
hin und warte, aber ich sehe ihn nicht mehr. Ich habe ihn
nicht abbiegen sehen, ich trete vom Bordstein auf die Fahrbahn, und unter den Straßenbahndrähten ist die lange Nebenstraße leer, so weit ich blicken kann.

Und was ich nun höre, ist mein eigenes langgezogenes
Schluchzen. Ich mache die Tür zur Bar auf und schaue hinein. Rauch schwebt in dem blauen Licht und über den schimmernden Flaschen. Der Kopf des Barkeepers taucht über der
Bar auf, er sieht mich und scheint sich selbst zu enthaupten,
und das ist komisch, Angst ist komisch, ich rücke schneidig
nach hinten vor, biege ab, komme durch den kurzen Korridor
der Heimsuchung, und bevor ich in den Raum hineinblicke,

oh, die Luft ist schlecht, verbrannte Luft und blutgeschwängert, ich will dieses frische Gemetzel nicht sehen, ich will nicht angesteckt werden von diesem entsetzlichen, plötzlichen Ausbruch der Seuche. Und ich bin so enttäuscht von ihnen, ich spähe hinein, ich stolpere fast über Irving, er liegt mit dem Gesicht nach unten, eine Pistole noch in der Hand, ein Bein angezogen, als wäre er noch dabei, sie zu vertreiben, und ich steige über ihn weg, und Lulu Rosenkrantz sitzt gegen die Wand geklatscht da, er ist überhaupt nicht von seinem Stuhl hochgekommen, der steil gekippt ist wie ein Barbierstuhl und von Lulus Kopf an der Wand gehalten wird, Lulus Haar steht für den Haarschnitt in die Höhe, und sein Revolver Kaliber 45 liegt in der offenen Hand auf seinem Schoß, als wäre er sein Penis, und er starrt zur Decke wie bei der blinden, heftigen Mühe des Masturbierens, meine Enttäuschung ist herb, ich spüre keine Trauer, aber daß sie so leicht gestorben sind, als hätten sie so gleichgültig an ihrem Leben gehangen, das ist das Enttäuschende für mich, und Mr. Berman ist vornüber auf den Tisch gesunken, der Stoff seines karierten Jacketts spannt sich mit einem größer werdenden Blutfleck über seinem spitzen Rücken, die Arme sind nach vorn geschleudert, und seine Wange ruht auf dem Tisch, und seine Brille ist mit einem Bügel unter der Wange eingeklemmt, während der andere von der Schläfe absteht, auch Mr. Berman hat mich im Stich gelassen, ich nehme es übel, ich fühle mich wieder vaterlos, eine ganz neue Welle von Vaterlosigkeit überrollt mich, daß sie so plötzlich gegangen sind, als ob es keine Geschichte unseres gemeinsamen Lebens in der Gang gäbe, als ob das Gespräch eine Illusion und die Abfolge von diesem Ereignis und jenem Ereignis und von dem, was ich sagte, und von dem, was er sagte, nur die vorübergehende Ungläubigkeit des Todes wäre und der Tod einen Augenblick lang die Hand in der Schwebe ließe, ungläubig unsere Anmaßung betrachtend, daß wir tatsächlich glauben konnten, unsere Existenz hätte Gewicht, wir wären nicht etwas, das von einem Moment zum nächsten verreckt, und würden mehr an Bedeutendem hinterlassen als ein Rauchwölkchen oder das entschiedene Schweigen am Ende eines Lieds.

Mr. Schultz, flach mit dem Rücken auf dem Boden ausgestreckt, war noch am Leben, seine Füße waren leicht auswärts gedreht, und er blickte mich völlig gelassen an, als ich über ihm stand. Seine Miene war ernst, und sein Gesicht glänzte von Schweiß, er hatte die Hand in seiner blutbefleckten Weste wie Napoleon, der für sein Porträt Modell steht, und er schien den Moment so kaiserlich unter Kontrolle zu haben, daß ich mich hinkauerte und ihn ansprach, in der Annahme, er sei sich seiner Lage rational bewußt, was er nicht war. Ich fragte ihn, was ich tun solle, sollte ich die Polizei rufen, sollte ich ihn in ein Krankenhaus schaffen, ich erwartete seine Befehle, obwohl ich den Ernst seines Zustands nicht verkannte, war ich halb darauf gefaßt, daß er von mir verlangen würde, ihm aufzuhelfen oder ihn hier rauszubringen, rechnete aber auf jeden Fall damit, daß er entschied, was zu tun sei und wie. Er schaute mich so gelassen an wie zuvor, antwortete aber einfach nicht, er litt in solchem Maße unter dem Schock dessen, was ihm widerfahren war, daß er nicht einmal Schmerzen hatte.

Aber da war eine Stimme im Raum, ich hörte sie nun, als gebe der beißende Rauch Töne von sich, ein Flüstern war es, zu schwach, um es zu verstehen, aber Mr. Schultz' Lippen bewegten sich nicht, sondern er starrte mich nur an, als ob mir bei der Beschaffenheit meiner Gefühle sein leidenschaftsloser Blick zu hören gebieten müßte, und ich versuchte, das Geräusch zu orten, es war zum Fürchten, bruchstückhaft, wo kam es her, ich dachte einen Moment lang, es käme von dem zähen Rotz, den ich beim Einatmen hochzog, ich wischte mir die Nase am Ärmel ab, ich trocknete mir mit den Handgelenken die Augen, ich hielt den Atem an, aber ich hörte es wieder, und vor Entsetzen gaben meine Knie nach, als ich, mich auf den Absätzen umdrehend, begriff, daß es Abbadabba war, der da aus dieser Grimasse auf der Tischplatte sprach, ich schrie auf – ich glaubte nicht, daß er noch am Leben war – ich glaubte, er melde sich aus dem Tod zu Wort.

Und dann fand ich es ganz natürlich, daß ihre Teilung, die zwischen Kopf und Körper, auch in diesem Moment zum Ausdruck kam und daß Mr. Berman, solange Mr. Schultz noch am Leben war, weiterhin für ihn dachte und sagte, was Mr. Schultz sagen wollte, wie körperlich tot Mr. Berman auch sein mochte. Natürlich war Mr. Berman selbst noch am Leben, wenn auch sehr schwach, aber diese andere Vorstellung schien mir die logische Erklärung zu sein. Sie tröstete mich vielleicht ein wenig über den Gedanken hinweg, daß ich selbst die beiden entzweit hatte. Ich legte meinen Kopf neben seinen auf den Tisch, und ich möchte hier sagen, was er sagte, obgleich ich nicht wiedergeben kann, wieviel Zeit es seine Stimme kostete, sich für jedes Wort zu sammeln, mit langen Pausen dazwischen, in denen er nach zusätzlicher Luft suchte wie ein Mann, der seine Taschen nach Geld durchstöbert, das er nicht finden kann. Während ich wartete, starrte ich auf die verschwommenen Zahlenkolumnen auf seinen Rechenmaschinenstreifen, die auf dem Tisch verstreut lagen. Es gab da jede Menge Zahlen. Dann beobachtete ich, um sicherzugehen, daß ich richtig hörte, wie sich die Wörter zwischen seinen Zähnen bildeten, bevor ich sie hörte. Es fällt mir schwer, den Eindruck größter Unschuld wiederzugeben, den seine Äußerung vermittelte. Bevor er fertig war, hörte ich das ferne Geräusch von Polizeisirenen, und das Sprechen war so mühsam für ihn, daß er an der Anstrengung starb: »Rechts«, sagte er. »Drei drei. Zweimal links. Zwei sieben. Zweimal rechts. Drei drei.«

Als mir klar wurde, daß Mr. Berman tot oder wieder tot war, ging ich zu Mr. Schultz hinüber. Seine Augen waren nun geschlossen, und er stöhnte, es war, als käme ihm von neuem zu Bewußtsein, was passiert war, ich wollte ihn nicht berühren, er war naß, ich fand ihn zu lebendig, um ihn zu berühren, aber ich schob die Finger in seine Westentasche und ertastete einen Schlüssel und zog ihn raus und wischte das Blut daran an seinem Jackett ab, und dann fand ich in seiner Hosentasche den Rosenkranz und legte ihn ihm in die Hand, und dann ging ich, da draußen die Polizeiwagen hielten, zur Toilette zurück und stieg wieder durch das Fenster, folterte wieder meine Rippen und meinen Knöchel, und am Ende der Hintergasse belebte sich die Straße mit Scheinwerfern und rennenden Leuten und haltenden Wagen, ich wartete ein, zwei Minuten ab und glitt dann ganz mühelos hinaus in die Menge und blieb eine Weile auf der gegenüberliegenden Straßenseite im Eingang zu einem Radiogeschäft stehen und sah zu, wie sie die Leichen, mit Tüchern bedeckt, auf Bahren heraustrugen, der Barkeeper kam im Gespräch mit Kriminalpolizisten heraus, und dann brachten sie Mr. Schultz heraus, auf einer Bahre festgeschnallt und mit einer Blutplasmaflasche, die der Sanitäter neben ihm hertrug, und die Blitzlichter flammten auf, und wenn die Fotografen ihre verbrauchten Birnen auf die Straße fallen ließen, gingen die los wie Schüsse, was die Anwohner nervös zurückspringen ließ, die in ihren Bademänteln und Schlafröcken zum Zuschauen herausgekommen waren, und alle lachten, und der Ambulanzwagen mit Mr. Schultz fuhr langsam mit jaulender Sirene davon, und Männer liefen ein paar Schritte mit, um durch die Heckscheibe zu blicken, Mordfälle sind aufregend und lassen die Herzen der Leute ehrfürchtig höher schlagen, wie es die Religion angeblich tut, wenn sie einen Mord auf der Straße gesehen haben, gehen junge Paare wieder ins Bett und lieben sich, manche Leute bekreuzigen sich und danken Gott für das Geschenk ihres stumpfen Lebens, alte Leute unterhalten sich miteinander bei einer Tasse heißem Zitronenwasser, weil Mordfälle lebendig gewordene Predigten sind, die analysiert und erwogen und genossen sein wollen, sie sprechen zu den Furchtsamen von den Gefahren der Rebellion, Mordfälle werden als flüchtige Erdenbesuche Gottes wahrgenommen und bereiten so der Gemeinde Freude und Hoffnung und selbstgerechte Genugtuung, weshalb man noch Jahre danach jedem davon erzählen wird, der willens ist zuzuhören. Ich ließ mich bis zur Ecke treiben und entfernte mich dann rasch durch eine Nebenstraße von der Szene, ging mit zwei Straßen Abstand einmal im Karree um das Palace, Restaurant und Taverne, herum, und als das nichts brachte, ging ich zwei Querstraßen weiter und lief um ein größeres Karree und fand auf diese Weise das Robert Adams an der Trenton Street, ein vierstöckiges Hotel aus hellem Backstein mit rostigen Feuerleitern. Ich schlich mühelos an dem hinter seiner Empfangstheke schlafenden Portier vorbei und humpelte die Treppe zum vierten Stock hinauf, und schloß, nachdem ich die Nummer auf dem Schlüssel aus Mr. Schultz' Tasche gelesen hatte, sein Zimmer auf.

Das Licht brannte. In der Schrankkammer befand sich, hinter seinen dort hängenden Kleidern, ein Safe, kleiner als der, den ich aus dem Versteck in dem Haus außerhalb von Onondaga in Erinnerung hatte. Ich konnte ihn nicht gleich öffnen. Ich roch Mr. Schultz' Kleidung, sie roch nach ihm, nach seinen Zigarren und Wutanfällen, und mir zitterten die Hände, ich fühlte mich elend, ich hatte solche Schmerzen, daß mir sogar davon übel war, und so brauchte ich ein paar Minuten, um die Kombination anzuwenden, nach rechts bis dreiunddreißig, zweimal linksrum bis siebenundzwanzig und wieder zwei Umdrehungen rechts herum bis dreiunddreißig. In dem kleinen Safe lagen mit Gummibändern gebündelte Packen von Scheinen, die wahren, die wirklichen Fakten hinter all jenen Zahlen auf den Papierstreifen. Ich schaufelte sie heraus und stapelte sie in einen eleganten Alligatorkoffer, den Drew Preston für Mr. Schultz in den frühen Tagen ihres Glücks im Norden auf dem Land ausgesucht hatte. Die Scheine füllten den Koffer ganz, es war sehr befriedigend, dieses feste geometrische Gebilde aus Zahlen zu schaffen. Eine große, feierliche Freude erfüllte meine Brust, ihrem Wesen nach Dankbarkeit gegenüber Gott, als mir klar wurde, daß ich keine Fehler begangen hatte, die ihn kränken konnten. Ich ließ eben die Verschlüsse zuschnappen, als ich die Schritte mehrerer Leute hörte, die in dem alten Hotel die Treppe hinaufgerannt kamen. Ich verschloß wieder den Safe, verteilte die Kleidung von Mr. Schultz auf der Stange davor, stieg durch das Fenster und kletterte die Feuerleiter hinauf, und ich verbrachte jene Nacht, es war der 23. Oktober 1935, auf dem Dach des Robert Adams Hotel in Newark, New Jersey, schluchzend und schniefend wie ein armes Waisenkind, und schlief in der bleichen Morgendämmerung endlich ein, als ich in der Ferne die beruhigenden Umrisse des Empire State Building sehen konnte.

20

Mr. Schultz war tödlich verwundet worden, und er starb im Newark City Hospital kurz nach sechs Uhr am nächsten Abend. Kurz bevor er starb, brachte eine Stationshilfe sein Essenstablett ins Zimmer und ließ es, da sie keine gegenteiligen Anweisungen erhalten hatte, dort stehen. Ich kam hinter dem Wandschirm hervor, wo ich mich versteckt hatte, und aß alles auf, Fleischbrühe und Schweinebraten und Karottengemüse, eine Scheibe Weißbrot, Tee und einen Würfel Zitronenwackelpudding als Nachtisch. Danach hielt ich seine Hand. Er war inzwischen im Koma und lag still da, nur seine breite, bloße, schlimm geflickte Brust hob und senkte sich, aber für Stunden, eigentlich den ganzen Nachmittag hindurch, hatte er deliriert und unaufhörlich geredet, er hatte gebrüllt und geweint und Befehle erteilt und Lieder gesungen, und da die Polizei herauszufinden versuchte, wer auf ihn geschossen hatte, schickten sie einen Stenographen, der seine Phantasien protokollierte.

Hinter meinem Wandschirm fand ich griffbereit eine Schreibunterlage für Krankenschwestern, auf der ein paar leere medizinische Tabellenformulare angeklammert waren, und in der Schublade eines weißen Metalltischs, die ich ganz langsam herauszog, einen Bleistiftstummel. Und ich schrieb ebenfalls auf, was er sagte. Die Polizei interessierte sich dafür, wer ihn umgebracht hatte. Ich wußte das, also lauschte ich, um die Weisheiten eines Lebens zu hören. Ich dachte, wenn es mit ihm zu Ende ging, würde ein Mann die beste Erklärung abgeben, zu der er fähig ist, ob nun im Delirium oder nicht. Ich nahm an, das Delirium sei nur eine Art Code. Meine Fassung entspricht nicht immer dem offiziellen Protokoll, sie ist, da in Langschrift aufgezeichnet, komprimierter, es gibt falsch gehörte Wörter darin, Fehler, die man meiner Erregung zugute halten muß, auch durfte mich niemand von den Leuten bemerken, die ins Zimmer kamen, denn es ging dort zeitweise recht geschäftig zu bei all dem Kommen und Gehen des Stenographen, der Polizeibeamten, des Arztes, des Priesters und Mr. Schultz' richtiger Frau und Familie.

Die Aufzeichnung des Stenographen geriet in die Zeitungen, und daher ist Dutch Schultz bis heute wegen seines langwierigen, wortreichen Todes unvergessen im Rahmen einer Kultur, in der der Tod dazu neigt, Menschen, die sowieso nie sonderlich viel zu sagen hatten, jäh zuzustoßen. Doch Dutch Schultz war sein Leben lang ein Monologisierer, er war nie so schweigsam, wie er selbst glaubte, und gar nicht so schlecht gerüstet zum Reden. Als jemand, der ich mein Leben mit dem seinen verbunden hatte, meine ich heute, daß alles, was er tat, aus einem Guß war, die Morde und die Sprache dafür, er war nie um Worte verlegen, was immer er behauptete. Und während dieser Monolog über seine eigene Ermordung eine kryptische Passionsgeschichte ist, so ist er doch nicht Dichtung, Tatsache ist, daß er als Gangster lebte und als Gangster sprach, und als er starb, aus den genähten Löchern in seiner Brust blutend, starb er an der Gangstermentalität, die aus ihm wich, er starb, indem er sich mit Worten Dispens erteilte und zugleich opferte, als wäre der Tod ausgeplappertes Sein oder als bestünden wir alle aus nichts als Wörtern und als ergösse sich, wenn wir sterben, die Seele der Sprache ins Universum.

Kein Wunder, daß ich Hunger bekam. Er redete und redete über zwei Stunden lang, ich saß da und lernte den Wandschirm genau kennen, ich glaube, der Stoff war Musselin, straff mit Schnüren über einen grünen Metallrahmen gespannt, den man auf vier schwenkbaren kleinen Gummirollen herumfahren konnte, und seine Worte schienen sich auf dieser durchscheinenden hellen Stofffläche abzuzeichnen oder vielleicht auf dem unbeschriebenen Blatt, das ich selber war, und ich schrieb seine Worte auf, unterbrach nur, wenn die Bleistiftmine abgenutzt war und ich sie wieder freilegen mußte, indem ich mit den Fingernägeln am Holz polkte. Jedenfalls will ich es hier so einfügen, wie ich es am 24. Oktober zwischen vier und sechs Uhr nachmittags bis zu dem Moment von ihm hörte, da er endgültig, doch nicht für alle Zeiten verstummte.

»O Mama, Mama«, sagte er. »Oh, laß es aufhören, laß es aufhören. Bitte, mach es schnell, flott und stürmisch. Bitte, flott und stürmisch. Ich krieg wieder Luft. Du kommst gut klar mit dem Punkt-Strich-System. Von wem ist das die Nummer in deinem Notizbuch, Otto: 13780? Oh, oh, Hundekuchen. Und ist er glücklich, wird er nicht tückisch. Bitte, du kennst mich doch noch gar nicht. Paßt haargenau zu dem, was ich sag. O-kay- Ka-O, oh, Kakao, ich bin schlau. Wer hat mich abgeknallt? Der Boß selber. Wer hat mich abgeknallt? Keiner. Bitte, Lulu, und dann killt er mich? Ich brülle nicht, ich bin eine ganz brave Brezel. Frag Winifred im Justizministerium. Ich weiß nicht, warum sie auf mich geschossen haben, ehrlich nicht. Ich bin ein ehrlicher Mensch. Ich ging auf den Lokus, ich war auf dem Lokus, und als ich nach – kam der Junge auf mich zu. Ja, der hat's mir gegeben. Ach, komm, er hängt mich ab, seinen testamentarischen Erben, ist's nicht so? Der Vater seinen Sohn? Bitte, zieh für mich. Zieh doch! Wie viele gute, wie viele schlechte? Bitte, ich hab überhaupt nichts mit ihm gehabt. Er war ein Cowboy, der Tag für Tag zu kämpfen hatte. Kein Geschäft, keine Stammkneipe, keine Freunde, nichts. Bloß was man so aufliest und was man so braucht. Eine Spritze, bitte. Die kommt aus der Fabrik. Ich will keine Harmonie. Ich will Harmonie. Keine ist so blond wie sie, unvergleichlich schön wie die, und sie nennen sie Marie. Ich heirate dich in der Kirche, bitte, laß es mich nur bescheiden ausdrücken. Laßt mich in die städtische Feuerfabrik. Nein, nein, wir sind nur zu zehnt, von euch gibt es irgendwo zehn Millionen, also Kopf hoch, und wir hissen das Bettuch. Oh, bitte, laßt mich hoch, verlegt mich, Polizei, das ist kommunistische Streikhetze! Ich will ihn immer noch nicht zwischen den Füßen haben, es hat keinen Zweck, Krawall zu machen. Die Laufkundschaft blieb weg, und die Preise waren im Keller, und ich hab's aufgegeben. Laß mich ran, ich schmeiß ihn aus dem Fenster, ich kratz ihm die Augen aus. Meine Goldrandpapiere, und diese dreckigen Ratten mischen sich da ein! Bitte, Mutter, nicht toben, nicht schimpfen. Darüber darf man nicht sprechen. Bitte, helft mir auf, Freunde. Paßt auf, die Schießerei ist ein bißchen wild, und so'ne Schießerei hat nem Mann schon das Leben gerettet. Verzeihung, ich hab vergessen, daß ich Kläger bin und nicht Beklagter. Warum steigt er nicht ein-

fach aus und läßt mich ran? Bitte, Mutter, heb mich jetzt auf.
Laß mich nicht fallen. Wir machen dem Trübsinn Beine. Sie
sind Engländer und solche Typen, daß ich nicht weiß, wer
besser ist, sie oder wir. Oh, Sir, verschaffen Sie der Puppe
ein Dach überm Kopf. Himmel noch mal! Du kannst pokern,
und Mädchen machen's mit nem Stoffball und tricksen damit.
Sie hat's mir gezeigt, da waren wir noch Kinder. Nein, nein
und noch mal nein. Es ist ein Heidendurcheinander, und das
heißt nein. Eine Junge hat noch nie geweint und keine tausend
Schuß gespritzt. Und hörst du? Pack Geld in die Kasse, wir
haben's nötig. Schau dir an, wo ich früher aufgetreten bin, das
hast du nicht auf dem Kasten. Ich mag die Kisten mit frischem
Gemüse so gern. Oh, bitte, Aufseher, bitte stellen Sie mich
jetzt wieder auf die Füße. Hast du mich gehört? Bitte nimm
die Chinesenfreunde und Hitlers Kommandanten unter deine
Fuchtel. Mutter ist die beste Wette, und laß dich nicht zu
schnell von Satan fangen. Warum hat der Lange auf mich geschossen? Bitte, helft mir auf. Wenn du das machst, kannst du
auch jetzt gleich in den See springen. Ich weiß, wer sie sind,
das sind Frenchys Leute, und ob, paß auf, paß auf. Oh, mein
Gedächtnis ist völlig weg. Mein Glück war launisch, kam und
ging seitdem. Mir ist ganz zittrig. Ihr könnt ihm nichts anhän-
gen, und wir haben's auf sein Hallo hin gekriegt. Ich sterbe.
Komm schon, Süße, hol mich raus, ich bin halb verrückt nach
dir. Wo ist sie, wo ist sie? Sie lassen mich einfach nicht aufstehen, sie haben meine Schuhe gefärbt. Mach die Schuhe da
auf. Mir ist so übel, gib mir Wasser. Mach das auf und zer-
reiß es, damit ich dich anfassen kann. Mickey, bitte, schaff
mich in den Wagen. Ich weiß nicht, wer's gewesen sein kann.
Jeder. Ziehen Sie mir gefälligst die Schuhe aus, da sind Hand-
schellen drum. Der Papst sagt diese Dinge, und ich glaub ihm.
Ich weiß, was ich mit meiner Papiersammlung hier mach. Für
zwei Kerle wie dich und mich ist sie keine fünf Cent wert, aber
für einen Sammler ein Vermögen. Unbezahlbar. Geld ist auch

Papier, und du versteckst es auf dem Scheißhaus! Schau mal im dunklen Wald. Ich dreh mich gleich um – dreh mir bitte den Rücken zu, Billy, mir ist so übel. Paß auf Jimmy Valentine auf, der ist ein Kumpel von mir. Paß auf deine Mama auf, paß auf sie auf. Ich sag dir, den kannst du nicht schlagen. Polizei, bitte bringen Sie mich raus. Das mit der Anklage werd ich regeln. Na los, laß die Schmiere fließen. Hoi die Schornsteinfeger. Wenn du reden willst, red mit dem Schwert. Hier haben wir franko-kanadische Goldbohnensuppe auf dem Altar. Ich will zahlen. Ich bin soweit. Mein Leben lang hab ich gewartet. Hörst du mich? Sie sollen mich in Ruhe lassen.«

Gleichzeitig mit der Schießerei im Palace-Restaurant waren bekannte Mitglieder der Schultz-Gang in Manhattan und der Bronx angegriffen worden, zwei waren tot, einer davon Mickey der Fahrer, dessen richtiger Name Michael O'Hanley lautete, drei waren schwer verwundet, und der Rest der Gang galt als versprengt. Ich hatte in den Morgenzeitungen davon gelesen, während ich im Bahnhof der Pennsylvania Railroad in Newark auf einen Zug nach Manhattan wartete. Ich war in keinem der Berichte erwähnt, die Aussage des Barkeepers hatte keinen Hinweis auf einen Jungen in einer Shadows-Jacke enthalten, und das war gut, aber ich stellte den Koffer in ein Schließfach und rollte meine Jacke zusammen und ließ sie in einem Abfallkorb verschwinden, da ja theoretisch nicht alles, was der Barkeeper der Polizei erzählt hatte, bis zu den Zeitungen vorgedrungen sein mußte, und dann ging ich hinaus und ließ mich von einem Taxi zum Newark Hospital bringen, denn ich war zu der Überzeugung gelangt, daß Mr. Schultz' Zimmer im Moment der sicherste Aufenthaltsort war.

Doch nun, da er tot war, war ich auf mich gestellt. Ich sah ihm ins Gesicht, es hatte die tiefrote Färbung einer Pflaume, der Mund stand leicht offen, und die Augen starrten nach oben, als habe er noch etwas zu sagen. Für einen Moment ließ ich mich täuschen und dachte, es sei so. Dann merkte ich, daß mein eigener Mund offenstand, als hätte auch ich etwas zu sagen, so daß mir ein völlig normales Gespräch zwischen uns durch den Kopf ging, jenes Gespräch, für das es nun zu spät war, sein Geständnis und meine Vergebung, oder vielleicht andersherum, in jedem Fall aber das Gespräch, das man nur mit den Toten führt.

Ich hinkte davon, bevor die Krankenschwestern hereinkamen und ihn fanden. Ich holte am Bahnhof meinen Koffer ab und nahm den Zug nach Manhattan. Es war ein kühler Abend für einen Jungen, der keine Jacke hatte. Mit der Straßenbahn fuhr ich quer durch Manhattan zur Hochbahn und kam gegen neun Uhr abends wieder in der Bronx an, ging aber nicht direkt nach Hause, sondern über den Hinterhof des Diamond-Heims für Kinder ins Souterrain, wo Arnold Garbage im Radio die Sendung »Make-Believe Ballroom« hörte und dabei alte *Collier's*-Hefte durchblätterte. Ohne ins Detail zu gehen, sagte ich ihm, ich hätte was zu verstauen, und er fand ganz hinten in seinem tiefsten, dunkelsten Verschlag ein Plätzchen für mich. Ich gab ihm einen Dollar. Dann ging ich genauso zurück, wie ich gekommen war, machte einen Umweg über die Third Avenue und gelangte auf dem üblichen Weg nach Hause.

Wochenlang saß ich danach in der Wohnung, ich schien mich nicht rühren zu können, es lag nicht daran, daß mir alles weh tat, dagegen konnte ich Aspirin nehmen, ich hatte das Gefühl, tausend Pfund zu wiegen, alles kostete eine ungeheure Anstrengung, sogar das Sitzen auf einem Stuhl, sogar das Atmen. Ich ertappte mich dabei, wie ich das schwarze Telefon anschaute und darauf wartete, daß es läutete, ich nahm sogar von Zeit zu Zeit den Hörer ab, um festzustellen, ob am andern Ende jemand war. Ich saß da und hatte die Automatic so im Gürtel stecken, wie Mr. Schultz seine Waffe getragen hatte. Wenn ich zu Bett ging, fürchtete ich mich vor Alpträumen, aber ich schlief den Schlaf der Gerechten. Inzwischen begann nun der Herbst durch die Bronx zu wehen, Windstöße rüttelten an den Fenstern, und die Blätter von Gott weiß wie fernen Bäumen trudelten auf ihren knisternden Rändern unsere Straße entlang. Und er war immer noch tot, sie alle waren immer noch tot.

Ich dachte ständig über Mr. Bermans letzte Worte an mich nach und darüber, ob sie noch mehr bedeuteten als die Zahlen eines Kombinationsschlosses. Es waren anspornende Worte gewesen, soviel konnte ich sagen, er bewahrte etwas, er gab es weiter. Also waren es Worte des Vertrauens. Doch Vertrauen konnte zweierlei bedeuten, man hatte es nicht besser gewußt oder genau Bescheid gewußt, man hatte es immer schon gewußt und nie durchblicken lassen, bei jenen kurzen Blicken über den Brillenrand hinweg. Der Lehrer, jede seiner Handlungen eine Belehrung.

Als starke, mächtige Geister spukten sie in mir, die Toten meiner Gang. Was geschah mit den Fähigkeiten eines Menschen, wenn er starb, daß er Klavier spielen konnte zum Beispiel oder, in Irvings Fall, Knoten knüpfen, Hosenbeine aufrollen, mühelos über ein wogendes Meer gehen? Was war aus Irvings großartiger Begabung zur Präzision geworden, mit seiner klaren Kompetenz in allem, die ich so bewunderte? Wohin ging sie, diese Abstraktion?

Meine Mutter schien meinen Zustand nicht zu bemerken, aber sie begann mir Dinge zu kochen, die ich gern aß, und sie begann die Wohnung gründlich zu putzen. Sie löschte die Kerzen und warf ihre sämtlichen Lichtergläser fort, es war schon fast komisch – jetzt, wo wirklich jemand tot war, gab sie ihre Trauer auf. Aber all das nahm ich nur halb wahr. Ich versuchte herauszufinden, was ich mit mir machen sollte. Ich dachte daran, wieder zur Schule zu gehen und mich in ein

Klassenzimmer zu setzen und zu lernen, was immer man in Klassenzimmern lernen kann. Dann nahm ich es als Kommentar zu meinem traurigen Geisteszustand, daß ich so etwas überhaupt in Erwägung ziehen konnte.

Von Zeit zu Zeit zog ich meine Mitschrift aus der Tasche und entfaltete die Blätter und las wieder, was Mr. Schultz gesagt hatte. Es war ein entmutigendes Gestammel. Es enthielt keine historische Wahrheit, keine Botschaft an mich.

Meine Mutter fand an der Bathgate Avenue einen Laden, der Muscheln verkaufte, und sie brachte eine braune Papiertüte voll dieser winzigen, gefurchten Muscheln mit nach Hause, manche waren nicht größer als der Nagel eines kleinen Fingers, und sie begann ein weiteres ihrer verrückten Projekte, sie klebte die Muscheln auf das Telefon, und dazu benutzte sie den wiedergefundenen Kleber von einem alten Flugzeugmodell aus Balsaholz, das ich nie fertiggebaut hatte. Sie tauchte einen Zahnstocher in die Flasche mit dem Zeug und strich einen glänzenden Tropfen um den Rand der winzigen Muschel und klebte sie auf das Telefon. Schließlich war der ganze Apparat einschließlich des Hörers mit Muscheln bedeckt. Es sah recht hübsch aus, überwiegend weiß und rosa und hellbraun und gewellt und gebuckelt, als verlöre es seine Gestalt, als ginge die Gestalt aller Dinge in unseren Aufmerksamkeiten unter. Sogar an der Schnur befestigte sie Muscheln, so daß sie wie eine Kette von Unterwasserlichtern wirkte. Ich weinte um meine verrückte Mutter, wenn ich sie mir vorstellte, wie James J. Hines sie in Erinnerung hatte, als junge und stattliche und besonnene und tapfere Einwanderin. Ich dachte, sie müsse meinem Vater eine Zeitlang Adel verliehen haben, und daß er sie zum Leuchten gebracht hatte in ihrer unbestreitbaren Liebe zueinander, bevor er sich aus dem Staub machte. Ich hatte nun genug Geld, um sie nie fortbringen zu müssen. Ich schwor mir, daß sie bei mir bleiben und ich für sie sorgen würde, so lange sie lebte. Aber ich konte anscheinend nichts in die Wege leiten, sie nicht einmal überreden, ihren Job aufzugeben. Vermutlich fand ich die vor uns liegenden Aussichten nicht sehr erfreulich. Ihr befremdlicher Umgang mit Gegenständen, mit Kerzen oder Fotos oder Kleiderresten, kaputten Puppen und Muscheln machte mich sehr einsam. Eines Abends kam sie mit einem Aquarium nach Hause, es war sehr schwer, und sie hatte Mühe, es die Treppe heraufzutragen, aber ihr Gesicht glühte vor Glück, als sie es auf das Tischchen neben der Couch stellte und mit Wasser füllte und dann sanft das Telefon darin versenkte. Wie ich meine wahnsinnige Muter liebte, wie schön sie war, ich kam mir so schlecht vor, ich hatte das Gefühl, sie im Stich gelassen zu haben, ich glaubte, sie habe sich deshalb nicht geändert, weil ich uns nicht die endgültige Gerechtigkeit verschafft hatte. Das Geld in dem Koffer im Souterrain gegenüber genügte nicht, ich konnte natürlich nicht glauben, daß es einen befriedigenden Lohn für all mein mühseliges intuitives Planen darstellte, obwohl ich nicht wußte, wieviel es war, selbst von den geschrumpften Gewinnen, welche die Schultz-Unternehmen in einem Monat abwarfen, konnte man mehrere Jahre leben, mein Gott, wenn ich nur das Doppelte von dem rausholte, was meine Mutter in der Wäscherei verdiente, würde es uns an nichts mangeln, aber es beunruhigte mich entsetzlich, wir würden es nicht auf die Bank bringen können, ich würde mir überlegen müssen, wie ich es auf Dauer sichern und in kleinen Summen und Sümmchen nutzen konnte, ohne daß wir auffielen, und zum Teil deswegen kam es mir so knausrig, so unzulänglich vor. Ich dachte, wenn es überhaupt etwas ändern würde, dann hätte es das bereits tun müssen, allein durch die Tatsache, daß es in meinem Besitz war. Doch das hatte es nicht. Dann begriff ich, daß für mein Gefühl das Geld noch immer Mr. Schultz gehörte, obwohl er tot war. Ich hatte es auf Anweisung von Mr. Berman hin abgeholt, und nun entdeckte ich, daß ich auf weitere Anweisungen wartete. Ich empfand nicht die Gelassenheit, die mir, das wußte ich, die Lösung für all meine Träume hätte geben sollen. Ich hatte niemanden, jedenfalls meines Wissens nicht, mit dem ich sprechen konnte, der mir sagen konnte, daß ich richtig gehandelt hatte. Tatsächlich würden nur die toten Männer meiner Gang je würdigen können, was alles ich getan hatte.

Und dann kaufte ich eines späten Abends gerade die Zeitungen an dem Kiosk an der Third Avenue unter der Hochbahn, als ein De Soto vorfuhr und die Tür aufging und ich von Männern umringt war, zwei waren zur gleichen Zeit aus dem Zigarrenladen gekommen, als zwei aus dem Wagen stiegen, und sie trugen die leidenschaftslosen Mienen der kriminellen Zunft. Einer von ihnen mußte nur in Richtung der offenen Wagentür nicken, und ich klemmte mir schon die Zeitungen unter den Arm und stieg umgehend ein. Sie fuhren mich weit nach Süden zur Lower East Side. Ich wußte, es war wichtig, nicht in Panik zu geraten oder mir auszumalen, was mir passieren könnte. Ich dachte an meine sämtlichen Schritte im vergangenen Jahr zurück und konnte nicht verstehen, wieso er überhaupt von mir wußte, ich hatte ihm nicht einmal vor der Kirchentreppe erlaubt, mich richtig zur Kenntnis zu nehmen. Ich sah nun, ich hatte einen einzigen entsetzlichen Fehler gemacht, ich hatte keinen Brief mit Anweisungen an meine Mutter geschrieben, der nur von ihr zu öffnen war, wenn ich nicht heimkam und immer noch nicht heimkam und daran starb, daß ich nicht zu meiner Mutter heimkam.

Sie bogen in eine schmale Straße mit Mietshäusern ein, obwohl sie natürlich darauf achteten, daß ich mir kein genaues Bild davon machen konnte. Ich spürte auf dem Gesicht die Gitterschatten von Feuerleitern in der schwach erleuchteten Straße. Wir gingen eine Vortreppe hinauf. Wir stiegen fünf Treppen hoch.

Ganz plötzlich war ich in einer Küche unter einer nackten Glühbirne an der Decke, und mir gegenüber saß, an einem kleinen Tisch mit Wachstuchdecke, wie ein reicher Verwandter auf Besuch, der Mann, der die Bandenkriege gewonnen hatte. Und das sah ich: zwei mild forschende Augen von nicht allzu großer Intelligenz, eines davon unter einem schweren, hängenden Lid nach unten verrutscht. Und er hatte wirklich schlechte Haut, jetzt sah ich es, und die Narbe unter seinem Kinn war weißer als alles übrige. Alles in allem hatte er etwas von einer Eidechse. Das beste an ihm war ein guter Kopf mit wellig anliegendem, nach hinten gekämmtem schwarzem Haar. Er trug einen gutgeschnittenen Mantel über dem korrekten Anzug des Geschäftsmanns. Sein Hut lag auf dem Tisch. Seine Nägel waren maniküt. Ich roch Eau de Cologne. Er pflegte einen ganz anderen Stil der Bösartigkeit als Mr. Schultz. Ich fühlte mich so, wie man sich fühlt, wenn man ein paar Straßen weiter in eine fremde Wohngegend gerät, die eigentlich gar nicht so weit von der eigenen entfernt liegt. Mit offen ausgestreckter Hand forderte er mich sehr höflich auf, mich ihm gegenüber zu setzen.

»Zunächst mal, Billy«, sagte er mit sehr leiser Stimme, als sei jedes Gespräch bedauerlich, »du weißt, wie tief betroffen wir sind über das, was dem Holländer zugestoßen ist.«

»Ja, Sir«, sagte ich. Ich war entsetzt, daß er meinen Namen wußte, ich wollte nicht in seinem Namensverzeichnis vorkommen.

»Ich habe ihn hoch geachtet. Sie alle. Ich kannte sie, seit wieviel Jahren jetzt? Ein Mann wie Irving, jemanden von seinen Qualitäten findet man nicht mehr.«

»Nein, Sir.«

»Wir versuchen, die Ursache dieser Angelegenheit zu klären. Wir versuchen, seine Jungs zurückzuholen und etwas auf die Beine zu stellen, du weißt schon, für die Witwen und Kinder.«

»Ja, Sir.«

»Aber es hat damit seine Schwierigkeiten, wie sich heraus-stellt.«

Der winzige Raum war überfüllt von den Männern, die hinter mir und hinter ihm standen. Erst jetzt sah ich ganz an der Seite Dixie Davis, das Sprachrohr, gekrümmt auf einem Holzstuhl sitzen, die Hände, damit sie nicht zitterten, zwischen den zusammengedrückten Knien. An dem teuren Nadelstreifenanzug von Mr. Davis zeichneten sich unter den Armen große dunkle Schweißflecken ab, und ein Schweißfilm bedeckte sein Gesicht. Ich bestätigte Mr. Davis' Anwesenheit nur mit einem äußerst knappen Blick, denn mir war nun klar, wer mich identifiziert hatte, und das hieß, daß alles, was ich rausließ, die Wahrheit war, die sie bereits kannten, und ich nahm an, dies könne nahelegen, daß ich nicht schlau oder verschlagen genug war, um zu versuchen, etwas zu verbergen.

Dann wandte ich mich wieder dem Mann zu, der mir die Fragen stellte. Es kam mir wichtig vor, gerade zu sitzen und ihn offen anzusehen. Meine Haltung würde ihm ebensoviel mitteilen, wie das, was ich sagte.

»Nach meinen Informationen hast du dich in ihren Augen durchaus bewährt.«

»Ja, Sir.«

»Für einen so hellen Jungen hätten wir vielleicht einen Job. Ist wenigstens was für dich dabei rausgesprungen, was sich vorzeigen läßt?« sagte er so beiläufig, als läge nicht mein Leben auf der Waagschale.

»Na ja«, sagte ich, »ich hatte ja gerade erst angeheuert. Eine Woche davor war ich auf die Lohnliste gekommen, und er gab mir einen Monat Vorschuß, weil meine Mutter krank ist. Zweihundert Dollar. Ich habe sie nicht dabei, aber ich kann sie morgen früh als erstes von der Sparkasse holen.«

Er lächelte, einen Moment gingen seine Mundwinkel nach oben, und er hob die Hand. »Wir wollen nicht deinen Lohn,

Junge. Ich spreche von Geschäftsangelegenheiten. Sie haben ihre Geschäfte nicht immer geschäftsmäßig geführt. Meine Frage war, ob du uns helfen könntest, uns ein Bild von der Hinterlassenschaft zu machen.«

»Auweia«, sagte ich und kratzte mich am Kopf, »das ist mehr das Gebiet von Mr. Davis. Ich bin nur losgerannt, um Kaffee zu holen, oder wenn einer ein Päckchen Zigaretten brauchte. In Besprechungen, oder wenn was los war, haben sie mich nie reingelassen.«

Er saß da und nickte. Ich spürte den Blick von Dixie Davis auf mir, ich spürte die Eindringlichkeit seines Blicks.

»Geld hast du nie gesehen?«

Ich dachte einen Augenblick nach. »Doch, einmal, in der 149th Street«, sagte ich. »Ich hab gesehen, wie sie die Tageseinnahmen gezählt haben, während ich kehrte. Ich war beeindruckt.

»Du warst beeindruckt?«

»Ja. Das war was zum Träumen.«

»Hast du davon geträumt?«

»Jede Nacht«, sagte ich und sah ihm in das verrutschte Auge. »Mr. Berman hat mir gesagt, daß sich das Geschäft verändert. Daß sie dann gescheite, ruhige Leute mit guten Manieren brauchen, die auf der Schule waren. Ich geh jetzt wieder zur Schule, und dann geh ich aufs City College. Und dann sehen wir weiter.«

Er nickte und wurde sehr still und sah mir einen Moment lang fest in die Augen, während er sich entschied. »Schule ist eine gute Idee«, sagte er. »Wir schauen vielleicht von Zeit zu Zeit mal bei dir rein, um zu sehen, wie du vorankommst.« Die Handfläche nach oben, hob er die Hand, und ich erhob mich mit ihr. Dixie Davis hatte das Gesicht mit der Hand bedeckt.

»Danke schön, Sir«, sagte ich zu dem Mann, der den Mord an Mr. Schultz, Mr. Berman, Irving und Lulu befohlen hatte. »War eine Ehre, Sie kennenzulernen.«

Ich wurde der Third Avenue heil wiedergegeben, gleich zurückgefahren und vor dem Zigarrenladen abgesetzt. Erst dann packte mich das Entsetzen. Ich setzte mich auf den Bordstein. Meine Hände waren schwarz an den Stellen, wo die Druckerschwärze der Zeitungen, die ich umklammert gehalten hatte, auf die feuchte Haut abgefärbt hatte. Ich las Fragmente von Schlagzeilen auf meinen Handflächen, Teile von Wörtern. Ich hatte keine Ahnung, was mir widerfahren könnte. Entweder war ich frei, oder meine Tage waren gezählt. Ich wußte es einfach nicht. Ich sprang auf und begann, durch die Straßen zu laufen. Ich merkte, daß ich zitterte, jedoch nicht vor Angst, sondern vor Wut auf mich, meiner Angst wegen. Ich dachte: Sollen sie mich umbringen. Ich wartete auf das typische Motorengeräusch des Killerautos, das mit hinuntergekurbelten Fenstern kreischend um die Ecke biegt. Und dann versuchte ich herauszufinden, was ich ihrer Meinung nach getan haben müßte, wenn sie mich umbrächten. Sie würden mich nicht umbringen, sie würden mich beobachten. Das würde ich tun, wenn ich nicht wüßte, wo das Geld steckte.

Tatsache war, daß ich etwas sehr Interessantes erfahren hatte: Die Zeitungen hatten das Vermögen von Mr. Schultz auf irgendwo zwischen sechs und neun Millionen Dollar geschätzt. Sehr wenig davon war in Banken deponiert worden. Das Kartell hatte es nicht gefunden, sie suchten es, sie hatten das Unternehmen, aber sie wollten auch das Geld, sie wollten das Unternehmen komplett.

Und es war seltsam, aber von einem Moment auf den andern war ich belebt durch die Aufmerksamkeiten eines weiteren großen Mannes, gefährlich wie sie waren, ich hielt es für möglich, daß meine Tage in der Tat gezählt waren, aber mein Wettkampfgeist war neu entfacht, mir wurde klar, daß ich die Niederlage der Gang auf morbide Weise geteilt hatte, daß ich mir ihren Tod zu eigen gemacht hatte. Doch nichts war vorüber, alles ging immer noch weiter, das Geld war unsterblich, das Geld war ewig und die Liebe dazu unendlich. Ich wartete ein paar Tage und ging dann in Arnold Garbages Souterrain hinunter, während er auf einem Streifzug war, und für den Fall, daß jemand hereinkäme, suchte ich mir einen versteckten Winkel, und in der Ascheluft, mit dem Getrappel der Kinderfüße über meinem Kopf, zählte ich das Bargeld in dem Alligatorkoffer. Ich zählte lange, es war weit mehr, als ich gedacht hatte, ich will die genaue Summe nennen, ich brauchte mehrere Stunden, bis ich sie hatte, es waren dreihundertundzweiundsechzigtausendundeinhundertundzwölf Dollar, die ich als meinen Teil an mich genommen und dort verstaut hatte unter Autozubehör und alten Zeitungen und zerbrochenem Spielzeug und Bettstäben und Ofenrohren und Papiertüten voll Schuhen und Kleiderballen und Töpfen und Pfannen und Glasscheiben und Maschinengetrieben und Acetylenlampen und Schraubenziehern ohne Griffe und Hämmern und Sägen ohne Zähne und Schuhkartons mit Kaugummibildchen und Flaschen und Gläsern und Babyflaschen und Zigarrenkisten mit Gummischnullern und Schreibmaschinen und Saxophonteilen und Schalltrichtern von Trompeten und zerrissenen Fellen von Trommeln und verbogenen Kazoos und kaputten Okarinas und Baseballschlägern und Schiffen in gesprungenen Flaschen und Badekappen und Pfadfinderhüten und Anstecknadeln und Wahlkampfabzeichen und Spardosen und verbogenen Dreirädern und schimmligen Briefmarkensammlungen und winzigen Fahnen an Zahnstochern von allen Nationen dieser Welt.

Und dann nahm ich mir natürlich wieder meine handschriftlichen Aufzeichnungen von dem, was er gesagt hatte, vor und studierte sie und fand dort meine Vision vom Leben aufs üppigste belohnt, ich war zu ungeduldig gewesen, ein großes, verzaubertes Geschick entfaltet sich, entfaltet sich weiter, breitet sich in Wellen aus und schwingt sich der Sonne entgegen wie der Planet in seiner Blüte, ich hörte Mr. Schultz' Stimme sagen, *ein fähiger Junge, ein fähiger Junge* und O ja, das war ich! denn ich fand Berge von Geld in seinen Sätzen, das Geld seiner wahnhaften Passion dort eingeschlossen wie im Rätsel eines Geisteskranken, ich studierte jenes Protokoll in meiner eigenen Handschrift und erfuhr daraus, was er mir gesagt hatte, er hatte mir gesagt, Geld für Mrs. Schultz und seine Kinder befinde sich an einem Ort, über den sie Bescheid wußten, hatte mir aber auch den Sinn seines Lebens und seines Genies dargelegt, warum er sein Geld im Laufe der Jahre an vielen Orten gehortet hatte, so daß man es in den Phasen seiner kriminellen Karriere finden konnte wie in den Gegenden, in denen er gewohnt hatte. Und um diese These zu überprüfen, zog ich eines Abends, nachdem ich wochenlang in Klassenzimmern gehockt hatte, um zu beweisen, daß mich zu überwachen nicht lohnte, zusammen mit Arnold Garbage los, und wir brachen an dem alten, verlassenen Bierlager an der Park Avenue, wo ich immer herumgestanden und jongliert hatte, ein Schloß auf, und im Krach eines vorüberfahrenden Zugs tauchten wir hinab in eine Dunkelheit, die so dunkel war, als wären in der Hölle die Feuer ausgegangen, und, während Ratten um unsere Knöchel strichen, fanden wir dort inmitten der Geschichte des Schmuggels mit Bier, in all der Klammheit, dem Dreck und Abfall, von dem Arnold träumte, im schwachen Licht seiner Taschenlampe ein nicht verspundetes Faß, bis zum Rand vollgestopft mit der Währung der Vereinigten Staaten, und Arnold wuchtete es hoch und rollte es auf einem Schubkarren über das Kopfsteinpflaster nach Hause, während ich voranging und in den Schatten von Hauseingängen schlüpfte, und zu jener mitternächtlichen Stunde wurden wir Partner in einem gemeinsamen Unternehmen, das bis zum heutigen Tage besteht.

Ich will jedoch damit nicht andeuten, ich wäre davon überzeugt gewesen, daß dies alles war, je mehr er bedrängt wurde, desto mehr hatte er stets an sich gerafft, kannte ich ihn etwa nicht? Ich studierte jenes Protokoll seiner Geisterstimme und erfuhr daraus, was er mir gesagt hatte, er hatte mir gesagt, daß in dem Maße, wie die Welt ihn umzingelte, er sein Vermögen an sich gezogen hatte, daß er, je schlimmer die Dinge wurden, immer mehr bei sich ansammelte, er pflegte es einzuziehen, wie Aktien, wie Wertpapiere, wie Chips vom Spieltisch, mit jedem Tag seiner immer gefahrvoller werdenden Reise immer mehr davon in seiner Nähe aufzubewahren. Und am Ende hatte er es dann an Orten verstaut, von denen niemand auch nur im Traum annahm, daß er dort gewesen war, und wenn er nie wieder dorthin zurückkäme, würde es mit ihm sterben, falls keiner gewitzt genug war, es zu finden.

Nun wußte ich also alles, und alles zu wissen erfordert strikte Verschwiegenheit, ich ging wieder zur Schule und blieb dabei, denn hatte man mir nicht gesagt, das sei eine gute Idee? Und wenn es auch eine Zerreißprobe war, die das entschlossenste Herz hätte vernichten können, saß ich, mit meinem Wissen ganz allein, in jenen Klassenräumen herum und arbeitete obendrein nach der Schule noch an auffälliger Stelle für fünf Dollar die Woche in einem Fischladen und trug eine weiße Schürze, die mit normalen, alltäglichen Blutspritzern verziert war, und schaffte es nur deshalb, den richtigen Augenblick abzuwarten, weil ich davon ausging, daß all dies beobachtet wurde.

Binnen eines Jahres nach Mr. Schultz' Tod wurde der Mann mit der schlechten Haut selbst von Thomas E. Dewey angeklagt und verurteilt und ins Gefängnis geschickt. Ich kannte die Bandengesetze gut genug, um zu wissen, daß sich während der Anpassung an geänderte Verhältnisse Prioritäten verschoben, Probleme neu formuliert wurden und sich andere Fragen von kriminell dringlicher Bedeutung auftun konnten. Daher wäre es damals sofort möglich gewesen, sich ins sichere Hinterland zurückzuziehen. Aber ich hatte keine Eile. Nur ich wußte, was ich wußte. Und durch meinen Schulbesuch war mir so etwas wie eine Erleuchtung gekommen: Ich lebte inmitten weit größerer Kreise von Gangstertum, als ich mir hatte träumen lassen, zwischen Breiten- und Längengraden von Gangstertum. Die Wahrheit davon sollte sich wenige Jahre darauf erhärten, als der Zweite Weltkrieg begann, aber in der Zwischenzeit fühlte ich mich angespornt, mich bei meinen Studien so hervorzutun wie zuvor in der Schießkunst und im Verrat, und so gelang mir der Sprung nach Manhattan auf die Townsend Harris High-School für Hochbegabte, zu denen gezählt zu werden ich ohne Staunen verächtlich zur Kenntnis nahm, und dann der noch höhere Sprung auf ein traditionsreiches Elite-College, das nicht zu nennen ratsam ist und dessen Studiengebühren ich selbst in vernünftig bemessenen Bargeldraten beglich und von dem ich schließlich mit einem Prädikatszeugnis und dem Patent eines Leutnants der Armee der Vereinigten Staaten abging.

1942 wurde der Mann mit der schlechten Haut von Gouverneur Thomas E. Dewey, der ihn als Bezirksstaatsanwalt in den Knast geschickt hatte, begnadigt und nach Italien ausgewiesen, zum Dank dafür, daß er geholfen haben sollte, die Küste von New York City gegen Nazi-Saboteure zu sichern. Doch mittlerweile war ich selbst im patriotischen Einsatz in Übersee, und so wollten es die Umstände, daß ich den Schatz erst heben konnte, als ich 1945 aus dem Krieg nach Hause kam. Dies ist beinahe alles, was ich über diese Angelegenheit sagen will, wenngleich der diebische Leser, die diebische Leserin sich alles selbst wird zusammenreimen können, eigentlich jeder, der zwei und zwei zusammenzählen kann, ich habe nichts dagegen, denn natürlich bin ich losgezogen und habe es eingesammelt, es lag genau da, wo ich wußte, daß es liegen würde, Mr. Schultz' gesamtes fehlendes Vermögen, von dem die Leute bis zum heutigen Tage und bis zu diesem Moment glauben, es wäre nie gefunden worden. Es bestand aus Bündeln von Schatzbriefen und neuen Scheinen von nobelstem Nennwert, wie Mr. Hines sie so liebte, und steckte in einem Safe, in Postsäcke verpackt. Der Veteran in mir war gerührt von der malerischen Vorkriegswirkung des Ganzen, es kam mir vor wie eine Piratenbeute, wie das Denkmal einer uralten Begierde, und als ich es betrachtete, hatte ich die gleichen Gefühle, wie alte Portraits sie in mir wecken oder die Aufnahmen toter, doch immer noch inbrünstiger Sänger. Keines dieser Gefühle aber hielt mich davon ab, es zu nehmen.

Und hier wird mir klar, daß ich beinahe am Ende dieser Geschichte von den Abenteuern eines Jungen angekommen bin. Wer ich in gereiftem Alter bin und was ich tue und ob ich der kriminellen Zunft angehöre oder nicht und wo und wie ich lebe, muß mein Geheimnis bleiben, denn ich genieße ein gewisses Ansehen. Ich will bekennen, daß ich seit meiner Initiation viele Male versucht habe, sämtliche Zahlen in die Luft zu werfen und sie als Buchstaben wieder herabfallen zu lassen, damit ein neues Buch entstünde, in einer neuen Sprache des Seins. Dies könne sich, hatte Mr. Berman gesagt, eines Tages ereignen, der perverse Vorschlag eines Zahlenmenschen, sie wegzuwerfen samt all ihren bildlichen Erscheinungsformen, Keilschrift, Hieroglyphen, Infinitesimalrechnung und Lichtgeschwindigkeit, die ganzen Zahlen und Brüche, die rationalen und irrationalen Zahlen, die Zahlen für das Unendliche und die Zahlen für das Nichts. Aber ich habe es wieder und wieder getan, und immer ergibt sich im Fallen derselbe Billy Bathgate, den ich aus mir gemacht habe und der ich anscheinend immer bleiben muß, und ich verliere den Glauben daran, daß es ein Trick ist, der funktionieren kann.

Gleichwohl finde ich es tröstlich, hier die Wahrheit über alles in meinem Leben mit Dutch Schultz erzählt zu haben, wenn mein Bericht sich auch in mancher Hinsicht von dem unterscheidet, was man lesen wird, wenn man in den alten Zeitungsarchiven nachforscht. Ich habe über das die Wahrheit gesagt, was ich mit Worten gesagt habe, und über das die Wahrheit, was ungesagt blieb und in den Worten liegt.

Und nun habe ich nur noch eines zu erzählen, und ich habe es für den Schluß aufgespart, weil es die Quelle all meiner Erinnerungen ist, das Ereignis, das den Jungen, der ich war, nicht entlastet, ihm aber einen Moment lang Aufschub gewähren könnte, bis man ihn des Himmels verweist. Ich sinke bei dem Gedanken daran in Ehrfurcht auf die Knie, ich danke Gott für das Leben, das er mir geschenkt hat, und für die Freude an meinem Bewußtsein, ich preise ihn und erweise ihm ehrerbietigsten Dank für mein Verbrecherleben und die Schrecken meines Daseins. In dem Frühling, der auf Mr. Schultz' Tod folgte, wohnten meine Mutter und ich in einer Fünfzimmerwohnung im obersten Stock, mit Südblick auf die herrlichen Bäume und Wege und Rasenflächen und Spielplätze des Claremont Parks. Und eines Sonntag morgens im Mai klopfte es an der Tür, und ein Mann in hellgrauer Chauffeuruniform stand da, der einen Strohkorb an den Griffen hielt, und ich hatte keine Ahnung, was darin war, ob Wäsche oder dergleichen, aber meine Mutter ging an mir vorbei und nahm den Korb, als hätte sie ihn erwartet, sie hatte jetzt viel Autorität und Selbstvertrauen, so daß der Chauffeur sehr erleichtert war, sein Gesicht hatte äußerste Besorgnis widergespiegelt, meine Mutter trug ein richtiges schwarzes Kleid, das ihrer Figur entsprach und modische Schuhe, die ihr paßten und Strümpfe, und ihr Haar war geschnitten und umrahmte gefällig gekämmt ihr heiteres, schönes Gesicht, und sie nahm das Baby einfach entgegen, denn das war es natürlich, mein Sohn von Drew, ich wußte es in der Sekunde, da ich ihn ansah, und meine Mutter trug ihn in unsere von Morgensonne erfüllte Wohnung und legte ihn in den löchrigen brauen Korbkinderwagen, den sie aus der alten Wohnung mitgenommen hatte. In diesem Augenblick verspürte ich eine kleine Korrektur an der Ungerechtigkeit der Welt, und mein Leben als Junge war vorüber.

Danach gab es natürlich einiges Durcheinander, wir mußten losgehen und Flaschen und Windeln kaufen, er war ohne jede Gebrauchsanweisung angekommen, und meine Mutter erinnerte sich ein wenig langsam an einige der Dinge, die zu tun waren, wenn er schrie und mit den Ärmchen fuchtelte, aber wir paßten uns ihm recht bald an, und ich denke jetzt daran, wie gern wir immer mit ihm in den Osten der Bronx zurückgingen und ihn in seinem Wagen an einem sonnigen Tag auf der Bathgate Avenue spazierenfuhren, wo all die Händler ihre Preise ausriefen und sich an den Ständen Orangen und Trauben und Pfirsiche und Melonen zu Pyramiden türmten und das frische Brot in den Fenstern der Bäckereien lag und die elektrischen Ventilatoren in den Oberlichtern heiße Brotdüfte in die Luft sandten und wo im Milchgeschäft die Butterfässer und Holzkisten mit Farmkäse standen und der Metzger im dicken Pullover unter der Schürze mit einem Stapel Koteletts auf Wachspapier aus dem Kühlraum kam und der Blumenhändler an der Ecke die dicht in Vasen stehenden Schnittblumen besprengte und die Kinder vorbeirannten und die schwatzenden alten Frauen ihre Einkaufstaschen mit Grünzeug und Hühnern heimtrugen und die jungen Mädchen sich weiße Kleider auf Bügeln an die Schultern hielten und die Lastwagenfahrer in Unterhemden ihre Waren ausluden und die Hupen erklangen und das ganze Leben der Stadt in Erscheinung trat, um uns zu begrüßen, genau wie in den alten Tagen unseres Glücks, bevor mein Vater floh, als die Familie oft über diesen Markt spaziert war, diesen Basar des Lebens, Bathgate, im Zeitalter von Dutch Schultz.

E. L. Doctorow
Das Wasserwerk

Roman
Titel der Originalausgabe: *The Waterworks*
Aus dem Amerikanischen von Angela Praesent
Gebunden

Vor dem Hintergrund eines furiosen Zeitgemäldes erzählt E. L. Doctorow die Geschichte des jungen Journa-
listen Martin Pemberton, der 1871 in New York in ein
gespenstisches Abenteuer gerät. Mit Elementen des De-
tektiv- und Schauerromans durchwoben, zeigt dieser
spannende Roman E. L. Doctorows literarische Meister-
schaft.

»Einer der bedeutendsten Schriftsteller Amerikas.«
Publisher's Weekly

VERLAG
KIEPENHEUER
& WITSCH

Aus Freude am Lesen

Doris Lessing

Doris Lessing legte 1962 mit dem Roman »Afrikanische Tragödie« den Grundstock zu ihrem umfangreichen literarischen Werk, das inzwischen Weltruhm genießt. Sie wurde 1919 in Persien geboren und zog 1924 mit ihrer Familie nach Rhodesien. Seit 1949 lebt sie in England.

Autobiographie
530 Seiten
btb 72045

In ihrer Autobiographie »Unter der Haut« erzählt Doris Lessing die Geschichte der ersten dreißig Jahre ihres Lebens – von ihrer Kindheit und Jugend, von der ersten unglücklichen Ehe, der Geburt ihrer Kinder und dem Beginn ihres politischen Engagements.
»Ein fesselnder, bemerkenswerter Lebensroman.«
DIE WELT

Aus Freude am Lesen

Stille und Sturm
Roman
450 Seiten
btb 72031

Peter Matthiessen

Nach dem großen Hurrican von 1910 versammeln sich die waffenfähigen Männer von Chokoloskee, um Edgar J. Hoover zu ermorden – ein Lynchmord, ausgeführt nach uralten Regeln. Wo aber liegt das Motiv? Und wer war Edgar J. Hoover? Mit großer erzählerischer Kraft und Poesie läßt Peter Matthiessen vor unseren Augen eine faszinierende, längst versunkene archaische Welt entstehen.

Aus Freude am Lesen

Schule der Nacht
Roman
354 Seiten
btb 72039

Dennis McFarland

Die Geschichte eines sehr ungleichen Geschwisterpaares, das sich nach Jahrzehnten der Trennung zaghaft wieder einander annähert. Eine schreckliche Entdeckung aber macht ihnen bewußt, daß man die Vergangenheit nicht für immer verdrängen kann. Ein großartiger poetisch realistischer Roman von einem der vielversprechendsten Autoren der USA.